20 MIL LÉGUAS SUBMARINAS

JÚLIO VERNE

20 MIL LÉGUAS SUBMARINAS

TRADUÇÃO
CIRO MIORANZA

Lafonte

Brasil, 2024

Título Original: *Vingt mille lieues sous les mers*
Copyright © Editora Lafonte Ltda. 2024

Todos os direitos reservados.
Nenhuma parte deste livro pode ser reproduzida por quaisquer meios existentes sem autorização por escrito dos editores e detentores dos direitos.

direção editorial	**Ethel Santaella**
revisão	**Rita Del Monaco**
diagramação	**Marcos Sousa**
capa	**Angel Fragallo**
imagem de capa	**iStock**

```
Dados Internacionais de Catalogação na Publicação (CIP)
         (Câmara Brasileira do Livro, SP, Brasil)

Verne, Júlio, 1828-1905
   20 mil léguas submarinas / Júlio Verne ;
tradução Ciro Mioranza. -- 1. ed. -- São Paulo :
Lafonte, 2024.

   Título original: Vingt mille Lieues Sous
Les Mers.
   ISBN 978-65-5870-532-1

   1. Ficção francesa I. Título.

24-207160                                     CDD-843
```

Índices para catálogo sistemático:

1. Ficção : Literatura francesa   843

Aline Graziele Benitez - Bibliotecária - CRB-1/3129

Editora Lafonte

Av. Profª Ida Kolb, 551, Casa Verde, CEP 02518-000, São Paulo-SP, Brasil – Tel.: (+55) 11 3855-2100
Atendimento ao leitor (+55) 11 3855-2216 / 11 3855-2213 – atendimento@editoralafonte.com.br
Venda de livros avulsos (+55) 11 3855-2216 – vendas@editoralafonte.com.br
Venda de livros no atacado (+55) 11 3855-2275 – atacado@escala.com.br

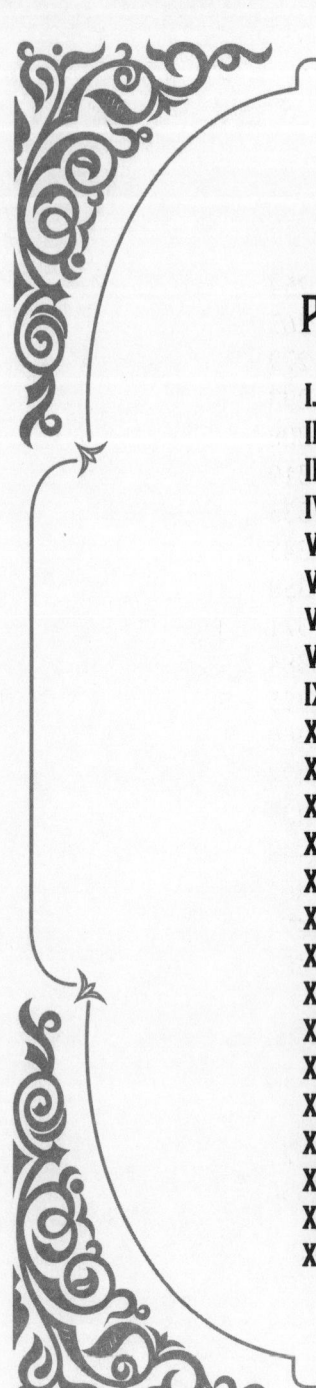

ÍNDICE

PRIMEIRA PARTE

I.	Um recife movediço	11
II.	Prós e contras	20
III.	Se for de seu agrado, senhor	27
IV.	Ned Land	34
V.	Navegando ao acaso	43
VI.	A todo vapor	51
VII.	Uma baleia de espécie desconhecida	62
VIII.	*Mobilis in mobile*	72
IX.	A fúria de Ned Land	82
X.	O homem das águas	91
XI.	O Nautilus	102
XII.	Tudo pela eletricidade	112
XIII.	Alguns números	121
XIV.	A corrente Rio Negro	130
XV.	Um convite por carta	144
XVI.	Passeio na planície	154
XVII.	Uma floresta submarina	162
XVIII.	Quatro mil léguas sob o Pacífico	171
XIX.	Vanikoro	181
XX.	O estreito de Torres	193
XXI.	Alguns dias em terra	204
XXII.	O relâmpago do capitão Nemo	218
XXIII.	*Ægri somnia*	232
XXIV.	O reino dos corais	243

SEGUNDA PARTE

I. O oceano Índico   254
II. Novo convite do capitão Nemo   267
III. Uma pérola de 10 milhões   279
IV. O mar Vermelho   293
V. O túnel da Arábia   308
VI. O arquipélago grego   319
VII. O Mediterrâneo em 48 horas   333
VIII. A baía de Vigo   345
IX. Um continente desaparecido   358
X. As minas de carvão submarinas   371
XI. O mar dos Sargaços   384
XII. Cachalotes e baleias   395
XIII. A banquisa   409
XIV. O polo sul   424
XV. Acidente ou incidente?   439
XVI. Falta de ar   449
XVII. Do cabo Horn ao Amazonas   461
XVIII. Os polvos   474
XIX. A Corrente do Golfo   487
XX. A 47º24' de latitude e 17º28' de longitude   500
XXI. Uma hecatombe   510
XXII. As últimas palavras do capitão Nemo   521
XXIII. Conclusão   530

NOTAS   532

PRIMEIRA PARTE

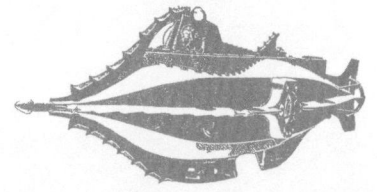

PRIMERA PARTE

UM RECIFE MOVEDIÇO

O ano de 1866 foi marcado por um acontecimento bizarro, um fenômeno inexplicado e inexplicável, do qual ninguém certamente se esqueceu. Sem falar nos boatos que agitavam as populações dos portos e alvoroçavam a opinião pública nos continentes, foram os homens afeitos a singrar os mares que ficaram mais particularmente apreensivos. Mercadores, armadores, capitães de navios, *skippers* e *masters*[1] da Europa e da América, oficiais das marinhas militares de todos os países e, depois deles, os governos dos vários Estados dos dois continentes, preocuparam-se seriamente com esse fato.

Com efeito, já há algum tempo, vários navios se haviam deparado com "uma coisa enorme" no mar, um objeto longo, fusiforme, às vezes fosforescente, infinitamente maior e mais rápido que uma baleia.

Os fatos relativos a essa aparição, registrados em diversos diários de bordo, concordavam com bastante precisão no tocante à estrutura do objeto ou do ser em questão, à incrível velocidade de seus movimentos, à surpreendente força de sua locomoção, à singular vida de que parecia dotado. Se fosse um cetáceo, superava em volume todos aqueles que a ciência havia classificado até então. Nem Cuvier[2], nem Lacépède[3], nem o sr. Duméril[4], nem o sr. De Quatrefages[5] teriam admitido a existência de tal monstro – a menos que o tivessem visto, ou seja, visto com os próprios olhos de cientista.

Tomando a média das observações feitas em diversas ocasiões – rejeitando as tímidas avaliações que atribuíam a esse objeto um comprimento de 60 metros e rechaçando as opiniões exageradas que diziam que tinha uma milha de largura e três de comprimento – poder-se-ia afirmar, no entanto, que essa criatura fenomenal superava em muito todas as dimensões admitidas até esse dia pelos ictiólogos – se é que de fato existia.

Ora, existia; o fato em si já não podia ser negado e, com essa propensão que impele ao maravilhoso o cérebro humano, é fácil compreender o espanto produzido em todo o mundo por essa aparição sobrenatural. Querer relegá-la à categoria das fábulas era algo fora de cogitação.

Com efeito, no dia 20 de julho de 1866, o navio a vapor Governor-Higginson, da Calcutta and Burnach Steam Navigation Company, havia encontrado essa massa em movimento a cinco milhas da costa leste da Austrália. De início, o capitão Baker julgou estar na presença de um recife desconhecido; dispunha-se até a determinar a posição exata, quando duas colunas de água, projetadas pelo inexplicável objeto, se lançaram assobiando a cinquenta metros de altura. Assim, a menos que esse recife estivesse sujeito às expansões intermitentes de um gêiser, o Governor-Higginson estava de fato lidando com algum mamífero aquático, desconhecido até então, que expelia por seus orifícios colunas de água, misturadas com ar e vapor.

Fato semelhante foi igualmente observado no dia 23 de julho do mesmo ano, nos mares do Pacífico, pelo navio Cristobal-Colon, da West India and Pacific Steam Navigation

Company. Esse extraordinário cetáceo podia, portanto, deslocar-se de um lugar a outro com uma velocidade surpreendente, visto que, com três dias de diferença, o Governador-Higginson e o Cristobal-Colon o observaram em dois pontos do mapa separados por uma distância de mais de setecentas léguas náuticas.

Quinze dias mais tarde, a duas mil léguas de distância dali, o Helvetia, da Compagnie Nationale, e o Shannon, do Royal Mail, navegando em sentidos opostos na porção do Atlântico compreendida entre os Estados Unidos e a Europa, assinalaram um ao outro estar o monstro respectivamente a 42°15' de latitude norte e a 60°35' de longitude oeste do meridiano de Greenwich. Por essa observação simultânea, julgou-se que se poderia estimar o comprimento mínimo do mamífero em mais de 350 pés ingleses, visto que o Shannon e o Helvetia eram menores que ele, embora medissem 100 metros, da proa ao cadaste. Ora, as maiores baleias, aquelas que frequentam as proximidades das ilhas Aleutas, a Kulammak e a Umgullick, nunca ultrapassaram o comprimento de 56 metros – se é que chegavam a tanto.

Depois desses incidentes em rápida sucessão, novas observações feitas a bordo do transatlântico Le Pereire, uma abordagem entre o Etna, da Linha Inman[6], e o monstro, um relatório elaborado pelos oficiais da fragata francesa Normandie, bem como um rigoroso levantamento obtido pelo estado-maior do comodoro Fitz-James, a bordo do Lord Clyde, deixaram a opinião pública profundamente estupefata. Nos países em que o assunto não foi levado a sério, zombaram do fenómeno, mas nos países ponderados e pragmáticos, como a Inglaterra, a América e a Alemanha, houve viva preocupação.

Em todos os lugares, nos grandes centros, o monstro virou moda; era cantado nos cafés, ridicularizado nos jornais, representado nos teatros. Os folhetins colheram o ensejo para difundir notícias de todas as cores e sabores. Acabaram reaparecendo nos jornais – por falta de ideias – todas as criaturas imaginárias e gigantescas, desde a baleia branca, a terrível "Moby Dick" das regiões hiperbóreas, até o desproporcional Kraken[7], cujos tentáculos podem envolver uma embarcação de quinhentas toneladas e arrastá-la para os abismos do oceano. Reproduziram até mesmo relatos dos tempos antigos com as opiniões de Aristóteles[8] e Plínio[9], que admitiam a existência desses monstros, depois os relatos noruegueses do bispo Pontoppidan[10], os escritos de Paul Heggede[11] e, finalmente, os relatórios do sr. Harrington[12], de cuja boa-fé não se pode suspeitar, quando afirma ter visto, a bordo do Castillan, em 1857, essa enorme serpente que até então só frequentava os mares do antigo periódico *Constitutionnel*[13].

Então eclodiu a interminável polêmica entre os crédulos e os incrédulos nas sociedades instruídas e nas revistas científicas. A "questão do monstro" inflamou as mentes. Os jornalistas, que defendem a ciência em luta contra aqueles que defendem o espírito, despejaram rios de tinta durante essa memorável campanha; alguns até derramaram duas ou três gotas de sangue, pois da serpente marinha passaram às personalidades mais vis.

Durante seis meses, a guerra prosseguiu com desdobramentos variados. Aos artigos de fundo do Instituto Geográfico do Brasil, da Real Academia de Ciências de Berlim, da Associação Britânica, do *Smithsonian Institution* de Washington, às discussões do *The Indian Archipelago*, do *Cosmos* do padre Moigno[14], dos *Mittheilungen* de Petermann[15], às crônicas científicas dos grandes jornais da França e do estrangeiro, a pequena imprensa respondia com uma verve inesgotável. Seus espirituosos jornalistas, parodiando uma frase de Lineu[16], citada pelos adversários do monstro, argumentaram, de fato, que "a natureza não faz tolos", e conclamaram seus contemporâneos a não desmentir a natureza, admitindo a existência dos Krakens, das serpentes marinhas, das "Moby Dick" e de outras elucubrações de marinheiros delirantes. Enfim, num artigo de um temido jornal satírico, o mais elogiado de seus redatores, analisando os fatos, atacou o monstro, como Hipólito[17], desferiu-lhe o golpe fatal e acabou com ele em meio à gargalhada universal. O humor vencera a ciência.

Durante os primeiros meses do ano de 1867, o assunto parecia estar enterrado e não havia probabilidade de que viesse a ressurgir, quando novos fatos foram levados ao conhecimento do público. Não se tratava mais então de um problema científico a resolver, mas de um grave perigo real a evitar. A questão se revestiu de um aspecto completamente diferente. O monstro tornou-se mais uma vez ilhota, rochedo, recife, mas um recife fugidiço, indeterminável, inapreensível.

No dia 5 de março de 1867, o navio Moravian, da Montreal Ocean Company, encontrando-se durante a noite a 27°30' de latitude e 72°15' de longitude, atingiu com sua alheta de estibordo um rochedo que nenhum mapa assinalava nessas paragens. Sob o esforço combinado do vento e de seus 400 cavalos-vapor, navegava a uma velocidade de 13 nós. Não há dúvida de que, sem a qualidade superior de seu casco, o Moravian, fendido em parte pelo choque, teria sido engolido com os 237 passageiros que trazia do Canadá.

O acidente tinha acontecido por volta das 5 horas da manhã, quando o dia começava a raiar. Os oficiais de plantão correram para a proa do navio. Examinaram o oceano com a mais escrupulosa atenção. Não viram nada a não ser um forte redemoinho a 600 metros de distância, como se a água tivesse sido violentamente açoitada. Foi feito um levantamento preciso do local, e o Moravian continuou sua rota sem danos aparentes. Teria atingido uma rocha submarina ou algum enorme destroço de um naufrágio? Impossível saber; mas, ao examinar sua carena nas enseadas de reparo, reconheceu-se que parte da quilha havia sido rachada.

Esse fato, por si só extremamente grave, teria sido talvez esquecido como tantos outros, se, três semanas depois, não se tivesse repetido em idênticas condições. Somente que, em virtude da nacionalidade do navio vítima dessa nova colisão, em virtude da reputação da Companhia a que esse navio pertencia, o acontecimento teve imensa repercussão.

Ninguém ignora o nome do famoso armador inglês Cunard. Esse inteligente industrial fundou, em 1840, um serviço postal entre Liverpool e Halifax, com três navios de madeira e movidos a roda com uma força de 400 cavalos e uma capacidade de 1.162 toneladas. Oito anos depois, a frota da Companhia era acrescida de quatro navios de 650 cavalos de potência e 1.820 de capacidade e, dois anos depois, por outras duas embarcações superiores em potência e tonelagem. Em 1853, a companhia Cunard, cujo privilégio para o transporte de material postal acabava de ser renovado, acrescentou sucessivamente à sua frota os navios Arábia, Pérsia, China, Scotia, Java e Rússia, todos navios novos em folha e os maiores que, depois do Great-Eastern, já tivessem singrado os mares. Assim, em 1867, a Companhia possuía doze navios, sendo oito movidos a roda e quatro a hélice.

Se dou esses sucintos detalhes é para que todos saibam da importância dessa Companhia de transportes marítimos, conhecida em todo o mundo por sua inteligente gestão. Nenhum empreendimento de navegação transoceânica foi conduzido com mais habilidade; nenhum negócio foi coroado de maior sucesso. Durante 26 anos, os navios da Cunard cruzaram o Atlântico duas mil vezes e jamais uma viagem foi cancelada, nunca houve um atraso, nunca se extraviou uma carta, nem um homem, nem um navio. Por isso, apesar da forte concorrência francesa, os passageiros continuam a escolher a linha da Cunard em detrimento de qualquer outra, como resulta de um levantamento feito nos documentos oficiais dos últimos anos. Dito isso, ninguém poderia ficar surpreso com a repercussão provocada pelo acidente ocorrido com um de seus mais belos navios a vapor.

No dia 13 de abril de 1867, com o mar calmo e o vento controlável, o Scotia se encontrava na longitude 15°12' e na latitude 45°37'. Avançava a uma velocidade de 13 nós e 43 centésimos propelido por seus mil cavalos-vapor. Suas rodas batiam no mar com perfeita regularidade. Seu calado era então de 6,70 metros e seu deslocamento de 6.624 metros cúbicos.

Às 4h17 da tarde, durante o lanche dos passageiros reunidos no grande salão, um choque, pouco perceptível, aliás, ocorreu no casco do Scotia, perto da alheta e um pouco atrás da roda de bombordo.

O Scotia não havia atingido nada, havia sido atingido, e mais ainda por um instrumento pontiagudo ou mais perfurante do que contundente. A colisão parecera tão leve que ninguém a bordo teria se preocupado, não fosse o alarme dos marinheiros que subiram ao convés gritando:

– Estamos afundando! Estamos afundando!

De início, os passageiros ficaram muito assustados; mas o capitão Anderson apressou-se em tranquilizá-los. Com efeito, o perigo não podia ser iminente. O Scotia, dividido em sete compartimentos por divisões estanques, deveria enfrentar impunemente uma pequena infiltração de água.

O capitão Anderson se dirigiu imediatamente para o porão. Constatou que o quinto compartimento tinha sido invadido pelo mar e a rapidez da inundação mostrava que a entrada de água era considerável. Felizmente, esse compartimento não encerrava as caldeiras, caso contrário o fogo teria se apagado instantaneamente.

O capitão Anderson mandou parar imediatamente as máquinas, e um dos marinheiros mergulhou para verificar a avaria. Poucos momentos depois, constatava-se a existência de um buraco de dois metros de largura no casco do navio. Uma entrada de água desse tamanho não podia ser vedada durante o percurso, e o Scotia, com as rodas meio imersas, teve de continuar sua viagem nessas condições. Encontrava-se então a trezentas milhas de cabo Clear e, depois de três dias de atraso, que inquietou sobremaneira Liverpool, atracou no cais da Companhia.

Os engenheiros procederam então a uma vistoria do Scotia, que foi rebocado para a doca seca. Não podiam acreditar no que viam. Dois metros e meio abaixo da linha d'água, abria-se um rasgo regular, em forma de triângulo isósceles. A rachadura na chapa de metal era de uma nitidez perfeita e não poderia ter sido produzida com maior precisão e de modo incisivo. Era necessário, portanto, que o utensílio perfurante que a produzira fosse de uma têmpera incomum – e depois de ter sido lançado com uma força prodigiosa, chegando a perfurar assim uma chapa metálica de 4 centímetros, pudesse se retirar por si mesmo, por meio de um movimento retrógrado e verdadeiramente inexplicável.

Esse último fato teve como resultado despertar mais uma vez a opinião pública. Com efeito, a partir desse momento, os desastres marítimos sem causa determinada foram atribuídos ao monstro. Esse fantástico animal foi responsabilizado por todos esses naufrágios, cujo número infelizmente é considerável; porque dos três mil navios cuja perda é registada anualmente pelo *Bureau Veritas*, o número de navios a vapor ou a vela, supostamente perdidos com tripulação e bens, em razão da falta de notícias, não é inferior a duzentos!

Ora, foi o "monstro" que, justa ou injustamente, foi acusado pelo desaparecimento de todos eles e, por causa dessa criatura, as comunicações entre os vários continentes tornaram-se cada vez mais perigosas, o público se manifestou e exigiu categoricamente que os mares fossem finalmente desvencilhados, e a qualquer custo, desse formidável cetáceo.

PRÓS E CONTRAS

Na época em que ocorreram esses eventos, eu voltava de uma exploração científica realizada nas terras áridas do Nebraska, nos Estados Unidos. Na qualidade de professor-assistente do Museu de História Natural de Paris, o governo francês me havia indicado para participar dessa expedição. Depois de passar seis meses no Nebraska, carregado de valiosas coleções, cheguei a Nova York no final de março. Minha partida para a França estava marcada para os primeiros dias de maio. Enquanto isso, me ocupava classificando minhas riquezas mineralógicas, botânicas e zoológicas, quando aconteceu o incidente com o navio Scotia.

Eu estava perfeitamente a par do assunto na ordem do dia, e como poderia não estar? Tinha lido e relido todos os jornais americanos e europeus a respeito. Esse mistério me intrigava. Na impossibilidade de formar uma opinião, oscilava de um extremo a outro. Não se podia duvidar de que havia algo ali, e os incrédulos eram convidados a colocar o dedo na chaga do Scotia.

Quando cheguei a Nova York, o assunto fervia. A hipótese da ilhota flutuante, do recife inatingível, defendida por algumas mentes menos competentes, acabou sendo inteiramente abandonada. E, de fato, a menos que esse recife tivesse uma máquina em seu ventre, como poderia se deslocar com uma rapidez tão prodigiosa?

Da mesma forma, foi rechaçada a existência de um casco flutuante, de um enorme destroço, e sempre por causa da velocidade do deslocamento.

Restavam, portanto, duas soluções possíveis para a questão, o que acabou criando dois clãs bem distintos de apoiadores: de um lado, aqueles que pendiam para um monstro de força colossal; de outro, aqueles que pendiam para a ideia de uma embarcação "submarina" de extrema potência motora.

Ora, essa última hipótese, afinal admissível, não resistiu às investigações que foram realizadas nos dois mundos. Era improvável que um simples indivíduo tivesse tal dispositivo mecânico à sua disposição. Onde e quando o teria construído e como teria mantido essa construção em segredo?

Somente um governo poderia possuir uma máquina tão destrutiva e, nesses tempos desastrosos, em que o homem se empenha em multiplicar a potência das armas de guerra, era bem possível que um Estado, sem o conhecimento dos outros, experimentasse uma máquina formidável como essa. Depois dos fuzis, os torpedos, depois dos torpedos, os foguetes submarinos, depois a reação. Pelo menos é o que se espera.

Mas a hipótese de uma máquina de guerra caiu por terra diante da declaração dos governos. Como se tratava de uma questão de interesse público, visto que interferia nas comunicações transoceânicas, não se podia pôr em dúvida a sinceridade dos governos. Além disso, como admitir que a construção dessa embarcação submarina tivesse escapado aos olhos do público? Manter o sigilo nessas circunstâncias é muito difícil para um cidadão comum e certamente impossível para um Estado cujos atos são obstinadamente vigiados pelas potências rivais.

Assim, após investigações realizadas na Inglaterra, na França, na Rússia, na Prússia, na Espanha, na Itália, na América e até mesmo na Turquia, a hipótese de um Monitor submarino foi definitivamente rechaçada.

Quando de minha chegada a Nova York, diversas pessoas me haviam honrado consultando-me sobre o fenômeno em questão. Eu havia publicado na França uma obra em dois volumes intitulada: *Os mistérios das grandes profundezas submarinas*. Esse livro, particularmente apreciado pelo mundo acadêmico, fazia de mim um especialista nessa parte bastante obscura da história natural. Minha opinião foi solicitada. Enquanto pude negar o fato, fechei-me numa negação absoluta. Mas logo, pressionado contra a parede, tive de me explicar de modo categórico. E mais ainda, "o honorável Pierre Aronnax, professor do Museu de Paris", foi instado pelo jornal *New York Herald* a expressar uma opinião qualquer.

Acabei cedendo. Falei porque não podia ficar calado. Discuti a questão sob todos os seus aspectos, políticos e científicos, e dou aqui um extrato de um artigo muito detalhado que publiquei na edição de 30 de abril.

Então, dizia eu, depois de ter examinado uma por uma as várias hipóteses, rechaçadas todas as outras suposições, deve-se necessariamente admitir a existência de um animal marinho de força excessiva.

As grandes profundezas do oceano nos são totalmente desconhecidas. A sonda não conseguiu atingi-lo. O que é que acontece nesses abismos remotos? Que criaturas habitam e podem habitar a doze ou quinze milhas abaixo da superfície das águas? Como é o organismo desses animais? Dificilmente se pode conjeturar.

A solução do problema a mim submetido, no entanto, pode afetar a forma do dilema.

Ou conhecemos todas as variedades de criaturas que povoam nosso planeta, ou não as conhecemos.

Se não as conhecemos todas, se a natureza continua guardando segredos para nós no ramo da ictiologia, nada mais aceitável que admitir a existência de peixes ou cetáceos, de espécies ou mesmo de gêneros novos, providos de uma estrutura essencialmente "abissal", que habitam camadas inacessíveis à sonda e que um acontecimento qualquer, uma fantasia, um capricho, por assim dizer, os impelem, após longos intervalos, em direção ao nível superior do oceano.

Se, pelo contrário, conhecemos todas as espécies vivas, devemos necessariamente procurar o animal em questão entre as criaturas marinhas já catalogadas e, nesse caso, estarei disposto a admitir a existência de um narval gigante.

O narval comum, ou unicórnio do mar, geralmente atinge um comprimento de 18 metros. Quintupliquem, decupliquem essa dimensão, deem a esse cetáceo uma força proporcional a seu tamanho, aumentem suas armas ofensivas e obterão o animal desejado. Ele terá as proporções determinadas pelos oficiais do Shannon, o instrumento necessário para a perfuração do Scotia e a potência necessária para cortar o casco de um navio a vapor.

Com efeito, o narval é dotado de uma espécie de espada de marfim, uma alabarda, segundo a expressão de certos naturalistas. É um dente principal que possui a dureza do aço. Alguns desses dentes foram encontrados presos em corpos de baleias que o narval sempre ataca com sucesso. Outros foram arrancados, não sem dificuldade, dos cascos de navios que haviam perfurado de ponta a ponta, como uma broca perfura um barril. O museu da Faculdade de Medicina de Paris possui uma dessas defesas com 2,25 metros de comprimento e 48 centímetros de largura na base!

Pois bem! Suponham que a arma seja dez vezes mais forte e que o animal seja dez vezes mais poderoso. Lancem-no a uma velocidade de 20 milhas por hora, multipliquem sua massa por *sua velocidade, e obterão um choque capaz de produzir a catástrofe pretendida.*

Assim, até que haja informações mais amplas, eu pensaria num unicórnio do mar, de dimensões colossais, armado, não mais com uma alabarda, mas com um verdadeiro esporão, como as fragatas encouraçadas ou os potentes aríetes em navios de guerra, dos quais teria tanto a massa quanto a potência motriz.

Assim se explicaria esse fenômeno inexplicável – a menos que não haja nada além do que já se vislumbrou, já se viu, sentiu e se voltou a sentir – o que também é possível!

Essas últimas palavras foram covardia de minha parte; mas eu queria, até certo ponto, resguardar minha dignidade de professor, e não me tornar motivo de riso para os americanos, que riem à solta quando riem. Eu me reservava uma escapatória. No fundo, eu admitia a existência do "monstro".

Meu artigo foi acaloradamente discutido, o que lhe valeu grande repercussão. Chegou a reunir certo número de partidários. A solução que o artigo propunha, aliás, deixava livre curso à imaginação. O espírito humano se deleita com essas concepções grandiosas de criaturas sobrenaturais. Ora, o mar é precisamente seu melhor veículo, o único ambiente onde esses gigantes – perto dos quais os animais terrestres, elefantes ou rinocerontes, não passam de anões – podem se reproduzir e se desenvolver. As massas líquidas transportam as maiores espécies conhecidas de mamíferos e talvez contenham moluscos de tamanho incomparável, crustáceos assustadores só de contemplar, como seriam lagostas de 100 metros ou caranguejos pesando 200 toneladas! Por que não? Outrora, os animais terrestres, contemporâneos das eras geológicas, os quadrúpedes, os quadrumanos, os répteis, as aves eram estruturados em dimensões gigantescas. O Criador os havia lançado num molde colossal, que o tempo foi reduzindo aos poucos. Por que o mar, em suas profundezas desconhecidas, não teria conservado essas vastas amostras de vida de outras eras, ele (o mar) que nunca se modifica, ao passo que o núcleo da terra muda quase incessantemente? Por que não haveria de esconder em seu seio as últimas variedades dessas espécies titânicas, para as quais os anos são séculos e os séculos, milênios?

Mas deixo-me levar por devaneios que não cabe a mim entreter! Basta dessas quimeras que o tempo transformou em realidades terríveis para mim. Repito, formou-se então uma opinião sobre a natureza do fenômeno, e o público admitiu sem contestar a existência de uma criatura prodigiosa que nada tinha em comum com as fabulosas serpentes marinhas.

Mas se alguns viam isso apenas como um problema puramente científico a resolver, outros, mais positivos, especialmente na América e na Inglaterra, eram da opinião de expurgar do oceano esse temível monstro, a fim de tranquilizar as comunicações transoceânicas. Os jornais industriais e comerciais trataram a questão principalmente sob esse ponto de vista. A *Shipping and Mercantile Gazette*, o *Lloyd*, o *Paquebot*, a *Revue maritime et coloniale*, todos os jornais patrocinados pelas companhias de seguros, que ameaçavam aumentar a taxa de seus prêmios, foram unânimes nesse ponto.

Uma vez firmada a opinião pública, os Estados Unidos foram os primeiros a se manifestar. Em Nova York, tiveram início os preparativos para uma expedição destinada a perseguir o narval. Uma fragata de longo curso, a Abraham-Lincoln, já estava pronta para lançar-se aos mares o mais rápido possível. Os arsenais foram abertos ao comandante Farragut, que se apressou de modo incisivo no armamento de sua fragata.

Precisamente, e como sempre acontece, a partir do momento em que se decidiu perseguir o monstro, o monstro nunca mais apareceu. Durante dois meses, ninguém mais ouviu falar nele. Nenhum navio chegou a avistá-lo. Parecia que esse unicórnio estava sabendo dos complôs que estavam sendo tramados contra ele. Tanto se havia falado nele, e até mesmo pelo cabo transatlântico! Assim, os dados à ironia alegavam que o danado do bicho havia interceptado algum telegrama, de que agora se aproveitava.

Assim, já não se sabia para onde despachar a fragata armada para uma campanha distante e equipada com formidáveis apetrechos de pesca. E a impaciência ia crescendo quando, no dia 2 de julho, soube-se que um navio a vapor, da linha São Francisco da Califórnia a Xangai, tinha visto o animal novamente, três semanas antes, nos mares setentrionais do Pacífico.

A emoção causada por essa notícia foi extrema. O comandante Farragut não teve nem vinte e quatro horas de descanso. Seus suprimentos estavam embarcados. Seus paióis estavam lotados de carvão. Não faltava nenhum homem em sua função na tripulação. Bastava acender os fornos, esquentar e zarpar! Não teria sido perdoado pelo atraso de meio dia! Além disso, o comandante Farragut só queria mesmo partir.

Três horas antes de a Abraham-Lincoln deixar o cais do Brooklyn, recebi uma carta nestes termos:

Sr. Aronnax, professor do Museu de Paris, hotel da Quinta Avenida. Nova York.
Senhor,
Se quiser juntar-se à expedição da Abraham-Lincoln, o governo da União terá o prazer de ver a França representada pelo senhor nesse empreendimento. O Comandante Farragut tem uma cabine à sua disposição.
Muito cordialmente, seu
J.-B. HOBSON,
Secretário da Marinha.

III

SE FOR DE SEU AGRADO, SENHOR

Três segundos antes da chegada da carta de J.-B. Hobson, eu pensava tanto em perseguir o unicórnio quanto em tentar descobrir a passagem do noroeste que liga os oceanos. Três segundos depois de ler a carta do honrado Secretário da Marinha, finalmente compreendia que minha verdadeira vocação, único objetivo de minha vida, era caçar e livrar o mundo desse monstro perturbador.

Mas eu regressava de uma viagem penosa, cansado, ávido por descanso. Eu só desejava rever meu país, meus amigos, meu pequeno alojamento no Jardim Botânico, minhas queridas e preciosas coleções! Mas nada poderia me deter. Esqueci tudo, cansaço, amigos, coleções, e aceitei de imediato e sem titubear o convite do governo americano.

"Além do mais", pensei, "todos os caminhos levam de volta à Europa, e o unicórnio haverá de ter a gentileza de me arrastar até a costa da França! Este digno animal se deixará capturar nos mares da Europa – para meu prazer pessoal – e não quero levar menos de meio metro da sua alabarda de marfim ao Museu de História Natural."

Mas, para tanto, eu precisava procurar esse narval no norte do oceano Pacífico; e então, para regressar à França, eu tinha de tomar o caminho diametralmente oposto.

– Conseil! – gritei com voz impaciente.

Conseil era meu criado. Um moço dedicado que me acompanhava em todas as minhas viagens; um bravo flamengo que eu estimava e que me retribuía a estima; fleumático por natureza, sempre alerta por princípio, zeloso por hábito, pouco se importando com as surpresas da vida, muito hábil com as mãos, apto a todo serviço e, apesar do nome, nunca dando conselhos – mesmo quando lhe pediam.

Ao conviver com os cientistas de nosso pequeno mundo do Jardim Botânico, Conseil acabou por aprender alguma coisa. Eu tinha nele um especialista, muito versado em classificação no campo da história natural, percorrendo com a agilidade de um acrobata toda a escala dos ramos dos grupos, das classes, das subclasses, das ordens, das famílias, dos gêneros, dos subgêneros, das espécies e das variedades. Mas sua ciência parava por aí. Classificar era sua vida, e nisso consistia todo o seu saber. Muito competente na teoria da classificação, pouco na prática, não teria distinguido, creio eu, um cachalote de uma baleia! E, no entanto, que rapaz corajoso e digno!

Conseil, até esse momento e fazia dez anos, me havia acompanhado em todos os lugares para onde a ciência me levava. Jamais uma observação da parte dele sobre a duração ou o cansaço de uma viagem. Nenhuma objeção para fazer as malas para viajar para qualquer país, China ou Congo, por mais distante que fosse. Ele ia para lá ou para cá, sem fazer nenhuma pergunta. Além disso, gozando de uma saúde que desafiava todas as doenças; de músculos sólidos, mas sem nervos, isto é, sem a aparência de nervos no sentido moral, entenda-se.

Esse jovem tinha 30 anos e sua idade era tão próxima da de seu patrão quanto quinze está para vinte. Desculpem-me por dizer desse modo que eu tinha então 40 anos.

Mas Conseil tinha um defeito. Exageradamente formal, só falava comigo na terceira pessoa – a ponto de se tornar irritante.

– Conseil! – repeti, enquanto iniciava febrilmente meus preparativos para a partida.

Certamente, eu nutria dúvidas sobre esse rapaz tão dedicado. Geralmente, eu nunca lhe perguntava se lhe convinha ou não me acompanhar em minhas viagens, mas dessa vez se tratava de uma expedição que poderia se prolongar indefinidamente, um empreendimento arriscado na perseguição de um animal capaz de afundar uma fragata como se fosse uma casca de noz! Havia, pois, motivos para reflexão, até mesmo para o homem mais impassível do mundo! O que iria dizer Conseil?

– Conseil! – gritei pela terceira vez.

Conseil apareceu.

– O senhor me chamou? – perguntou ele, ao entrar.

– Sim, meu rapaz. Prepare-me, prepare-se. Partiremos dentro de duas horas.

– A seu total dispor, meu senhor – respondeu Conseil, calmamente.

– Não há um instante sequer a perder. Coloque em meu baú todos os meus utensílios de viagem, roupas, camisas, meias, sem escolher muito, mas o máximo que puder, e depressa!

– E todas as suas coleções, senhor? – observou Conseil.

– Trataremos disso mais tarde.

– O quê! Os *archiotherium*, os *hyracotherium*, os oreodontes, os queropótamos[18] e as outras carcaças que lhe pertencem?

– Vamos guardá-los no hotel.

– E sua babirussa[19] viva?

— Será alimentada durante nossa ausência. Além disso, darei ordens para enviar nossa coleção de animais para a França.

— Então não vamos voltar para Paris? — perguntou Conseil.

— Sim... certamente... — respondi evasivamente —, mas fazendo um desvio.

— O desvio que melhor lhe convier, senhor.

— Oh! será pouca coisa! Um caminho um pouco menos direto, nada mais que isso. Vamos embarcar na Abraham-Lincoln...

— Como melhor lhe convier, senhor — respondeu Conseil, pacificamente.

— Sabe, meu amigo, trata-se do monstro... do famoso narval... Vamos bani-lo dos mares!... O autor de uma obra em dois volumes sobre os *Mistérios das grandes profundezas submarinas* não pode deixar de embarcar com o comandante Farragut. Missão gloriosa, mas... perigosa também! Não sabemos para onde vamos! Esses animais podem estar cheios de caprichos! Mas iremos de qualquer maneira! Temos um comandante que não tem medo algum!...

— O que o senhor fizer, eu farei — respondeu Conseil.

— Mas pense bem! Pois não quero lhe esconder nada. Essa é uma daquelas viagens da qual nem sempre tem volta!

— Como melhor lhe aprouver, senhor.

Quinze minutos depois, nossos baús estavam prontos. Conseil se dera do que fazer, e eu tinha a certeza de que não faltava nada, pois esse rapaz classificava as camisas e as roupas tão bem como as aves ou os mamíferos.

O elevador do hotel nos deixou no grande vestíbulo do mezanino. Desci os poucos degraus que levavam ao térreo. Paguei minha conta nesse vasto balcão, sempre cercado por muita gente. Dei ordem para enviar para Paris (França) meus pacotes de animais empalhados e de plantas ressecadas. Abri crédito suficiente para a babirussa e, seguido por Conseil, saltei para dentro de uma carruagem.

O veículo, ao preço de 20 francos a corrida, desceu a Broadway até a Union Square, seguiu pela Quarta Avenida até seu cruzamento com a Bowery Street, seguiu pela Katrin Street e parou no 34º píer. Ali, o ferryboat Katrin nos transportou, homens, cavalos e carruagem, para o Brooklyn, o grande anexo de Nova York, situado na margem esquerda do East River, e em poucos minutos chegamos ao cais junto do qual a Abraham-Lincoln expelia torrentes de fumaça preta por suas duas chaminés.

Nossas bagagens foram imediatamente transferidas para o convés da fragata. Subi correndo a bordo. Perguntei pelo comandante Farragut. Um dos marujos me conduziu até o tombadilho, onde me vi na presença de um simpático oficial que me estendeu a mão.

– Sr. Pierre Aronnax? – disse ele.

– Ele mesmo – respondi. – Comandante Farragut?

– Em pessoa. Bem-vindo, professor. Sua cabine está à sua espera.

Cumprimentei-o e, deixando o comandante com seus urgentes preparativos, fui conduzido à cabine que me era destinada.

A Abraham-Lincoln havia sido escolhida e perfeitamente aparelhada para sua nova destinação. Era uma fragata de longo curso, equipada com dispositivos de superaquecimento, que permitiam aumentar a pressão de seu vapor a sete atmosferas. Sob essa pressão, a Abraham-Lincoln atingia uma velocidade média de 18 milhas e 3 décimos por hora, velocidade considerável, mas ainda assim insuficiente para combater o gigantesco cetáceo.

As adaptações internas da fragata responderam a suas qualidades náuticas. Fiquei muito satisfeito com minha cabine, situada na popa, que dava para o camarote dos oficiais.

– Estaremos bem aqui – disse eu a Conseil.

– Tão bem, e que o senhor não me leve a mal – respondeu Conseil –, quanto um caranguejo eremita na concha de um búzio.

Deixei Conseil arrumando os baús da melhor maneira possível e voltei ao convés para acompanhar os preparativos da partida.

Nesse momento, o comandante Farragut mandou soltar as últimas amarras que prendiam a Abraham-Lincoln ao cais do Brooklyn. Assim, pois, um quarto de hora de atraso, menos até, e a fragata haveria de partir sem mim, e eu perderia essa expedição extraordinária, sobrenatural, inverossímil, cuja verdadeira história poderá muito bem encontrar alguns incrédulos.

Mas o comandante Farragut não queria perder um dia ou uma hora para chegar aos mares onde o animal acabara de ser avistado. Mandou chamar seu engenheiro.

– Temos pressão suficiente? – perguntou-lhe.

– Sim, senhor – respondeu o engenheiro.

– *Go ahead* [20] – gritou o comandante Farragut.

A essa ordem, que foi transmitida mecanicamente por meio de dispositivos de ar comprimido, os maquinistas acionaram a roda de arranque. O vapor sibilou, precipitando-se nas gavetas entreabertas. Os longos pistões horizontais gemeram e impeliram o sistema de bielas. As pás da hélice batiam nas ondas com rapidez crescente, e a Abraham-Lincoln avançou majestosamente no meio de uma centena de ferryboats e embarcações carregadas de espectadores, que formavam uma espécie de cortejo.

Os cais do Brooklyn e toda a parte de Nova York que margeia o East River estavam lotados de curiosos. Três hurras, de quinhentos mil peitos, irromperam sucessivamente. Milhares de lenços se agitaram acima da massa compacta e saudaram a Abraham-Lincoln até chegar às águas do rio Hudson, na ponta dessa alongada península que forma a cidade de Nova York.

Depois, a fragata, seguindo pelo lado de Nova Jersey a admirável margem direita do rio, repleta de mansões, passou entre os fortes que a saudavam com seus maiores canhões. A Abraham-Lincoln respondeu agitando e hasteando três vezes a bandeira americana, cujas estrelas resplandeciam no mastro da mezena; depois, modificando sua marcha para tomar o canal balizado que se arredonda na baía interior formada pela ponta de Sandy Hook, percorreu essa faixa arenosa, onde vários milhares de espectadores mais uma vez a aclamaram.

O cortejo de barcos e barcaças continuava acompanhando a fragata, e só a deixou na altura da embarcação sinalizadora, cujas luzes marcam a entrada dos canais de Nova York.

Soavam então 3 horas. O piloto desceu para seu barco e juntou-se à pequena escuna que o esperava a favor do vento. O fogo foi atiçado; a hélice bateu mais rapidamente nas ondas; a fragata contornou a costa baixa e amarela de Long Island e, às 8 horas da noite, depois de perder de vista a noroeste as luzes do farol de Fireland, correu a todo vapor as sombrias águas do Atlântico.

IV

NED LAND

O comandante Farragut era um bom marinheiro, digno da fragata que comandava. Ele e seu navio eram um só. O navio era sua alma. Quanto ao cetáceo, nenhuma dúvida pairava em seu espírito, e ele não permitia que a existência do animal fosse discutida a bordo. Acreditava nela como algumas boas mulheres acreditam no Leviatã[21] pela fé, não pela razão. O monstro existia, e ele tinha jurado que haveria de livrar os mares dessa criatura. Ele era uma espécie de cavaleiro de Rodes, um Deodato de Gozon[22], caminhando ao encontro da serpente que desolava sua ilha. Ou o comandante Farragut mataria o narval ou o narval mataria o comandante Farragut. Não havia meio-termo.

Os oficiais de bordo eram da opinião do chefe. Nada melhor do que ouvi-los conversar, discutir, argumentar, calcular as diversas chances de um encontro e observar a vasta extensão do oceano. Mais de um, que teria amaldiçoado semelhante tarefa em quaisquer outras circunstâncias, se impunha um turno de vigilância voluntária nas barras do mastro de joanete, Enquanto o sol descrevia seu arco diurno, a mastreação era povoado de marujos cujos pés queimavam nas pranchas do convés e que não conseguiam ficar parados no lugar! E, no entanto, a Abraham-Lincoln ainda não estava rasgando as águas suspeitas do Pacífico com sua roda de proa.

Quanto à tripulação, tudo o que queria era encontrar o unicórnio, arpoá-lo, içá-lo a bordo e despedaçá-lo. E toda a tripulação vigiava o mar com escrupulosa atenção. Além disso, o comandante Farragut falava de certa quantia de 2 mil dólares, reservada a qualquer pessoa, grumete ou marinheiro, mestre ou oficial, que assinalasse o animal. Deixo que se imagine se porventura os olhos não se exercitavam a bordo da Abraham-Lincoln.

De minha parte, não ficava para trás diante dos outros e não transferia para ninguém minha cota de observações diárias. Haveria mil razões para que a fragata fosse chamada Argos.[23] Sozinho no meio de todos, Conseil protestava com sua indiferença contra a questão que nos fascinava, e destoava ante o entusiasmo geral a bordo.

Eu disse que o comandante Farragut havia equipado cuidadosamente seu navio com dispositivos adequados para pescar o gigantesco cetáceo. Um baleeiro não poderia ter-se armado melhor. Possuíamos todos os dispositivos conhecidos, desde o arpão lançado à mão até as flechas farpadas das espingardas e as balas explosivas dos bacamartes. No castelo de proa estendia-se um canhão aperfeiçoado, de carga pela culatra, de paredes bem espessas, de diâmetro do cano muito estreito, cujo modelo iria estar presente na Exposição Universal de 1867. Esse precioso instrumento, de origem americana, lançava sem dificuldade um projétil cônico de quatro quilos a uma distância média de dezesseis quilômetros.

A Abraham-Lincoln, portanto, não carecia de meios de destruição. Mas ela tinha algo de melhor ainda. Tinha Ned Land, o rei dos arpoadores.

Ned Land era um canadense de habilidade manual incomum e que não conhecia igual em sua perigosa profissão.

Destreza e sangue-frio, audácia e astúcia, possuía essas qualidades em grau superior, e era preciso ser uma baleia bem maliciosa ou um cachalote singularmente astuto para escapar do golpe de seu arpão.

Ned Land tinha cerca de 40 anos. Era um homem alto – mais de 1,80 m – de constituição vigorosa, expressão séria, pouco comunicativo, às vezes violento e muito irritadiço, se contrariado. Sua pessoa despertava a atenção e sobretudo a força de seu olhar que lhe acentuava singularmente a fisionomia.

Acredito que o comandante Farragut tinha sido muito sensato ao contratar esse homem para fazer parte do grupo de homens a bordo. Sozinho, valia toda a tripulação, pelos olhos e pelos braços. Não poderia compará-lo melhor do que a um poderoso telescópio que seria ao mesmo tempo um canhão sempre pronto a disparar.

Quem fala canadense, fala francês e, por pouco comunicativo que fosse Ned Land, devo admitir que ele sentiu certa afeição por mim. Minha nacionalidade sem dúvida o atraía. Era uma oportunidade para ele falar e para eu ouvir essa antiga língua de Rabelais[24] que ainda é usada em algumas províncias canadenses. A família do arpoador era originária de Quebec e já formava uma tribo de ousados pescadores na época em que essa cidade pertencia à França.

Aos poucos, Ned foi tomando gosto pela conversa, e eu me deliciava em ouvir o relato de suas aventuras nos mares do polo norte. Contava suas pescarias e suas batalhas com uma grande poesia natural. Seu relato assumia uma forma épica, e eu julgava estar ouvindo algum Homero[25] canadense cantando a *Ilíada* das regiões hiperbóreas.

Agora retrato esse ousado companheiro, tal como o conheço atualmente. É que nos tornamos velhos amigos, unidos por essa inalterável amizade que nasce e se consolida nas circunstâncias mais assustadoras! Ah, bravo Ned! Só peço para viver mais cem anos, para lembrar de você por mais tempo!

E agora, qual era a opinião de Ned Land sobre a questão do monstro marinho? Devo admitir que ele dificilmente acreditava no unicórnio e que, sozinho a bordo, não partilhava da convicção geral. Evitava até mesmo tratar desse assunto, sobre o qual achei que um dia haveria de lhe perguntar.

Numa magnífica noite de 30 de julho, ou seja, três semanas depois de nossa partida, a fragata encontrava-se ao largo do cabo Branco, a trinta milhas a sotavento da costa da Patagônia. Tínhamos ultrapassado o trópico de Capricórnio, e o estreito de Magalhães se abria a menos de setecentas milhas ao sul. Dentro de oito dias, a Abraham-Lincoln estaria navegando nas águas do Pacífico.

Sentados no tombadilho, Ned Land e eu conversávamos sobre os mais variados assuntos, contemplando esse misterioso mar, cujas profundezas permanecem inacessíveis até o momento aos olhos humanos. Fui conduzindo a conversa, com toda a naturalidade, para o unicórnio gigante e examinava as diversas chances de sucesso ou de fracasso de nossa expedição. Então, vendo que Ned estava me deixando falar sem dizer muita coisa, eu o instiguei mais diretamente.

– Como, Ned – perguntei-lhe –, como é que você pode não estar convencido da existência do cetáceo que estamos perseguindo? Você tem, então, algum motivo específico para ser tão incrédulo?

O arpoador me olhou por alguns instantes antes de responder. Bateu com a mão na testa larga com um gesto que lhe era habitual, fechou os olhos como se quisesse refletir e finalmente disse:

– Talvez muitos, sr. Aronnax.

– Mas você, Ned, um baleeiro profissional, você que está familiarizado com os grandes mamíferos marinhos, você cuja imaginação deve aceitar facilmente a hipótese de enormes cetáceos, deveria ser o último a duvidar em tais circunstâncias!

– Aí é que o senhor se engana, professor – respondeu Ned. Que o povo em geral acredite em cometas extraordinários atravessando o espaço ou na existência de monstros antediluvianos povoando o interior do globo, ainda se aceita, mas nem o astrônomo nem o geólogo admitem tais quimeras. Da mesma forma, o baleeiro. Persegui muitos cetáceos, arpoei um grande número deles, matei vários, mas por mais poderosos e bem armados que fossem, nem suas caudas nem suas presas poderiam ter danificado as placas de metal de um navio a vapor.

– Seja como for, Ned, comenta-se que o dente do narval atravessou o casco de embarcações de lado a lado.

– Navios de madeira, é possível – respondeu o canadense. – Mesmo assim, nunca os vi. Até prova em contrário, portanto, nego que baleias, cachalotes ou unicórnios possam produzir tal efeito.

– Escute, Ned...

– Não, professor, não. Tudo o que quiser, menos isso. Um polvo gigante, talvez?...

– Menos ainda, Ned. O polvo não passa de um molusco, e esse mesmo nome indica a pouca consistência de suas carnes. Mesmo que tivesse 15 metros de comprimento, o polvo, que não pertence ao ramo dos vertebrados, é completamente inofensivo para navios como o Scotia ou o Abraham-Lincoln. Devemos, portanto, relegar à categoria das fábulas as proezas dos Krakens ou de outros monstros dessa espécie.

– Então, senhor naturalista – replicou Ned Land, num tom bastante zombeteiro – persiste em admitir a existência de um enorme cetáceo...?

– Sim, Ned, repito-o com uma convicção que se baseia na lógica dos fatos. Acredito na existência de um mamífero poderosamente constituído, pertencente ao ramo dos vertebrados, como as baleias, os cachalotes ou os golfinhos, e munido de uma presa córnea cuja força de penetração é extrema.

– Hum! – fez o arpoador, balançando a cabeça com ar de quem não se deixa convencer facilmente.

– Observe, meu digno canadense – continuei –, que se semelhante animal existe, se habita as profundezas do oceano, se frequenta as camadas líquidas situadas alguns quilômetros abaixo da superfície das águas, ele possui necessariamente um organismo cuja solidez desafia qualquer comparação.

– E por que esse organismo é tão poderoso? – perguntou Ned.

– Porque é necessária uma força incalculável para se manter nas camadas profundas e resistir à sua pressão.

– Verdade? – exclamou Ned, que me olhava, piscando.

– Verdade! E alguns números lhe provarão isso facilmente.

– Oh! Números! – replicou Ned. Pode-se fazer o que bem se quer com os números!

– Nos negócios, Ned, mas não na matemática. Escute, por favor. Admitamos que a pressão de uma atmosfera seja representada pela pressão de uma coluna de água de dez metros de altura. Na realidade, a coluna de água teria uma altura menor, pois se trata de água do mar, cuja densidade é maior que a da água doce. Pois bem, quando você mergulha, Ned, a cada dez metros de água mais fundo, seu corpo suporta uma pressão equivalente a uma atmosfera, ou seja, tantos quilogramas para cada centímetro quadrado de superfície. Segue-se daí que, a cem metros, essa pressão é de dez atmosferas, de cem atmosferas a mil metros e de mil atmosferas a dez mil metros, ou seja, aproximadamente duas léguas e meia. Isso equivale a dizer que se você pudesse atingir essa profundidade no oceano, cada centímetro quadrado da superfície de seu corpo sofreria mil quilogramas de pressão. Ora, meu caro Ned, sabe quantos centímetros quadrados de superfície você tem?

– Não faço ideia, sr. Aronnax.

– Cerca de 17 mil.

– Tudo isso?

– E como, na realidade, a pressão atmosférica é um pouco superior ao peso de um quilograma por centímetro quadrado, seus 17 mil centímetros quadrados suportam nesse momento uma pressão de 17.568 quilogramas.

– Sem que eu perceba?

– Sem você perceber. E se você não é esmagado por essa pressão, é porque o ar penetra em seu corpo com idêntica pressão. Daí um equilíbrio perfeito entre o impulso interior e o impulso exterior, que se neutralizam, o que permite tolerá-los sem dificuldade. Mas na água é outra coisa.

– Sim, entendo – disse Ned, ficando mais atento –, pois a água me cerca e não me penetra.

– Precisamente, Ned. É assim que, portanto, a dez metros abaixo da superfície do mar, você sofreria uma pressão de 17.568 quilogramas; a cem metros, dez vezes essa pressão, ou 175.680 quilogramas; a mil metros, cem vezes essa pressão, ou seja, 1.756.800 quilogramas; finalmente, a dez mil metros, mil vezes essa pressão, ou 17.568.000 quilogramas; ou seja, você ficaria achatado como se estivesse sendo retirado das placas de uma prensa hidráulica!

– Diabos! – exclamou Ned.

– Pois bem, meu digno arpoador, se vertebrados, com várias centenas de metros de comprimento e de volume proporcional, se mantêm e vivem nessas profundezas, eles cuja superfície é representada por milhões de centímetros quadrados, é por bilhões de quilogramas que é necessário estimar a pressão que eles sofrem. Calcule então qual deve ser a resistência de sua estrutura óssea e a força de seu organismo para resistir a essas pressões!

– Deveriam – comentou Ned Land – ser fabricados de placas de ferro de 20 centímetros, como as fragatas encouraçadas.

– É como você diz, Ned, e depois pense na devastação que uma massa dessas pode produzir se lançada com a velocidade de um trem expresso contra o casco de um navio.

– Sim... é verdade... talvez – titubeou o canadense, abalado com esses números, mas que não queria se render.

– Pois bem, consegui convencê-lo?

– O senhor me convenceu de uma coisa, senhor naturalista; é que, se esses animais existem no fundo dos mares, devem ser necessariamente tão fortes quanto o senhor diz.

– Mas se eles não existem, obstinado arpoador, como explica o acidente que aconteceu com o Scotia?

– É, pode ser... – disse Ned, hesitante.

– Vamos lá, pois!

– Porque... isso não é verdade! – respondeu o canadense, reproduzindo sem saber uma famosa resposta de Arago.[26]

Mas essa resposta provava a obstinação do arpoador e nada mais. Nesse dia, não o provoquei mais. O acidente do Scotia era inegável. O buraco tanto existia que tiveram de tapá-lo, e não creio que a existência do buraco pudesse ser demonstrada de forma mais categórica. Ora, esse buraco não se havia feito sozinho e, como não tinha sido produzido por rochas submarinas ou por engenhocas submarinas, era necessariamente devido ao instrumento perfurante de um animal.

Ora, a meu ver, e por todas as razões anteriormente deduzidas, esse animal pertencia ao ramo dos vertebrados, à classe dos mamíferos, ao grupo dos pisciformes e, finalmente, à ordem dos cetáceos. Quanto à família em que se classificava, baleia, cachalote ou golfinho, quanto ao gênero a que pertencia, quanto à espécie em que convinha colocá-lo, essa era uma questão a elucidar posteriormente. Para resolvê-la era preciso dissecar esse monstro desconhecido; para dissecá-lo, era preciso capturá-lo; para tanto, era preciso arpoá-lo – que cabia a Ned Land fazê-lo – para arpoá-lo, era preciso avistá-lo – o que cabia à tripulação – e para avistá-lo era preciso encontrá-lo – o que era uma questão de sorte.

NAVEGANDO AO ACASO

A viagem da Abraham-Lincoln, durante algum tempo, não foi marcada por nenhum incidente. Apresentou-se, no entanto, uma circunstância que pôs em relevo a maravilhosa capacidade de Ned Land, deixando evidente a confiança que podíamos depositar nele.

Ao largo das ilhas Malvinas, no dia 30 de junho, a fragata entrou em contato com baleeiros americanos, e soubemos que não tinham avistado nenhum narval. Mas um deles, o capitão do Monroe, sabendo que Ned Land estava a bordo da Abraham-Lincoln, pediu-lhe ajuda para caçar uma baleia que estava à vista. O comandante Farragut, ansioso para ver Ned Land em ação, autorizou-o a subir a bordo do Monroe. E o acaso serviu tão bem a nosso canadense que, em vez de uma baleia, ele arpoou duas com um golpe duplo, atingindo uma diretamente no coração e capturando a outra após uma perseguição de alguns minutos.

Certamente, se o monstro tiver algum dia de enfrentar o arpão de Ned Land, não haverei de apostar no monstro.

A fragata percorreu a costa sudeste da América com uma rapidez prodigiosa. No dia 3 de julho, estávamos ao largo da entrada do estreito de Magalhães, na altura do cabo das Virgens.

Mas o comandante Farragut não quis penetrar nessa passagem sinuosa e manobrou para dobrar o cabo Horn.

Toda a tripulação concordou com ele, sem objetar. E, de fato, seria provável encontrar o narval nesse estreito tão apertado? Muitos marinheiros afirmavam que o monstro não conseguiria passar por ali, "que era grande demais para isso!"

No dia 6 de julho, por volta das 3 horas da tarde, a Abraham-Lincoln, a quinze milhas ao sul, dobrou essa ilhota solitária, esse rochedo perdido na extremidade do continente americano, ao qual marinheiros holandeses deram o nome de sua cidade natal, cabo Horn. Foi dada a ordem de rumar para noroeste e, no dia seguinte, a hélice da fragata finalmente batia nas águas do Pacífico.

– Abram os olhos! Olhos abertos! – repetiam os marujos da Abraham-Lincoln.

E os abriam desmesuradamente. Os olhos e os binóculos, um pouco deslumbrados, é verdade, pela perspectiva dos 2 mil dólares, não descansaram um momento sequer. Dia e noite se observava a superfície do oceano, e os nictalopes, cuja capacidade de enxergar no escuro aumentava as chances em cinquenta por cento, levavam vantagem para ganhar o prêmio.

Eu, para quem a isca do dinheiro praticamente não me atraía, nem por isso, no entanto, era o menos atento a bordo. Reservando apenas alguns minutos para a refeição, algumas horas para o sono, indiferente ao sol ou à chuva, nunca saía do convés do navio. Ora apoiado na amurada do castelo de proa, ora debruçado na amurada da popa, devorava com olhar ávido o espumante rastro que embranquecia o mar até perder de vista! E quantas vezes compartilhei a emoção do estado-maior, da tripulação, quando alguma caprichosa baleia erguia seu dorso enegrecido acima das ondas. O convés da fragata se povoava de gente num instante. As escotilhas vomitavam uma torrente de marujos e oficiais. Todos, com o peito arfante e os olhos turvos, observavam o avanço do cetáceo. Eu olhava, olhava até cansar a retina, até ficar cego, enquanto Conseil, ainda fleumático, repetia em tom sereno:

– Se o senhor tivesse a bondade de arregalar menos os olhos, o senhor veria muito mais!

Mas, vã emoção! A Abraham-Lincoln mudava de rumo, corria atrás do animal assinalado, simples baleia ou cachalote comum, que logo desaparecia em meio a um coro de imprecações!

O clima, no entanto, permanecia favorável. A viagem se realizava nas melhores condições. Era então a adversa estação austral, pois o mês de julho dessa zona corresponde a nosso mês de janeiro na Europa; mas o mar permanecia lindo e podia ser facilmente observado num vasto perímetro.

Ned Land continuava mostrando a mais tenaz descrença; deixava até mesmo de observar a superfície das ondas fora de seu turno de vigia – pelo menos quando nenhuma baleia estava à vista. E, contudo, seu maravilhoso poder de visão teria sido de grande utilidade. Mas, oito em cada doze horas, esse teimoso canadense lia ou dormia em sua cabine. Inúmeras vezes o recriminei por sua indiferença.

– Bah! – respondia ele. – Não há nada, sr. Aronnax, e se houvesse algum animal, que chance temos de avistá-lo? Será que não estamos navegando ao acaso, às tontas? Dizem que foi vista de novo essa besta fugidia nos altos mares do Pacífico, estou disposto até a admiti-lo, mas já se passaram dois meses desde esse encontro e, a julgar pelo temperamento de seu narval, parece que ele não gosta de ficar mofando muito tempo nas mesmas paragens! Ele é dotado de uma prodigiosa facilidade de deslocamento. Ora, o senhor sabe melhor do que eu, professor, a natureza não faz nada sem sentido, e não daria a um animal lento, por natureza, a capacidade de se mover rapidamente, se não precisasse dela. Logo, se a besta existe, já está longe!

A isso, eu não sabia o que responder. Evidentemente, estávamos navegando às cegas. Mas como proceder de outra maneira? Por isso nossas chances eram muito limitadas. Mas ninguém duvidava ainda do sucesso, e nenhum marinheiro a bordo teria apostado contra o narval e contra seu iminente aparecimento.

No dia 20 de julho, o trópico de Capricórnio foi transposto a 105° de longitude e, no dia 27 do mesmo mês, atravessávamos a linha do equador no centésimo décimo meridiano. Determinada essa posição, a fragata tomou uma direção mais decidida para oeste e entrou nos mares centrais do Pacífico.

O comandante Farragut pensava, com razão, que era melhor frequentar águas profundas e afastar-se de continentes ou ilhas, que o animal sempre parecia evitar sua proximidade, "sem dúvida, porque não havia água suficiente para ele!", dizia o chefe da tripulação. A fragata, portanto, passou ao largo das ilhas Pomotou, das Marquesas e das ilhas Sandwich[27], cruzando o trópico de Câncer a 132° de longitude e rumando para os mares da China.

Finalmente, estávamos no local das últimas travessuras do monstro! E, para ser sincero, não se vivia mais a bordo. Os corações palpitavam descontroladamente e se preparavam para um futuro de incuráveis aneurismas. Toda a tripulação padecia de uma excitação nervosa, da qual não saberia dar a ideia. Não se comia, não se dormia mais. Vinte vezes por dia, um erro de apreciação, uma ilusão de ótica de algum marinheiro empoleirado nas barras, causavam intoleráveis dores, e essas emoções, repetidas vinte vezes, nos mantinham num estado de tensão violento demais para não provocar uma iminente reação.

E, de fato, a reação não demorou a eclodir. Durante três meses, três meses cujos dias duravam um século! A

Abraham-Lincoln navegou por todos os mares do norte do Pacífico, atacando baleias assinaladas, fazendo bruscos desvios de rota, virando subitamente de um lado a outro, parando repentinamente, forçando ou revertendo o vapor, de modo alternado, correndo o risco de desregular o motor, mas não deixou um ponto inexplorado desde o litoral do Japão até a costa americana. E nada! Nada além da imensidão das ondas desertas! Nada que se assemelhasse a um narval gigante, nem a um rochedo submarino, nem a um destroço de naufrágio, nem a um recife fugidiço, nem a qualquer coisa que parecesse sobrenatural!

Sobreveio, portanto, a reação. De início, o desânimo tomou conta do espírito de todos e abriu uma brecha para a descrença. Um novo sentimento se difundiu a bordo, que se compunha de três décimos de vergonha e sete décimos de furor. Todos se sentiam "uns grandes tolos" por se terem deixado iludir por uma quimera, mas estavam principalmente furiosos! As montanhas de argumentos acumuladas ao longo de um ano desabaram de uma só vez, e todos só pensavam em compensar as horas de refeição ou de sono que haviam sacrificado de forma tão tola.

Com a volubilidade natural do espírito humano, de um excesso nos lançamos a outro. Os mais acalorados defensores da empreitada se tornaram fatalmente seus mais ardorosos detratores. A reação subiu do fundo do navio, do posto dos carvoeiros até o compartimento do Estado-Maior, e certamente, sem uma teimosia muito particular do comandante Farragut, a fragata teria definitivamente rumado para o sul novamente.

Essa busca inútil, no entanto, não poderia se prolongar por mais tempo. O Abraham-Lincoln não tinha nada do que se recriminar, visto que tudo fizera para ter sucesso. Jamais a tripulação de um navio da marinha americana mostrou mais paciência e mais zelo; o insucesso não poderia lhe ser imputado; tudo o que restava era regressar.

Uma representação nesse sentido foi feita ao comandante. Mas ele se manteve firme. Os marinheiros não esconderam o descontentamento, e o serviço sofreu com isso. Não quero dizer que houve uma revolta a bordo, mas, depois de um razoável período de obstinação, o comandante Farragut, assim como fizera Colombo outrora, pediu três dias de paciência. Se dentro do prazo de três dias o monstro não aparecesse, o timoneiro giraria três voltas à roda, e o Abraham-Lincoln seguiria em direção dos mares europeus.

Essa promessa foi feita no dia 2 de novembro. Seu primeiro resultado foi incutir novo ânimo à tripulação. O oceano passou a ser observado com nova atenção. Todos queriam dar aquela última olhada, na qual se resume toda a lembrança. Os binóculos funcionaram com uma atividade febril. Era um supremo desafio feito ao narval gigante, que não poderia, "em consciência", se eximir de responder a essa intimação "a comparecer".

Dois dias se passaram. A fragata Abraham-Lincoln se mantinha em marcha lenta. Foram empregados mil meios para despertar a atenção ou estimular a apatia do animal, caso fosse encontrado nessas paragens. Enormes pedaços de toucinho eram arrastados atrás, presos à popa, para grande satisfação dos tubarões, devo dizê-lo. As embarcações se irradiavam em todas as direções ao redor da fragata Abraham-Lincoln, enquanto esta se imobilizava, e não deixaram nenhum ponto de mar inexplorado. Mas a noite de 4 de novembro chegou sem que esse mistério submarino fosse desvendado.

No dia seguinte, 5 de novembro, ao meio-dia, expirava o prazo estabelecido. Depois disso, o comandante Farragut, fiel à sua promessa, deveria mudar a rota para sudeste e abandonar definitivamente as regiões setentrionais do Pacífico.

A fragata se encontrava então a 31°15' de latitude norte e 136°42' de longitude leste. As terras do Japão estavam a menos de duzentas milhas a sotavento. A noite estava se aproximando. Acabavam de bater 8 horas. Grandes nuvens velavam o disco da lua, então em seu primeiro quarto. O mar ondulava pacificamente sob a proa da embarcação.

Nesse momento, eu estava inclinado para frente, na amurada de estibordo. Conseil, posicionado perto de mim, olhava para frente. A tripulação, empoleirada nos cabos de sustentação dos mastros, examinava o horizonte que aos poucos se estreitava e escurecia. Os oficiais, munidos de suas lunetas noturnas, vasculharam a escuridão crescente. Às vezes, o escuro oceano brilhava sob um raio que a lua lançava entre a orla de duas nuvens. Depois, todo traço de luz se dissipava nas trevas.

Observando Conseil, notei que esse corajoso rapaz estava um tanto sujeito à influência geral. Pelo menos, assim o julguei. Talvez, e pela primeira vez, seus nervos vibraram sob a ação de uma sensação de curiosidade.

– Vamos, Conseil – disse-lhe eu –, aqui está uma última oportunidade de embolsar 2 mil dólares.

– Senhor, permita-me dizer-lhe – retrucou Conseil –, nunca contei com essa recompensa, e o governo da União poderia ter prometido cem mil dólares, que nem por isso teria ficado mais pobre.

– Tem razão, Conseil. Afinal, é uma coisa bem tola e na qual entramos de modo por demais leviano. Quanto tempo perdido, quantas emoções inúteis! Já estaríamos tranquilos na França há seis meses...

– No pequeno apartamento do senhor – replicou Conseil –, no Museu do senhor! E eu já teria classificado os fósseis do senhor! E a babirussa do senhor estaria instalada em sua jaula no Jardim das Plantas, atraindo todos os curiosos da capital!

– Como você diz, Conseil, e sem contar, imagino, que vão zombar de nós!

– Efetivamente – respondeu Conseil, tranquilamente –, acho que as pessoas vão zombar do senhor. E é preciso dizê-lo...?

– É preciso, Conseil.

– Pois bem, o senhor só terá o que merece!

– Verdade!

– Quando alguém tem a honra de ser um cientista como o senhor, não se expõe...

Conseil não conseguiu terminar o elogio. No meio do silêncio geral, uma voz acabava de se fazer ouvir. Era a voz de Ned Land. E Ned Land gritava:

– Ei! A coisa, a coisa! A sotavento! Atravessada à nossa frente!

VI

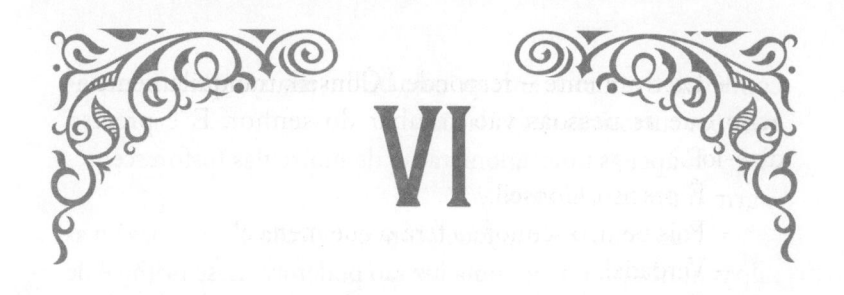

A TODO VAPOR

A esse grito, toda a tripulação se precipitou em direção ao arpoador; comandante, oficiais, mestres, marujos, grumetes, até os engenheiros que abandonaram as máquinas, até aos foguistas que abandonaram as fornalhas. A ordem de parar tinha sido dada, e a fragata só avançava em marcha lenta.

A escuridão era profunda e, por melhores que fossem os olhos do canadense, fiquei imaginando como tinha conseguido ver e o que poderia ter visto. Meu coração batia descontroladamente.

Mas Ned Land não se havia enganado e todos conseguimos avistar o objeto que ele apontava com a mão.

A quatrocentos metros da Abraham-Lincoln e de sua alheta de estibordo, o mar parecia iluminado. Não era um simples fenômeno de fosforescência, e não havia como se enganar. O monstro, submerso a algumas toesas[28] da superfície das águas, projetava esse brilho muito intenso, mas inexplicável, que fora mencionado nos relatos de vários capitães. Essa magnífica irradiação devia ser produzida por um agente iluminador de grande potência. A parte luminosa descrevia sobre o mar uma imensa forma oval, muito alongada, no centro da qual se condensava um foco ardente cujo brilho insustentável se extinguia por sucessivas degradações.

– É apenas uma aglomeração de moléculas fosforescentes – gritou um dos oficiais.

– Não, senhor – repliquei, com convicção. As fôladas ou as salpas nunca produzem uma luz tão poderosa. Esse brilho é de natureza essencialmente elétrica... Além disso, veja, veja! Está se deslocando! Move-se para frente, para trás! Está se lançando contra nós!

Um grito geral se elevou da fragata.

– Silêncio! – disse o comandante Farragut. – Leme inteiramente a barlavento! Reverter as máquinas!

Os marujos se precipitaram para o timão, os engenheiros para as máquinas. O vapor foi imediatamente revertido, e a Abraham-Lincoln, com uma guinada a bombordo, descreveu um semicírculo.

– Alinhar o leme! Acionar a máquina, para frente! – gritou o comandante Farragut.

Essas ordens foram executadas e a fragata se afastou rapidamente do foco luminoso.

Engano meu. Quis se afastar, mas o animal sobrenatural se aproximou, imprimindo o dobro de sua velocidade.

Estávamos ofegantes. A estupefação, bem mais que o medo, nos mantinha mudos e imóveis. O animal nos atacava brincando. Contornou a fragata, que então se movia a 14 nós, e a envolveu em suas camadas elétricas como poeira luminosa. Depois se afastou duas ou três milhas, deixando um rastro fosforescente comparável aos redemoinhos de vapor lançados para trás por uma locomotiva de um expresso. De repente, dos escuros limites do horizonte, de onde iria tomar impulso, o monstro investiu subitamente na direção da Abraham-Lincoln com uma assustadora rapidez, parou bruscamente a seis metros de seus perseguidores e se extinguiu, mas não por ter submergido nas águas, porquanto seu brilho não sofrera qualquer degradação, mas instantaneamente e como se a fonte desse eflúvio brilhante tivesse secado de repente! Em seguida, reapareceu do outro lado do navio, porque o havia contornado ou porque havia se esgueirado sob seu casco. A qualquer momento poderia ocorrer uma colisão, que nos teria sido fatal.

Mas eu estava surpreso com as manobras da fragata. Ela fugia. Não atacava. Era perseguida, quando deveria perseguir, e fiz essa observação ao comandante Farragut. Seu semblante, geralmente tão impassível, deixava transparecer um espanto indefinível.

– Sr. Aronnax – respondeu ele –, não sei com que formidável criatura estou lidando e não quero arriscar imprudentemente minha fragata no meio dessa escuridão. Além disso, como atacar o desconhecido, como defender-se dele? Vamos esperar o dia clarear e os papéis haverão de mudar.

– O senhor não tem mais dúvidas, comandante, sobre a natureza do animal?

– Não, senhor, é evidentemente um narval gigante, mas também um narval elétrico.

– Talvez – acrescentei – não possamos nos aproximar dele mais do que de um poraquê ou peixe-elétrico ou de uma arraia!

– De fato – respondeu o comandante. – E se possui dentro de si uma força fulminante, é sem dúvida o animal mais terrível que já saiu das mãos do Criador. É por isso que, senhor, prefiro ser bem cauteloso.

Toda a tripulação ficou de pé durante a noite. Ninguém pensou em dormir. A Abraham-Lincoln, não podendo competir em velocidade, moderou sua marcha e se mantinha atenta. Por sua vez, o narval, imitando a fragata, se deixava embalar pelas ondas e parecia determinado a não abandonar o cenário da luta.

Por volta da meia-noite, porém, ele desapareceu ou, para usar uma expressão mais precisa, "apagou-se" como um grande vagalume. Teria fugido? Era preciso temê-lo, não esperá-lo. Mas, faltando sete minutos para a uma da madrugada, ouviu-se um silvo ensurdecedor, semelhante ao produzido por uma coluna de água, expelida com extrema violência.

O comandante Farragut, Ned Land e eu estávamos no tombadilho, espiando ansiosamente através das densas trevas.

– Ned Land – perguntou o comandante –, já ouviu baleias rugir?

– Muitas vezes, senhor, mas nunca de semelhantes baleias, cuja visão me rendeu 2 mil dólares.

– Na verdade, você tem direito à recompensa. Mas diga-me, esse barulho não é o que os cetáceos fazem quando ejetam água pelas aberturas dorsais?

– O mesmo barulho, senhor, mas este é incomparavelmente mais alto. Por isso não há como se enganar. É realmente um cetáceo que está aí presente em nossas águas. Com sua permissão, senhor – acrescentou o arpoador –, eu lhe direi duas palavras amanhã, ao raiar do dia.

– Se ele estiver disposto a ouvi-lo, mestre Land – intervim, num tom pouco convincente.

– Deixe-me abordá-lo a uma distância de quatro arpões – replicou o canadense – e ele terá de me ouvir!

– Mas para se aproximar desse modo – continuou o comandante – terei de colocar uma baleeira à sua disposição?

– Sem dúvida, senhor.

– Isso será pôr em risco a vida de meus homens?

– E a minha! – retrucou o arpoador, simplesmente.

Por volta das 2 horas da manhã, o foco luminoso reapareceu, não menos intenso, a cinco milhas a barlavento da Abraham-Lincoln. Apesar da distância, apesar do rumor do vento e do mar, podíamos ouvir distintamente as formidáveis batidas da cauda do animal e até sua respiração esbaforida. Parecia que, no momento em que o enorme narval vinha respirar na superfície do oceano, o ar penetrava em seus pulmões como faz o vapor nos vastos cilindros de um motor de dois mil cavalos de potência.

"Hum!", pensei. "Uma baleia com a força de um regimento de cavalaria, seria uma bela de uma baleia!"

Permanecemos em alerta até o amanhecer e nos preparamos para o combate. Os equipamentos de pesca foram dispostos ao longo da amurada. O imediato carregou esses canhões que lançam um arpão a uma distância de uma milha, e carregou também espingardas de cano longo com balas explosivas, cujo ferimento é fatal, mesmo para os mais poderosos animais. Ned Land contentou-se em afiar seu arpão, uma arma terrível em suas mãos.

Às 6 horas, já começava a amanhecer e, com as primeiras luzes da aurora, o brilho elétrico do narval desapareceu. Às 7 horas, o dia estava suficientemente claro, mas uma névoa matinal muito espessa estreitava o horizonte, e os melhores telescópios não conseguiam penetrá-la. Em decorrência, decepção e raiva.

Eu me soergui até as barras da mezena. Alguns oficiais já estavam empoleirados no topo dos mastros.

Às 8 horas, a neblina rolava pesadamente sobre as ondas e seus grandes rodamoinhos subiam pouco a pouco. O horizonte, ao mesmo tempo, se ampliava e se purificava.

Subitamente, como no dia anterior, ouviu-se a voz de Ned Land.

– A coisa! A coisa, a bombordo, por trás! – gritou o arpoador.

Todos os olhos se dirigiram para o ponto indicado.

Ali, a uma milha e meia da fragata, um longo corpo enegrecido emergia um metro acima das ondas. Sua cauda, violentamente agitada, produzia um redemoinho considerável. Nunca aparelho caudal bateu no mar com tanta força. Uma trilha imensa, de um branco deslumbrante, marcava a passagem do animal e descrevia uma curva alongada.

A fragata se aproximou do cetáceo. Examinei-o com total liberdade de espírito. Os relatórios do Shannon e do Helvetia tinham exagerado um pouco suas dimensões, e estimei seu comprimento em apenas 80 metros. Quanto ao diâmetro, dificilmente poderia calculá-lo; mas, em resumo, o animal me pareceu admiravelmente proporcionado em suas três dimensões.

Enquanto eu observava aquela criatura fenomenal, dois jatos de vapor e de água saíram de suas aberturas e atingiram uma altura de quarenta metros, o que me revelou seu modo de respirar. E concluí definitivamente que pertencia ao ramo dos vertebrados, classe dos mamíferos, subclasse dos monodelfos, grupo dos pisciformes, ordem dos cetáceos, família... nesse ponto, ainda não podia me pronunciar. A ordem dos cetáceos compreende três famílias: baleias, cachalotes e golfinhos, e é nessa última que são classificados os narvais. Cada uma dessas famílias se divide em vários gêneros, cada gênero em espécies, cada espécie em variedades. Ainda me faltavam variedade, espécie, gênero e família, mas não tinha dúvidas de que completaria minha classificação com a ajuda do céu e do comandante Farragut.

A tripulação aguardava impacientemente as ordens do chefe. Este, após ter observado atentamente o animal, chamou o engenheiro, que veio correndo.

– Senhor – disse o comandante –, acaso tem pressão?

– Sim, senhor – respondeu o engenheiro.

– Muito bem. Aumente o fogo e, a todo vapor!

Três hurras acolheram essa ordem. A hora da luta havia soado. Alguns instantes depois, as duas chaminés da fragata vomitavam torrentes de fumaça negra e o convés estremecia sob o tremor das caldeiras.

A Abraham-Lincoln, impulsionada por sua poderosa hélice, se dirigiu diretamente contra o animal. Este, indiferente, permitiu que se aproximasse até cem metros; depois, em vez de mergulhar, fez um pequeno movimento de fuga e se contentou em manter distância.

Essa perseguição continuou por cerca de três quartos de hora, sem que a fragata ganhasse duas toesas sobre o cetáceo. Era evidente, portanto, que, desse jeito, jamais o alcançaríamos.

O comandante Farragut retorcia com raiva o grosso tufo de cabelos que pululava sob seu queixo.

– Ned Land? – gritou ele.

O canadense acorreu à ordem.

– Pois bem, mestre Land – perguntou o comandante –, ainda me aconselha a lançar meus escaleres ao mar?

– Não, senhor – respondeu Ned Land –, porque essa fera não se deixará apanhar, a menos que o queira.

– O que fazer, então?

– Forçar o vapor, se puder, senhor. Quanto a mim, com sua permissão, é claro, me acomodarei sob o gurupés e, se chegarmos ao alcance propício, disparo o arpão.

– Vá, Ned – respondeu o comandante Farragut. – Maquinista, – gritou ele – aumente a pressão.

Ned Land se dirigiu a seu posto. O fogo foi aumentado significativamente, a hélice atingiu quarenta e três rotações por minuto, e o vapor escapava zunindo pelas válvulas. Lançada a barquilha, constatou-se que a Abraham-Lincoln avançava a uma velocidade de dezoito milhas e cinco décimos por hora.

Mas o maldito animal também acelerou a uma velocidade de dezoito milhas e cinco décimos.

Por mais de uma hora, a fragata manteve esse ritmo, sem ganhar uma toesa! Era humilhante para um dos mais velozes modelos da marinha americana. Uma raiva surda corria entre a tripulação. Os marujos insultavam o monstro que, aliás, desdenhava lhes responder. O comandante Farragut não se contentava mais em retorcer o cavanhaque, ele o mordia.

O engenheiro foi chamado mais uma vez.

— Você atingiu o ponto máximo de pressão? — perguntou-lhe o comandante.

— Sim, senhor — respondeu o engenheiro.

— E as válvulas estão carregadas?...

— A seis atmosferas e meia.

— Carregue-as a dez atmosferas.

Aí está uma ordem americana, se é que alguma vez existiu. Não poderiam ter feito melhor no Mississippi para se distanciar de uma "concorrência"!

— Conseil — disse eu a meu corajoso criado que estava perto de mim —, sabe que provavelmente vamos saltar pelos ares?

— Como melhor lhe aprouver, senhor! — respondeu Conseil.

Pois bem! Confesso que até não me desagradava correr esse risco.

As válvulas foram carregadas. O carvão era tragado pelas fornalhas. Os ventiladores sopraram torrentes de ar sobre os braseiros. A velocidade da Abraham-Lincoln aumentou. Seus mastros balançavam até a raiz, e os redemoinhos de fumaça mal conseguiam passar pelas chaminés demasiado estreitas.

A barquilha foi lançada pela segunda vez.

— Pois bem, timoneiro? — perguntou o comandante Farragut.

— Dezenove milhas e três décimos, senhor.

— Aumentem os fogos.

O engenheiro obedeceu. O manômetro marcou dez atmosferas. Mas o cetáceo também "esquentou", sem dúvida, porque, sem se perturbar, alcançou as dezenove milhas e três décimos.

Que perseguição! Não, não consigo descrever a emoção que fazia vibrar todo o meu ser. Ned Land se mantinha em seu posto, de arpão em punho. Por diversas vezes, o animal permitiu certa aproximação.

– Vamos alcançá-lo! Vamos capturá-lo! – gritou o canadense.

Então, quando estava prestes a disparar, o cetáceo fugiu a uma velocidade que não posso estimar em menos de trinta milhas por hora. E mesmo durante nossa velocidade máxima, ele não se permitiu provocar a fragata, contornando-a! Um grito de fúria escapou de todos os peitos!

Ao meio-dia, não estávamos em melhor posição do que às 8h da manhã.

O comandante Farragut decidiu, então, utilizar meios mais radicais.

– Ah! – disse ele. – Esse animal é mais veloz que a Abraham-Lincoln! Pois bem: veremos se ele consegue escapar dos projéteis cônicos. Mestre, homens a postos no canhão da proa.

O canhão do castelo de proa foi imediatamente carregado e apontado. O disparo partiu, mas a bala passou alguns metros acima do cetáceo, que se mantinha a meia milha de distância.

– Que venha outro mais habilidoso! – gritou o comandante. – E quinhentos dólares para quem perfurar essa besta infernal!

Um velho canhoneiro de barba grisalha – que ainda posso ver –, de olhar tranquilo e fisionomia impávida, aproximou-se da arma, posicionou-a e mirou demoradamente. Uma forte detonação se produziu, acompanhada dos hurras da tripulação.

O projétil atingiu o alvo, acertou o animal, mas não de maneira normal, pois, escorregando na superfície arredondada, foi se perder a duas milhas no mar.

– Mais essa! – praguejou o velho canhoneiro, com raiva.
– Então esse canalha está blindado com placas de seis polegadas!
– Maldição! – gritou o comandante Farragut.

A perseguição recomeçou, e o comandante Farragut, achegando-se a mim, disse:

– Vou perseguir o animal até minha fragata explodir!
– Sim – respondi – e você vai levar a melhor!

Era de esperar que o animal ficasse exausto e que não fosse indiferente à fadiga como uma máquina a vapor. Mas não foi o que aconteceu. As horas se passaram, sem que ele demonstrasse qualquer sinal de cansaço.

Deve-se dizer, contudo, em favor da Abraham-Lincoln que ela lutou com incansável tenacidade. Não estimo em menos de quinhentos quilômetros a distância que ela percorreu naquele desastrado dia de 6 de novembro! Mas a noite chegou e envolveu o oceano tempestuoso em suas sombras.

Naquele momento, acreditei que nossa expedição havia terminado e que nunca mais veríamos o fantástico animal. Eu me enganava.

Às 10h50 da noite, a claridade elétrica reapareceu, a três milhas a barlavento da fragata, tão pura, tão intensa como na noite anterior.

O narval parecia imóvel. Talvez, cansado do dia, estivesse dormindo, deixando-se levar pela ondulação das águas? Era uma oportunidade que o comandante Farragut decidiu aproveitar.

Deu ordens. A Abraham-Lincoln foi mantida sob leve pressão e avançou com cautela para não despertar o adversário. Não é raro encontrar baleias profundamente adormecidas em mar aberto, que são atacadas então com sucesso, e Ned Land havia arpoado mais de uma delas enquanto dormiam. O canadense voltou ao seu posto no cabo que prende o gurupés.

A fragata se aproximou silenciosamente, parou a quatrocentos metros do animal e seguiu impelida pela maré. Ninguém mais respirava a bordo. Um profundo silêncio reinava no convés. Não estávamos a trinta metros do foco luminoso, cujo brilho crescia e deslumbrava nossos olhos.

Naquele momento, debruçado sobre as precintas e a amurada do castelo de proa, via abaixo de mim Ned Land, agarrado com uma das mãos ao cabresto da grande vela e, com a outra, brandindo o seu terrível arpão. Apenas seis metros o separavam do animal, imóvel.

De repente, seu braço se distendeu violentamente e o arpão foi lançado. Ouvi o som da arma, que parecia ter atingido um corpo duro.

A luz elétrica se apagou subitamente, e duas enormes trombas de água se abateram sobre o convés da fragata, correndo da proa à popa como uma torrente, derrubando homens, rompendo os cabos da extremidade superior da proa.

Ocorreu um choque terrível e, jogado por cima da amurada, sem ter tempo de me agarrar, fui jogado ao mar.

VII

UMA BALEIA DE ESPÉCIE DESCONHECIDA

Embora tenha ficado surpreso com essa queda inesperada, ainda assim mantive uma impressão muito clara de minhas sensações.

Fui logo arrastado a uma profundidade de cerca de seis metros. Sou um bom nadador, sem pretender igualar-me a Byron e a Edgar Poe[29], que são mestres, e esse mergulho não me fez perder a cabeça. Duas vigorosas batidas de calcanhar me trouxeram de volta à superfície do mar.

Minha primeira preocupação foi procurar a fragata com os olhos. A tripulação teria percebido meu desaparecimento? A Abraham-Lincoln tinha alterado seu curso? O comandante Farragut haveria de lançar um escaler ao mar? Deveria eu ter esperanças de ser salvo?

As trevas eram profundas. Vislumbrei uma massa negra que desaparecia a leste e cujos sinalizadores se apagavam ao longe. Era a fragata. Eu me senti perdido.

– Socorro! Socorro! – gritava eu, nadando em direção da Abraham-Lincoln, balançando um braço desesperadamente.

Minhas roupas me estorvavam. Coladas a meu corpo pela água, paralisavam meus movimentos. Eu afundava! Eu sufocava!...

— Socorro!

Foi o último grito que lancei. Minha boca se encheu de água. Eu me debatia, enquanto era arrastado para o abismo...

De repente minhas roupas foram agarradas por uma mão vigorosa, e me senti violentamente reconduzido à superfície do mar; e ouvi, sim, ouvi estas palavras ditas a meu ouvido:

— Se o senhor tiver a extrema gentileza de se apoiar em meu ombro, o senhor nadará bem mais à vontade.

Agarrei com uma das mãos o braço de meu fiel Conseil.

— Você! — disse eu. — Você!

— Eu mesmo — respondeu Conseil —, e a suas ordens, senhor.

— E esse choque o jogou no mar ao mesmo tempo que eu?

— De jeito nenhum. Mas estando a seu serviço, senhor, eu o segui!

O digno rapaz achava isso totalmente natural!

— E a fragata? — perguntei.

— A fragata! — respondeu Conseil, virando-se de costas. — Acho que o senhor faria bem em não contar muito com ela!

— O que está dizendo?

— Quero dizer que, no momento em que me precipitei ao mar, ouvi os timoneiros gritarem: "A hélice e o leme estão quebrados..."

— Quebrados?

— Sim! Quebrados pelo dente do monstro. Essa é a única avaria, creio eu, que a Abraham-Lincoln sofreu. Mas, circunstância deplorável para nós, ela está ingovernável.

— Então estamos perdidos!

— Talvez — respondeu tranquilamente Conseil. — Mas ainda temos algumas horas pela frente e, em poucas horas, podemos fazer muita coisa!

O imperturbável sangue-frio de Conseil me reanimou. Nadei com mais vigor; mas, prejudicado pelas roupas que me apertavam como um cobertor de chumbo, tinha extrema dificuldade em me manter na superfície. Conseil percebeu.

– Senhor, permita-me fazer-lhe uma incisão – disse ele.

E enfiando uma faca aberta sob minhas roupas, rasgou-as de alto a baixo com um rápido golpe. Em seguida, ele me desvencilhou delas com agilidade, enquanto eu nadava pelos dois.

Por minha vez, prestei o mesmo serviço a Conseil e continuamos a "navegar" um perto do outro.

A situação, contudo, não era menos terrível. Talvez nosso desaparecimento não tivesse sido notado e, se o tivesse sido, a fragata não poderia regressar até nós a sotavento, desfalcada como estava do leme. Só poderíamos contar, portanto, com os escaleres ou com pequenas embarcações de socorro.

Conseil raciocinou friamente nessa hipótese e elaborou seu plano de acordo. Natureza incrível! Esse fleumático rapaz se sentia em casa ali!

Foi então decidido que nossa única chance de salvação seria sermos recolhidos pelos escaleres da Abraham-Lincoln; deveríamos, portanto, nos organizar de forma a poder esperá-los durante o máximo de tempo possível. Resolvi então revezar nossas forças para não esgotá-las simultaneamente, e combinamos o seguinte: enquanto um de nós, deitado de costas, ficaria imóvel, de braços cruzados, pernas esticadas, o outro nadaria e o puxaria para frente. Essa função de rebocador não deveria durar mais de dez minutos e, revezando-nos assim, poderíamos flutuar por algumas horas, e talvez até o amanhecer.

Chance praticamente inexistente! Mas a esperança está tão fortemente enraizada no coração do homem!... Além do mais, éramos dois. Por fim, afirmo, embora pareça improvável, se eu procurasse destruir em mim toda ilusão, se quisesse "me desesperar", não conseguiria!

A colisão da fragata e do cetáceo ocorrera por volta das 11 horas da noite. Eu calculava, portanto, mais oito horas de nado até o nascer do sol. Operação rigorosamente praticável, revezando-nos. O mar estava bastante calmo e nos cansava pouco. Às vezes, tentava perscrutar as espessas trevas, rompidas apenas pela fosforescência causada por nossos movimentos. Eu olhava essas ondas luminosas que se desfaziam em minha mão e cujo lençol de água luzidio ficava salpicado de manchas lívidas. Era como se estivéssemos imersos num banho de mercúrio.

Por volta de uma hora da madrugada, me senti acometido de extremo cansaço. Meus membros se enrijeceram sob o efeito de violentas câimbras. Conseil teve de me amparar, e o cuidado por nossa preservação cabia somente a ele. Logo ouvi o pobre rapaz ofegando; sua respiração se tornou curta e apressada. Compreendi que ele não haveria de resistir por muito tempo.

– Deixe-me! Solte-me! – disse-lhe.

– Abandonar o senhor! Jamais! – respondeu ele. – Espero até me afogar antes do senhor!

Nesse momento, a lua apareceu através das franjas de uma grande nuvem que o vento arrastava para leste. A superfície do mar cintilou sob seus raios. Essa luz benéfica reavivou nossas forças. Minha cabeça se aprumou. Meu olhar foi atraído para todos os pontos do horizonte. Percebi a fragata. Estava a cinco milhas de distância e não formava nada mais que uma massa escura, quase imperceptível! Mas nada de escaleres!

Quis gritar. De que adiantava àquela distância! Meus lábios inchados não deixaram passar nenhum som. Conseil conseguiu articular algumas palavras e ouvi-o repetir várias vezes:

– Socorro! Socorro!

Suspendendo nossos movimentos por um momento, escutamos. E, mesmo que fosse um daqueles zunidos com que o sangue oprimido enche os ouvidos, pareceu-me que um grito respondia ao grito do Conseil.

– Você ouviu? – sussurrei.

— Sim! Sim!

E Conseil lançou pelos ares um novo chamado desesperado.

Dessa vez, não havia engano possível! Uma voz humana respondia à nossa! Seria a voz de algum infeliz, abandonado no meio do oceano, ou outra vítima do choque sofrido pelo navio? Ou melhor, um escaler da fragata que nos saudava nas sombras?

Conseil fez um esforço supremo e, apoiando-se em meu ombro, enquanto eu resistia, numa derradeira convulsão, soergueu-se um pouco para fora da água e recaiu exausto.

— O que é que você viu?

— Eu vi... — murmurou ele. — Eu vi... mas não vamos falar... vamos guardar todas as nossas forças!...

O que ele tinha visto? Então, não sei por quê, pela primeira vez me veio à mente a lembrança do monstro!... Mas e essa voz?... Já não são mais os tempos em que um Jonas[30] se refugia no ventre das baleias!

Conseil, no entanto, continuava a me rebocar. Às vezes, ele levantava a cabeça, olhava para frente e soltava um grito de reconhecimento, ao qual respondia uma voz cada vez mais próxima. Eu mal a ouvia. Minhas forças estavam no fim; meus dedos se abriam; minha mão não me dava mais um ponto de apoio; minha boca, convulsivamente aberta, se enchia de água salgada; o frio me invadia. Levantei a cabeça uma última vez e depois afundei...

Nesse instante, um corpo duro bateu em mim. Eu me agarrei a ele. Então senti que me puxavam, que me traziam de volta à superfície da água, que meu peito se esvaziava e desmaiei...

O certo é que recuperei prontamente os sentidos, graças à fricção vigorosa que percorria meu corpo. Entreabri os olhos...

— Conseil! — murmurei.

— O senhor me chamou? — respondeu Conseil.

Nesse momento, sob os últimos clarões da lua que se punha no horizonte, vi um rosto que não era o de Conseil e que reconheci imediatamente.

— Ned! — exclamei

— Em pessoa, senhor, e que corre atrás da recompensa! — respondeu o canadense.

— Você também foi atirado ao mar pelo impacto da fragata?

— Sim, professor, mas bem mais favorecido pela sorte do que o senhor; consegui me firmar quase imediatamente numa ilhota flutuante.

— Uma ilhota?

— Ou, melhor dizendo, sobre nosso gigantesco narval.

— Explique-se, Ned.

— Só que logo compreendi por que meu arpão não conseguiu penetrá-lo e deslizou sobre sua pele.

— Por que, Ned, por quê?

— Porque esse animal, professor, é feito de chapas de aço!

Diante disso, preciso recuperar o juízo, reavivar minhas lembranças, controlar realmente minhas afirmações.

As últimas palavras do canadense produziram uma súbita reviravolta em meu cérebro. Subi rapidamente até o topo da criatura ou objeto meio submerso que nos servia de refúgio. Pude senti-lo com o pé. Era evidentemente um corpo duro e impenetrável, e não aquela substância mole que forma a massa dos grandes mamíferos marinhos.

Mas esse corpo duro poderia ser uma carapaça óssea, semelhante à dos animais antediluvianos, e eu já me inclinava a classificar o monstro entre os répteis anfíbios, como as tartarugas ou os crocodilos.

Pois bem! Não! O dorso enegrecido que me sustentava era liso, polido, não imbricado. Emitia um som metálico ao toque e, por incrível que fosse, parecia, assim o digo, que era feito de placas aparafusadas.

Não havia dúvida! O animal, o monstro, o fenômeno natural que havia intrigado todo o mundo científico, perturbara e ludibriara a imaginação dos marinheiros dos dois hemisférios, era preciso reconhecê-lo, era um fenômeno ainda mais surpreendente, um fenômeno da mão do homem.

A descoberta da existência da criatura mais fabulosa e mais mitológica não teria surpreendido minha razão no mesmo grau. Que aquilo que é prodigioso vem do Criador, é bastante simples. Mas encontrar de repente, diante dos próprios olhos, o impossível realizado de forma misteriosa e humana, era algo para confundir a mente!

Não havia, porém, necessidade de hesitar. Estávamos deitados sobre o dorso de uma espécie de embarcação submarina que apresentava, pelo que pude avaliar, a forma de um imenso peixe de aço. A opinião de Ned Land estava formada sobre esse ponto. Conseil e eu só podíamos concordar.

– Mas, então – disse eu –, esse aparelho encerra dentro de si um mecanismo de locomoção e uma tripulação para manobrá-lo?

– Evidentemente. – respondeu o arpoador. – E mesmo assim, nas três horas que vivi nessa ilha flutuante, ela não deu nenhum sinal de vida.

– Essa embarcação não avançou?

– Não, sr. Aronnax. Ela se deixa balançar no embalo das ondas, mas não se move.

– Sabemos, e não há como duvidar, no entanto, que pode desenvolver grandes velocidades. Ora, como é preciso uma máquina para produzir essa velocidade e um mecânico para conduzir essa máquina, disso concluo... que estamos salvos.

– Hum! – resmungou Ned Land, em tom reservado.

Nesse momento, e como que para provar meu argumento, ocorreu um borbulhar na parte traseira desse estranho dispositivo, cujo propulsor era obviamente uma hélice, e se pôs em movimento. Só tivemos tempo de nos agarrarmos à sua parte superior, que emergia perto de oitenta centímetros. Felizmente, sua velocidade não era excessiva.

– Enquanto navegar horizontalmente – murmurou Ned Land –, não tenho nada a dizer. Mas se inventar de mergulhar, eu não daria 2 dólares por minha pele!

Menos ainda, poderia ter dito o canadense. Tornava-se, portanto, urgente comunicar-nos com quaisquer seres encerrados nos flancos dessa máquina. Procurei em sua superfície uma abertura, uma cobertura de escotilha, "um buraco de marujo", para empregar a expressão técnica; mas as linhas de parafusos, solidamente rebitados na junção das chapas, eram nítidas e uniformes.

Além disso, a lua desapareceu naquele momento e nos deixou em profunda escuridão. Era preciso esperar o amanhecer para descobrir um meio de penetrar no interior dessa embarcação submarina.

Desse modo, portanto, nossa salvação dependia unicamente do capricho dos misteriosos timoneiros que dirigiam esse aparelho e, se mergulhassem, estaríamos perdidos! Excetuando-se esse caso, não duvidava da possibilidade de travar relações com eles. E, de fato, se não produziam o próprio ar internamente, teriam necessariamente que retornar de vez em quando à superfície do oceano para renovar suas provisões de moléculas respiráveis. Daí, portanto, a necessidade de uma abertura que colocasse o interior da embarcação em comunicação com a atmosfera.

Quanto à esperança de sermos salvos pelo comandante Farragut, devia-se renunciar completamente a essa ideia. Estávamos sendo arrastados para oeste e calculei que nossa velocidade, relativamente moderada, atingia doze milhas por hora. A hélice batia as ondas com uma regularidade matemática, às vezes emergindo e fazendo jorrar a água fosforescente a grande altura.

Por volta das 4 horas da madrugada, a velocidade do aparelho aumentou. Tivemos dificuldade em resistir a esse vertiginoso arrasto, durante o qual as ondas nos chicoteavam de modo inclemente. Felizmente, Ned encontrou, deslizando a mão, um grande arganéu preso à parte superior do dorso da chapa metálica, e conseguimos nos agarrar a ele com firmeza.

Finalmente, essa longa noite passou. Minhas lembranças salteadas não me permitem reconstituir todas as impressões. Apenas um detalhe me vem à mente. Durante certas calmarias do mar e do vento, pensei ouvir várias vezes sons vagos, uma espécie de harmonia fugaz produzida por acordes distantes. Qual seria, portanto, o mistério dessa navegação submarina, cuja explicação o mundo inteiro procurava em vão? Que criaturas viviam nesse estranho navio? Que agente mecânico lhe permitia deslocar-se com uma velocidade tão prodigiosa?

Amanheceu o dia. As brumas matinais nos envolveram, mas não demorou muito para que se dissipassem. Eu ia examinar atentamente o casco, que formava uma espécie de plataforma horizontal na parte superior, quando o senti afundar aos poucos.

– Eh! Com os diabos! – gritou Ned Land, batendo o pé na chapa sonora. – Abram, seus navegadores pouco hospitaleiros!

Mas era difícil fazer-se ouvir em meio às batidas ensurdecedoras da hélice. Felizmente, o movimento de imersão parou.

Subitamente, um barulho de ferragens empurradas violentamente se produziu no interior da embarcação. Uma placa foi erguida, um homem apareceu, soltou um grito estranho e logo desapareceu.

    Poucos instantes depois, oito sujeitos corpulentos, com os rostos encobertos, apareceram silenciosamente e nos arrastaram para dentro de sua formidável máquina.

VIII

MOBILIS IN MOBILE

Esse sequestro, executado de forma tão brutal, foi realizado na velocidade da luz. Meus companheiros e eu não tivemos tempo para nada. Não sei o que sentiram quando se viram sendo introduzidos nessa prisão flutuante; mas, de minha parte, um rápido arrepio congelou minha pele. Com quem estávamos lidando? Sem dúvida, com alguns piratas de uma nova espécie que exploravam o mar à sua maneira.

Mal a estreita escotilha se havia fechado atrás de mim, uma escuridão profunda me envolveu. Meus olhos, impregnados da luz externa, nada percebiam. Senti meus pés descalços pisar os degraus de uma escada de metal. Ned Land e Conseil, vigorosamente imobilizados, me seguiam. Ao pé da escada, uma porta se abriu e imediatamente se fechou atrás de nós, com um sonoro estrondo.

Estávamos sozinhos. Onde? Eu não poderia dizer, nem imaginar. Tudo era escuro, mas tão negro que, depois de alguns minutos, meus olhos ainda não conseguiam captar uma daquelas luzes indeterminadas que flutuam nas noites mais profundas.

Ned Land, contudo, furioso por causa desses modos de proceder, dava livre curso à sua indignação.

— Com mil demônios! — exclamou ele. — Esse é o tipo de gente que poderia ensinar a arte da hospitalidade aos caledônios! Só falta serem antropófagos![31] Eu não ficaria surpreso, mas declaro que não serei comido sem que proteste!

— Acalme-se, amigo Ned, acalme-se — interveio Conseil, sereno. Não perca a paciência antes do tempo. Ainda não estamos na assadeira!

— Na assadeira, não — replicou o canadense —, mas no forno, com certeza! Que escuridão por aqui. Felizmente, não larguei minha faca de caça e ainda consigo enxergar bastante claramente para me servir dela. O primeiro desses bandidos a pôr as mãos em mim...

— Não se irrite, Ned — disse eu ao arpoador. — E não nos comprometa com violências inúteis. Quem sabe se não nos escutam! Em vez disso, vamos tentar descobrir onde estamos!

Eu caminhava tateando. Depois de cinco passos, encontrei uma parede de ferro, feita de chapas aparafusadas. Depois, virando-me, esbarrei numa mesa de madeira, perto da qual estavam alinhados vários banquinhos. O assoalho dessa prisão estava escondido sob uma espessa esteira de fórmio[32] que abafava o ruído dos passos. As paredes nuas não revelavam nenhum sinal de porta ou janela. Conseil, dando a volta na direção oposta, juntou-se a mim, e voltamos para o meio dessa cabine, que devia ter cerca de 6 metros de comprimento por 3 metros de largura. Quanto à altura, Ned Land, apesar do seu tamanho avantajado, não conseguiu medi-la.

Meia hora já se havia passado sem que a situação mudasse, quando, da extrema escuridão, nossos olhos passaram subitamente para a luz mais violenta. Nossa prisão se iluminou subitamente, ou seja, encheu-se de uma matéria luminosa tão intensa que, de início, não pude suportar-lhe o brilho. Por sua brancura, por sua intensidade, reconheci essa iluminação elétrica que produzia em torno da embarcação submarina um magnífico fenômeno de fosforescência. Depois de ter fechado involuntariamente os olhos, abri-os novamente e vi que o agente luminoso escapava de um meio-globo fosco dependurado no teto da cabine.

– Finalmente se consegue enxergar! – exclamou Ned Land que, de faca na mão, permanecia na defensiva.

– Sim – respondi, arriscando a antítese –, mas a situação não é menos obscura.

– Que o senhor tenha um pouco de paciência – disse o impassível Conseil.

A súbita iluminação da cabine me havia permitido examiná-la nos detalhes. Continha apenas a mesa e os cinco banquinhos. A porta invisível devia estar hermeticamente fechada. Nenhum ruído chegava aos nossos ouvidos. Tudo parecia morto dentro dessa embarcação. Avançava, mantinha-se na superfície do oceano, afundava em suas profundezas? Eu não conseguia adivinhar.

O globo luminoso não tinha sido acendido sem motivo. Eu esperava, portanto, que a tripulação logo haveria de aparecer. Quando queremos esquecer as pessoas, não iluminamos suas masmorras.

Eu não estava enganado. Ouviu-se o barulho de um ferrolho, a porta se abriu, dois homens apareceram.

Um deles era de baixa estatura, vigorosamente musculoso, de ombros largos, membros robustos, cabeça volumosa, abundante cabeleira preta, bigode espesso, olhar vivo e penetrante, e toda a sua pessoa imbuída daquela vivacidade meridional que caracteriza as populações provençais da França. Diderot[33] afirmou com toda a razão que o gesto do homem é metafórico, e esse homenzinho era certamente prova viva disso. Percebia-se que, em sua linguagem habitual, devia esbanjar prosopopeias, metonímias e hipálages. O que, aliás, nunca pude verificar, porque ele sempre usava, em minha presença, uma expressão singular e absolutamente incompreensível.

O segundo desconhecido merece uma descrição mais detalhada. Um discípulo de Gratiolet[34] ou de Engel[35] teria lido sua fisionomia como um livro aberto. Reconheci sem hesitação suas qualidades dominantes: a autoconfiança, porque sua cabeça assentava nobremente no arco formado pela linha de seus ombros, e seus olhos negros olhavam com fria segurança; a calma, porque sua pele, mais pálida que rosada, anunciava a tranquilidade do sangue; a energia, demonstrada pela rápida contração dos músculos das sobrancelhas; finalmente, a coragem, porque sua vasta respiração denotava uma grande expansão vital.

Acrescentaria que esse homem era orgulhoso, que seu olhar firme e calmo parecia refletir pensamentos elevados, e que, de todo esse conjunto, da homogeneidade das expressões nos gestos do corpo e do rosto, segundo a observação dos fisionomistas, resultava numa indiscutível franqueza.

Senti-me "involuntariamente" tranquilizado em sua presença, e era um bom presságio para nossa entrevista.

Esse personagem podia ter 35 ou 50 anos, eu não saberia precisar. De altura elevada, testa larga, nariz reto, boca nitidamente desenhada, dentes magníficos, mãos finas, alongadas, eminentemente "psíquicas", para empregar uma palavra da quirognomonia ou quiroscopia, isto é, dignas de servir a uma alma elevada e apaixonada. Esse homem formava certamente o mais admirável tipo com que já me havia deparado. Detalhe particular, seus olhos, ligeiramente afastados um do outro, podiam abranger simultaneamente quase um quarto do horizonte. Essa faculdade, verifiquei mais tarde, era duplicada por um poder de visão ainda maior que o de Ned Land. Quando esse desconhecido se fixava num objeto, a linha de suas sobrancelhas se franzia, suas pálpebras largas se juntavam de modo a circunscrever a pupila dos olhos e assim estreitar a extensão do campo visual, e ele olhava! Que olhar! Como ampliava objetos diminuídos pela distância! Como penetrava até a alma! Como trespassava essas camadas líquidas, tão opacas a nossos olhos, e como lia nas profundezas dos mares!...

Os dois desconhecidos, com boinas feitas de pele de lontra marinha e calçando botas de pele de foca, usavam roupas de um tecido especial, que liberavam a cintura e permitiam grande liberdade de movimentos.

O mais alto dos dois, evidentemente o líder a bordo, examinou-nos com extrema atenção, sem pronunciar uma palavra. Depois, voltando-se para seu companheiro, falou com ele numa língua que não consegui identificar. Era um idioma sonoro, harmonioso, flexível, cujas vogais pareciam sujeitas a uma acentuação muito variada.

O outro respondeu com um aceno de cabeça e acrescentou duas ou três palavras perfeitamente incompreensíveis. Depois, com seu olhar, pareceu me interrogar diretamente.

Respondi, em bom francês, que não entendia a língua dele; mas ele pareceu não me compreender e a situação se tornou bastante embaraçosa.

– O senhor deve contar sempre nossa história – disse-me Conseil. – Talvez esses senhores entendam algumas palavras!

Recomecei o relato de nossas aventuras, articulando claramente todas as sílabas e sem omitir um único detalhe. Revelei nossos nomes e habilidades; em seguida, apresentei formalmente o professor Aronnax, meu criado Conseil, e o mestre Ned Land, o arpoador.

O homem de olhos meigos e calmos me escutou tranquilamente, até mesmo com educação, e com notável atenção. Mas nada em seu semblante indicou que tivesse compreendido minha história. Quando terminei, não pronunciou uma única palavra.

Ainda restava o recurso de falar inglês. Talvez nos fizéssemos compreender nessa língua, que é praticamente universal. Eu a conhecia, assim como a língua alemã, suficiente para lê-la com fluência, mas não para falá-la corretamente. Ora, nesse caso, era preciso, sobretudo, fazer-se compreender.

– Vamos, sua vez – disse eu ao arpoador. É a sua vez, mestre Land, tire do bolso o melhor inglês que um anglo-saxão já falou, e tente ser mais feliz do que eu.

Ned não se fez de rogado e recomeçou meu relato, que mal compreendi. O fundo era o mesmo, mas a forma era diferente. O canadense, levado por seu temperamento, inseriu nele muita animação. Queixava-se violentamente de ter sido preso, em claro desrespeito ao direito internacional, perguntou em razão de que lei estava detido, invocou o *habeas corpus*, ameaçou perseguir aqueles que o sequestravam indevidamente, agitou-se, gesticulou, gritou e, finalmente, deixou claro, por meio de um expressivo gesto, de que estávamos morrendo de fome.

O que era a pura verdade, mas que nos havíamos praticamente esquecido.

Para sua grande estupefação, o arpoador não pareceu ter sido mais inteligível do que eu. Nossos visitantes nem sequer pestanejaram. Era evidente que não compreendiam nem a língua de Arago[36] nem a de Faraday[37].

Muito confuso, depois de ter esgotado em vão nossos recursos filológicos, já não sabia que atitude tomar, quando Conseil me disse:

– Se o senhor me autorizar, contarei a história em alemão.

– Como! Você sabe alemão? – exclamei.

– Como um flamengo, que o senhor me perdoe.

– Pelo contrário, isso me agrada. Vamos lá, meu rapaz!

E Conseil, com sua voz tranquila, contou pela terceira vez as diversas peripécias de nossa história. Mas, apesar das frases elegantes e do belo sotaque do narrador, a língua alemã não teve nenhum sucesso.

Por fim, irritado, reuni tudo o que me restava de meus primeiros estudos e comecei a narrar nossas aventuras em latim. Cícero[38] teria tapado os ouvidos e me mandado de volta para a cozinha, mas mesmo assim consegui escapar impune. Mesmo resultado negativo.

Definitivamente abortada essa última alternativa, os dois desconhecidos trocaram algumas palavras em sua língua incompreensível e se retiraram, sem nem sequer nos terem dirigido um daqueles gestos tranquilizadores que são comuns em todos os países do mundo. A porta voltou a se fechar.

– É uma infâmia! – gritou Ned Land, explodindo pela vigésima vez. Como! Falamos com esses patifes em francês, inglês, alemão, latim e não há ninguém que tenha a civilidade de responder!

– Acalme-se, Ned – disse eu ao esquentado arpoador. – A raiva não leva a nada.

– Mas sabe, professor – retrucou nosso irascível companheiro –, que, com toda a certeza, podemos morrer de fome nessa gaiola de ferro?

– Não diga! – interveio Conseil, filosófico. – Ainda podemos aguentar firmes por muito tempo!

– Meus amigos – disse eu –, não devemos nos desesperar. Já nos encontramos em situações piores. Por favor, tenham a bondade de esperar para formar uma opinião sobre o comandante e a tripulação desta embarcação.

– Minha opinião está formada – respondeu Ned Land. – São uns tratantes...

– Bem! E de qual país?

– Do país dos tratantes!

– Meu bravo Ned, esse país ainda não está bem assinalado no mapa-múndi e admito que a nacionalidade desses dois estrangeiros é difícil de determinar! Nem ingleses, nem franceses, nem alemães, é tudo o que podemos afirmar. Mas estaria tentado a admitir que esse comandante e seu imediato nasceram em baixas latitudes. Há algo de meridional neles. Mas, se são espanhóis, turcos, árabes ou indianos, seu tipo físico não me permite definir. Quanto à linguagem deles, é absolutamente incompreensível.

– Esse é o inconveniente de não saber todas as línguas – interveio Conseil – ou a desvantagem de não ter uma língua única!

– Que de nada adiantaria! – replicou Ned Land. Vocês não veem que essa gente tem uma língua própria, uma língua inventada para desesperar as pessoas de bem, que só pedem algo para comer! Em todos os países da terra, abrir a boca, mover os maxilares, abocanhar com lábios e dentes, será que isso não se compreende logo? Isso não significa em Quebec como em Pomotu, em Paris como nos antípodas: Estou com fome! Deem-me algo para comer!...

– Oh! – comentou Conseil. – Existem naturezas tão pouco inteligentes!...

Mal acabara de dizer palavras, que a porta se abriu. Um comissário ou camareiro entrou. Ele nos trazia roupas, jaquetas e calções, feitas de um tecido cuja natureza não consegui identificar. Apressei-me em vesti-los e meus companheiros me imitaram.

Enquanto isso, o comissário mudo, talvez surdo, tinha arrumado a mesa e havia posto pratos e talheres para três pessoas.

– Enfim, temos algo de sério – disse Conseil – e se preanuncia muito bom.

– Sei lá! – retrucou o rancoroso arpoador. – Que diabos você pensa que vamos comer aqui? Fígado de tartaruga, filé de tubarão, bife de cação!

– Vamos ver! – disse Conseil.

As travessas, cobertas por uma campânula de prata, foram dispostas simetricamente sobre a toalha e tomamos nossos lugares à mesa. Decididamente, estávamos lidando com pessoas civilizadas e, sem a luz elétrica que nos inundava, eu teria pensado estar na sala de jantar do Hotel Adelphi, em Liverpool, ou do Grand-Hôtel, em Paris. Devo dizer, porém, que faltavam de todo pão e vinho. A água era fresca e límpida, mas era água – o que não foi do agrado de Ned Land. Entre os pratos que nos serviram, reconheci vários peixes delicadamente preparados; mas, de certos outros, excelentes por sinal, não pude me pronunciar, nem sequer teria sabido dizer a que reino, vegetal ou animal seu conteúdo pertencia. Quanto ao serviço de mesa, era elegante e de perfeito gosto. Cada utensílio, colher, garfo, faca, prato, estampava uma letra encimada por uma divisa em destaque, e cujo fac-símile exato era:

MOBILIS IN MOBILE
N

Móvel no (elemento) móvel! Essa divisa se aplicava perfeitamente a esse aparelho submarino, com a condição de traduzir a preposição *in* por *no* e não por *sobre*. A letra N formava, sem dúvida, a inicial do nome do enigmático personagem que imperava no fundo dos mares!

Ned e Conseil não faziam tantas reflexões. Devoravam a refeição, e não demorei a imitá-los. Além disso, me sentia tranquilo quanto à nossa sorte e me parecia óbvio que nossos anfitriões não queriam nos deixar morrer de fome.

Mas nesse mundo, tudo acaba, tudo passa, até mesmo a fome de quem não come há quinze horas. Saciado nosso apetite, a necessidade de dormir se fez sentir, imperiosa. Reação muito natural, depois da interminável noite em que lutamos contra a morte.

– Na verdade, eu dormiria muito bem agora – disse Conseil.

– E eu já estou dormindo! – respondeu Ned Land.

Meus dois companheiros deitaram-se no tapete da cabine e logo mergulharam num sono profundo.

De minha parte, cedi menos facilmente a essa necessidade violenta de dormir. Demasiados pensamentos se acumulavam em minha mente, demasiadas perguntas insolúveis se aglomeravam nela, demasiadas imagens mantinham minhas pálpebras entreabertas! Onde estávamos? Que força estranha nos carregava? Sentia – ou melhor, julgava sentido – o aparelho afundando em direção às camadas mais remotas do mar. Pesadelos violentos me assombravam. Vislumbrava nesses misteriosos asilos todo um mundo de animais desconhecidos, dos quais essa embarcação submarina parecia ser a congênere, viva, movente, formidável como eles!... Depois meu cérebro se acalmou, minha imaginação se transformou numa vaga sonolência e logo caí num sono melancólico.

IX

A FÚRIA DE NED LAND

Quanto tempo durou esse sono não sei; mas deve ter sido longo, porque nos recuperamos completamente de nossas fadigas. Acordei primeiro. Meus companheiros não haviam se mexido ainda e permaneciam deitados em seu canto como massas inertes.

Mal me havia levantado da cama, bastante dura, senti meu cérebro livre e minha mente límpida. Recomecei então um atento exame de nossa cela.

Nada havia mudado em suas disposições internas. A prisão continuava sendo prisão, e os prisioneiros, prisioneiros. Mas o comissário, aproveitando-se de nosso sono, havia tirado a mesa. Nada indicava, portanto, uma mudança iminente nessa situação, e eu me perguntei seriamente se estávamos destinados a viver nessa jaula indefinidamente.

Essa perspectiva me pareceu ainda mais penosa porque, embora meu cérebro estivesse livre das obsessões do dia anterior, meu peito se sentia singularmente oprimido. Eu tinha dificuldade em respirar. O ar pesado não era mais suficiente para que meus pulmões funcionassem a contento. Embora a cela fosse grande, era óbvio que havíamos consumido a maior parte do oxigênio que ela continha. Na verdade, cada homem gasta em uma hora o oxigênio contido em cem litros de ar, e esse ar, então carregado com uma quantidade quase igual de ácido carbônico, se torna irrespirável.

Era urgente, portanto, renovar a atmosfera de nossa prisão e, sem dúvida, também a atmosfera da embarcação submarina.

A esse respeito, uma pergunta persistia em minha mente. Como é que procedia o comandante dessa morada flutuante? Obtinha o ar por meios químicos, liberando pelo calor o oxigênio contido no clorato de potássio e absorvendo o gás carbônico por meio do potássio cáustico? Nesse caso, devia ter conservado algumas relações com os continentes, para obter os materiais necessários a essa operação. Estaria ele simplesmente armazenando ar sob alta pressão em reservatórios e depois espalhando-o de acordo com as necessidades de sua tripulação? Talvez. Ou, procedimento mais cômodo, mais econômico e, por conseguinte, mais provável, contentava-se em voltar a respirar na superfície das águas, como um cetáceo, e em renovar seu abastecimento de atmosfera por vinte e quatro horas? De qualquer modo e qualquer que fosse o método, parecia-me prudente utilizá-lo sem demora.

Com efeito, já estava reduzido a multiplicar minhas inspirações para extrair dessa célula o pouco oxigênio que ela continha quando, de repente, fui refrescado por uma corrente de ar puro e perfumado de emanações salinas. Era mesmo a brisa do mar, revigorante e carregada de iodo! Abri a boca ao máximo e meus pulmões ficaram saturados de moléculas frescas. Ao mesmo tempo, senti um balanço, uma adernação de amplitude desprezível, mas perfeitamente determinável. A embarcação, o monstro de chapas metálicas, acabara obviamente de subir à superfície do oceano para respirar como as baleias. O modo de ventilação do navio se tornava, portanto, perfeitamente claro.

Depois de absorver ao máximo esse ar puro, procurei o conduto, o "aerífero", digamos assim, que permitia que esse eflúvio benfazejo chegasse até nós, e não demorei muito para encontrá-lo. Acima da porta, abria-se um orifício de ventilação que permitia a passagem de uma coluna de ar fresco, o que renovava a atmosfera empobrecida da cela.

Eu estava ali abandonado a minhas observações quando Ned e Conseil acordaram quase ao mesmo tempo, sob a influência desse ar revigorante. Esfregaram os olhos, esticaram os braços e se levantaram num instante.

– O senhor dormiu bem? – perguntou-me Conseil, com sua polidez usual.

– Muito bem, meu bom rapaz – respondi. – E você, mestre Ned Land?

– Profundamente, senhor professor. Mas, não sei se me engano, parece-me que respiro uma brisa do mar?

Um marinheiro não poderia se enganar, e contei ao canadense o que havia acontecido enquanto ele dormia.

– Bom! – disse ele. – Isso explica perfeitamente os mugidos que ouvimos quando o chamado narval estava à vista da Abraham-Lincoln.

– Perfeitamente, mestre Land, era a respiração dele!

– Só que, sr. Aronnax, não faço ideia de que horas são, a menos que seja hora do jantar?

– Hora do jantar, meu digno arpoador? Digamos, pelo menos, hora do almoço, pois certamente já estamos a um dia de ontem.

– O que mostra – interveio Conseil – que dormimos vinte e quatro horas.

– Essa é minha opinião – respondi.

– Não o estou contradizendo – replicou Ned Land. Mas, no jantar ou no almoço, o camareiro será bem-vindo, traga ele um ou outro.

— Ambos — arrematou Conseil.

— É justo — respondeu o canadense —, temos direito a duas refeições e, de minha parte, vou fazer as honras às duas.

— Pois bem! Ned, vamos esperar, respondi. É óbvio que esses desconhecidos não têm a intenção nos deixar morrer de fome, pois, nesse caso, o jantar de ontem não faria nenhum sentido.

— A não ser que queiram nos engordar! — retrucou Ned.

— Protesto — respondi. Não caímos nas mãos de canibais!

— Uma vez não é sempre — retrucou o canadense, sério. — Quem sabe se essas pessoas não estão há muito tempo privadas de carne fresca e, nesse caso, três indivíduos saudáveis e bem constituídos como o professor, seu criado e eu...

— Afaste essas ideias, mestre Land — pedi ao arpoador. — E, acima de tudo, não parta disso para se indispor com nossos anfitriões, o que só poderia agravar a situação.

— Seja como for — disse o arpoador —, estou com muita fome e, jantar ou almoço, a refeição não chega!

— Mestre Land — repliquei —, temos de nos adequar ao regulamento de bordo, e suponho que nosso estômago esteja adiantado com relação ao relógio do mestre-cuca.

— Pois bem! Vamos acertá-lo, então — sugeriu tranquilamente Conseil.

— É bem esse o seu estilo, amigo Conseil — replicou o impaciente canadense. — Você desgasta pouco sua bile e seus nervos! Sempre calmo! Você seria capaz de agradecer antes de receber sua refeição e morrer de fome em vez de reclamar!

— E de que adiantaria? — perguntou Conseil.

— Mas seria um bom motivo para reclamar! O que já é alguma coisa. E se esses piratas — digo piratas por respeito e para não incomodar o professor que proíbe chamá-los de canibais —, se esses piratas imaginam que vão me manter nessa jaula onde estou sufocando, sem tomar conhecimento com que palavrões tempero minhas explosões, estão bem enganados! Vejamos, sr. Aronnax, fale francamente. Acha que vão nos manter por muito tempo nesta caixa de ferro?

— Para falar a verdade, não sei mais que você, amigo Land.

— Mas, enfim, o que supõe?

— Suponho que o acaso nos tornou senhores de um segredo importante. Ora, a tripulação desta embarcação submarina tem interesse em guardar esse segredo e, se esse interesse for mais sério do que a vida de três homens, acredito que nossa existência esteja bastante comprometida. Caso contrário, na primeira oportunidade, o monstro que nos engoliu nos levará de volta ao mundo habitado por nossos semelhantes.

— A menos que nos aliste em sua tripulação — disse Conseil — e nos guarde assim...

— Até o momento — continuou Ned Land — em que alguma fragata, mais rápida ou mais ágil que a Abraham-Lincoln, se apoderar desse ninho de piratas e enviar sua tripulação, conosco, respirar uma última vez na ponta de sua grande verga.

Bem pensado, mestre Land — repliquei. — Mas, tanto quanto sei, ainda não nos foi apresentada qualquer proposta a esse respeito. Não faz sentido, portanto, ficar discutindo a atitude que devemos tomar, se a ocasião se apresentar. Repito-lhes, vamos esperar, vamos seguir o conselho das circunstâncias e não fazer nada, pois não há nada a fazer.

— Ao contrário, professor — retrucou o arpoador, que não queria desistir. —, alguma coisa precisa ser feita.

— Eh! E então, mestre Land?

— Escapar.

— Fugir de uma prisão "terrestre" é muitas vezes difícil, mas de uma prisão submarina me parece absolutamente impraticável.

— Vamos, amigo Ned — perguntou Conseil —, o que você diz à objeção de meu senhor? Não posso acreditar que um americano entregue os pontos sem se manifestar!

O arpoador, visivelmente embaraçado, permanecia em silêncio. Uma fuga, nas condições em que o acaso nos tinha lançado, era absolutamente impossível. Mas um canadense é meio francês, e mestre Ned Land deixou isso claro em sua resposta.

— Então, sr. Aronnax — continuou ele, depois de instantes de reflexão —, o senhor não consegue adivinhar o que devem fazer as pessoas que não conseguem escapar da prisão?

— Não, meu amigo.

— É muito simples, organizar-se para se dar bem dentro dela.

— Lógico! — exclamou Conseil. — É ainda melhor estar dentro dela do que em cima ou embaixo!

— Mas, depois de expulsar carcereiros, chaveiros e guardas — acrescentou Ned Land.

— O que, Ned? Pensaria seriamente em se apropriar desta embarcação?

— E muito seriamente — respondeu o canadense.

— É impossível.

— Por que, senhor? Pode surgir uma oportunidade favorável, e não vejo o que nos poderá impedir de tirar partido dela. Se houver somente vinte homens a bordo desta máquina, suponho que não farão recuar dois franceses e um canadense!

Era melhor aceitar a proposta do arpoador do que discuti-la. Por isso eu me contentei em responder:

— Vamos aguardar as circunstâncias, mestre Land, e veremos. Mas, até lá, por favor, contenha sua impaciência. Temos de agir com astúcia, e não é se exaltando que vai criar chances favoráveis. Prometa então aceitar a situação sem se deixar levar pela raiva.

— Prometo, professor — respondeu Ned Land, num tom pouco tranquilizador. Nem uma única palavra violenta sairá de minha boca, nenhum gesto brutal me trairá, mesmo que o serviço de mesa não seja feito com toda a regularidade desejável.

— Tenho sua palavra, Ned — respondi ao canadense.

Então a conversa foi suspensa, e cada um de nós começou a pensar por sua conta. Confesso que, de minha parte e apesar da garantia do arpoador, não me fazia ilusões. Não admitia essas oportunidades favoráveis de que Ned Land havia falado. Para ser manobrada com tanta segurança, a embarcação submarina exigia uma tripulação numerosa e, consequentemente, no caso de um combate, teríamos de enfrentar um grupo muito forte. Além disso, era necessário, acima de tudo, sermos livres, e não éramos. Eu nem chegava a vislumbrar qualquer meio de fugir daquela cela de chapa metálica hermeticamente fechada. E se o estranho capitão dessa embarcação tivesse um segredo a guardar — o que parecia no mínimo provável —, não nos deixaria agir livremente a bordo. Agora, será que ele iria livrar-se de nós pela violência ou haveria de nos abandonar em algum canto da terra? Não havia como saber. Todas essas hipóteses me pareciam extremamente plausíveis, e era preciso ser um arpoador para alimentar esperanças de recuperar a liberdade.

Compreendi também que as ideias de Ned Land estavam azedando com as reflexões que tomavam conta de seu cérebro. Aos poucos, fui ouvindo os xingamentos retumbando em sua garganta e vi seus gestos se tornando novamente ameaçadores. Ele se levantava, rondava como uma fera enjaulada e batia nas paredes com o pé e o punho. Além disso, o tempo ia passando, a fome se fazia sentir de forma cruel, e dessa vez o camareiro não apareceu. E isso era esquecer por demasiado tempo nossa condição de náufragos, se é que eles tinham realmente boas intenções para conosco.

Ned Land, atormentado pelas crispações de seu robusto estômago, se enfurecia cada vez mais e, apesar de suas palavras, eu realmente temia uma explosão, se ele se encontrasse na presença de um dos homens de bordo.

Durante duas horas ainda, Ned Land deu vazão à sua raiva. O canadense chamava, gritava, mas em vão. As paredes de chapa metálica eram surdas. Eu não ouvia nenhum barulho dentro dessa embarcação, que parecia morta. Não se mexia, porque evidentemente eu teria sentido as trepidações do casco sob o impulso da hélice. Mergulhada sem dúvida no abismo das águas, não pertencia mais à terra. Todo esse melancólico silêncio era assustador.

Eu não ousava estimar quanto poderia durar nosso abandono, nosso isolamento no fundo daquela cela. As esperanças que eu nutria após nossa entrevista com o comandante de bordo foram se apagando aos poucos. A meiguice do olhar daquele homem, a expressão generosa de sua fisionomia, a nobreza do seu porte, tudo desaparecia de minha lembrança. Voltava a ver esse personagem enigmático como devia ser, necessariamente implacável, cruel. Eu o sentia fora da humanidade, inacessível a qualquer sentimento de piedade, inimigo implacável de seus semelhantes, contra os quais devia alimentar um ódio imperecível!

Mas será que esse homem nos deixaria morrer de fome, encerrados nessa estreita prisão, entregues a essas horríveis tentações a que nos impele a fome feroz? Esse pensamento aterrador assumiu uma intensidade terrível em minha mente e, com a ajuda da imaginação, senti-me invadido por um terror insano. Conseil permaneceu calmo. Ned Land rugia.

Nesse momento, um barulho se fez ouvir do lado de fora.

Passos ressoaram no assoalho de metal. As fechaduras giraram, a porta se abriu, o camareiro apareceu.

Antes que eu fizesse qualquer movimento para impedi-lo, o canadense se precipitou sobre esse infeliz; derrubou-o; e o segurava pela garganta. O camareiro estava sufocando sob a força daquela mão poderosa.

Conseil já tentava retirar das mãos do arpoador sua vítima meio sufocada, e eu estava prestes a unir meus esforços aos dele quando, de repente, fui pregado em meu lugar por essas palavras ditas em francês:

– Acalme-se, mestre Land, e o senhor, professor, por favor, me escute!

X

O HOMEM DAS ÁGUAS

Era o comandante de bordo que falava assim.

A essas palavras, Ned Land levantou-se de um salto. O camareiro, quase estrangulado, saiu cambaleando a um sinal de seu chefe; mas tal era a ascendência do comandante a bordo que nem um gesto traiu o ressentimento que esse homem devia ter sentido pelo canadense. Conseil, envolvido a contragosto, e eu, estupefato, aguardávamos em silêncio o desfecho dessa cena.

O comandante, apoiado no canto da mesa, de braços cruzados, nos observava com profunda atenção. Hesitava em falar? Será que se arrependia das palavras que acabara de dizer em francês? Era de crer.

Depois de alguns instantes de silêncio, que nenhum de nós pensou em interromper, num tom de voz calmo e penetrante, ele disse:

– Senhores, eu falo igualmente francês, inglês, alemão e latim. Poderia ter respondido, portanto, desde nosso primeiro encontro, mas queria conhecê-los primeiro e, em seguida, pensar a respeito. Seu quádruplo relato, absolutamente semelhante no fundo, me revelou a identidade de suas pessoas. Agora sei que o acaso trouxe à minha presença o sr. Pierre Aronnax, professor de História Natural no Museu de Paris, encarregado de uma missão científica no exterior, seu criado Conseil e Ned Land, de origem canadense, arpoador a bordo da fragata Abraham-Lincoln, da Marinha Nacional dos Estados Unidos da América.

Inclinei-me com ar de assentimento. Não era uma pergunta que o comandante me fazia. Nenhuma resposta, portanto, a ser dada. Esse homem se exprimia com perfeita facilidade, sem nenhum sotaque. A frase proferida era nítida, suas palavras precisas, sua facilidade de elocução, notável. E, no entanto, não "sentia" nele um compatriota.

Retomou a conversa nestes termos:

– Sem dúvida, deve ter julgado que demorei muito, senhor, para lhe fazer essa segunda visita. Isso porque, reconhecidas suas identidades, quis pesar maduramente o partido a tomar em relação a vocês. Hesitei muito. As circunstâncias mais infelizes trouxeram os senhores à presença de um homem que rompeu com a humanidade. Os senhores vieram perturbar minha existência...

– Involuntariamente – disse eu.

– Involuntariamente? – replicou o desconhecido, forçando um pouco a voz. É involuntariamente que a Abraham-Lincoln me caça em todos os mares? Foi involuntariamente que o senhor embarcou nesta fragata? Foi involuntariamente que suas balas de canhão ricochetearam no casco de meu navio? Foi involuntariamente que mestre Ned Land me golpeou com seu arpão?

Percebi uma irritação contida nessas palavras. Mas a essas recriminações, eu tinha uma resposta muito natural a dar, e a dei.

– Senhor – disse eu –, provavelmente ignora as discussões que se levantaram a seu respeito na América e na Europa. Não deve saber, senhor, que vários acidentes, causados pelo impacto de seu aparelho submarino, agitaram a opinião pública nos dois continentes. Vou lhe poupar as inúmeras hipóteses pelas quais procurávamos explicar o inexplicável fenômeno do qual só o senhor tinha o segredo. Mas saiba que, ao persegui-lo até os altos mares do Pacífico, a Abraham-Lincoln acreditava que estava caçando um poderoso monstro marinho do qual o oceano deveria ser libertado a todo custo.

Um meio sorriso distendeu os lábios do comandante; depois, em tom mais calmo, respondeu:

– Sr. Aronnax, ousaria afirmar que sua fragata não teria perseguido e atingido com canhão uma embarcação submarina tanto quanto um monstro?

Essa pergunta me constrangeu, pois certamente o comandante Farragut não teria hesitado. Teria julgado que era seu dever destruir um aparelho desse tipo, exatamente como um narval gigante.

– Então deve compreender, senhor – concluiu o desconhecido –, que tenho o direito de tratá-los como inimigos.

Eu não disse nada, e por um bom motivo. De que adiantaria discutir uma proposição semelhante quando a força pode destruir os melhores argumentos?

– Hesitei durante muito tempo – continuou o comandante. – Nada me obrigava a lhes dar hospitalidade. Se eu tivesse de me separar de vocês, não teria interesse algum em vê-los novamente. Eu os colocaria de volta na plataforma desse navio que lhes serviu de refúgio. Submergiria até o fundo dos mares e me esqueceria que os senhores já tivessem existido um dia. Não era meu direito?

– Talvez fosse o direito de um selvagem – respondi –, não o de um homem civilizado.

– Professor, – retrucou o comandante rapidamente – não sou o que você chama de homem civilizado! Rompi com a sociedade inteira por razões que só eu tenho o direito de apreciar. Não obedeço, portanto, a suas regras e peço-lhe que nunca as invoque em minha presença!

Isso foi dito com toda a clareza. Um lampejo de raiva e de desdém tinha iluminado os olhos do estranho e, na vida desse homem, vislumbrei um passado formidável. Ele não apenas se havia posto fora das leis humanas, mas também se havia tornado independente, livre na mais rigorosa acepção da palavra, fora de todo alcance! Quem, pois, ousaria persegui-lo até o fundo dos mares, visto que, em sua superfície, ele frustrava os esforços tentados contra ele? Que navio resistiria ao choque de seu monitor submarino? Que armadura, por mais espessa que fosse, poderia resistir aos golpes de seu esporão? Ninguém entre os homens poderia pedir-lhe que prestasse contas de suas obras. Deus, se ele acreditasse nisso, e sua consciência, se a tivesse, seriam os únicos juízes a que respondia.

Essas reflexões perpassaram rapidamente por minha mente, enquanto o estranho personagem permanecia em silêncio, absorto e retraído em si mesmo. Olhava para ele com medo e interesse mesclados e, sem dúvida, como Édipo considerava a Esfinge[39].

Depois de um longo silêncio, o comandante retomou a palavra.

– Então hesitei – disse ele –, mas pensei que poderia conciliar meu interesse com essa piedade natural a que todo ser humano tem direito. Vocês poderão permanecer a bordo, uma vez que a fatalidade os jogou em minhas mãos. Serão livres e, em troca dessa liberdade, que de qualquer maneira é bastante relativa, só lhes imporei uma condição. Sua palavra de submeter-se a essa condição me será suficiente.

– Fale, senhor – respondi. – Acredito que essa condição seja daquelas que um homem honesto possa aceitar.

– Sim, senhor, e aqui está ela. É possível que certos acontecimentos imprevistos me obriguem a confiná-los em suas cabines por algumas horas ou alguns dias, dependendo do caso. Desejando nunca empregar a violência, espero de vocês, nesse caso, mais ainda que em todos os outros, obediência passiva. Agindo assim, eximo-os de suas responsabilidades, libero-os inteiramente, pois cabe a mim impossibilitar que vocês vejam o que não deve ser visto. Aceitam essa condição?

Aconteciam, portanto, a bordo coisas no mínimo peculiares e que não deviam ser vistas por pessoas que não tivessem posto à margem das leis sociais! Entre as surpresas que o futuro me reservava, essa não seria a menor.

– Aceitamos – respondi. – Peço-lhe apenas, senhor, permissão para lhe fazer uma pergunta, apenas uma.

– Fale, senhor.

– O senhor disse que estaríamos livres a bordo?

– Inteiramente.

– Então vou lhe perguntar o que entende por essa liberdade.

– Ora, a liberdade de ir, de vir, de ver, até mesmo de observar tudo o que aqui acontece... exceto em algumas circunstâncias graves... a liberdade, enfim, de que desfrutamos nós mesmos, meus companheiros e eu.

Era evidente que não nos entendíamos.

– Perdão, senhor – respondi –, mas essa liberdade é apenas aquela que todo prisioneiro tem para vagar por sua prisão! Não pode ser suficiente para nós.

– Mas terá de sê-lo.

– O quê! Devemos desistir para sempre de rever nossa pátria, nossos amigos, nossos pais!

– Sim, senhor. Mas renunciar de retomar esse insuportável jugo da terra, que os homens julgam ser liberdade, talvez não seja tão penoso como vocês pensam!

– Por exemplo – exclamou Ned Land –, eu nunca darei minha palavra de que não vou tentar fugir daqui!

– Não estou pedindo sua palavra, mestre Land – respondeu friamente o comandante.

— Senhor — insisti, exaltado a contragosto —, o senhor abusa de sua posição em relação a nós! Isso é crueldade!

— Não, senhor, é clemência! Vocês são meus prisioneiros depois do combate! Eu os guardarei, quando poderia, por uma simples ordem minha, deixá-los nas profundezas dos abismos do oceano! Vocês me atacaram! Vieram descobrir um segredo que homem nenhum no mundo deve penetrar, o segredo de toda a minha existência! E vocês acreditam que vou devolvê-los a essa terra que não deve mais me conhecer! Nunca! Ao retê-los, não é vocês que preservo, mas a mim mesmo!

Essas palavras indicavam um preconceito da parte do comandante contra o qual nenhum argumento prevaleceria.

— Então, senhor — respondi —, está simplesmente nos oferecendo uma escolha entre a vida ou a morte?

— Pura e simplesmente.

— Meus amigos — disse eu —, a uma pergunta formulada nesses termos, não há o que responder. Mas nenhuma palavra nos prende ao chefe de bordo.

— Nenhuma, senhor — respondeu o desconhecido.

Então, com voz mais suave, continuou:

— Agora, permitam-me terminar o que tenho a lhes dizer. Eu o conheço, sr. Aronnax. O senhor, não seus companheiros, talvez não tenha tanto do que se queixar do acaso que o liga a meu destino. Haverá de encontrar entre os livros que servem a meus estudos favoritos a obra que publicou sobre as grandes profundezas do mar. Eu a li muitas vezes. Levou seu trabalho até onde a ciência terrestre lhe permitia. Mas não sabe tudo, não viu tudo. Permita-me então lhe dizer, professor, que não se arrependerá do tempo que passar a bordo. Viajará para o país das maravilhas. O espanto e a estupefação provavelmente serão o estado habitual de seu espírito. Não ficará entediado facilmente com o espetáculo incessantemente oferecido a seus olhos. Pretendo fazer em breve uma nova turnê pelo mundo submarino – quem sabe? a última talvez – e rever tudo o que pude estudar no fundo desses mares tantas vezes percorridos, e o senhor será meu companheiro de estudos. A partir deste dia, o senhor entra num novo elemento, verá o que nenhum homem ainda viu, porque eu e os meus não contamos mais – e nosso planeta, graças a mim, lhe revelará seus últimos segredos.

Não posso negar; essas palavras do comandante me causaram uma grande impressão. Ele havia tocado meu ponto fraco, e esqueci, por um instante, que a contemplação dessas coisas sublimes não poderia valer a liberdade perdida. Além disso, contava com o futuro para resolver essa grave questão. Assim, eu me contentei em responder:

– Senhores, se romperam com a humanidade, quero crer que não renunciaram a todo sentimento humano. Somos náufragos recolhidos caridosamente a bordo, não nos esqueceremos disso. Quanto a mim, não ignoro que, se o interesse da ciência pudesse absorver até mesmo a necessidade de liberdade, o que nosso encontro me promete me ofereceria grandes compensações.

Achava que o comandante iria me estender a mão para selar nosso tratado. Não fez nenhum gesto para tanto. Lamentei por ele.

– Uma última pergunta – disse eu, no momento em que esse ser inexplicável parecia querer se retirar.

– Fale, professor.

– Com que nome devo chamá-lo?

– Senhor – respondeu o comandante –, para os senhores sou apenas o capitão Nemo; e o senhor e seus companheiros são para mim apenas os passageiros do Nautilus.

O capitão Nemo chamou. Um comissário apareceu. O capitão lhe deu ordens nessa língua estranha que não consegui identificar. Depois, voltando-se para o canadense e Conseil:

— Uma refeição espera por vocês em sua cabine – disse-lhes. – Por favor, siga esse homem.

— Isso não se recusa! – falou o arpoador.

Conseil e ele finalmente saíram dessa cela em que já estavam confinados havia mais de trinta horas.

— E agora, sr. Aronnax, nosso almoço está pronto. Permita-me precedê-lo.

— A suas ordens, capitão.

Segui o capitão Nemo e, assim que passei pela porta, entrei numa espécie de corredor com iluminação elétrica, semelhante aos corredores de um navio. Depois de um percurso de cerca de dez metros, uma segunda porta se abriu à minha frente.

Entrei então numa sala de jantar decorada e mobiliada com gosto severo. Cômodas altas de carvalho, incrustadas com ornamentos de ébano, ficavam em ambas as extremidades da sala, e em suas prateleiras de linha ondulada cintilavam faianças, porcelana e cristais de preço inestimável. A louça plana refletia os raios que saíam de um teto luminoso, cujo brilho era atenuado e suavizado por refinadas pinturas.

No centro da sala havia uma mesa ricamente servida. O capitão Nemo me mostrou o lugar que eu deveria ocupar.

— Sente-se – disse ele – e coma como um homem que está morrendo de fome.

O almoço se compunha de certo número de pratos cujo conteúdo provinha inteiramente do mar, e de alguns outros cuja natureza e origem eu desconhecia. Admito que eram muito bons, mas com um sabor peculiar, aos quais me habituei com facilidade. Esses vários alimentos me pareceram ricos em fósforo, e pensei que deviam ser de origem marinha.

O capitão Nemo me olhava. Não lhe perguntei nada, mas ele adivinhou meus pensamentos e respondeu por conta própria às perguntas que eu ansiava lhe fazer.

– A maioria desses pratos lhe é desconhecida – disse-me ele. – Mas pode servir-se sem medo algum. São saudáveis e nutritivos. Abandonei os alimentos terrenos há muito tempo e não estou pior por isso. Minha tripulação, que é vigorosa, não se alimenta de outra maneira.

– Então – falei – todos esses alimentos são produtos do mar?

– Sim, professor, o mar supre todas as minhas necessidades. Ora lanço minhas redes de arrasto e as retiro, prestes a se romper de tão abarrotadas. Ora vou caçar no meio desse elemento que parece inacessível ao homem, e persigo a caça que vive em minhas florestas submarinas. Meus rebanhos, como os do velho pastor de Netuno[40], pastam sem medo nas imensas pradarias do oceano. Tenho ali uma vasta propriedade que eu mesmo exploro e que é sempre semeada pela mão do Criador de todas as coisas.

Olhei para o capitão Nemo com certo espanto e respondi:

– Compreendo perfeitamente, senhor, que suas redes forneçam excelentes peixes para sua mesa; compreendo menos sua perseguição à caça aquática em suas florestas submarinas; mas o que não compreendo de modo algum é que uma parcela de carne, por menor que seja, figure em seu cardápio.

– Por isso, senhor – respondeu o capitão Nemo –, eu nunca faço uso de carne de animais terrestres.

– Isso, no entanto, o que é? – continuei, apontando para um prato onde ainda restavam alguns pedaços de carne.

– O que julga ser carne, professor, nada mais é do que filé de tartaruga marinha. Aqui também estão fígados de golfinho que poderia tomar por um ensopado de porco. Meu cozinheiro é um preparador habilidoso, que se destaca na conservação desses variados produtos do oceano. Prove todos esses pratos. Aqui está uma conserva de holotúrias ou pepinos-do-mar que um malaio declararia sem rival no mundo, aqui está um creme cujo leite foi fornecido pelos peitos dos cetáceos, e o açúcar pelos grandes fucus do Mar do Norte, e finalmente, permita-me oferecer-lhe compotas de anêmonas, que nada devem às frutas mais saborosas.

E provei, mais como curioso do que como gourmet, enquanto o capitão Nemo me encantava com suas histórias incríveis.

— Mas esse mar, sr. Aronnax — disse-me ele —, essa prodigiosa e inesgotável fonte, não só me nutre, como me veste. Essas vestes que o cobrem são tecidos do bisso de certas conchas, tingidos com a púrpura dos antigos e matizados com cores violetas que extraio de aplísias do Mediterrâneo. Os perfumes que vai encontrar nos produtos de higiene de sua cabine resultam da destilação de plantas marinhas. Seu colchão é feito com a mais macia zostera do oceano. Sua caneta ou pena será uma barbela de baleia, sua tinta é o nanquim segregado pela lula ou pela sépia. Tudo agora me vem do mar, como tudo vai retornar a ele um dia!

— O senhor ama o mar, capitão.

— Sim! Eu o amo! O mar é tudo! Cobre sete décimos do globo terrestre. Seu sopro é puro e saudável. É o imenso deserto onde o homem nunca está sozinho, porque sente a vida vibrando a seu lado. O mar não é senão o veículo de uma sobrenatural e prodigiosa existência; não é apenas movimento, é amor, é o infinito vivo, como disse um de seus poetas. E de fato, professor, a natureza nele se manifesta em seus três reinos, mineral, vegetal, animal. Este último é amplamente representado pelos quatro grupos de zoófitos, por três classes de articulados, por cinco classes de moluscos, por três classes de vertebrados: os mamíferos, os répteis e essas inumeráveis legiões de peixes, ordem infinita de animais que conta com mais de 13 mil espécies, das quais apenas um décimo vive na água doce. O mar é o vasto reservatório da natureza. Foi com o mar que o globo, por assim dizer, começou, e quem sabe se não haverá de acabar por ele! Nele reina a suprema tranquilidade. O mar não pertence aos déspotas. Em sua superfície, eles ainda podem exercer direitos iníquos, combater, devorar-se, transferir nela todos os horrores terrenos. Mas, a dez metros de profundidade, seu poder cessa, sua influência se extingue, sua força e poder desaparecem! Ah! senhor, viva, viva no seio dos mares! Só nele existe independência! Nele não reconheço patrões! Nele sou livre!

Subitamente, no meio desse entusiasmo transbordante, o capitão Nemo se calou. Teria ele se deixado levar para além de sua reserva habitual? Tinha falado demais? Por alguns instantes, caminhou, muito agitado. Então seus nervos se acalmaram, seu semblante recuperou a frieza de costume e, voltando-se para mim, disse:

– Agora, professor, se quiser visitar o Nautilus, estou a suas ordens.

XI

O NAUTILUS

O capitão Nemo se levantou. Eu o segui. Uma porta dupla nos fundos do cômodo se abriu, e entrei numa sala de tamanho igual daquela de onde acabara de sair.

Era uma biblioteca. Móveis altos de jacarandá preto, incrustados de cobre, sustentavam um grande número de livros uniformemente encadernados em suas largas prateleiras. Seguiam o contorno da sala e terminavam na parte inferior com vastos sofás, estofados em couro marrom, que ofereciam as curvas mais confortáveis. Mesas móveis leves, afastando-se ou aproximando-se à vontade, permitiam pousar o livro a ser lido. No centro havia uma grande mesa, coberta de brochuras, entre as quais apareciam alguns jornais já velhos. A luz elétrica inundava todo esse conjunto harmonioso e caía de quatro globos foscos, parcialmente encaixados nas volutas do teto. Olhei com verdadeira admiração para aquela sala engenhosamente arrumada e não pude acreditar no que via.

– Capitão Nemo – disse eu a meu anfitrião, que acabava de se estender num sofá –, aqui está uma biblioteca que honraria mais de um palácio dos continentes, e fico realmente surpreso quando penso que ela pode acompanhá-lo até as maiores profundezas dos mares.

– Onde haveríamos de encontrar mais solidão, mais silêncio, professor? – respondeu o capitão Nemo. – O gabinete de seu Museu lhe oferece semelhante tranquilidade?

– Não, senhor, e devo acrescentar que é bem pobre comparado ao seu. O senhor tem aqui seis ou sete mil volumes...

– Doze mil, sr. Aronnax. Esses são os únicos laços que me prendem à terra. Mas o mundo acabou para mim no dia em que meu Nautilus imergiu pela primeira vez. Naquele dia comprei meus últimos volumes, minhas últimas brochuras, meus últimos jornais e, desde então, quero acreditar que a humanidade não pensou nem escreveu mais. Esses livros, professor, também estão à sua disposição e poderá utilizá-los livremente.

Agradeci ao capitão Nemo e aproximei-me das estantes da biblioteca. Livros de ciência, de moral e de literatura, escritos em todas as línguas, abundavam ali; mas não vi uma única obra de economia política; parecia ter sido severamente banida a bordo. Detalhe curioso, todos esses livros estavam dispostos de maneira indiscriminada, independentemente da língua em que estivessem escritos, e essa mistura provava que o capitão do Nautilus devia ler com fluência os volumes que sua mão tomava ao acaso.

Entre essas obras, notei as obras-primas dos mestres antigos e modernos, ou seja, tudo o que a humanidade produziu de mais belo na história, na poesia, no romance e na ciência; de Homero[41] a Victor Hugo[42], de Xenofonte[43] a Michelet[44], de Rabelais[45] à sra. Sand.[46] Mas a ciência, de modo particular, constituía o foco dessa biblioteca; os livros de mecânica, de balística, de hidrografia, de meteorologia, de geografia, de geologia, etc., ocupavam um lugar não menos importante que as obras de história natural, e compreendi que formavam a parte principal dos estudos do capitão. Vi ali todo Humboldt[47], todo Arago[48], as obras de Foucault[49], de Henri Sainte-Claire

Deville[50], de Chasles[51], de Milne-Edwards[52], Quatrefages[53], Tyndall[54], Faraday[55], Berthelot[56], padre Secchi[57], Petermann[58], comandante Maury[59], Agassiz[60] etc. As memórias da Academia de Ciências, os boletins das diversas sociedades de geografia, etc., e, em boa ordem, os dois volumes que talvez me tivessem valido essa acolhida relativamente caridosa do capitão Nemo. Entre as obras de Joseph Bertrand[61], seu livro intitulado *Os fundadores da Astronomia* até me forneceu uma data precisa; sabendo que ele havia sido publicado no decorrer do ano de 1865, pude concluir que a construção do Nautilus não datava de um período posterior. Assim, fazia no máximo três anos que o capitão Nemo tinha iniciado sua existência submarina. Eu esperava, além disso, que trabalhos ainda mais recentes poderiam me permitir fixar com exatidão esse período; mas tinha muito tempo para fazer essa pesquisa e não queria atrasar ainda mais nosso passeio pelas maravilhas do Nautilus.

– Senhor – disse eu ao capitão –, agradeço por ter colocado essa biblioteca à minha disposição. Nela, há tesouros da ciência e vou tirar proveito.

– Essa sala não é apenas uma biblioteca – replicou o capitão Nemo –, é também uma sala para fumantes.

– Uma sala para fumantes? – exclamei. – Então se fuma a bordo?

– Sem dúvida.

– Então, senhor, sou obrigado a acreditar que manteve relações com Havana.

– Nada disso – respondeu o capitão. – Aceite este charuto, sr. Aronnax, e embora não venha de Havana, ficará satisfeito com ele, se for um conhecedor.

Tomei o charuto que me era oferecido e cujo formato lembrava o do londrès[62], embora parecesse enrolado em folhas de ouro. Acendi-o num pequeno braseiro sobre um elegante pé de bronze e aspirei as primeiras baforadas com a volúpia de um amador que não fuma há dois dias.

— É excelente! — exclamei — Mas não é tabaco.

— Não — replicou o capitão,. — Esse tabaco não vem de Havana nem do Oriente. É uma espécie de alga, rica em nicotina, que o mar me fornece, não sem alguma parcimônia. Sente falta dos *londrès*, senhor?

— Capitão, a partir de hoje os desprezo.

— Então fume à vontade e sem discutir a origem desses charutos. Nenhuma administração estatal os controlou, mas imagino que não sejam piores por isso.

— Pelo contrário.

Nesse momento, o capitão Nemo abriu uma porta que dava para aquela por onde eu havia entrado na biblioteca, e passei a um salão imenso e esplendidamente iluminado.

Era um vasto quadrilátero com dez metros de comprimento, seis de largura e cinco de altura. Um teto luminoso, decorado com arabescos claros, distribuía uma luz clara e suave por todas as maravilhas acumuladas nesse museu. Pois era realmente um museu, em que uma mão inteligente e pródiga havia reunido todos os tesouros da natureza e da arte, com aquela desordem artística que distingue o ateliê de um pintor.

Cerca de trinta pinturas de mestres, em molduras uniformes, separadas por cintilantes armaduras, adornavam as paredes decoradas com tapeçarias de um desenho severo. Vi telas do mais alto valor, muitas das quais eu havia admirado em coleções particulares na Europa e em exposições de pintura. As diversas escolas dos antigos mestres eram representadas por uma Madonna de Rafael[63], uma virgem de Leonardo da Vinci[64], uma ninfa de Correggio[65], uma mulher de Ticiano[66], uma adoração de Veronese[67], uma assunção de Murillo[68], um retrato de Holbein[69], um monge de Vélasquez[70], um mártir de Ribera[71], uma feira de Rubens[72], duas paisagens flamengas de Téniers[73], três pequenas pinturas de gênero de Gérard Dow[74], Metsu[75], Paul Potter[76], duas telas de Géricault[77] e Prudhon[78], algumas paisagens marítimas de Backhuysen[79] e Vernet[80]. Entre as obras da pintura moderna, havia quadros assinados por Delacroix[81], Ingres[82], Decamps[83], Troyon[84], Meissonnier[85], Daubigny[86], etc., e algumas admiráveis reduções de estátuas de mármore ou bronze, baseadas nos mais belos modelos da antiguidade, colocadas em seus pedestais, nos recantos desse magnífico museu. Esse estado de estupefação que o comandante do Nautilus me previra já começava a tomar conta de minha mente.

– Senhor professor – disse então esse estranho homem –, peço desculpas pela sem-cerimônia com que o recebo e pela desordem que reina nesta sala.

– Senhor – respondi –, sem procurar saber quem o senhor é, será que me é permitido reconhecê-lo como artista?

– Um diletante, no máximo, senhor. Outrora eu gostava de colecionar essas lindas obras criadas pela mão do homem. Eu era um ávido pesquisador, um caçador incansável e consegui reunir alguns objetos de inestimável valor. Estas são minhas últimas lembranças da terra que para mim morreu. A meus olhos, seus artistas modernos já não passam de antigos; eles têm dois ou três mil anos de existência, e eu os confundo em meu espírito. Os mestres não têm idade.

– E esses músicos? – disse eu, apontando para partituras de Weber[87], Rossini[88], Mozart[89], Beethoven[90], Haydn[91], Meyerbeer[92], Hérold[93], Wagner[94], Auber[95], Gounod[96] e muitos outros, espalhadas sobre um órgão de grande porte que ocupava uma das alas da sala.

– Esses músicos – respondeu-me o capitão Nemo – são contemporâneos de Orfeu[97], porque as diferenças cronológicas se apagam na memória dos mortos; e eu estou morto, professor, tão morto quanto seus amigos que descansam a sete palmos abaixo da terra!

O Capitão Nemo ficou em silêncio e parecia perdido em profundo devaneio. Olhei para ele com viva emoção, analisando silenciosamente as estranhezas de seu semblante. Com o cotovelo apoiado no canto de uma preciosa mesa de mosaico, não me via mais, esquecido de minha presença.

Respeitei esse recolhimento e continuei a passar em revista as curiosidades que enriqueciam aquela sala.

Ao lado das obras de arte, as raridades naturais ocupavam um lugar muito importante. Consistiam sobretudo de plantas, conchas e outras produções do oceano, que deviam ser achados pessoais do capitão Nemo. No meio da sala, um jato de água, eletricamente iluminado, caía numa fonte feita de uma única tridacna. Essa concha, fornecida pelo maior dos moluscos acéfalos, media em suas bordas delicadamente recortadas uma circunferência de aproximadamente seis metros; ultrapassava, portanto, em tamanho as mais belas tridacnas oferecidas pela República de Veneza a Francisco I[98], e das quais a igreja de Saint-Sulpice, em Paris, fez duas gigantescas pias de água benta.

Em torno dessa fonte, sob elegantes vitrines fixadas por molduras de cobre, estavam classificados e rotulados os mais preciosos produtos do mar que já haviam sido apresentados ao olhar de um naturalista. Pode-se imaginar minha alegria como professor.

O ramo dos zoófitos oferecia espécimes muito curiosos de seus dois grupos de pólipos e equinodermos. No primeiro grupo, tubiporídeos, górgonas dispostas em leque, esponjas macias da Síria, ísis das Mollucas, pennátulas, uma admirável alga virgulária dos mares noruegueses, umbelíferas variadas, alcionários, toda uma série dessas madréporas que meu mestre Milne-Edwards classificou tão sagazmente em seções, e entre as quais notei adoráveis flabeliformes, oculiformes da ilha de Bourbon, o "carro-de-netuno" das Antilhas, soberbas variedades de corais, em resumo, todas as espécies desses curiosos polipeiros cujo conjunto forma inteiras ilhas que um dia se tornarão continentes. Entre os equinodermos, notáveis por seu invólucro espinhoso, astperias, estrelas-do-mar, pentácrinos, comátulas, asterófonos, ouriços-do-mar, holotúrias ou pepinos-do-mar, etc., representavam a coleção completa de indivíduos desse grupo.

Um conquiliólogo um pouco nervoso certamente teria ficado pasmo diante de outras vitrines mais variadas, onde estavam classificados os exemplares do ramo dos moluscos. Vi ali um acervo de valor inestimável, e que me faltaria tempo para descrever na íntegra. Entre esses espécimes, citarei, apenas para registro, a elegante ostra-real do oceano Índico, cujas manchas brancas regulares se destacavam vivamente sobre um fundo vermelho e marrom; um espôndilo imperial, de cores vivas, de espinhos eriçados, espécime raro nos museus europeus, e cujo valor estimei em 20 mil francos; um espôndilo comum dos mares da Nova Holanda, difícil de conseguir; exóticos berbigões do Senegal, frágeis conchas brancas bivalves, que um sopro teria dissipado como uma bolha de sabão; diversas variedades de regadores-de-Java, espécie de tubos de calcários forrados de reentrâncias serrilhadas e muito disputados pelos colecionadores; toda uma série de troquídeos, alguns amarelo-esverdeados, pescados nos mares da América, outros de um castanho-avermelhado, amigos das águas da Nova Holanda, estes, vindos do Golfo do México e notáveis por sua concha imbricada, aqueles, estelares encontrados nos mares do sul e, finalmente, o mais raro de todos, o magnífico esporão da Nova Zelândia; depois, admiráveis telinas sulfurosas; espécies preciosas de citéreas e de vênus; a concha trançada das costas de Tranquebar; o bulbo marmorizado em madrepérola resplandecente; os "periquitos-verdes" dos mares chineses; o cônus quase desconhecido do gênero *Coenodulli*; todas as variedades de porcelana que servem de moeda na Índia e na África; a "Glória do Mar", a concha mais preciosa das Índias Orientais; finalmente, litorinas, delfínulas, turritelas, jantinas, óvulos, volutas, olivas, mitras, capacetes, púrpuras, búzios, harpas, rochedos, tritões, ceritas, fusos, estrombos, pteróceros, patelas, hialas, cleodoros, conchas delicadas e frágeis, que a ciência batizou com nomes mais encantadores.

À parte e em compartimentos especiais, havia colares de pérolas da maior beleza, que a luz elétrica fazia reluzir com pontas de fogo, pérolas rosadas, arrancadas das pinhas-marinhas do mar Vermelho; pérolas verdes de haliotídeos íris; pérolas amarelas, azuis, pérolas negras, curiosos produtos dos diversos moluscos de todos os oceanos e certos mexilhões de cursos de água do norte; finalmente, vários espécimes de valor inestimável que haviam sido destiladas pelas mais raras pintadinas. Algumas dessas pérolas eram maiores que um ovo de pomba; valiam o mesmo, ou bem mais, que aquela que o viajante Tavernier vendeu por 3 milhões ao xá da Pérsia; e ultrapassava até mesmo o valor da pérola do imã de Mascate, que eu acreditava não ter rival no mundo.

Assim, pois, estimar o valor dessa coleção era, por assim dizer, impossível. O capitão Nemo deve ter gasto milhões para adquirir esses diversos espécimes, e eu me perguntava de que fonte ele hauria para satisfazer dessa maneira suas fantasias de colecionador, quando fui interrompido por essas palavras:

– Vejo que anda examinando minhas conchas, professor. Com efeito, elas podem interessar a um naturalista; mas, para mim, têm um encanto a mais, porque as recolhi todas elas com minhas mãos, e não há um único mar do globo que tenha escapado a minhas pesquisas.

– Compreendo, capitão, compreendo essa alegria de passear entre tantas riquezas. O senhor é um daqueles que fez o próprio tesouro. Nenhum museu na Europa possui uma coleção semelhante de espécimes do oceano. Mas, se eu esgotar minha admiração por ela, o que me restará do navio que a carrega! Não quero penetrar em segredos que são só seus! Confesso, no entanto, que este Nautilus, a força motriz que nele se encerra, os dispositivos que permitem manobrá-lo, o poderoso agente que o anima, tudo isso excita ao máximo minha curiosidade. Vejo dependurados nas paredes desta sala instrumentos cuja destinação me é desconhecida. Posso saber?...

– Sr. Aronnax – respondeu o capitão Nemo –, eu lhe disse que o senhor estaria livre a bordo e, por conseguinte, nenhuma parte do Nautilus lhe é vedada. Pode, portanto, visitá-lo detalhadamente, e terei o maior prazer em ser seu guia.

– Não sei como lhe agradecer, senhor, mas não vou abusar de sua gentileza. Só me permito perguntar-lhe a que se destinam esses instrumentos de física...

– Professor, instrumentos exatamente iguais estão também em meu quarto e é lá que terei o prazer de lhe explicar sua utilização. Mas antes venha visitar a cabine que lhe foi reservada. Precisa saber como vai ficar instalado a bordo do Nautilus.

Segui o capitão Nemo que, por uma das portas abertas de cada lado do salão, me conduziu pelos corredores do navio. Ele me conduziu até a frente e lá encontrei não uma cabine, mas um quarto elegante, com cama, banheiro e vários móveis.

Eu só poderia agradecer a meu anfitrião.

— Seu quarto é contíguo ao meu — disse-me ele, abrindo uma porta. — E o meu dá para a sala que acabamos de deixar.

Entrei no quarto do capitão. Tinha um aspecto severo, quase cenobítico. Uma cama de ferro, uma mesa de trabalho, alguns móveis de toalete. Tudo iluminado à meia-luz. Nada muito confortável. Apenas o estrito necessário.

O capitão Nemo apontou para uma cadeira.

— Por favor, sente-se — disse ele.

Sentei-me, e ele tomou a palavra nestes termos:

XII

TUDO PELA ELETRICIDADE

– Senhor – disse o capitão Nemo, mostrando-me os instrumentos dependurados nas paredes do quarto. – Aqui estão os aparelhos necessários para a navegação do Nautilus. Aqui, como no salão, tenho-os sempre diante dos olhos e me indicam minha localização e minha direção exata no meio do oceano. Alguns o senhor conhece, como o termômetro que dá a temperatura interna do Nautilus; o barômetro, que mede a pressão do ar e prevê mudanças no clima; o higrômetro, que marca o grau de secura da atmosfera; o *storm-glass*[99], cuja mistura, ao se decompor, anuncia a chegada de tempestades; a bússola, que orienta minha rota; o sextante, que pela altura do sol me indica minha latitude; os cronômetros, que me permitem calcular minha longitude; e, finalmente, binóculos diurnos e noturnos, que me permitem examinar todos os pontos do horizonte, quando o Nautilus subir à superfície das águas.

– Esses são os instrumentos habituais do navegador – observei – e conheço seu uso. Mas aqui estão outros que, sem dúvida, atendem aos requisitos específicos do Nautilus. Esse mostrador que vejo e por onde passa uma agulha móvel, não é um manômetro?

— E, de fato, é um manômetro. Posto em comunicação com a água, indica a pressão externa, dando-me assim a profundidade em que meu aparelho se encontra.

— E esses novos tipos de sondas?

— São sondas termométricas que registram a temperatura das diversas camadas de água.

— E esses outros instrumentos, cujo uso não consigo adivinhar?

— Aqui, professor, devo lhe dar algumas explicações – disse o capitão Nemo. Então, por favor, me escute.

Ficou em silêncio por alguns instantes, depois disse:

— É um agente poderoso, obediente, rápido, fácil, que se adapta a todos os usos e que reina soberano a bordo. Tudo é feito por meio dele. Ele me ilumina, me aquece, é a alma de meus aparelhos mecânicos. Esse agente é a eletricidade.

— A eletricidade! – exclamei, bastante surpreso.

— Sim, senhor.

— Mas, capitão, o senhor tem uma extrema rapidez de movimentos que não combina bem com o poder da eletricidade. Até agora, a força dinâmica que ela possui permanece muito restrita e só conseguiu produzir diminutas forças ou fontes de energia!

— Professor – respondeu o capitão Nemo –, minha eletricidade não é a de todo mundo, e isso é tudo o que me permito lhe dizer sobre o assunto.

— Não insistirei, senhor, e me contentarei em ficar muito surpreso com semelhante resultado. Apenas uma pergunta, porém, que não deverá responder, se for indiscreta. Os elementos que utiliza para produzir esse agente maravilhoso devem se desgastar rapidamente. O zinco, por exemplo, como o substitui, visto que não tem comunicação alguma com a terra firme?

— Sua pergunta terá uma resposta — disse o capitão Nemo. Em primeiro lugar, posso lhe dizer que existem no fundo dos mares minas de zinco, ferro, prata, ouro, cuja exploração seria certamente exequível. Mas não empreguei nenhum desses metais terrestres e quis pedir apenas ao próprio mar os meios para produzir minha eletricidade.

— Ao mar?

— Sim, professor, e não me faltavam meios. Poderia, de fato, estabelecendo um circuito entre fios imersos em diferentes profundidades, obter eletricidade pela diversidade de temperaturas que captassem; mas preferi utilizar um sistema mais prático.

— E qual?

— Deve conhecer a composição da água do mar. Em mil gramas encontramos noventa e seis centésimos e meio de água e cerca de dois centésimos e dois terços aproximadamente de cloreto de sódio; depois, em pequenas quantidades, cloretos de magnésio e de potássio, brometo de magnésio, sulfato de magnésia, sulfato e carbonato de cal. Como vê, o cloreto de sódio é encontrado ali em uma proporção notável. Ora, é esse sódio que extraio da água do mar e com o qual componho meus elementos.

— Sódio?

— Sim, senhor. Misturado ao mercúrio, forma um amálgama que substitui o zinco nos elementos Bunsen. Mercúrio nunca se desgasta. Só o sódio se consome, e o próprio mar o fornece. Direi, ainda, que as pilhas de sódio devem ser consideradas mais potentes e que sua força eletromotriz é o dobro da das pilhas de zinco.

— Compreendo bem, capitão, a excelência do sódio nas condições em que o senhor se encontra. O mar o contém. Bem, mas é preciso ainda fabricá-lo, numa palavra, extraí-lo. E como faz isso? Suas baterias poderiam, evidentemente, ser empregadas nessa extração; mas, se não me engano, o gasto de sódio exigido pelos aparelhos elétricos ultrapassaria a quantidade extraída. Em decorrência disso, portanto, o senhor consumiria para produzi-lo mais do que produziria!

– Por isso, professor, eu não o extraio por meio da pilha, e emprego pura e simplesmente o calor do carvão mineral.

– Mineral? – disse eu, insistindo.

– Digamos carvão marinho, se quiser – respondeu o capitão Nemo.

– E consegue explorar minas submarinas de hulha?

– Sr. Aronnax, terá ocasião de me ver em ação. Só peço um pouco de paciência, pois dispõe de todo o tempo para ser paciente. Apenas lembre-se disso: devo tudo ao oceano; ele produz eletricidade, e a eletricidade fornece ao Nautilus calor, luz, movimento, numa palavra, vida.

– Mas não o ar que respira...

– Oh! Poderia produzir o ar necessário a meu consumo, mas é inútil, pois volto à superfície do mar sempre que me apetece. Mas, se a eletricidade não me fornece ar respirável, pelo menos aciona potentes bombas que o armazenam em reservatórios especiais, o que me permite prolongar, se necessário, e pelo tempo que quiser, minha permanência nas camadas profundas.

– Capitão – observei –, contento-me em admirar. Evidentemente, o senhor descobriu o que os homens sem dúvida vão descobrir um dia: a verdadeira potência dinâmica da eletricidade.

– Não sei se a descobrirão – replicou friamente o capitão Nemo. Seja como for, já conhece a primeira aplicação que fiz desse precioso agente. É ele que nos ilumina com uma igualdade, uma continuidade que a luz solar não tem. Agora, olhe para esse relógio; é elétrico e funciona com uma regularidade que desafia a dos melhores cronômetros. Dividi-o em vinte e quatro horas, como os relógios italianos, porque, para mim, não existe nem noite, nem dia, nem sol, nem lua, mas apenas essa luz artificial que levo até o fundo dos mares! Veja, nesse momento, são 10 horas da manhã.

– Exatamente.

– Outra aplicação da eletricidade. Esse mostrador, suspenso diante de nossos olhos, serve para indicar a velocidade do Nautilus. Um fio elétrico o coloca em comunicação com a hélice da barquilha e sua agulha ou ponteiro me indica o deslocamento real do aparelho. E, veja, nesse momento estamos navegando a uma velocidade moderada de quinze milhas por hora.

– É maravilhoso – voltei a observar – e vejo claramente, capitão, que acertou em utilizar esse agente, que está destinado a substituir o vento, a água e o vapor.

– Ainda não terminamos, sr. Aronnax – disse o capitão Nemo, levantando-se. – E, se quiser me acompanhar, visitaremos a popa do Nautilus.

Com efeito, eu já conhecia toda a parte anterior dessa embarcação submarina, da qual passo a apresentar a divisão exata, partindo do centro ao esporão: a sala de jantar, de cinco metros, separada da biblioteca por uma divisória estanque, isto é, à prova d'água; a biblioteca, de cinco metros; o amplo salão, de dez metros, separado do quarto do capitão por uma segunda divisória estanque; o referido quarto do capitão, de cinco metros; meu quarto, de dois metros e cinquenta; e finalmente um reservatório de ar de sete metros e cinquenta, que se estendia até a proa. Total, trinta e cinco metros de comprimento. As divisórias estanques possuíam portas que se fechavam hermeticamente por meio de vedações de borracha, garantindo total segurança a bordo do Nautilus, em caso de infiltração.

Segui o capitão Nemo pelos corredores situados no costado e cheguei ao centro da embarcação, onde havia uma espécie de poço que se abria entre duas divisórias estanques. Uma escada de ferro, fixada à parede, conduzia à sua extremidade superior. Perguntei ao capitão para que servia aquela escada.

– Ela dá acesso ao escaler – respondeu ele.

– O quê! E há um escaler? – observei, bastante surpreso.

– Sem dúvida. Uma excelente embarcação, leve e insubmersível, que serve para passeios e para a pesca.

– Mas, então, quando quer embarcar, é obrigado a voltar à superfície do mar?

– De modo algum. Esse escaler adere à parte superior do casco do Nautilus, ocupando uma cavidade disposta para recebê-lo. É totalmente fechado, absolutamente impermeável e preso por resistentes parafusos. Essa escada leva a uma passagem vazada no casco do Nautilus, que corresponde a uma passagem idêntica na lateral do escaler. É por essa dupla abertura que entro na embarcação. A tripulação fecha a do Nautilus e eu fecho a do escaler, por meio de parafusos de pressão; solto os ferrolhos, e a embarcação sobe com uma prodigiosa rapidez até a superfície do mar. Abro a escotilha da plataforma, até então cuidadosamente fechada, levanto o mastro, iço a vela ou tomo os remos e faço meu passeio.

– Mas como volta a bordo?

– Não volto, sr. Aronnax; é o Nautilus que retorna.

– A uma ordem sua!

– A minhas ordens. Um fio elétrico me conecta a ele. Mando um telegrama, é o suficiente.

– Com efeito – disse eu, inebriado por essas maravilhas –, nada mais simples!

Depois de passar o poço da escada que levava à plataforma, avistei uma cabine de dois metros de comprimento, na qual Conseil e Ned Land, encantados com a refeição, se ocupavam em devorá-la vorazmente. Depois, uma porta se abriu para a cozinha de três metros de comprimento, situada entre as vastas despensas de bordo.

Ali, a eletricidade, mais poderosa e mais obediente que o próprio gás, arcava com todo o trabalho de cozimento. Os fios, chegando sob os fornos, comunicavam calor às esponjas de platina que eram distribuídas e mantidas regularmente. Aquecia também aparelhos de destilação que, por vaporização, forneciam excelente água potável. Ao lado dessa cozinha, havia um banheiro, confortavelmente disposto, com torneiras que forneciam água fria ou quente, à vontade.

Sucediam-se à cozinha as dependências da tripulação, com cinco metros de comprimento. Mas a porta estava fechada e não pude ver sua disposição, o que talvez me tivesse informado sobre o número de homens necessários para manobrar o Nautilus.

No fundo, erguia-se uma quarta divisória estanque que separava essa dependência da casa de máquinas. Uma porta se abriu e me encontrei nesse compartimento, onde o capitão Nemo – um engenheiro de primeira ordem, sem dúvida – havia instalado seus aparelhos de locomoção.

Essa casa de máquinas, muito bem iluminada, media nada menos que vinte metros de comprimento. Era naturalmente dividida em duas partes; a primeira encerrava os elementos que produziam a eletricidade, e a segunda, o mecanismo que transmitia movimento à hélice.

Fiquei surpreso, logo de início, com o odor *sui generis* que enchia esse compartimento. O capitão Nemo percebeu minha reação.

– São – disse-me ele – algumas liberações de gás, produzidas pelo uso do sódio; mas isso é apenas um pequeno inconveniente. Aliás, todas as manhãs purificamos o navio, ventilando-o com ar fresco.

Mas eu examinava com um interesse, fácil de conceber, a máquina do Nautilus.

– Veja – disse-me o capitão Nemo –, eu uso elementos Bunsen, não elementos Ruhmkorff.[100] Estes teriam fornecido potência insuficiente. Os elementos Bunsen são pouco numerosos, mas fortes e grandes, o que é muito melhor, com base em minha experiência. A eletricidade produzida vai para a popa, onde atua através de grandes eletroímãs sobre um determinado sistema de alavancas e engrenagens que transmitem o movimento ao eixo da hélice. Este, cujo diâmetro é de seis metros e o passo de sete metros e cinquenta, pode produzir até cento e vinte rotações por segundo.

– E obteria, então?

– Uma velocidade de cinquenta milhas por hora.

Havia um mistério nisso tudo, mas não fiz questão de saber. Como poderia a eletricidade agir com tal potência? Onde é que se originava essa força quase ilimitada? Seria extraordinária a tensão obtida por bobinas de um novo tipo? Seria em sua transmissão que um sistema de alavancas desconhecidas poderia aumentar até o infinito? Isso era o que eu não conseguia compreender.

– Capitão Nemo – disse eu –, constato os resultados e não procuro explicá-los. Vi o Nautilus manobrando na frente da Abraham-Lincoln e sei o que esperar de sua velocidade. Mas avançar não basta. Há que saber para onde vai! É preciso poder se dirigir para a direita, para a esquerda, para cima, para baixo! Como alcança as grandes profundidades? Onde encontra uma resistência crescente que é medida em centenas de atmosferas? Como volta à superfície do oceano? Enfim, como se mantém no ambiente que mais lhe convém? Estou sendo indiscreto ao perguntar?

– De modo algum, professor – respondeu o capitão, após ligeira hesitação –, visto que o senhor nunca haverá de sair desta embarcação submarina. Vamos até o salão. Esse é o nosso verdadeiro gabinete de trabalho, e lá aprenderá tudo o que precisa saber sobre o Nautilus!

XIII

ALGUNS NÚMEROS

Um momento depois, estávamos sentados num sofá do salão, de charuto na boca. O capitão pôs diante de meus olhos uma planta que fornecia plano, corte e elevação do Nautilus. Então começou sua descrição nestes termos:

– Aqui estão, sr. Aronnax, as várias dimensões da embarcação que o transporta. É um cilindro muito alongado, com extremidades cônicas. Assume visivelmente a forma de um charuto, formato já adotado em Londres em diversas construções do mesmo gênero. O comprimento desse cilindro, de ponta a ponta, é de exatamente 70 metros, e seu vão, em sua maior largura, é de 8 metros. Não é, portanto, construído inteiramente na base decimal, como seus vapores de longo curso, mas suas linhas são suficientemente longas e sua curvatura bastante delgada, para que a água deslocada escape facilmente e não represente obstáculo a seu avanço.

Essas duas dimensões permitem obter, mediante um simples cálculo, a superfície e o volume do Nautilus. Sua superfície compreende mil e onze metros quadrados e quarenta e cinco centésimos; seu volume, mil e quinhentos metros cúbicos e dois décimos – o que significa dizer que, completamente submerso, desloca ou pesa mil e quinhentos metros cúbicos ou toneladas.

Quando projetei este navio destinado à navegação submarina, queria que, em equilíbrio na água, ele mergulhasse nove décimos e emergisse apenas um décimo. Por conseguinte, nessas condições não devia deslocar senão os nove décimos de seu volume, ou seja, mil trezentos e cinquenta e seis metros cúbicos e quarenta e oito centésimos, isto é, pesar apenas esse mesmo número de toneladas. Fui obrigado, portanto, a não ultrapassar esse peso ao construí-lo de acordo com as dimensões acima mencionadas.

O Nautilus se compõe de dois cascos, um interno e outro externo, unidos por barras de ferro em T que lhe conferem extrema rigidez. Com efeito, graças a essa disposição celular, resiste como um bloco, como se fosse maciço. Suas juntas não podem ceder; aderem por si só e não pelo aperto de rebites, e a homogeneidade de sua construção, decorrente do perfeito amálgama dos materiais, lhe permite desafiar os mares mais violentos.

Esses dois cascos são feitos de chapa de aço cuja densidade em relação à água é de sete, oito décimos. O primeiro tem pelo menos cinco centímetros de espessura e pesa trezentas e noventa e quatro e noventa e seis centésimos de toneladas. O segundo envoltório, a quilha, com cinquenta centímetros de altura e vinte e cinco de largura, pesa, sozinho, sessenta e duas toneladas, a máquina, o lastro, os diversos acessórios e instalações, as divisórias e as escoras internas, pesam novecentas e sessenta e uma toneladas e sessenta e dois centésimos, que, somadas às trezentas e noventa e quatro toneladas e noventa e seis centésimos, formam o total exigido de mil trezentas e cinquenta e seis toneladas e quarenta e oito centésimos. Entendido?

– Entendido – respondi.

— Então — continuou o capitão — quando o Nautilus está flutuando nessas condições, ele emerge um décimo. Ora, se eu tiver reservatórios com capacidade igual a esse décimo, ou capacidade de cento e cinquenta toneladas e setenta e dois centésimos, e se eu os encher de água, a embarcação então deslocará mil e quinhentas e sete toneladas, ou pesando-as, imergirá completamente. É o que acontece, professor. Esses reservatórios existem no calado, nas partes inferiores do Nautilus. Abro as torneiras, eles se enchem e a embarcação, afundando um pouco, aflora à superfície da água.

— Bem, capitão, mas então chegamos à verdadeira dificuldade. Que o senhor possa aflorar à superfície do oceano, eu entendo. Mais abaixo, porém, ao mergulhar abaixo dessa superfície, seu aparelho submarino não irá encontrar uma pressão e, por conseguinte, sofrerá um impulso de baixo para cima, que deve ser estimado em uma atmosfera para cada dez metros de água, ou cerca de um quilograma por centímetro quadrado?

— Perfeitamente, senhor.

— Então, a menos que encha todo o Nautilus, não vejo como pode arrastá-lo no meio das massas líquidas.

— Professor — respondeu o capitão Nemo —, não devemos confundir estática com dinâmica, caso contrário nos expomos a graves erros. Há muito pouco trabalho a ser despendido para chegar às regiões mais baixas do oceano, pois os corpos têm tendência a se tornar "abissais". Acompanhe meu raciocínio.

— Sou todo ouvidos, capitão.

— Quando quis determinar o aumento de peso que é preciso dar ao Nautilus para imergi-lo, só tive de me preocupar com a redução de volume que a água do mar experimenta à medida que suas camadas vão ficando cada vez mais profundas.

— É evidente — observei.

— Ora, se a água não é absolutamente incompressível, ela é, pelo menos, muito pouco compressível. Com efeito, de acordo com os cálculos mais recentes, essa redução é de apenas quatrocentos e trinta e seis décimos milionésimos por atmosfera, ou para cada dez metros de profundidade. Se se trata de descer até mil metros, levo então em conta a redução do volume sob uma pressão equivalente à de uma coluna de água de mil metros, ou seja, sob uma pressão de cem atmosferas. Essa redução será então de quatrocentos e trinta e seiscentos milésimos. Terei, portanto, de aumentar o peso de maneira a pesar mil e quinhentas e treze toneladas e setenta e sete centésimos, em vez de mil e quinhentas e sete toneladas e dois décimos. O aumento será, portanto, de apenas seis toneladas e cinquenta e sete centésimos.

— Só?

— Só, sr. Aronnax, e o cálculo é fácil de verificar. Ora, tenho reservatórios suplementares com capacidade de cem toneladas. Posso, portanto, descer a profundidades consideráveis. Quando quero subir à superfície, basta-me escoar essa água e esvaziar completamente todos os reservatórios, se quiser fazer o Nautilus emergir um décimo de sua capacidade total.

Não tive nada a objetar a esses raciocínios baseados em números.

— Aceito seus cálculos, capitão — respondi. — Seria má vontade de minha parte contestá-los, pois a experiência lhes dá razão todos os dias. Mas pressinto atualmente uma dificuldade real.

— Qual, senhor?

— Quando está a mil metros de profundidade, as paredes do Nautilus suportam uma pressão de cem atmosferas. Se, portanto, nesse momento deseja esvaziar os reservatórios suplementares para tornar mais leve sua embarcação e voltar à superfície, as bombas devem vencer essa pressão de cem atmosferas, que é de cem quilogramas por centímetro quadrado. Donde uma força...

– Que só a eletricidade poderia me fornecer – apressou-se o capitão Nemo. – Repito-lhe, senhor, que a força dinâmica de minhas máquinas é quase infinita. As bombas do Nautilus têm uma força prodigiosa, e você deve ter visto isso quando suas colunas de água se precipitaram como uma torrente sobre a Abraham-Lincoln. Além disso, para poupar meus aparelhos, só utilizo os reservatórios suplementares para atingir profundidades médias de mil e quinhentos a dois mil metros. Por isso, quando me dá vontade de visitar as profundezas do oceano, duas ou três léguas abaixo de sua superfície, utilizo manobras mais demoradas, mas não menos infalíveis.

– Quais, capitão? – perguntei.

– Isso naturalmente me leva a revelar como o Nautilus é manobrado.

– Mal posso esperar para saber.

– Para dirigir essa embarcação para estibordo, para bombordo, para evoluir, numa palavra, seguindo um plano horizontal, utilizo um leme comum com açafrão grande, fixado na parte traseira do poste de popa, impulsionado por uma roda e um sistema de polias. Mas também posso mover o Nautilus de baixo para cima e de cima para baixo, num plano vertical, por meio de dois planos inclinados, presos em suas laterais no centro de flutuação, planos móveis, capazes de assumir todas as posições, e que são operados por dentro por meio de alavancas poderosas. Se esses planos forem mantidos paralelos à embarcação, esta se move horizontalmente. Estando inclinados, o Nautilus, seguindo a disposição dessa inclinação e sob o impulso de sua hélice, ou imergindo seguindo uma diagonal tão alongada quanto me convém, ou emergindo seguindo essa diagonal. E ainda, se eu quiser voltar à superfície mais rapidamente, engato a hélice e a pressão da água faz o Nautilus subir verticalmente como um balão que, inflado com hidrogênio, sobe rapidamente no ar.

— Bravo!... Bravo, capitão! — exclamei. Mas como o timoneiro pode seguir no meio das águas o rumo que o senhor lhe determina?

— O timoneiro fica instalado numa cabine envidraçada, que se projeta na parte superior do casco do Nautilus, e que é equipada com vidros lenticulares.

— Vidros capazes de suportar tais pressões?

— Perfeitamente. O cristal, frágil ao choque, oferece, no entanto, uma resistência considerável. Em experiências de pesca com luz elétrica realizadas em 1864, no meio dos mares do Norte, vimos placas desse material, com uma espessura de apenas sete milímetros, resistir a uma pressão de dezesseis atmosferas, ao mesmo tempo em que permitiam a passagem de poderosos raios caloríficos que lhes distribuíam o calor de maneira desigual. Ora, os vidros de que me sirvo não têm menos de vinte e um centímetros no centro, ou seja, trinta vezes essa espessura.

— Admito, capitão Nemo; mas, enfim, para enxergar, é preciso que a luz afugente as trevas, e me pergunto como no meio da escuridão das águas...

— Atrás da cabine do timoneiro está instalado um poderoso refletor elétrico, cujos raios iluminam o mar a meia milha de distância.

— Ah, bravo!, três vezes bravo!, capitão! Agora posso me explicar essa fosforescência do pretenso narval, que tanto intrigou os cientistas! A esse respeito, perguntarei se a colisão do Nautilus e do Scotia, que teve uma grande repercussão, foi resultado de um encontro fortuito.

— Puramente fortuito, senhor. Eu estava navegando dois metros abaixo da superfície da água quando ocorreu o impacto. Também vi que não teve nenhum resultado desastroso.

— Nenhum, senhor. Mas quanto a seu encontro com a Abraham-Lincoln?

— Professor, sinto muito por um dos melhores navios dessa valente marinha americana, mas estava sendo atacado e tive de me defender! Contentei-me, porém, em colocar a fragata fora de combate e não terá dificuldades em reparar as avarias no porto mais próximo.

— Ah, comandante! — exclamei, com convicção. — Seu Nautilus é realmente uma embarcação maravilhosa!

— Sim, professor — respondeu o capitão Nemo, com genuína emoção —, e o amo como a carne de minha carne! Se tudo é perigoso a bordo de um de seus navios, sujeitos aos caprichos do oceano, se nesse mar, a primeira impressão é a sensação do abismo, como tão bem disse o holandês Jansen[101], abaixo dele e a bordo do Nautilus, o coração do homem não tem mais nada a temer. Nenhuma deformação a recear, pois o casco duplo dessa embarcação tem a rigidez do ferro; nenhum conjunto de equipamentos e cabos que o balanço ou a adernação chegue a fatigar; não há velas que o vento carregue; não há caldeiras que o vapor faça explodir; não há medo de fogo, visto que esse dispositivo é feito de chapas metálicas e não de madeira; nenhum carvão que se esgote, pois a eletricidade é seu agente mecânico; nenhum encontro a recear, uma vez que é o único que navega em águas profundas; nenhuma tempestade a enfrentar, pois encontra tranquilidade absoluta a poucos metros abaixo da superfície das águas! Pois, então, senhor, aí está o navio por excelência! E se é verdade que o engenheiro tem mais confiança na embarcação do que o construtor, e o construtor mais do que o próprio capitão, há de imaginar então a confiança e abandono que deposito em meu Nautilus, visto que dele sou ao mesmo tempo o capitão, o construtor e o engenheiro!

O capitão Nemo falava com arrebatadora eloquência. O fogo de seu olhar, a paixão de seu gesto, transfiguravam-no. Sim, ele amava seu navio como um pai ama seu filho!

Mas surgiu naturalmente uma pergunta, talvez indiscreta, e não pude deixar de fazê-la.

— Então é também engenheiro, capitão Nemo?

— Sim, professor — respondeu ele. — Estudei em Londres, em Paris, em Nova York, quando era habitante dos continentes da terra.

— Mas como conseguiu construir, em segredo, esse admirável Nautilus?

— Cada uma de suas peças, sr. Aronnax, chegou de um ponto diferente do globo, e com destinação disfarçada. Sua quilha foi forjada em Le Creusot, na França, seu eixo de hélice na Pen et C°, de Londres, as chapas metálicas de seu casco na Leard, de Liverpool, sua hélice na Scott, de Glasgow. Seus reservatórios foram fabricados pela Cail et Cie, de Paris, seu motor pela Krupp, na Prússia, seu esporão nas oficinas de Motala, na Suécia, seus instrumentos de precisão pela Hart Brothers, de Nova York, etc., e cada um desses fornecedores recebeu meus planos sob nomes diversos.

— Mas — continuei — foi preciso montar, ajustar essas peças assim fabricadas...

— Professor, eu havia estabelecido minhas oficinas numa ilhota deserta, no meio do oceano. Ali, meus operários, isto é, meus bravos companheiros que instruí e treinei e eu completamos nosso Nautilus. Depois, concluída a operação, o fogo destruiu todos os vestígios de nossa passagem por esse ilhéu, que eu teria explodido, se pudesse.

– Então sou levado a acreditar que essa embarcação deve ter custado um absurdo.
– Sr. Aronnax, um navio de ferro custa 1.125 francos a tonelada. Ora, o Nautilus tem uma tonelagem de mil e quinhentas. O custo ascende, portanto, a 1.687.000 francos, ou 2 milhões, incluindo suas instalações, ou ainda, 4 ou 5 milhões com as obras de arte e as coleções que encerra.
– Uma última pergunta, capitão Nemo.
– A seu dispor, professor.
– Então o senhor é rico?
– Infinitamente rico, senhor, e poderia, sem constrangimento, pagar os 10 bilhões da dívida da França!
Olhei fixamente para o bizarro personagem que falava assim comigo. Estaria abusando de minha credulidade? O futuro me diria.

XIV

A CORRENTE RIO NEGRO

A porção do globo terrestre ocupada pelas águas é estimada em três milhões oitocentos e trinta e dois mil quinhentos e cinquenta e oito miriâmetros quadrados, ou mais de trinta e oito milhões de hectares. Essa massa líquida compreende dois bilhões e duzentas e cinquenta milhões de milhas cúbicas e formaria uma esfera com um diâmetro de sessenta léguas cujo peso seria de três quintilhões de toneladas. E, para compreender esse número, devemos dizer que o quintilhão está para o bilhão assim como o bilhão está para a unidade, ou seja, há tantos bilhões em um quintilhão quantas unidades há em um bilhão. Ora, essa massa líquida é aproximadamente a quantidade de água que todos os rios da terra derramariam durante quarenta mil anos.

Durante as eras geológicas, ao período do fogo sucedeu o período da água. O oceano foi inicialmente universal. Depois, aos poucos, nas eras silurianas, surgiram picos de montanhas, emergiram ilhas, desapareceram sob dilúvios parciais, voltaram a mostrar-se, soldaram-se, formaram continentes e, por fim, as terras se fixaram geograficamente tal como as vemos. O sólido conquistou do líquido trinta e sete milhões seiscentas e cinquenta e sete milhas quadradas, ou seja, doze bilhões novecentos e dezesseis milhões de hectares.

A configuração dos continentes permite dividir as águas em cinco grandes partes: o Oceano Glacial Ártico, o Oceano Glacial Antártico, o Oceano Índico, o Oceano Atlântico, o Oceano Pacífico.

O oceano Pacífico se estende de norte a sul entre os dois círculos polares e de oeste a leste entre a Ásia e a América, numa extensão de cento e quarenta e cinco graus de longitude. É o mais tranquilo dos mares; suas correntes são amplas e lentas, suas marés, bem fracas, suas chuvas, abundantes. Assim era o oceano que meu destino me chamou a explorar por primeiro, nas condições mais estranhas.

– Senhor professor – disse-me o capitão Nemo –, se assim o desejar, mediremos nossa posição exata e marcaremos o ponto de partida dessa viagem. Faltam quinze para o meio-dia. Vou subir à superfície das águas.

O capitão apertou três vezes uma campainha elétrica. As bombas começaram a escoar a água dos reservatórios; a agulha do manômetro marcou o movimento ascendente do Nautilus pelas diferentes pressões, depois parou.

– Chegamos – disse o capitão.

Fui até a escada central que levava à plataforma. Subi os degraus de metal e, pelas escotilhas abertas, cheguei à parte superior do Nautilus.

A plataforma emergia apenas oitenta centímetros para fora da água. A popa e a proa do Nautilus apresentavam essa disposição fusiforme que o tornava parecido com um longo charuto. Notei que suas placas metálicas ligeiramente imbricadas lembravam as escamas que cobrem os corpos dos grandes répteis terrestres. Estava, pois, naturalmente explicado por que, mesmo com os melhores binóculos, essa embarcação sempre havia sido confundida com um animal marinho.

Perto do meio da plataforma, o escaler, meio embutido no casco da nave, formava uma ligeira protuberância. Na proa e na popa, ergueram-se duas cabines de altura moderada, com paredes inclinadas e parcialmente fechadas por grossos vidros lenticulares: uma era destinada ao timoneiro que dirigia o Nautilus; a outra, onde brilhava o poderoso farol elétrico, que iluminava sua rota.

O mar estava magnífico, o céu puro. O longo veículo mal sentia as grandes ondulações do oceano. Uma leve brisa vinda do leste enrugava a superfície das águas. O horizonte, livre de névoas, prestava-se às melhores observações.

Não tínhamos nada à vista. Nem um recife, nem uma ilhota. Nem sinal da Abraham-Lincoln. A imensidão deserta.

O capitão Nemo, munido de seu sextante, mediu a altura do sol, que lhe daria sua latitude. Esperou alguns minutos até que o astro tocasse a linha do horizonte. Enquanto observava, nenhum de seus músculos estremecia, e o instrumento não teria ficado mais imóvel numa mão de mármore.

– Meio-dia – disse ele. – Professor, quando quiser...

Lancei um último olhar nesse mar levemente amarelado pelos aterros japoneses e desci novamente ao grande salão.

Ali, o capitão se concentrou e calculou cronometricamente sua longitude, que controlou por meio de precedentes observações horárias de ângulo. Então ele me disse:

– Sr. Aronnax, estamos a cento e trinta e sete graus e quinze minutos de longitude a oeste...

– De que meridiano? – perguntei ansioso, esperando que a resposta do capitão talvez me indicasse sua nacionalidade.

– Senhor – respondeu ele –, tenho vários cronômetros ajustados nos meridianos de Paris, Greenwich e Washington. Mas, em sua homenagem usarei o de Paris.

Essa resposta não me disse nada. Fiz uma reverência, e o comandante continuou:

Trinta e sete graus e quinze minutos de longitude a oeste do meridiano de Paris, e trinta graus e sete minutos de latitude norte, ou seja, a aproximadamente trezentas milhas das costas do Japão. Hoje, 8 de novembro, ao meio-dia, começa nossa viagem de exploração submarina.

– Deus nos guarde! – exclamei,

– E agora, professor – acrescentou o capitão –, deixo-o com seus estudos. Dei ordens para seguirmos a rota leste-nordeste a uma profundidade de cinquenta metros. Aqui estão mapas de grande escala, onde poderá acompanhar a rota. O salão está à sua disposição, e peço-lhe permissão para me retirar.

O capitão Nemo me cumprimentou. Fiquei sozinho, absorto em meus pensamentos. Todos versavam sobre esse comandante do Nautilus. Será que algum dia chegarei a saber a que nação pertencia esse homem estranho que se gabava de não pertencer a nenhuma? Esse ódio que votava à humanidade, esse ódio que talvez procurasse vinganças terríveis, quem o havia provocado? Seria ele um desses cientistas pouco conhecidos, um desses gênios "maltratados", segundo a expressão de Conseil, um Galileu[102] moderno, ou um desses homens de ciência como o americano Maury[103], cuja carreira foi interrompida por revoluções políticas? Não podia dizê-lo ainda. Eu, que o acaso acabava de me lançar a bordo de sua embarcação, eu cuja vida ele tinha em suas mãos, ele me acolhia com frieza, mas com hospitalidade. Só que ele nunca aceitou a mão que eu lhe estendia. E nunca me estendera a dele.

Durante uma hora inteira permaneci imerso nessas reflexões, procurando desvendar esse mistério tão interessante para mim. Então meus olhos se fixaram no vasto planisfério espalhado sobre a mesa, e coloquei meu dedo no ponto exato onde a longitude e a latitude observadas se cruzavam.

O mar tem seus rios, como os continentes. São correntes especiais, reconhecíveis por sua temperatura, por sua cor, e a mais notável delas é conhecida como Corrente do Golfo. A ciência determinou, no globo, a direção de cinco correntes principais: uma no Atlântico Norte, uma segunda no Atlântico Sul, uma terceira no Pacífico Norte, uma quarta no Pacífico Sul e uma quinta no oceano Índico Sul. É até provável que tenha existido uma sexta corrente no norte do oceano Índico, quando os mares Cáspio e Aral, unidos aos grandes lagos da Ásia, formavam uma única e mesma extensão de água.

Ora, no ponto indicado no planisfério, existia uma dessas correntes, a Kuro-Scivo dos japoneses, a Rio Negro que, emergindo do golfo de Bengala onde é aquecido pelos raios perpendiculares do sol tropical, atravessa o estreito de Malaca, percorrer a costa da Ásia, contorna o Pacífico Norte até as ilhas Aleutas, transportando troncos de canforeiras e outros produtos nativos, e contrastando pelo índigo de suas águas quentes com as ondas do oceano. Era nessa corrente que o Nautilus iria navegar. Segui-a com o olhar, vi a que se perdia na imensidão do Pacífico, sentindo-me arrastado com ela, quando Ned Land e Conseil apareceram à porta do salão.

Meus dois valentes companheiros ficaram petrificados ao ver as maravilhas acumuladas diante de seus olhos.

– Onde estamos? Onde estamos? – exclamou o canadense.
– No museu de Quebec?

– Com a permissão do senhor – replicou Conseil –, pareceria antes o palácio de Sommerard![104]

– Meus amigos – respondi, fazendo sinal para que entrassem –, vocês não estão nem no Canadá nem na França, mas a bordo do Nautilus, e a cinquenta metros abaixo do nível do mar.

– Devo acreditar no senhor, porque o senhor o afirma – replicou Conseil. – Mas francamente, essa sala foi feita para surpreender até um flamengo como eu.

– Surpreenda-se, meu amigo, e olhe, porque, para um classificador como você, trabalho é que não falta aqui.

Não precisava encorajar Conseil. O bom rapaz, debruçado sobre as vitrines, já murmurava palavras da língua dos naturalistas: classe dos gastrópodes, família dos buccinídeos, gênero das porcelanas, espécie *Cyproea Madagascariensis*, etc.

Enquanto isso, Ned Land, que não era exatamente um conquiliólogo, me perguntava a respeito de minha entrevista com o capitão Nemo. Teria eu descoberto quem ele era, de onde vinha, para onde ia, a que profundezas nos arrastava? Enfim, mil perguntas que não tinha tempo de responder.

Contei-lhe tudo o que sabia, ou melhor, tudo o que não sabia, e perguntei-lhe o que tinha ouvido ou visto.

– Não vi nada, não ouvi nada! – respondeu o canadense. – Nem sequer vi a tripulação desse navio. Por acaso seria elétrica também?

– Elétrica!

– Na verdade, seríamos tentados a acreditar nisso. Mas o senhor, professor Aronnax – perguntou Ned Land, que ainda andava com essa ideia na cabeça –, não pode me dizer quantos homens há a bordo? Dez, vinte, cinquenta, cem?

– Não posso responder, mestre Land. Aliás, acredite em mim, abandone, por enquanto, essa ideia de apoderar-se do Nautilus ou de fugir dele. Essa embarcação é uma das obras--primas da indústria moderna, e eu lamentaria não tê-la visto! Muitas pessoas aceitariam a situação em que estamos, nem que fosse para passear no meio dessas maravilhas. Então, fique tranquilo e vamos ver o que está acontecendo a nosso redor.

– Ver! – exclamou o arpoador. – Mas não conseguimos ver nada, não veremos nada nesta prisão de lata! Avançamos, navegamos às cegas...

Ned Land estava ainda pronunciando essas palavras quando nos vimos subitamente imersos na escuridão, mas uma escuridão total. O teto luminoso se apagou, e tão rapidamente, que senti em meus olhos uma sensação dolorosa, semelhante à produzida pela passagem contrária das profundas trevas para a luz mais intensa.

Ficamos mudos, paralisados, sem saber que surpresa, agradável ou desagradável, nos esperava. Mas algo deslizando se fez ouvir. Parecia que escotilhas estavam removidas nas laterais do Nautilus.

– É o fim do fim! – disse Ned Land.
– Ordem das hidromedusas! – murmurou Conseil.

De repente, a luz do dia apareceu em ambos os lados da sala, através de duas aberturas oblongas. As massas líquidas pareciam intensamente iluminadas pelas irradiações elétricas. Duas placas de cristal nos separavam do mar. Estremeci, a princípio, ao pensar que aquela parede frágil poderia se romper; mas robustas armações de cobre a mantinham no lugar e lhe conferiam uma resistência quase infinita.

O mar era claramente visível num raio de uma milha em torno do Nautilus. Que espetáculo! Como descrevê-lo! Quem poderia pintar os efeitos da luz através dessas lâminas transparentes e a suavidade de suas sucessivas gradações até as camadas inferiores e superiores do oceano!

Conhecemos a diafaneidade do mar. Sabemos que sua limpidez excede a da água de mina. As substâncias minerais e orgânicas que mantém em suspensão aumentam ainda mais sua transparência. Em certas partes do oceano, nas Antilhas, a cento e quarenta e cinco metros abaixo da linha da água se consegue ver o leito de areia com uma nitidez surpreendente, e a força de penetração dos raios solares só parece parar a uma profundidade de trezentos metros. Mas, nesse ambiente fluido percorrido pelo Nautilus, o brilho elétrico era produzido no seio das próprias ondas. Já não era água luminosa, mas luz líquida.

Se admitirmos a hipótese de Erhenberg[105], que acredita numa iluminação fosforescente das profundezas submarinas, a natureza certamente reservou para os habitantes do mar um de seus espetáculos mais prodigiosos, e eu poderia julgá-lo no momento pelos milhares de jogos dessa luz. De cada lado, eu tinha uma janela aberta para esses abismos inexplorados. A escuridão da sala realçava a luz exterior, e observávamos como se aquele cristal puro fosse o vidro de um imenso aquário.

O Nautilus não parecia estar se movendo. É que faltavam os pontos de referência. Às vezes, porém, as linhas d'água, divididas por seu esporão, passavam diante de nossos olhos com incrível velocidade.

Maravilhados, estávamos debruçados diante dessas vitrines e nenhum de nós havia rompido ainda o silêncio de estupefação, quando Conseil disse:

– Você queria ver, amigo Ned. Pois bem, agora está vendo!

– Curioso! Curioso! – dizia o canadense que, esquecendo sua raiva e seus planos de evasão, sentia uma atração irresistível. – E viria gente de muito longe para admirar esse espetáculo!

– Ah! – exclamei. – Compreendo a vida desse homem! Ele criou um mundo à parte, que lhe reserva as mais extraordinárias maravilhas!

– Mas e os peixes? – observou o canadense. – Não vejo nenhum peixe!

– Que diferença faz, amigo Ned – interveio Conseil –, visto que você não os conhece.

– Eu? Um pescador! – retrucou Ned Land.

E sobre o assunto, logo surgiu uma discussão entre os dois amigos, pois se eles conheciam peixes, cada um os conhecia de uma forma bem diferente.

Todo mundo sabe que os peixes formam a quarta e última classe do ramo dos vertebrados. Foram definidos com muita propriedade: "vertebrados de sangue frio, de dupla circulação, que respiram por guelras e são destinados a viver na água". Compõem duas séries distintas: a série dos peixes ósseos, isto é, aqueles cuja espinha dorsal é constituída por vértebras ósseas, e os peixes cartilaginosos, isto é, aqueles cuja espinha dorsal é constituída por vértebras cartilaginosas.

O canadense talvez conhecesse essa distinção, mas Conseil sabia muito mais e agora, como amigo de Ned, não podia admitir que fosse menos instruído do que ele. Por isso lhe disse:

– Amigo Ned, você é um matador de peixes, um pescador muito habilidoso. Você capturou muitos desses animais interessantes. Mas aposto que você não sabe como se classificam.

– Sei sim – respondeu o arpoador, sério. São classificados em peixes comestíveis e peixes que não são comestíveis!

– Essa é uma distinção do apreciador de carne de peixe – respondeu Conseil. – Mas diga-me, sabe a diferença entre peixes ósseos e peixes cartilaginosos?

– Talvez sim, Conseil.

– E a subdivisão dessas duas grandes classes?

– Nem desconfio – respondeu o canadense.

– Pois bem, amigo Ned, escute e retenha na memória! Os peixes ósseos são subdivididos em seis ordens: Primeira: os acantopterígios, cuja maxila superior é completa, móvel e cujas guelras têm o formato de um pente. Essa ordem compreende quinze famílias, ou seja, três quartos dos peixes conhecidos. Tipo: a perca comum.

– E muito boa como iguaria – respondeu Ned Land.

– Segunda: – continuou Conseil – os abdominais, que têm as barbatanas ventrais suspensas sob o abdômen e atrás dos peitorais, sem estar presas aos ossos da espádua, ordem que se divide em cinco famílias e que compreende a maior parte dos peixes de água doce. Tipo: a carpa e o lúcio.

— Pof! — fez o canadense, com certo desprezo. — Peixes de água doce!

— Terceira: — prosseguiu Conseil — os sub-braquiais, cujas barbatanas ventrais estão fixadas sob as peitorais e imediatamente suspensas aos ossos da espádua. Essa ordem compreende quatro famílias. Tipo: solhas, linguados, barbos, rodovalhos etc.

— Excelente! Excelente! — exclamava o arpoador, que só queria considerar o peixe do ponto de vista comestível.

— Quarta: — retomou Conseil, sem desanimar — os ápodos, de corpo alongado, desprovidos de barbatanas ventrais e cobertos por uma pele espessa e muitas vezes viscosa, ordem que compreende apenas uma família. Tipo: a enguia, o poraquê (peixe elétrico).

— Medíocre! Medíocre! — comentou Ned Land.

— Quinta: — foi continuando Conseil — os lofobrânquios, que têm maxilas completas e livres, mas cujas guelras são formadas por pequenos tufos ou pompons, dispostos aos pares ao longo dos arcos branquiais. Essa ordem tem apenas uma família. Tipo: cavalos-marinhos, dragões-pégasos.

— Ruins! Ruins! — comentou o arpoador.

— Sexta, enfim: — disse Conseil — os plectógnatos, cujo osso maxilar está firmemente preso ao lado da intermaxila que forma a mandíbula, e cujo arco palatino se encaixa por sutura com o crânio, o que os torna uma ordem imóvel que carece de verdadeiras barbatanas ventrais e que se compõem de duas famílias. Tipos: os tetrodontes e os peixes-lua.

— Bons para estragar uma peixada na panela! — exclamou o canadense.

— Compreendeu, amigo Ned? — perguntou o sabido Conseil.

– Coisíssima nenhuma, amigo Conseil! – respondeu o arpoador. – Mas pode continuar, porque não deixa de ser interessante.

– Quanto aos peixes cartilaginosos – continuou Conseil, imperturbável –, compreendem apenas três ordens.

– Tanto melhor – disse Ned.

– Primeira: os ciclóstomos, cujas maxilas estão fundidas num anel móvel e cujas brânquias se abrem através de numerosos orifícios; é uma ordem que compreende apenas uma família. Tipo: a lampreia.

– Melhor não se invocar com ela – comentou Ned Land.

– Segunda: os seláquios, com brânquias semelhantes às dos ciclóstomos, mas cuja maxila inferior é móvel. Essa ordem, que é a mais importante da classe, compreende duas famílias. Tipos: a raia e os esqualos.

– O quê! – exclamou Ned. – Raias e tubarões na mesma ordem! Pois bem, amigo Conseil, no interesse das raias, não aconselho colocá-los juntos, no mesmo aquário!

– Terceira: – seguiu em frente Conseil – os estuarinos, cujas guelras são abertas, como sempre, por uma única fenda dotada de um opérculo, ordem que compreende quatro gêneros. Tipo: o esturjão.

– Ah, amigo Conseil, você deixou o melhor para o final, segundo meu ponto de vista, pelo menos! E isso é tudo?

– Sim, meu bravo Ned – respondeu Conseil –, e repare que, sabendo isso, ainda não sabemos nada, porque as famílias se subdividem em gêneros, subgêneros, espécies, variedades...

– Pois bem, amigo Conseil – disse o arpoador, debruçando-se sobre o vidro da escotilha –, veja só algumas variedades passando!

– Sim! Peixes! – exclamou Conseil. – É como estar na frente de um aquário!

— Não — respondi —, pois o aquário é uma simples gaiola, e esses peixes estão livres como os pássaros no ar.

— Pois bem, amigo Conseil, diga os nomes, diga os nomes deles! — insistia Ned Land.

— Eu — replicou Conseil — não sei não. Meu amo é que sabe!

E, com efeito, o bom rapaz, classificador habilidoso, não era um naturalista e não sei se teria distinguido um atum de um bonito. Numa palavra, o oposto do canadense, que designava todos esses peixes sem hesitar.

— Um peixe-porco — dissera eu.

— E um peixe-porco-chinês! — respondeu Ned Land.

— Gênero dos balistes, família da esclerodérmicos, ordem dos plectógnatos — murmurava Conseil.

Decididamente, juntando os dois, Ned e Conseil teriam dado um distinto naturalista.

O canadense não se havia enganado. Um cardume de peixes-porcos, de corpo comprimido, pele granulosa, todos eles armados com um ferrão na barbatana dorsal, brincavam em volta do Nautilus e agitavam as quatro fileiras de espinhos que se eriçam de cada lado da cauda. Nada poderia ser mais admirável do que seu revestimento, cinza em cima, branco por baixo, com manchas douradas cintilando no sombrio redemoinho das lâminas de água. Entre eles, flutuavam as raias, como um lençol abandonado ao vento, e entre elas vi, para minha grande alegria, essa raia chinesa, amarelada na parte superior, rosa suave sob o ventre e dotada de três esporões atrás do olho: espécie rara, e até duvidosa na época de Lacépède[106] que só a tinha visto numa coleção de desenhos japoneses.

Durante duas horas, um exército aquático inteiro escoltou o Nautilus. No meio de suas brincadeiras, de seus saltos, enquanto competiam em beleza, brilho e velocidade, distingui o bodião-verde, o salmonete-da-vasa, marcado por uma dupla faixa preta. O góbio-eleotrídeo, de cauda arredondada, de cor branca com uma mancha púrpura no dorso; a escômbrida japonesa, admirável cavala desses mares, de corpo azul e cabeça prateada; reluzente azulinos, cujo nome dispensa qualquer descrição; esparídeos listrados, com nadadeiras variadas em azul e amarelo; esparídeos agaloados de faixa preta na cauda; outros esparídeos elegantemente espartilhados com seus seis cinturões; aulóstomos, verdadeiras bocas de trombeta ou galinholas-marinhas, das quais alguns exemplares atingem o comprimento de um metro, salamandras-do-japão, moreias equidna, cobras de quase dois metros de comprimento, com olhos pequenos e vivos e vastas bocas repletas de dentes etc.

Nossa admiração se mantinha sempre no mais alto grau. Nossas interjeições não se esgotavam. Ned dava o nome aos peixes, Conseil os classificava, e eu me extasiava diante da vivacidade de seus movimentos e da beleza de suas formas. Nunca tivera a oportunidade de surpreender esses animais vivos e livres em seu elemento natural.

Não vou citar todas as variedades que passaram diante de nossos olhos deslumbrados, toda essa coleção vinda dos mares do Japão e da China. Esses peixes acorriam, mais numerosos que os pássaros no ar, sem dúvida atraídos pela irradiação intensa da luz elétrica.

Subitamente, a luz do dia invadiu o salão, ao mesmo tempo em que as escotilhas metálicas se fechavam. A visão encantadora desapareceu. Mas por muito tempo ainda sonhei, até que meus olhos se fixaram nos instrumentos dependurados nas paredes. A bússola apontava sempre para norte-nordeste, o manômetro indicava uma pressão de cinco atmosferas, correspondente a uma profundidade de cinquenta metros, e a barquilha elétrica indicava uma velocidade de quinze milhas por hora.

Eu esperava o capitão Nemo. Mas ele não apareceu. O relógio marcava 5 horas.

Ned Land e Conseil regressaram à sua cabine. Eu voltei para meu quarto. Meu jantar já estava servido. Consistia numa sopa de tartaruga feita com as mais delicadas partes do animal, um salmonete de carne branca, um pouco folheada, cujo fígado preparado à parte dava uma refeição deliciosa; além de filés de carne de peixe-anjo-real, cujo sabor parecia superior à do salmão.

Passei a noite lendo, escrevendo, pensando. Depois, vencido pelo sono, estendi-me sobre o colchão de zostera e dormi profundamente, enquanto o Nautilus deslizava pela rápida corrente do Rio Negro.

XV

UM CONVITE POR CARTA

No dia seguinte, 9 de novembro, só acordei depois de um longo sono de doze horas. Conseil veio, como de costume, para saber "como o amo havia passado a noite" e para lhe oferecer seus serviços. Havia deixado seu amigo canadense dormindo como um homem que não teria feito nada além disso durante toda a vida.

Deixei o bom rapaz tagarelar à vontade, sem realmente responder. Eu estava preocupado com a ausência do capitão Nemo durante a sessão do dia anterior e esperava vê-lo novamente naquele dia.

Vesti logo minhas roupas de bisso. A natureza dessas vestes provocou mais de uma vez as reflexões de Conseil. Disse-lhe que eram feitas com os filamentos lustrosos e sedosos que fixam moluscos bivalves às rochas; essa espécie de moluscos é muito abundante nas margens do Mediterrâneo. Na antiguidade, com esses filamentos se faziam lindos tecidos, meias e luvas, porque eram muito macios e aqueciam. A tripulação do Nautilus poderia, portanto, usar roupas baratas, sem pedir nada aos algodoeiros, nem às ovelhas ou aos bichos-da-seda da terra.

Depois de me vestir, fui para o grande salão. Estava deserto.

Mergulhei no estudo desses tesouros da conquiliologia, amontoados sob as vitrines. Procurei também vastos herbários, repletos das mais raras plantas marinhas, que, embora secas, conservavam suas admiráveis cores. Entre essas preciosas hidrófitas, notei cladóstefos verticilados, padinas pavônicas, caulerpas de folhas de videira, callitâmnios graníferos, delicados cerâmios com tons escarlates, ágares dispostas em leque, acetábulos semelhantes a chapéus de cogumelos muito achatados e que por muito tempo foram classificados entre os zoófitos, enfim, toda uma série de algas.

O dia inteiro passou sem que eu me sentisse honrado com a visita do capitão Nemo. As escotilhas do salão não abriram. Talvez não quisessem nos fartar com essas maravilhosas coisas.

A direção do Nautilus se mantinha em leste-nordeste, a velocidade em doze milhas, a profundidade entre cinquenta e sessenta metros.

No dia seguinte, 10 de novembro, o mesmo abandono, a mesma solidão. Não vi ninguém da tripulação. Ned e Conseil passaram a maior parte do dia comigo. Ficaram surpresos com a inexplicável ausência do capitão. Será que esse homem singular estaria doente? Ou queria mudar seus planos a nosso respeito?

Afinal, seguindo a observação do Conseil, gozávamos de total liberdade, éramos alimentados com delicadeza e abundância. Nosso anfitrião respeitava os termos de seu tratado. Não podíamos reclamar e, além disso, a própria singularidade de nosso destino nos reservava compensações tão maravilhosas que ainda não tínhamos o direito de acusá-lo.

Nesse dia comecei o diário dessas aventuras, o que me permitiu contá-las com a mais escrupulosa exatidão e, detalhe curioso, o escrevi num papel fabricado com zostera marinha.

No dia 11 de novembro, de manhã cedo, o ar fresco espalhado dentro do Nautilus me indicou que havíamos retornado à superfície do oceano, para renovar os suprimentos de oxigênio. Caminhei em direção à escada central e subi até a plataforma.

Eram 6 horas. Achei o tempo nublado, o mar cinzento, mas calmo. Poucas ondas. O capitão Nemo, que eu esperava encontrar ali, viria? Vi apenas o timoneiro, preso em sua gaiola de vidro. Sentado sobre a saliência produzida pelo casco do escaler, aspirei deliciado as emanações salinas.

Aos poucos, a névoa se dissipou sob a ação dos raios solares. A estrela radiante despontava do horizonte oriental. Sob seu olhar, o mar se inflamou como num rastilho de pólvora. As nuvens, espalhadas nas alturas, se coloriram de tons vivos admiravelmente matizados e numerosas nuvens brancas esparsas anunciaram vento para todo o dia.

Mas o que fazia o vento a esse Nautilus que as tempestades não conseguiam assustar!

Eu estava, pois, admirando esse alegre nascer do sol, tão alegre, tão revigorante, quando ouvi alguém subindo na plataforma.

Eu me preparava para cumprimentar o capitão Nemo, mas foi seu imediato – que já havia visto na primeira visita do capitão – quem apareceu. Ele caminhou pela plataforma e pareceu não notar minha presença. Com seu poderoso binóculo, vasculhou todos os pontos do horizonte com extrema atenção. Depois, concluído esse exame, aproximou-se da escotilha e pronunciou uma frase cujos termos exatos eram os que vou repetir logo em seguida. Guardei-a porque, todas as manhãs, era repetida em condições idênticas. Constava dos seguintes termos:

"Nautron respoc lorni virch."
O que significava, não saberia dizer.

Depois de pronunciar essas palavras, o imediato desceu. Achei que o Nautilus iria retomar sua navegação submarina. Voltei então até a escotilha, desci e, percorrendo os corredores, voltei a meu quarto.

Assim se passaram cinco dias, sem que a situação se modificasse. Todas as manhãs eu subia na plataforma. A mesma frase era pronunciada pelo mesmo indivíduo. O capitão Nemo não aparecia.

Eu já me havia resignado a não vê-lo mais quando, no dia 16 de novembro, ao voltar a meu quarto com Ned e Conseil, encontrei sobre a mesa um bilhete endereçado a mim.

Abri-o com mão impaciente. Estava escrito numa letra franca e clara, mas um pouco no estilo gótico e lembrando os caracteres alemães.

O bilhete estava redigido nestes termos:

Senhor professor Aronnax, a bordo do Nautilus.
16 de novembro de 1867.
O capitão Nemo convida o senhor professor Aronnax para uma caçada que deverá ter lugar amanhã de manhã em suas florestas da ilha Crespo. Ele espera que nada impeça a presença do professor e ficará satisfeito se seus companheiros se juntar a ele.
O comandante do Nautilus,
Capitão NEMO.

– Uma caçada! – exclamou Ned.
– E em suas florestas da ilha Crespo! – acrescentou Conseil.
– Mas esse indivíduo vai pisar em terra? – perguntou Ned Land.
– Isso me parece claramente indicado – disse eu, relendo a breve carta.

— Pois bem! Temos de aceitar — replicou o canadense. — Uma vez em terra firme, decidiremos o que fazer. Além disso, não deixo de estar ansioso para comer uns pedaços de carne fresca de caça.

Sem tentar conciliar o que havia de contraditório entre o manifesto horror do capitão Nemo pelos continentes e pelas ilhas e seu convite para caçar na floresta, eu me contentei em responder:

— Vamos primeiro ver o que é a ilha Crespo.

Consultei o planisfério e, a 32°40' de latitude norte e 167°50' de longitude oeste, encontrei uma ilhota que foi reconhecida em 1801 pelo capitão Crespo, e que antigos mapas espanhóis chamavam de Rocca de la Plata, ou seja, "Rocha de Prata". Estávamos, portanto, a cerca de mil e oitocentas milhas de nosso ponto de partida, e a direção ligeiramente alterada do Nautilus o levava de volta para sudeste.

Mostrei a meus companheiros esse pequeno rochedo perdido no meio do Pacífico Norte.

— Se o capitão Nemo às vezes pisa em terra — disse-lhes —, pelo menos escolhe ilhas inteiramente desertas!

Ned Land meneou a cabeça sem responder; em seguida, ele e Conseil me deixaram. Depois de um jantar que me foi servido por um serviçal mudo e impassível, adormeci, não sem alguma preocupação.

No dia seguinte, 17 de novembro, ao despertar, senti que o Nautilus estava totalmente imóvel. Vesti-me com toda a pressa e entrei no grande salão.

O Capitão Nemo estava lá, à minha espera. Levantou-se, me cumprimentou e me perguntou se gostaria de acompanhá-lo.

Como ele não fez nenhuma alusão à sua ausência durante esses oito dias, abstive-me de tocar no assunto e respondi simplesmente que meus companheiros e eu estávamos prontos para segui-lo.

— Apenas, senhor — acrescentei —, tomo a liberdade de lhe fazer uma pergunta.

— Faça-a, pois, sr. Aronnax; e, se eu puder responder, responderei.

— Pois bem, capitão, como é que o senhor, que cortou todas as relações com a terra, ainda é dono de florestas na ilha Crespo?

— Professor — respondeu o capitão —, as florestas que possuo não exigem do sol nem sua luz nem seu calor. Nem os leões, nem os tigres, nem as panteras, nem quaisquer quadrúpedes as frequentam. Eu sou o único que as conhece. Elas só crescem para mim. Não são florestas terrestres, mas florestas submarinas.

— Florestas submarinas! — exclamei.

— Sim, professor.

— E o senhor quer me levar até lá?

— Precisamente.

— A pé?

— E sem se molhar.

— Caçando?

— Caçando.

— Com o fuzil nas mãos?

— De fuzil à mão.

Olhei para o comandante do Nautilus com um olhar que não foi nada lisonjeiro para sua pessoa.

"Decididamente, ele deve estar doente da cabeça", pensei. "Teve um ataque que durou oito dias e ainda perdura. É uma pena! Preferiria que fosse extravagante a louco!

Esse pensamento estava bem visível em meu rosto, mas o capitão Nemo contentou-se em me convidar a segui-lo; e eu o segui como um homem resignado a tudo.

Chegamos à sala de jantar, onde estava sendo servido o almoço.

— Sr. Aronnax — disse-me o capitão —, gostaria de lhe pedir que almoçasse comigo, sem cerimônia. Conversaremos durante a refeição. Mas se eu lhe prometi um passeio na floresta, não me comprometi a levá-lo a um restaurante por lá. Almoce, portanto, como alguém que só haverá de jantar bem tarde.

Não recusei o convite. O serviço de mesa se compunha de vários pratos de peixes e rodelas de pepinos do mar, excelentes zoófitos, acompanhados por apetitosas algas, como a *Porphyria laciniata* e a *Laurentia pinnatifida*. A bebida consistia em água límpida à qual, seguindo o exemplo do capitão, acrescentei algumas gotas de um licor fermentado, extraído, segundo o método usado na península russa de Kamtchaka, da alga conhecida como *Rhodymenia palmata*.

O capitão Nemo começou a refeição sem proferir uma palavra. Depois, ele me disse:

— Professor, quando sugeri que viesse caçar em minhas florestas de Crespo, o senhor achou que eu estava me contradizendo. Quando lhe disse que eram florestas submarinas, o senhor pensou que eu estava louco. Professor, nunca devemos julgar os homens levianamente.

— Mas capitão, creia...

— Por gentileza, me escute e verá se deve me acusar de loucura ou de contradição.

— Estou escutando.

— Professor, o senhor sabe tão bem quanto eu que o homem pode viver debaixo da água, desde que leve consigo um suprimento de ar respirável. Nos trabalhos submarinos, o operário, vestido com roupa impermeável e com a cabeça presa numa cápsula metálica, recebe o ar externo por meio de bombas de pressão e reguladores de vazão.

— É o equipamento dos escafandristas — disse eu.

— Com efeito, mas nessas condições o homem não fica livre. Está preso à bomba que lhe envia o ar através de um tubo de borracha, verdadeira corrente que o prende à terra; se fôssemos mantidos assim no Nautilus, não conseguiríamos ir muito longe.

– E o meio para ficar livre? – perguntei.

– Utilizando o aparelho Rouquayrol-Denayrouze[107], imaginado por dois compatriotas seus, mas que aperfeiçoei para meu uso e que lhe permitirá arriscar-se nessas novas condições fisiológicas, sem que seus órgãos sofram sequelas. Compõe-se de um reservatório de chapa metálica espessa, no qual armazeno ar a uma pressão de cinquenta atmosferas. Esse reservatório se prende às costas por meio de suspensórios, como uma mochila de soldado. Sua parte superior forma uma caixa, da qual o ar, mantido por um mecanismo de fole, só consegue escapar em sua tensão normal. No aparelho Rouquayrol, tal como é utilizado, dois tubos de borracha, partindo dessa caixa, conduzem a uma espécie de pavilhão que aprisiona o nariz e a boca do mergulhador; um serve para a introdução do ar inspirado, o outro para a saída do ar expirado, e a língua fecha um ou outro, conforme as necessidades da respiração. Mas eu, que enfrento pressões consideráveis no fundo dos mares, fui obrigado a encerrar minha cabeça, como a dos escafandros, numa esfera de cobre, e é a essa esfera que se conectam os dois tubos de inspiração e de expiração.

– Perfeitamente, capitão Nemo. Mas o ar que se carrega deve se esgotar rapidamente e, visto que não contém mais de quinze por cento de oxigênio, logo se torna irrespirável.

– Sem dúvida, mas eu lhe disse, sr. Aronnax, as bombas do Nautilus me permitem armazená-lo sob uma pressão considerável e, nessas condições, o reservatório do aparelho pode fornecer ar respirável por nove ou dez horas.

– Não tenho mais objeções a fazer – respondi. Só lhe perguntarei, capitão, como pode iluminar a rota no fundo do oceano?

— Com o aparelho Ruhmkorff, sr. Aronnax. Se o primeiro é usado nas costas, o segundo é preso ao cinto. Compõe-se de uma pilha de Bunsen que aciono, não com bicromato de potássio, mas com sódio. Uma bobina de indução coleta a eletricidade produzida e a direciona para uma lanterna de um arranjo específico. Nessa lanterna existe uma serpentina de vidro que contém apenas um resíduo de gás carbônico. Quando o aparelho funciona, esse gás se torna luminoso, fornecendo uma luz esbranquiçada e contínua. Assim provido, respiro e vejo.

— Capitão Nemo, o senhor dá respostas tão categóricas a todas as minhas objeções que não ouso mais duvidar. Mas se eu for obrigado a admitir os dispositivos Rouquayrol e Ruhmkorff, vejo com certa reserva o fuzil com que deseja me armar.

— Mas não é um fuzil a pólvora — respondeu o capitão.

— Seria então um fuzil a ar?

— Sem dúvida. Como espera que eu fabrique pólvora a bordo, sem salitre, sem enxofre e sem carvão?

— Além do mais — disse eu —, para atirar debaixo d'água, num ambiente oitocentas e cinquenta e cinco vezes mais denso que o ar, seria preciso vencer uma resistência considerável.

— Essa não seria uma razão. Existem certos canhões, aperfeiçoados depois de Fulton[108] pelos ingleses Philippe Coles[109] e Burley, pelo francês Furcy, pelo italiano Landi[110], que estão equipados com um sistema peculiar de vedação e que podem disparar nessas condições. Mas repito, sem pólvora, eu a substituí por ar de alta pressão, que as bombas do Nautilus me fornecem em abundância.

— Mas esse ar deve se esgotar rapidamente.

— Concordo, mas tenho meu reservatório de Rouquayrol que pode fornecê-lo, se necessário. Para isso, basta uma torneira especial. Além disso, sr. Aronnax, verá com os próprios olhos que, nessas caçadas submarinas, não gastamos muito ar nem balas.

— Parece-me, no entanto, que nessa penumbra e no meio desse líquido tão denso em relação à atmosfera, os disparos não podem chegar longe e dificilmente são mortais.

— Senhor, com esse fuzil, ao contrário, todos os tiros são mortais, e assim que um animal é atingido, por mais levemente que seja, cai fulminado.

— Por quê?

— Porque não são balas comuns que esse fuzil dispara, mas pequenas cápsulas de vidro, inventadas pelo químico austríaco Leniebroek[111], e das quais tenho um estoque considerável. Essas cápsulas de vidro, recobertas por uma estrutura de aço e tornando-se mais pesadas com uma base de chumbo, são autênticas pequenas garrafas de Leiden[112], nas quais a eletricidade é submetida a uma tensão muito elevada. Ao menor choque, implodem, e o animal, por mais robusto que seja, cai morto. Acrescento ainda que essas cápsulas são de pequeno calibre e que a carga de um fuzil comum poderia conter até dez delas.

— Não discuto mais — respondi, levantando-me da mesa. — Só me resta apanhar meu fuzil. Aliás, para onde o senhor for, eu irei.

O capitão Nemo me conduziu até a popa do Nautilus e, passando pela cabine de Ned e Conseil, chamei meus dois companheiros, que imediatamente nos seguiram.

Chegamos então a uma cela localizada no costado, perto da casa das máquinas, e na qual tivemos de vestir nossos trajes de passeio.

XVI

PASSEIO NA PLANÍCIE

Essa cela era, a rigor, o arsenal e o vestiário do Nautilus. Uma dúzia de aparelhos de mergulho, dependurados na parede, aguardava os que iriam a passeio.

Ned Land, ao vê-los, manifestou uma evidente relutância em vesti-los.

— Mas, meu valente Ned — disse eu —, as florestas da ilha de Crespo não passam de florestas submarinas!

— Hum! — murmurou o arpoador decepcionado, que via se desvanecerem seus sonhos de carne fresca. — E o senhor, professor Aronnax, vai se enfiar nessas roupas?

— É necessário, mestre Ned.

— O senhor é totalmente livre, senhor — replicou o arpoador, dando de ombros. — Mas, quanto a mim, a menos que seja forçado, nunca entrarei nesse traje.

— Não vamos forçá-lo, mestre Ned — interveio o capitão Nemo.

— E Conseil vai se arriscar? — perguntou Ned.

— Eu sigo o patrão para onde quer que vá — respondeu Conseil.

A um chamado do capitão, dois homens da tripulação vieram nos ajudar a vestir essas pesadas roupas impermeáveis, feitas de borracha sem costura e preparadas de maneira a suportar pressões consideráveis. Parecia uma armadura ao mesmo templo flexível e resistente. Essas roupas formavam um conjunto de calças e jaqueta. As calças terminavam em calçados grossos, dotados de pesadas solas de chumbo. O tecido da jaqueta era reforçado por lâminas de cobre que blindavam o peito, protegendo-o contra a força das águas e permitindo que os pulmões funcionassem livremente; suas mangas terminavam em formato de luvas macias, que não atrapalhavam os movimentos da mão.

Como se pode ver, esses escafandros aperfeiçoados estavam longe dos trajes informes, como as couraças de cortiça, as sobrevestes, as roupas de mar, os cofres, etc., inventados e apregoados no século XVIII.

O capitão Nemo, um dos seus companheiros – uma espécie de Hércules, que devia ter uma força prodigiosa –, Conseil e eu vestimos logo esses trajes de mergulho. Faltava apenas encaixar nossa cabeça na esfera metálica. Mas, antes de prosseguir com essa operação, pedi autorização ao capitão para examinar os fuzis que nos eram destinados.

Um dos homens do Nautilus me apresentou um fuzil simples, cuja coronha, feita de chapa de aço e oca por dentro, era de dimensões bastante consideráveis. Servia como reservatório de ar comprimido, que uma válvula, acionada por um gatilho, deixava escapar para dentro do tubo metálico. Uma caixa de projéteis, embutida na espessura da coronha, continha cerca de vinte balas elétricas que, por meio de uma mola, se acomodavam automaticamente no cano do fuzil. Assim que um tiro era disparado, o outro estava pronto para partir.

– Capitão Nemo – decidi intervir –, essa arma é perfeita e fácil de manejar. Nada mais quero do que experimentá-la. Mas como é que vamos chegar ao fundo do mar?

– Nesse momento, professor, o Nautilus está parado a dez metros de profundidade e só nos resta partir.
– Mas como vamos sair?
– Vai ver.

O capitão Nemo introduziu a cabeça na calota esférica. Conseil e eu fizemos o mesmo, não sem ouvir o canadense nos desejar uma irônica "boa caçada". A parte superior de nosso traje terminava num aro de cobre, no qual era aparafusado o capacete metálico. Três orifícios, protegidos por espessos vidros, permitiam ver em todas as direções, bastando virar a cabeça dentro dessa esfera. Assim que esta foi afixada, os dispositivos Rouquayrol, instalados em nossas costas, começaram a funcionar e, de minha parte, respirei tranquilamente.

Com a lâmpada Ruhmkorff pendurada no cinto e com o fuzil na mão, eu estava pronto para partir. Mas, para ser franco, aprisionado nessas roupas pesadas e pregado ao chão por minhas solas de chumbo, teria sido impossível dar um passo.

Mas esse caso estava previsto, pois senti que estava sendo empurrado para uma pequena sala contígua ao vestiário. Meus companheiros, também rebocados, me seguiram. Ouvi uma porta, munida de obturadores, se fechar atrás de nós e uma profunda escuridão nos envolveu.

Depois de alguns minutos, um assobio agudo chegou a meu ouvido. Uma sensação de frio subiu dos pés até o peito. Evidentemente, do interior da embarcação, por meio de uma torneira, alguém havia liberado a entrada de água, que logo encheu todo o cômodo. Uma segunda porta, no flanco do Nautilus, se abriu. Uma luz exígua nos iluminou. Um instante depois, nossos pés pisavam o fundo do mar.

E agora, como posso reconstituir as impressões que me deixou esse passeio sob as águas? As palavras são impotentes para contar semelhantes maravilhas! Quando o próprio pincel é incapaz de produzir os efeitos peculiares do elemento líquido, como é que a caneta poderia reproduzi-los?

O capitão Nemo ia na frente, e seu companheiro nos seguia alguns passos atrás. Conseil e eu permanecemos próximos um do outro, como se a troca de palavras fosse possível através de nossas carapaças metálicas. Já não sentia o peso de minhas roupas, de meus calçados, de meu reservatório de ar, nem o peso dessa esfera espessa, no meio da qual minha cabeça balançava como uma amêndoa na casca. Todos esses objetos, mergulhados na água, perdiam uma parte de seu peso igual à do líquido deslocado, e me sentia muito confortável com essa lei física percebida por Arquimedes[113]. Eu não era mais uma massa inerte e tinha uma liberdade de movimento relativamente grande.

A luz, que iluminava o solo até dez metros abaixo da superfície do oceano, me surpreendeu por sua intensidade. Os raios solares passavam facilmente por essa massa aquosa e dissipavam sua coloração. Eu podia distinguir claramente objetos a uma distância de cem metros. Mais além, as profundezas se tingiam de finas degradações ultramarinas, para depois adquirir tons azuis a distância e se apagar no meio de uma vaga escuridão. Na verdade, essa água que me cercava não passava de uma espécie de ar, mais densa que a atmosfera terrestre, mas quase igualmente diáfana. Acima de mim, podia ver a calma superfície do mar.

Caminhávamos sobre areia fina e uniforme, não enrugada como a das praias que guardam a marca das ondas. Esse tapete deslumbrante, verdadeiro refletor, repelia os raios solares com uma intensidade surpreendente, provocando essa imensa reverberação, que penetrava em todas as moléculas do líquido. Será que vão acreditar em mim se eu afirmar que, a essa profundidade de nove metros, eu podia enxergar como se fosse em plena luz do dia?

Durante quinze minutos andei pisando nessa areia luminosa, coberta por uma poeira impalpável de conchas. O casco do Nautilus, em forma de longo recife, desaparecia aos poucos, mas seu farol, quando a noite descesse no meio das águas, haveria de facilitar nosso regresso a bordo, projetando seus raios com perfeita nitidez. Efeito difícil de compreender para quem só viu em terra essas camadas esbranquiçadas tão vivamente definidas. Ali, a poeira com que o ar está saturado lhes dá a aparência de uma névoa luminosa; mas sobre o mar, como no fundo do mar, esses traços elétricos se transmitem com uma incomparável pureza.

Continuamos, no entanto, a avançar, e a vasta planície arenosa parecia sem limites. Afastava com a mão as cortinas líquidas que se fechavam atrás de mim, e o rastro de meus passos se apagava repentinamente sob a pressão da água.

Logo a seguir, algumas formas de objetos mal esboçadas ao longe, destacaram diante de meus olhos. Reconheci magníficos primeiros planos de rochedos, ladeados pelos melhores exemplares de zoófitos, e fiquei impressionado desde logo pelo efeito especial que esse ambiente causava.

Eram 10 horas da manhã. Os raios do sol atingiam a superfície das ondas num ângulo bastante oblíquo e, em contato com sua luz, decomposta pela refração, como se através de um prisma, flores, pedras, plântulas, conchas, pólipos, fossem tingidos em suas bordas com as sete cores do espectro solar. O entrelaçamento das cores era uma maravilha, uma festa para os olhos, uma verdadeira caleidoscopia de verde, amarelo, laranja, violeta, índigo, azul, enfim, toda a paleta de um colorista tresloucado! Como era triste não poder comunicar a Conseil as sensações vívidas que me subiam ao cérebro e rivalizar com ele em interjeições de admiração! Porque eu não sabia, como o capitão Nemo e seu companheiro, transmitir pensamentos por meio de sinais combinados! Por isso, na falta de melhor comunicação, eu falava comigo mesmo, gritava dentro da caixa de cobre que me cobria a cabeça, talvez desperdiçando mais ar do que convinha em palavras vãs.

    Diante desse esplêndido espetáculo, Conseil tinha parado como eu. Evidentemente, o digno rapaz, na presença desses espécimes de zoófitos e moluscos, estava sempre classificando. Pólipos e equinodermos abundavam no solo. Ísis variadas, os cornulárias que vivem isoladas, tufos de oculinas virgens, antigamente conhecidas como "corais brancos", fungos eriçados em forma de cogumelos, anêmonas unidas por seus discos musculares, tudo lembrava um canteiro de flores, esmaltado de porpitas adornadas com seu colar de tentáculos azuis, estrelas do mar pontilhando a areia, e asterófitos verrugosos, finos rendados bordados pela mão das náiades, cujos festões balançavam com as tênues ondulações causadas por nosso caminhar. Para mim, era verdadeira tristeza esmagar sob os pés os brilhantes espécimes de moluscos que juncavam o solo aos milhares, os pentes concêntricos, os martelos, as donácias, verdadeiras conchas saltadoras, os troquídeos, os capacetes-vermelhos, os estrombos asa-de-anjo, as aplísias e tantas outras criaturas desse oceano inesgotável. Mas tínhamos de caminhar, e seguíamos em frente, enquanto vagavam por cima de nossas cabeças colônias de fisálias, deixando flutuar atrás de si seus tentáculos ultramarinos, medusas cuja umbrela opalina ou rosa-claro, ornamentada com uma faixa azul, nos protegia dos raios solares, e pelágias panópiras que, na escuridão, teriam semeado nosso caminho com luzes fosforescentes!

    Eu vislumbrava todas essas maravilhas no espaço de um quarto de milhar, mal parando e seguindo o capitão Nemo, que me chamava com gestos. Logo, a natureza do solo se modificou. À planície arenosa seguiu-se uma camada de lama viscosa, que os americanos chamam de "ooze", composta exclusivamente de conchas sílicas ou calcárias. Depois, atravessamos um prado de algas, plantas pelágicas que as águas ainda não tinham arrancado, vegetação luxuriante. Esses relvados bem entrelaçados e macios ao toque dos pés teriam rivalizado com os tapetes mais felpudos, tecidos pela mão humana. Mas, ao mesmo tempo em que a vegetação se espalhava sob nossos pés, não nos abandonava na altura e acima de nossas cabeças. Um delicado berço de plantas marinhas, classificadas nessa exuberante família de algas, das quais são conhecidas mais de duas mil espécies, entrelaçava-se na superfície das águas. Vi flutuando longas fitas de fucus, alguns globulosos, outros tubulares, laurências, cladostefeas, com folhagem delicada, rodímênias espalmadas, semelhantes a leques de cactos. Observei que as plantas verdes permaneciam mais próximas da superfície do mar, enquanto as vermelhas ocupavam uma profundidade média, deixando as hidrófitas pretas ou marrons para formar os jardins e canteiros das camadas remotas do oceano.

Essas algas são verdadeiramente um prodígio da criação, uma das maravilhas da flora universal. Essa família produz os menores e os maiores vegetais do mundo. Pois, assim como contamos quarenta mil dessas plântulas imperceptíveis num espaço de cinco milímetros quadrados, assim também coletamos fucus cujo comprimento ultrapassava quinhentos metros.

Fazia cerca de uma hora e meia que havíamos deixado o Nautilus. Era quase meio-dia. Percebi isso pela perpendicularidade dos raios solares que não eram mais refratados. A magia das cores foi desaparecendo aos poucos e os tons de esmeralda e de safira se apagaram de nosso firmamento. Caminhávamos com passos regulares que ressoavam no chão com uma intensidade surpreendente. Os menores ruídos eram transmitidos com uma velocidade à qual o ouvido não está habituado na terra. Com efeito, a água é um veículo bem melhor para o som do que o ar, e nela o som se propaga quatro vezes mais rápido.

Nesse momento, o terreno começou a se rebaixar num acentuado declive. A luz adquiriu uma cor uniforme. Chegamos a cem metros de profundidade, sofrendo, portanto, uma pressão de dez atmosferas. Mas meu traje de mergulho estava estabilizado em tais condições que não sofria nenhuma pressão. Sentia apenas certo desconforto nas articulações dos dedos, e mesmo esse mal-estar não demorou muito para desaparecer. Até mesmo o cansaço, decorrente dessa caminhada de duas horas, enfiado numa aparelhagem a que eu estava tão pouco acostumado, era nulo. Meus movimentos, auxiliados pela água, ocorriam com surpreendente facilidade.

A essa profundidade, podia ainda perceber os raios do sol, mas de forma tênue. Seu brilho intenso fora seguido por um crepúsculo avermelhado, a meio-termo entre o dia e a noite. Apesar disso, enxergávamos o suficiente para seguir adiante; não se fazia necessário ainda acionar os dispositivos Ruhmkorff.

Nesse momento, o capitão Nemo parou. Esperou por mim e, com o dedo, apontou algumas massas escuras que se destacavam nas sombras a curta distância.

"Essa é a floresta da ilha Crespo", pensei. E não me enganava.

XVII

UMA FLORESTA SUBMARINA

Havíamos chegado, enfim, à orla dessa floresta, sem dúvida uma das mais belas do imenso domínio do capitão Nemo. Ele a considerava sua e reivindicava para si os mesmos direitos sobre ela que os primeiros homens nos primeiros dias do mundo. Além disso, quem teria disputado a posse dessa propriedade submarina? Que outro pioneiro mais ousado teria vindo, de machado na mão, desbravar essas matas escuras?

Essa floresta era formada por grandes plantas arborescentes e, assim que penetramos sob seus vastos arcos, meus olhos foram atingidos pela primeira vez por uma singular disposição de suas ramagens, disposição que eu ainda não havia observado até então.

Nenhuma das ervas que atapetavam o solo, nenhum dos galhos que eriçavam os arbustos, rastejava, nem se curvava, nem se estendia num plano horizontal. Todos subiam em direção à superfície do oceano. Nenhum filamento, nenhuma fita, por mais fina que fosse, que não permanecesse reta como barra de ferro. Fucus ou sargaços e cipós se desenvolviam ao longo de uma linha rígida e perpendicular, controlada pela densidade do elemento que os havia produzido. Além disso, imóveis, quando as afastava com a mão, essas plantas retornavam imediatamente à sua posição original. Era o reino da verticalidade.

Logo me habituei a essa estranha disposição, bem como à relativa escuridão que nos envolvia. O solo da floresta estava repleto de blocos pontiagudos, difíceis de evitar. A flora submarina me pareceu bastante completa, ainda mais rica do que seria nas zonas árticas ou tropicais, onde seus produtos são menos numerosos. Mas, por alguns minutos, confundi involuntariamente os reinos, confundindo zoófitos com hidrófitos, animais com plantas. E quem não teria se enganado? Flora e fauna se tocam tão de perto nesse mundo submarino!

Observei que todos esses espécimes do reino vegetal só estavam presos ao solo por uma camada superficial. Desprovidos de raízes, indiferentes ao corpo sólido, areia, concha, seixo que os suporta, só exigem deles um ponto de apoio e não a vitalidade. Essas plantas crescem por si, e o princípio de sua existência está nessa água que as sustenta, que as nutre. Na maioria, em vez de folhas, brotam lâminas de formatos caprichosos, circunscritas a uma restrita gama de cores, compreendendo apenas rosa, carmim, verde, oliva, laranja e marrom. Voltei a ver ali, mas já não secas como as amostras do Nautilus, padinas pavônicas, dispostas em leques que pareciam solicitar a brisa, cerâmios escarlates, algas alongando seus jovens rebentos comestíveis, nereocistes filiformes e infladas, que floresciam a uma altura de quinze metros, buquês de algas acetabulares, cujos caules crescem a partir do topo, e uma série de outras plantas pelágicas, todas desprovidas de flores. "Anomalia curiosa, elemento estranho", disse um naturalista espirituoso, "onde o reino animal floresce e o reino vegetal não floresce!"[114].

Entre esses diversos arbustos, do tamanho das árvores das zonas temperadas, e sob sua sombra úmida, havia verdadeiras moitas de flores vivas, sebes de zoófitos, sobre as quais floresciam meandrinas listradas de sulcos tortuosos, cariófilas amareladas com tentáculos diáfanos, tufos relvados de zoantários – e para completar a ilusão – os peixes-mosca voando de galho em galho, como um enxame de beija-flores, enquanto lepisacantos amarelos, de maxilas eriçadas, escamas aguçadas, dactilópteros e monocentros se levantavam sob nossos passos, como um bando de narcejas.

Por volta da 1 hora, o capitão Nemo deu sinal para parar. De minha parte, fiquei bastante satisfeito, e nos deitamos sob um dossel de alariáceas, cujas longas e afiladas tiras apontavam como flechas.

Esse momento de repouso me pareceu delicioso. Tudo o que nos faltava era o charme da conversa. Mas impossível falar, impossível responder. Consegui apenas aproximar minha grande cabeça de cobre da cabeça de Conseil. Vi os olhos desse rapaz corajoso brilhar de contentamento e, em sinal de satisfação, se movia em sua carapaça com um estro mais cômico do mundo.

Depois de quatro horas de passeio, fiquei muito surpreso por não sentir premente necessidade de comer. A que se devia essa disposição do estômago, não saberia dizer. Em contrapartida, porém, sentia uma insuperável vontade de dormir, como acontece com todos os mergulhadores. Por isso meus olhos logo se fecharam por trás do vidro grosso e caí numa sonolência invencível, que até então só o movimento do caminhar conseguia combater. O capitão Nemo e seu robusto companheiro, deitados nesse cristal transparente, nos deram o exemplo, dormindo tranquilamente.

Não saberia dizer quanto tempo permaneci assim imerso nesse torpor. Mas, ao despertar, tive a impressão de que o sol estava se pondo no horizonte. O capitão Nemo já havia se levantado e eu começava a esticar os membros quando uma aparição inesperada me fez levantar bruscamente.

A poucos passos de distância, uma monstruosa aranha-do-mar, de um metro de altura, me encarava com seus olhos vesgos, pronta para me atacar. Embora meu escafandro fosse suficientemente grosso para me defender das mordidas desse animal, não consegui conter um movimento de horror. Conseil e o marujo do Nautilus despertaram nesse momento. O capitão Nemo mostrou ao companheiro o hediondo crustáceo, que com uma coronhada o abateu imediatamente; e vi as horripilantes patas do monstro se contorcer em terríveis convulsões.

Esse encontro me fez pensar que outros animais mais temíveis deviam assombrar essas profundezas escuras e que meu traje de mergulho não me protegeria de seus ataques. Não tinha pensado nisso até então e resolvi ficar atento. Julgava, além disso, que essa parada marcava o fim de nosso passeio; mas me enganava. E, em vez de regressar ao Nautilus, o capitão Nemo continuou sua ousada excursão.

O solo continuava descendo em decliva sempre mais acentuado, conduzindo-nos a maiores profundidades. Deviam ser cerca de três horas quando chegamos a um vale estreito, escavado entre altos paredões a pique, situado a cento e cinquenta metros de profundidade. Graças à perfeição de nossos aparelhos, havíamos ultrapassado assim em noventa metros o limite que a natureza parecia ter imposto até agora às excursões submarinas do homem.

Digo cento e cinquenta metros, embora nenhum instrumento me tenha permitido estimar essa distância. Mas eu sabia que, mesmo nos mares mais límpidos, os raios solares não conseguiam penetrar mais do que isso. Ora, precisamente, a escuridão tornou-se profunda. Nenhum objeto era visível a mais de dez passos. Eu caminhava, portanto, tateando quando de repente vi brilhar uma luz branca intensa. O capitão Nemo acabava de ligar sua lanterna elétrica. Seu companheiro o imitou. Conseil e eu seguimos o exemplo deles. Girando um parafuso, estabeleci a comunicação entre a bobina e a serpentina de vidro, e o mar, iluminado por nossas quatro lanternas, iluminou-se num raio de vinte e cinco metros.

O capitão Nemo continuou a se embrenhar nas obscuras profundezas da floresta, cujos arbustos se tornavam cada vez mais raros. Observei que a vida vegetal estava desaparecendo mais rapidamente do que a vida animal. Enquanto as plantas pelágicas iam abandonando o solo, que se tornara árido, um número prodigioso de animais, zoófitos, articulados, moluscos e peixes ainda pululava por ali.

Enquanto caminhava, pensava que a luz de nossos dispositivos Ruhmkorff devia necessariamente atrair alguns habitantes dessas camadas escuras. Mas, se eles se aproximavam, se mantinham a uma distância impraticável para os caçadores. Várias vezes vi o capitão Nemo parar e apontar a arma; mas, após alguns instantes de observação, reaprumava-se e retomava sua marcha.

Finalmente, por volta das 4 horas, essa maravilhosa excursão chegou ao fim. Um paredão de soberbos rochedos e de massa imponente se ergueu diante de nós; um amontoado de blocos gigantescos, uma enorme falésia de granito, semeada de cavernas escuras, mas que não apresentava acesso praticável. Eram os contrafortes alcantilados da ilha Crespo. Era a terra.

O capitão Nemo parou de repente. Um gesto dele nos fez parar, e por mais que eu desejasse ultrapassar essa muralha, tive de parar. Aqui terminavam os domínios do capitão Nemo. Ele não queria ultrapassá-los. Do outro lado, estava aquela porção do globo que ele nunca haveria de pisar.

O retorno começou. O capitão Nemo havia retomado a liderança de sua pequena tropa, caminhando sempre sem hesitar. Pensei ter visto que não estávamos seguindo o mesmo caminho para retornar ao Nautilus. Esse novo trajeto, muito íngreme e, por conseguinte, muito difícil, nos aproximou rapidamente da superfície do mar. Mas esse retorno às camadas superiores não foi tão repentino que a descompressão ocorresse depressa demais, o que poderia ter causado graves distúrbios em nosso organismo e causado essas lesões internas tão fatais aos mergulhadores. Prontamente, a luz reapareceu, bem mais intensa, e, com o sol já se pondo no horizonte, a refração mais uma vez cercou os vários objetos com um anel espectral.

A dez metros de profundidade, caminhávamos no meio de um enxame de peixinhos de todos os tipos, mais numerosos que os pássaros no ar, mais ágeis também, mas não aparecia nenhuma caça aquática, digna de um tiro de fuzil se havia apresentado a nossos olhos.

Nesse momento, vi a arma do capitão, firmemente apontada, seguir um objeto em movimento entre os arbustos. O tiro partiu, ouvi um leve assobio e um animal caiu fulminado a poucos passos de distância.

Era uma magnífica lontra marinha, uma *enhydra*, único quadrúpede exclusivamente marinho. Essa lontra, de um metro e meio de comprimento, devia ser cotada a um alto preço. Sua pele, marrom-acastanhada na parte superior e prateada na parte inferior, formava uma daquelas admiráveis peles tão procuradas nos mercados russos e chineses; a finura e o lustro de seu pelo lhe garantiam um valor mínimo de 2 mil francos. Admirei sobremaneira esse curioso mamífero de cabeça arredondada, orelhas curtas, olhos redondos, bigodes brancos semelhantes aos de um gato, patas palmadas e unguiculadas e cauda felpuda. Esse precioso predador, caçado e perseguido pelos pescadores, está se tornando extremamente raro e refugiou-se principalmente nas porções boreais do Pacífico, onde sua espécie provavelmente não tardará a se extinguir.

O companheiro do capitão Nemo foi recolher o animal, colocou-o no ombro e partimos novamente.

Durante uma hora, uma planície de areia ficou diante de nossos passos. Muitas vezes subia a menos de dois metros da superfície da água. Eu via então nossa imagem, claramente refletida, desenhar-se em sentido inverso e, acima de nós, aparecia uma tropa idêntica, reproduzindo nossos movimentos e nossos gestos, em todos os sentidos semelhantes, exceto que caminhava de cabeça para baixo e com os pés para o alto.

Outro efeito a ser observado era a passagem de nuvens espessas que rapidamente se formavam e se desfaziam; mas, refletindo, compreendi que essas pretensas nuvens se deviam apenas à espessura variável das longas lâminas de água submarinas, e cheguei até a ver as "ovelhas" de espuma, multiplicadas na superfície pela rebentação das cristas das ondas. Não deixei de observar também a sombra, sobre nossas cabeças, das grandes aves que, com seus voos rasantes, roçavam a superfície do mar.

Nessa ocasião, presenciei um dos mais belos tiros de fuzil que já fizeram vibrar as fibras de um caçador. Uma grande ave, de ampla envergadura, nitidamente visível, se aproximava planando. O companheiro do capitão Nemo mirou e atirou quando ela estava a poucos metros acima das ondas. O animal foi abatido e veio a cair ao alcance do hábil caçador, que o recolheu.

Era um albatroz da mais bela espécie, admirável exemplar das aves pelágicas.

Esse incidente não interrompeu nossa marcha. Durante duas horas, seguimos ora por planícies arenosas, ora por prados de algas, muito difíceis de atravessar. Francamente, eu não aguentava mais, quando vi um vago clarão rompendo a escuridão das águas a meia milha de distância. Era o farol do Nautilus. Dentro de vinte minutos estaríamos a bordo, e ali eu respiraria tranquilo, pois me parecia que meu reservatório só fornecia ar muito pobre em oxigênio. Mas eu não contava com um encontro que retardou um pouco nossa chegada.

Eu estava a cerca de vinte passos atrás do capitão Nemo quando o vi voltar repentinamente em minha direção. Com sua mão vigorosa, me curvou até o chão, enquanto seu companheiro fazia o mesmo com Conseil. De início, não sabia bem o que pensar desse brusco ataque, mas me tranquilizei ao observar que o capitão se deitava a meu lado e permanecia imóvel.

Estava, portanto, estendido no chão e precisamente ao abrigo de uma moita de algas quando, levantando a cabeça, vi enormes massas passando ruidosamente e lançando chispas fosforescentes.

Meu sangue congelou em minhas veias! Reconheci os formidáveis esqualos que nos ameaçavam. Era um par de tintureiras, tubarões terríveis, com caudas enormes, olhos opacos e vítreos, que destilam uma substância fosforescente pelos orifícios em torno do focinho. Monstruosos vaga-lumes que esmagam um homem inteiro com suas mandíbulas de ferro! Não sei se Conseil se ocupou em classificá-los, mas, de minha parte, observei suas barrigas prateadas, sua boca formidável, eriçada de dentes, de um ponto de vista não científico, e mais como uma vítima do que como um naturalista.

Felizmente, esses animais vorazes enxergam mal. Passaram sem nos perceber, roçando por sobre nossas cabeças com suas barbatanas acastanhadas, e escapamos, como que por milagre, desse perigo, certamente maior do que encontrar um tigre em plena floresta.

Meia hora depois, guiados pela trilha elétrica, chegamos ao Nautilus. A porta exterior permaneceu aberta, e o capitão Nemo fechou-a assim que entramos na primeira cela. Depois apertou um botão. Ouvi as bombas dentro do navio funcionando, senti a água baixar a meu redor e, em poucos instantes, a cela foi inteiramente esvaziada. A porta interna se abriu, e passamos para o vestiário.

Ali foram retirados nossos escafandros, não sem dificuldade; e, totalmente exausto, caindo de inanição e de sono, regressei a meu quarto, maravilhado com essa surpreendente excursão ao fundo dos mares.

XVIII

QUATRO MIL LÉGUAS SOB O PACÍFICO

Na manhã seguinte, dia 18 de novembro, estava perfeitamente restabelecido do cansaço da véspera e subi à plataforma no momento em que o imediato do Nautilus pronunciava sua frase cotidiana. Ocorreu-me, então, que ela se referia às condições do mar, ou melhor, que significava: "Não temos nada à vista."

E, de fato, o oceano estava deserto. Nem uma só vela no horizonte. A ilha Crespo havia desaparecido durante a noite. O mar, absorvendo as cores do prisma, com exceção dos raios azuis, refletia-os em todas as direções e adquiria um admirável tom de índigo. Uma tela, de largas listras, se desenhava tranquila sobre as ondas serenas.

Eu admirava esse magnífico aspecto do oceano quando o capitão Nemo apareceu. Não deu mostras de se importar com minha presença e iniciou uma série de observações astronômicas. Depois, terminada a operação, ficou apoiado na armação do farol, e seu olhar se perdeu na superfície do oceano.

Entrementes, cerca de vinte marujos do Nautilus, todos indivíduos vigorosos e bem constituídos, haviam subido à plataforma. Vinham recolher as redes de arrasto, deixadas durante a noite. Esses marinheiros pertenciam obviamente a nações diferentes, embora o tipo europeu prevalecesse em todos eles.

Reconheci, se não me engano, irlandeses, franceses, alguns eslavos, um grego ou candiota. Além disso, esses homens eram sóbrios nas palavras e só usavam entre si esse estranho idioma, de cuja origem eu nem conseguia suspeitar. Por isso desisti de lhes fazer qualquer pergunta.

As redes foram puxadas a bordo. Eram uma espécie de rede de arrasto, semelhantes às das costas normandas, grandes bolsas, que uma verga flutuante e uma corrente enfiada nas malhas inferiores, mantinham entreabertas. Essas bolsas, assim arrastadas por tirantes de ferro, varriam o fundo do oceano e recolhiam tudo à sua passagem. Naquele dia, trouxeram curiosos espécimes dessas áreas piscíferas: lofos, cujos movimentos cômicos lhes valeram o qualificativo de histriões; comersões negros, dotados de antenas; peixes-porco ondulados, cingidos de listras vermelhas; tetrodontes, cujo veneno é extremamente sutil; algumas lampreias cor de oliva; macrorrincos cobertos de escamas prateadas; triquiuros, cuja potência elétrica é igual à do gimnoto e da raia-elétrica; notópteros escamosos, com faixas castanhas e transversais; gadídeos esverdeados; diversas variedades de gobídeos, etc.; por fim, alguns peixes de maior porte, um carangídeo de cabeça proeminente, com um metro de comprimento, vários lindos escombrídeos, salpicados de pintas azuis e prateadas, e três magníficos atuns, cuja agilidade não fora suficiente para escapar da rede.

Calculei que essa pesca rendeu mais de mil quilos de peixe. Era uma bela pescaria, mas nada surpreendente. Com efeito, essas redes, levadas de arrasto durante várias horas, podem capturar todo um mundo aquático em suas malhas. Não nos faltariam, portanto, víveres de excelente qualidade, que a rapidez do Nautilus e a atração da sua luz elétrica podiam renovar continuamente.

Esses diversos produtos do mar eram imediatamente transferidos para as despensas através do alçapão, uns destinados ao consumo imediato, outros a serem armazenados.

Terminada a pesca e renovado o suprimento de ar, pensei que o Nautilus iria retomar sua excursão submarina, e me preparava para voltar a meu quarto, quando, virando-se para mim, o capitão Nemo me disse sem mais preâmbulos:

– Veja esse oceano, professor, não é dotado de vida real? Não tem seus momentos de raiva e de ternura? Ontem adormeceu como nós e aqui está ele acordando depois de uma noite tranquila!

Nem bom dia nem boa noite! Não teria parecido que esse estranho personagem continuava comigo uma conversa que já havia começado?

– Olhe – continuou ele –, está despertando com as carícias do sol! Vai reviver sua existência diurna! É um estudo interessante acompanhar a dinâmica de seu organismo. Ele tem pulso, artérias, tem espasmos, e concordo com esse estudioso Maury, que descobriu nele uma circulação tão real quanto a circulação sanguínea nos animais.

É claro que o capitão Nemo não esperava nenhuma resposta de minha parte, e me pareceu inútil lhe prodigalizar os "Evidentemente", "Com certeza" e "Tem razão". Falava antes consigo mesmo, fazendo demoradas pausas entre cada frase. Era uma meditação em voz alta.

– Sim – disse ele –, o oceano tem uma verdadeira circulação e, para ativá-la, bastou ao Criador de todas as coisas multiplicar nele o calórico, o sal e os animálculos. O calórico, com efeito, cria diferentes densidades, que provocam as correntes e as contracorrentes. A evaporação, nula nas regiões hiperbóreas, muito ativa nas zonas equatoriais, constitui uma troca permanente entre águas tropicais e águas polares. Além disso, surpreendi essas correntes de cima para baixo e de baixo para cima, que formam a verdadeira respiração do oceano. Vi a molécula da água do mar, aquecida na superfície, descer até as profundezas, atingir sua densidade máxima a dois graus abaixo de zero, depois, resfriando-se ainda mais, tornar-se mais leve e subir novamente. Haverá de ver, nos polos, as consequências desse fenômeno, e haverá de compreender por que, em decorrência dessa lei da previdente natureza, o congelamento só pode ocorrer na superfície das águas!

Enquanto o capitão Nemo ia terminando sua frase, eu disse para mim mesmo: "O polo! Será que esse audacioso personagem pretende nos conduzir até lá?"

Mas o capitão se havia calado e olhava para esse elemento tão completa e tão incessantemente estudado por ele. Em seguida, continuou:

– Os sais estão presente em quantidade considerável no mar, professor, e se removesse em dissolução todos aqueles que ele contém, teria uma massa de quatro milhões e meio de léguas cúbicas que, espalhada pelo globo, formaria uma camada de mais de dez metros de altura. E não acredite que a presença desses sais se deva apenas a um capricho da natureza. Não. Eles tornam as águas marinhas menos evaporáveis, impedindo os ventos de lhes remover uma quantidade excessiva de vapores que, ao se alastrar, submergiriam nas zonas temperadas. Papel imenso, papel de ponderador na economia geral do globo!

O capitão Nemo parou, até se levantou, deu alguns passos na plataforma e voltou em minha direção:

– Quanto aos infusórios – prosseguiu ele –, quanto a esses bilhões de animálculos que existem aos milhões numa gotícula e dos quais são necessários oitocentos mil para pesar um miligrama, seu papel não é menos importante. Eles absorvem os sais marinhos, assimilam os elementos sólidos da água e, verdadeiros formadores de continentes calcários, produzem corais e madréporas! E então a gota d'água, privada de seu alimento mineral, torna-se mais leve, sobe à superfície, absorve os sais deixados pela evaporação, torna-se mais pesada, desce e traz para os animálculos novos elementos a absorver. A partir daí, uma dupla corrente ascendente e descendente, e sempre o movimento, sempre a vida! A vida, mais intensa que nos continentes, mais exuberante, mais infinita, florescendo em todas as partes desse oceano, um elemento de morte para o homem, já foi dito, um elemento de vida para miríades de animais e para mim!

Quando o capitão Nemo falava assim, transfigurava-se e provocava em mim uma emoção extraordinária.

– Por isso – acrescentou ele –, ali é que está a verdadeira existência! E eu poderia conceber a fundação de cidades náuticas, de aglomerações de casas submarinas que, como o Nautilus, voltariam a respirar todas as manhãs na superfície dos mares, cidades livres, se existissem, cidades independentes! E mais ainda, quem sabe se algum déspota...

O capitão Nemo terminou a frase com um gesto violento. Depois, falando diretamente comigo, como se quisesse afastar um pensamento funesto, me perguntou:

– Sr. Aronnax, sabe qual é a profundidade do oceano?

– Sei, pelo menos, capitão, o que as principais sondagens nos têm dito.

– Poderia citá-las, para que eu possa verificá-las, se necessário?

– Tenho algumas – respondi – que me ocorrem nesse momento. Se não me engano, foi encontrada uma profundidade média de oito mil e duzentos metros no Atlântico Norte e de dois mil e quinhentos metros no Mediterrâneo. As sondagens mais notáveis foram feitas no Atlântico Sul, perto do 35º grau, e apontaram doze mil metros, catorze mil noventa e um metros e quinze mil cento e quarenta e nove metros. Em resumo, estima-se que, se o fundo do mar fosse nivelado, sua profundidade média seria de aproximadamente os sete quilômetros.

– Bem, professor – replicou o capitão Nemo –, vamos lhe mostrar algo melhor que isso, espero. Quanto à profundidade média dessa parte do Pacífico, direi que é de apenas quatro mil metros.

Dito isso, o capitão Nemo caminhou em direção à escotilha e desapareceu descendo a escada. Eu o segui e voltei para o grande salão. A hélice imediatamente começou a se mover e a barquilha acusou a velocidade de vinte milhas por hora.

Durante os dias, durante as semanas que se passaram a seguir, o capitão Nemo foi muito sóbrio em suas visitas. Eu só o via em raros momentos. Seu imediato controlava regularmente a posição, que eu encontrava assinalada no mapa, de tal modo que eu podia acompanhar de perto a rota do Nautilus.

Conseil e Land passavam longas horas comigo. Conseil havia contado ao amigo as maravilhas de nosso passeio, e o canadense lamentava o fato de não nos ter acompanhado. Mas eu esperava que surgisse a oportunidade de visitar novamente as florestas oceânicas.

Quase todos os dias, durante algumas horas, as escotilhas do salão se abriam e nossos olhos não se cansavam de penetrar nos mistérios do mundo submarino.

A direção geral seguida pelo Nautilus era sudeste e se mantinha entre cem e cento e cinquenta metros de profundidade. Um dia, porém, não sei por que capricho, impelido diagonalmente por seus planos inclinados, desceu a camadas de água situadas a dois mil metros. O termômetro indicava uma temperatura de 4,25 °C, temperatura que, nessa profundidade, parece comum a todas as latitudes.

No dia 26 de novembro, às 3 horas da manhã, o Nautilus cruzou o Trópico de Câncer a 172° de longitude. No dia 27, passou ao largo das ilhas Sandwich[115], onde o ilustre Cook encontrou a morte, em 14 de fevereiro de 1779. Tínhamos viajado então quatro mil oitocentas e sessenta léguas desde nosso ponto de partida. Pela manhã, ao chegar à plataforma, avistei, a duas milhas a sotavento, Hawaii, a maior das ilhas que formam esse arquipélago. Distingui nitidamente sua orla cultivada, as diversas cadeias montanhosas paralelas à costa e seus vulcões dominados por Muna Rea, que se eleva a cinco mil metros acima do nível do mar. Entre outros espécimes dessas paragens, as redes trouxeram flabelarias pavonadas, pólipos (corais) comprimidos de formato gracioso e próprios dessa parte do oceano.

O curso do Nautilus se manteve na direção sudeste. Atravessou o equador no dia 1º de dezembro, a 142° de longitude, e no dia 4 do mesmo mês, após uma travessia rápida e sem nenhum incidente, avistamos as ilhas Marquesas. Avistei a três milhas de distância, a 8°57' de latitude sul e 139°32' de longitude oeste, a ponta Martin de Nuka Hiva, principal ilha desse arquipélago que pertence à França. Vi somente as montanhas arborizadas que se destacavam no horizonte, porque o capitão Nemo não gostava de se aproximar da terra firme. Ali, as redes trouxeram belos espécimes de peixes: corifenídeos com barbatanas azuis e caudas douradas, cuja carne não tem rival no mundo; hologimnosos quase desprovidos de escamas, mas de sabor refinado; ostorrincos com maxilar ósseo; barracudas amareladas que eram parecidas com cavalas, todos peixes dignos de ser classificados pelo encarregado de bordo.

Depois de deixar essas charmosas ilhas protegidas pela bandeira francesa, de 4 a 11 de dezembro, o Nautilus percorreu cerca de duas mil milhas. Esse percurso foi marcado pelo encontro de um imenso cardume de calamares, moluscos curiosos, muito próximos da lula. Os pescadores franceses os designam com o nome de *encornets*, e pertencem à classe dos cefalópodes e à família dos dibranquiais, que compreende ainda os chocos ou sépias e os argonautas. Esses animais foram particularmente estudados pelos naturalistas da antiguidade, e forneceram inúmeras metáforas para os oradores das praças públicas, bem como um excelente prato à mesa dos cidadãos ricos, se acreditarmos em Ateneu, médico grego, que viveu antes de Galeno[116].

Foi durante a noite de 9 para 10 de dezembro que o Nautilus encontrou esse exército de moluscos de vida ativa essencialmente noturna. Podiam ser contados aos milhões. Migravam das zonas temperadas para as mais quentes, seguindo a rota dos arenques e das sardinhas. Nós os observávamos através das espessas vidraças de cristal, nadando para trás com extrema rapidez, movendo-se através de seu tubo locomotor, perseguindo peixes e moluscos, comendo os pequenos, sendo devorados pelos grandes, e agitando numa confusão indescritível as dez patas que a natureza implantou em sua cabeça, como cabeleira de cobras pneumáticas. O Nautilus, apesar da sua velocidade, navegou várias horas no meio dessa multidão de animais, e suas redes apanharam uma quantidade incontável deles, entre os quais reconheci as nove espécies que d'Orbigny[117] classificou para o oceano Pacífico.

Como se pode constatar, durante essa travessia, o mar prodigalizava incessantemente seus mais maravilhosos espetáculos. Variava-os ao infinito, mudando sua decoração e sua encenação para o prazer de nossos olhos e chamando-nos não somente a contemplar as obras do Criador no meio do elemento líquido, mas também a penetrar nos mais temíveis mistérios do oceano.

Durante o dia 11 de dezembro, eu passava meu tempo lendo no grande salão. Ned Land e Conseil observavam as águas luminosas através das escotilhas entreabertas. O Nautilus estava imóvel. Com seus reservatórios repletos, mantinha-se a mil metros de profundidade, região pouco habitada dos oceanos, onde só peixes grandes faziam raras aparições.

Eu estava lendo um livro encantador de Jean Macé[118], *Os servidores do estômago*, saboreando suas engenhosas lições, quando Conseil interrompeu minha leitura.

– Senhor, quer vir aqui um instante? – disse-me ele, com voz singular.

– O que há, Conseil?

– Que o senhor mesmo olhe.

Levantei-me, fui até a abertura envidraçada e olhei.

Em plena luz elétrica, uma enorme massa negra, imóvel, pairava suspensa no meio das águas. Observei-a atentamente, tentando reconhecer a natureza desse gigantesco cetáceo. Mas uma ideia surgiu repentinamente em minha cabeça.

– Um navio! – exclamei.

– Sim – respondeu o canadense. – Uma embarcação avariada que foi a pique!

Ned Land não estava enganado. Estávamos diante de um navio, cujos cabos ainda pendiam de seus pontos de fixação. Seu casco parecia em bom estado, e o naufrágio havia ocorrido há algumas horas, no máximo. Três tocos de mastro, quebrados a meio metro acima do convés, indicavam que o navio, comprometido, tivera de sacrificar seus mastros. Mas inclinada para o lado, a embarcação fora invadida pela água. Triste espetáculo o dessa carcaça perdida sob as ondas; mais triste ainda, porém, a visão de seu convés, onde ainda jaziam alguns cadáveres, amarrados por cordas! Contei quatro – quatro homens, um dos quais estava de pé, no leme, depois uma mulher, com o corpo saindo pela escotilha da popa e segurando uma criança nos braços. Mulher jovem. Pude reconhecer, fortemente iluminados pelas luzes do Nautilus, suas feições que a água ainda não havia decomposto. Num esforço supremo, ela tinha erguido o filho acima da cabeça, uma pobre criaturinha cujos braços enlaçavam o pescoço da mãe! A atitude dos quatro marinheiros me pareceu assustadora, torcidos como estavam em movimentos convulsivos e fazendo um último esforço para se libertar das cordas que os prendiam ao navio. Sozinho, mais calmo, o rosto límpido e sério, os cabelos grisalhos grudados na testa, a mão cerrada no leme, o timoneiro ainda parecia guiar seu navio de três mastros naufragado pelas profundezas do oceano!

Que cena! Estávamos sem palavras, com o coração palpitando descontroladamente, diante desse naufrágio flagrado quase ao vivo e, por assim dizer, fotografado no último minuto! E já pude ver tubarões enormes avançando, com os olhos em fogo, atraídos por essa isca de carne humana!

O Nautilus, porém, movendo-se, contornou o navio submerso, e por um momento pude ler no painel de popa:

Florida, Sunderland.

XIX

VANIKORO

Esse terrível espetáculo inaugurava a série de desastres marítimos que o Nautilus encontraria em sua rota. Como seguia por mares mais frequentados, víamos frequentemente cascos de naufragados que apodreciam entre duas águas e, mais profundamente, canhões, balas, âncoras, correntes e mil outros objetos de ferro que a ferrugem ia devorando.

Enquanto isso, sempre arrastados por esse Nautilus, onde vivíamos como isolados, no dia 11 de dezembro, tomamos conhecimento do arquipélago de Pomotu, antigo "grupo perigoso" de Bougainville[119], que se estende por uma área de quinhentas léguas de leste-sudeste a oeste-noroeste, entre 13°30' e 23°50' de latitude sul e 125°30' e 151°30' de longitude oeste, da Ilha Ducie à ilha Lazareff. Esse arquipélago cobre uma área de trezentas e setenta léguas quadradas e é composto de cerca de sessenta grupos de ilhas, entre os quais destacamos o grupo Gambier, ao qual a França impôs seu protetorado. São ilhas coralígenas. Uma elevação lenta mas contínua, causada pelo trabalho dos pólipos, um dia as unirá. Posteriormente essa nova ilha se juntará aos arquipélagos vizinhos e um quinto continente se estenderá desde a Nova Zelândia e Nova Caledônia até as ilhas Marquesas.

No dia em que desenvolvi essa teoria diante do capitão Nemo, ele comentou friamente:

— Não é de novos continentes que a terra precisa, mas de novos homens!

Os acasos da navegação haviam conduzido o Nautilus precisamente em direção da ilha Clermont-Tonnerre, uma das mais curiosas do grupo, que foi descoberta em 1822, pelo capitão Bell, do Minerve. Pude então estudar esse sistema madrepórico que fez surgir as ilhas desse oceano.

As madréporas, que se deve ter o cuidado de não confundir com os corais, possuem um tecido recoberto por uma crosta calcária, e as modificações de suas estruturas levaram o sr. Milne-Edwards, meu ilustre mestre, a classificá-las em cinco seções. Os pequenos animálculos que secretam esse polipeiro vivem aos bilhões nas profundezas de suas cavidades. São seus depósitos calcários que se transformam em rochedos, recifes, ilhotas, ilhas. Em certos locais, formam um anel circular, contornando uma lagoa ou um pequeno lago interior, que se comunica com o mar por meio de brechas ou aberturas. Em outros lugares, figuram como barreiras de recifes semelhantes às que existem nas costas da Nova Caledônia e de várias ilhas Pomotu. Em outros locais ainda, como na ilha Reunião e nas ilhas Maurício, constroem recifes franjados, altas e escarpadas muralhas, perto das quais as profundezas do oceano são consideráveis.

Percorrendo por algumas centenas de metros os afloramentos da ilha Clermont-Tonnerre, admirei a gigantesca obra construída por esses trabalhadores microscópicos. Essas muralhas eram especialmente obra das madréporas, designadas pelos nomes de "millepora", porites e meandrinas. Esses pólipos se desenvolvem principalmente nas camadas agitadas da superfície do mar e, por conseguinte, é pela parte superior que iniciam esses alicerces, que afundam aos poucos com os detritos de secreções que os suportam. Essa é, pelo menos, a teoria do sr. Darwin[120], que assim explica a formação dos atóis – teoria superior, a meu ver, àquela que dá como base para os trabalhos madrepóricos o cume das montanhas ou dos vulcões, submersos a poucos metros abaixo do nível do mar.

Pude observar bem de perto essas curiosas muralhas porque, na vertical, a sonda acusava mais de trezentos metros de profundidade e nossas emanações elétricas faziam esse brilhante calcário faiscar.

Respondendo a uma pergunta que Conseil me fez sobre o tempo que aquelas colossais barreiras levavam para crescer, cheguei a assustá-lo ao lhe dizer que os cientistas calculavam esse crescimento em um oitavo de polegada por século.

– Então, para levantar essas muralhas – disse-me ele – foram necessários...

– Cento e noventa e dois mil anos, meu bravo Conseil, o que prolonga singularmente os dias bíblicos. Aliás, a formação do carvão, ou seja, a mineralização das florestas atoladas pelos dilúvios, exigiu um tempo muito mais considerável. Mas acrescento que os dias da Bíblia são apenas épocas e não o intervalo que decorre entre duas alvoradas, pois, segundo a própria Bíblia, o sol não data do primeiro dia da criação.

Quando o Nautilus regressou à superfície do oceano, pude ver essa ilha baixa e arborizada de Clermont-Tonnerre em toda a sua extensão. Suas rochas madrepóricas foram obviamente fertilizadas por chuvas torrenciais e tempestades. Um dia, algumas sementes, trazidas por um furacão das terras vizinhas, caíram sobre as camadas de calcário que, misturadas aos detritos decompostos de peixes e plantas marinhas, formaram o húmus vegetal. Um coco, empurrado pelas ondas, chegou a essa nova costa. O coco brotou e criou raízes. A árvore, crescendo, reteve o vapor d'água. O riacho nasceu. A vegetação, aos poucos, foi ganhando terreno. Alguns animálculos, vermes, insetos, chegaram sobre ou dentro de troncos arrancados das ilhas próximas pelo vento. As tartarugas vieram botar seus ovos. As aves fizeram seus ninhos nas jovens árvores. Foi assim que se desenvolveu a vida animal e, atraído pelo verde e pela fertilidade, apareceu o homem. Foi assim que se formaram essas ilhas, obras imensas de animais microscópicos.

Ao anoitecer, Clermont-Tonnerre desapareceu ao longe, e a rota do Nautilus mudou significativamente. Depois de tocar o Trópico de Capricórnio a 135º de longitude, rumou para oeste-noroeste, percorrendo toda a zona intertropical. Embora o sol de verão fosse pródigo em seus raios, não sofríamos absolutamente nada com o calor, porque a trinta ou quarenta metros abaixo da superfície da água a temperatura não passava de dez a doze graus.

No dia 15 de dezembro, deixamos a leste o sedutor arquipélago da Sociedade e a graciosa Taiti, rainha do Pacífico. Pela manhã, a algumas milhas a sotavento, avistei os altos picos dessa ilha. Suas águas forneceram às mesas de bordo excelentes peixes, cavalas, bonitos, albacoras e variedades de uma serpente marinha chamada *munerofe*.

O Nautilus havia percorrido oito mil e cem milhas. Nove mil setecentas e vinte milhas foram registradas na barquilha quando ele passou entre o arquipélago Tonga-Tabu, onde morreram as tripulações dos navios Argo, Port-au-Prince e Duke of Portland, e o arquipélago dos Navegadores, onde foi morto o capitão de Langle, amigo de La Pérouse. Passou depois diante do arquipélago Viti[121], onde os selvagens massacraram os marinheiros do navio *Union* e o capitão Bureau, de Nantes, comandante do Aimable Josephine.

Esse arquipélago, que se estende por cem léguas de norte a sul e noventa léguas de leste a oeste, está entre 6º e 2º de latitude sul e 174° e 179° de longitude oeste. Compõe-se de certo número de ilhas, ilhotas e recifes, entre os quais se destacam as ilhas de Viti Levu, Vanua Levu e Kandabon.

Foi Tasman[122] quem descobriu esse grupo em 1643, mesmo ano em que Torricelli[123] inventou o barômetro e Luís XIV[124] subiu ao trono. Deixo ao leitor pensar qual desses fatos foi mais útil à humanidade. Vieram, em seguida, Cook[125], em 1714, d'Entrecasteaux[126], em 1793, e finalmente Dumont-d'Urville[127], em 1827, que tentaram resolver todo o caos geográfico desse arquipélago. O Nautilus se aproximou da baía de Wailea, cenário das terríveis aventuras do capitão Dillon[128], que foi o primeiro a esclarecer o mistério do naufrágio de La Pérouse.

Essa baía, dragada repetidas vezes, fornece em abundância excelentes ostras. Nós as comemos imoderadamente, depois de tê-las aberto sobre a mesa, seguindo a recomendação de Sêneca[129]. Esses moluscos pertenciam à espécie conhecida como *ostrea lamellosa*, muito comum na ilha da Córsega. O viveiro de Wailea devia ser considerável e, certamente, se não fossem as múltiplas causas de destruição, essas aglomerações acabariam por se acumular nas baías, uma vez que se pode contar até 2 milhões de ovos num único indivíduo.

E se mestre Ned Land não teve de se arrepender de sua gula nessa circunstância, é porque a ostra é o único prato que nunca provoca indigestão. Com efeito, são necessárias nada menos que dezesseis dúzias desses moluscos acéfalos para fornecer os trezentos e quinze gramas de substância azotada necessária à alimentação diária de um único homem.

No dia 25 de dezembro, o Nautilus navegava no meio do arquipélago das Novas Hébridas, que Quiros[130] descobriu em 1606, que Bougainville explorou em 1768 e ao qual Cook lhe deu o nome atual em 1773. Esse grupo é constituído principalmente por nove grandes ilhas e forma uma faixa de cento e vinte léguas de norte-noroeste a sul-sudeste, entre 15° e 2° de latitude sul e entre 164° e 168° de longitude. Passamos bastante perto da ilha de Auru que, à hora das observações do meio-dia, me apareceu como uma massa de mata verde, dominada por um pico muito alto.

Era dia de Natal, e Ned Land me pareceu sentir muita falta da celebração do "Natal", a verdadeira festa da família, pela qual os protestantes são realmente fanáticos.

Fazia uns oito dias que eu não via o capitão Nemo quando, na manhã do dia 27, ele entrou no grande salão, sempre com a aparência de um homem que acaba de se despedir há cinco minutos. Eu estava ocupado, tentando descobrir a rota do Nautilus no planisfério. O capitão se aproximou, colocou o dedo num ponto do mapa e pronunciou essa única palavra:

– Vanikoro.

Esse nome era mágico. Era o nome das ilhotas onde os navios de La Pérouse vieram a se perder. Levantei-me subitamente.

– O Nautilus nos leva a Vanikoro? – perguntei.

– Sim, professor – respondeu o capitão.

– E poderei visitar essas célebres ilhas onde se espatifaram o Boussole e o Astrolabe?

– Se isso for de seu agrado, professor.

– Quando estaremos em Vanikoro?

– Já estamos em Vanikoro, professor.

Seguido pelo capitão Nemo, subi à plataforma e, de lá, meus olhos percorreram avidamente o horizonte.

À nordeste, emergiam duas ilhas vulcânicas de tamanho desigual, cercadas por um recife de corais que media quarenta milhas de perímetro. Estávamos diante da ilha de Vanikoro, propriamente dita, à qual Dumont d'Urville impôs o nome de *Île de la Recherche*, e precisamente diante da pequena enseada de Vanu, situada a 16°4' de latitude sul e 164°32' de longitude leste. As terras pareciam cobertas de vegetação desde a praia até os picos do interior, dominado pelo monte Kapogo, com pouco mais de novecentos metros de altura.

O Nautilus, depois de atravessar o cinturão externo de rochas por uma passagem estreita, viu-se dentro dos recifes, onde o mar tinha uma profundidade de trinta a quarenta braças. Sob a verdejante sombra dos manguezais, avistei alguns selvagens que mostraram extrema surpresa com nossa aproximação. Nesse longo corpo enegrecido, avançando à flor d'água, não viam talvez algum formidável cetáceo do qual deveriam desconfiar?

Nesse momento, o capitão Nemo me perguntou o que eu sabia sobre o naufrágio do La Pérouse.

– O que todo mundo sabe, capitão – respondi.

– E poderia me informar o que todo mundo sabe a respeito? – perguntou-me ele, em tom levemente irônico.

– Muito facilmente.

Contei-lhe o que os últimos trabalhos de Dumont d'Urville haviam dado a conhecer, trabalhos cujo resumo, mais que sucinto, apresento a seguir.

Em 1785, La Pérouse e seu imediato, capitão de Langle, foram convidados pelo rei Luís XVI a realizar uma viagem de circum-navegação com duas corvetas, Boussole e Astrolabe, que nunca mais reapareceram.

Em 1791, o governo francês, justamente preocupado com o destino das duas corvetas, equipou dois grandes navios, o Recherche e o Espérance, que partiram de Brest em 28 de setembro, sob as ordens de Bruni d'Entrecasteaux. Dois meses depois, soubemos pelo testemunho de certo Bowen, comandante do Albermale, que haviam sido vistos destroços de navios naufragados nas costas da Nova Geórgia[131]. Mas d'Entrecasteaux, ignorando essa comunicação – bastante incerta, aliás –, dirigiu-se às ilhas do Almirantado, apontadas num relatório do capitão Hunter como o local do naufrágio de La Pérouse.

Suas buscas foram em vão. O Espérance e o Recherche chegaram a passar por Vanikoro sem se deter no local e, em resumo, essa viagem foi desastrada, pois custou a vida de d'Entrecasteaux, de dois de seus imediatos e de vários marinheiros da tripulação.

Foi um velho explorador do Pacífico, o capitão Dillon, o primeiro a encontrar vestígios indiscutíveis dos naufrágios. No dia 15 de maio de 1824, seu navio, o Saint Patrick, passou perto da ilha de Tikopia, uma das Novas Hébridas. Ali, um nativo, acercando-se numa canoa, vendeu-lhe a empunhadura de uma espada de prata que trazia caracteres gravados a buril. Esse nativo afirmou ainda que, seis anos antes, durante uma estada em Vanikoro, tinha visto dois europeus pertencentes a navios encalhados havia muitos anos nos recifes da ilha.

Dillon imaginou que se tratava dos navios de La Pérouse, cujo desaparecimento havia chocado o mundo inteiro. Queria chegar a Vanikoro, onde, segundo o nativo, havia muitos destroços do naufrágio; mas os ventos e as correntes o impediram de fazê-lo.

Dillon voltou a Calcutá. Lá, ele conseguiu interessar a Sociedade Asiática e a Companhia das Índias Orientais em sua descoberta. Um navio, que recebeu o nome de Recherche foi colocado à sua disposição, e ele partiu no dia 23 de janeiro de 1827, acompanhado por um agente francês.

O navio Recherche, depois de ter feito escala em vários pontos do Pacífico, ancorou ao largo de Vanikoro, no dia 7 de julho de 1827, na mesma enseada de Vanu, onde o Nautilus flutuava naquele momento.

Lá, ele recolheu numerosos destroços do naufrágio: utensílios de ferro, âncoras, estropos de roldanas, morteiros, um projétil de dezoito libras, pedaços de instrumentos astronômicos, restos variados e um sino de bronze com essa inscrição:

"*Bazin me fabricou*", marca da fundição do Arsenal de Brest por volta de 1785. Não era mais possível duvidar.

Dillon, para completar a coleta de informações, permaneceu no local do desastre até outubro. Em seguida, deixou Vanikoro, rumou para a Nova Zelândia, seguiu para Calcutá, onde ancorou no dia 7 de abril de 1828, e retornou à França, onde foi calorosamente recebido por Carlos X.

Mas, nesse momento, Dumont d'Urville, sem ter conhecimento da descoberta de Dillon, já havia saído em busca do cenário do naufrágio em outro local. E, de fato, soube-se pelos relatos de um baleeiro que medalhas e uma cruz de São Luís foram encontradas nas mãos dos nativos das Luisíadas[132] e da Nova Caledônia.

Dumont d'Urville, comandante do Astrolabe, fez-se ao largo e, dois meses depois de Dillon ter acabado de deixar Vanikoro, ancorou na cidade de Hobart. Lá, ficou sabendo dos resultados obtidos por Dillon e, além disso, soube que certo James Hobbs, imediato do navio Union, de Calcutá, desembarcando numa ilha situada a 8°18' de latitude sul e 156°30' de longitude leste, havia observado que os nativos desses lugares faziam uso de barras de ferro e tecidos vermelhos.

Bastante perplexo e sem saber se deveria dar crédito a esses relatos propagados por jornais pouco dignos de confiança, Dumont d'Urville decidiu, de qualquer maneira, seguir os passos de Dillon.

No dia 10 de fevereiro de 1828, o Astrolabe aportou em Tikopia, tomou como guia e intérprete um desertor estabelecido nessa ilha, dirigiu-se a Vanikoro, avistou-a no dia 12 de fevereiro, contornou seus recifes até o dia 14, e somente no dia 20 ancorou do lado de dentro da barreira, na enseada de Vanu.

No dia 23, vários oficiais percorreram a ilha e recolheram alguns destroços pouco importantes. Os nativos, adotando um sistema de negativas e evasivas, recusavam-se a levá-los ao local do sinistro. Esse comportamento, bastante suspeito, deu a entender que haviam maltratado os náufragos e, de fato, pareciam temer que Dumont d'Urville tivesse vindo para vingar La Pérouse e seus desafortunados companheiros.

No dia 26, convencidos por presentes e entendendo que não tinham motivos para temer qualquer represália, conduziram o imediato, sr. Jacquinot, ao local do naufrágio.

Ali, a três ou quatro braças de água, entre os recifes Pacu e Vanu, jaziam âncoras, canhões, peças de ferro e de chumbo, cravados nas concreções calcárias. A chalupa e a baleeira do Astrolabe foram enviadas para o local e, não sem muito esforço, suas tripulações conseguiram retirar uma âncora de mil e oitocentas libras, um canhão de ferro fundido de oito libras, uma peça de chumbo e dois morteiros de cobre.

Dumont d'Urville, ao interrogar os nativos, soube também que La Pérouse, depois de perder seus dois navios nos recifes da ilha, havia construído uma embarcação menor, para naufragar pela segunda vez... Onde? Não se sabia.

O comandante do Astrolabe mandou erguer um cenotáfio à sombra dos manguezais em memória do célebre navegador e de seus companheiros. Era uma simples pirâmide quadrangular, assentada sobre uma base de corais e na qual não entrou nenhum metal que pudesse atrair a ganância dos nativos.

Depois, Dumont d'Urville pretendia partir, mas sua tripulação estava minada pelas febres dessas costas insalubres, o mesmo ocorrendo com ele próprio; em decorrência disso, só conseguiu zarpar no dia 17 de março.

Entrementes, o governo francês, temendo que Dumont d'Urville ignorasse os trabalhos e as descobertas de Dillon, enviou a Vanikoro a corveta Bayonnaise, comandada por Legoarant de Tromelin, que estava atracada na costa oeste da América. A Bayonnaise ancorou em Vanikoro poucos meses depois da partida do Astrolabe, não encontrou novos documentos, mas notou que os nativos haviam respeitado o mausoléu de La Pérouse.

Esse é o conteúdo do relato que contei ao capitão Nemo.

– Então – disse-me ele – ainda não se sabe onde foi naufragar esse terceiro navio construído pelos náufragos na ilha de Vanikoro?

– Não se sabe.

O capitão Nemo não disse uma palavra, mas me fez sinal para segui-lo até o grande salão. O Nautilus submergiu alguns metros abaixo das ondas e as escotilhas se abriram.

Eu me precipitei em direção das vidraças e, sob acúmulos de corais, cobertos de fungos, alcíones, cariófilos, através de miríades de peixes encantadores, bodiões, glifisidontes, ponferídeos, holocentros, reconheci certos pedaços de detritos que as dragas não tinham conseguido retirar: estribos de ferro, âncoras, canhões, projéteis, uma peça do cabrestante, uma peça da prova, todos objetos provenientes dos navios naufragados e agora recobertos de flores vivas.

E, enquanto eu olhava esses destroços desolados, o capitão Nemo me disse com voz grave:

– O comandante La Pérouse partiu no dia 7 de dezembro de 1785 com seus navios Boussole e Astrolabe. Ancorou primeiro em Botany Bay, visitou o arquipélago Amis, a Nova Caledônia, seguiu em direção a Santa Cruz e chegou em Namuka, uma das ilhas do grupo Hapaï. Depois, seus navios chegaram até os recifes desconhecidos de Vanikoro. O Boussole, que seguia na frente, encalhou na costa sul. O Astrolabe veio em seu auxílio e também encalhou. O primeiro navio foi destruído quase imediatamente. O segundo, encalhado a sotavento, resistiu alguns dias. Os nativos deram ótima acolhida aos náufragos que se instalaram na ilha e construíram uma embarcação menor com os destroços das duas grandes soçobradas. Alguns marinheiros permaneceram voluntariamente em Vanikoro. Os outros, debilitados e doentes, partiram com La Pérouse. Dirigiram-se para as Ilhas Salomão, onde todos pereceram na costa ocidental da ilha principal do grupo, entre os cabos Decepção e Satisfação!

— E como é que o senhor sabe de tudo isso? — indaguei.

— Aqui está o que encontrei no próprio local desse último naufrágio!

O capitão Nemo me mostrou uma caixa de latão estampada com as armas da França e toda corroída pelas águas salinas. Ele a abriu, e vi um maço de papéis amarelados, mas ainda legíveis.

Eram as próprias instruções do Ministro da Marinha ao comandante La Pérouse, anotadas em suas margens pelo punho de Luís XVI!

— Ah! É uma bela morte para um marinheiro! — disse então o capitão Nemo. — Que túmulo tranquilo é esse de coral; queiram os céus que meus companheiros e eu não tenhamos outro!

XX

O ESTREITO DE TORRES

Durante a noite de 27 para 28 de dezembro, o Nautilus abandonou a região de Vanikoro com excessiva velocidade. Seguiu em direção sudoeste e em três dias percorreu as setecentas e cinquenta léguas que separam o arquipélago de La Pérouse do extremo sudeste de Papua.

No dia 1º de janeiro de 1868, de manhã cedo, Conseil veio para junto de mim na plataforma.

– Senhor – disse-me esse bom rapaz –, será que o senhor haverá de me permitir que lhe deseje um feliz Ano Novo?

– Como não, Conseil, mas exatamente como se eu estivesse em Paris, em meu escritório do Jardim Botânico. Aceito seus votos e fico agradecido. Só que vou lhe perguntar o que você entende por "um feliz Ano Novo" nas circunstâncias em que nos encontramos. Será esse é o ano que vai trazer o fim de nossa prisão ou será o ano que vai ver essa estranha viagem continuar?

– Na verdade – respondeu Conseil –, não sei bem o que lhe dizer. É certo que vemos coisas curiosas e que, há dois meses, não temos tempo para nos aborrecer. A última maravilha é sempre a mais surpreendente e se essa progressão se mantiver, não sei como isso vai terminar. Minha opinião é que nunca mais vamos encontrar uma oportunidade como essa.

– Nunca, Conseil.

– Além disso, o sr. Nemo, que justifica muito bem seu nome latino[133], não incomoda mais do que se não existisse.

– Como você diz, Conseil.

– Logo, penso que, esperando não desagradá-lo, um feliz Ano Novo seria um ano que nos permitisse ver tudo...

– Ver tudo, Conseil? Seria talvez um exagero. Mas o que pensa Ned Land?

– Ned Land pensa exatamente o contrário – respondeu Conseil. – É uma mente positiva e um estômago intransigente. Não lhe basta ver os peixes e comê-los. A falta de vinho, de pão, de carne não convém a um digno saxão familiarizado com bifes e que o conhaque ou o gim, consumidos em proporção moderada, não o assustam!

– Para mim, Conseil, não é isso que me atormenta, e me adapto muito bem ao regime de bordo.

– Eu também – replicou Conseil. – Por isso penso tanto em ficar quanto o mestre Land pensa em fugir. Logo, se o ano que começa não for bom para mim, será bom para ele, e vice-versa. Assim sempre haverá alguém satisfeito. Enfim, para concluir, desejo ao senhor o que for de seu total agrado.

– Obrigado, Conseil. Só peço que adie a questão dos presentes de Ano Novo para mais tarde e os substitua provisoriamente por um bom aperto de mão. É tudo o que tenho comigo.

– O senhor nunca foi tão generoso – disse Conseil.

E com isso o bom rapaz foi embora.

No dia 2 de janeiro, havíamos percorrido onze mil trezentas e quarenta milhas ou cinco mil duzentas e cinquenta léguas, desde nosso ponto de partida nos mares do Japão. Diante do esporão do Nautilus se estendiam as perigosas extensões do mar de Coral, na costa nordeste da Austrália. Nossa embarcação acompanhava, a algumas milhas de distância, esse temível banco, contra o qual os navios de Cook quase soçobraram no dia 10 de junho de 1770. O navio em que viajava o próprio Cook colidiu com um rochedo e, se não afundou, foi graças a essa circunstância singular: o pedaço de coral, desprendido pelo impacto, permaneceu cravado no casco entreaberto.

Teria gostado imensamente de visitar esse recife de trezentas e sessenta léguas de comprimento, contra o qual o mar, sempre encapelado, rebentava com uma intensidade indescritível, comparável ao estrondo do trovão. Mas, nesse momento, os planos inclinados do Nautilus nos arrastavam para uma grande profundidade e eu não conseguia ver nada dessas altas muralhas coralígenas. Tive de me contentar com os diversos espécimes de peixes apanhados por nossas redes. Notei, entre outros, albacoras, espécies de escombrídeos do tamanho de atuns, com flancos azulados e listrados por faixas transversais que desaparecem com a vida do animal. Esses peixes nos acompanhavam em cardumes e forneciam à nossa mesa uma carne extremamente delicada. Recolhemos também um grande número de esparídeos, com meio decímetro de comprimento, de uma carne lembrando o gosto da do dourado, e peixes-voadores, verdadeiras andorinhas submarinas, que, nas noites escuras, riscavam alternadamente o ar e a água com seu brilho fosforescente. Entre os moluscos e zoófitos, encontrei nas malhas da rede de arrasto diversas espécies de alcionários, ouriços-do-mar, martelos, esporões, soláris. A flora era representada por belas algas flutuantes, laminárias e *macrocystis*, impregnados da mucilagem que transudava de seus poros e entre os quais recolhi uma admirável *Nemastoma geliniaroides*, que foi classificada entre as curiosidades naturais do museu.

Dois dias depois de atravessar o mar de Coral, em 4 de janeiro, avistamos as costas de Papua. Nessa ocasião, o capitão Nemo me disse que sua intenção era chegar ao oceano Índico pelo estreito de Torres. Sua comunicação se limitou a isso. Ned exultou de alegria ao perceber que essa rota o aproximava dos mares europeus.

O estreito de Torres é considerado perigoso não tanto pelos recifes que nele pululam quanto pelos habitantes selvagens que frequentam suas costas. Ele separa a grande ilha de Papua, chamada também de Nova Guiné, da Nova Holanda.

Papua tem quatrocentas léguas de comprimento por cento e trinta léguas de largura e uma superfície de quarenta mil léguas geográficas. Está situada na latitude entre 0°19' e 10°2' sul e na longitude entre 128°23' e 146°15'. Ao meio-dia, enquanto o imediato calculava a altura do sol, avistei o cume dos montes Arfak, elevando-se em planos e terminando em picos agudos.

Essa terra, descoberta em 1511 pelo português Francisco Serrano, foi visitada sucessivamente por Dom José de Meneses, em 1526, por Grijalva, em 1527, pelo general espanhol Alvar de Saavedra, em 1528, por Juigo Ortez, em 1545, pelo holandês Shouten, em 1616, por Nicolas Sruick, em 1753, por Tasman, Dampier, Fumel, Carteret, Edwards, Bougainville, Cook, Forrest, Mac Cluer, por d'Entrecasteaux, em 1792, por Duperrey, em 1823, e por Dumont d'Urville, em 1827.[134] "É o lar dos negros que ocupam toda a Malásia", disse De Rienzi[135], e eu não tinha praticamente ideia de que os acasos dessa navegação iriam me colocar diante dos temíveis andamãos.[136]

O Nautilus chegou, portanto, à entrada do estreito mais perigoso do globo, aquele que os navegadores mais ousados mal ousam atravessar, um estreito que Luís Paz de Torres[137] enfrentou em seu regresso dos mares do sul para a Melanésia, e no qual, em 1840, as corvetas encalhadas de Dumont d'Urville estiveram prestes a soçobrar. O próprio Nautilus, superior a todos os perigos do mar, iria se deparar, no entanto, com os recifes de coral.

O estreito de Torres tem cerca de trinta e quatro léguas de largura, mas é obstruído por uma inumerável quantidade de ilhas, ilhotas, recifes e rochedos, o que torna sua navegação quase inviável. Diante disso, o capitão Nemo tomou todas as precauções necessárias para atravessá-lo. O Nautilus, flutuando à flor d'água, avançava em ritmo moderado. Sua hélice, como a cauda de um cetáceo, batia lentamente nas ondas.

Tirando proveito dessa situação, meus dois companheiros e eu ocupamos nossos lugares na plataforma sempre deserta. Diante de nós se sobressaía a casinhola do timoneiro e, se não me engano, era o capitão Nemo que devia estar ali, pilotando ele mesmo seu Nautilus.

Eu tinha diante dos olhos os excelentes mapas do estreito de Torres levantados e elaborados pelo engenheiro hidrográfico Vincendon Dumoulin[138] e pelo alferes Coupvent-Desbois[139] – hoje almirante – que fez parte do Estado-Maior de Dumont d'Urville durante sua última viagem de circum-navegação. Esses são, juntamente com os do capitão King, os melhores mapas que desvendam o emaranhado dessa estreita passagem, e eu os consultava com escrupulosa atenção.

Em torno do Nautilus, o mar se encrespava furiosamente. A corrente das ondas, que corria de sudeste para noroeste a uma velocidade de duas milhas e meia, quebrava sobre os corais, cujas cristas emergiam aqui e acolá.

— Esse é realmente um mar endiabrado — disse-me Ned Land.

— De fato, detestável — repliquei — e nada conveniente para uma embarcação como o Nautilus.

— Espero — continuou o canadense — que esse maldito capitão esteja bem seguro da rota que está seguindo, pois vejo ali à frente barreiras de corais que não precisam fazer mais que roçar seu casco para deixá-lo em mil pedaços!

Com efeito, a situação era perigosa, mas o Nautilus parecia se esgueirar como que por encanto no meio desses furiosos escolhos. Não seguia exatamente a rota do Astrolabe e do Zélée, que fora fatal para Dumont d'Urville. Seguindo mais ao norte, deixou para trás a ilha Murray e rumou para sudoeste, em direção da passagem de Cumberland. Cheguei a pensar que iria colidir quando, subindo para noroeste, passou por um grande número de ilhas e ilhotas pouco conhecidas, na direção da ilha Tound e do canal Mauvais.

Eu já me perguntava se o capitão Nemo, imprudente até a beira da loucura, queria enveredar com seu navio nessa passagem que quase destroçou as duas corvetas de Dumont d'Urville quando, mudando uma segunda vez de direção e cortando diretamente para oeste, se dirigiu para a ilha Gueboroar.

Eram então 3 horas da tarde. A arrebentação era violenta, a maré estava quase cheia. O Nautilus se aproximou dessa ilha que ainda posso ver com seu notável colar de pântanos. Estávamos a menos de duas milhas da costa.

Subitamente, um choque me derrubou. O Nautilus acabara de bater num recife e permaneceu imóvel, inclinando-se ligeiramente a bombordo.

Quando me levantei, vi o capitão Nemo e seu imediato na plataforma. Examinavam a situação do navio, trocando algumas palavras em sua língua incompreensível.

Essa era a situação. A duas milhas de distância, a estibordo, aparecia a ilha de Gueboroar, cuja costa se curvava de norte a oeste como um imenso braço. Ao sul e a leste já afloravam algumas cabeças de corais que a vazante deixava expostas. Tínhamos encalhado em cheio e num desses mares em que as marés são fracas, circunstância adversa para a reflutuação do Nautilus. O navio, no entanto, nada sofreu, pois seu casco estava solidamente intacto. Mas se não podia soçobrar nem ser destroçado, provavelmente haveria de ficar para sempre preso a esses recifes, e então seria o fim do aparelho submarino do capitão Nemo.

Eu estava refletindo dessa forma quando o capitão, frio e calmo, sempre senhor de si, sem parecer abalado nem contrariado, se aproximou.

– Um acidente? – perguntei.

– Não, um incidente – respondeu ele.

– Mas um incidente – retruquei – que talvez o obrigue a se tornar novamente um habitante dessas terras das quais está fugindo!

O capitão Nemo me fitou com um olhar estranho e fez um gesto negativo. Estava me dizendo claramente que nada jamais o forçaria a pisar novamente num continente. Então disse:

– Aliás, sr. Aronnax, o Nautilus não corre o risco de soçobrar. Ainda vai transportá-lo para o meio das maravilhas do oceano. Nossa viagem está apenas começando e não desejo me privar tão rapidamente da honra de sua companhia.

– Mas, capitão Nemo – continuei, sem me importar com a forma irônica de sua resposta –, o Nautilus encalhou em pleno mar. Ora, as marés não são fortes no Pacífico e, se não conseguir desencalhar o Nautilus (o que me parece impossível), não vejo como voltará a flutuar.

– As marés não são fortes no Pacífico, tem razão, professor – respondeu o capitão Nemo –, mas, no estreito de Torres, ainda há uma diferença de um metro e meio entre o nível da maré alta e da maré baixa. Hoje é 4 de janeiro e daqui a cinco dias é lua cheia. Ora, ficarei muito surpreso se esse complacente satélite não elevar suficientemente essas massas de água e não me prestar um serviço que quero dever apenas a ele.

Dito isso, o capitão Nemo, seguido por seu imediato, voltou para o interior do Nautilus, que não se mexia, totalmente parado, como se os pólipos coralinos já o tivessem imobilizado com seu cimento indestrutível.

– E aí, senhor? – perguntou-me Ned Land, que se aproximou de mim depois que o capitão saiu.

– Pois bem, amigo Ned, esperaremos com calma a maré do dia 9, pois parece que a lua terá a gentileza de nos devolver às ondas do mar.

– Simplesmente assim?

– Simplesmente assim.

– E esse capitão não vai lançar âncora ao largo, não vai pôr o motor a funcionar e fazer de tudo para se desvencilhar?

– Para quê, se a maré vai ser suficiente? – respondeu simplesmente Conseil.

O canadense olhou para Conseil e deu de ombros. Era o marinheiro que falava dentro dele.

– Senhor – replicou ele –, pode acreditar em mim quando lhe digo que esse pedaço de ferro nunca mais voltará a navegar nos mares ou sob os mares. Só presta para ser vendido como ferro velho. Creio, portanto, que chegou a hora de renunciar à companhia do capitão Nemo.

– Amigo Ned – respondi –, não perdi as esperanças, como você, nesse valente Nautilus, e dentro de quatro dias saberemos o que esperar das marés do Pacífico. Além disso, a ideia de fuga poderia ser apropriada se estivéssemos próximos da costa da Inglaterra ou da Provença, mas nas proximidades de Papua é outra coisa; e sempre haverá tempo para chegar a esse extremo, se o Nautilus não conseguir se desvencilhar, o que considero um acontecimento grave.

– Mas não poderíamos pelo menos tentar reconhecer o terreno? – retrucou Ned Land. Aí está uma ilha. E nessa ilha há árvores. Debaixo dessas árvores, animais terrestres, portadores de costeletas e rosbife, em que de bom grado daria algumas dentadas.

– Nesse ponto, o amigo Ned tem razão – disse Conseil – e concordo com ele. O senhor não poderia conseguir que seu amigo, o capitão Nemo, nos transportasse em terra firme, nem que fosse para não perdermos o hábito de pisar as partes sólidas de nosso planeta?

– Posso perguntar a ele – respondi –, mas haverá de recusar.

– Arrisque-se, senhor – disse Conseil – e saberemos até onde vai a amabilidade do capitão.

Para minha grande surpresa, o capitão Nemo me concedeu a permissão que lhe pedia, e o fez com muita graça e solicitude, sem nem sequer exigir de mim a promessa de voltar a bordo. Mas uma fuga através das terras da Nova Guiné teria sido muito perigosa, e eu não teria aconselhado Ned Land a tentar fazê-lo. Era melhor ser prisioneiro a bordo do Nautilus do que cair nas mãos dos nativos de Papua.

O escaler foi colocado à nossa disposição para a manhã seguinte. Não procurei saber se o capitão Nemo nos acompanharia. Cheguei até a pensar que nenhum homem da tripulação haveria de nos acompanhar e que Ned Land seria o único encarregado de dirigir o barco. Além disso, a terra ficava a duas milhas de distância no máximo e, para o canadense, era apenas uma brincadeira guiar aquela embarcação leve pelos meandros de recifes, tão fatais para os navios de grande porte.

No dia seguinte, 5 de janeiro, o escaler foi retirado de seu alvéolo e lançado ao mar do alto da plataforma. Dois homens foram suficientes para essa operação. Os remos estavam na embarcação, e tudo o que precisávamos fazer era tomar lugar nela.

Às 8 horas, armados com fuzis e machados, desatracamos do Nautilus. O mar estava bastante calmo. Uma leve brisa soprava da terra. Conseil e eu, de remos à mão, remávamos vigorosamente, e Ned guiava o barco pelas estreitas passagens que os recifes deixavam. O escaler era manobrado com facilidade e avançava rapidamente.

Ned Land não conseguia conter sua alegria. Era um prisioneiro que havia escapado da prisão e nem sequer sonhava em voltar para ela.

– Carne! – repetia ele, – Pois então vamos comer carne, e que carne! Carne de caça, de verdade! Nada de pão, por exemplo! Não estou dizendo que peixe não seja coisa boa, mas não se deve exagerar, e um pedaço de carne fresca de caça, grelhada na brasa, será uma agradável mudança em nossa dieta habitual.

– Guloso! – dizia Conseil. – Está me dando água na boca.

— Resta saber — disse eu — se essas florestas são fartas em caça e se essa caça é de tal tamanho que possa afugentar o caçador.

— Pois bem, sr. Aronnax! — replicou o canadense, cujos dentes pareciam afiados como um gume de faca. — Comerei tigre, lombo de tigre, se não houver outro quadrúpede nessa ilha.

— O amigo Ned está inquieto — interveio Conseil.

— Seja como for — rebateu Ned Land —, qualquer animal com quatro patas sem penas, ou com duas patas com penas, será saudado com meu primeiro tiro.

— Bom! — falei. — Eis que já voltam as imprudências de mestre Land!

— Não tenha medo, sr. Aronnax — retrucou o canadense. — Vá remando com firmeza! Não peço nem vinte e cinco minutos para lhe oferecer um prato que só eu sei preparar.

Às 8h30, o escaler do Nautilus parava suavemente numa praia arenosa, depois de ter ultrapassado com sucesso o anel coralino que contornava a ilha de Gueboroar.

XXI

ALGUNS DIAS EM TERRA

Fiquei vivamente emocionado ao pisar em terra firme. Ned Land tentava remover o solo com o pé, como se fosse para tomar posse dele. Fazia apenas dois meses, contudo, que éramos, nas palavras do capitão Nemo, os "passageiros do Nautilus", ou seja, na realidade, os prisioneiros de seu comandante.

Em poucos minutos estávamos a um tiro de fuzil da costa. O solo era quase inteiramente madrepórico, mas certos leitos de torrentes secas, semeados de detritos graníticos, demonstravam que a ilha era resultado de uma formação primordial. Todo o horizonte estava escondido atrás de uma cortina de florestas admiráveis. Árvores enormes, às vezes chegando a sessenta metros de altura, eram ligadas entre si por guirlandas de cipós, verdadeiras redes naturais embaladas por uma leve brisa. Eram mimosas, ficus, casuarinas, tecas, hibiscos, pândanos, palmeiras, profusamente mescladas e sob o abrigo de sua abóbada verdejante, ao pé de seus gigantescos troncos, cresciam orquídeas, leguminosas e samambaias.

Mas sem se deter em admirar todas essas belas amostras da flora de Papua, o canadense trocou o agradável pelo útil. Avistando um coqueiro, derrubou alguns cocos, abriu-os e bebemos sua água, comemos sua polpa com uma satisfação que protestava contra o cardágio do Nautilus.

— Excelente! — dizia Ned Land.

— Delicioso! — rebatia Conseil.

— E não acho — disse o canadense — que seu Nemo se oponha se levarmos uma carga de cocos a bordo.

— Acho que não — respondi —, mas ele não vai querer prová-los!

— Pior para ele! — disse Conseil.

— E melhor para nós! — replicou Ned Land. — Sobrará mais.

— Permita-me uma só palavra, mestre Land — disse eu ao arpoador, que se preparava para atacar outro coqueiro. — O coco é uma coisa boa, mas antes de encher o escaler de cocos, parece-me sensato verificar se a ilha não produz alguma substância não menos útil. Legumes frescos seriam bem recebidos na cozinha do Nautilus.

— O senhor tem razão — interveio Conseil — e proponho reservar três lugares em nossa embarcação, um para frutas, outro para legumes e o terceiro para a caça, da qual não cheguei a entrever ainda o menor sinal.

— Conseil, não devemos perder a esperança — retrucou o canadense.

— Continuaremos, portanto, nossa excursão — disse eu —, mas sempre com os olhos atentos. Embora a ilha pareça desabitada, ela pode conter alguns indivíduos que seriam menos exigentes do que nós quanto à natureza da caça!

— He, he! — rebateu Ned Land, com um movimento de maxilar muito significativo.

— E então! Ned! — exclamou Conseil.

— Na verdade — replicou o canadense —, estou começando a compreender os encantos do canibalismo!

— Ned! Ned! O que é que anda dizendo! — retrucou Conseil. — Você, antropófago! Não vou mais me sentir seguro perto de você, eu que compartilho sua cabine! Será que vou acordar um dia meio devorado?

– Amigo Conseil, gosto muito de você, mas não o suficiente para devorá-lo sem necessidade.

– Não confio – replicou Conseil. – Vamos à caça! É absolutamente necessário abater alguma caça para satisfazer esse canibal, ou então, numa manhã dessas, o senhor só encontrará um criado pela metade para servi-lo.

Enquanto trocávamos essas ideias, penetramos nas escuras abóbadas da floresta e, durante duas horas, a percorremos em todas as direções.

O acaso nos ajudou nessa procura por vegetais comestíveis, e um dos produtos mais úteis das zonas tropicais nos forneceu um alimento precioso, que faltava a bordo.

Refiro-me à fruta-pão, muito abundante na ilha de Gueboroar; e observei principalmente essa variedade sem sementes, que em malaio leva o nome de *rima*.

Essa árvore se distinguia das outras por um tronco reto de doze metros de altura. Sua copa, graciosamente arredondada e formada por grandes folhas multilobadas, designava suficientemente aos olhos de um naturalista esse "artocarpo" que se aclimatou tão bem nas ilhas Mascarenhas. De sua massa verde sobressaíam grandes frutos globulares, com um decímetro de largura e dotados externamente de rugosidades que se perfilavam numa disposição hexagonal. Vegetal útil que a natureza distribuiu graciosamente nas regiões carentes de trigo e que, sem exigir cultivo, dá frutos durante oito meses do ano.

Ned Land conhecia muito bem essas frutas. Já as havia saboreado em suas numerosas viagens e sabia preparar sua massa comestível. Por isso, só o fato de vê-las despertou seus desejos, e não se conteve mais.

– Senhor – disse-me ele –, acho que vou morrer se não provar um pouco dessa massa de fruta-pão!

– Prove, então, amigo Ned, prove à vontade. Estamos aqui para fazer experiências; pois então é hora de fazê-las.

– Dito e feito; é o que vou fazer – replicou o canadense.

E, utilizando uma lente, acendeu um fogo com lenha seca que crepitou alegremente. Enquanto isso, Conseil e eu escolhíamos os melhores frutos do artocarpo. Alguns ainda não estavam bastante maduros e sua casca espessa cobria uma polpa branca mas pouco fibrosa. Outros, em grande número, amarelados e gelatinosos, aguardavam apenas o momento de ser colhidos.

Essas frutas não tinham caroço. Conseil trouxe uma dúzia delas a Ned Land que, depois de cortá-las em grossas fatias, as colocou sobre as brasas e, ao fazê-lo, repetia a todo momento:

– Verá, senhor, como é bom esse pão!

– Especialmente quando se está privado de pão há tanto tempo – disse Conseil.

– Já nem é mais pão – acrescentou o canadense. – É um delicioso manjar. Nunca provou, senhor?

– Não, Ned.

– Pois bem, prepare-se para degustar uma coisa suculenta. Se não gostar, não está mais aqui o rei dos arpoadores!

Depois de alguns minutos, a parte da fruta exposta ao fogo ficou completamente carbonizada. Por dentro apareceu uma pasta branca, uma espécie de miolo tenro, cujo sabor lembrava a alcachofra.

Sou obrigado a confessar que esse pão estava excelente e o comi com grande prazer.

– Infelizmente – disse eu –, essa massa não pode ser mantida fresca e me parece inútil levar uma provisão para bordo.

– Não é bem assim, senhor! – exclamou Ned Land. O senhor fala como naturalista, mas eu vou agir como um padeiro. Conseil, colha algumas dessas frutas que levaremos ao voltar.

– E como vai prepará-las? – perguntei ao canadense.

— Fazendo com sua polpa uma pasta fermentada que se conserva indefinidamente, sem se estragar. Quando quiser usá-la, asso-a na cozinha de bordo e, apesar do sabor levemente ácido, vai achá-la excelente.

– Então, mestre Ned, vejo que não falta nada a esse pão...

– Sim, professor – respondeu o canadense –, faltam algumas frutas ou pelo menos alguns legumes!

– Vamos procurar frutas e legumes.

Terminada nossa colheita, pusemo-nos a caminho para completar esse jantar "terrestre".

Nossas buscas não foram em vão e, por volta do meio-dia, havíamos conseguido um amplo suprimento de bananas. Essas deliciosas frutas da zona tórrida amadurecem durante o ano inteiro, e os malaios, que lhes deram o nome de *pisang*, as comem sem cozinhá-las. Com essas bananas colhemos jacas enormes de sabor muito forte, mangas saborosas e abacaxis de tamanhos incríveis. Mas essa colheita tomou grande parte de nosso tempo, o que, aliás, não era motivo para lamentar.

Conseil não se cansava de observar Ned. O arpoador ia na frente e, durante a caminhada pela floresta, colheu com mão segura excelentes frutos que deveriam completar sua provisão.

– Enfim – perguntou Conseil – não está faltando mais nada, amigo Ned?

– Hum! – murmurou o canadense.

– O quê! Está se queixando?

– Todos esses vegetais não dão uma refeição – replicou Ned. É o final da refeição, é a sobremesa. Mas e a sopa? E o assado?

– Com efeito – disse eu –, Ned nos prometeu costeletas que me parecem mais que problemáticas.

– Senhor – retrucou o canadense –, a caçada não só não acabou como nem sequer começou. Paciência! Acabaremos por encontrar algum animal com penas ou com pelos, e se não for nesse lugar, será em outro...

– E se não for hoje, será amanhã – acrescentou Conseil –, porque não devemos nos afastar demais. Proponho até mesmo voltar para o escaler.

– O quê! Já? – exclamou Ned.

– Temos de voltar antes de escurecer – observei.

– Mas que horas são? – perguntou o canadense.

– Duas horas, pelo menos – respondeu Conseil.

– Como o tempo passa depressa em terra firme! – exclamou mestre Ned Land, com um suspiro de pesar.

– A caminho – disse Conseil.

Voltamos, portanto, pela floresta e completamos nossa colheita atacando nozes-de-areca que tinham de ser colhidas no topo das árvores, feijãozinho que reconheci como sendo o *abru* dos malaios e inhame de qualidade superior.

Estávamos sobrecarregados quando chegamos ao escaler. Ned Land, no entanto, ainda não achava suficiente sua provisão. Mas a sorte estava do lado dele. Quando estava prestes a embarcar, avistou diversas árvores, de sete a nove metros de altura, pertencentes à espécie das palmeiras. Essas árvores, tão preciosas como o artocarpo, são justamente reconhecidas entre os produtos mais úteis da Malásia.

Eram saguzeiros, plantas que crescem espontaneamente, reproduzindo-se, como as amoreiras, pelos talos e pelas sementes.

Ned Land sabia como tratar essas árvores. Tomou o machado e, manejando-o com grande habilidade, logo conseguiu derrubar dois ou três saguzeiros, claramente maduros, a julgar pelo pó branco que polvilhava suas palmas.

Observei-o fazer isso mais com os olhos de naturalista do que com os olhos de homem faminto. Começou retirando de cada tronco uma tira de casca de uma polegada de espessura que cobria uma rede de fibras alongadas formando nós inextricáveis, que eram espremidos numa espécie de farinha viscosa. Essa farinha era o sagu, substância comestível que constitui o principal alimento das populações da Melanésia.

Ned Land contentou-se, naquele momento, em cortar esses troncos em pedaços, como teria feito com lenha para queimar, deixando para mais tarde o trabalho de extrair a farinha, coando-a num pano para separá-la de seus ligamentos fibrosos, evaporar sua umidade ao sol e deixá-la endurecer em formas.

Finalmente, às 5 horas da tarde, carregados com todas as nossas riquezas, saímos da costa da ilha e, meia hora depois, atracamos no Nautilus. Ninguém apareceu quando chegamos. O enorme cilindro de chapas metálicas parecia deserto. Descarregadas as provisões, desci para meu quarto. Ali encontrei meu jantar servido. Comi e depois adormeci.

No dia seguinte, 6 de janeiro, nada de novo a bordo. Nenhum barulho lá por dentro, nenhum sinal de vida. O escaler permaneceu atracado, no mesmo lugar onde o havíamos deixado. Resolvemos regressar à ilha Gueboroar. Ned Land esperava ter mais sorte do que no dia anterior, do ponto de vista do caçador, e desejava visitar outra parte da floresta.

Ao nascer do sol já estávamos a caminho. A embarcação, impelida pela maré em direção à terra, chegou à ilha em poucos instantes.

Desembarcamos e, pensando que era melhor confiar no instinto do canadense, seguimos Ned Land, cujas longas pernas ameaçavam distanciá-lo de nós.

Ned Land subiu o litoral em direção oeste e depois, atravessando alguns leitos de torrentes, chegou a um planalto cercado por admiráveis florestas. Alguns martins-pescadores rondavam os cursos de água, mas não se deixavam aproximar. A circunspecção deles me provou que essas aves sabiam o que esperar de bípedes de nossa espécie, e concluí que, se a ilha não era habitada, pelo menos os seres humanos a frequentavam.

Depois de atravessar um prado bastante exuberante, chegamos à beira de um pequeno bosque animado pelo canto e pelo voo de grande número de aves.

– São apenas passarinhos – disse Conseil.

– Mas há alguns comestíveis! – interveio o arpoador.

– Não, meu amigo Ned – rebateu Conseil. – Só vejo mesmo simples papagaios.

– Amigo – replicou Ned, gravemente –, o papagaio é o faisão de quem não tem mais do que comer.

– E arrisco acrescentar – disse eu – que essa ave, bem preparada, merece uma bela garfada.

Com efeito, sob a densa folhagem desse bosque, todo um mundo de papagaios esvoaçava de galho em galho, apenas esperando uma educação mais cuidadosa para falar a língua dos homens. No momento, cacarejavam na companhia de periquitos de todas as cores, cacatuas sérias, que pareciam meditar sobre algum problema filosófico, enquanto lóris de um vermelho radiante passavam como um pedaço de estame carregado pela brisa, no meio dos calaus de voo ruidoso, papuas pintados com os mais finos tons de azul e toda uma variedade de aves encantadoras, mas geralmente não comestíveis.

Faltava a essa coleção, no entanto, uma ave própria dessas terras e que nunca ultrapassou o limite das ilhas Arru e das Papuas. Mas a sorte me reservava a oportunidade de admirá-la dentro em breve.

Depois de atravessar um matagal de arvoredo ralo e espaçado, encontramos uma planície coberta de arbustos. Vi então pássaros magníficos voando para longe, obrigados a lutar contra o vento pela disposição de suas longas penas. Seu voo ondulante, a graça de suas curvas aéreas, o reflexo de suas cores atraíam e encantavam o olhar. Não tive dificuldade em identificá-los.

— Aves-do-paraíso! — exclamei.

— Ordem dos passeriformes, seção dos *clistômoros* — acrescentou Conseil.

— Família das perdizes? — perguntou Ned Land.

— Creio que não, mestre Land. Mesmo assim, conto com sua destreza para apanhar um desses encantadores espécimes da natureza tropical!

— Vamos tentar, professor, embora eu esteja mais habituado a manusear o arpão do que o fuzil.

Os malaios, que vendem grande quantidade dessas aves para os chineses, dispõem, para apanhá-los, de vários meios que nós não poderíamos utilizar naquelas circunstâncias. Às vezes eles armam laços no topo das árvores mais altas, local preferido dos paradiseídeos. Às vezes os capturam com uma cola muito forte que paralisa seus movimentos. Chegam até mesmo a envenenar as fontes onde essas aves costumam beber. Quanto a nós, só nos restava tentar caçá-los no voo, o que nos dava poucas chances de êxito. E, de fato, desperdiçamos parte de nossas munições em vão.

Por volta das 11 horas da manhã, já havíamos transposto o primeiro plano das montanhas que formam o centro da ilha e ainda não havíamos matado nada. A fome apertava. Os caçadores tinham confiado demais numa boa caçada e se enganaram. Felizmente, Conseil, para sua grande surpresa, com dois tiros garantiu o almoço. Abateu um pombo branco e um pombo torcaz que, depenados com agilidade e enfiados num espeto, foram assados num fogo ardente de lenha seca. Enquanto esses interessantes animais assavam, Ned preparou algumas frutas de artocarpo. Então as duas aves foram devoradas até os ossos e declaradas excelentes. A noz-moscada, com que costumam se fartar, perfuma-lhes a carne e torna-a uma deliciosa iguaria.

— É como se os capões se alimentassem de trufas – disse Conseil.

— E agora, Ned, o que lhe falta? – perguntei ao canadense.

— Uma caça de quatro patas, sr. Aronnax – respondeu Ned Land. –Todos esses pombos são apenas aperitivos e tira-gostos. Por isso, enquanto eu não matar um animal com costeletas, não estou contente!

— Nem eu, Ned, se não conseguir apanhar uma ave-do-paraíso.

— Continuemos então a caçada – interveio Conseil –, mas retornando na direção do mar. Chegamos às primeiras encostas das montanhas, e acho melhor voltar para a região das florestas.

Era uma opinião sensata e foi seguida. Depois de uma hora de caminhada, chegamos a uma verdadeira floresta de saguzeiros. Algumas cobras inofensivas fugiam sob nossos pés. As aves-do-paraíso fugiam quando nos aproximávamos, e eu, na verdade, já perdia a esperança de apanhar uma delas pelo menos quando Conseil, que caminhava na frente, se abaixou subitamente, soltou um grito de triunfo e voltou até mim, trazendo uma magnífica ave-do-paraíso.

— Ah, bravo, Conseil! – exclamei.

— O senhor é muito bom – replicou Conseil.

— Não, meu rapaz. Foi um golpe de mestre. Apanhar um desses pássaros vivo e agarrá-lo com as mãos!

— Se o senhor quiser examiná-lo de perto, verá que não tive muito mérito.

— E por que, Conseil?

— Porque essa ave está totalmente bêbada.

— Bêbada?

– Sim, senhor, bêbada com a noz-moscada que devorava debaixo da árvore, onde a apanhei. Veja, amigo Ned, veja os monstruosos efeitos da intemperança!

– Com os diabos! – rebateu o canadense. – Pelo que bebi de gim nos últimos dois meses, não vale a pena me recriminar!

Enquanto isso, eu examinava o curioso pássaro. Conseil não se enganava. A ave-do-paraíso, intoxicada pelo suco inebriante, estava reduzida à impotência. Não conseguia voar. Mal caminhava. Mas isso pouco me preocupou e deixei-a digerir a noz-moscada.

Essa ave pertencia à mais bela das oito espécies encontradas em Papua e nas ilhas vizinhas. Era a ave-do-paraíso conhecida como "grande esmeralda", uma das mais raras. Media três decímetros de comprimento. Sua cabeça era relativamente pequena, seus olhos, igualmente pequenos, ficavam próximos à abertura do bico. Mas oferecia uma admirável combinação de cores: amarelo no bico, marrom nas patas e unhas, asas cor de avelã e roxas nas pontas, amarelo esmaecido na cabeça e na nuca, esmeralda no papo, castanho-escuro na barriga e no peito. Dois filetes córneos e recobertos de penugem erguiam-se acima de sua cauda, prolongando-se em longas penas muito leves, de admirável delicadeza, o que completava o aspecto geral dessa maravilhosa ave, que os nativos chamavam poeticamente de "ave do sol".

O que mais eu desejava era levar para Paris esse magnífico exemplar dos paradiseídeos, para doá-lo ao zoológico, que não tem nenhum deles vivo.

– Então é muito raro? – perguntou o canadense, no tom de um caçador que pouco valoriza a caça do ponto de vista da arte.

– Muito raro, meu bravo companheiro, e sobretudo muito difícil de capturá-lo vivo. E mesmo mortas, essas aves ainda são alvo de um tráfico significativo. Por isso os nativos passaram a fabricá-los como fabricamos pérolas ou diamantes.

– O quê! – exclamou Conseil. – Fazem aves-do-paraíso falsas?

– Sim, Conseil.

– E o senhor conhece o procedimento dos nativos?

– Perfeitamente. As aves-do-paraíso, durante as monções do leste, perdem essas magníficas penas que circundam a cauda, e que os naturalistas chamam de penas subalares. São penas que os falsificadores recolhem dos pássaros e que habilmente adaptam a algum pobre periquito previamente mutilado. Depois tingem a sutura, envernizam a ave e enviam esses produtos de sua peculiar indústria para museus e colecionadores da Europa.

– Bem pensado! – disse Ned Land. – Se não é o pássaro, são sempre suas penas, e desde que o objeto não se destine à mesa, não vejo muito mal nisso!

Mas se meus desejos foram satisfeitos pela posse dessa ave-do-paraíso, os do caçador canadense ainda não tinham sido. Felizmente, por volta das 2 horas, Ned Land matou um magnífico porco do mato, chamado de *bariutangue* pelos nativos. O animal vinha na hora certa para nos fornecer verdadeira carne de quadrúpede e nos deixar satisfeitos. Ned Land não parava de se gabar por seu tiro certeiro. O porco, atingido pela bala elétrica do fuzil, caíra fulminado.

O canadense abriu-o e o limpou com todo o cuidado, não deixando de retirar meia dúzia de costeletas destinadas a grelhar para o jantar. Em seguida, decidimos continuar com a caçada, que ainda haveria de reservar novas proezas da parte de Ned e de Conseil.

Com efeito, os dois amigos, batendo nos arbustos, levantaram um bando de cangurus, que fugiu aos saltos sobre suas patas elásticas. Mas, em sua corrida, esses animais não foram tão rápidos que a cápsula elétrica não pudesse detê-los.

— Ah, professor! — exclamou Ned Land, dando vazão a seu entusiasmo de caçador. — Que caça excelente, especialmente se cozida como se deve! Que suprimento para o Nautilus! Dois! Três! Cinco abatidos! E quando penso que vamos devorar toda essa carne, e que esses imbecis a bordo não terão sequer uma migalha!

Acredito que, no excesso de sua alegria, o canadense, se não tivesse falado tanto, teria massacrado o bando inteiro! Mas ele se contentou com uma dúzia desses interessantes marsupiais, que formam a primeira ordem dos mamíferos aplacentários, como nos disse Conseil.

Esses animais eram de pequeno porte. Era uma espécie chamada de "cangurus-coelho", que costumam ficar no oco das árvores e que são extremamente velozes. Se, por um lado, são de tamanho diminuto, por outro, fornecem uma carne excelente.

Ficamos muito satisfeitos com o resultado de nossa caçada. O alegre Ned já calculava voltar no dia seguinte a essa ilha encantada, que pretendia deixá-la despovoada de todos os seus quadrúpedes comestíveis. Mas não sabia o que haveria de acontecer.

Às 6 horas da tarde, estávamos de volta à praia. Nosso escaler estava em seu lugar habitual. O Nautilus, como um longo recife, emergiu das ondas a duas milhas da costa.

Ned Land, sem mais delongas, cuidou da grande questão do jantar. Ele sabia muito bem o que fazer na cozinha. As costeletas do "*bariutangue*", grelhadas na brasa, logo espalharam um cheiro delicioso que perfumava a atmosfera!...

Percebo, porém, que estou seguindo os passos do canadense. Aqui estou eu em êxtase com uma carne fresca de porco grelhada! Que me perdoem, como perdoei mestre Land pelos mesmos motivos!

Enfim, o jantar foi excelente. Dois pombos-torcazes completaram esse extraordinário cardápio. A massa de sagu, o pão de artocarpo, algumas mangas, meia dúzia de ananases e o licor fermentado de alguns cocos nos encheram de alegria. Acredito até que as ideias de meus dignos companheiros não tinham toda a clareza desejada.

— E se não voltássemos ao Nautilus esta noite? – disse Conseil.

— E se nunca mais voltássemos? – acrescentou Ned Land.

Nesse momento, uma pedra caiu a nossos pés e interrompeu a proposta do arpoador.

XXII

O RELÂMPAGO DO CAPITÃO NEMO

Sem levantar, olhamos para os lados da floresta, enquanto eu levava minha mão em direção da boca, e Ned Land usava a mão dele para terminar sua tarefa.

– Uma pedra não cai do céu – disse Conseil – ou então merece o nome de aerólito.

Uma segunda pedra, bem arredondada, que arrancou da mão de Conseil uma saborosa coxa de pombo-torcaz, deu ainda mais peso à sua observação.

Os três nos levantamos e, com os fuzis apoiados aos ombros, estávamos prontos para responder a qualquer ataque.

– Serão macacos? – perguntou Ned Land.
– Quase – respondeu Conseil. – São selvagens.
– Ao escaler! – disse eu, dirigindo-me para o mar.

Com efeito, era necessário bater em retirada, porque cerca de vinte nativos, armados com arcos e fundas, apareciam a cem passos apenas, à beira de um matagal, que escondia o horizonte do lado direito.

Nosso escaler estava ancorado a vinte metros de distância.

Os selvagens se aproximavam, sem correr, mas com demonstrações de caráter hostil. Choviam pedras e flechas.

Ned Land não quis abandonar suas provisões e, apesar da iminência do perigo, carregando o porco de um lado e alguns cangurus do outro, conseguia fugir com certa rapidez.

Em dois minutos estávamos na praia. Carregar o escaler com provisões e armas, empurrá-lo para o mar, ajeitar os dois remos, foi tudo questão de poucos instantes. Não havíamos percorrido ainda quatrocentos metros quando uma centena de selvagens, berrando e gesticulando, entraram na água até a cintura. Eu esperava que aquela aparição haveria de atrair alguns homens do Nautilus até a plataforma. Mas não. A enorme embarcação, parada ao largo, permanecia absolutamente deserta.

Vinte minutos depois, subíamos a bordo. Os alçapões estavam abertos. Depois de atracar o escaler, entramos no Nautilus.

Desci até o salão, de onde escapavam alguns acordes. O capitão Nemo estava lá, debruçado sobre o órgão e imerso num êxtase musical.

– Capitão! – chamei.

Ele não me ouviu.

– Capitão! – repeti, tocando-o com a mão.

Ele estremeceu e se virou:

– Ah! É o senhor, professor? – disse-me ele. – Pois bem! Fizeram boa caçada, colheram vegetais e legumes à vontade?

– Sim, capitão – respondi –, mas infelizmente trouxemos junto conosco uma tropa de bípedes, cuja proximidade me parece preocupante.

– Que bípedes?

– Selvagens.

– Selvagens! – replicou o capitão Nemo, em tom irônico. – E o senhor se espanta, professor, de ter encontrado selvagens ao pisar numa das terras desse globo? Onde é que não há selvagens? E além disso, esses que chama de selvagens serão piores que os demais?

— Mas, capitão...

— De minha parte, senhor, encontrei-os em todos os lugares.

— Pois bem — respondi —, se não quiser receber nenhum deles a bordo do Nautilus, faria bem se tomasse algumas precauções.

— Tranquilize-se, professor, não há com que se preocupar.

— Mas esses nativos são numerosos.

— Quantos contou?

— Cem, pelo menos.

— Sr. Aronnax — disse o capitão Nemo, cujos dedos haviam retornado às teclas do órgão —, mesmo que todos os nativos de Papua estivessem reunidos nessa praia, o Nautilus não teria nada a temer de seus ataques!

Os dedos do capitão percorreram então o teclado do instrumento e notei que ele tocava apenas as teclas pretas, o que conferia a suas melodias um colorido essencialmente escocês. Logo ele se esqueceu de minha presença e mergulhou num devaneio que não procurei mais dissipar.

Voltei para a plataforma. Já era noite, porque, nessa baixa latitude, o sol se põe rapidamente e sem crepúsculo. Via apenas confusamente a ilha Gueboroar. Mas inúmeras fogueiras crepitando atestavam que os nativos não pensavam em abandonar a praia.

Fiquei assim, sozinho, durante várias horas, às vezes pensando nesses nativos, mas sem temê-los, porque a confiança imperturbável do capitão me tranquilizava, às vezes esquecendo-os, para admirar os esplendores dessa noite dos trópicos. Minhas recordações voavam para a França, seguindo essas estrelas zodiacais que a iluminariam dentro de poucas horas. A lua brilhava intensamente no meio das constelações do zênite. Pensei então que esse fiel e complacente satélite voltaria dali a dois dias, a esse mesmo local, para levantar essas ondas e arrancar o Nautilus de seu leito de corais. Por volta da meia-noite, vendo que tudo estava calmo nas águas escuras e também sob as árvores da praia, voltei à minha cabine e dormi pacificamente.

A noite transcorreu sem contratempos. Os papuas se assustavam, sem dúvida, com a simples visão do monstro encalhado na baía, pois os alçapões, deixados abertos, lhes teriam oferecido fácil acesso ao interior do Nautilus.

Às 6 horas da manhã do dia 8 de janeiro, subi novamente à plataforma. As sombras da manhã se erguiam. A ilha logo mostrou, através das brumas dissipadas, primeiro suas praias, em seguida seus cumes.

Os nativos ainda estavam lá, mais numerosos do que na véspera – quinhentos ou seiscentos, talvez. Alguns, aproveitando a maré baixa, tinham avançado até as cabeças dos corais, a menos de quatrocentos metros do Nautilus. Eu os distinguia facilmente. Eram de fato verdadeiros papuas, de constituição atlética, homens de raça esbelta, fronte larga e alta, nariz grande, mas não achatado, e dentes brancos. Sua cabeleira lanosa, tingida de vermelho, contrastava com um corpo negro e luzidio como o dos núbios. Dos lóbulos de suas orelhas, cortados e distendidos, pendiam rosários de ossos. Esses selvagens geralmente andavam nus. Entre eles, notei algumas mulheres, vestidas dos quadris até os joelhos com uma verdadeira crinolina de ervas sustentada por um cinto vegetal. Alguns chefes adornavam o pescoço com um crescente e colares de miçangas vermelhas e brancas. Quase todos, armados com arcos, flechas e escudos, carregavam nos ombros uma espécie de rede contendo pedras arredondadas que suas fundas atiravam com destreza.

Um desses chefes, bastante próximo do Nautilus, examinava-o atentamente. Devia ser um "*mado*" de alto escalão, porque vestia uma tanga feita de folhas de bananeira, denteada nas bordas e realçada com cores deslumbrantes.

Eu poderia ter abatido com facilidade esse nativo, que estava a pouca distância; mas achei melhor esperar por manifestações verdadeiramente hostis. Entre europeus e selvagens, é mais conveniente para os europeus reagir e não atacar.

Durante todo o tempo da maré baixa, esses nativos rondaram o Nautilus, mas sem fazer alarido. Ouvi-os repetir com frequência a palavra *"assê"*; e por seus gestos percebi que me convidavam para desembarcar em terra, convite que julguei mais conveniente declinar.

Nesse dia, portanto, o escaler não deixou seu local a bordo, para grande desgosto de mestre Land que não pôde completar suas provisões. Esse habilidoso canadense passou seu tempo preparando as carnes e farinhas que havia trazido da ilha de Gueboroar. Quanto aos selvagens, regressaram para terra firme por volta das 11 horas da manhã, assim que as cabeças dos corais começaram a desaparecer sob o fluxo da maré alta. Mas vi o número deles aumentar consideravelmente na praia. Era provável que viessem de ilhas vizinhas ou da própria Papua. Mas eu não tinha visto uma única canoa desses batuvis.

Não tendo nada melhor a fazer, pensei em dragar essas belas águas límpidas, que revelavam uma profusão de conchas, zoófitos e plantas pelágicas. Era, aliás, o último dia que o Nautilus iria passar nessas paragens, se, todavia, desencalhasse no dia seguinte, segundo a promessa do capitão Nemo.

Chamei, então, Conseil, que me trouxe uma draga pequena e leve, mais ou menos semelhante às usadas para pescar ostras.

– E esses selvagens? – perguntou-me Conseil. Que o senhor não leve a mal, mas não me parecem muito maus!

– Eles são antropófagos, meu rapaz.

– É bem possível ser antropófago e um homem correto – replicou Conseil. – Como se pode ser guloso e honesto. Um não exclui o outro.

— Bem! Conseil, até concordo que são antropófagos honestos e que devoram honestamente seus prisioneiros. Mas como não quero ser devorado, nem mesmo honestamente, vou ficar atento, pois o comandante do Nautilus parece não tomar nenhuma precaução. E agora, mãos à obra.

Durante duas horas, pescamos de forma ativa e intensa, mas sem apanhar nenhuma raridade. A draga se enchia de moluscos orelhas-de-midas, harpas, melanias e, principalmente, dos mais lindos martelos que jamais havia visto. Pescamos também algumas holotúrias (ou pepinos-do-mar), ostras perlíferas e uma dúzia de pequenas tartarugas, que foram reservadas para a despensa a bordo.

Mas, quando menos esperava, pus a mão numa maravilha, melhor dizendo, numa deformidade natural, raríssima de encontrar. Conseil acabava de acionar a draga, e o aparelho subia carregado de diversas conchas bastante comuns quando, de repente, ele me viu mergulhar rapidamente meu braço na rede, retirar uma concha e soltar um grito de conquiliólogo, isto é, o grito mais agudo que uma garganta humana pode produzir.

— Ei! Qual é o problema, senhor? — perguntou Conseil, muito surpreso. — O senhor foi mordido?

— Não, meu rapaz, e, no entanto, de bom grado teria pago com um dedo minha descoberta!

— Que descoberta?

— Essa concha — respondi, apontando para o objeto de meu triunfo.

— Mas é simplesmente uma oliva-porfíria (ou oliva-cabana), gênero dos olívidas, ordem dos pectinibrânquios, classe dos gastrópodes, ramo dos moluscos...

— Sim, Conseil, mas em vez de rolar da direita para a esquerda, nessa oliva suas volutas giram da esquerda para a direita!

— Será possível!? — exclamou Conseil.

– Sim, meu rapaz, é uma concha sinistral ou sinistrógira!
– Uma concha sinistral! – repetia Conseil, com o coração palpitando.
– Veja a espiral!
– Ah! senhor, pode acreditar em mim – disse Conseil, tomando a preciosa concha com a mão trêmula –, que nunca senti semelhante emoção!

E havia do que se emocionar! Sabemos, com efeito, como observaram os naturalistas, que a destreza é uma lei da natureza. Os astros e seus satélites, em seu movimento de translação e de rotação, se movem da direita para a esquerda. O homem usa mais a mão direita do que a esquerda e, consequentemente, seus instrumentos e aparelhos, escadas, fechaduras, molas de relógio, etc., são articulados de modo a ser usados e operados da direita para a esquerda. Ora, a natureza tem geralmente seguido essa lei ao imprimir as espirais no formato de suas conchas. Todas são destras, com raras exceções; e quando, por acaso, sua espiral é sinistral, girando da esquerda para a direita, os colecionadores as pagam a peso de ouro.

Conseil e eu estávamos absortos na contemplação de nosso tesouro, e me prometia a mim mesmo enriquecer o museu com ele, quando uma pedra, atirada acidentalmente por um nativo, quebrou o precioso objeto nas mãos de Conseil.

Dei um grito de desespero! Conseil tomou meu fuzil e apontou para um selvagem que balançava a funda a dez metros dele. Quis detê-lo, mas o tiro partiu e arrebentou a pulseira de amuletos dependurada no braço do nativo.

– Conseil! – gritei. – Conseil!
– Mas o quê! O senhor não viu que foi esse canibal que começou o ataque?
– Uma concha não vale a vida de um homem! – disse eu.
– Ah, esse tratante! – exclamou Conseil. – Teria preferido que me tivesse quebrado o ombro!

Conseil estava sendo sincero, mas não pude concordar com ele. Mas a situação havia mudado há alguns instantes, em que nós percebêssemos. Cerca de vinte pirogas cercavam o Nautilus. Essas pirogas, escavadas em troncos de árvores, compridas e estreitas, bem estruturadas para a marcha desimpedida, equilibravam-se por meio de uma dupla maromba de bambu, que flutuava na superfície da água. Eram manobradas por hábeis remadores seminus e não as via avançar sem inquietação.

Era evidente que esses papuas já haviam mantido contado com europeus e conheciam seus navios. Mas o que estariam pensando desse longo cilindro de ferro pousando na baía, sem mastros, sem chaminé? Nada de bom, porque inicialmente mantiveram respeitosa distância. Ao vê-lo imóvel, no entanto, recuperavam aos poucos a confiança e procuravam se familiarizar com ele. Ora, era exatamente essa familiaridade que era preciso evitar. Nossas armas, sem detonação, não produziam nenhum efeito significativo nesses nativos, que só respeitam máquinas barulhentas. O relâmpago, sem os estrondos do trovão, dificilmente assustaria os homens, embora o perigo esteja no clarão da descarga e não no barulho.

Nesse momento, as pirogas se aproximaram do Nautilus e uma nuvem de flechas se abateu sobre ele.

– Diabos! Uma saraivada! – exclamou Conseil. – E talvez alguma seta envenenada!

– Precisamos avisar o capitão Nemo – disse eu, entrando pelo alçapão.

Desci ao salão. Não havia ninguém ali. Arrisquei bater à porta que dava para o quarto do capitão.

Um "entre" me respondeu. Entrei e encontrei o capitão Nemo absorto num cálculo em que não faltavam os x e outros sinais algébricos.

– Atrapalho? – perguntei por educação.

— De fato, sr. Aronnax — respondeu o capitão —, mas acho que o senhor tinha sérias razões para me procurar.

— Muito sérias. As pirogas dos nativos nos cercam, e em poucos minutos seremos certamente assaltados por várias centenas de selvagens.

— Ah! — fez tranquilamente o capitão Nemo. — Eles vieram com suas pirogas?

— Sim, senhor.

— Pois bem, senhor, basta fechar os alçapões.

— Justamente, e eu vinha lhe dizer...

— Nada mais fácil — disse o capitão Nemo.

E, apertando um botão elétrico, transmitiu uma ordem ao posto da tripulação.

— Está feito, senhor — disse-me ele, depois de alguns instantes. O escaler está no lugar, e as escotilhas estão fechadas. Imagino que o senhor não está com medo de que esses senhores derrubem muralhas que os projéteis de sua fragata não conseguiram perfurar...

— Não, capitão, mas ainda há outro perigo.

— Qual, senhor?

— O fato é que amanhã, a essa hora, teremos de reabrir as escotilhas para renovar o ar do Nautilus...

— Sem dúvida, senhor, uma vez que nossa embarcação respira como um cetáceo.

— Ora, se nesse momento os papuas ocupam a plataforma, não vejo como pode impedi-los de entrar.

— Então, senhor, acha que eles vão subir a bordo?

— Tenho certeza que farão isso.

— Pois bem, senhor, que subam. Não vejo razão alguma para impedi-los. No fundo, esses papuas são pobres diabos, e não quero que minha visita à ilha Gueboroar custe a vida de um só desses infelizes!

Depois disso, eu ia me retirar; mas o capitão Nemo me reteve e me convidou a sentar perto dele. Passou a me perguntar com interesse sobre nossas excursões em terra, sobre nossas caçadas, parecendo não compreender essa necessidade de carne que fascinava o canadense. Depois a conversa se voltou para assuntos diversos e, sem tornar-se mais comunicativo, o capitão Nemo se mostrou mais afável.

Entre outras coisas, acabamos por falar da situação do Nautilus, encalhado precisamente nesse estreito, onde Dumont d'Urville esteve a ponto de naufragar. A esse propósito, o capitão disse:

– Esse d'Urville foi um dos grandes marinheiros de vocês, um de seus navegadores mais inteligentes! É o capitão Cook dos franceses. Desafortunado cientista! Ter enfrentado as banquisas de gelo do Polo Sul, os corais da Oceania, os canibais do Pacífico, apenas para perecer miseravelmente num trem![140] Se esse homem enérgico pôde refletir durante os últimos segundos de sua existência, imagine quais devem ter sido seus supremos pensamentos!

Ao falar dessa forma, o capitão Nemo parecia emocionado, o que modificou para melhor o conceito que eu tinha dele.

Depois, com o mapa nas mãos, recapitulamos os feitos do navegador francês, suas viagens de circum-navegação, sua dupla tentativa no Polo Sul, que levou à descoberta das terras de Adélia e Luís Filipe, enfim, seus levantamentos hidrográficos das principais ilhas da Oceania.

– O que o sr. d'Urville fez na superfície dos mares – disse-me o capitão Nemo –, eu fiz no interior do oceano, e mais facilmente, de modo mais completo que ele. As corvetas Astrolabe e Zélée, constantemente sacudidas pelos furacões, não chegavam nem perto do Nautilus, tranquilo gabinete de trabalho e verdadeiramente sedentário no meio das águas!

— Mas, capitão — rebati —, há um ponto em comum entre as corvetas de Dumont d'Urville e o Nautilus.

— Qual, senhor?

— É que o Nautilus encalhou como elas!

— O Nautilus não encalhou, senhor — respondeu o capitão Nemo friamente. — O Nautilus é feito para repousar no leito dos mares, e não terei de empreender os penosos trabalhos, as manobras que d'Urville foi obrigado a fazer para desencalhar suas corvetas. A Astrolabe e a Zélée quase soçobraram, mas meu Nautilus não corre perigo algum. Amanhã, no dia marcado, na hora marcada, a maré o levantará pacificamente, e ele retomará a navegação pelos mares.

— Capitão — disse eu —, não tenho dúvidas...

— Amanhã — acrescentou o capitão Nemo, levantando-se —, amanhã, às 2 horas e 40 minutos da tarde, o Nautilus flutuará e sairá, sem avarias, do estreito de Torres.

Pronunciando essas palavras em tom muito breve, o capitão Nemo se inclinou levemente. Era um sinal de despedida, e eu voltei para meu quarto.

Lá encontrei Conseil, interessado em saber o resultado de minha conversa com o capitão.

— Meu rapaz — logo expliquei —, quando cheguei a acreditar que seu Nautilus estava sendo ameaçado pelos nativos da Papuásia, o capitão me respondeu com ironia. Logo, meu amigo, só tenho uma coisa a lhe dizer: confie nele e durma em paz.

— O senhor não precisa de meus serviços?

— Não, meu amigo. O que é que Ned Land está fazendo?

— Que o senhor me perdoe — respondeu Conseil —, mas meu amigo Ned está fazendo um patê de canguru que vai ficar uma maravilha!

Fiquei sozinho, fui me deitar, mas dormi bastante mal. Ouvia o barulho dos selvagens pisando na plataforma e soltando gritos ensurdecedores. A noite transcorreu dessa forma e sem que a tripulação saísse da inércia habitual. Preocupava-se tanto com a presença desses canibais quanto os soldados de um forte blindado estão preocupados com formigas percorrendo sua blindagem.

Às 6 da manhã levantei... As escotilhas não haviam sido abertas. O ar, portanto, não tinha sido renovado no interior, mas os reservatórios, abastecidos para qualquer eventualidade, funcionaram a contento e liberaram alguns metros cúbicos de oxigênio na atmosfera empobrecida do Nautilus.

Trabalhei em meu quarto até o meio-dia, sem ter visto, nem por um instante, o capitão Nemo. Parecia que a bordo não havia nenhum preparativo em curso para a partida.

Esperei mais um pouco e depois me dirigi para o grande salão. O relógio de pêndulo marcava 2 horas e meia. Dali a dez minutos, a maré teria atingido sua altura máxima e, se o capitão Nemo não tivesse feito uma promessa temerária, o Nautilus seria imediatamente libertado. Caso contrário, muitos meses se passariam antes que ele pudesse deixar seu leito de coral.

Alguns estremecimentos de alerta logo se fizeram sentir no casco da embarcação. Ouvi ranger em seu costado a aspereza do calcário do fundo coralino.

Às 2h30, o capitão Nemo apareceu no salão.

– Vamos partir – disse ele.

– Ah! – exclamei.

– Dei ordens para abrirem as escotilhas.

– E os papuas?

– Os papuas? – respondeu o capitão Nemo, encolhendo ligeiramente os ombros.

– Não vão entrar no Nautilus?

– E como?

– Penetrando pelos alçapões que o senhor mandou abrir.

– Sr. Aronnax – respondeu calmamente o capitão Nemo –, não se entra pelas escotilhas do Nautilus dessa forma, mesmo quando estão abertas.

Olhei para o capitão.

– Não compreende? – perguntou-me ele.

– De modo algum.

– Pois bem! Venha e verá.

Dirigi-me à escada central. Ali, Ned Land e Conseil, profundamente intrigados, observavam alguns tripulantes abrirem as escotilhas, enquanto gritos de raiva e espantosas vociferações ressoavam do lado de fora.

Os portalós (ou parapeitos) foram dobrados para o lado de fora. Vinte figuras horríveis apareceram. Mas o primeiro desses indígenas que pôs a mão no corrimão da escada foi jogado para trás por alguma força invisível e fugiu, soltando gritos assustadores e dando pulos exóticos.

Dez companheiros seus lhe sucederam. E os dez tiveram a mesma sorte.

Conseil estava em êxtase. Ned Land, levado por seus instintos violentos, subiu correndo a escada. Mas assim que agarrou o corrimão com as duas mãos, também foi derrubado.

– Com mil demônios! – gritou ele. – Levei um choque e tanto!

Essas palavras explicaram tudo. Já não era um corrimão, mas um cabo metálico, carregado de eletricidade, que chegava até a plataforma. Quem o tocasse sentia um choque tremendo, e esse choque teria sido fatal se o capitão Nemo tivesse ligado a esse condutor toda a corrente elétrica de seus motores! Pode-se realmente dizer que, entre seus invasores e ele, estendera uma rede elétrica que ninguém poderia cruzar impunemente.

Os assustados papuas bateram em retirada, em pânico e terror. E nós, em parte rindo, consolávamos e massageávamos o infeliz Ned Land, que praguejava como um possesso.

Nesse momento, porém, o Nautilus, soerguido pelas últimas ondulações da maré, deixou seu leito de coral exatamente no quadragésimo minuto fixado pelo capitão. Sua hélice batia nas águas com majestosa lentidão. Sua velocidade foi aumentando aos poucos e, navegando na superfície do oceano, abandonou são e salvo as perigosas passagens do estreito de Torres.

XXIII

ÆGRI SOMNIA⁽¹⁴¹⁾

No dia seguinte, 10 de janeiro, o Nautilus retomou sua marcha sob as águas, mas com uma velocidade notável, que não posso estimar em menos de trinta e cinco milhas por hora. A velocidade da sua hélice era tal que eu não conseguia acompanhar seus giros nem contá-los.

Quando pensava que esse maravilhoso agente elétrico, depois de ter dado movimento, calor e luz ao Nautilus, ainda o protegia contra os ataques externos e o transformava numa arca sagrada, que nenhum profanador tocava sem ser fulminado, minha admiração já não tinha limites, e do aparelho logo se estendeu ao engenheiro que o havia criado.

Avançávamos diretamente para oeste e, no dia 11 de janeiro, dobramos o cabo Wessel, situado a 135° de longitude e 10° de latitude norte, que forma o ponto oriental do golfo de Carpentária. Os recifes ainda eram numerosos, mais esparsos, porém, e indicados no mapa com extrema precisão. O Nautilus evitou facilmente os escolhos de Money a bombordo e os recifes Victoria a estibordo, situados a 130° de longitude, e nesse décimo paralelo que seguíamos rigorosamente.

No dia 13 de janeiro, o capitão Nemo, chegando ao mar de Timor, avistava a ilha com esse nome a 122° de longitude.

Essa ilha, cuja superfície é de trinta e nove mil quilômetros quadrados, é governada por rajás. Esses príncipes se dizem filhos de crocodilos, ou seja, oriundos da mais elevada estirpe a que um ser humano pode aspirar. Por isso é que esses ancestrais escamosos pululam nos rios da ilha, sendo objeto de especial veneração. São protegidos, são mimamos, adulados, alimentados e lhes são oferecidas virgens em sacrifício, e ai do estrangeiro que erguer a mão contra esses lagartos sagrados.

Mas o Nautilus nem sequer tomou conhecimento desses animais desagradáveis. O Timor só ficou visível por uns instantes, ao meio-dia, enquanto o imediato verificava a posição da nave. De igual modo, só tive um vislumbre da pequena ilha Roti, que faz parte do grupo, e cujas mulheres têm sólida reputação de beleza nos mercados malaios.

A partir desse ponto, a direção do Nautilus, em latitude, se curvou para sudoeste, seguindo para o oceano Índico. Para onde nos arrastaria a fantasia do capitão Nemo? Estaria subindo para as costas da Ásia? Ou se aproximaria das praias da Europa? Resoluções improváveis de um homem que foge dos continentes habitados? Desceria então para o sul? Contornaria o cabo da Boa Esperança, depois o cabo Horn, e rumaria em direção ao Polo Antártico? Voltaria finalmente aos mares do Pacífico, onde seu Nautilus encontrava navegação fácil e independente? O futuro nos diria.

Depois de termos contornado os recifes de Cartier, de Hibérnia, de Seringapatam, de Scott, últimos esforços do elemento sólido contra o elemento líquido, no dia 14 de janeiro estávamos distantes de todas as terras. A velocidade do Nautilus foi singularmente desacelerada e, muito caprichoso em seu andar, ora avançava no meio das águas, ora flutuava em sua superfície.

Durante esse período da viagem, o capitão Nemo fez experiências interessantes sobre as diversas temperaturas do mar em diferentes camadas. Em condições normais, essas leituras são obtidas por meio de instrumentos bastante complicados, cujos resultados e dados são, no mínimo, duvidosos, seja por meio de sondas termométricas, cujos vidros muitas vezes racham sob a pressão da água, seja por meio de aparelhos que se baseiam na variação da resistência de metais a correntes elétricas. Esses resultados assim obtidos não podem ser suficientemente controlados. Pelo contrário, o próprio capitão Nemo media essa temperatura nas profundezas do mar, e seu termômetro, posto em contato com as diversas camadas líquidas, lhe dava de maneira instantânea e segura o grau pesquisado.

Desse modo, seja enchendo totalmente os reservatórios, seja descendo obliquamente por meio de seus planos inclinados, o Nautilus atingia sucessivamente profundidades de três, quatro, cinco, sete, nove e dez mil metros, e o resultado definitivo dessas experiências foi que o mar apresentava uma temperatura permanente de 4,5 graus, a mil metros de profundidade, em todas as latitudes.

Eu acompanhava essas experiências com o maior interesse. O capitão Nemo tinha verdadeira paixão por elas. Muitas vezes me perguntei com que propósito ele fazia essas observações. Seria em benefício de seus semelhantes? Não era provável, pois, mais dia menos dia, seus trabalhos deveriam perecer com ele em algum mar ignorado! A menos que destinasse a mim os resultados de seus experimentos. Mas isso era admitir que minha estranha viagem teria um fim, que eu não vislumbrava ainda.

De qualquer forma, o capitão Nemo também me deu a conhecer vários números por ele obtidos e que estabeleciam a relação entre as densidades da água nos principais mares do globo. Dessa informação, tirei uma lição pessoal que não continha nada de científico.

Foi durante a manhã do dia 15 de janeiro. O capitão, com quem eu caminhava na plataforma, perguntou-me se conhecia as diferentes densidades presentes nas águas do mar. Respondi-lhe negativamente e acrescentei que a ciência carecia de observações rigorosas sobre o assunto.

– Fiz essas observações – disse-me ele – e posso conformá-las com absoluta certeza.

– Bem – respondi –, mas o Nautilus é um mundo à parte, e os segredos de seus cientistas não chegam à terra.

– Tem razão, professor – disse-me ele, após alguns instantes de silêncio. – É um mundo à parte. É tão estranho à terra firme como os planetas que acompanham esse globo em torno do sol, e nunca conheceremos os trabalhos dos cientistas de Saturno ou de Júpiter. Mas, desde que o acaso ligou nossas duas existências, posso comunicar-lhe o resultado de minhas observações.

– Eu o escuto, capitão.

– Como sabe, professor, a água do mar é mais densa que a água doce, mas essa densidade não é uniforme. Com efeito, se represento a densidade da água doce por *um*, encontro vinte e oito milésimos para as águas do Atlântico, vinte e seis milésimos para as águas do Pacífico, trinta milésimos para as águas do Mediterrâneo...

"Ah!", pensei, "será que vai se aventurar no Mediterrâneo?"

– Dezoito milésimos para as águas do mar Jônico e vinte e nove milésimos para as águas do Adriático.

Decididamente, o Nautilus não estava fugindo dos mares frequentados da Europa, e concluí que ele nos levaria, talvez em breve, para continentes mais civilizados. Achei que Ned Land receberia essa singular notícia com grande satisfação.

Durante vários dias, nosso tempo transcorria em meio a experiências de todo tipo, que se centravam nos graus de salinidade das águas em diferentes profundidades, em sua eletrificação, em sua coloração e transparência; e em todas essas circunstâncias, o capitão Nemo usou de uma engenhosidade que só foi igualada por sua boa vontade para comigo. Depois, durante alguns dias, não o vi mais e fiquei novamente como se estivesse isolado a bordo.

No dia 16 de janeiro, o Nautilus parecia adormecer a apenas alguns metros abaixo da superfície das ondas. Seus dispositivos elétricos não funcionavam, e sua hélice imóvel o deixava vagando à mercê das correntes. Presumi que a tripulação estava cuidando dos reparos internos, necessários pela violência dos movimentos mecânicos da máquina.

Meus companheiros e eu fomos então testemunhas de um curioso espetáculo. As escotilhas do salão estavam abertas, e como a lanterna do Nautilus não estava ligada, uma vaga escuridão reinava no meio das águas. O céu tempestuoso, coberto por espessas nuvens, conferia às camadas superiores do oceano apenas uma claridade insuficiente.

Eu observava o estado do mar nessas condições, e os maiores peixes me apareceram apenas como sombras mal esboçadas, quando o Nautilus de repente se viu transportado para a plena luz. De início, pensei que tivessem ligado o farol e que seu brilho elétrico se projetava na massa líquida. Eu estava enganado e, após uma rápida observação, reconheci meu erro.

O Nautilus flutuava no meio de uma camada fosforescente que, nessa escuridão, se tornava ofuscante. Era produzida por miríades de animálculos luminosos, cujo brilho aumentava à medida que deslizavam pelo casco metálico do submarino. Eu surpreendia então feixes de luz no meio desses lençóis luminosos, como fluxos de chumbo derretido numa fornalha ardente, ou massas metálicas levadas à incandescência; isso de tal modo que, em contraste, certas porções luminosas projetavam sombras nesse ambiente ígneo, do qual toda sombra parecia ter sido banida. Não, já não era a calma irradiação de nossa iluminação habitual! Havia ali um vigor e um movimento incomuns! Essa luz, nós a sentíamos viva!

Com efeito, era uma aglomeração infinita de infusórios pelágicos, noctilucos miliares, verdadeiros glóbulos de gelatina diáfana, dotados de um tentáculo filiforme, e dos quais contamos até vinte e cinco mil em trinta centímetros cúbicos de água. E sua luz era ainda duplicada por esses brilhos próprios das medusas, astérias, aurélias e outros zoófitos fosforescentes, impregnados com a gordura da matéria orgânica decomposta pelo mar e talvez com o muco secretado pelos peixes.

Durante várias horas, o Nautilus flutuou nessas ondas brilhantes, e nossa admiração aumentou ao ver os grandes animais marinhos desfilando como salamandras. Vi ali, no meio desse fogo que não ardia, marsuínos elegantes e velozes, incansáveis palhaços dos mares, e istióforos de três metros de comprimento, inteligentes preanunciadores dos furacões, cuja formidável espada às vezes batia na vidraça do salão. Apareceram depois peixes menores, balistas variados, escomberoides saltadores, peixes-lobo e centenas de outros que atravessavam a atmosfera luminosa em seu curso.

Esse espetáculo deslumbrante foi encantador! Será que alguma condição atmosférica teria aumentado a intensidade desse fenômeno? Será que alguma tempestade estava ocorrendo na superfície das ondas? Mas, nessa profundidade de poucos metros, o Nautilus não sentia sua fúria e balançava pacificamente no meio de águas tranquilas.

Assim seguíamos avançando, incessantemente encantados por novas maravilhas. Conseil observava e classificava seus zoófitos, seus articulados, seus moluscos, seus peixes. Os dias transcorriam rapidamente, e não os contava mais. Ned, seguindo seu hábito, tentava variar a rotina habitual a bordo. Verdadeiros caracóis, estávamos acostumados com nossa concha, e afirmo que é fácil se tornar um perfeito caracol.

Essa existência, portanto, nos parecia fácil, natural, e já não imaginávamos mais que existisse uma vida diferente na superfície do globo terrestre, quando um acontecimento veio nos lembrar a estranheza de nossa situação.

No dia 18 de janeiro, o Nautilus estava a 105° de longitude e 15° de latitude meridional. O tempo estava ameaçador, o mar estava agitado e encapelado. O vento soprava do leste com força. O barômetro, que baixava há vários dias, anunciava uma luta iminente entre os elementos.

Eu havia subido na plataforma no momento em que o imediato estava tomando medidas. Esperava, segundo o costume, que a frase cotidiana fosse pronunciada. Mas nesse dia foi substituída por outra frase não menos incompreensível. Quase imediatamente, vi aparecer o capitão Nemo, cujos olhos, cravados numa luneta, se voltavam para o horizonte.

Durante vários minutos, o capitão permaneceu imóvel, sem deixar o ponto circunscrito no campo da lente. Então baixou a luneta e trocou cerca de dez palavras com seu imediato. Este parecia dominado por uma emoção que tentava em vão conter. O capitão Nemo, mais senhor de si, permanecia frio. Parecia, aliás, fazer certas objeções às quais o imediato respondia com afirmações categóricas. Pelo menos assim o compreendi, pela diferença de seu tom e de seus gestos.

Quanto a mim, tinha olhado cuidadosamente na direção observada, sem nada perceber. O céu e a água se confundiam numa linha de horizonte perfeitamente clara.

Mas o capitão Nemo caminhava de uma ponta a outra da plataforma, sem olhar para mim, talvez sem notar minha presença. Seu passo era seguro, mas menos regular que o de costume. Às vezes parava e, com os braços cruzados sobre o peito, observava o mar. O que poderia procurar nesse imenso espaço? O Nautilus estava então a algumas centenas de milhas da costa mais próxima.

O imediato havia retomado sua luneta e examinava obstinadamente o horizonte, indo e vindo, batendo o pé, contrastando com seu chefe pela agitação nervosa.

Aliás, esse mistério iria necessariamente ser esclarecido, e em pouco tempo, porque, por ordem do capitão Nemo, o motor, aumentando sua potência propulsora, imprimiu à hélice uma rotação mais rápida.

Nesse momento, o imediato atraiu novamente a atenção do capitão. que parou sua caminhada e apontou a luneta para o ponto indicado; e ficou observando por longo tempo. De minha parte, muito intrigado, desci até o salão e voltei com um excelente binóculo que costumava usar. Depois, apoiando-o sobre o caixa do farol que formava uma saliência na frente da plataforma, preparei-me para percorrer toda a linha do céu e do mar.

Mas meu olho ainda não havia se fixado na ocular quando o instrumento foi rapidamente arrancado de minhas mãos.

Eu me virei. O capitão Nemo estava a minha frente, mas não o reconheci. Sua fisionomia estava transfigurada. Seus olhos, brilhando com um fogo escuro, se escondiam sob suas sobrancelhas franzidas. Seus dentes estavam semidescobertos. Seu corpo rígido, seus punhos cerrados, sua cabeça recolhida entre os ombros testemunhavam o ódio violento que toda a sua pessoa transpirava. Não se mexia. Meu binóculo caiu de sua mão e rolou até seus pés.

Será que fora eu, sem querer, a provocar essa atitude de raiva? Será que esse incompreensível personagem imaginou que eu surpreendera algum segredo proibido aos hóspedes do Nautilus?

Não! Eu não era o objeto desse ódio, porque ele não olhava para mim, e seu olhar permanecia obstinadamente fixo no impenetrável ponto do horizonte.

Enfim, o capitão Nemo tornou-se novamente senhor de si. Sua fisionomia, tão profundamente alterada, recuperou sua calma habitual. Dirigiu algumas palavras numa língua estrangeira a seu imediato e depois se voltou para mim.

– Sr. Aronnax – disse-me ele, num tom bastante imperioso – exijo do senhor que cumpra um dos compromissos que o prendem a mim.

– Do que se trata, capitão?

– Será necessário confiná-los, o senhor e seus companheiros, até o momento em que eu julgar oportuno libertá-los.

– O senhor é o comandante – respondi, olhando fixamente para ele. – Mas posso lhe fazer uma pergunta?

– Nenhuma, senhor.

Diante dessa resposta, não podia discutir, mas obedecer, pois qualquer resistência teria sido impossível.

Desci até a cabine ocupada por Ned Land e Conseil e lhes referi a determinação tomada pelo capitão. Prefiro não comentar como essa comunicação foi recebida pelo canadense. Além do mais, não houve tempo para qualquer explicação. Quatro homens da tripulação estavam esperando na porta e nos levaram até a cela onde passamos nossa primeira noite a bordo do Nautilus.

Ned Land quis reclamar, mas a porta se fechou atrás dele sem resposta.

– Será que o senhor pode me dizer o que isso significa? – perguntou-me Conseil.

Contei a meus companheiros o que havia acontecido. Ficaram tão surpresos quanto eu, mas também um tanto intrigados.

Mas eu tinha mergulhado num abismo de reflexões, e a estranha apreensão da fisionomia do capitão Nemo não me saída da cabeça. Sentia-me incapaz de juntar duas ideias lógicas e estava me perdendo nas hipóteses mais absurdas quando fui despertado de minhas elucubrações mentais por essas palavras de Ned Land:

– Vejam só! O almoço está servido!

Com efeito, a mesa estava posta. Era evidente que o capitão Nemo havia dado essa ordem ao mesmo tempo em que mandava acelerar a marcha do Nautilus.

– Senhor, será que me permite lhe fazer uma recomendação? – perguntou-me Conseil.

– Pois não, meu rapaz – respondi.

– Pois bem! Almoce, senhor. É prudente, porque não sabemos o que poderá acontecer.

– Você tem razão, Conseil.

– Infelizmente – disse Ned Land –, só recebemos o cardápio de bordo.

– Amigo Ned – replicou Conseil –, o que diria se o almoço não tivesse sido trazido!?

Esse argumento pôs um fim às recriminações do arpoador.

Tomamos lugar à mesa. A refeição decorreu quase em total silêncio. Comi pouco. Conseil "se forçou", sempre por prudência, e Ned Land, fosse o que fosse, raspou tudo. Terminado o almoço, cada um de nós se recostou em seu canto.

Nesse momento, o globo luminoso que clareava a cela se apagou e nos deixou na mais completa escuridão. Não demorou muito para Ned Land adormecer e, o que me surpreendeu, Conseil também caiu num sono profundo. Eu estava me perguntando o que poderia ter causado essa necessidade urgente de dormir quando senti meu cérebro ser invadido por um intenso torpor. Meus olhos, que eu queria manter abertos, fecharam-se contra minha vontade. Eu estava à mercê de uma alucinação dolorosa. Era evidente que substâncias soporíferas haviam sido misturadas à comida que acabávamos de ingerir! Pois então, não bastava a prisão para esconder de nós os planos do capitão Nemo, ainda era preciso que caíssemos em sono profundo!

Então ouvi as escotilhas se fechando. As ondulações do mar que provocavam um ligeiro balanço da embarcação cessaram. O Nautilus deixou a superfície do oceano? Será que havia entrado na camada imóvel das águas?

Eu queria resistir ao sono. Foi impossível. Minha respiração se enfraqueceu. Senti um frio mortal congelar meus membros, que estavam pesados e pareciam paralisados. Minhas pálpebras, verdadeiras cápsulas de chumbo, caíram sobre os olhos. Não consegui levantá-las. Um sono mórbido, cheio de alucinações, tomou conta de todo o meu ser. Depois, as visões desapareceram, deixando-me completamente aniquilado.

XXIV

O REINO DOS CORAIS

No dia seguinte, acordei totalmente refeito e tranquilo. Para minha surpresa, estava em meu quarto. Meus companheiros, sem dúvida, haviam sido reconduzidos a suas cabines, sem que tivessem percebido, como ocorrera comigo. Assim como eu, eles certamente não sabiam o que havia acontecido durante a noite e, para desvendar esse mistério, eu contava apenas com os acasos do futuro.

Pensei então em sair do quarto. Estaria mais uma vez livre ou ainda prisioneiro? Inteiramente livre. Abri a porta, passei pelos corredores e subi a escada central. As cortinas, fechadas na véspera, estavam abertas. Cheguei à plataforma.

Ali já estavam Ned Land e Conseil me aguardando. Eu os interroguei. Eles não sabiam de nada. Dormindo em pesado sono que não lhes deixava lembranças, ficaram muito surpresos ao se encontrarem de volta em suas cabines.

Quanto ao Nautilus, pareceu-nos tranquilo e misterioso, como sempre. Flutuava na superfície das ondas a uma velocidade moderada. Nada parecia ter mudado a bordo.

Ned Land, com seu olhar penetrante, observou o mar; estava deserto. O canadense não relatou nada de novo no horizonte, nem vela nem terra. Uma brisa de oeste soprava ruidosamente, e as longas ondas, encrespadas pelo vento, davam ao aparelho um balanço bem perceptível.

O Nautilus, depois de renovado o ar, se manteve a uma profundidade média de quinze metros, para poder regressar rapidamente à superfície das ondas, operação que, contrariamente à rotina, foi realizada diversas vezes durante o dia 19 de janeiro. O imediato subia então à plataforma, e a mesma frase de sempre ressoava dentro da nave.

Mas o capitão Nemo não apareceu. Das pessoas de bordo, vi apenas o impassível comissário, que me serviu com sua exatidão e seu mutismo costumeiros.

Por volta das 2 horas, eu estava no salão, ocupado em organizar minhas anotações, quando o capitão abriu a porta e apareceu. Eu o cumprimentei. Ele retribuiu com uma saudação quase imperceptível, sem dizer palavra. Voltei a meu trabalho, esperando que talvez ele me desse uma explicação sobre os acontecimentos da noite anterior. Nada disse a respeito. Olhei para ele. Seu rosto me pareceu cansado; seus olhos vermelhos não haviam sido revigorados pelo sono; seu semblante expressava profunda tristeza, um sofrimento real. Ele ia e vinha, sentava-se e levantava-se, tomava um livro ao acaso, abandonava-o imediatamente, consultava seus instrumentos sem fazer as habituais anotações e parecia incapaz de ficar parado um instante no lugar.

Finalmente, aproximou-se e me perguntou:

– É médico, sr. Aronnax?

Eu não esperava de forma alguma pergunta desse tipo e o fitei por algum tempo sem responder.

– O senhor é médico? – repetiu ele. – Vários de seus colegas estudaram medicina, Gratiolet[142], Moquin-Tandon[143] e outros.

– De fato – respondi –, sou médico e trabalhei em hospitais. Pratiquei durante vários anos antes de entrar no museu.

– Muito bem, senhor.

Minha resposta evidentemente satisfizera o capitão Nemo. Mas sem saber aonde ele queria chegar, esperei por novas perguntas, reservando-me o direito de responder de acordo com as circunstâncias.

– Sr. Aronnax – disse-me o capitão –, concordaria em cuidar de um de meus homens?

– Está com uma pessoa doente?

– Sim.

– Estou pronto para segui-lo.

– Venha.

Confesso que meu coração estava acelerado. Não sei por quê, via certa ligação entre a doença de um tripulante e os acontecimentos da véspera, e esse mistério me preocupava pelo menos tanto quanto o doente.

O capitão Nemo me levou até a popa do Nautilus e me fez entrar numa cabine perto da sala dos marujos.

Ali, numa cama, estava deitado um homem de cerca de 40 anos, de rosto enérgico, um verdadeiro tipo de anglo-saxão.

Eu me debrucei sobre ele. Não estava apenas doente, estava ferido. Sua cabeça, envolta em panos ensanguentados, repousava sobre um travesseiro duplo. Desatei os panos, e o ferido, fitando-me com seus grandes olhos, me deixou agir, sem proferir uma única queixa.

O ferimento era horrível. O crânio, aberto por um instrumento contundente, expunha o cérebro, e a substância cerebral tinha sofrido um impacto profundo. Coágulos sanguíneos se haviam formado na massa difluente, que exibia uma cor de borra de vinho. Houvera ao mesmo tempo contusão e comoção cerebral. A respiração do enfermo era lenta, e alguns movimentos espasmódicos dos músculos agitavam seu rosto. A flegmasia cerebral era completa e acarretava a paralisia das sensações e dos movimentos.

Tomei o pulso do homem ferido. Era intermitente. As extremidades do corpo já esfriavam, e vi que a morte se aproximava, sem que parecesse possível detê-la. Depois de fazer um curativo nesse infeliz, ajustei novamente os panos em sua cabeça e me voltei para o capitão Nemo.

– O que foi que provocou esse ferimento? – perguntei-lhe.

– O que isso importa!? – respondeu o capitão, evasivamente. – Um choque do Nautilus quebrou uma das alavancas da máquina, que atingiu esse homem. Mas qual é sua opinião sobre o estado dele?

Eu hesitava em falar.

– Pode falar – disse-me o capitão. – Esse homem não entende francês.

Olhei uma última vez para o ferido e então respondi:

– Esse homem deverá estar morto dentro de duas horas.

– Nada pode salvá-lo?

– Nada.

A mão do Capitão Nemo se contraiu e algumas lágrimas escorreram de seus olhos, que eu não acreditava que fossem feitos para chorar.

Durante poucos instantes, observei ainda esse moribundo, cuja vida se esvaía aos poucos. Sua palidez aumentava ainda mais sob a radiação elétrica que banhava seu leito de morte. Olhava para sua cabeça inteligente, sulcada por rugas prematuras, que a desgraça, talvez a pobreza, há muito tinham aprofundado. Eu procurava desvendar o segredo de sua vida nas últimas palavras que escapavam de seus lábios!

– Pode se retirar, sr. Aronnax – disse-me o capitão Nemo.

Deixei o capitão na cabine do moribundo e voltei para meu quarto, profundamente chocado com aquela cena. Durante todo o dia fui agitado por sinistros pressentimentos. À noite dormi mal e, entre os sonhos frequentemente interrompidos, julguei ouvir suspiros distantes, como um canto fúnebre. Seria a oração dos mortos, sussurrada numa língua que eu não conseguia compreender?

Na manhã seguinte, subi à plataforma. O capitão Nemo já estava lá. Assim que me viu, veio até mim.

– Senhor professor – disse-me ele –, gostaria de fazer uma excursão submarina hoje?

– Com meus companheiros? – perguntei.

– Se eles quiserem.

– Estamos às suas ordens, capitão.

– Queiram, por favor, vestir seus escafandros.

Sobre o moribundo ou o morto, nenhuma palavra. Fui ao encontro de Ned Land e de Conseil. Informei-os a respeito da proposta do capitão Nemo. Conseil logo aceitou, e dessa vez o canadense se mostrou disposto a nos acompanhar.

Eram 8 horas da manhã. Às 8h30 estávamos prontos para esse novo passeio, munidos de aparelhos de iluminação e de respiração. A porta dupla foi aberta e, acompanhados pelo capitão Nemo, que era seguido por uma dúzia de tripulantes, pisamos a dez metros de profundidade no solo firme onde repousava o Nautilus.

Um leve declive conduzia a um fundo irregular, a cerca de quinze braças de profundidade. Esse fundo era completamente diferente daquele que havia visitado durante minha primeira excursão sob as águas do oceano Pacífico. Aqui, nem sinal de areia fina, de pradarias submarinas, nem de florestas pelágicas. Reconheci imediatamente essa região maravilhosa, que, nesse dia, o capitão Nemo nos dava a honra de visitar. Era o reino do coral.

No ramo dos zoófitos e na classe dos alcionários, notamos a ordem das gorgonáceas, que inclui os três grupos de *gorgônias, isídias e coralinas*. É a esse último que pertence o coral, curiosa substância que por sua vez foi classificada nos reinos mineral, vegetal e animal. Remédio entre os antigos, joia entre os modernos, só em 1694 é que o marselhês Peyssonnel[144] o incluiu definitivamente no reino animal.

O coral é um conjunto de animálculos, reunidos num polipeiro de natureza quebradiça e pedregosa. Esses pólipos possuem um gerador único que os produziu por brotação, e possuem existência própria, embora participando da vida comum. Trata-se, portanto, de uma espécie de socialismo natural. Eu conhecia os últimos trabalhos realizados sobre esse estranho zoófito, que se mineraliza ao mesmo tempo em que arboriza, seguindo a observação muito apurada dos naturalistas, e nada poderia ser mais interessante para mim do que visitar uma dessas florestas petrificadas que a natureza plantou no fundo dos mares.

Ligamos os aparelhos Ruhmkorff e seguimos um banco de corais em vias de formação que, com o tempo, um dia fechará essa porção do oceano Índico. A trilha estava margeada por arbustos inextricáveis, formados pelo emaranhado de arbustos cobertos de pequenas flores estreladas de raios brancos. Ao contrário das plantas terrestres, no entanto, essas arborescências, presas às rochas do fundo, se dirigiam todas de cima para baixo.

A luz produzia mil efeitos encantadores ao brincar entre essas ramagens coloridas. Tive a impressão de ver esses tubos membranosos e cilíndricos tremendo sob a ondulação das águas. Sentia-me tentado a colher suas corolas frescas adornadas com delicados tentáculos, algumas recém-desabrochadas, outras em vias de brotar, enquanto peixes leves com nadadeiras rápidas passavam por eles como bandos de pássaros. Mas, se minha mão se aproximasse dessas flores vivas, dessas sensitivas animadas, o alarme disparava imediatamente na colônia. As corolas brancas se recolhiam em seus invólucros vermelhos, as flores desapareciam diante de meu olhar, e o arbusto se transformava num bloco de montículos pedregosos.

O acaso me havia colocado na presença dos mais preciosos espécimes desse zoófito. Esse coral era tão valioso como o que se pesca no Mediterrâneo, nas costas de França, da Itália e da Berbéria. Justificava por seus tons vivos, esses nomes poéticos de *flor de sangue* e *espuma de sangue* que o comércio dá a seus mais belos exemplares. O coral é vendido por até quinhentos francos o quilo e, nesse local, as camadas líquidas cobriam a fortuna de todo um mundo de recifes de coral. Essa preciosa substância, muitas vezes misturada com outros polipeiros formava conjuntos compactos e inextricáveis chamados "*macciota*", e sobre os quais notei admiráveis espécimes de coral-rosa.

Mas logo os arbustos arrefeceram, e as arborizações cresceram. Verdadeiras matas petrificadas e longos vãos de arquitetura fantasiosa se abriram diante de nossos passos. O capitão Nemo entrou sob uma escura galeria cujo suave declive nos conduziu a uma profundidade de cem metros. A luz de nossas serpentinas produzia por vezes efeitos mágicos, agarrando-se às ásperas irregularidades desses arcos naturais e aos pendentes dispostos como candelabros, que espetavam com pontas de fogo. Entre os arbustos de coral, observei outros pólipos não menos curiosos, melitas, íris com ramificações articuladas, depois alguns tufos de coralinas, uns verdes, outros vermelhos, algas reais incrustadas em seus sais calcários, que os naturalistas, após longas discussões, classificaram definitivamente no reino vegetal. Mas, como observou um pensador[145]. "Esse é talvez o verdadeiro ponto onde a vida surge obscuramente do sono de pedra, sem ainda se separar desse duro ponto de partida."

Finalmente, após duas horas de caminhada, atingimos uma profundidade de aproximadamente trezentos metros, ou seja, o limite extremo em que o coral começa a se formar. Mas ali já não eram mais arbustos isolados, nem o modesto bosque ralo e baixo. Era a imensa floresta, as grandes vegetações minerais, as enormes árvores petrificadas, unidas por guirlandas de elegantes plumérias, esses cipós do mar, todos enfeitados de sombras e reflexos. Passamos livremente sob sua alta ramagem perdida na sombra das ondas, enquanto a nossos pés as tubíporas, as meandrinas, as astreias, as fungites, as cariófilas, formavam um tapete de flores, salpicado de gemas deslumbrantes.

Que espetáculo indescritível! Ah! Como poderíamos não comunicar nossas sensações! Por que estávamos aprisionados sob essa máscara de metal e vidro! Por que as conversas entre nós foram proibidas! Por que não viver, por momentos, a vida desses peixes que povoam o elemento líquido, ou melhor, a vida dos anfíbios que, durante longas horas, podem percorrer, a seu capricho, o duplo domínio da terra e das águas!

Mas o capitão Nemo havia parado. Meus companheiros e eu interrompemos nossa marcha e, virando-me, vi que os homens formavam um semicírculo em torno de seu chefe. Olhando com mais atenção, observei que quatro deles carregavam um objeto de forma oblonga nos ombros.

Ocupávamos, nesse lugar, o centro de uma vasta clareira, cercada pelas altas árvores da floresta submarina. Nossas lâmpadas projetavam sobre esse espaço uma espécie de luz crepuscular que alongava desmesuradamente as sombras no chão. Na orla da clareira, a escuridão se tornou profunda novamente, refletindo apenas pequenas faíscas centelhas retidas pelas arestas vivas do coral.

Ned Land e Conseil estavam perto de mim. Observávamos, e me ocorreu que estava prestes a presenciar uma cena estranha. Observando o solo, vi que estava inchado, em certos pontos, por leves tumefações incrustadas com depósitos de calcário e dispostas com uma regularidade que denunciava a mão do homem.

No meio da clareira, sobre um pedestal de pedras grosseiramente empilhadas, se erguia uma cruz de coral, que estendia seus longos braços que pareciam feitos de sangue petrificado.

A um sinal do capitão Nemo, um de seus homens avançou e, a poucos metros da cruz, começou a cavar um buraco com uma picareta que tirou do cinto.

Compreendi tudo! Essa clareira era um cemitério; esse buraco, uma sepultura; esse objeto oblongo, o corpo do homem que morreu durante a noite! O capitão Nemo e os seus vieram enterrar o companheiro nessa morada comum, no fundo desse oceano inacessível!

Não! Jamais meu espírito foi superexcitado até esse ponto! Nunca ideias mais impressionantes invadiram meu cérebro! Eu não queria ver o que meus olhos viam!

A sepultura, no entanto, estava sendo cavada lentamente. Os peixes fugiam aqui e acolá, em retirada conturbada. Ouvia o ferro ressoar no chão calcário, o ferro da picareta que às vezes produzia centelhas ao atingir alguma pedra perdida no fundo da água. A cova se alongou e se alargou, e logo ficou com uma profundidade suficiente para receber o corpo.

Então os carregadores se aproximaram. O corpo, envolto num pano branco de bisso, foi baixado para sua úmida tumba. O capitão Nemo, com os braços cruzados sobre o peito, e todos os amigos do falecido se ajoelharam em atitude de oração... Meus dois companheiros e eu nos curvamos religiosamente.

O túmulo foi então coberto com detritos arrancados do solo, que formaram uma leve protuberância.

Feito isso, o capitão Nemo e seus homens se levantaram; depois, aproximando-se do túmulo, todos dobraram novamente os joelhos e todos estenderam as mãos em sinal de supremo adeus...

Então o cortejo fúnebre retomou o caminho do Nautilus, passando novamente sob os arcos da floresta, no meio das matas, ao longo dos arbustos de coral, sempre subindo.

Enfim, as luzes de bordo apareceram. Sua trilha luminosa nos guiou até o Nautilus. À 1 hora estávamos de volta.

Assim que troquei de roupa, voltei para a plataforma e, vítima de uma terrível obsessão de ideias, fui me sentar perto do farol.

O capitão Nemo juntou-se a mim. Levantei-me e lhe disse:

– Então, de acordo com minhas previsões, esse homem morreu durante a noite?

– Sim, sr. Aronnax – respondeu o capitão Nemo.

– E agora repousa perto de seus companheiros, nesse cemitério de coral?

– Sim, esquecidos por todos, mas não por nós! Cavamos o túmulo e os pólipos se encarregam de guardar ali nossos mortos para a eternidade!

E, de repente, escondendo o rosto nas mãos cerradas, o capitão tentou em vão reprimir um soluço. Então acrescentou:

– Esse é nosso pacífico cemitério, algumas centenas de metros abaixo da superfície das ondas!

– Pelo menos, ali seus mortos dormem tranquilos, capitão, fora do alcance dos tubarões!

– Sim, senhor – respondeu gravemente o capitão Nemo –, dos tubarões e dos homens!

SEGUNDA PARTE

I

O OCEANO ÍNDICO

Aqui começa a segunda parte dessa viagem submarina. A primeira terminou com a comovente cena do cemitério de coral que me deixou uma profunda impressão. Assim, pois, no coração desse imenso mar, se desenrolava toda a vida do capitão Nemo, e não era impossível que até seu túmulo ele tivesse preparado no mais impenetrável dos abismos. Lá, nenhum dos monstros do oceano viria perturbar o derradeiro sono desses hóspedes do Nautilus, desses amigos, presos uns aos outros, tanto na morte como na vida! "Nenhum homem também!" – acrescentou o capitão.

Sempre essa mesma desconfiança feroz e implacável para com as sociedades humanas!

De minha parte, eu já não me contentava mais com as hipóteses que satisfaziam Conseil. Esse digno rapaz persistia em ver no comandante do Nautilus apenas um daqueles cientistas pouco conhecidos que despreza a humanidade por pura indiferença. Para ele, o capitão ainda era um gênio incompreendido que, cansado das decepções da terra, teve de se refugiar nesse ambiente inacessível, onde seus instintos se manifestavam livremente. Mas, a meu ver, essa hipótese explicava apenas uma das facetas do capitão Nemo.

Com efeito, o mistério daquela última noite em que estivemos acorrentados na prisão e no sono, a precaução tão violentamente tomada pelo capitão para arrancar de meus olhos a luneta prestes a percorrer o horizonte, o ferimento mortal daquele homem devido a um inexplicável choque do Nautilus, tudo isso me impelia para uma nova visão das coisas. Não! O capitão Nemo não se contentava em fugir dos homens! Seu formidável aparato servia não apenas a seus instintos de liberdade, mas talvez também aos interesses de não sei que terríveis represálias.

Nesse momento, nada é evidente para mim, por ora não vejo mais que escassos clarões nessas trevas, e devo limitar-me a escrever, por assim dizer, sob o ditame dos acontecimentos.

Além disso, nada nos liga ao capitão Nemo. Ele sabe que é impossível escapar do Nautilus. Não somos nem sequer prisioneiros por palavra dada. Nenhum compromisso de honra nos vincula. Somos apenas cativos, prisioneiros disfarçados sob o nome de hóspedes, por uma questão de cortesia. Ned Land, no entanto, não perdeu a esperança de recuperar a liberdade. Ele tem certeza de que aproveitará a primeira oportunidade que o acaso lhe oferecer. Eu, sem dúvida, farei como ele. E, no entanto, não será sem uma espécie de pesar que levarei comigo o que a generosidade do capitão nos tiver permitido saber dos mistérios do Nautilus! Pois, em última análise, deveríamos odiar esse homem ou admirá-lo? Ele é uma vítima ou um carrasco? E mais, para ser franco, gostaria, antes de abandoná-lo para sempre, gostaria de realizar essa volta ao mundo subaquático, cujo início se revelou tão magnífico. Gostaria de ter observado a série completa de maravilhas acumuladas sob os mares do globo. Gostaria de ter visto o que nenhum homem viu antes, mesmo que tivesse de pagar com a vida essa insaciável necessidade de aprender! O que é que descobri até aqui? Nada, ou quase nada, pois que só percorremos seis mil léguas através do Pacífico!

Sei muito bem, contudo, que o Nautilus se aproxima de terras habitadas e que, se alguma chance de salvação nos for oferecida, seria cruel sacrificar meus companheiros à minha paixão pelo desconhecido. Terei de segui-los, talvez até mesmo guiá-los. Mas será que essa oportunidade vai surgir algum dia? O homem privado pela força de seu livre arbítrio almeja por essa oportunidade, mas o cientista, o curioso, a teme.

Naquele dia, 21 de janeiro de 1868, ao meio-dia, o imediato veio verificar a altura do sol. Subi à plataforma, acendi um charuto e acompanhei a operação. Pareceu-me evidente que esse homem não entendia francês, porque várias vezes fiz reflexões em voz alta que deveriam ter-lhe arrancado algum sinal involuntário de atenção, se as tivesse compreendido, mas ele permaneceu impassível e mudo.

Enquanto observava por meio do sextante, um dos marujos do Nautilus (aquele homem vigoroso que nos acompanhara em nossa primeira excursão submarina à ilha Crespo) veio limpar os vidros do farol. Examinei então a instalação desse aparelho cuja potência era centuplicada por anéis lenticulares dispostos como os de faróis, e que mantinham sua luz no plano útil. A lâmpada elétrica estava disposta de forma a dar toda a sua potência de iluminação. Com efeito, sua luz era produzida no vácuo, o que assegurava tanto sua regularidade como sua intensidade. Esse vácuo economizava também as pontas de grafite entre as quais se desenvolve o arco luminoso. Economia significativa para o capitão Nemo, que não podia renová-las com facilidade. Mas, nessas condições, seu desgaste era quase imperceptível.

Quando o Nautilus se preparou para retomar sua viagem submarina, voltei para o salão. As escotilhas foram fechadas, e a embarcação tomou a rota diretamente para oeste.

Sulcávamos então as ondas do oceano Índico, vasta planície líquida com uma capacidade de quinhentos e cinquenta milhões de hectares, e cujas águas são tão transparentes que causam vertigem a quem se debruçar sobre sua superfície. O Nautilus avançava geralmente numa profundidade de cem a duzentos metros. Foi assim durante alguns dias. Para qualquer outro que não eu, profundamente apaixonado pelo mar, as horas teriam parecido, sem dúvida, longas e monótonas; mas esses passeios diários na plataforma, onde me revigorava no ar vivificante do oceano, o espetáculo dessas ricas águas vistas pelas vidraças do salão, a leitura dos livros da biblioteca, a redação de minhas memórias tomavam todo o meu tempo e não me deixavam em momento algum cansado ou entediado.

A saúde de todos se mantinha num estado mais que satisfatório. Acabamos por nos adaptar perfeitamente ao regime de bordo e, de minha parte, teria prescindido das variações que Ned Land, por espírito de protesto, insistia em introduzir. Além do mais, nessa temperatura constante, não havia nem resfriado a temer. De qualquer modo, essa *madrépora dendrofília*, conhecida na Provença pelo nome de "funcho do mar", e da qual havia certa reserva a bordo, teria fornecido com a polpa derretida de seus pólipos uma excelente pasta contra a tosse.

Durante alguns dias, avistamos um grande número de aves aquáticas, aves de patas palmadas, gaivotas e alcatrazes. Algumas foram habilmente abatidas e, preparadas conforme determinada receita, forneceram carne de caça bem aceitável.

Entre as grandes aves, arrastadas para longas distâncias de quaisquer terras, e que repousam sobre as ondas das fadigas do voo, vi magníficos albatrozes com seus gritos discordantes como zurros de asno, aves que pertencem à família *longipennis*. A família das totipalmadas era representada por velozes fragatas que pescavam agilmente peixes da superfície, e por numerosos faetontes ou rabos-de-palha, entre outros, esse faetonte de patas vermelhas, do tamanho de um pombo, e cuja plumagem branca é matizada com tons de rosa que destacam a cor preta das asas.

As redes do Nautilus trouxeram diversas espécies de tartarugas marinhas, do gênero *caret*, de dorso arredondado e cuja carapaça é muito apreciada. Esses répteis, que mergulham com facilidade, podem permanecer muito tempo debaixo d'água fechando a válvula carnuda localizada no orifício externo de seu canal nasal. Algumas dessas *carets*, quando eram capturadas, ainda dormiam dentro de suas carapaças, ao abrigo dos animais marinhos. A carne dessas tartarugas era geralmente pouco apreciada, mas seus ovos eram uma verdadeira iguaria.

Quanto aos peixes, sempre despertavam nossa admiração quando, através das escotilhas abertas, descobríamos os segredos de sua vida aquática. Consegui ver diversas espécies que até então não tinha observado.

Citarei principalmente o *ostracion* específico do mar Vermelho, do mar das Índias e daquela parte do oceano que banha as costas da América equinocial. Esses peixes, como tartarugas, tatus, ouriços-do-mar, crustáceos, são protegidos por uma couraça que não é nem cretácea nem pétrea, mas verdadeiramente óssea. Às vezes assume a forma de um sólido triangular, às vezes a forma de um sólido quadrangular. Entre os triangulares, notei alguns com meio decímetro de comprimento, de carne salubre, sabor requintado, castanhos na cauda, amarelos nas barbatanas, e cuja aclimatação recomendo mesmo em águas doces, às quais certo número de peixes do mar se adapta com facilidade. Mencionarei também o *ostracion* quadrangular, encimado no dorso por quatro grandes tubérculos; o *ostracion* salpicado de pontos brancos sob a parte inferior do corpo, que são domesticáveis como pássaros; trigônios, dotados de agulhões formados pelo prolongamento de sua crosta óssea, e aos quais seu singular grunhido lhes rendeu o apelido de "porcos-do-mar"; depois peixes-dromedário com grandes corcovas em forma de cone, cuja carne é dura e coriácea.

Permito-me salientar ainda, com base nas anotações diárias do mestre Conseil, certos peixes do gênero tetrodontídeo, próprios desses mares, espenglérios de dorso vermelho, peito branco, que se distinguem por três fileiras longitudinais de filamentos, e peixes-elétricos, de sete polegadas de comprimento, adornados com as cores mais vivas. Depois, como amostras de outros gêneros, ovoides, semelhantes a ovos, de cor marrom-escura, sulcados por listras brancas e desprovidos de cauda; diodons, verdadeiros porcos-espinhos do mar, dotados de espinhos e capazes de inflar até formar uma bola eriçada de ferrões; cavalos-marinhos comuns a todos os oceanos; pégasos voadores, de focinho alongado, cujas barbatanas peitorais, muito estendidas e dispostas em forma de asas, permitem, se não voar, pelo menos lançar-se no ar; pombos espatulados, cujas caudas são cobertas por numerosos anéis escamosos; macrognatas de maxilar longo, excelentes peixes com vinte e cinco centímetros de comprimento e brilhando com as mais agradáveis cores; miríades de blênios saltadores, listrados de preto, com longas nadadeiras peitorais, deslizando na superfície das águas com velocidade prodigiosa; deliciosos velíferos ou veleiros, que conseguem içar as nadadeiras como velas estendidas em correntes favoráveis; esplêndidos kurtes, nos quais a natureza esbanjou amarelo, azul celeste, prata e ouro; tricópteros, cujas asas são feitas de filamentos; alcabozes, sempre manchados de lodo, que produzem um certo farfalhar; triglas, cujos fígados são considerados venenosos; bodiões, que têm vendas móveis sobre os olhos; finalmente peixes-arqueiros, com focinhos longos e tubulares, verdadeiros papa-moscas do oceano, armados com um fuzil que nem o Chassepot nem o Remington[146] planejaram, e que matam os insetos atingindo-os com uma simples gota d'água.

No octogésimo nono gênero dos peixes classificados por Lacépède[147], que pertence à segunda subclasse dos ósseos, caracterizados por um opérculo e uma membrana branquial, observei a escorpena, cuja cabeça é dotada de espinhos e que só possui uma nadadeira dorsal; esses animais são recobertos ou desprovidos de pequenas escamas, dependendo do subgênero a que pertencem. O segundo subgênero nos deu amostras de didáctilos de três a quatro decímetros de comprimento, listrados de amarelo, mas cujas cabeças têm uma aparência fantástica. O primeiro subgênero fornece vários espécimes desse peixe bizarro apropriadamente apelidado de "sapo-do-mar", peixe de cabeça grande, ora escavada com seios da face profundos, ora inflada por protuberâncias; eriçado de espinhos e pontilhado de tubérculos, possui chifres irregulares e horripilantes; seu corpo e cauda são revestidos de calosidades; seus espinhos causam ferimentos perigosos; é repugnante e horrível.

De 21 a 23 de janeiro, o Nautilus avançava à razão de duzentas e cinquenta léguas por vinte e quatro horas, ou quinhentas e quarenta milhas, ou vinte e duas milhas por hora.

Se conseguíamos reconhecer, de passagem, as diversas variedades de peixes era porque eles, atraídos pela luminosidade elétrica, tentavam acompanhar-nos; a maioria, distanciados por essa velocidade, logo ficava para trás; alguns, porém, conseguiam se manter durante certo tempo nas águas do Nautilus.

Na manhã do dia 24, a 12°5' de latitude sul e 94°33' de longitude, avistamos a ilha Keeling, um afloramento madrepórico coberto de magníficos coqueiros, e que foi visitada pelo sr. Darwin e pelo capitão Fitz-Roy[148] O Nautilus contornou a pouca distância os arredores dessa ilha deserta. Suas dragas recolheram numerosos espécimes de pólipos e de equinodermos, além de curiosas conchas do ramo dos moluscos. Alguns preciosos exemplares da espécie dos delfinídeos aumentaram os tesouros do capitão Nemo, aos quais acrescentei uma estrela-do-mar punctífera, uma espécie de pólipo parasita muitas vezes preso a uma concha.

Logo a ilha Keeling desapareceu no horizonte, e a rota foi alterada para noroeste em direção da ponta da península indiana.

– Terras civilizadas – disse-me Ned Land, naquele dia. – Melhor que essas ilhas da Papuásia, onde encontramos mais selvagens que cabritos! Nessa terra indiana, professor, há estradas, ferrovias, cidades inglesas, francesas e hindus. Não se consegue andar cinco milhas sem encontrar um compatriota. Hein! Será que não chegou a hora de safar-se da tirania do capitão Nemo?

– Não, Ned, não! – respondi, num tom muito determinado. – Vamos deixar as águas correrem, como vocês marujos dizem. O Nautilus está se aproximando de continentes habitados. Está retornando à Europa, deixe que nos conduza até lá. Uma vez em nossos mares, veremos o que a prudência nos aconselhará a tentar. Além do mais, não creio que o capitão Nemo nos permita caçar nas costas de Malabar ou de Coromandel, como ocorreu nas florestas da Nova Guiné.

– Ora essa, senhor, não podemos dispensar essa permissão?

Não respondi ao canadense. Eu não queria discutir. No fundo, eu queria aproveitar ao máximo as oportunidades do destino que me haviam lançado a bordo do Nautilus.

A partir da ilha Keeling, nossa marcha, em geral, se tornou mais lenta. Foi também mais caprichosa, arrastando-nos com frequência a grandes profundidades. Várias vezes foram utilizados planos inclinados que as alavancas internas podiam posicionar a embarcação obliquamente em relação à linha de flutuação. Descíamos assim até dois e três quilómetros, mas sem nunca termos verificado as profundezas desse mar indiano que sondas de treze mil metros não conseguiram alcançar. Quanto à temperatura das camadas inferiores, o termômetro indicava invariavelmente quatro graus acima de zero. Observei apenas que, nas camadas superiores, a água era sempre mais fria nas grandes profundidades do que em mar aberto.

No dia 25 de janeiro, estando o oceano absolutamente deserto, o Nautilus passou o dia na superfície, batendo as ondas com sua poderosa hélice e fazendo-as esguichar a grandes alturas. Como, nessas condições, não poderia ser confundido com um cetáceo gigantesco? Passei três quartos desse dia na plataforma. Não me cansava de olhar para o mar. Nada no horizonte, exceto, por volta das 4 horas da tarde, um longo navio a vapor que navegava para oeste. Seu mastro ficou visível por um momento, mas ele não podia perceber o Nautilus, posicionado muito rente à linha d'água. Pensei que esse navio pertencia à linha peninsular e oriental que faz o trajeto entre a ilha de Ceilão e Sydney, passando pelo cabo Rei George e por Melbourne.

Às 5 horas da tarde, antes daquele rápido crepúsculo que liga o dia à noite nas zonas tropicais, Conseil e eu ficamos maravilhados com um curioso espetáculo.

É um animal encantador cujo encontro, segundo os antigos, pressagiava momentos felizes. Aristóteles, Ateneu, Plínio, Opiano[149] tinham estudado suas características e esgotado a seu respeito toda a poética dos estudiosos da Grécia e da Itália. Chamavam-no de Nautilus e Pompylius. Mas a ciência moderna não ratificou esse apelativo, e esse molusco é conhecido hoje como argonauta.

Qualquer pessoa que tivesse consultado Conseil teria aprendido com esse corajoso rapaz que o ramo dos moluscos se divide em cinco classes; que a primeira classe, a dos cefalópodes cujos indivíduos ora são nus, ora testáceos, compreende duas famílias, a dos dibranquiais e a dos tetrabranquiais, que se distinguem pelo número de suas ramificações; que a família dos dibranquiais possui três gêneros, o argonauta, o calamar e a sépia, e que a família tetrabranquial possui um único, o náutilo. Se depois dessa nomenclatura um espírito rebelde tivesse confundido o argonauta, que é acetabulífero, isto é, portador de ventosas, com o náutilo, que é tentaculífero, isto é, portador de tentáculos, não teria desculpa.

Ora, era um cardume desses argonautas que então viajava pela superfície do oceano. Poderíamos contar várias centenas deles. Pertenciam à espécie dos argonautas tuberculados, específica dos mares da Índia.

Esses graciosos moluscos se moviam recuando, por meio de seu tubo locomotor, expelindo por esse tubo a água que haviam aspirado. De seus oito tentáculos, seis, alongados e adelgaçados, flutuavam sobre a água, enquanto os arredondados e espalmados, se desfraldavam ao vento como uma leve vela. Podia ver claramente sua concha espiralada e ondulada, que Cuvier[150] compara corretamente a uma elegante chalupa. De fato, um verdadeiro barco. Transporta o animal que o secretou, sem que o animal adira a ele.

– O argonauta é livre para deixar sua concha – disse eu a Conseil. – Mas nunca a abandona.

– Assim como faz o capitão Nemo – replicou Conseil, criteriosamente. – É por isso que teria feito melhor em chamar seu navio de Argonauta.

Por cerca de uma hora, o Nautilus flutuou no meio desse cardume de moluscos. Depois, não sei por que motivo, de repente se assustaram. Como se fosse um sinal, todas as velas subitamente se recolheram; os tentáculos se dobraram, os corpos se contraíram. As conchas se viraram ao contrário, alteraram seu centro de gravidade, e toda a flotilha desapareceu sob as ondas. Foi instantâneo e jamais navios de uma esquadra manobraram com maior entrosamento.

Nesse momento, a noite caiu repentinamente, e as ondas, apenas soerguidas pela brisa, se alongavam pacificamente sob os costados do Nautilus.

No dia seguinte, 26 de janeiro, cruzamos o Equador no meridiano oitenta e dois e entramos no hemisfério norte.

Durante esse dia, fomos escoltados por um formidável cardume de tubarões. Animais terríveis que pululam nesses mares, tornando-os muito perigosos. Eram tubarões-philipps com costas marrons e ventre esbranquiçado, armados de onze fileiras de dentes; tubarões-olhudos de pescoço marcado por uma grande mancha preta, rodeada de branco, que lembra um olho; tubarões-isabela de focinho arredondado e repleto de pontas escuras.

Muitas vezes, esses poderosos animais avançavam contra a vidraça do salão com uma violência nada tranquilizadora. Ned Land já não se controlava mais. Queria subir à superfície das águas e arpoar esses monstros, especialmente certos tubarões-lixa, cujas bocas são pavimentadas com dentes dispostos em mosaico, e grandes tubarões-tigre, de cinco metros de comprimento, que o provocavam com uma insistência preocupante. Mas logo o Nautilus, aumentando sua velocidade, deixou facilmente para trás os mais rápidos desses tubarões.

No dia 27 de janeiro, ao largo do vasto golfo de Bengala, nos deparamos em várias ocasiões com uma visão sinistra! Cadáveres flutuando na superfície das águas. Eram os mortos de cidades indianas, carregados pelo rio Ganges para o alto mar, e que os abutres, únicos coveiros do país, não tinham acabado de devorar. Mas não faltavam tubarões para ajudá-los nessa tarefa fúnebre.

Por volta das 7 horas da noite, o Nautilus submerso pela metade navegava no meio de um mar de leite. Até onde a vista alcançava, o oceano parecia lactificado. Seria o efeito dos raios lunares? Não, porque a lua, com apenas dois dias, ainda estava perdida abaixo do horizonte, sob os raios do sol. Todo o céu, embora iluminado pela radiação sideral, parecia negro pelo contraste com a brancura das águas.

Conseil não podia acreditar em seus olhos e me perguntou sobre as causas desse estranho fenômeno. Felizmente, eu estava em condições de lhe responder.

– É o que chamamos de mar de leite – disse-lhe eu –, uma vasta extensão de ondas brancas que são vistas frequentemente nas costas da ilha Ambon e por aqui.

– Mas – perguntou Conseil – o senhor poderia me dizer qual a causa que produz tal efeito, porque essa água não se transformou em leite, suponho!

– Não, meu rapaz, e essa brancura que o surpreende só se deve à presença de miríades de criaturas infusórias, uma espécie de pequenos vermes luminosos, de aspecto gelatinoso e incolor, da espessura de um fio de cabelo, e cujo comprimento não ultrapassa um quinto de milímetro. Algumas dessas criaturas permanecem juntas por várias léguas.

– Várias léguas! – exclamou Conseil.

– Sim, meu rapaz, e não tente calcular o número desses infusórios! Você não conseguiria, porque, se não me engano, alguns navegadores flutuaram nesses mares de leite por mais de quarenta milhas.

Não sei se Conseil levou em conta minha recomendação, mas pareceu mergulhar em profundas reflexões, sem dúvida tentando estimar quantos quintos de milímetros cabem em quarenta milhas quadradas. Eu, no entanto, continuei observando o fenômeno. Durante várias horas, o Nautilus cortou com seu esporão essas ondas esbranquiçadas, e notei que deslizava silenciosamente sobre essa água ensaboada, como teria flutuado nesses redemoinhos de espuma que as correntes e contracorrentes das baías por vezes deixavam entre si.

Por volta da meia-noite, o mar voltou subitamente à sua cor habitual, mas atrás de nós, até aos limites do horizonte. O céu, refletindo a brancura das ondas, pareceu por muito tempo impregnado dos vagos fulgores de uma aurora boreal.

II

NOVO CONVITE DO CAPITÃO NEMO

No dia 28 de fevereiro[151], quando ao meio-dia o Nautilus retornou à superfície do mar, a 9°4' de latitude norte, encontrava-se à vista de uma terra que ficava a oito milhas a oeste. Observei de início uma aglomeração de montanhas, com cerca de seiscentos metros de altura, cujas formas eram moldadas de maneira muito caprichosa. Verificada a altura do sol, voltei para o salão e, depois de traçada a orientação no mapa, percebi que estávamos diante da ilha de Ceilão, essa pérola que pende do lobo inferior da península indiana.

Fui procurar na biblioteca algum livro relativo a essa ilha, uma das mais férteis do globo. Encontrei precisamente um volume de H. C. Sirr[152], intitulado *Ceylan and the Cingalese*. Voltando ao salão, verifiquei primeiramente as coordenadas de Ceilão, a que os antigos haviam atribuído diversas denominações. Localiza-se entre 5°55' e 9°49' de latitude norte, e entre 79°42' e 82°4' de longitude, a leste do meridiano de Greenwich; seu comprimento é de duzentas e setenta e cinco milhas; sua largura máxima é de cento e cinquenta milhas; sua circunferência é de novecentas milhas; sua superfície é de vinte e quatro mil quatrocentas e quarenta e oito milhas, ou seja, um pouco menos que a da Irlanda.

O capitão Nemo e seu imediato apareceram nesse momento.

O capitão olhou para o mapa. Depois, voltando-se para mim:

– A ilha do Ceilão – disse ele – é uma terra famosa pelos pesqueiros de pérolas. Seria de seu agrado, sr. Aronnax, visitar um de seus pesqueiros?

– Sem dúvida, capitão.

– Muito bem. Será coisa fácil. Só que veremos os pesqueiros ou viveiros, mas não veremos os pescadores. A pesca anual ainda não começou. Não importa. Darei ordens para seguirmos para o golfo de Manaar, onde chegaremos durante a noite.

O capitão disse algumas palavras a seu imediato, que logo saiu. Pouco depois, o Nautilus reentrou em seu elemento líquido, e o manômetro indicou que se mantinha a uma profundidade de nove metros.

Com o mapa diante dos olhos, procurei então esse golfo de Manaar. Encontrei-o perto do nono paralelo, na costa noroeste de Ceilão. Era formado por uma linha que partia da pequena ilha de Manaar. Para alcançá-lo foi necessário subir toda a costa ocidental do Ceilão.

– Senhor professor – disse-me então o capitão Nemo –, a prática de pesca de pérolas ocorre na baía de Bengala, no mar da Índia, nos mares da China e do Japão, nos mares da América do Sul, no golfo do Panamá, no golfo da Califórnia; mas é no Ceilão que essa pesca dá os melhores resultados. Chegamos um pouco cedo, sem dúvida. Os pescadores só se reúnem durante o mês de março no golfo de Manaar, e ali, durante trinta dias, seus trezentos barcos se dedicam a essa lucrativa exploração dos tesouros do mar. Cada embarcação é tripulada por dez remadores e dez pescadores. Estes, divididos em dois grupos, mergulham alternadamente e descem até doze metros de profundidade por meio de uma pesada pedra que seguram entre os pés e que uma corda prende ao barco.

– Assim – acabei perguntando – esse meio primitivo ainda está em uso?

– Sempre – respondeu o capitão Nemo –, embora esses pesqueiros pertençam ao povo mais industrioso do globo, aos ingleses, a quem o tratado de Amiens, de 1802, firmado entre Inglaterra e França, os cedeu.

– Parece-me, porém, que o escafandro, tal como o senhor o utiliza, seria de grande utilidade nesse tipo de operação.

– Sim, porque esses pobres pescadores não conseguem ficar muito tempo debaixo d'água. O inglês Percival[153], em sua viagem ao Ceilão, fala de um cafre que ficou cinco minutos sem vir à tona, mas o fato me parece inacreditável. Sei que alguns mergulhadores chegam a cinquenta e sete segundos, e os muito habilidosos, até oitenta e sete; mas são raros e, ao retornarem a bordo, esses infelizes liberam água tingida de sangue pelo nariz e pelos ouvidos. Creio que o tempo médio que os pescadores conseguem suportar é de trinta segundos, durante os quais se apressam a empilhar numa pequena rede todas as ostras perlíferas que arrancam; mas, de modo geral, esses pescadores não vivem muito; sua vista se enfraquece; aparecem ulcerações nos olhos; feridas se formam em seus corpos e muitas vezes eles até são acometidos de apoplexia no fundo do mar.

– Sim – disse eu –, é uma triste profissão e que só serve para a satisfação de alguns caprichos. Mas, diga-me, capitão, quantas ostras uma embarcação dessas pode pescar por dia?

– Cerca de quarenta a cinquenta mil. Dizem até que, em 1814, quando o governo inglês patrocinou uma pescaria dessas, seus mergulhadores, em vinte dias de trabalho, recolheram setenta e seis milhões de ostras.

– Pelo menos – perguntei –, esses pescadores são bem remunerados?

– Muito mal, senhor professor. No Panamá, ganham apenas um dólar por semana. Na maioria das vezes, recebem um centavo por ostra com pérola, mas quantas eles recolhem que não têm pérola alguma!

– Um centavo para essa pobre gente que enriquece os patrões! É odioso.

– Assim, professor – disse-me o capitão Nemo –, o senhor e seus companheiros irão visitar o banco ou viveiro de Manaar; se, por acaso, algum pescador mais apresado já estiver por lá, ótimo, pois o veremos fazendo seu trabalho.

– Está combinado, capitão.

– A propósito, sr. Aronnax, o senhor não tem medo de tubarões?

– De tubarões?! – exclamei.

Essa pergunta me pareceu, no mínimo, totalmente inútil.

– E então? – insistiu o capitão Nemo.

– Admito, capitão, que ainda não estou muito familiarizado com esse tipo de peixe.

– Mas nós estamos acostumados com eles – replicou o capitão Nemo. – E, com o tempo, o senhor vai se acostumar também. Por outro lado, estaremos armados e, no caminho, talvez consigamos caçar algum tubarão. É uma caçada interessante. Assim, pois, até amanhã, professor, e de manhã cedo.

Dizendo isso num tom displicente, o capitão Nemo saiu do salão.

Se fosse convidado para caçar ursos nas montanhas da Suíça, você diria: "Muito bem! Amanhã iremos caçar ursos." Se fosse convidado para caçar leões nas planícies do Atlas ou tigres nas selvas da Índia, você diria: "Ah! Ah! Parece que vamos caçar tigres ou o leões!" Mas se fosse convidado para caçar tubarões em seu ambiente natural, é bem provável que você pedisse para pensar bem a respeito antes de aceitar esse convite.

De minha parte, passei a mão na testa, de onde escorriam algumas gotas de suor frio.

"Vamos refletir", disse eu a mim mesmo, "vamos dar tempo ao tempo. Caçar lontras nas florestas submarinas, como fizemos nas florestas da ilha Crespo, ainda é aceitável. Mas vasculhar o fundo do mar, quando é quase certo que vamos encontrar tubarões por lá, é bem outra coisa! Sei muito bem que em certos países, em particular nas ilhas Andamã, os negros não hesitam em atacar o tubarão, com um punhal numa das mãos e um laço na outra, mas sei também que muitos dos que enfrentam esses formidáveis animais não voltam vivos! Além disso, não sou negro e, se fosse negro, creio que, nesse caso, uma ligeira hesitação de minha parte não seria inadequada.

E aqui estou, sonhando com tubarões, pensando nessas enormes mandíbulas armadas com múltiplas fileiras de dentes e capazes de cortar um homem ao meio. Já sentia certa dor em torno dos rins. E assim, não conseguia digerir a naturalidade com que o capitão havia feito aquele deplorável convite! Não pareceria que se tratava simplesmente de desentocar uma inofensiva raposa na floresta?

"Bom!", pensei: "Conseil não vai querer ir de forma alguma, e isso me dispensará de acompanhar o capitão.

Quanto a Ned Land, admito que não tinha tanta certeza de sua sensatez. Um perigo, por maior que fosse, sempre era um atrativo para sua natureza combativa.

Retomei a leitura do livro de Sirr, mas o folheava maquinalmente. Eu via, nas entrelinhas, mandíbulas formidavelmente escancaradas.

Nesse momento entraram Conseil e o canadense, parecendo calmos e até alegres. Não sabiam o que os esperava.

– Meu Deus, senhor – disse-me Ned Land –, seu capitão Nemo, que o diabo o carregue!, acaba de nos fazer uma proposta muito amável.

– Ah! – disse eu. – Vocês sabem...

– Que o senhor me perdoe – interveio Conseil –, o comandante do Nautilus nos convidou a visitar amanhã, na companhia do senhor, os magníficos pesqueiros de Ceilão. Ele o fez em termos excelentes e se comportou como um verdadeiro cavalheiro.

– Ele não lhes falou mais nada?

– Nada, senhor – respondeu o canadense –, a não ser que já lhe havia falado também a respeito desse pequeno passeio.

– De fato – confirmei. – E ele não lhes deu nenhum detalhe sobre...

– Nenhum, senhor naturalista. O senhor vai nos acompanhar, não é?

– Eu... sem dúvida! Vejo que você gostou, mestre Land.

– Sim! É curioso, muito curioso.

– Perigoso, talvez! – acrescentei num tom insinuante.

– Perigoso – replicou Ned Land –, uma simples excursão num viveiro de ostras!

Decididamente, o capitão Nemo julgara inútil despertar a ideia de tubarões na mente de meus companheiros. Eu, porém, olhava para eles um tanto preocupado, e como se já lhes faltasse algum membro. Devia preveni-los? Sim, sem dúvida, mas eu realmente não sabia como fazer.

– Senhor – disse-me Conseil –, será que poderia nos dar alguns detalhes sobre a pesca das pérolas?

– Sobre a pesca em si – perguntei – ou sobre os incidentes que...

– Sobre a pesca – respondeu o canadense. – Antes de pisar no terreno, é bom conhecê-lo.

– Bem! Sentem-se, meus amigos, e eu lhes ensinarei tudo o que o inglês Sirr acabou de me ensinar.

Ned e Conseil se sentaram num sofá e, antes de mais nada, o canadense me perguntou:

– Senhor, o que é uma pérola?

– Meu bravo Ned – respondi –, para o poeta, a pérola é uma lágrima do mar; para os orientais, é uma gota de orvalho solidificado; para as senhoras, é uma joia de forma oblonga, com brilho hialino, de substância nacarada, que elas carregam no dedo, no pescoço ou na orelha; para o químico, é uma mistura de fosfato e de carbonato de cal com um pouco de gelatina; e, finalmente, para os naturalistas, é uma simples secreção doentia do órgão que produz a madrepérola em certos bivalves.

– Ramo dos moluscos – interveio Conseil –, classe dos acéfalos, ordem dos testáceos.

– Precisamente, sábio Conseil. Ora, entre esses testáceos, a orelha-do-mar íris, os pregados, as tridacnas, as pinhas-marinhas, numa palavra, todos aqueles que secretam a madrepérola, ou seja, essa substância azul, azulada, violeta ou branca, que reveste o interior de suas valvas, são suscetíveis de produzir pérolas.

– Os mexilhões também? – perguntou o canadense.

– Sim! Os mexilhões provenientes de determinados cursos d'água da Escócia, do País de Gales, da Irlanda, da Saxônia, da Boêmia e da França.

– Bem! Estaremos atentos a isso a partir de agora – comentou o canadense.

– Mas – continuei – o molusco por excelência que destila a pérola é a ostra perlífera, a *meleagrina margaritifera*, a preciosa pintadina. A pérola é apenas uma concreção nacarada disposta em forma globular. Ou adere à concha da ostra ou fica incrustada nas dobras do animal. Nas valvas, a pérola é aderente; nas carnes, é livre. Mas tem sempre como núcleo um pequeno corpo duro, seja um óvulo estéril, seja um grão de areia, em torno do qual a substância ou matéria nacarada se deposita ao longo de vários anos, sucessivamente e em finas camadas concêntricas.

— É possível encontrar várias pérolas na mesma ostra? — perguntou Conseil.

— Sim, meu rapaz. Há certas pintadinas que constituem um verdadeiro porta-joias. Houve mesmo quem mencionasse que uma ostra, mas permito-me duvidar disso, continha nada menos que cento e cinquenta tubarões.

— Cento e cinquenta tubarões! — exclamou Ned Land.

— Eu disse tubarões? — exclamei, por minha vez. — Quero dizer cento e cinquenta pérolas. O termo tubarões não faria nenhum sentido aqui.

— De fato — disse Conseil. — Mas será que o senhor pode nos explicar agora por que meios essas pérolas são extraídas?

— Procede-se de diversas maneiras e, muitas vezes, quando as pérolas aderem às valvas, os pescadores as arrancam por meio de alicates. Mas em geral estendem as pintadinas sobre esteiras colocadas na praia. Assim, elas morrem ao ar livre e, depois de dez dias, quando se encontram num estado satisfatório de putrefação, são mergulhadas então em grandes reservatórios de água do mar e, em seguida, são abertas e lavadas. É nesse momento que começa o duplo trabalho dos pescadores. Primeiro, separam as placas de madrepérola conhecidas no comércio como franca prateada, bastarda branca e bastarda preta, que são entregues em caixas de cento e vinte e cinco a cento e cinquenta quilos. Em seguida, retiram o parênquima da ostra, fervem-na e peneiram-na para extrair até as menores pérolas.

— O preço dessas pérolas varia de acordo com o tamanho? — perguntou Conseil.

— Não somente de acordo com o tamanho — respondi —, mas também de acordo com a forma, de acordo com a *água*, isto é, a cor, e de acordo com o *oriente*, ou seja, esse brilho cintilante e variegado que as torna tão encantadoras aos olhos. As pérolas mais bonitas são chamadas de pérolas-virgens (ou *paragons*); pois se formam isoladamente no tecido do molusco;

são brancas, muitas vezes opacas, mas às vezes de transparência opalina, e mais comumente esféricas ou piriformes. Com as esféricas, são feitos braceletes; com as piriformes, pingentes e, como essas valem mais, são vendidas por unidade. As demais pérolas aderem à concha da ostra e, por serem mais irregulares, são vendidas a peso. Por fim, numa ordem inferior, estão as pequenas pérolas, conhecidas como sementes; são vendidas a metro e são utilizadas quase exclusivamente em bordados de paramentos de serviço de culto em igrejas.

– Mas esse trabalho, que consiste em separar as pérolas de acordo com seu tamanho, deve ser demorado e difícil – disse o canadense.

– Não, meu amigo. Esse trabalho é feito por meio de onze peneiras ou telas perfuradas com número variável de orifícios. As pérolas que ficam nas peneiras de vinte a oitenta orifícios são de primeira linha. Aquelas que não escapam das peneiras de cem a oitocentos orifícios são de segunda linha. Finalmente, são classificadas como sementes as pérolas para as quais são usadas peneiras perfuradas com novecentos a mil orifícios.

– É engenhoso – comentou Conseil – e vejo que a divisão, a classificação das pérolas se faz mecanicamente. E o senhor pode nos dizer o que rende a exploração dos bancos de ostras perlíferas?

– Seguindo o livro de Sirr – respondi –, os viveiros do Ceilão são arrendados anualmente pela soma de 3 milhões de tubarões.

– De francos! – interveio Conseil.

– Sim, de francos! Três milhões de francos – repeti. – Mas creio que essas pesqueiros ou viveiros já não rendem o que costumavam render. O mesmo se aplica aos viveiros americanos que, sob o reinado de Carlos V, produziam 4 milhões de francos, atualmente reduzidos a dois terços. Em resumo, podemos estimar o rendimento geral da extração de pérolas em 9 milhões de francos.

– Mas – perguntou Conseil – não mencionadas pérolas famosas, cotadas a preços muito elevados?

– Sim, meu rapaz. Dizem que César[154] ofereceu à Servília uma pérola avaliada, em nossa moeda atual, em 120 mil francos.

– Ouvi contar também – disse o canadense – que certa dama da antiguidade bebia pérolas no vinagre.

– Cleópatra[155] – completou Conseil.

– Devia ser algo muito ruim – acrescentou Ned Land.

– Detestável, amigo Ned – replicou Conseil –, mas um pequeno copo de vinagre que custa 150 mil francos é um belo aperitivo.

– Lamento não ter me casado com essa senhora – disse o canadense, movendo o braço com um ar nada tranquilizador.

– Ned Land, marido de Cleópatra! – exclamou Conseil.

– Mas eu já estive para me casar, Conseil – retrucou seriamente o canadense – e não foi culpa minha se o caso não deu certo. Até comprei um colar de pérolas para Kat Tender, minha noiva, que, aliás, se casou com outro. Pois bem, esse colar não me custou mais do que um dólar e meio, e ainda assim, que o professor se digne acreditar, as pérolas que o compunham não teriam passado pela peneira de vinte buracos.

Meu bravo Ned – repliquei – eram pérolas artificiais, simples glóbulos de vidro revestidos por dentro com essência do Oriente.

– Então essa essência do Oriente – retrucou o canadense – deve custar muito dinheiro.

– Tão pouco quanto nada! Não passa da substância prateada da escama do alburnete, recolhida na água e conservada no amoníaco. Não tem valor algum.

— Talvez seja por isso que Kat Tender se casou com outro — concluiu filosoficamente mestre Land.

— Mas, voltando às pérolas de alto valor — disse eu —, não creio que algum soberano tenha possuído uma superior à do capitão Nemo.

— Essa? — perguntou Conseil, apontando para a magnífica joia encerrada sob o vidro.

— Certamente, não me engano ao lhe atribuir um valor de 2 milhões...

— De francos! — completou Conseil rapidamente.

— Sim — disse eu —, 2 milhões de francos e, sem dúvida, isso só terá custado ao capitão o trabalho de recolhê-la.

— Ei! — exclamou Ned Land. — Quem sabe se amanhã, durante nosso passeio, não vamos encontrar uma semelhante!

— Bah! — fez Conseil.

— E por que não?

— De que nos serviriam milhões a bordo do Nautilus?

— A bordo, não — disse Ned Land —, mas... em outro lugar.

— Oh, em outro lugar! — repetiu Conseil, meneando a cabeça.

— De fato — disse eu —, mestre Land tem razão. E, se algum dia levássemos para a Europa ou para a América uma pérola no valor de alguns milhões, isso pelo menos haveria de conferir grande autenticidade e, ao mesmo tempo, grande valor ao relato de nossas aventuras.

— Acredito que sim — disse o canadense.

— Mas — interveio Conseil, que sempre se preocupava com o lado concreto das coisas — será que essa pesca de pérolas é perigosa?

— Não — respondi rapidamente —, sobretudo se tomarmos certas precauções.

— Qual é o risco que se corre nesse trabalho? — disse Ned Land. — Engolir alguns goles de água do mar!

— Não deixa de ser verdade, Ned. A propósito — disse eu, tentando imitar o capitão Nemo —, você tem medo de tubarões, valente Ned?

— Eu — respondeu o canadense —, um arpoador profissional! É meu trabalho zombar deles!

— Não se trata — continuei — de pescá-los com um esmerilhão, de içá-los ao convés de um navio, de lhes cortar a cauda com um machado, de lhes abrir a barriga, de lhes arrancar o coração e jogá-lo no mar!

— Trata-se então de...?

— Sim, precisamente.

— Na água?

— Na água.

— Bem, com um bom arpão! Sabe, senhor, esses tubarões são feras desajeitadas. Precisam ficar de barriga para o alto para abocanhá-lo e, nesse momento...

Ned Land tinha um jeito de pronunciar a palavra "abocanhar" que causava arrepios na espinha.

— Muito bem, e você, Conseil, o que acha desses tubarões?

— Eu — respondeu Conseil —, serei franco com o senhor.

"Em boa hora", pensei.

— Se o senhor enfrenta os tubarões — disse Conseil —, não vejo por que seu fiel criado não os enfrentaria com ele!

III

UMA PÉROLA DE 10 MILHÕES

A noite chegou. Fui para a cama. Dormi muito mal. Os tubarões tiveram um papel importante em meus sonhos, e achei ao mesmo tempo muito justa e muito injusta essa etimologia que faz a palavra tubarão derivar da palavra "réquiem".[156]

No dia seguinte, às 4 horas da manhã, fui acordado pelo comissário que o capitão Nemo havia colocado especialmente a meu serviço. Levantei-me rapidamente, vesti-me e fui para o salão. O capitão Nemo já me aguardava.

– Sr. Aronnax – disse-me ele –, está pronto para partir?

– Estou pronto.

– Queira me seguir.

– E meus companheiros, capitão?

– Eles foram avisados e nos esperam.

– Não vamos vestir nossos escafandros? – perguntei.

– Ainda não. Não deixei o Nautilus se aproximar demais do litoral e estamos bem ao largo do banco de Manaar; mas já mandei preparar o escaler que nos levará ao ponto preciso de desembarque e nos poupará um trajeto bastante longo. Nele seguirão nossos equipamentos de mergulho, que vestiremos antes de começar a exploração submarina.

O capitão Nemo me conduziu até a escada central, cujos degraus levavam à plataforma. Ned e Conseil estavam ali, encantados com os preparativos do "entretenimento" de que participariam. Cinco marujos do Nautilus, com os remos engatilhados, nos esperavam a postos no escaler, encostado na lateral.

A noite continuava escura. Manchas de nuvens cobriam o céu e deixavam perceber apenas raras estrelas. Voltei meus olhos para os lados da terra, mas vi apenas uma linha confusa que fechava três quartos do horizonte, de sudoeste a noroeste. O Nautilus, depois de subir durante a noite a costa ocidental do Ceilão, encontrava-se a oeste da baía, ou melhor, desse golfo formado por essa terra e pela ilha de Manaar. Ali, sob as águas escuras, estendia-se o banco ou viveiro das pintadinas, um campo inesgotável de pérolas cuja extensão ultrapassa vinte milhas.

O capitão Nemo, Conseil, Ned Land e eu ocupamos nossos lugares na popa do escaler. O piloto assumiu o leme; seus quatro companheiros se apoiaram nos remos; soltas as amarras, partimos.

O escaler se dirigiu para o sul. Seus remadores não tinham pressa. Observei que suas remadas, vigorosamente impelidas sob a água, só se sucediam de dez em dez segundos, método geralmente usado nas marinhas de guerra. Enquanto a embarcação avançava nesse ritmo, as gotículas fustigavam o fundo negro das ondas como rebarbas de chumbo derretido. Uma pequena marola, vinda do alto mar, imprimia um leve balanço no escaler, e algumas cristas de ondas batiam em sua proa.

Seguíamos em silêncio. Em que estava pensando o capitão Nemo? Talvez nessa terra de que se aproximava e que achava demasiado próxima dele, contrariamente à opinião do canadense, para quem ela ainda lhe parecia demasiado distante. Quanto a Conseil, estava ali como simples curioso.

Por volta das 5 e meia, as primeiras luzes do horizonte mostraram mais nitidamente a linha superior da costa. Bastante plana a leste, tornava-se um pouco acidentada em direção ao sul. Cinco milhas distavam ainda, e sua costa se confundia com as águas brumosas. O mar à nossa frente estava deserto. Nenhum barco, nenhum mergulhador. Solidão profunda nesse lugar de encontro de pescadores de pérolas. Como o capitão Nemo me dissera, chegamos a essas paragens com um mês de antecedência.

Às 6 horas, clareou o dia subitamente, com aquela rapidez própria das regiões tropicais, que não conhecem nem aurora nem crepúsculo. Os raios do sol penetraram na cortina de nuvens amontoadas no horizonte oriental e o astro radiante surgiu rapidamente.

Vi claramente a terra, com algumas árvores esparsas aqui e acolá.

O escaler avançou em direção à ilha de Manaar, que se arredondava ao sul. O capitão Nemo havia se levantado e observava o mar.

A um sinal dele, a âncora foi lançada, e a corrente mal correu, pois o fundo não estava a mais de um metro, e nesse local formava um dos pontos mais altos do viveiro das pintadinas. O escaler desviou imediatamente sob o impulso da vazante que o levava ao largo.

– Pronto, sr. Aronnax, chegamos – disse o capitão Nemo. Veja bem essa baía estreita. É aqui que dentro de um mês se reunirão os numerosos barcos de pesca dos exploradores, e são essas águas que seus mergulhadores irão audaciosamente vasculhar. Felizmente essa baía é adequada para esse tipo de pesca. Está ao abrigo dos ventos mais fortes, e o mar nunca é muito agitado, circunstância que favorece o trabalho dos mergulhadores. Agora vamos vestir nossos escafandros e dar início a nosso passeio.

Não falei nada e, olhando aquelas ondas suspeitas, ajudado pelos marujos da embarcação, comecei a vestir meu pesado traje de mar; o capitão Nemo e meus dois companheiros também se vestiam. Nenhum dos homens do Nautilus haveria de nos acompanhar nessa nova excursão.

Logo estávamos aprisionados até o pescoço, dentro desse traje de borracha, e suspensórios prendiam os aparelhos de ar em nossas costas. Quanto aos aparelhos Ruhmkorff, não havia nem sinal deles. Antes de introduzir minha cabeça na cápsula de cobre, fiz essa observação ao capitão.

– Esses aparelhos seriam inúteis – respondeu o capitão. – Não iremos a grandes profundidades, e os raios do sol serão suficientes para iluminar nosso trajeto. Além disso, não é prudente levar lanterna elétrica sob essas águas. Seu brilho poderia atrair inopinadamente algum habitante perigoso dessas áreas.

Enquanto o capitão Nemo pronunciava essas palavras, voltei-me para Conseil e Ned Land. Mas esses dois amigos já haviam encaixado a cabeça na calota metálica e não podiam ouvir nem responder.

Ainda me restava uma última pergunta a fazer ao capitão Nemo:

– E nossas armas – perguntei-lhe. –, nossos fuzis?

– Fuzis! Para quê? Seus montanheses não atacam o urso com um punhal na mão? E o aço não é mais seguro do que o chumbo? Aqui está uma lâmina sólida. Coloque-a no cinto e vamos indo.

Olhei para meus companheiros. Estavam armados como nós e, além do mais, Ned Land brandia um enorme arpão que havia guardado no escaler antes de sair do Nautilus.

Então, seguindo o exemplo do capitão, deixei-me cobrir com a pesada esfera de cobre, e nossos reservatórios de ar foram imediatamente acionados.

Um instante depois, os marujos da embarcação nos desembarcaram um a um e, a um metro e meio de profundidade, pisamos numa areia lisa. O capitão Nemo nos fez um sinal com a mão. Então o seguimos e, descendo um suave declive, desaparecemos sob as ondas.

Lá, as ideias que obcecavam meu cérebro me abandonaram. Fiquei surpreendentemente calmo novamente. A facilidade de meus movimentos aumentou minha confiança, e a estranheza do espetáculo cativou minha imaginação.

O sol já estava enviando claridade suficiente sob as águas. Os menores objetos se tornavam perceptíveis. Depois de dez minutos de caminhada, estávamos a cinco metros de profundidade, e o chão se tornava sempre mais plano.

Ao avançar, a cada passo nosso, erguiam-se como bandos de narcejas num pântano cardumes de peixes curiosos do gênero dos monópteros, cujos espécimes não têm outra nadadeira senão a da cauda. Reconheci o javanês, uma verdadeira serpente de oito decímetros de comprimento, de barriga branca, que poderia facilmente confundir com o congro se não fossem as linhas douradas nos flancos. No gênero dos estromáteos, de corpo muito comprimido e oval, observei parus ou peixes-frade de cores vivas e portando a barbatana dorsal em forma de foice, peixes comestíveis que, secos e marinados, formam um excelente prato conhecido pelo nome de *karawade*; depois vi *tranquebars*, pertencentes ao gênero dos aspidoforoides, cujo corpo é coberto por uma couraça escamosa com oito abas longitudinais.

Mas a elevação progressiva do sol iluminava cada vez mais a massa de água. O solo foi se modificando aos poucos. A areia fina era seguida por um verdadeiro calçadão de rochas arredondadas, coberto por um tapete de moluscos e zoófitos. Entre os espécimes desses dois ramos, observei placenos com valvas finas e desiguais, uma espécie ostrácea específica do mar Vermelho e do oceano Índico; lucinídeos alaranjados com conchas orbiculares; terebelas afiladas; algumas dessas púrpuras-pérsicas que forneciam ao Nautilus uma tintura admirável; rochedos pontiagudos de quinze centímetros de comprimento, que se destacavam sob as águas como mãos prontas para agarrar; turbinelas cornígeras, todas eriçadas de espinhos; língulas bífidas; anatinas, conchas comestíveis que abastecem os mercados do Hindustão, pelágias panópiras, ligeiramente luminosas; e, finalmente, admiráveis oculinas flabeliformes, magníficos leques que formam uma das mais ricas arborescências desses mares.

No meio dessas plantas vivas e sob os berços de hidrófitos corriam legiões desajeitadas de plantas articuladas, particularmente raninas dentadas, cuja carapaça representa um triângulo ligeiramente arredondado, paguros próprios dessas áreas, horríveis partênopes, cuja aparência é repugnante à vista. Um animal não menos hediondo que encontrei diversas vezes foi esse enorme caranguejo observado pelo sr. Darwin, ao qual a natureza deu o instinto e a força necessários para se alimentar de cocos; ele sobe nas árvores da praia, derruba o coco, que racha ao cair, e o abre com suas poderosas pinças. Aqui, sob essas ondas límpidas, esse caranguejo corria com uma agilidade sem igual, enquanto os quelônios, da espécie que frequenta as costas do Malabar, moviam-se lentamente entre as rochas oscilantes.

Por volta das 7 horas, finalmente inspecionamos o viveiro de pintadinas, onde as ostras perlíferas se reproduzem aos milhões. Esses preciosos moluscos aderem às rochas e ficam fortemente agarrados a elas por meio desse bisso castanho que não lhes permite deslocar-se. Nisso essas ostras são inferiores aos próprios mexilhões, aos quais a natureza não negou toda a faculdade de locomoção.

A pinctada ou pintadina meleagrina, a pérola-mater, cujas valvas são aproximadamente iguais, apresenta-se em forma de concha arredondada, de paredes grossas, muito rugosas por fora.

Algumas dessas conchas eram foliculadas e sulcadas por faixas esverdeadas que irradiavam do topo; pertenciam ao grupo das ostras jovens. As demais, de superfície áspera e preta, com dez anos ou mais, mediam até quinze centímetros de largura.

O capitão Nemo mostrou-me essa prodigiosa aglomeração de pintadinas, e compreendi que essa mina era verdadeiramente inesgotável, porque a força criativa da natureza prevalece sobre o instinto destrutivo do homem. Ned Land, fiel a esse instinto, apressou-se em encher uma rede que trazia consigo com os melhores moluscos.

Mas não podíamos parar. Era preciso seguir o capitão, que parecia enveredar por trilhas que só ele conhecia. O solo subia sensivelmente, e às vezes, erguendo meu braço, minha mão ultrapassava a superfície do mar. Depois, o nível do banco baixava caprichosamente. Muitas vezes contornávamos rochedos elevados em forma de pirâmide. Em suas escuras fendas, grandes crustáceos, apoiados em suas altas patas como máquinas de guerra, nos observavam com seus olhos fixos e, sob nossos pés, rastejavam mirianas, glicérios, arícias e anelídeos, que alongavam desmesuradamente suas antenas e seus cirros tentaculares.

Nesse momento, abriu-se diante dos nossos passos uma vasta gruta, escavada num pitoresco amontoado de rochas revestidas por todo tipo de algas da flora submarina. A princípio, essa caverna me pareceu profundamente escura. Os raios solares pareciam extinguir-se aos poucos em seu interior. Sua vaga transparência nada mais era do que luz afogada.

O capitão Nemo entrou, e nós depois dele. Meus olhos logo se acostumaram a essa relativa escuridão. Distingui as curvas tão caprichosamente dispostas da abóbada, sustentadas por pilares naturais, em grande parte assentados em base granítica, como as pesadas colunas da arquitetura toscana. Por que motivo nosso incompreensível guia estava nos conduzindo ao fundo dessa cripta submarina? Dentro em breve eu iria saber.

Depois de descermos um declive bastante íngreme, nossos pés pisaram o fundo de uma espécie de poço circular. Ali o capitão Nemo parou e com a mão nos indicou um objeto que eu ainda não tinha visto.

Era uma ostra de dimensões extraordinárias, uma tridacna gigantesca, uma pia que teria contido um lago de água benta, um tanque cuja largura ultrapassava dois metros e, por conseguinte, maior que aquela que decorava o salão do Nautilus.

Aproximei-me desse molusco fenomenal. Por meio de seu bisso aderia a uma mesa de granito, e ali se desenvolveu isoladamente nas águas calmas da gruta. Estimei o peso dessa tridacna em 300 quilos. Ora, uma ostra dessas contém quinze quilos de carne, e seria necessário o estômago de um Gargântua[157] para absorver algumas dúzias delas.

O capitão Nemo evidentemente sabia da existência desse bivalve. Não era a primeira vez que o visitava, e pensei que ao levar-nos a esse local queria apenas nos mostrar uma curiosidade natural. Eu estava enganado. O capitão Nemo tinha um interesse todo especial ao constatar o estado atual dessa tridacna.

As duas valvas do molusco estavam entreabertas. O capitão se aproximou-se e introduziu seu punhal entre as conchas para impedir que se fechassem; depois, com a mão, levantou a túnica membranosa e franjada nas bordas, que formava o manto do animal.

Ali, entre as dobras foliculadas, vi uma pérola livre, do tamanho de um coco. Sua forma globular, sua limpidez perfeita, seu admirável oriente faziam dela uma joia de valor inestimável. Levado pela curiosidade, estendi a mão para agarrá-la, sopesá--la, apalpá-la! Mas o capitão me deteve, fez um sinal negativo e, retirando o punhal com um movimento rápido, deixou que as duas valvas se fechassem subitamente.

Compreendi então qual era o plano do capitão Nemo. Ao deixar essa pérola encravada sob o manto da tridacna, permitia que ela crescesse imperceptivelmente. A cada ano, a secreção do molusco lhe acrescentava novas camadas concêntricas. Só o capitão conhecia a gruta onde "amadurecia" esse admirável fruto da natureza; apenas ele o criava, por assim dizer, para transferi-lo um dia a seu precioso museu. Talvez até, seguindo o exemplo dos chineses e dos indianos, tivesse determinado a produção dessa pérola introduzindo sob as dobras do molusco algum pedaço de vidro e metal que, aos poucos, foi sendo recoberto pela substância nacarada. Seja como for, comparando essa pérola com as que eu já conhecia, com as que brilhavam na coleção do capitão, estimei seu valor em pelo menos 10 milhões de francos. Soberba curiosidade natural e não joia de luxo, pois não sei que orelhas femininas poderiam carregá-la.

A visita à opulenta tridacna terminara. O capitão Nemo saiu da gruta, e voltamos ao viveiro das pintadinas, no meio dessas águas límpidas, e ainda não perturbadas pelo trabalho dos mergulhadores.

Caminhávamos separadamente, como verdadeiros andarilhos, cada um parando ou se afastando a seu bel-prazer. De minha parte, já não me preocupava com os perigos que minha imaginação havia exagerado de forma tão ridícula. O fundo se aproximava visivelmente da superfície do mar, e logo, com um metro de água, minha cabeça ultrapassou o nível do oceano. Conseil se juntou a mim e, colando sua grande cápsula à minha, saudou-me amigavelmente com os olhos. Mas esse platô elevado media apenas alguns metros, e logo estávamos de volta a nosso elemento. Creio que agora tenho o direito de qualificá-lo dessa forma.

Dez minutos depois, o capitão Nemo parou subitamente. Achei que estava parando para regressarmos. Não. Com um gesto, ordenou que nos agachássemos perto dele, no fundo de uma grande fenda. Sua mão se dirigiu para um ponto na massa líquida, e eu olhei atentamente.

A cinco metros de distância, apareceu uma sombra que desceu até o chão. A inquietante ideia dos tubarões voltou à minha mente. Mas eu estava enganado e, dessa vez ainda, não estávamos lidando com os monstros do oceano.

Era um homem, um homem vivo, um indiano, um negro, um pescador, um pobre diabo, sem dúvida, que vinha respigar antes da colheita. Eu podia ver o fundo de sua canoa ancorada a alguns metros acima de sua cabeça. Ele mergulhava e subia sucessivamente. Uma pedra que ele apertava entre os pés, enquanto uma corda a prendia ao barco, ajudava-o a descer mais rapidamente ao fundo do mar. Esse era todo o seu equipamento. Chegando ao fundo, a cerca de cinco metros de profundidade, ele se ajoelhava e enchia uma bolsa com pintadinas recolhidas ao acaso. Depois, subia novamente, esvaziava a bolsa, retomava a pedra e recomeçava a operação, que mal durava trinta segundos.

O mergulhador não nos via. A sombra do rochedo nos escondia de seu olhar. E, além disso, como esse pobre indiano poderia supor que homens, seres semelhantes a ele, estivessem ali, debaixo d'água, observando seus movimentos, sem perder nenhum detalhe de sua pescaria!

Subiu várias vezes e voltou a mergulhar. Não trazia mais de dez pintadinas em cada mergulho, porque precisava arrancá-las do banco ao qual se agarravam por meio de robusto bisso. E quantas dessas ostras eram privadas daquelas pérolas pelas quais ele arriscava a vida!

Eu o observava com profunda atenção. Sua manobra foi realizada regularmente e, durante meia hora, nenhum perigo pareceu ameaçá-lo. Eu estava então me familiarizando com o espetáculo dessa interessante pescaria quando, de repente, num momento em que o indiano estava ajoelhado no chão, o vi fazer um gesto de medo, levantar-se e tomar impulso para retornar à superfície da água.

Compreendi seu terror. Uma sombra gigantesca aparecia perto do infeliz mergulhador. Era um tubarão de grande porte que avançava diagonalmente, de olhos em fogo e mandíbulas abertas!

Eu estava mudo de horror, incapaz de fazer um movimento.

O voraz animal, com um golpe vigoroso de sua nadadeira, avançou em direção ao indiano, que se jogou para o lado e evitou a mordida do tubarão, mas não a batida de sua cauda, pois essa cauda o atingindo no peito, e eu caí estendido no chão.

Essa cena durou apenas alguns segundos. O tubarão voltou e, virando-se de costas, preparava-se para cortar o indiano em dois quando senti o capitão Nemo, agachado perto de mim, levantar-se subitamente. Então, de punhal na mão, caminhou diretamente em direção do monstro, pronto para lutar corpo a corpo com ele.

O tubarão, quando estava prestes a abocanhar o infeliz pescador, viu seu novo adversário e, tomando nova posição de ataque, avançou rapidamente contra ele.

Ainda consigo ver a postura do capitão Nemo. Agachado, esperou com admirável sangue-frio o formidável tubarão, e quando esse avançou sobre ele, o capitão, jogando-se para o lado com prodigiosa agilidade, evitou o choque e enfiou-lhe o punhal na barriga. Mas não ficou só nisso. Seguiu-se um terrível combate.

O tubarão rugiu, por assim dizer. O sangue escorria de seus ferimentos. O mar se tingiu de vermelho e, através desse líquido opaco, não vi mais nada.

Mais nada, até o momento em que, num ponto um pouco mais claro, vi o audacioso capitão, agarrado a uma das barbatanas do animal, lutando corpo a corpo com o monstro, apunhalando a barriga de seu inimigo, sem contudo conseguir desferir-lhe o golpe definitivo, isto é, atingi-lo em pleno coração. O tubarão, ao se debater, agitava furiosamente a massa das águas, e um turbilhão ameaçava me derrubar.

Eu teria gostado de correr em auxílio do capitão. Mas, dominado pelo horror, não conseguia me mexer.

Eu observava, de olhos arregalados. Via as fases da luta se modificando. O capitão caiu no chão, derrubado pela enorme massa que pesava sobre ele. Em seguida, as mandíbulas do tubarão se abriram desmesuradamente como uma enorme tesoura industrial, e o capitão já podia se dar por perdido se, rápido como o pensamento, de arpão na mão, Ned Land não se precipitasse em direção do tubarão e não o golpeasse com a terrível ponta desse arpão.

As águas se impregnaram de uma massa de sangue, agitadas pelos movimentos frenéticos do tubarão que as chicoteava com uma fúria indescritível. Ned Land não tinha errado o alvo. Era o estertor da morte do monstro. Atingido no coração, debatia-se em assustadores espasmos, cujas propagações nas águas derrubaram Conseil.

Mas Ned Land havia libertado o capitão. Este, recomposto e sem ferimentos, foi diretamente até o indiano, cortou rapidamente a corda que o prendia à pedra, tomou-o nos braços e, com um vigoroso impulso de calcanhar, subiu à superfície do mar.

Nós três o seguimos, e em poucos instantes, milagrosamente salvos, alcançamos a embarcação do pescador.

O primeiro cuidado do capitão Nemo foi trazer de volta à vida esse infeliz. Eu não sabia se haveria de conseguir. Esperava que sim, porque esse pobre diabo não tinha permanecido muito tempo debaixo d'água. Mas o golpe da cauda do tubarão poderia tê-lo matado.

Felizmente, com as vigorosas massagens de Conseil e do capitão, vi, pouco a pouco, o afogado voltar a si. Abriu os olhos. Qual deve ter sido sua surpresa, seu terror, ao ver as quatro grandes cabeças de cobre debruçadas sobre ele!

E, sobretudo, o que deve ter pensado quando o capitão Nemo, tirando de um bolso do escafandro um saquinho de pérolas, o colocou na mão dele? Essa magnífica esmola do homem das águas ao pobre indiano do Ceilão foi aceita por este com mãos trêmulas. Seus olhos assustados indicavam que ele não sabia a quais seres sobre-humanos devia sua fortuna e sua vida.

A um sinal do capitão, regressamos ao viveiro das pintadinas e, seguindo o trajeto já percorrido, após meia hora de caminhada encontramos a âncora que prendia o escaler do Nautilus ao solo.

Uma vez embarcados, cada um de nós, com a ajuda dos marujos, livrou-se da pesada carapaça de cobre.

As primeiras palavras do capitão Nemo foram para o canadense.

– Obrigado, mestre Land – disse-lhe ele.

– Estamos quites, capitão – respondeu Ned Land. – Eu lhe devia essa.

Um sorriso pálido deslizou pelos lábios do capitão, e isso foi tudo.

– Ao Nautilus! – disse ele.

A embarcação foi voando sobre as ondas. Poucos minutos mais tarde, nos deparávamos com o cadáver do tubarão boiando.

Pela cor negra que marcava as extremidades das barbatanas, reconheci o terrível melanóptero do mar da Índia, da espécie dos tubarões propriamente ditos. Seu comprimento ultrapassava os sete metros e meio; sua boca enorme ocupava um terço do corpo. Era um adulto, o que ficava evidente pelas seis fileiras de dentes, dispostas em triângulos isósceles na mandíbula superior.

Conseil o observava com um interesse puramente científico, e tenho certeza de que o classificava, não sem razão, na classe dos cartilaginosos, ordem dos condropterígios com guelras fixas, família dos seláquios, gênero dos esqualos.

Enquanto eu contemplava essa massa inerte, uma dúzia desses vorazes melanópteros apareceu de repente ao redor do barco; mas, sem se preocuparem conosco, atiraram-se sobre o cadáver e disputaram seus despojos.

Às 8h30 estávamos de volta a bordo do Nautilus.

Lá, fiquei refletindo sobre os incidentes de nossa excursão ao viveiro de ostras de Manaar. Duas observações afloraram inevitavelmente. Uma, relativa à audácia ímpar do capitão Nemo; a outra, a seu devotamento a um ser humano, um dos representantes dessa raça da qual fugia para o fundo dos mares. Independentemente do que tenha dito, esse homem estranho ainda não tinha chegado a matar seu coração por inteiro.

Quando lhe fiz essa observação, ele me respondeu num tom levemente emocionado:

– Esse indiano, professor, é um habitante do país dos oprimidos, e eu ainda sou, e o serei até meu último suspiro, daquele país!

IV

O MAR VERMELHO

Durante o dia 29 de janeiro, a ilha do Ceilão desapareceu no horizonte, e o Nautilus, a uma velocidade de vinte milhas por hora, deslizou nesse labirinto de canais que separam as Maldivas das Laquedivas. Costeou a ilha Kittan, terra de origem madrepórica, descoberta por Vasco da Gama[158] em 1499, e uma das dezenove principais ilhas desse arquipélago das Laquedivas, situado entre 10° e 14°30' de latitude norte e 69° e 50°72' de longitude leste.

Havíamos então viajado dezesseis mil duzentas e vinte milhas, ou sete mil e quinhentas léguas, desde nosso ponto de partida, nos mares do Japão.

No dia seguinte, 30 de janeiro, quando o Nautilus voltou à superfície do oceano, não havia mais terra à vista. Seguia em direção norte-noroeste, rumo ao mar de Omã, escavado entre a Arábia e a península indiana, que serve de saída para o golfo Pérsico.

Era evidentemente um impasse, sem saída possível. Para onde, pois, estaria nos levando o capitão Nemo? Eu não saberia dizer, o que não deixou nada satisfeito o canadense, pois naquele dia me perguntou para onde íamos.

— Vamos, mestre Ned, para onde a fantasia do capitão nos levar.

— Essa fantasia — respondeu o canadense — não pode nos levar muito longe. O golfo Pérsico não tem saída e, se entrarmos nele, nada mais teremos a fazer senão dar meia-volta.

— Pois bem! Retornaremos, mestre Land e, se depois do golfo Pérsico, o Nautilus quiser visitar o mar Vermelho, o estreito de Bab-el-Mandeb estará sempre lá para lhe dar passagem.

— Não vou lhe ensinar, senhor — respondeu Ned Land —, que o mar Vermelho não é menos fechado que o golfo, uma vez que o istmo de Suez ainda não foi aberto[159] e, mesmo que fosse, um navio misterioso como o nosso não se aventuraria em seus canais cortados por eclusas. Logo, o mar Vermelho ainda não é o caminho que nos levará de volta à Europa.

— Por isso eu não disse que voltaríamos para a Europa.

— O que supõe, então?

— Suponho que, depois de ter visitado esses curiosos lugares da Arábia e do Egito, o Nautilus vai descer novamente o oceano Índico, talvez pelo canal de Moçambique, talvez ao largo das Mascarenhas, para chegar ao cabo da Boa Esperança.

— E quando chegar ao cabo da Boa Esperança? — perguntou o canadense com particular insistência.

— Pois bem, penetraremos nesse Atlântico que ainda não conhecemos. Ah, mais essa! Amigo Ned, você está cansado dessa viagem pelo fundo do mar? Então está entediado com o espetáculo infinitamente variado das maravilhas submarinas? De minha parte, verei com extrema desilusão o fim desta viagem que tão poucos homens tiveram a oportunidade de fazer.

— Mas sabe, sr. Aronnax — respondeu o canadense —, que já faz quase três meses que estamos aprisionados a bordo deste Nautilus?

– Não, Ned, não sei, não quero saber e não conto os dias nem as horas.

– Mas e o fim disso tudo?

– O fim disso chegará a seu devido tempo. Além disso, não podemos fazer nada e estamos discutindo inutilmente. Se você viesse me dizer, meu bom Ned, "Temos uma chance de nos evadir", eu discutiria o assunto com você. Mas não é esse o caso e, falando francamente, não creio que o capitão Nemo se aventure algum dia a singrar mares europeus.

Por esse breve diálogo, pode-se ver que, fanático pelo Nautilus, eu estava encarnado na pele de seu comandante.

Quanto a Ned Land, encerrou a conversa com essas palavras, em forma de monólogo:

– Tudo isso é muito bonito e bom, mas, a meu ver, onde há desconforto, não há mais prazer.

Durante quatro dias, até 3 de fevereiro, o Nautilus visitou o mar de Omã, a diversas velocidades e profundidades. Parecia avançar ao acaso, como se hesitasse qual rota seguir, mas nunca chegou a ultrapassar o trópico de Câncer.

Deixando esse mar, chegamos a ver, por instantes, Mascate, a cidade mais importante do país de Omã. Admirei seu estranho aspecto, no meio de negros rochedos que a cercam e contra as quais se destacam suas casas e fortes pintados de branco. Vi a cúpula arredondada de suas mesquitas, as pontas elegantes de seus minaretes, seus terraços verdes e frescos. Mas foi apenas uma breve visão, porque o Nautilus logo afundou sob as ondas escuras desses lugares.

Em seguida, acompanhou, a uma distância de seis milhas, as costas árabes de Mahrah e de Hadramant, com sua linha ondulante de montanhas, realçada por algumas ruínas antigas. No dia 5 de fevereiro, entramos finalmente no golfo de Áden, verdadeiro funil introduzido nesse gargalo de Bab-el-Mandeb, que despeja as águas indianas no mar Vermelho.

No dia 6 de fevereiro, o Nautilus flutuava à vista de Áden, cidade empoleirada num promontório que um estreito istmo une ao continente, espécie de Gibraltar inacessível, cujas fortificações os ingleses reconstruíram depois da tomada em 1839. Vislumbro os minaretes octogonais dessa cidade que já foi o entreposto mais rico e comercial do litoral, no dizer do historiador Edrisi.[160]

Eu acreditava realmente que o capitão Nemo, chegando a esse ponto, daria meia-volta; mas estava enganado e, para minha grande surpresa, nada disso aconteceu.

No dia seguinte, 7 de fevereiro, entramos no estreito de Bab-el-Mandeb, cujo nome árabe significa: "porta das lágrimas". Com vinte milhas de largura, tem apenas cinquenta e dois quilômetros de comprimento e, para atravessá-lo, o Nautilus (a toda velocidade) demorou apenas uma hora. Mas não vi nada, nem mesmo a ilha de Perim, em que a intervenção do governo britânico fortificou a posição de Áden. Muitos navios a vapor ingleses ou franceses, das linhas de Suez a Bombaim, a Calcutá, a Melbourne, a Bourbon, a Maurício, cruzaram essa passagem estreita para que o Nautilus tentasse aparecer nela. Por isso ele ficou cautelosamente entre duas águas.

Finalmente, ao meio-dia, navegávamos nas ondas do mar Vermelho.

O mar Vermelho, célebre lago das tradições bíblicas, que as chuvas dificilmente refrescam, que nenhum rio importante nele deságua, que uma excessiva evaporação suga incessantemente e que perde a cada ano uma fatia líquida de um metro e meio de altura! Golfo singular que, fechado e nas condições de um lago, talvez fosse totalmente seco; inferior nisso a seus vizinhos, o Cáspio ou o Asfaltite[161], cujo nível só caiu até o ponto em que a evaporação igualou precisamente a soma das águas recebidas em seu seio.

O mar Vermelho tem dois mil e seiscentos quilômetros de comprimento e uma largura média de duzentos e quarenta. Na época dos Ptolomeus[162] e dos imperadores romanos, era a grande artéria comercial do mundo, e a abertura do istmo haverá de lhe conferir aquela importância antiga que as ferrovias de Suez já lhe devolveram em parte.

Não quis nem mesmo tentar compreender esse capricho do capitão Nemo que poderia levá-lo a nos arrastar para esse golfo. Mas aprovei sem reservas o fato de o Nautilus ter entrado ali. Ele seguiu a uma velocidade moderada, ora permanecendo na superfície, ora mergulhando para evitar algum navio, e pude assim observar o interior e a superfície desse mar tão curioso.

No dia 8 de fevereiro, nas primeiras horas do dia, apareceu diante de nossos olhos Moca, cidade agora em ruínas, cujas muralhas caíram ao simples estrondo dos canhões, e que abrigam aqui e ali algumas viçosas tamareiras. Cidade importante no passado, dispunha de seis mercados públicos, vinte e seis mesquitas e cujas muralhas, defendidas por catorze fortes, formavam um cinturão de três quilômetros.

Em seguida, o Nautilus se aproximou da costa africana, onde a profundidade do mar é bem maior. Ali, entre duas águas cristalinas, pelas escotilhas abertas, permitiu-nos contemplar admiráveis arbustos de corais cintilantes e vastas porções de rochedos revestidos por uma esplêndida cobertura de algas verdes e fucus. Que espetáculo indescritível e que variedade de locais e paisagens ao nível desses recifes e dessas ilhotas vulcânicas que margeiam a costa líbica! Mas onde essas arborizações se revelaram em toda a sua beleza foi nas margens orientais que o Nautilus não demorava a alcançar. Isso ocorreu nas costas do Tehama, pois, naquela época, não só essa abundância de zoófitos florescia abaixo do nível do mar, mas também formava pitorescos entrelaçamentos que se desdobravam dez braças acima;

estes, mais caprichosos, mas menos coloridos do que aqueles, cuja vitalidade úmida das águas mantinham seu frescor.

Quantas horas encantadoras passei assim junto à vidraça do salão! Quantas novas espécies de flora e de fauna submarinas admirei sob o brilho de nosso farol elétrico! Fungos agariciformes, actínias cor de ardósia, entre outros o *thalassianthus aster*, tubíporas dispostas como flautas e apenas à espera do sopro do deus Pã[163], conchas típicas desse mar, que se estabelecem nas escavações madrepóricas e cuja base é contornada numa curta espiral; e, finalmente, mil exemplares de um polipeiro que ainda não havia observado, a esponja comum.

A classe dos espongiários, primeira do grupo dos pólipos, foi precisamente criada por esse curioso produto, cuja utilidade é incontestável. A esponja não é um vegetal, como alguns naturalistas ainda admitem, mas um animal de última ordem, um polipeiro inferior ao do coral. Sua animalidade não suscita mais dúvidas, e não podemos sequer adotar a opinião dos antigos que a consideravam um ser intermediário entre a planta e o animal. Devo dizer, porém, que os naturalistas não concordam quanto ao modo de organização da esponja. Para alguns, é um polipeiro; para outros, como Milne-Edwards[164], é um indivíduo isolado e único.

A classe dos espongiários inclui cerca de 300 espécies, que se encontram em numerosos mares e mesmo em certos cursos de água onde receberam o nome de "fluviais". Mas suas águas preferidas são as do Mediterrâneo, do arquipélago grego, da costa da Síria e do mar Vermelho. Nessas águas, se reproduzem e se desenvolvem esponjas finas e macias, cujo valor chega a 150 francos; a esponja loira da Síria, a esponja dura da Berbéria etc. Mas como não poderia esperar estudar esses zoófitos nas escalas dos portos do Levante[165], das quais estávamos separados pelo intransponível istmo de Suez, contentei-me em observá-los nas águas do mar Vermelho.

Então chamei Conseil para perto de mim, enquanto o Nautilus, a uma profundidade média de oito a nove metros, roçava lentamente todas aqueles belos rochedos da costa oriental.

Ali cresciam esponjas de todas as formas, esponjas pediculadas, foliáceas, globulares e digitiformes. Justificavam exatamente os nomes de corbélias, cálices, rocas, chifres-de-alce, pata-de-leão, cauda-de-pavão, luva-de-Netuno, que lhes eram atribuídos por pescadores, mais poetas do que cientistas. De seu tecido fibroso, revestido por uma substância gelatinosa semifluida, escapavam incessantemente pequenos filetes de água que, depois de terem levado vida a cada célula, eram expelidos por um movimento contrátil. Essa substância desaparece após a morte do pólipo e apodrece, liberando amoníaco. Restam então somente essas fibras córneas ou gelatinosas de que se compõe a esponja doméstica, que assume uma tonalidade avermelhada e que serve para diversos usos, dependendo de seu grau de elasticidade, permeabilidade ou resistência à maceração.

Os polipeiros aderiram aos rochedos, às conchas de moluscos e até aos caules de hidrófitos. Preenchiam as menores fendas, uns se espalhando, outros aprumados ou pendendo como protuberâncias coralígenas. Ensinei a Conseil que essas esponjas eram pescadas de duas maneiras: por dragagem ou manualmente. Esse último método, que exige o uso de mergulhadores, é preferível, pois, respeitando o tecido do polipeiro, lhe garante um valor bem superior.

Os outros zoófitos que pululavam entre os espongiários consistiam principalmente em medusas de uma espécie muito elegante; os moluscos eram representados por variedades de lulas que, segundo d'Orbigny[166], são específicas do mar Vermelho; e os répteis, por tartarugas *virgata*, pertencentes ao gênero dos quelônios, que forneceram à nossa mesa um prato saudável e delicado.

Quanto aos peixes, eram numerosos e muitas vezes notáveis. Aqui estão alguns daqueles que as redes do Nautilus traziam a bordo com mais frequência: raias, incluindo arraias de formato oval, cor de tijolo, com corpos pontilhados de manchas azuis irregulares e reconhecíveis por seus ferrões duplos serrilhados; *arnacks* de dorso prateado; arraias pastinaca de cauda pontilhada, bem como *bockats*, de vastos mantos de dois metros de envergadura que ondulavam entre as águas; aodontes, absolutamente desprovidos de dentes; espécies de criaturas cartilaginosas que lembram o tubarão; ostracões dromedário, cuja corcova termina num ferrão recurvo de meio metro de comprimento; ofídios, verdadeiras moreias de cauda prateada, dorso azulado, peitorais marrons delimitados por uma borda cinza; pampos, da família dos estromáteos, listrados com estreitas faixas de ouro e adornados com as três cores da França; *blemies-garamits*, de quatro decímetros de comprimento; soberbos caranxes (aracimboras), decorados com sete faixas transversais de lindas nadadeiras pretas, azuis e amarelas e escamas douradas e prateadas; centrópodes; ruivos ariflamantes de cabeça amarela; peixes de todos os tipos, bodiões, peixes-porco, gobídeos, etc., e mil outros peixes comuns aos oceanos que já havíamos percorrido.

No dia 9 de fevereiro, o Nautilus estava flutuando na parte mais larga do mar Vermelho, que fica entre Suakin, na costa oeste, e Quonfodah, na costa leste, num perímetro de cento e noventa milhas.

Nesse dia, depois de uma supervisão geral, em torno do meio-dia, o capitão Nemo subiu à plataforma, onde eu me encontrava. Prometi a mim mesmo não deixá-lo descer novamente sem ter pelo menos lhe perguntado sobre seus planos futuros. Assim que me viu, aproximou-se, ofereceu-me gentilmente um charuto e disse:

— Pois bem! professor, está gostando desse mar Vermelho? Já observou suficientemente as maravilhas que ele contém, seus peixes e seus zoófitos, seus leitos de esponjas e suas florestas de corais? Já percebeu as cidades situadas em suas margens?

— Sim, capitão Nemo – respondi –, e o Nautilus se prestou maravilhosamente a todo esse estudo. Ah! Que embarcação inteligente!

— Sim, senhor, inteligente, audaciosa e invulnerável! Não teme nem as terríveis tempestades do mar Vermelho, nem suas correntes, nem seus recifes.

— Com efeito – disse eu –, esse mar é citado entre os piores e, se não me engano, no tempo dos antigos sua reputação era detestável.

— Detestável, sr. Aronnax. Os historiadores gregos e latinos não falam em seu favor, e Estrabão[167] diz que é particularmente severo na época dos ventos etésios e da estação das chuvas. O árabe Edrisi, que o descreve sob o nome de golfo de Colzum, relata que navios pereceram em grande número em seus bancos de areia e que ninguém se aventurava a navegar nele à noite. É, afirma ele, um mar sujeito a terríveis furacões, repleto de ilhas inóspitas e "que não oferece nada de bom" nem nas profundezas nem na superfície. Com efeito, essa opinião é encontrada também em Arriano, Agatárquides e Artemidoro.[168]

— Pode-se perceber claramente – repliquei – que esses historiadores não navegaram a bordo do Nautilus.

— De fato – respondeu o capitão, sorrindo. – E nesse aspecto os modernos não são mais avançados que os antigos. Foram necessários séculos para descobrir a força mecânica do vapor! Quem sabe se daqui a cem anos não haveremos de ver um segundo Nautilus! O progresso é lento, sr. Aronnax.

— É verdade – concordei. – Seu navio está um século à frente de seu tempo, talvez vários. Pena que semelhante segredo tenha de morrer com seu inventor!

O capitão Nemo não me respondeu. Depois de alguns minutos de silêncio, disse:

– Estava falando comigo da opinião dos antigos historiadores sobre os perigos que se enfrenta na navegação pelo mar Vermelho?

– É verdade – respondi –, mas os medos deles não eram exagerados?

– Sim e não, sr. Aronnax – respondeu o capitão Nemo, que me pareceu dominar a fundo "seu mar Vermelho". – O que já não é perigoso para um navio moderno, bem aparelhado, solidamente construído, senhor de sua direção graças ao obediente vapor, representava perigos de toda espécie para as embarcações dos antigos. Devemos imaginar esses primeiros navegadores se aventurando em barcos feitos de pranchas amarradas com cordas de palmeira, calafetadas com resina triturada e besuntadas com gordura de tubarão. Nem sequer dispunham de instrumentos para determinar sua direção e avançavam ao acaso no meio de correntes que mal conheciam. Nessas condições, os naufrágios eram e deviam ser numerosos. Mas, em nosso tempo, os navios a vapor que prestam serviço entre Suez e os mares do Sul já não têm nada a temer da fúria desse golfo, apesar das monções contrárias. Seus capitães e seus passageiros não se preparam para a partida com sacrifícios propiciatórios e, ao retornarem, não vão mais, enfeitados com guirlandas e faixas douradas, agradecer aos deuses no templo mais próximo.

– Concordo – disse eu – e o vapor me parece ter matado a gratidão no coração dos marinheiros. Mas, capitão, já que parece ter estudado especialmente esse mar, pode me dizer a origem de seu nome?

– Existem, sr. Aronnax, numerosas explicações a respeito. Quer saber a opinião de um cronista do século XIV?

– Com prazer.

– Esse lunático pretende defender a ideia de que recebeu esse nome depois da travessia dos israelitas, quando o faraó pereceu nas ondas que se fecharam ao comando de Moisés:
Como sinal dessa maravilha,
Tornou-se o mar vermelho e escarlate.
Não souberam então denominá-lo
Senão como mar vermelho.
– Explicação de poeta, capitão Nemo – respondi –, mas não posso me contentar com ela. Gostaria, portanto, de ouvir sua opinião.
– Aí vai ela. A meu ver, sr. Aronnax, devemos ver nesse designativo de mar Vermelho uma tradução da palavra hebraica "edrom"; e, se os antigos lhe deram esse nome, foi pela coloração peculiar de suas águas.
– Até agora, porém, só vi águas límpidas, sem nenhuma cor particular.
– Sem dúvida, mas à medida que avançar em direção ao fundo do golfo, haverá de notar essa aparência bem singular. Lembro-me de ter visto a baía de Tor inteiramente vermelha, como um lago de sangue.
– E atribui essa cor à presença de algas microscópicas?
– Sim. É uma substância mucilaginosa púrpura produzida por essas insignificantes plântulas conhecidas individualmente como *trichodesmium*, e das quais são necessários quarenta mil para ocupar o espaço de um milímetro quadrado. Talvez encontre algumas quando estivermos em Tor.
– Então, capitão Nemo, essa não é a primeira vez que o senhor percorre o mar Vermelho a bordo do Nautilus?
– Não, senhor.
– Então, visto que falou da passagem dos israelitas e da catástrofe dos egípcios, pergunto se encontrou vestígios submarinos desse grande fato histórico?
– Não, professor, e isso por uma excelente razão.

— Qual?

— É que o local exato por onde Moisés passou com todo o seu povo está tão assoreado, que os camelos, ali, mal conseguem lavar as pernas. Deve entender, portanto, que meu Nautilus não teria água suficiente para navegar.

— E esse lugar?... — perguntei.

— Esse lugar está situado um pouco acima de Suez, nesse braço que formava outrora um estuário profundo, quando o mar Vermelho se estendia até os lagos salobros. Seja, no entanto, milagrosa ou não essa passagem, os israelitas nem por isso deixaram de atravessar por ali para chegar à Terra Prometida, e o exército do faraó pereceu precisamente nesse local. Penso, portanto, que escavações feitas no meio dessas areias revelariam uma grande quantidade de armas e instrumentos de origem egípcia.

— É evidente — repliquei — e devemos esperar, no interesse dos arqueólogos, que essas escavações sejam realizadas mais cedo ou mais tarde, pois novas cidades irão surgir nesse istmo depois da abertura do canal de Suez. Um canal totalmente inútil para um navio como o Nautilus!

— Sem dúvida, mas útil para o mundo inteiro — disse o capitão Nemo. — Os antigos compreenderam muito bem essa utilidade comercial de estabelecer uma comunicação entre o mar Vermelho e o Mediterrâneo; mas não pensaram em cavar um canal direto e tomaram o rio Nilo como intermediário. Muito provavelmente, o canal que uniu o rio Nilo ao mar Vermelho foi iniciado sob Sesóstris[169], se quisermos acreditar na tradição. O que é certo é que, 615 anos antes de Cristo, Neco[170] empreendeu a abertura de um canal alimentado pelas águas do Nilo, através da planície do Egito que leva em direção da Arábia. Esse canal era percorrido em quatro dias, e sua largura era tal que duas trirremes podiam cruzar uma ao lado da outra. Foi continuado por Dario[171], filho de Hitaspo, e provavelmente completado por Ptolomeu II⁽¹⁷²⁾. Estrabão o viu franqueado para a navegação; mas o ínfimo declive entre seu ponto de partida, perto de Bubaste, e o mar Vermelho, tornava-o navegável somente durante alguns meses do ano. Esse canal foi utilizado para o comércio até o século dos Antoninos[173], abandonado, assoreado e depois restabelecido por ordem do califa Omar[174], foi definitivamente aterrado em 761 ou 762 pelo califa Al-Mansur[175], que quis impedir que víveres chegassem a Mohammed-ben-Abdullah, que se revoltara contra ele. Durante a expedição do Egito, seu general Bonaparte[176] encontrou vestígios dessas obras no deserto de Suez e, surpreendido pela maré, quase morreu poucas horas antes de chegar a Hadjaroth, justamente no mesmo local onde Moisés acampara três mil e trezentos anos antes dele.

– Pois bem, capitão, o que os antigos não ousaram fazer, essa junção entre os dois mares que encurtará em nove mil quilômetros o caminho de Cádiz às Índias, o senhor de Lesseps[177] fez, e em pouco tempo terá transformado a África numa imensa ilha.

– Sim, sr. Aronnax, e tem o direito de se orgulhar de seu compatriota. É um homem que honra uma nação mais do que os maiores capitães! Começou como tantos outros, com dificuldades e rejeições, mas triunfou, porque tem força de vontade. E é triste pensar que essa obra, que deveria ser uma obra internacional, que bastaria para ilustrar um reino, só teve êxito graças à energia de um único homem. Logo, que sejam prestadas honras ao senhor de Lesseps!

– Sim, honras a esse grande cidadão – repliquei, bastante surpreso com o tom com que o capitão Nemo acabara de falar.

– Infelizmente – continuou ele –, não posso conduzi-lo através desse canal de Suez, mas poderá contemplar os longos cais de Port Said depois de amanhã, quando estivermos no Mediterrâneo.

— No Mediterrâneo! — exclamei.

— Sim, professor. Isso o surpreende?

— O que me surpreende é pensar que estaremos lá depois de amanhã.

— Verdade?

— Sim, capitão, embora eu tivesse de estar acostumado a não me surpreender com nada desde que estou a bordo do Nautilus!

— Mas a propósito de que toda essa surpresa?

— A propósito da velocidade assustadora que será obrigado a imprimir ao Nautilus, caso ele deva estar depois de amanhã em pleno Mediterrâneo, depois de ter contornado toda a África e dobrado o cabo da Boa Esperança!

— E quem lhe disse que ele fará a volta da África, professor? Quem está falando em dobrar o cabo da Boa Esperança!

— A menos que o Nautilus navegue em terra firme e passe por cima do istmo...

— Ou por baixo, sr. Aronnax.

— Por baixo?

— Sem dúvida — respondeu tranquilamente o capitão Nemo. — Há muito tempo, a natureza fez sob essa língua de terra o que os homens fazem hoje em sua superfície.

— O quê! Haveria uma passagem!

— Sim, uma passagem subterrânea que chamei de Túnel da Arábia. Corre embaixo de Suez e termina no golfo de Pelusa.

— Mas esse istmo é formado apenas de areia movediça?

— Até certa profundidade. Mas a apenas cinquenta metros encontra-se uma inabalável base rochosa.

— E foi por acaso que descobriu essa passagem? — perguntei, cada vez mais surpreso.

— Acaso e raciocínio, professor, e mais raciocínio que acaso.

— Capitão, estou escutando, mas meus ouvidos resistem em acreditar no que estão ouvindo.

– Ah, senhor! *Aures habent et non audient*[178] é um dito bíblico que atravessou os tempos. Essa passagem não apenas existe, mas já a utilizei repetidas vezes. Sem isso, eu não teria me aventurado hoje nesse beco sem saída que é o mar Vermelho.

– Seria indiscreto se lhe perguntasse como descobriu esse túnel?

– Senhor – respondeu o capitão –, não pode haver nada de secreto entre pessoas que não devem mais se separar.

Ignorei a insinuação e esperei pelo relato do capitão Nemo.

– Senhor professor – disse-me ele –, foi um simples raciocínio de naturalista que me levou a descobrir essa passagem que só eu conheço. Eu tinha notado que no mar Vermelho e no Mediterrâneo existia certo número de peixes de espécies absolutamente idênticas, ofídios, fiatolas, bodiões, percas, peixes-voadores. Ciente desse fato, acabei me perguntando se não existia comunicação entre os dois mares. Se existisse, a corrente subterrânea deveria forçosamente ir do mar Vermelho ao Mediterrâneo pelo único efeito da diferença de níveis. Pesquei então grande número de peixes nos arredores de Suez. Coloquei um anel de cobre em suas caudas e os joguei de volta ao mar. Alguns meses depois, na costa da Síria, pesquei novamente alguns exemplares de meus peixes providos de um anel na cauda. A comunicação entre os dois estava, portanto, demonstrada para mim. Eu a procurei com meu Nautilus, consegui descobri-la, aventurei-me nela e, daqui a pouco, professor, o senhor também terá percorrido meu Túnel da Arábia!

V

O TÚNEL DA ARÁBIA

Naquele mesmo dia, relatei a Conseil e a Ned Land a parte dessa conversa que lhes interessava diretamente. Quando lhes disse que dentro de dois dias estaríamos no meio das águas do Mediterrâneo, Conseil bateu palmas, mas o canadense deu de ombros.

— Um túnel submarino! — exclamou ele. — Uma comunicação entre os dois mares! Quem já ouviu falar disso?

— Amigo Ned — interveio Conseil —, já tinha ouvido falar do Nautilus? Não! E, no entanto, ele existe. Logo, não dê de ombros tão levianamente e não rejeite as coisas só porque nunca ouviu falar delas.

— Vamos ver! — replicou Ned Land, meneando a cabeça. Afinal, o que mais quero é acreditar nessa passagem, nesse capitão, e implorar aos céus para que ele nos conduza, de fato, ao Mediterrâneo.

Naquela mesma noite, a 21°30' de latitude norte, o Nautilus, flutuando na superfície do mar, se aproximou da costa árabe. Vi Jedá, importante entreposto comercial para o Egito, Síria, Turquia e Índia. Consegui distinguir com bastante nitidez todas as suas construções, os navios atracados ao longo do cais, e aqueles cujo calado os obrigava a ancorar na baía. O sol, já baixo no horizonte, batia em cheio nas casas da cidade e realçava sua brancura. Do lado de fora, algumas cabanas de madeira ou de junco indicavam o quarteirão habitado pelos beduínos.

Logo Jedá se apagou nas sombras da noite, e o Nautilus retornou sob as águas ligeiramente fosforescentes.

No dia seguinte, 10 de fevereiro, vários navios apareceram, avançando em nossa direção. O Nautilus retomou sua navegação submarina; mas ao meio-dia, na hora dos controles, estando o mar deserto, subiu até a linha de flutuação.

Acompanhado por Ned e Conseil, cheguei e me sentei na plataforma. A costa a leste mostrava-se como uma massa embaçada por uma neblina úmida.

Apoiados nas laterais do barco, conversávamos um tanto à toa, quando Ned Land, estendendo a mão para um ponto do mar, me disse:

– Vê alguma coisa ali, professor?

– Não, Ned – respondi. – Mas não tenho seus olhos, você sabe disso.

– Olhe com atenção – insistiu Ned. – Ali adiante, a estibordo, mais ou menos na altura do farol! Não consegue ver uma massa que parece estar se movendo?

– Com efeito – disse eu, depois de uma observação mais atenta –, vejo algo como um corpo longo e enegrecido na superfície da água.

– Outro Nautilus? – perguntou Conseil.

– Não – respondeu o canadense –, mas muito me engano ou é algum animal marinho.

– Há baleias no mar Vermelho? – perguntou Conseil.

– Sim, meu rapaz – respondi –, às vezes as encontramos.

– Não é uma baleia – retrucou Ned Land, que não tirava os olhos do objeto assinalado. – As baleias e eu somos velhos conhecidos, e não me enganaria com o jeito delas na superfície das águas.

— Vamos esperar – disse Conseil. – O Nautilus está indo nessa direção, e em pouco tempo saberemos o que estamos enfrentando.

Com efeito, esse objeto escuro logo estava a apenas uma milha de distância. Parecia um grande recife à deriva em mar aberto. O que era isso? Eu não conseguia ainda dizer nada.

— Ah! Ele se mexe! Ele mergulha! – exclamou Ned Land.
— Com mil demônios! O que poderia ser esse animal? Não tem cauda bifurcada como as baleias ou cachalotes, e suas nadadeiras lembram membros mutilados.

— Mas então... – disse eu.

— Bem – continuou o canadense –, aí está ele deitado de costas e levantando as mamas!

— É uma sereia – exclamou Conseil –, uma verdadeira sereia, sem ofensa ao patrão.

Esse vocábulo sereia me pôs no caminho certo, e compreendi que esse animal pertencia àquela ordem de seres marinhos que a fábula transformou em sereias, com o corpo metade mulher e metade peixe.

— Não – disse eu a Conseil –, não é uma sereia, mas um ser curioso do qual restam apenas alguns exemplares no mar Vermelho. É um dugongo.

— Ordem dos sirenídeos ou sirênios, grupo dos pisciformes, subclasse dos monodelfos, classe dos mamíferos, ramo dos vertebrados – completou Conseil.

E quando Conseil falava dessa forma, não havia mais nada a dizer.

Ned Land, no entanto, continuava a observar. Seus olhos brilhavam de avidez ao ver esse animal. Sua mão parecia pronta para arremessar o arpão. Era como se ele estivesse esperando o momento de se jogar no mar para atacá-lo em seu elemento.

— Oh! Senhor – disse-me ele, com voz trêmula de emoção –, eu nunca matei "um desses".

A própria pessoa do arpoador estava contida nessa frase.
Nesse instante, o capitão Nemo apareceu na plataforma. Avistou o dugongo. Compreendeu a atitude do canadense e, dirigindo-se diretamente a ele, disse:

– Se estivesse empunhando um arpão, mestre Land, não lhe queimaria a mão?

– É o senhor quem o diz.

– E não gostaria de retomar sua profissão de arpoador por um dia e acrescentar esse cetáceo à lista dos que já matou?

– Claro que isso não me desagradaria.

– Pois bem, você pode tentar.

– Obrigado, senhor – respondeu Ned Land, com os olhos inflamados.

– Somente – continuou o capitão –, peço-lhe que não perca o animal, e isso é de seu interesse.

– É perigoso atacar um dugongo? – perguntei, apesar da indiferença demonstrada pelo canadense.

– Sim, às vezes – respondeu o capitão. – Esse animal se volta contra seus agressores e vira a embarcação deles. Mas esse perigo não deve assustar mestre Land. Seu golpe de vista é rápido, seu braço é seguro. Se lhe recomendo que não perca esse dugongo é porque é considerado uma refinada carne de caça, e sei que mestre Land não odeia boas iguarias.

– Ah! – exclamou o canadense. – Essa fera também se dá ao luxo de fornecer carne de primeira?

– Sim, mestre Land. Sua carne, uma carne de caça verdadeira, é extremamente apreciada e é reservada em toda a Malásia para a mesa dos príncipes. Por isso esse excelente animal é caçado com tanta avidez que, assim como o peixe-boi, seu congênere, se torna cada vez mais raro.

– Então, senhor capitão – disse Conseil, sério –, se por acaso esse fosse o último da sua raça, não seria aconselhável poupá-lo no interesse da ciência?

– Talvez – respondeu o canadense –, mas, no interesse da cozinha, é melhor caçá-lo.

– Faça isso, mestre Land – foi a conclusão do capitão Nemo.

Nesse momento, sete homens da tripulação, mudos e impassíveis como sempre, subiram à plataforma. Um deles carregava um arpão e uma linha semelhante às usadas pelos pescadores de baleias. O escaler foi liberado, tirado de seu nicho e lançado ao mar. Seis remadores ocuparam seus lugares nos bancos, e o timoneiro assumiu o leme. Ned, Conseil e eu sentamos na parte de trás.

– Não vem, capitão? – perguntei.

– Não, senhor, mas desejo-lhes uma boa caçada.

O escaler se movimentou e, impulsionado pelos seis remos, avançou rapidamente em direção do dugongo, que flutuava então a duas milhas do Nautilus.

Chegando a algumas centenas de metros do cetáceo, o escaler reduziu a velocidade, e os remos mergulharam silenciosamente nas águas tranquilas. Ned Land, com o arpão na mão, se postou de pé na proa do barco. O arpão usado na caça à baleia é geralmente preso a uma corda muito longa que se desenrola rapidamente quando o animal ferido a arrasta consigo. Mas nessa ocasião, a corda não media mais que dez braças, e sua ponta estava presa somente a um barrilete que, em sua flutuação, devia indicar o trajeto do dugongo sob as águas.

Eu me havia levantado e observava claramente o adversário do canadense. Esse dugongo, que é chamado também de *halicore*, era muito parecido com o peixe-boi. Seu corpo oblongo terminava com uma cauda muito alongada, e suas nadadeiras laterais tinha dedos. Sua diferença em relação ao peixe-boi consistia no fato de que sua mandíbula superior era dotada de dois dentes longos e pontiagudos, que formavam presas divergentes de cada lado.

Esse dugongo, que Ned Land se preparava para atacar, tinha dimensões colossais, e seu comprimento ultrapassava pelo menos sete metros. Não se mexia e parecia dormir na superfície das ondas, circunstância que tornava sua captura mais fácil.

O escaler se aproximou cautelosamente a três braças do animal. Os remos permaneceram suspensos em seus estribos. Eu me soergui. Ned Land, com o corpo um pouco jogado para trás, brandia o arpão com mão experiente.

De repente, ouviu-se um assobio, e o dugongo desapareceu. O arpão, lançado com força, provavelmente só atingira a água.

– Com mil diabos! – exclamou o canadense, furioso.
– Errei!
– Não – disse eu. – O animal está ferido, aí está o sangue dele, mas sua ferramenta não se prendeu ao corpo dele.
– Meu arpão! Meu arpão! – gritou Ned Land.

Os marujos se puseram a remar novamente, e o timoneiro dirigiu a embarcação para o barrilete flutuante. Assim que o arpão foi recuperado, o escaler partiu em perseguição do animal.

O dugongo voltava, de tempos em tempos, à superfície do mar para respirar. O ferimento não o havia enfraquecido, pois fugia com extrema rapidez. O escaler, manobrado por braços vigorosos, voava em seu rastro. Várias vezes se aproximou dele a poucos metros, e o canadense se mantinha em posição de atacar; mas o dugongo sumia com um mergulho repentino, e era impossível atingi-lo.

Pode-se imaginar a raiva que agitava o impaciente Ned Land. Ele despejava contra o infeliz animal as imprecações mais enérgicas da língua inglesa. De minha parte, o que mais me desapontava era ver o dugongo frustrar todos os nossos truques.

Nós o perseguimos incansavelmente durante uma hora, e eu começava a acreditar que seria muito difícil capturá-lo, quando o animal foi tomado por uma infeliz ideia de vingança, da qual haveria de se arrepender. Ele se voltou contra o escaler para atacá-lo.

Essa manobra não escapou ao canadense.

– Atenção! – gritou ele.

O timoneiro pronunciou algumas palavras em sua língua estranha e, sem dúvida, alertou seus homens a ficar de sobreaviso.

O dugongo, chegando a poucos metros do escaler, parou, aspirou bruscamente o ar com as vastas narinas perfuradas, não na ponta, mas na parte superior do focinho. Depois, tomando impulso, precipitou-se contra nós.

O escaler não conseguiu evitar o choque; meio tombado, foi invadido por um ou dois tonéis de água, que foi preciso retirar; mas, graças à habilidade do timoneiro, abalroado de lado e não em cheio, não virou. Ned Land, agarrado à proa, agredia com o arpão o gigantesco animal que, com os dentes cravados na amurada, erguia a embarcação para fora da água como um leão faz com um cabrito montês. Fomos jogados uns sobre os outros, e não sei como a aventura teria terminado se o canadense, sempre lutando ferozmente com a fera, não lhe tivesse finalmente atingido o coração.

Ouvi o ranger de dentes no metal e o dugongo desapareceu, arrastando consigo o arpão. Mas logo o barrilete voltou à superfície, e alguns momentos depois apareceu o corpo do animal, boiando de costas. O escaler se aproximou, amarrou-o a reboque e se dirigiu para o Nautilus.

Foi preciso utilizar roldanas de grande força para içar o dugongo até a plataforma. Pesava cinco toneladas. Foi aberto e desmembrado diante dos olhos do canadense que fez questão de acompanhar todos os detalhes da operação. No mesmo dia, o mordomo me serviu no jantar algumas fatias dessa carne habilmente preparada pelo cozinheiro de bordo. Achei-a excelente e até superior à de vitela, quando não à de boi.

No dia seguinte, 11 de fevereiro, a cozinha do Nautilus foi enriquecida ainda com delicada carne de caça. Um bando de andorinhas-do-mar pousou sobre o Nautilus. Era uma espécie de *sterna nilotica* (gaivina-de-bico-preto), própria do Egito, de bico preto, cabeça cinza e pontilhada, olhos cercados de pontos brancos, dorso, asas e cauda acinzentados, ventre e papo brancos, patas vermelhas. Conseguimos apanhar também algumas dezenas de patos do Nilo, aves selvagens de carne saborosa, que têm o pescoço e a parte inferior da cabeça brancos e salpicados de preto.

A velocidade do Nautilus era então moderada. Estava passeando, por assim dizer. Observei que a água do mar Vermelho se tornava cada vez menos salgada à medida que nos aproximávamos de Suez.

Por volta das 5 horas da tarde, navegamos rumo norte, em direção ao cabo de Ras Mohammed. É esse cabo que forma a extremidade da Arábia Petreia, entre o golfo de Suez e o golfo de Ácaba.

O Nautilus entrou no estreito de Jubal, que leva ao golfo de Suez. Percebi nitidamente uma montanha bastante alta dominando Ras Mohammed entre os dois golfos. Era o monte Horeb, o Sinai, em cujo cimo Moisés viu Deus face a face, e que a imaginação do homem sempre o representa envolto em relâmpagos.

Às 6 horas, o Nautilus, ora flutuando, ora submerso, passou ao largo de Tor, cidade situada no fundo de uma baía, cujas águas pareciam tingidas de vermelho, observação já feita pelo capitão Nemo. Então caiu a noite, no meio de um pesado silêncio que às vezes era quebrado pelo grito do pelicano e de alguns pássaros noturnos, pelo barulho da ressaca das ondas contra os rochedos ou pelo gemido distante de um vapor batendo com força suas pás nas águas do golfo.

Das 8 às 9 horas, o Nautilus permaneceu alguns metros abaixo da água. Pelos meus cálculos, devíamos estar muito perto de Suez. Através das escotilhas do salão, eu via fundos de rochedos intensamente iluminados por nossa luz elétrica. Parecia-me que o estreito se afunilava cada vez mais.

Às 9h15, tendo a embarcação voltado à superfície, subi à plataforma. Muito impaciente para atravessar o túnel do capitão Nemo, eu não conseguia ficar parado e tentava respirar o ar puro da noite.

Logo depois, na penumbra, percebi um fogo pálido, meio descolorido pela névoa, que brilhava a uma milha de distância.

– Um farol flutuante – disse alguém perto de mim.

Virei-me e reconheci o capitão.

– É o farol flutuante de Suez – continuou ele. – Não tardaremos a chegar à boca do túnel.

– A entrada não deve ser fácil.

– Não, senhor. Por isso fico geralmente na cabine do timoneiro para dirigir a manobra pessoalmente. E agora, se quiser descer, sr. Aronnax, o Nautilus vai afundar nas águas e só retornará à superfície depois de ter cruzado o Túnel da Arábia.

Segui o capitão Nemo. A escotilha se fechou, os reservatórios de água se encheram, e o aparelho submergiu a cerca de dez metros.

Quando estava prestes a voltar a meu quarto, o capitão me deteve e disse:

– Senhor professor, gostaria de me acompanhar até a cabine do piloto?

– Não ousei lhe pedir – respondi.

– Então venha. Terá a oportunidade de ver tudo o que é possível ver durante essa navegação ao mesmo tempo subterrânea e submarina.

O capitão Nemo me conduziu até a escada central. No meio da subida, abriu uma porta, seguiu pelas passagens superiores e chegou à cabine do piloto que, como sabemos, ficava na extremidade da plataforma.

Era uma cabine de 4 m², mais ou menos semelhante àquelas ocupadas pelos timoneiros das embarcações a vapor do rio Mississippi ou do rio Hudson. No meio, manobrava-se uma roda disposta verticalmente, e articulada com os cabos do leme que corriam até a popa do Nautilus. Quatro escotilhas providas de vidros lenticulares, escavadas nas paredes da cabine, permitiam ao timoneiro olhar em todas as direções.

A cabine era escura; mas logo meus olhos se acostumaram a essa escuridão, e vi o piloto, um homem vigoroso, cujas mãos repousavam nos aros da roda. Lá fora, o mar parecia iluminado pelo farol que irradiava por trás da cabine, na outra extremidade da plataforma.

– Agora – disse o capitão Nemo –, vamos procurar nossa passagem.

Fios elétricos conectavam a cabine do timoneiro à sala de máquinas e, de lá, o capitão podia comunicar simultaneamente a direção e o movimento ao Nautilus. Ele apertou um botão de metal e imediatamente a velocidade da hélice foi reduzida.

Eu olhava em silêncio para a alta e íngreme muralha que naquele momento margeávamos, base inabalável do maciço arenoso da costa. Nós a seguimos assim por uma hora, a apenas alguns metros de distância. O capitão Nemo não tirava os olhos da bússola dependurada na cabine, com seus dois círculos concêntricos. A um simples gesto seu, o timoneiro mudava, a qualquer momento, a direção do Nautilus.

Eu me havia posicionado na escotilha de bombordo e podia ver magníficas substruções de corais, zoófitos, algas, além de crustáceos agitando suas enormes patas, projetadas para fora das fendas da rocha.

Às 10h15, o próprio capitão Nemo assumiu o comando. Uma ampla galeria, negra e profunda, se abria diante de nós. O Nautilus enveredou ousadamente por ela. Um marulhar inusitado se fez ouvir nos flancos. Eram as águas do mar Vermelho que o declive do túnel precipitava em direção do Mediterrâneo. O Nautilus seguia a torrente, rápida como uma flecha, apesar dos esforços de seu motor que, para resistir, batia nas águas em movimento de ré.

Nas muralhas da estreita passagem, eu via apenas listras cintilantes, linhas retas, sulcos de fogo traçados pela velocidade sob o brilho da eletricidade. Meu coração palpitava descontrolado, e eu o comprimia com a mão.

Às 10h35, o capitão Nemo largou a roda do leme e, voltando-se para mim, disse:

– O Mediterrâneo!

Em menos de vinte minutos, o Nautilus, arrastado por essa correnteza, acabava de atravessar o istmo de Suez.

VI

O ARQUIPÉLAGO GREGO

No dia seguinte, 12 de fevereiro, ao amanhecer, o Nautilus voltou à superfície. Corri para a plataforma. Três milhas ao sul assomava a vaga silhueta da antiga cidade de Pelúsio. Uma corrente nos havia carregado de um mar a outro. Mas esse túnel, fácil de descer, devia estar impraticável para subir.

Por volta das 7 horas, Ned e Conseil se juntaram a mim. Esses dois companheiros inseparáveis tinham dormido pacificamente, sem se preocupar com as proezas do Nautilus.

– Pois bem, senhor naturalista – perguntou o canadense, em tom levemente zombeteiro –, e esse Mediterrâneo?

– Estamos flutuando em sua superfície, amigo Ned.

– Hein! – exclamou Conseil. – Nessa mesma noite?...

– Sim, nessa mesma noite, em poucos minutos, atravessamos esse istmo intransponível.

– Não acredito! – interveio o canadense.

– Está errado, mestre Land – retruquei. – Essa costa baixa que se curva para o sul é a costa egípcia.

– Venha com outra – replicou o teimoso canadense.

– Mas visto que esse senhor o afirma – interveio Conseil –, devemos acreditar.

— Além disso, Ned, o capitão Nemo me fez as honras de seu túnel, e eu estava ao lado dele, na cabine do timoneiro, enquanto o próprio capitão conduzia o Nautilus por essa passagem estreita.

— Ouviu bem, Ned? – perguntou Conseil.

— E você, Ned, que tem a vista tão boa – acrescentei –, pode muito ver daqui o cais de Port Said, estendendo-se mar adentro.

O canadense olhou com atenção.

— De fato – disse ele –, tem razão, professor, e seu capitão é um verdadeiro mestre. Estamos no Mediterrâneo. Bem, vamos conversar, portanto, sobre nossos pequenos assuntos, mas de maneira que ninguém possa nos ouvir.

Percebi claramente aonde o canadense queria chegar. Em todo caso, achei melhor conversar, visto que ele assim o desejava, e nós três fomos sentar perto do farol, onde estávamos menos expostos aos borrifos das ondas.

— Agora, Ned, estamos ouvindo – disse eu. – O que tem para nos dizer?

— O que tenho para lhes dizer é muito simples – respondeu o canadense. – Estamos na Europa, e antes que os caprichos do capitão Nemo nos arrastem para o fundo dos mares polares ou nos levem de volta à Oceania, peço que deixemos o Nautilus.

Confesso que essa discussão com o canadense sempre me deixava embaraçado. Eu não queria impedir de forma alguma a liberdade de meus companheiros e, no entanto, não sentia vontade de deixar o capitão Nemo. Graças a ele, graças a seu aparelho, eu aprofundava cada dia mais meus estudos submarinos, refazendo meu livro sobre as profundezas submarinas no local mais apropriado possível. Será que algum dia eu haveria de encontrar oportunidade igual para observar as maravilhas do oceano? Claro que não! Não conseguia, portanto, admitir a ideia de abandonar o Nautilus antes de ter concluído nosso ciclo de estudos e pesquisas.

– Amigo Ned – disse eu – responda-me francamente. Está entediado a bordo? Lamenta que o destino o tenha jogado nas mãos do capitão Nemo?

O canadense permaneceu por alguns momentos sem responder. Depois, cruzando os braços, disse:

– Francamente, não me arrependo dessa viagem submarina. Ficarei contente por tê-la feito; mas para isso, ela deve terminar. Essa é minha opinião.

– Ela vai terminar, Ned.

– Onde e quando?

– Onde? Não sei. Quando? Não posso dizer, ou melhor, suponho que vai terminar quando esses mares não tiverem mais nada a nos ensinar. Nesse mundo, tudo o que começa tem forçosamente um fim.

– Penso como o senhor – ponderou Conseil. – E é bem possível que, depois de ter viajado por todos os mares do globo, o capitão Nemo nos devolva a liberdade.

– A liberdade! – exclamou o canadense. – Uma bela enganada, você quer dizer?

– Não exagere, mestre Land – repliquei. – Não temos nada a temer do capitão, mas também não compartilho das ideias de Conseil. Somos senhores dos segredos do Nautilus e não espero que seu comandante, ao nos restituir a liberdade, se resignasse a ver seus segredos correndo o mundo conosco.

– Mas, então, o que você espera? – perguntou o canadense.

– Que surjam circunstâncias de que podemos ou devemos tirar proveito, tanto dentro de seis meses quanto agora.

– Ora, ora! – exclamou Ned Land. – E, por favor, onde estaremos daqui a seis meses, senhor naturalista?

– Talvez aqui, talvez na China. Como bem sabe, o Nautilus anda rápido. Atravessa os oceanos como uma andorinha atravessa os ares, ou como um trem expresso atravessa os continentes. Não teme os mares agitados. Quem nos diz que ele não chegará às costas da França, da Inglaterra ou da América, onde uma fuga poderia ser tentada com mais sucesso do que aqui?

– Sr. Aronnax – respondeu o canadense –, seus argumentos pecam pela base. O senhor fala do futuro: "Estaremos lá! Estaremos aqui!" Eu falo do presente: "Estamos aqui e devemos aproveitar a oportunidade".

Eu estava fortemente pressionado pela lógica de Ned Land e me sentia derrotado nesse terreno. Já não sabia que argumentos apresentar a meu favor.

– Senhor – voltou a insistir Ned –, suponhamos, o que é impossível, que o capitão Nemo lhe ofereça a liberdade hoje mesmo. O senhor a aceitaria?

– Não sei – respondi.

– E se ele acrescentar que essa oferta que está lhe fazendo hoje, não a renovaria mais tarde, o senhor aceitaria?

Não respondi.

– E o que pensa o amigo Conseil? – perguntou Ned Land.

– O amigo Conseil – respondeu calmamente o digno rapaz –, o amigo Conseil não tem nada a dizer. Está inteiramente desinteressado por esse assunto. Assim como seu mestre, assim como seu camarada Ned, ele é solteiro. Nem esposa, nem pais, nem filhos o esperam na terra natal. Ele está a serviço de um senhor, pensa como esse senhor, fala como esse senhor e, para seu grande pesar, não se deve contar com ele para formar a maioria. Apenas duas pessoas estão presentes: o senhor de um lado, Ned Land do outro. Dito isso, o amigo Conseil escuta e está pronto a marcar os pontos de um e de outro.

Não pude deixar de sorrir ao ver Conseil aniquilar tão completamente sua personalidade. No fundo, o canadense deve ter ficado encantado por não tê-lo contra ele.

– Então, senhor – disse Ned Land –, visto que Conseil não existe, vamos conversar apenas nós dois. Falei e o senhor me ouviu. O que tem a responder?

Era evidentemente necessário concluir, e os subterfúgios me repugnavam.

– Amigo Ned – disse eu –, essa é minha resposta. Você tem toda a razão, e meus argumentos não podem resistir aos seus. Não devemos contar com a boa vontade do capitão Nemo. A prudência mais elementar o proíbe de nos libertar. Por outro lado, a prudência manda aproveitar a primeira oportunidade que se apresentar para escapar do Nautilus.

– Bem, sr. Aronnax, essas palavras são a expressão da sabedoria.

– Apenas – disse eu –, uma observação, apenas uma. A ocasião deve ser séria. É necessário que nossa primeira tentativa de fuga dê certo; porque, se ela abortar, não teremos a oportunidade de repeti-la, e o capitão Nemo não nos perdoará.

– Tudo isso é verdade – ponderou o canadense. – Mas sua observação se aplica a qualquer tentativa de fuga, quer ocorra dentro de dois anos ou dentro de dois dias. Logo, a questão é sempre essa: se surgir uma oportunidade favorável, temos de agarrá-la.

– De acordo. E agora, poderia me dizer, Ned, o que você entende por oportunidade favorável?

– Seria aquela que, numa noite escura, levasse o Nautilus a curta distância de uma costa europeia.

– E tentaria fugir a nado?

– Sim, se estivéssemos suficientemente perto da costa, e o navio flutuasse na superfície. Não, se estivéssemos longe e a embarcação navegasse submersa.

– E nesse caso?

– Nesse caso, eu tentaria me apoderar do escaler. Sei como manobrá-lo. Entraríamos nele e, retirados os parafusos e trancas, subiríamos à superfície, sem que o próprio timoneiro, colocado à frente, percebesse nossa fuga.

– Muito bom, Ned. Fique, pois, à espreita dessa oportunidade; mas lembre-se de que o fracasso seria nossa perdição.

– Não vou me esquecer, senhor.

– E agora, Ned, quer saber realmente minha opinião sobre seu plano?

– De bom grado, sr. Aronnax.

– Pois bem, eu acho, não digo que espero, eu acho que essa oportunidade favorável não vai se apresentar.

– Por quê?

– Porque o capitão Nemo sabe muito bem que não perdemos a esperança de recuperar nossa liberdade e ele estará sempre vigilante, especialmente nos mares à vista das costas europeias.

– Sou da opinião do senhor – interveio Conseil.

– Veremos, veremos – replicou Ned Land, meneando a cabeça com expressão determinada.

– E agora, Ned Land – acrescentei –, vamos parar por aqui. Nem mais uma só palavra sobre tudo isso. No dia em que você estiver pronto, irá nos avisar e nós o seguiremos. Eu confio inteiramente em você.

E assim terminou essa conversa que mais tarde deveria ter consequências tão graves. Devo dizer agora que os fatos pareceram confirmar minhas previsões, para grande desespero do canadense. Será que o capitão Nemo desconfiava de nós nesses mares frequentados ou apenas queria esconder-se da vista dos numerosos navios de todas as nações que singram o Mediterrâneo? Não sei, mas ele se mantinha na maior parte do tempo entre duas águas e ao largo da costa. O Nautilus ora emergia, deixando aflorar apenas a cabine do timoneiro, ora mergulhava a grandes profundidades, porque entre o arquipélago grego e a Ásia Menor não encontrávamos o fundo até dois mil metros.

Por isso, só tomei conhecimento da ilha de Cárpatos por esses versos de Virgílio, que o capitão Nemo me citou, colocando o dedo num ponto do planisfério:

Est in Carpathio Neptuni gurgite vates
Cœruleus Proteus.[179]

Era, com efeito, a antiga residência de Proteu, o antigo pastor dos rebanhos de Netuno, hoje ilha de Scarpanto, situada entre Rodes e Creta. Só vi as fundações de granito pela escotilha do salão.

Depois, no dia 14 de fevereiro, resolvi passar algumas horas estudando os peixes do arquipélago; mas por alguma razão as escotilhas permaneceram hermeticamente fechadas. Ao observar a direção do Nautilus, percebi que rumava para Cândia, a antiga ilha de Creta. Na época em que eu tinha embarcado na Abraham-Lincoln, toda essa ilha acabava de se revoltar contra o despotismo turco. Mas o que aconteceu depois com essa insurreição, eu ignorava totalmente e não seria o capitão Nemo, privado de qualquer comunicação com a terra, que poderia me informar a respeito.

Não fiz, portanto, nenhuma alusão a esse acontecimento quando, à noite, me vi sozinho com ele no salão. Além disso, ele me pareceu taciturno e preocupado. Depois, contrariando seus hábitos, mandou que abrissem as duas escotilhas do salão e, passando de uma para outra, observou atentamente a massa das águas. Com que finalidade? Eu não podia adivinhar e, de minha parte, passava o tempo estudando os peixes que passavam diante de meus olhos.

Entre outros, notei os góbios afísios, citados por Aristóteles e comumente conhecidos como "botias do mar", que são encontrados principalmente nas águas salgadas que circundam o delta do Nilo. Perto deles havia pargos semifosforescentes, espécie de esparídeos que os egípcios classificavam entre os animais sagrados, e cuja chegada às águas do rio era celebrada com cerimônias religiosas, porque preanunciavam seu transbordamento fertilizador. Notei também quilinas com três decímetros de comprimento, peixes ósseos com escamas transparentes, cuja cor lívida se mistura com manchas vermelhas; são grandes devoradores de plantas marinhas, o que lhes confere um sabor requintado; essas quilinas eram muito procuradas pelos gourmets da Roma antiga, e as entranhas desse peixe preparadas com ovas de moreia, cérebros de pavão e línguas de fenópteros, compunham um prato divino que encantava Vitélio[180].

Outro habitante desses mares atraiu minha atenção, trazendo-me à mente todas as recordações da antiguidade. Foi a rêmora, que viaja presa à barriga dos tubarões; segundo os antigos, esse peixe, preso ao casco de um navio, podia detê-lo em seu avanço; um deles, retendo o navio de Antônio, durante a batalha de Áccio, facilitou a vitória de Augusto.[181] De que dependem os destinos das nações! Observei também admiráveis *anthias* pertencentes à ordem dos lutjanídeos, peixes sagrados para os gregos que lhes atribuíam o poder de afastar os monstros marinhos das águas que frequentavam; seu nome significa "flor", e eles o justificavam por suas cores cintilantes, todos os seus tons na gama do vermelho, da palidez do rosa ao brilho do rubi, e pelos fugazes reflexos que brilhavam em sua nadadeira dorsal. Meus olhos não conseguiam se desviar dessas maravilhas do mar quando, de repente, foram surpreendidos por uma aparição inesperada.

No meio das águas apareceu um homem, um mergulhador carregando uma bolsa de couro no cinto. Não era um corpo abandonado às ondas. Era um homem vivo que nadava vigorosamente, às vezes desaparecendo para respirar na superfície e mergulhando novamente em seguida.

Voltei-me para o capitão Nemo e, com voz emocionada, exclamei:

– Um homem! Um náufrago! Temos de salvá-lo a qualquer custo!

O capitão não me respondeu e veio se apoiar na escotilha.

O homem havia se aproximado e, com o rosto colado ao vidro, olhava para nós.

Para minha profunda estupefação, o capitão Nemo lhe fez um sinal. O mergulhador acenou de volta, subiu imediatamente à superfície do mar e nunca mais apareceu.

– Não se preocupe – disse-me o capitão. – É Nicolas, do cabo Matapan, apelidado de *Pesce*[182]. É bem conhecido em todas as ilhas Cíclades. Um mergulhador ousado! A água é seu elemento, e ele vive mais tempo nela do que em terra, indo sem cessar de uma ilha a outra e até Creta.

– O senhor o conhece, capitão?

– Como não, sr. Aronnax?

Dito isso, o capitão Nemo se dirigiu a um móvel posicionado perto da escotilha esquerda do salão. Ao lado desse móvel, vi um cofre com borda de ferro, cuja tampa exibia, numa placa de cobre, a figura do Nautilus, com o lema: *Mobilis in mobile*.

Nesse momento, o capitão, sem se preocupar com minha presença, abriu o móvel, espécie de cofre que continha um grande número de lingotes.

Eram lingotes de ouro. De onde vinha esse metal precioso que representava uma soma enorme? Onde é que o capitão recolhia esse ouro e o que haveria de fazer com ele?

Não pronunciei uma palavra sequer. Fiquei observando. O capitão Nemo tomou esses lingotes, um por um, e os guardou metodicamente no cofre, enchendo-o completamente. Estimei que continha então mais de mil quilos de ouro, ou seja, quase 5 milhões de francos.

O cofre foi fechado com toda a segurança, e o capitão escreveu na tampa um endereço em caracteres que deviam ser do grego moderno.

Feito isso, o capitão Nemo apertou um botão cujo fio se conectava com o posto da tripulação. Apareceram quatro homens que, não sem dificuldade, empurraram o cofre para fora do salão. Depois ouvi que o içavam pela escada de ferro, por meio de roldanas.

Nesse momento, o capitão Nemo se voltou para mim e perguntou:

– E o senhor dizia, professor?

– Eu não dizia nada, capitão.

– Então, senhor, permita-me desejar-lhe boa noite.

E com isso o capitão Nemo saiu do salão.

Voltei a meu quarto muito intrigado, o que é compreensível. Tentei em vão dormir. Procurava uma relação entre a aparição daquele mergulhador e esse cofre repleto de ouro. Logo senti por certos movimentos e pela inclinação que o

Nautilus deixava as camadas inferiores e retornava à superfície das águas.

Em seguida ouvi o rumor de passos na plataforma. Compreendi que soltavam o escaler e o lançavam ao mar. Ele atingiu as laterais do Nautilus por um instante e todo o barulho cessou.

Duas horas depois, o mesmo barulho, as mesmas idas e vindas se repetiram. O escaler içado a bordo foi reposto em seu lugar e o Nautilus voltou a mergulhar.

Assim, pois, esses milhões tinham sido entregues a seu destinatário. Em que ponto do continente? Quem era o correspondente do capitão Nemo?

No dia seguinte, contei a Conseil e ao canadense os acontecimentos daquela noite, que despertaram minha curiosidade no mais alto grau. Meus companheiros não ficaram menos surpresos do que eu.

– Mas onde ele consegue esses milhões? – perguntou Ned Land.

Não havia resposta possível para isso. Fui para o salão depois do almoço e comecei a trabalhar. Até às 5 da tarde, redigi minhas anotações. Nesse momento – deveria atribuir isso a uma predisposição pessoal – senti um calor extremo e tive que tirar minha roupa de bisso. Efeito incompreensível, pois não estávamos em altas latitudes e, além disso, o Nautilus, submerso, não deveria ter sofrido nenhum aumento de temperatura. Olhei o manômetro. Marcava uma profundidade de dezoito metros, que o calor atmosférico não poderia atingir.

Continuei meu trabalho, mas a temperatura subiu a ponto de se tornar intolerável.

"Haveria fogo a bordo?" – fiquei me perguntando.

Eu estava prestes a sair do salão quando o capitão Nemo entrou. Aproximou-se do termômetro, consultou-o e, virando-se para mim, disse:

– Quarenta e dois graus.

– Estou sentindo, capitão – repliquei. – E se o calor aumentar, não conseguiremos aguentar.

– Oh! Professor, esse calor só vai aumentar se quisermos.

– Então pode moderá-lo a seu bel-prazer?

– Não, mas posso me afastar do foco que o produz.

– Então sua origem é externa?

– Sem dúvida. Navegamos numa corrente de água fervente.

– Será possível? – exclamei.

– Olhe bem.

As escotilhas se abriram, e vi o mar completamente branco em torno do Nautilus. Uma fumaça de vapores sulfurosos se desenrolava no meio das ondas que ferviam como água numa caldeira. Apoiei a mão numa das vidraças, mas o calor era tão grande que tive de retirá-la.

– Onde estamos? – perguntei.

– Perto da ilha Santorini, professor – respondeu o capitão –, e precisamente nesse canal que separa a ilha Nea Kameni da ilha Palea Kameni. Quis lhe apresentar o curioso espetáculo de uma erupção submarina.

– Eu acreditava – disse eu – que a formação dessas novas ilhas tinha terminado.

– Nas regiões vulcânicas, nada se termina, nunca se acaba – respondeu o capitão Nemo – e o globo ali é sempre trabalhado por fogos subterrâneos. Já no ano 19 de nossa era, seguindo Cassiodoro e Plínio[183], uma nova ilha, Teia, a divina, apareceu no mesmo local onde essas ilhotas se formaram recentemente. Mais tarde, ela afundou nas águas, apenas para emergir novamente no ano 69 e afundar logo em seguida. Desde então, até hoje, a ação plutônica foi suspensa. Mas, no dia 3 de fevereiro de 1866, uma nova ilhota, que recebeu o nome de ilhota de George, emergiu em meio a vapores sulfurosos, perto de Nea Kameni, e ali se consolidou no dia 6 do mesmo mês. Sete dias depois, em 13 de fevereiro, apareceu a ilhota Afroessa, deixando um canal de dez metros entre Nea Kamenni e ela. Eu estava nesses mares quando ocorreu o fenômeno e pude observar todas as fases. A ilhota Afroessa, de formato arredondado, media mil metros de diâmetro por cem de altura. Compunha-se de lavas pretas e vítreas misturadas com fragmentos feldspáticos. Finalmente, no dia 10 de março, uma ilhota menor, chamada Réka, apareceu perto de Nea Kameni e, desde então, essas três ilhotas, unidas, formam uma única e mesma ilha.

– E o canal em que estamos neste momento? – perguntei.

– Aqui está – respondeu o capitão Nemo, mostrando-me um mapa do arquipélago. – Pode ver que lhe acrescentei novas ilhotas.

– Mas esse canal vai se fechar algum dia?

– É provável, sr. Aronnax, porque, desde 1866, oito pequenas ilhas de lava surgiram em frente ao porto São Nicolau de Palaa Kameni. É evidente, portanto, que Nea e Palea se unirão em tempo bastante próximo. Se no meio do Pacífico são os infusórios que formam os continentes, aqui são os fenômenos eruptivos. Veja, senhor, o trabalho que está sendo realizado sob essas ondas.

Voltei para junto da vidraça. O Nautilus estava parado. O calor estava se tornando intolerável. De branco, o mar passou a vermelho, coloração provocada pela presença do sal de ferro.

Apesar do fechamento hermético do salão, um cheiro sulfuroso insuportável se infiltrava, e via chamas escarlates, cuja incandescência matava o brilho da eletricidade.

Eu estava suando demais, estava sufocando, ia terminar assado. Sim, na verdade, me senti cozinhando!

– Não podemos mais ficar nessa água fervente – disse eu ao capitão.

– Não, não seria prudente – replicou o impassível Nemo.

Uma ordem foi dada. O Nautilus mudou de direção e se afastou dessa fornalha que não poderia desafiar impunemente. Quinze minutos depois, estávamos respirando na superfície das águas.

Ocorreu-me então a ideia de que, se Ned Land tivesse escolhido esses lugares para escapar, não teríamos saído vivos desse mar de fogo.

No dia seguinte, 16 de fevereiro, deixávamos essa bacia que, entre Rodes e Alexandria, tem profundidades de três mil metros, e o Nautilus, passando por Cerigo, abandonava o arquipélago grego, depois de ter dobrado o cabo Matapan.

VII

O MEDITERRÂNEO EM 48 HORAS

O Mediterrâneo, o mar azul por excelência, o "grande mar" dos hebreus, o "mar" dos gregos, o "*mare nostrum*" dos romanos, ladeado de laranjeiras, de aloés, de cactos, de pinheiros-marítimos, perfumado com a fragrância das murtas, emoldurado por rudes montanhas, saturado de ar puro e transparente, mas incessantemente atormentado pelos fogos da terra, onde Netuno e Plutão[184] ainda se digladiam pelo domínio do mundo. É nele, em suas margens e em suas águas, diz Michelet, que o homem se retempera num dos climas mais pujantes do globo.

Mas por mais bela que seja, só consegui ter uma rápida visão dessa bacia, cuja superfície cobre dois milhões de quilômetros quadrados. Senti falta dos conhecimentos pessoais do capitão Nemo, visto que o enigmático personagem não apareceu nenhuma vez durante essa travessia em grande velocidade. Estimo que o caminho que o Nautilus percorreu sob as ondas desse mar seja de aproximadamente seiscentas léguas, e ele percorreu esse trajeto em dois períodos, de vinte e quatro horas cada. Depois de deixarmos as regiões da Grécia na manhã do dia 16 de fevereiro, no dia 18, ao despontar do sol, atravessamos o estreito de Gibraltar.

Ficou evidente para mim que esse Mediterrâneo, confinado no meio dessas terras das quais queria fugir, desagradava ao capitão Nemo. Suas águas e suas brisas lhe traziam muitas lembranças, quando não muitos desgostos. Aqui ele não tinha mais essa liberdade sem repressão, essa independência de manobras que os oceanos lhe propiciavam, e seu Nautilus parecia espremido entre essas margens tão próximas da África e da Europa.

Por isso nossa velocidade era de vinte e cinco milhas por hora, ou doze léguas de quatro quilômetros. Escusado dizer que Ned Land, para seu grande pesar, teve de desistir de seus planos de fuga. Não poderia lançar mão do escaler, sendo arrastado a uma velocidade de doze a treze metros por segundo. Deixar o Nautilus nessas condições teria sido como pular de um trem que se movia na mesma velocidade, manobra imprudente, caso fosse tentada. Além disso, nosso aparelho só voltava à superfície à noite, para renovar seu suprimento de ar, e só se movia de acordo com as indicações da bússola e das marcações da barquilha.

Não vi, portanto, de todo esse Mediterrâneo senão o que o viajante de um trem expresso vê da paisagem que passa diante de seus olhos, ou seja, os horizontes distantes, e não os primeiros planos que passam como um relâmpago. Mas Conseil e eu pudemos observar alguns desses peixes mediterrâneos, que a força de suas nadadeiras mantinha por alguns momentos nas águas do Nautilus. Permanecíamos atentos diante das vidraças do salão e nossas anotações me permitem reconstruir agora em poucas palavras a ictiologia desse mar.

Dos muitos peixes que o habitam, vi alguns, vislumbrei outros, sem falar daqueles que a velocidade do Nautilus furtou de meus olhos. Permitam-me, portanto, dispô-los de acordo com essa classificação fantasiosa. Isso deixará mais acessíveis minhas rápidas observações.

No meio da massa das águas intensamente iluminadas pelas mantas elétricas, serpenteavam algumas lampreias de um metro de comprimento, comuns a quase todos os climas. Oxirrincos, espécies de arraia, de um metro e meio de largura, ventre branco e dorso cinzento e malhado, desdobravam-se como vastos xales levados pelas correntes. Outras raias passavam tão rapidamente que não saberia dizer se mereciam o nome de águias que lhes foi dado pelos gregos, ou as qualificações de rato, sapo e morcego que os pescadores modernos lhes conferiram. Tubarões-lixa, com três metros e meio de comprimento e particularmente temidos pelos mergulhadores, competiam entre si em velocidade. Tubarões-raposas, com quase dois metros e meio de comprimento e dotados de um olfato extremamente apurado, pareciam grandes sombras azuladas. Dourados, do gênero dos esparídeos, alguns dos quais mediam até treze decímetros, se mostravam com túnicas prateadas e azuis emolduradas de faixas, que contrastavam com o tom escuro de suas nadadeiras; peixes consagrados a Vênus, cujo olho está fixado numa sobrancelha dourada, essa espécie preciosa, amiga de todas as águas, doces ou salgadas, habitando rios, lagos e oceanos, vivendo em todos os climas, suportando todas as temperaturas, e cuja raça, que remonta às eras geológicas da terra, preservou toda a sua beleza dos primeiros dias. Magníficos esturjões, de nove a dez metros de comprimento, animais de longa marcha, batiam com a cauda nas vidraças das escotilhas, mostrando o dorso azulado com pequenas manchas marrons: lembram tubarões, sem a mesma força desses, e que se encontram em todos os mares; na primavera, gostam de subir os grandes rios, lutar contra as correntes do Volga, do Danúbio, do Pó, do Reno, do Loire, do Oder, e alimentar-se de arenques, de cavalas, de salmões e de gadus; embora pertençam à classe cartilaginosa, são delicados; são consumidos frescos, secos, marinados ou salgados e, antigamente, eram levados triunfalmente à mesa de Lúculo[185].

Mas, de todos esses habitantes do Mediterrâneo, os que pude observar de forma mais útil, quando o Nautilus se aproximou da superfície, pertenciam ao sexagésimo terceiro gênero de peixes ósseos. Eram atuns escombrídeos, de dorso preto-azulado, ventre revestido de couro prateado e cujos raios dorsais refletem centelhas douradas. Têm a reputação de acompanhar a rota dos navios, cuja sombra fresca procuram sob as luzes do céu tropical; e não desmentiram a fama ao acompanhar o Nautilus como antigamente acompanhavam os navios de La Pérouse. Durante longas horas, competiram em velocidade com nosso aparelho. Não me cansava de admirar esses animais verdadeiramente talhados para a corrida, suas cabeças pequenas, seus corpos lisos e fusiformes, que em alguns ultrapassavam os três metros, seus peitorais dotados de notável vigor e suas caudas bifurcadas. Nadavam em triângulo, como certos bandos de pássaros cuja velocidade igualavam, o que levava os antigos a dizer que a geometria e a estratégia lhes eram familiares. E, no entanto, não escapam às perseguições dos provençais, que os estimam como os estimavam os habitantes de Propôntida e da Itália, e é às cegas, aturdidos, que esses preciosos animais se lançam e perecem aos milhares nas redes de pesca de Marselha.

Citarei de memória aqueles peixes mediterrâneos que Conseil ou eu conseguimos vislumbrar. Eram gimontes-fierasfers esbranquiçados que passavam como vapores indescritíveis, moreias-congros, cobras de três a quatro metros enfeitadas de verde, azul e amarelo; bacalhau-gadus, de um metro de comprimento, cujo fígado constituía um prato delicado; cépolas que flutuavam como finas algas; triglas que os poetas chamam de peixes-liras e os marinheiros de peixes-assobiadores, e cujo focinho é decorado com duas lâminas triangulares e serrilhadas que representam o instrumento do velho Homero; triglas-andorinhas, nadando com a velocidade do pássaro do qual tomaram o nome; holocentros-garoupas, de cabeça vermelha, cuja barbatana dorsal é dotada de filamentos; sáveis decorados com manchas pretas, cinzentas, marrons, azuis, amarelas, verdes, sensíveis à voz prateada das campainhas; e esplêndidos pregados, esses faisões do mar, espécies de losangos de barbatanas amareladas, pontilhadas de castanho, e cuja parte superior, à esquerda, é geralmente marmorizada de marrom e amarelo; enfim, cardumes de admiráveis ruivos, verdadeiros paradiseídeos do oceano, pelos quais os romanos pagavam até 10 mil sestércios à unidade, e que faziam morrer sobre a mesa, para acompanhar com olhar cruel suas mudanças de cor, do vermelho cinábrio da vida ao branco pálido da morte.

E se não pude observar peixes-raias, nem balistas, nem tetrodontes, nem cavalos-marinhos, nem acarás-joia, nem centriscos, nem blênios, nem salmonetes, nem bodiões, nem peixes-voadores, nem anchovas, nem pargos, nem bogas, nem orfos, nem todos estes principais representantes da ordem dos pleuronectes, solhas-limão, solhas europeus, linguados, rodovalhos, comuns ao Atlântico e ao Mediterrâneo, devemos culpar a velocidade vertiginosa que levou o Nautilus através dessas águas opulentas.

Quanto aos mamíferos marinhos, creio ter reconhecido, ao passar pelo Adriático, dois ou três cachalotes, dotados de uma nadadeira dorsal, do gênero dos fisetérios, alguns golfinhos do gênero dos globicéfalos, exclusivos do Mediterrâneo e cuja parte anterior da cabeça é listrada com pequenas linhas claras; vi também uma dúzia de focas de barriga branca e pelo preto, conhecidas como "monges" e que têm efetivamente o aspecto de monges dominicanos, de três metros de comprimento.

Conseil, por sua vez, acredita ter visto uma tartaruga de quase dois metros de largura, ornamentada por três arestas salientes direcionadas longitudinalmente. Lamentei não ter visto esse réptil, porque, pela descrição que Conseil me deu, pensei ter reconhecido a tartaruga alaúde, que é uma espécie bastante rara. De minha parte, notei apenas algumas tartarugas comuns de carapaça alongada.

Quanto aos zoófitos, pude admirar, por alguns momentos, uma admirável galeolária alaranjada que se agarrava à vidraça da escotilha de bombordo; era um filamento longo e tênue, formando ramos infinitos que terminavam na renda mais fina que as rivais de Aracne[186] jamais haviam tecido. Infelizmente, não consegui apanhar esse admirável exemplar e nenhum outro zoófito mediterrânico teria sem dúvida se apresentado a meu olhar, se o Nautilus, na noite do dia 16, não tivesse diminuído consideravelmente sua velocidade. Eis aqui em que circunstâncias.

Passávamos então entre a Sicília e a costa de Túnis. Nesse espaço apertado ente o cabo Bon e o estreito de Messina, o fundo do mar sobe quase subitamente. Ali se formou uma verdadeira crista, sobre a qual restam apenas dezessete metros de água, enquanto, de cada lado, a profundidade chega a cento e setenta metros. O Nautilus teve, portanto, de manobrar com cuidado para não colidir com essa barreira submarina.

Mostrei a Conseil, no mapa do Mediterrâneo, o lugar ocupado por esse longo recife.

– Mas com todo o respeito que devo ao senhor – observou Conseil –, é como um verdadeiro istmo que une a Europa à África.

– Sim, meu rapaz – respondi –, bloqueia inteiramente o estreito da Líbia, e as sondagens de Smith provaram que os continentes antigamente estavam unidos entre o cabo Boco e o cabo Furina.

– Acredito nisso sem pestanejar – disse Conseil.

– Permito-me acrescentar – continuei – que existe uma barreira semelhante entre Gibraltar e Ceuta; em tempos geológicos, ela fechava completamente o Mediterrâneo.
– Sério! – exclamou Conseil. – E se um dia algum impulso vulcânico levantasse essas duas barreiras acima das ondas!
– Isso é praticamente de todo improvável, Conseil.
– Enfim, permita-me terminar, senhor, se esse fenômeno ocorresse, seria uma infelicidade para o senhor de Lesseps, que tanto se esforça para perfurar seu istmo!
– Concordo, mas, repito, Conseil, esse fenômeno não ocorrerá. A violência das forças subterrâneas está sempre diminuindo. Os vulcões, tão numerosos nos primórdios do mundo, estão se extinguindo aos poucos; o calor interno está se enfraquecendo, a temperatura das camadas inferiores do globo está caindo de modo apreciável a cada século, e tudo isso em detrimento de nosso globo, porque esse calor é a vida dele.
– Mas o sol...
– O sol é insuficiente, Conseil. Ele pode devolver o calor a um cadáver?
– Não, que eu saiba.
– Pois bem, meu amigo, a terra um dia será esse cadáver resfriado. Ela se tornará inabitável e será desabitada como a lua, que há muito perdeu seu calor vital.
– Dentro de quantos séculos? – perguntou Conseil.
– Dentro de algumas centenas de milhares de anos, meu rapaz.
– Então – respondeu Conseil – teremos tempo para completar nossa viagem, se Ned Land não interferir!
E Conseil, tranquilizado, voltou a estudar o fundo submarino que o Nautilus passava rente a ele, em velocidade moderada.
Ali, em um solo rochoso e vulcânico, desabrochava toda uma flora cheia de viço: esponjas, holotúrias, acalefos hialinos ornados e cirros avermelhados e que emitiam uma ligeira

fosforescência; tripangos, comumente conhecidos como pepinos-do-mar e banhados pelo brilho de um espectro solar; comátulas ambulantes, de um metro de largura, cujo roxo avermelhava as águas; euríalos arborescentes de grande beleza; pavônicas de longos caules; grande número de ouriços-do-mar comestíveis, de variadas espécies; e actínias verdes com troncos acinzentados e disco marrom, que se perdiam em sua cabeleira de tentáculos cor de oliva.

Conseil se ocupa mais especificamente em observar os moluscos e os articulados e, embora sua nomenclatura seja um pouco árida, não quero causar nenhum mal a esse corajoso rapaz, omitindo suas observações pessoais.

No ramo dos moluscos, ele cita numerosos pectiniformes; tolinas ou moluscos pé-de-burro que se amontoam uns sobre os outros; donácidos triangulares; *hyalas* tridentadas, com barbatanas amarelas e conchas transparentes; pleurobrânquios alaranjados; ouriços pontilhados ou salpicados de pintas esverdeadas; aplísias também conhecidas como lebres-do-mar; dolabelas, áceros carnudos, umbrelas específicas do Mediterrâneo; orelhas-do-mar cuja concha produz uma madrepérola muito procurada; vieiras flamuladas, anomias que os habitantes de Languedoc, dizem, preferem às ostras e aos mexilhões, tão caros aos marselheses; amêijoas duplas, brancas e gordas, moluscos que abundam nas costas da América do Norte e que são tão apreciados em Nova York; vieiras operculares de cores variadas; litodomos alojados em suas tocas e dos quais provei com gosto o sabor apimentado, venericárdias estriadas cuja concha de topo arredondado apresentava pontas salientes; cíntias eriçadas de tubérculos escarlates; carniárias com pontas curvas e semelhantes a leves gôndolas; férulas coroadas; atlantes com conchas espiraliformes; tétis cinzentos, manchados de branco e cobertas com sua mantilha franjada; eólidos semelhantes a pequenas lesmas; cavolinas rastejando sobre o dorso; aurículas e, entre outras, a aurícula miosótis, de concha oval; clavulinos fulvos, litorinas, iantinas, cinerárias, petrícolas, lamelares, cabochões, pandoras etc.

Quanto aos articulados, Conseil, em suas notas, dividiu-os muito acertadamente em seis classes, três das quais pertencem ao mundo marinho. Essas são as classes dos crustáceos, dos cirrópodes e dos anelídeos.

Os crustáceos se subdividem em nove ordens, sendo que a primeira dessas ordens compreende os decápodes, ou seja, os animais cuja cabeça e tórax estão geralmente fundidos, cujo aparelho oral é composto de vários pares de membros e que possuem quatro, cinco ou seis pares de pernas torácicas ou ambulatórias. Conseil seguiu o método de nosso mestre Milne Edwards, que estabelece três seções de decápodes: os braquiuros, os macruros e os anomuros. São nomes um pouco bárbaros, mas são justos e precisos. Entre as macruros, Conseil cita matias cuja testa está armada com duas grandes pontas divergentes; o escorpião *inachus*, que – não sei porquê – simbolizava a sabedoria entre os gregos; lampreias-massena, lampreias-spinimanas, provavelmente perdidas nesse banco de areia, porque costumam viver em grandes profundidades; xantos, pílumnas, romboides, calapídeos granulosos (muito fáceis de digerir, observa Conseil em suas anotações), coristos desdentados, ebálias, cimopólias, doripas lanosas etc. Entre os macruros, subdivididos em cinco famílias, os couraçados, os escavadores, os ástacos, os salicoques e os oquizópodes, ele cita as lagostas comuns, sendo que a carne da fêmea é mais apreciada; os ursos cilarídos ou cigarras-do-mar; os gébios ribeirinhos e todos os tipos de espécies comestíveis, mas nada diz sobre a subdivisão dos ástacos, que compreende as lagostas, porque as lagostas-vermelhas são as únicas lagostas do Mediterrâneo. Finalmente, entre os anomuros, assinalou drômias ou drocinas comuns, abrigadas dentro de uma concha abandonada, de que se apoderam, hômolos de testa espinhosa, bernardos-eremitas, porcelanas etc.

Nesse ponto, terminava o trabalho do Conseil. Não tivera tempo suficiente para completar a classe dos crustáceos, prosseguindo no exame dos estomatópodes, anfípodes, homópodes, isópodes, trilobitas, branquiápodes, ostrácodes e entomostráceos. E, para completar o estudo dos articulados marinhos, ele deveria ter citado a classe dos cirrópodes que compreendei os ciclopes, as cracas, e a classe dos anelídeos que ele não teria deixado de dividir em tubícolas e dorsibrânquios. Mas o Nautilus, tendo ultrapassado a fossa do estreito da Líbia, retomou a velocidade habitual em águas mais profundas. A partir desse momento, não se via mais moluscos, nem animais articulados, nem zoófitos. Apenas alguns peixes grandes passando como sombras.

Na noite de 16 para 17 de fevereiro, havíamos entrado na segunda bacia mediterrânea, cujas maiores profundidades chegam a três mil metros. O Nautilus, impelido por sua hélice e deslizando em seus planos inclinados, mergulhou até as últimas camadas do mar.

Ali, na falta de maravilhas naturais, a massa das águas ofereceu a meus olhos muitas cenas comoventes e terríveis. Com efeito, estávamos então atravessando toda essa parte do Mediterrâneo tão fecunda em sinistros. Da costa argelina às costas da Provença, quantos navios naufragaram, quantas embarcações desapareceram! O Mediterrâneo é apenas um lago, comparado com as vastas planícies líquidas do Pacífico, mas é um lago caprichoso, com águas traiçoeiras; hoje, propício e carinhoso para o frágil barco que parece flutuar entre o duplo além-mar das águas e do céu, amanhã, irascível, agitado pelos ventos, despedaçando os navios mais robustos com suas violentas ondas que os atingem com golpes certeiros.

Assim, nesse rápido passeio pelas camadas profundas, quantos destroços não cheguei a ver jazendo no fundo, alguns já cobertos de corais, outros revestidos apenas por uma camada de ferrugem: âncoras, canhões, projéteis, ferragens, pás de hélice, peças de máquinas, cilindros quebrados, caldeiras despedaçadas, bem como cascos flutuando entre duas águas, alguns em pé, outros tombados.

Desses navios naufragados, alguns haviam perecido por colisão, outros por terem se chocado com algum recife de granito. Vi alguns que haviam afundado abruptamente, os mastros ainda inteiros e retos, e o cordame endurecido pela água. Pareciam estar ancorados numa imensa enseada e esperando o momento da partida. Quando o Nautilus passou entre eles e os envolveu em sua iluminação elétrica, parecia que esses navios iriam saudá-lo com suas bandeiras e transmitir-lhe o número de matrícula! Mas não, nada além de silêncio e morte nesse cemitério de catástrofes!

Observei que o fundo do mar Mediterrâneo ficava mais entulhado desses sinistros destroços à medida que o Nautilus se aproximava do estreito de Gibraltar. As costas da África e da Europa convergem nesse ponto, e nesse estreito espaço os desastres são frequentes. Vi ali numerosos cascos de ferro, fantásticas ruínas de vapores, alguns deitados, outros em pé, como formidáveis animais. Uma dessas embarcações, com os flancos abertos, a chaminé encurvada, rodas em que mal restavam alguns raios, o leme separado do cadaste de popa e ainda preso por uma corrente de ferro, a estrutura da popa corroída pelos sais marinhos, apresentava-se sob terrível aspecto! Quantas existências ceifadas nesse naufrágio! Quantas vítimas arrastadas para o fundo! Será que algum marinheiro a bordo teria sobrevivido para contar esse terrível desastre, ou as ondas ainda guardavam o segredo desse sinistro? Não sei porquê, ocorreu-me que esse barco deitado no fundo do mar poderia ser o Atlas, que desapareceu totalmente há cerca de vinte anos e do qual nunca mais se ouviu falar! Ah, que história sinistra seria a dessas profundezas mediterrâneas, desse vasto ossário, onde tantas riquezas se perderam, onde tantas vítimas encontraram a morte!

Indiferente e rápido, porém, o Nautilus corria a toda velocidade no meio dessas ruínas. No dia 18 de fevereiro, por volta das 3 horas da manhã, ele se apresentava na entrada do estreito de Gibraltar.

Existem ali duas correntes: uma corrente superior, há muito tempo detectada, que traz as águas do oceano para a bacia do Mediterrâneo; depois, uma contracorrente, inferior, cuja existência foi atualmente demonstrada por dedução. Com efeito, a soma das águas do Mediterrâneo, incessantemente aumentada pelas águas do Atlântico e pelos rios que nele desaguam, deveria elevar o nível desse mar todos os anos, porque sua evaporação é insuficiente para restaurar o equilíbrio. Ora, não é esse o caso e teve-se naturalmente de admitir a existência de uma corrente inferior que, através do estreito de Gibraltar, despeja o transbordamento do Mediterrâneo na bacia do Atlântico.

Foi o que, de fato, se comprovou. Foi dessa contracorrente que o Nautilus se aproveitou e avançou rapidamente pela estreita passagem. Por um instante, pude vislumbrar as admiráveis ruínas do templo submerso de Hércules, com a ilha rasa onde se assentava, segundo Plínio e Avieno.[187] Poucos minutos depois, estávamos flutuando nas ondas do Atlântico.

VIII

A BAÍA DE VIGO

O Atlântico! Vasta extensão de água cuja superfície cobre vinte e cinco milhões de milhas quadradas, com nove mil milhas de comprimento e uma largura média de duas mil e setecentas. Importante mar quase ignorado pelos antigos, exceto talvez pelos cartagineses, esses holandeses da antiguidade, que em suas peregrinações comerciais seguiam as costas ocidentais da Europa e de África! Oceano cujas margens paralelas e sinuosas abrangem um perímetro imenso, regado pelos maiores rios do mundo, o São Lourenço, o Mississipi, o Amazonas, o Prata, o Orinoco, o Níger, o Senegal, o Elba, o Loire, o Reno, que lhe trazem as águas dos países mais civilizados e das regiões mais selvagens! Planície magnífica, constantemente sulcada pelos navios de todas as nações, abrigada sob todas as bandeiras do mundo, e que termina em duas pontas terríveis, temidas pelos navegadores, o cabo Horn e o cabo das Tormentas!

 O Nautilus rasgava as águas com o gume de seu esporão, depois de ter completado quase dez mil léguas em três meses e meio, percurso superior a um dos grandes círculos da terra. Para onde estaríamos indo agora e o que nos reservava o futuro?

Depois de se distanciar do estreito de Gibraltar, o Nautilus se fez ao largo. Voltou à superfície das ondas e pudemos retomar nossos passeios diários na plataforma.

Subi imediatamente, acompanhado por Ned Land e Conseil. A uma distância de doze milhas, aparecia vagamente o cabo de São Vicente, que forma a ponta sudoeste da península hispânica. Sopravam fortes ventos do sul. O mar estava agitado e tempestuoso; fazia o Nautilus balançar com violência. Era quase impossível permanecer na plataforma, pois enormes ondas do mar batiam a todo instante. Descemos, portanto, depois de inspirar fundo os saudáveis ventos do mar.

Voltei a meu quarto. Conseil entrou na cabine, mas o canadense, parecendo bastante preocupado, me seguiu. Nossa rápida passagem apelo Mediterrâneo não lhe permitiu levar a termo seus planos, e ele pouco fez para dissimular sua decepção.

Quando a porta de meu quarto se fechou, ele se sentou e olhou para mim em silêncio.

– Amigo Ned – disse eu –, compreendo-o perfeitamente, mas você não fez nada de repreensível. Nas condições em que o Nautilus navegava, pensar em abandoná-lo teria sido uma loucura!

Ned Land não disse nada. Os lábios cerrados e as sobrancelhas franzidas indicavam a obsessão violenta por uma ideia fixa.

– Veja bem – continuei –, não é para se desesperar ainda. Estamos subindo o litoral de Portugal. Não estamos longe da França e da Inglaterra, onde encontraríamos facilmente refúgio. Ah! Se o Nautilus, saindo do estreito de Gibraltar, tivesse rumado para o sul, se nos tivesse levado em direção a essas regiões, onde faltam continentes, eu compartilharia de suas preocupações. Mas, sabemos agora, o capitão Nemo não está fugindo dos mares civilizados e, em poucos dias, acredito que você poderá agir com alguma segurança.

Ned Land olhou para mim ainda mais fixamente e, finalmente, descerrando os lábios, disse:

– É para esta noite.

Eu me soergui de repente. Estava, admito, pouco preparado para essa comunicação. Teria gostado de responder ao canadense, mas as palavras não vieram à boca.

– Concordamos em esperar por uma circunstância – continuou Ned Land. – A circunstância nos é propícia. Esta noite estaremos a apenas algumas milhas da costa espanhola. A noite está escura. O vento sopra do largo. Tenho sua palavra, sr. Aronnax, e conto com o senhor.

Como eu permanecia calado, o canadense se levantou e se aproximou de mim:

– Esta noite, às 9 horas – disse ele. – Já avisei Conseil. Nesse momento, o capitão Nemo estará trancado em seu quarto e provavelmente deitado. Nem os mecânicos nem os homens da tripulação podem nos ver. Conseil e eu chegaremos à escadaria central. O senhor, professor Aronnax, ficará na biblioteca a poucos passos de nós, esperando meu sinal. Os remos, o mastro e a vela estão no barco. Até consegui levar algumas provisões para lá. Consegui uma chave inglesa para desparafusar as peças que prendem o escaler ao casco do Nautilus. Assim, está tudo pronto. Até mais tarde.

– O mar está agitado – disse eu.

– Concordo – respondeu o canadense –, mas temos de arriscar. A liberdade vale o que por ela se paga. Além disso, a embarcação é sólida e algumas milhas com vento forte não representam grande problema. Quem sabe se amanhã não estaremos a cem léguas ao largo? Se as circunstâncias nos favorecerem, entre 10 e 11 horas teremos desembarcado em algum ponto em terra firme ou estaremos mortos. Então, confiança na graça de Deus e até hoje à noite!

Com essas palavras, o canadense retirou-se, deixando-me quase atordoado. Eu imaginava que, se a ocasião se apresentasse, teria tempo para pensar, para discutir. Meu obstinado companheiro não me permitia nem isso. O que lhe teria dito, afinal? Ned Land tinham toda a razão. Era uma boa ocasião, e ele a aproveitaria. Poderia eu deixar de cumprir minha palavra e assumir essa responsabilidade de comprometer o futuro de meus companheiros em favor de um interesse estritamente pessoal? Amanhã, o capitão Nemo não poderia nos arrastar bem ao largo de toda terra firme?

Nesse momento, um apito bastante forte me informou que os reservatórios estavam se enchendo e o Nautilus submergiu nas águas do Atlântico.

Fiquei no quarto. Queria evitar o capitão para esconder de seus olhos a emoção que me dominava. Triste dia esse que passei, entre a vontade de recuperar meu livre-arbítrio e o arrependimento de abandonar esse maravilhoso Nautilus, deixando meus estudos submarinos inacabados! Sair desse oceano, "meu Atlântico", como gostava de chamá-lo, sem ter observado suas últimas camadas, sem lhe ter roubado os segredos que os mares das Índias e do Pacífico me tinham revelado! Meu romance caía de minhas mãos ainda no primeiro volume, meu sonho era interrompido no momento mais lindo! Que horas terríveis passaram assim, ora vendo-me em segurança, em terra, com meus companheiros, ora desejando, apesar de minha razão, que algum imprevisto impedisse a realização dos projetos de Ned Land.

Duas vezes fui até o salão. Queria consultar a bússola. Queria ver se a direção do Nautilus estava, de fato, nos aproximando ou afastando da costa. Mas não. O Nautilus ainda estava em águas portuguesas. Apontava para o norte, seguindo próximo das margens do oceano.

Era necessário, portanto, me decidir e me preparar para a fuga. Minha bagagem não era pesada. Minhas anotações, nada mais.

Quanto ao capitão Nemo, perguntei-me o que haveria de pensar de nossa fuga, que inquietudes, que danos talvez lhe causaria, e o que faria caso a fuga fosse descoberta ou caso malograsse! Sem dúvida, eu não tinha motivos para me queixar dele, pelo contrário. Nunca a hospitalidade foi mais franca do que a dele. Ao deixá-lo, não poderia ser acusado de ingratidão. Nenhum juramento nos ligava a ele. Era apenas com a força das coisas que ele contava e não com nossa palavra para nos manter definitivamente com ele. Mas essa pretensão abertamente declarada de nos manter prisioneiros eternos a bordo justificava todas as nossas tentativas.

Eu não via o capitão desde a nossa visita à ilha de Santorini. Será que o acaso me levaria à sua presença antes de partirmos? Eu o queria e o temia ao mesmo tempo. Fiquei escutando para ver se conseguia ouvi-lo andando em seu quarto ao lado do meu. Nenhum barulho chegou a meus ouvidos. O quarto dele devia estar vazio.

Cheguei até a me perguntar se esse estranho personagem estava a bordo. Desde aquela noite em que o escaler havia deixado o Nautilus para um serviço misterioso, minhas ideias, no que lhe dizia respeito, haviam mudado ligeiramente. Eu pensava, apesar do que o capitão Nemo pudesse ter dito, que ele devia ter mantido algumas relações de certo tipo com a terra. Será que ele nunca deixava o Nautilus? Muitas vezes passavam semanas inteiras sem que eu o me encontrasse com ele. O que estava fazendo durante esse tempo todo e, enquanto eu o julgava envolvido com acessos de misantropia, não estaria ele, longe dali, realizando algum ato secreto, cuja natureza me escapava até o momento?

Todas essas ideias e mil outras me assaltaram ao mesmo tempo. O campo das conjeturas só pode ser infinito na estranha situação em que nos encontramos. Eu sentia um mal-estar insuportável. Esse dia de espera me parecia eterno. As horas passavam devagar demais para minha impaciência.

Meu jantar foi servido como sempre em meu quarto. Comi sem vontade, estava muito preocupado. Deixei a mesa às 7 horas. Cento e vinte minutos – eu os contava – ainda me separavam do momento em que devia encontrar Ned Land. Minha agitação parecia redobrar. Meu pulso batia celeremente. Eu não conseguia ficar parado. Andava de um lado para outro, na esperança de acalmar com o movimento a perturbação de meu espírito. A ideia de sucumbir em nossa temerária iniciativa era a menos dolorosa de minhas preocupações; mas ao pensar em ver nosso plano descoberto antes de termos saído do Nautilus, ao pensar em ser conduzido diante do capitão Nemo irritado ou, o que seria pior, entristecido por minha fuga, meu coração disparava.

Quis visitar o salão uma última vez. Segui pelos corredores e cheguei a esse museu onde havia passado tantas horas agradáveis e úteis. Olhei para todas essas riquezas, para todos esses tesouros, como um homem às vésperas do exílio eterno e que parte para nunca mais voltar. Essas maravilhas da natureza, essas obras-primas da arte, entre as quais durante tantos dias esteve concentrada minha vida, eu iria abandoná-las para sempre. Teria gostado de espiar pelas vidraças do salão as águas do Atlântico; mas as escotilhas estavam hermeticamente fechadas e uma chapa metálica me separava desse oceano que ainda não conhecia.

Percorrendo assim o salão, cheguei perto da porta que dava para o quarto do capitão. Para minha grande surpresa, essa porta estava entreaberta. Recuei involuntariamente. Se o capitão Nemo estivesse em seu quarto, poderia me ver. Não ouvindo nenhum barulho, me aproximei. O quarto estava deserto. Empurrei a porta. Dei alguns passos para dentro. Sempre o mesmo aspecto severo e cenobítico.

Naquele momento, algumas gravuras dependuradas na parede e que não havia notado na primeira visita, chamaram minha atenção. Eram retratos, retratos dos grandes homens da história, cuja existência nada mais era do que uma dedicação perpétua a uma grande ideia humana: Kosciusko, o herói que caiu ao grito de *Finis Polloniae*; Botsaris, o Leônidas da Grécia moderna; O'Connell, o defensor da Irlanda; Washington, o fundador da União Americana; Manin, o patriota italiano; Lincoln, morto pela bala de um escravagista; e, finalmente, esse mártir da emancipação da raça negra, John Brown, pendurado na forca, tão terrivelmente desenhado pelo lápis de Victor Hugo.[188]

Que ligação existia entre essas almas heroicas e a alma do capitão Nemo? Poderia eu finalmente, a partir dessa coleção de retratos, desvendar o mistério de sua existência? Seria ele o defensor dos povos oprimidos, o libertador das raças escravizadas? Teria ele participado das últimas convulsões políticas ou sociais desse século? Teria ele sido um dos heróis da terrível guerra americana, guerra lamentável e para sempre gloriosa?...

Subitamente, o relógio bateu 8 horas. O som da primeira batida do martelo no sino me arrancou de meus sonhos. Estremeci como se um olho invisível tivesse podido mergulhar no recôndito mais secreto de meus pensamentos e me precipitei para fora do salão.

Ali, meus olhos pararam na bússola. Nossa direção ainda era o norte. A barquilha indicava uma velocidade moderada; o manômetro, uma profundidade de cerca de dezoito metros.

As circunstâncias, portanto, eram favoráveis aos planos do canadense.

Voltei para meu quarto. Vesti-me com roupas quentes, botas de mar, boné de lontra, jaqueta de bisso forrada com pele de foca. Estava pronto. Esperei. Só a trepidação da hélice perturbava o profundo silêncio que reinava a bordo. Eu escutava, apurava os ouvidos. Algumas palavras haveriam, talvez, de me informar repentinamente que Ned Land acabara de ser surpreendido em seus planos de fuga? Uma inquietude mortal me invadiu. Tentei em vão recuperar meu sangue-frio.

Faltando poucos minutos para as 9, colei meu ouvido na porta do quarto do capitão. Nenhum barulho. Deixei meu quarto e voltei para o salão, que estava mergulhado na penumbra, mas deserto.

Abri a porta que dava para a biblioteca. A mesma claridade insuficiente, a mesma solidão. Fui parar perto da porta que dava para a escada central. Esperei pelo sinal de Ned Land.

Nesse momento, a trepidação da hélice diminuiu sensivelmente e depois cessou por completo. Por que essa mudança no percurso do Nautilus? Se essa interrupção favorecia ou prejudicava os desígnios de Ned Land, não poderia dizê-lo.

O silêncio era perturbado apenas pelas batidas de meu coração.

Subitamente, um leve choque. Percebi que o Nautilus acabava de parar no fundo do oceano. Minha inquietude redobrou. O sinal do canadense não chegava. Queria me juntar a Ned Land para convencê-lo a adiar a tentativa. Sentia que nossa navegação já não ocorria em condições normais...

Nesse momento, a porta do grande salão se abriu, e o capitão Nemo apareceu. Ele me viu e, sem mais preâmbulos, me disse em tom amável:

– Ah! Professor, eu o estava procurando. Conhece a história da Espanha?

Ainda que alguém conhecesse a fundo a história do próprio país, nas condições em que me encontrava, com a mente perturbada, a cabeça perdida, não seria capaz de proferir uma palavra sobre ela.

– Pois então? – insistiu o capitão Nemo. – Ouviu minha pergunta? Conhece a história da Espanha?

– Muito mal – respondi.

– Pois, veja só, os sábios – disse o capitão – não sabem. Então sente-se – acrescentou ele – e lhe contarei um episódio curioso dessa história.

O capitão se estendeu num sofá e mecanicamente tomei lugar ao lado dele, na penumbra.

– Senhor professor – disse-me ele –, preste bem atenção. Essa história vai interessá-lo de certa forma, pois vai responder a uma pergunta que provavelmente o senhor não conseguiu resolver.

– Estou escutando, capitão – disse eu –, sem saber aonde meu interlocutor queria chegar com isso e me perguntando se esse incidente tinha alguma relação com nossos planos de fuga.

– Senhor professor – continuou o capitão Nemo –, se me permitir, voltaremos ao ano de 1702. O senhor sabe que naquela época, seu rei Luís XIV[189], julgando que era suficiente um gesto de potentado para reconquistar os Pireneus, havia imposto o duque de Anjou, seu neto, aos espanhóis. Esse príncipe, que reinou mais ou menos mal sob o nome de Filipe V[190], teve de lidar com sérias questões externas. Com efeito, no ano anterior, as casas reais da Holanda, Áustria e Inglaterra, tinham concluído em Haia um tratado de aliança, com o objetivo de tirar a coroa de Espanha de Filipe V, para colocá-la na cabeça de um arquiduque, a quem deram prematuramente o nome de Carlos III. A Espanha teve de resistir a essa coligação. Mas estava praticamente desprovida de soldados e de marinheiros. Não lhe faltava, no entanto, dinheiro, com a condição de que seus galeões, carregados de ouro e prata da América, entrassem em seus portos. Ora, no final de 1702, ela esperava um rico comboio que a França escoltava com uma frota de 23 navios comandados pelo almirante de Château-Renaud, porque as marinhas aliadas vagavam então pelo Atlântico. Esse comboio iria para Cádiz, mas o almirante, ao saber que a frota inglesa navegava nessas zonas, decidiu rumar para um porto da França. Os comandantes espanhóis do comboio protestaram contra essa decisão. Queriam ser levados para um porto espanhol e, na falta de Cádiz, para a baía de Vigo, situada na costa noroeste de Espanha, e que não estava bloqueada. O almirante de Château-Renaud teve a fraqueza de obedecer a essa intromissão e os galeões entraram na baía de Vigo. Infelizmente, essa baía forma uma enseada aberta que não pode ser defendida de forma alguma. Era portanto necessário apressar-se em descarregar os galeões antes da chegada das frotas aliadas, e não teria faltado tempo para esse desembarque, se não tivesse surgido de repente uma miserável questão de rivalidade. Está seguindo a sequência dos eventos corretamente? – perguntou-me o capitão Nemo.

– Perfeitamente – respondi – sem saber ainda a que propósito me era dada essa aula de história.

– Então continuo. Aqui vai o que aconteceu. Os comerciantes de Cádiz tinham o privilégio de receber todas as mercadorias provenientes das Índias Ocidentais. Ora, descarregar os lingotes dos galeões no porto de Vigo feria seus direitos. Queixaram-se, portanto, a Madri e obtiveram do fraco Filipe V que o comboio, sem descarregar, ficaria sob sequestro no porto de Vigo até o momento em que as frotas inimigas se afastassem. Ora, enquanto se tomava essa decisão, no dia 22 de outubro de 1702, os navios ingleses chegaram à baía de Vigo. O almirante de Château-Renaud, apesar de suas forças inferiores, lutou corajosamente. Mas, quando viu que as riquezas do comboio iam cair nas mãos dos inimigos, ateou fogo e afundou os galeões que foram engolidos com seus imensos tesouros.

O capitão Nemo parou de falar. Confesso que ainda não via como essa história poderia me interessar.

– E então? – perguntei-lhe.

– Pois bem, sr. Aronnax – respondeu o capitão Nemo –, estamos nessa baía de Vigo e cabe ao senhor penetrar em seus mistérios.

O capitão se levantou e pediu-me que o seguisse. Tivera tempo para me recuperar. Obedeci. O salão estava escuro, mas através das vidraças transparentes as ondas do mar brilhavam. Fiquei observando.

Ao redor do Nautilus, num raio de meia milha, as águas pareciam impregnadas de luz elétrica. O fundo arenoso era nítido e claro. Homens da tripulação, vestindo escafandros, estavam ocupados esvaziando tonéis meio apodrecidos e abrindo caixas, entre destroços ainda enegrecidos. Dessas caixas, desses tonéis, saíam lingotes de ouro e prata, cascatas de piastras e joias, que cobriam a areia. Depois, carregados com esse precioso butim, esses homens regressavam ao Nautilus, depositavam ali seus fardos e voltavam para recomeçar essa inesgotável pescaria de ouro e prata.

Compreendi. Esse era o teatro da batalha de 22 de outubro de 1702. Nesse local haviam sido afundados os galeões carregados que se destinavam ao governo espanhol. Nesse local, o capitão Nemo vinha recolher, de acordo com suas necessidades, os milhões com que carregava seu Nautilus. Era para ele, somente para ele, que a América havia fornecida seus preciosos metais. Ele era o herdeiro direto e único desses tesouros arrancados dos Incas e dos vencidos de Hernán Cortez![191]

– Sabia, professor – perguntou-me ele, sorrindo –, que o mar continha tantas riquezas?

— Eu sabia — respondi — que a prata mantida em suspensão em suas águas é estimada em dois milhões de toneladas.

— Sem dúvida, mas para extrair essa prata, os gastos superariam o lucro. Aqui, pelo contrário, basta recolher o que os homens perderam, e não só nessa baía de Vigo, mas também em mil teatros de naufrágios cuja localização está assinalada em meu mapa submarino. Compreende agora que minha riqueza se calcula em bilhões?

— Compreendo, capitão. Permita-me, no entanto, dizer-lhe que, ao explorar precisamente essa baía de Vigo, apenas antecipou o trabalho de uma empresa rival.

— E qual?

— A empresa que recebeu do governo espanhol o privilégio de procurar galeões afundados. Os acionistas são atraídos pela tentação de um enorme lucro, porque o valor dessas riquezas destruídas é estimado em 500 milhões.

— Quinhentos milhões! — disse o capitão Nemo. — Eles estavam lá, mas não estão mais.

— Com efeito — disse eu. — Por isso um bom aviso a esses acionistas seria um ato de caridade. Quem sabe, no entanto, se seria bem recebido. O que os jogadores mais lamentam, geralmente, é menos a perda de seu dinheiro do que a perda de suas tresloucadas esperanças. No fim, tenho menos pena deles do que desses milhares de infelizes que poderiam ter usufruído dessas riquezas bem distribuídas, ao passo que para eles serão para sempre estéreis!

Mal havia acabado de exprimir esse pesar, senti que isso devia ter magoado o capitão Nemo.

— Estéreis! — respondeu ele, exaltando-se. — Acredita, então, senhor, que essas riquezas estão perdidas, quando sou eu que as recolhe? Acha que é por mim que me dou ao trabalho de coletar esses tesouros? Quem pode dizer que não faço bom uso deles? Acha que não sei que existem criaturas sofredoras, raças oprimidas nessa terra, pessoas miseráveis para aliviar, vítimas para vingar? Não compreende?...

O capitão Nemo fez uma pausa depois dessas últimas palavras, talvez arrependido por ter falado demais. Mas eu tinha adivinhado. Quaisquer que fossem os motivos que o haviam obrigado a procurar a independência no fundo do mar, antes de mais nada ele havia permanecido um homem! Seu coração ainda pulsava diante dos sofrimentos da humanidade, e sua imensa caridade se estendia tanto às raças como aos indivíduos escravizados!

E compreendi, então, a quem se destinavam esses milhões expedidos pelo capitão Nemo, quando o Nautilus navegava nas águas da amotinada Creta!

IX

UM CONTINENTE DESAPARECIDO

Na manhã seguinte, 19 de fevereiro, vi o canadense entrar em meu quarto. Eu estava esperando por sua visita. Parecia muito desapontado.

– E então, senhor? – disse-me ele.

– Pois é! Esse maldito capitão tinha de parar justamente na hora em que íamos fugir de sua embarcação.

– Sim, Ned, ele tinha assuntos a tratar com o banqueiro dele.

– Seu banqueiro!

– Ou melhor, sua casa bancária. Com isso quero dizer este oceano, onde suas riquezas estão mais seguras do que estariam nos cofres de um Estado.

Contei então ao canadense os incidentes do dia anterior, na esperança secreta de trazê-lo de volta à ideia de não abandonar o capitão; mas minha história não teve outro resultado senão o pesar energicamente expresso por Ned por não ter podido participar do passeio pelo campo de batalha de Vigo.

– Enfim – disse ele –, nem tudo está perdido! É apenas um tiro de arpão desperdiçado! Outra vez teremos mais sorte... quem sabe se não é nessa mesma noite...

– Qual é a direção que o Nautilus segue? – perguntei.

– Não sei – respondeu Ned.

– Pois bem, ao meio-dia vamos verificar a posição.

O canadense voltou para junto de Conseil. Assim que me vesti, fui para o salão. A bússola não me deixou tranquilo. A rota do Nautilus era sul-sudoeste. Estávamos dando as costas para a Europa.

Esperei com certa impaciência até que nossa posição fosse assinalada no mapa. Por volta das 11h30, os reservatórios foram esvaziados e nosso aparelho subiu à superfície do oceano. Corri até a plataforma. Ned Land me havia precedido no local. Não havia mais terra à vista. Nada além do imenso mar. Algumas velas no horizonte, sem dúvida aquelas que vão procurar ventos favoráveis até o cabo de São Roque para dobrar o cabo da Boa Esperança. O tempo estava nublado. Prenunciava uma ventania.

Ned, furioso, tentava perscrutar o horizonte nebuloso. Esperava que, por trás de toda aquela neblina, estivesse a terra tão desejada.

Ao meio-dia, o sol apareceu por breves instantes. O imediato aproveitou esse momento para medir sua altura. Depois, com o mar mais agitado, descemos novamente, e a escotilha foi fechada.

Uma hora mais tarde, ao consultar o mapa, vi que a posição do Nautilus era de 16°17' de longitude e 33°22' de latitude, a cento e cinquenta léguas da costa mais próxima. Não havia como pensar em fugir, e prefiro não comentar a raiva de que foi acometido o canadense quando lhe comuniquei nossa situação.

De minha parte, não fiquei muito desolado. Senti-me aliviado do peso que me oprimia e pude retomar meu trabalho habitual com uma espécie de relativa calma.

À noite, por volta das 11 horas, recebi a visita inesperada do capitão Nemo. Ele me perguntou muito gentilmente se eu me sentia cansado por ter ficado acordado na noite anterior. Respondi negativamente.

– Então, sr. Aronnax, vou lhe propor uma curiosa excursão.

– Proponha, capitão.

– O senhor só visitou as profundezas submarinas durante o dia e sob a luz do sol. Gostaria de vê-las numa noite escura?

– Com todo o prazer.

– Esse passeio vai ser cansativo, já o aviso. Terá de caminhar muito e escalar uma montanha. As trilhas não estão muito bem conservadas.

– O que acaba de me dizer, capitão, redobra minha curiosidade. Estou pronto para segui-lo.

– Venha, senhor professor, vamos vestir nossos escafandros.

Chegando ao vestiário, vi que nem meus companheiros nem ninguém da tripulação nos acompanharia durante essa excursão. O capitão Nemo nem sequer me falou em levar Ned ou Conseil.

Em poucos instantes, vestimos nossos aparelhos. Instalamos nas costas os reservatórios abundantemente carregados de ar, mas as lâmpadas elétricas não estavam à disposição. Apontei isso para o capitão.

– Elas seriam inúteis – respondeu ele.

Achei que tinha escutado mal, mas não pude repetir a observação, porque a cabeça do capitão já havia desaparecido dentro da cápsula de metal. Terminei de me equipar, senti que punham em minha mão um cajado e, em poucos minutos, depois da manobra habitual, pisávamos no fundo do Atlântico, a trezentos metros de profundidade.

A meia-noite se aproximava. As águas estavam profundamente escuras, mas o capitão Nemo me mostrou ao longe um ponto avermelhado, uma espécie de amplo clarão, que brilhava a cerca de duas milhas do Nautilus. O que era esse fogo, que materiais o alimentavam, por que e como se reavivava na massa líquida, eu não saberia dizer. Em todo caso, ele nos iluminava, vagamente é verdade, mas logo me acostumei com essas trevas peculiares e compreendi, nessa circunstância, a inutilidade dos aparelhos de Ruhmkorff.

O capitão Nemo e eu estávamos caminhando um ao lado do outro, diretamente para o clarão assinalado. O terreno plano subia imperceptivelmente. Dávamos largos passos, com o auxílio dos cajados; mas nosso progresso, ainda assim, era lento, porque nossos pés frequentemente afundavam numa espécie de lama amassada com algas e salpicada de pedras escorregadias.

À medida que avançava, ouvia uma espécie de som crepitante acima da minha cabeça. Esse ruído às vezes aumentava e produzia como que uma crepitação contínua. Logo compreendi a causa. Era a chuva que caía violentamente, estalando na superfície das águas. Instintivamente me ocorreu o pensamento de que eu iria ficar encharcado! Pela água, no meio da água! Não pude deixar de rir dessa ideia esdrúxula. Mas, para ser sincero, sob o espesso escafandro, não sentimos mais o elemento líquido, e acreditamos estar no meio de uma atmosfera um pouco mais densa que a atmosfera terrestre, só isso.

Depois de meia hora de caminhada, o chão se tornou rochoso. Águas-vivas, crustáceos microscópicos e penátulas o iluminavam levemente com uma claridade fosforescente. Eu entrevia montículos de pedras cobertas por alguns milhões de zoófitos e de algas. Meus pés escorregavam muitas vezes nesses viscosos tapetes de algas e, sem meu cajado, eu teria caído mais de uma vez. Voltando-se para trás, ainda conseguia avistar o farol esbranquiçado do Nautilus que estava começando a desaparecer ao longe.

Essas pilhas de pedras de que acabo de falar estavam dispostas no fundo do oceano, seguindo uma certa regularidade que não conseguia explicar. Via sulcos gigantescos que se perdiam na escuridão distante e cuja extensão escapava a qualquer avaliação. Outras peculiaridades também se apresentavam, que me soavam inadmissíveis. Parecia-me que minhas pesadas solas de chumbo esmagavam uma camada de ossos que estalavam com um ruído seco. O que era essa vasta planície que eu atravessava dessa forma? Queria interrogar o capitão, mas sua linguagem gestual, que lhe permitia conversar com os companheiros quando o seguiam em suas excursões submarinas, ainda me era incompreensível.

Mas a luz avermelhada que nos guiava aumentava e inflamava o horizonte. A presença desse foco de luz debaixo d'água me intrigava mais que qualquer outra coisa. Seria alguma emanação elétrica que se manifestava? Estaria eu caminhando em direção de um fenômeno natural ainda desconhecido dos cientistas da Terra? Ou mesmo – pois esse pensamento passou por minha cabeça – a mão do homem teria intervindo nessa conflagração? Estaria ela insuflando aquele fogo? Iria eu encontrar, sob essas camadas profundas, companheiros, amigos do capitão Nemo, vivendo como ele nessa estranha existência, e a quem ele iria visitar? Encontraria ali toda uma colônia de exilados que, cansados das misérias da terra, tinham procurado e encontrado a independência nas profundezas do oceano? Todas essas ideias malucas e inadmissíveis me perseguiam e, nesse estado de espírito, constantemente superexcitado pela série de maravilhas que passavam diante de meus olhos, não teria ficado surpreso ao encontrar, no fundo desse mar, uma dessas cidades submarinas sonhadas pelo capitão Nemo!

Nossa trilha ia se tornando cada vez mais clara. O brilho esbranquiçado irradiava do topo de uma montanha com cerca de 250 metros de altura. Mas o que eu via era apenas uma simples reverberação desenvolvida pelas camadas cristalinas da água. O foco, a fonte desse dardo inexplicável ocupava o lado oposto da montanha.

No meio dos labirintos pedregosos que cruzavam o fundo do Atlântico, o capitão Nemo avançava sem hesitar. Ele conhecia essa trilha escura. E a percorrera muitas vezes, sem dúvida, e não poderia se perder. Eu o seguia com confiança inabalável. Eu o considerava como um dos gênios do mar e, quando caminhava à minha frente, admirava-lhe a alta estatura que se destacava em preto contra o fundo luminoso do horizonte.

Era 1 hora da manhã. Tínhamos chegado às primeiras encostas da montanha. Mas, para abordá-las, foi necessário aventurar-se pelas difíceis sendas de uma vasta mata.

Sim, um bosque de árvores mortas, sem folhas, sem seiva, árvores mineralizadas pela ação da água, e dominadas aqui e ali por pinheiros gigantescos. Era como uma mina de carvão ainda de pé, com as raízes presas ao solo desmoronado, e cujos galhos, como finos recortes de papel carbono, estavam claramente delineados no teto das águas. Imaginemos uma floresta de Hartz[192], agarrada às encostas de uma montanha, mas uma floresta submersa. As sendas estavam repletas de algas e fucus, entre os quais fervilhava um mundo de crustáceos. Eu ia escalando as pedras, passando por cima dos troncos estendidos, quebrando as trepadeiras marinhas que balançavam de uma árvore a outra, assustando os peixes que voavam de galho em galho. Extasiado, não sentia mais o cansaço. Seguia meu guia que não se cansava.

Que espetáculo! Como reproduzi-lo? Como pintar o aspecto desses bosques e rochedos nesse ambiente líquido, suas bases escuras e ferozes, seus dosséis coloridos em tons vermelhos sob a claridade que duplicava o poder reverberante das águas? Escalávamos rochedos que em seguida desmoronavam em grandes blocos com um rugido surdo de uma avalanche. À direita e à esquerda, se escavavam galerias escuras em que o olhar se perdia. Logo adiante, se abriam vastas clareiras, que pareciam ter sido esculpidas pela mão do homem, e às vezes me perguntava se algum habitante dessas regiões submarinas não haveria de aparecer repentinamente diante de mim.

Mas o capitão Nemo continuava a subir. Eu não queria ficar para trás e o seguia com audácia, utilizando meu cajado que me prestava ótimo auxílio. Um passo em falso teria sido perigoso nessas passagens estreitas escavadas nos flancos dos abismos; mas eu caminhava com passos firmes e sem sentir as tonturas da vertigem. Ora eu saltava uma fenda cuja profundidade me teria feito recuar para meados da era glacial; ora me aventurava sobre os troncos oscilantes das árvores caídos entre um abismo e outro, sem olhar para baixo, tendo olhos apenas para admirar os locais selvagens dessa região. Ali, rochas monumentais, apoiadas em suas bases irregularmente recortadas, pareciam desafiar as leis do equilíbrio. Entre suas reentrâncias, cresciam árvores como um jato sob tremenda pressão e sustentavam aquelas que elas próprias sustentavam. Depois, torres naturais, com grandes blocos cortados abruptamente feito cortinas, inclinadas num ângulo que as leis da gravitação não teriam permitido na superfície das regiões terrestres.

E eu mesmo não sentia essa diferença por causa da poderosa densidade da água, quando, apesar de minhas roupas pesadas, de minha cabeça de cobre, de minhas solas de metal, subia por encostas de aclive impraticável, transpondo-as, por assim dizer, com a leveza de uma camurça ou de um cabrito montês!

Pelo relato que faço dessa excursão subaquática, sinto muito bem que não posso transmitir total credibilidade! Sou o historiador de coisas aparentemente impossíveis, mas que são reais, incontestáveis. Eu não sonhei. Vi e senti!

Duas horas depois de ter deixado o Nautilus, tínhamos ultrapassado a linha das árvores e, trinta metros acima de nossas cabeças, erguia-se o pico da montanha, cuja projeção lançava uma sombra sobre a irradiação ofuscante da encosta oposta. Alguns arbustos petrificados corriam aqui e ali em ziguezagues peculiares. Os peixes se levantavam em massa sob nossos passos, como pássaros surpreendidos no capinzal. A massa rochosa apresentava fendas impenetráveis, cavernas profundas, buracos insondáveis, no fundo dos quais ouvia coisas formidáveis se movendo. O sangue refluía até meu coração quando via uma antena enorme bloqueando meu caminho, ou alguma pinça assustadora fechando com barulho na sombra das cavidades! Milhares de pontos de luz brilhavam no meio da escuridão. Eram os olhos de crustáceos gigantescos, à espreita em suas tocas, de lagostas gigantes em pé como lanceiros e movendo as patas com um retinir de ferragens, de caranguejos titânicos, apontados como canhões em posição, e de polvos assustadores entrelaçando seus tentáculos como um arbusto vivo de serpentes.

    O que era esse mundo exorbitante que eu ainda não conhecia? A que ordem pertenciam esses articulados sobre os quais a rocha formava como que uma segunda concha? Onde é que a natureza havia encontrado o segredo de sua existência vegetativa e durante quantos séculos viviam assim nas últimas camadas do oceano?

    Mas eu não conseguia parar. O capitão Nemo, familiarizado com esses terríveis animais, já não lhes dava atenção. Tínhamos chegado a um primeiro patamar, onde outras surpresas ainda me esperavam. Havia ruínas pitorescas, que traíam a mão do homem, e não mais a do Criador. Eram vastos amontoados de pedras onde se distinguiam formas vagas de castelos e templos, cobertos por um mundo de zoófitos floridos, e sobre os quais, em vez de hera, algas e fucus formavam uma espessa capa vegetal.

Mas que parte do globo engolida por cataclismos era essa? Quem havia disposto essas rochas e pedras como dólmens desde os tempos pré-históricos? Onde eu estava, para onde me havia levado a fantasia do capitão Nemo?

Teria gostado de interrogá-lo. Não podendo fazê-lo, eu o detive. Agarrei seu braço. Mas ele, balançando a cabeça e apontando para o último cume da montanha, parecia me dizer:

– Venha! Continue! Continue sempre!

Segui-o num último esforço e, em poucos minutos, tinha escalado o pico que dominava todo esse maciço rochoso uns dez metros de altura.

Olhei para esse lado que acabávamos de atravessar. A montanha se elevava apenas a duzentos ou duzentos e cinquenta metros acima da planície; mas, do lado oposto, dominava de uma altura duas vezes maior o fundo em contraplano dessa porção do Atlântico. Meu olhar se estendia ao longe e abraçava um vasto espaço iluminado por um clarão violento. Na verdade, essa montanha era um vulcão. Quinze metros abaixo do pico, no meio de uma chuva de pedras e escórias, uma grande cratera vomitava torrentes de lava, que se dispersavam numa cascata de fogo no seio da massa líquida. Assim posicionado, esse vulcão, como uma imensa tocha, iluminava a planície inferior até os últimos limites do horizonte.

Eu disse que a cratera submarina expelia lava, mas não chamas. As chamas precisam do oxigênio do ar e não podem se desenvolver debaixo d'água; mas os fluxos de lava, que têm em si o princípio de sua incandescência, podem tornar-se vermelhos e brancos, lutar vitoriosamente contra o elemento líquido e vaporizar-se ao entrar em contato com ele. Correntes rápidas levavam todos esses gases em difusão, e as torrentes de lava deslizavam até o sopé da montanha, como os detritos do Vesúvio sobre outra Torre del Greco.[193]

Com efeito, ali, diante de meus olhos, arruinada, danificada, derrubada, aparecia uma cidade destruída, seus telhados desabados, seus templos demolidos, seus arcos deslocados, suas colunas caídas no chão, onde ainda se podia perceber as proporções sólidas de uma espécie da arquitetura toscana; mais adiante, alguns restos de um gigantesco aqueduto; aqui a sólida elevação de uma acrópole, com as formas flutuantes de um Parthenon; ali, vestígios de um cais, como se algum antigo porto tivesse outrora abrigado navios mercantes e trirremes de guerra às margens de um oceano desaparecido; mais além, longas linhas de muralhas desmoronadas, ruas largas e desertas, uma Pompeia[194] inteira recoberta pelas águas, que o capitão Nemo ressuscitou diante de meus olhos!

Onde eu estava? Onde estava? Queria saber a todo custo, queria falar, queria arrancar a esfera de cobre que me aprisionava a cabeça.

Mas o capitão Nemo veio até mim e me deteve com um gesto. Então, recolhendo um pedaço de pedra calcária, caminhou em direção a uma rocha de basalto negro e traçou essa única palavra:

ATLÂNTIDA

Que raio atravessou minha mente! A Atlântida, a antiga Merópides de Teopompo[195], a Atlântida de Platão, esse continente negado por Orígenes, Porfírio, Jâmblico, D'Anville, Malte-Brun, Humboldt[196], que atribuíam seu desaparecimento a lendas; mas continente admitido por Possidônio, Plínio, Amiano Marcelino, Tertuliano, Engel, Sherer, Tournefort, Buffon, d'Avezac[197], eu o tinha ali diante de meus olhos, apresentando ainda os irrefutáveis testemunhos de sua catástrofe! Era, portanto, nessa região submersa que existia fora da Europa, da Ásia, da Líbia, para além das colunas de Hércules[198], que vivia esse poderoso povo dos atlantes, contra quem foram travadas as primeiras guerras da Grécia antiga!

O historiador que registrou em seus escritos os grandes feitos desses tempos heroicos foi o próprio Platão. Seu diálogo de *Timeu* e de *Crítias* foi, por assim dizer, esboçado sob a inspiração de Sólon[199], poeta e legislador.

Um dia, Sólon conversava com alguns anciãos, sábios de Sais, cidade já com oitocentos anos, como testemunhavam seus anais gravados no muro sagrado de seus templos. Um desses anciãos contou a história de outra cidade, mil anos mais velha. Essa primeira cidade ateniense, de novecentos séculos de vida, havia sido invadida e parcialmente destruída pelos atlantes. Esses atlantes, disse ele, ocupavam um imenso continente, maior do que a África e a Ásia juntas, cobrindo uma superfície compreendida entre o décimo segundo grau de latitude ao quadragésimo grau norte. Seu domínio se estendia até mesmo ao Egito. Queriam impor-se à Grécia, mas tiveram de recuar diante da resistência indomável dos helenos. Séculos se passaram. Ocorreu um cataclismo, inundações, terremotos. Uma noite e um dia foram suficientes para a aniquilação dessa Atlântida, cujos picos mais altos – Madeira, Açores, Canárias, ilhas de Cabo Verde – ainda emergem.

Essas eram as recordações históricas que a inscrição do capitão Nemo fez palpitar em minha mente. E assim, levado pelo mais estranho destino, eu pisava o solo de uma das montanhas desse continente! Tocava com a mão essas ruínas mil vezes centenárias e contemporâneas de épocas geológicas! Caminhava por onde haviam caminhado os contemporâneos do primeiro homem! Esmagava sob minhas pesadas solas esqueletos de animais de tempos fabulosos, que essas árvores, agora mineralizadas, outrora cobriam com sua sombra!

Ah, por que me faltava tempo! Teria gostado de descer as encostas íngremes dessa montanha, de percorrer todo esse imenso continente que ligava, sem dúvida, a África à América, e de visitar essas grandes cidades antediluvianas. Ali, talvez, à minha vista, se estendiam Makhimos, a guerreira, Eusébia, a piedosa, cujos gigantescos habitantes viviam séculos inteiros, e a quem não faltavam forças para empilhar esses blocos de pedra que ainda resistiam à ação das águas. Talvez um dia algum fenômeno eruptivo traga essas ruínas submersas de volta à superfície das ondas! Numerosos vulcões submarinos foram assinalados nessa porção do oceano, e muitos navios sentiram tremores extraordinários ao passar por esses fundos tormentosos. Alguns ouviram ruídos abafados que anunciavam a profunda luta dos elementos; outros recolheram cinzas vulcânicas projetadas para fora do mar. Todo esse solo até a linha do equador ainda é trabalhado pelas forças plutônicas. E quem sabe se, numa época distante, acrescidos pelos detritos vulcânicos e por sucessivas camadas de lava, não surgirão na superfície do Atlântico picos de montanhas!

Enquanto eu assim sonhava, enquanto procurava fixar na memória todos os detalhes dessa grandiosa paisagem, o capitão Nemo, apoiado numa estela coberta de musgo, permanecia imóvel e como que petrificado num êxtase mudo. Estaria ele pensando nessas gerações desaparecidas e perguntando-lhes o segredo do destino humano? Era então nesse lugar que esse estranho homem vinha mergulhar nas recordações da história, e reviver essa vida antiga, ele que não queria saber da vida moderna? O que eu não daria para conhecer seus pensamentos, para compartilhá-los, para compreendê-los!

Permanecemos nesse local durante uma hora inteira, contemplando a vasta planície sob o brilho da lava, que por vezes ganhava uma intensidade surpreendente. O borbulhamento interno causava rápidos estremecimentos na crosta da montanha. Ruídos profundos, claramente transmitidos por esse meio líquido, reverberavam com majestosa amplitude.

Nesse momento, a lua apareceu por um instante através da massa das águas e lançou alguns raios pálidos sobre o continente submerso. Era apenas um clarão, mas com um efeito indescritível. O capitão se levantou, lançou um último olhar para essa imensa planície; depois, fez um gesto com a mão para que eu o seguisse.

Descemos rapidamente a montanha. Uma vez além da floresta mineral, vi o farol do Nautilus que brilhava como uma estrela. O capitão foi caminhando em linha reta até ele, e subimos a bordo no momento em que os primeiros tons do amanhecer embranqueciam a superfície do oceano.

X

AS MINAS DE CARVÃO SUBMARINAS

No dia seguinte, 20 de fevereiro, acordei bem tarde. O cansaço da noite tinha prolongado meu sono até às 11 horas. Eu me vesti rapidamente. Tinha pressa em saber a direção do Nautilus. Os instrumentos me indicaram que ainda seguia para o sul, a uma velocidade de vinte milhas por hora, a uma profundidade de cem metros.

Conseil entrou. Contei-lhe sobre nossa excursão noturna e, estando as escotilhas abertas, ele pôde ainda vislumbrar parte desse continente submerso.

De fato, o Nautilus deslizava a dez metros, apenas, acima do solo, na planície da Atlântida. Planava como um balão soprado pelo vento por sobre as pradarias terrestres; mas seria mais verdadeiro dizer que estávamos nesse salão como se estivéssemos no vagão de um trem expresso. Os primeiros planos que passaram diante de nossos olhos eram rochedos fantasticamente recortados, florestas de árvores que passavam do reino vegetal ao reino animal, cuja silhueta imóvel fazia caretas sob as ondas. Havia também massas rochosas enterradas sob tapetes de ascídias e de anêmonas, com longos hidrófitos verticais em riste, depois blocos de lava de contornos estranhos que atestavam toda a fúria das expansões plutônicas.

Enquanto esses lugares bizarros resplandeciam sob nossas luzes elétricas, eu contava a Conseil a história desses atlantes que, de um ponto de vista puramente imaginário, inspiraram a Bailly[200] tantas páginas encantadoras. Contava-lhe sobre as guerras desses povos heroicos. Discutia a questão da Atlântida como um homem que não duvida mais de sua antiga existência. Mas Conseil, distraído, pouco me ouvia, e sua indiferença com relação a esse ponto histórico logo me foi explicada.

Com efeito, muitos peixes atraíam sua atenção e, quando se tratava de qualquer tipo de peixe, Conseil, levado aos meandros da classificação, saía do mundo real. Nesse caso, bastava segui-lo e retomar com ele nossos estudos ictiológicos.

De resto, os peixes do Atlântico não diferiam sensivelmente daqueles que tínhamos observado até agora. Eram raias de tamanho gigantesco, com cinco metros de comprimento e dotadas de grande força muscular, que lhes permite saltar sobre as ondas; tubarões de diversas espécies, entre outros, um glauco de cinco metros, com dentes triangulares e agudos, que sua transparência o tornava quase invisível no meio das águas; sargos marrons, pequenos tubarões em forma de prismas e blindados com pele tuberculosa; esturjões semelhantes a seus congêneres do Mediterrâneo; peixes-cachimbo-trombetas, com meio metro de comprimento, castanho-amarelados, dotados de pequenas barbatanas cinzentas, sem dentes e sem língua, e que desfilavam como serpentes finas e flexíveis.

Entre os peixes ósseos, Conseil notou marlins escuros, com três metros de comprimento e armados na mandíbula superior de uma espada perfurante, ágeis, vistosos, conhecidos na época dos antigos gregos pelo nome de dragões marinhos e de perigosa captura, por causa dos aguilhões que possuem na barbatana dorsal; depois, corifenídeos de dorso castanho riscado, com pequenas listras azuis e emoldurado por uma borda dourada; belos dourados, peixes-lua, espécies de discos com reflexos azuis que, iluminados de cima pelo raios de sol, formavam como que manchas prateadas; finalmente, peixes-espada, de oito metros de comprimento, passando em cardumes, de barbatanas amareladas, em forma de foice, e longas espadas de dois metros de comprimento, animais intrépidos, mais herbívoros que piscívoros, que obedeciam ao menor sinal de suas fêmeas como maridos bem comportados.

Mas, enquanto observava esses diversos espécimes da fauna marinha, eu não deixava de examinar as longas planícies da Atlântida. Às vezes, acidentes caprichosos no solo forçavam o Nautilus a diminuir a velocidade, e então deslizava com a habilidade de um cetáceo por entre estreitas gargantas. Se esse labirinto se tornava inextricável, o dispositivo se elevava então como um aeróstato e, uma vez ultrapassado o obstáculo, retomava seu curso rápido alguns metros acima do fundo. Navegação admirável e encantadora, que lembrava as manobras de um passeio aerostático, com a diferença de que o Nautilus obedecia passivamente à mão de seu timoneiro.

Por volta das 4 horas da tarde, o terreno, geralmente composto de lama espessa misturada com ramos mineralizados, foi mudando aos poucos, tornando-se mais rochoso e parecia coberto de conglomerados de tufos basálticos, com algumas semeaduras de lava e de obsidianas sulfurosas. Pensei que a região montanhosa logo sucederia às extensas planícies e, de fato, em certas evoluções do Nautilus, vi o horizonte meridional bloqueado por uma muralha alta que parecia fechar todas as saídas. Seu cume ultrapassava obviamente o nível do oceano. Devia ser um continente, ou pelo menos uma ilha, seja uma das Canárias ou uma das ilhas de Cabo Verde. Como não haviam ainda medido nossa posição (talvez de propósito), eu não fazia a mínima ideia de onde estávamos. Em todo caso, essa muralha parecia marcar o fim da Atlântida, da qual havíamos percorrido apenas, em suma, uma porção mínima.

A noite não interrompeu minhas observações. Eu estava sozinho. Conseil tinha regressado à sua cabine. O Nautilus, diminuindo a velocidade, flutuava sobre as massas confusas do solo, ora roçando nelas como se quisesse pousar ali, ora subindo caprichosamente até a superfície. Eu entrevia então algumas constelações através do cristal das águas, mais precisamente cinco ou seis dessas estrelas zodiacais que se arrastam na cauda de Órion.

Por muito tempo eu teria permanecido colado à minha vidraça, admirando as belezas do mar e do céu, quando as escotilhas se fecharam. Nesse momento, o Nautilus tinha chegado diretamente a prumo da alta muralha. Como haveria de manobrar, eu não conseguia imaginar. Voltei para meu quarto. O Nautilus não se mexia mais. Adormeci com a firme intenção de acordar depois de algumas horas de sono.

Mas, no dia seguinte, eram 8 horas quando regressei ao salão. Olhei o manômetro, que me disse que o Nautilus flutuava na superfície do oceano. Além disso, podia ouvir um ruído de passos na plataforma. Mas nenhum balanço traía a ondulação das correntes superiores.

Fui até o alçapão. Estava aberto. Mas, em vez da luz do dia que esperava, me vi cercado por uma escuridão profunda. Onde estávamos? Teria me enganado? Ainda era noite? Não! Nenhuma estrela brilhava, e a noite não tinha nada dessas trevas absolutas.

Eu não sabia o que pensar, quando uma voz me disse:

– É o senhor, professor?

– Ah! Capitão Nemo – respondi –, onde estamos?

– Debaixo da terra, professor.

– Debaixo da terra! – exclamei! – E o Nautilus ainda flutua?

– Ainda flutua.

– Mas não consigo compreender...

— Espere alguns instantes. Nosso farol vai se acender, e se o senhor gosta de situações claras, vai ficar satisfeito.

Subi à plataforma e esperei. A escuridão era tão completa que nem o capitão Nemo eu conseguia ver. Mas, olhando para o zênite, exatamente acima de minha cabeça, pensei ter captado um brilho indefinido, uma espécie de meia-luz que ocupava um buraco circular. Nesse momento, o farol se acendeu de repente e seu brilho fez com que essa luz aparecesse.

Depois de ter fechado os olhos por um momento, ofuscados pelo jato elétrico, olhei. O Nautilus estava parado. Flutuava perto de uma margem disposta como um cais. O mar que o sustentava naquele momento era um lago aprisionado num círculo de muralhas que media duas milhas de diâmetro, ou seis milhas de circunferência. Seu nível – o manômetro o indicava – só poderia ser o nível exterior, porque existia necessariamente uma comunicação entre esse lago e o mar. As altas paredes, inclinadas em sua base, se arredondavam em cúpula e pareciam um imenso funil invertido, com quinhentos ou seiscentos metros de altura. No topo, havia uma abertura circular, pela qual eu havia surpreendido aquela tênue claridade, evidentemente resultante da radiação diurna.

Antes de examinar mais atentamente a disposição interior dessa enorme caverna, antes de me perguntar se isso era obra da natureza ou do homem, procurei o capitão Nemo.

— Onde estamos? – perguntei.

— Bem no centro de um vulcão extinto – respondeu o capitão –, um vulcão cujo interior o mar invadiu após alguma convulsão do solo. Enquanto o senhor dormia, professor, o Nautilus entrou nessa lagoa por um canal natural aberto dez metros abaixo da superfície do oceano. Esse é seu porto predileto, porto seguro, cômodo, misterioso, protegido de todos os tipos de vento! Indique-me nas costas de seus continentes ou de suas ilhas um porto que valha esse refúgio seguro contra a fúria dos furacões.

– Com efeito – repliquei –, aqui o senhor está em segurança, capitão Nemo. Quem poderia alcançá-lo no centro de um vulcão? Mas, no topo, não vi uma abertura?

– Sim, a cratera, uma cratera outrora cheia de lava, vapores e chamas, e que agora dá passagem a esse ar revigorante que respiramos.

– Mas que montanha vulcânica é essa? – perguntei.

– Faz parte de uma das numerosas ilhotas de que esse mar está repleto. Simples armadilha para navios, mas, para nós, uma caverna imensa. O acaso me levou a descobri-la e, nisso, o acaso me foi muito útil.

– Mas não se poderia descer por essa abertura que a cratera do vulcão forma?

– Não, assim como não se poderia subir por ela. Até trezentos metros, a base interna da montanha é acessível, mas acima disso há paredões a prumo e é impossível ultrapassá-los.

– Vejo, capitão, que a natureza lhe serve em todo lugar e sempre. Está seguro nesse lago, e ninguém além do senhor pode visitar essas águas. Mas, para que serve esse refúgio? O Nautilus não precisa de porto.

– Não, professor, mas precisa de eletricidade para se mover, de elementos para produzir sua eletricidade, de sódio para alimentar seus elementos, de carvão para produzir seu sódio e de minas de carvão para extrair seu carvão. Ora, precisamente aqui, o mar cobre florestas inteiras que estavam atoladas no tempo geológico; agora mineralizadas e transformadas em carvão, são para mim uma mina inesgotável.

– Então seus homens, capitão, trabalham como mineiros aqui?

– Precisamente. Essas minas se estendem sob as ondas como as minas de carvão de Newcastle. É aqui que, vestidos com escafandros, empunhando pá e picareta, meus homens extraem esse carvão, que não preciso pedir às minas da terra. Quando queimo esse combustível para produzir sódio, a fumaça que escapa pela cratera dessa montanha ainda lhe confere o aspecto de um vulcão ativo.

– E vamos ver seus companheiros trabalhando?

– Não, pelo menos dessa vez não, porque tenho pressa em continuar nossa volta ao mundo submarina. Por isso vou me contentar em me abastecer apenas nas reservas de sódio que tenho. O tempo para fazer o carregamento, ou seja, um dia, e retomaremos nossa viagem. Se deseja, portanto, explorar essa caverna e dar a volta na lagoa, aproveite esse dia, sr. Aronnax.

Agradeci ao capitão e fui procurar meus dois companheiros que ainda não haviam saído da cabine. Convidei-os a me seguir sem lhes dizer onde estavam.

Subiram até a plataforma. Conseil, que não se surpreendia com nada, viu como coisa muito natural acordar debaixo de uma montanha depois de ter adormecido sob as ondas. Mas Ned Land não tinha outra ideia senão ver se a caverna tinha alguma saída.

Depois do almoço, por volta das 10 horas, descemos à margem da lagoa.

– Então aqui estamos novamente pisando em terra – disse Conseil.

– Eu não chamo isso de "terra" – replicou o canadense. Além disso, não estamos sobre a terra, mas embaixo dela.

Entre o sopé das paredes da montanha e as águas do lago se estendia uma margem arenosa que, em sua maior largura, media mais de um quilômetro. Por essa margem podíamos contornar facilmente o lago. Mas a base dos altos paredões formava um solo irregular, sobre o qual jaziam, num pitoresco amontoado, blocos vulcânicos e enormes pedras-pomes. Todas essas massas desintegradas, cobertas de esmalte polido sob a ação do magma subterrâneo, brilhavam intensamente ao entrar em contato com os fachos elétricos do farol. A poeira de mica da margem, levantada por nossos passos, voava para longe como uma nuvem de faíscas.

O terreno se elevava visivelmente à medida que nos afastávamos do vaivém das ondas, e logo chegamos a rampas longas e sinuosas, verdadeiras encostas íngremes que nos permitiam subir aos poucos; mas era preciso caminhar com cautela no meio desses conglomerados, que nenhum cimento os ligava, e os pés escorregavam sobre esses traquitos vítreos, feitos de cristais de feldspato e de quartzo.

A natureza vulcânica dessa enorme escavação se revelava por toda parte. Apontei isso para meus companheiros.

– Vocês conseguem imaginar – perguntei-lhes – como deve ter sido esse funil quando estava cheio de lava borbulhante, e quando o nível desse líquido incandescente subia até o orifício da montanha, como ferro fundido nas paredes de um forno?

– Posso imaginar isso perfeitamente – respondeu Conseil. Mas será que o senhor pode me dizer por que o grande fundidor suspendeu suas operações e como é que a fornalha foi substituída pelas águas tranquilas de um lago?

– Muito provavelmente, Conseil, porque alguma convulsão produziu essa abertura abaixo da superfície do oceano que serviu de passagem para o Nautilus. Então as águas do Atlântico se precipitaram para o interior da montanha. Houve uma luta terrível entre os dois elementos, uma luta que terminou a favor de Netuno. Mas muitos séculos se passaram desde então, e o vulcão submerso transformou-se numa caverna pacífica.

– Muito bem – replicou Ned Land. – Aceito a explicação, mas lamento, em nosso interesse, que essa abertura de que fala o professor não se tenha produzido acima do nível do mar.

– Mas, amigo Ned – retrucou Conseil –, se essa passagem não fosse submersa, o Nautilus não teria conseguido penetrar nela!

– E vou acrescentar, mestre Land, que as águas não teriam se precipitado sob a montanha e que o vulcão teria permanecido um vulcão. Logo, suas queixas são supérfluas.

Continuamos nossa escalada. As rampas estavam ficando cada vez mais íngremes e estreitas, cortadas às vezes por abismos profundos, que era preciso transpor. Imensos blocos de pedra a pique deviam ser contornados. Rastejávamos de joelhos e de bruços. Mas, com a ajuda da habilidade de Conseil e da força do canadense, todos os obstáculos foram superados.

A cerca de trinta metros de altura, a natureza do terreno se modificou, sem se tornar mais transitável. Conglomerados e traquitos foram sucedidos por basaltos negros; alguns estendidos em camadas, todas irregulares e com bolhas; outros formando prismas regulares, dispostos em forma de colunata que sustentava os arcos dessa imensa abóbada, admirável exemplar de arquitetura natural. Depois, entre esses basaltos serpenteavam longos fluxos de lava resfriada, incrustados com manchas betuminosas e, em alguns lugares, estendiam-se vastos tapetes de enxofre. Uma luz mais poderosa, entrando pela cratera superior, inundava com uma vaga claridade todos esses detritos vulcânicos, para sempre sepultados dentro da montanha extinta.

Mas nossa marcha ascendente foi logo interrompida, a uma altura de cerca de setenta e cinco metros, por obstáculos intransponíveis. A curvatura interior caía no vazio, e a subida se transformou num percurso circular. Nesse último nível, o reino vegetal começava a lutar com o reino mineral. Alguns arbustos e até algumas árvores emergiam das fendas da parede. Reconheci eufórbias deixando fluir seu suco cáustico. Heliotrópios, totalmente incapazes de justificar seu nome[201], pois os raios do sol nunca chegavam até eles, pendiam tristemente seus cachos de flores com cores e aromas esmaecidos. Aqui e acolá, alguns crisântemos cresciam timidamente ao pé de aloés de longas folhas tristes e doentias. Mas, entre as torrentes de lava, vi pequenas violetas, ainda perfumadas com um ligeiro odor, e admito que as cheirei com prazer. O perfume é a alma da flor, e as flores do mar, essas esplêndidas hidrófitas, não têm alma!

Tínhamos chegado ao pé de um grupo de robustos dragoeiros, que fendiam as rochas com a força de suas musculosas raízes, quando Ned Land gritou:

– Ah! senhor, uma colmeia!

– Uma colmeia! – repliquei, fazendo um gesto de perfeita descrença.

– Sim! uma colmeia – repetiu o canadense – e abelhas zumbindo ao redor dela.

Aproximei-me e fui obrigado a me render à evidência. Estavam ali, na boca de um buraco escavado no tronco de um dragoeiro, alguns milhares desses engenhosos insetos, tão comuns em todas as Canárias, e cujos produtos ali são tão apreciados por lá.

Com toda a naturalidade, o canadense quis fazer uma provisão de mel, e eu teria sido um desaforado se me opusesse. Apanhou certa quantidade de folhas secas misturadas com enxofre e ateou-lhes fogo, passando então a fazer fumaça na colmeia, desnorteando assim as abelhas. Os zumbidos foram cessando aos poucos, e a colmeia rendeu uma boa quantidade de mel perfumado, com o qual Ned Land encheu seu bornal.

– Quando eu tiver a oportunidade de misturar esse mel com a pasta de artocarpo – disse ele –, poderei lhes oferecer um suculento bolo.

– Pois, então! – exclamou Conseil. – Teremos pão de mel.

– Vá pensando em seu pão de mel – disse eu –, mas vamos retomar esse interessante passeio.

Em certas curvas da senda que percorríamos, o lago aparecia em sua totalidade. O farol iluminava completamente sua superfície pacífica, que não conhecia rugas nem ondulações. O Nautilus se mantinha numa perfeita imobilidade. Na plataforma e na margem do lado, os homens da tripulação se agitavam, sombras escuras claramente delineadas no meio dessa atmosfera luminosa.

Nesse momento, contornávamos a crista mais alta desses primeiros planos de rochas que sustentavam a abóbada. Vi, então, que as abelhas não eram os únicos representantes do reino animal dentro desse vulcão. Aves de rapina planavam e circulavam aqui e acolá, nas sombras, ou fugiam de seus ninhos empoleirados em pontas de rocha. Eram falcões de barriga branca e pios estridentes. Nas escarpas, se exibiam também, com toda a rapidez de suas longas patas, belas e gordas abetardas. Não sei se o apetite do canadense foi aguçado por aquela saborosa caça e se acaso se arrependeu de não ter um fuzil nas mãos. Tentou substituir o chumbo por pedras e, após várias tentativas sem sucesso, conseguiu ferir uma dessas magníficas abetardas. Dizer que arriscou a vida vinte vezes para consegui--lo é a pura verdade, mas sua habilidade fez com que a ave se juntasse à bela porção de mel em seu bornal.

Tivemos então de descer novamente até a margem do lago, pois era totalmente impraticável tentar prosseguir. Acima de nós, a cratera aberta parecia uma grande boca de um poço. Desse lugar se avistava o céu com bastante nitidez e via nuvens correndo desgrenhadas pelo vento oeste, que arrastava seus fiapos enevoados até o cume da montanha. Prova certa de que essas nuvens tinham uma altura medíocre, pois o vulcão não se elevava mais de duzentos e quarenta metros acima do nível do oceano.

Meia hora depois da última façanha do canadense, havíamos retornado à margem interior. Aqui, a flora era representada por grandes tapetes dessa samphira-do-mar, uma pequena planta umbelífera muito boa para cristalizar, que também leva os nomes de broca-de-pedra, fura-pedra e funcho-do-mar. Conseil colheu alguns maços. Quanto à fauna, havia ali milhares de crustáceos de todos os tipos, lagostas, caranguejos, palemonídeos, *mysis*, opiliões, galateias e um número prodigioso de conchas, porcelanas, rochedos e lapas.

Nesse local se abria uma magnífica gruta. Meus companheiros e eu tivemos prazer de nos deitar sobre sua areia fina. O fogo havia polido as paredes esmaltadas e reluzentes, todas salpicadas com pó de mica. Ned Land apalpou suas paredes e procurava sondar sua espessura. Eu não pude deixar de sorrir. A conversa voltou-se então para seus eternos planos de fuga, e pensei que poderia, sem ir muito longe, dar-lhe esta esperança: que o capitão Nemo só tinha ido para o sul para renovar seu estoque de sódio. Eu esperava, portanto, que agora rumasse para as costas da Europa e da América; o que permitiria ao canadense retomar sua tentativa abortada com mais sucesso.

Estávamos deitados há uma hora nessa gruta encantadora. A conversa, animada no início, depois definhou. Certa sonolência tomou conta de nós três. Como não via razão para resistir, deixei-me cair num sono profundo. Sonhei – ninguém escolhe seus sonhos –, sonhei que minha existência se reduzia à vida vegetativa de um simples molusco. Parecia-me que essa gruta formava a dupla válvula de minha concha...

De repente, fui acordado pela voz de Conseil.

– Alerta! Alerta! – gritava esse digno rapaz.

– O que há? – perguntei, soerguendo-me.

– A água está chegando até aqui!

Levantei-me. O mar se precipitava como uma torrente em nosso refúgio e, decididamente, como não éramos moluscos, tínhamos de nos salvar.

Em poucos momentos estávamos em segurança no topo da gruta.

– Mas o que está acontecendo? – perguntou Conseil. – Algum novo fenômeno?

– Oh, não! meus amigos – respondi. – É a maré, é apenas a maré que quase nos surpreendeu como o herói de Walter Scott[202]. O oceano cresce e, por uma lei natural de equilíbrio, o nível do lago também sobe. Nós já tomamos banho, ainda que pela metade. Vamos nos trocar no Nautilus.

Três quartos de hora mais tarde, havíamos completado nossa caminhada circular e estávamos retornando a bordo. A tripulação estava terminando de carregar os suprimentos de sódio, e o Nautilus poderia partir imediatamente.

Mas o capitão Nemo não deu nenhuma ordem. Queria esperar até o anoitecer e sair secretamente por sua passagem submarina? Talvez.

De qualquer forma, no dia seguinte, o Nautilus, tendo saído de seu porto predileto, navegava ao largo de alguma área de terra e a poucos metros abaixo das ondas do Atlântico.

XI

O MAR DOS SARGAÇOS

A direção do Nautilus não havia mudado. Qualquer esperança de regresso aos mares europeus devia, portanto, ser temporariamente abandonada. O capitão Nemo mantinha o rumo para o sul. Para onde é que ele nos levava? Não ousava imaginar.

Naquele dia, o Nautilus atravessou uma porção singular do oceano Atlântico. Ninguém ignora a existência dessa grande corrente de água quente conhecida como Corrente do Golfo. Depois de deixar os canais da Flórida, ela se dirige para a ilha norueguesa de Spitzberg. Mas, antes de penetrar no golfo do México, nas proximidades do quadragésimo quarto grau de latitude norte, essa corrente se divide em dois braços; o principal se dirige para as costas da Irlanda e da Noruega, ao passo que o segundo se curva para sul, na altura dos Açores; depois, atingindo as costas africanas e descrevendo uma forma oval alongada, retorna para as Antilhas.

Ora, esse segundo braço – é mais um colar do que um braço – envolve com seus anéis de água quente essa porção fria do oceano, tranquila, imóvel, chamada mar dos Sargaços. Verdadeiro lago em pleno Atlântico, as águas da grande corrente não levam menos de três anos para dar essa volta.

O mar dos Sargaços, propriamente dito, cobre toda a parte submersa da Atlântida. Alguns autores chegaram a admitir que essas numerosas ervas que nele crescem são arrancadas das pradarias desse antigo continente. É mais provável, porém, que esse ervaçal, algas e fucus, removidos das costas da Europa e da América, sejam arrastados até essa área pela Corrente do Golfo. Essa foi uma das razões que levaram Colombo a supor a existência de um novo mundo. Quando os navios desse ousado explorador chegaram ao mar dos Sargaços, navegaram com dificuldades entre essas ervas que impediam seu avanço, para grande medo da tripulação, e perderam três longas semanas para atravessá-lo.

Essa era a região que o Nautilus visitava naquele momento, uma verdadeira pradaria, um denso tapete de algas, *fucus natans*, uvas do trópico, tão espessas, tão compactas, que a proa de um navio não conseguiria vencê-lo facilmente. Por isso, o capitão Nemo, não querendo acionar sua hélice nessa massa herbosa, ficou alguns metros abaixo da superfície das ondas.

O designativo Sargaços vem da palavra espanhola "sargazo", que significa alga. Essa alga marinha, a alga nadadora, é o elemento principal desse imenso viveiro. E é por isso que, segundo o estudioso Maury[203], autor da *Geografia Física do Globo*, esses hidrófitos se encontram nessa pacífica bacia do Atlântico:

"*A explicação que pode ser dada*", disse ele, "*me parece resultar de uma experiência conhecida de todos. Se colocarmos fragmentos de rolhas ou corpos flutuantes num vaso e imprimirmos um movimento circular a essa água do vaso, veremos os fragmentos dispersos se juntar em grupo no centro da superfície do líquido, ou seja, no ponto menos agitado. No fenômeno que nos ocupa, o vaso é o Atlântico, a Corrente do Golfo é a corrente circular, e o mar dos Sargaços é o ponto central, onde os corpos flutuantes se juntam.*"

Sou da opinião de Maury e pude estudar o fenômeno nesse ambiente especial, onde os navios raramente penetram. Acima de nós flutuavam corpos de todas as origens, amontoados no meio daquelas ervas marrons, troncos de árvores arrancados dos Andes ou das Montanhas Rochosas e carregados pelo Amazonas ou pelo Mississipi, numerosos destroços, restos de quilhas ou de cascos, tábuas quebradas e todas essas coisas recobertas de conchas e de cracas, que não conseguiam subir à superfície do oceano. E o tempo um dia justificará outra opinião de Maury, a de que esses materiais, assim acumulados ao longo dos séculos, irão se mineralizar sob a ação das águas, formando inesgotáveis minas de carvão. Reserva preciosa que a previdente natureza prepara para o momento em que os homens terão esgotado as minas dos continentes.

No meio dessa inextricável teia de ervas e fucus, observei encantadores alcionários estrelados de cor rosa; actínias, arrastando sua longa cabeleira de tentáculos; águas-vivas verdes, vermelhas, azuis e, particularmente, esses grandes rizóstomos de Cuvier[204], cuja umbrela azulada é cercada por um festão roxo.

Passamos todo o dia 22 de fevereiro no mar dos Sargaços, onde os peixes, amantes das plantas marinhas e dos crustáceos, encontram alimento abundante. No dia seguinte, o oceano retomou seu aspecto habitual.

Desde esse momento, durante dezenove dias, de 23 de fevereiro a 12 de março, o Nautilus, mantendo-se no meio do Atlântico, nos transportou a uma velocidade constante de cem léguas por vinte e quatro horas. O capitão Nemo queria evidentemente cumprir seu programa submarino, e eu não duvidava de que ele pensasse, depois de ter contornado o cabo Horn, em regressar aos mares meridionais do Pacífico.

Ned Land, portanto, tinha motivos para temer. Nesses vastos mares, desprovidos de ilhas, já não havia mais como tentar a fuga. E muito menos tentar opor-se às vontades do capitão

Nemo. A única saída era submeter-se; mas o que não deveríamos mais esperar da força ou da astúcia, eu estava propenso a pensar que poderíamos obter pela persuasão. Terminada essa viagem, o capitão Nemo não haveria de consentir em nos libertar sob juramento de nunca revelar sua existência? Juramento de honra que teríamos cumprido. Mas era preciso tratar dessa delicada questão com o capitão. Ora, seria eu bem recebido ao reivindicar essa liberdade? Não havia declarado ele próprio, desde o início e de forma categórica, que o segredo de sua vida exigia nosso confinamento perpétuo a bordo do Nautilus? Meu silêncio durante quatro meses não deveria lhe parecer uma aceitação tácita dessa situação? Retornar a esse assunto não teria como consequência suscitar suspeitas que poderiam prejudicar nossos planos, caso se apresentasse mais tarde alguma circunstância favorável para levá-los a cabo? Eu pesava todas essas razões, revirava-as na cabeça, apresentava-as a Conseil, que não ficava menos embaraçado do que eu. Em resumo, embora eu não desanimasse facilmente, compreendia que as probabilidades de voltar a ver meus semelhantes diminuíam de dia para dia, especialmente nesse momento em que o capitão Nemo corria temerariamente em direção ao sul do Atlântico!

Durante os dezenove dias que mencionei há pouco, nenhum incidente particular marcou nossa jornada. Pouco vi o capitão. Ele trabalhava. Na biblioteca, eu encontrava frequentemente livros que ele deixava entreabertos, sobretudo livros de história natural. Minha obra sobre o mundo submarino, que ele folheava, estava coberta de notas nas margens, notas que por vezes contradiziam minhas teorias e meus sistemas. Mas o capitão contentava-se em purificar meu trabalho dessa forma, e era raro discutir comigo. Às vezes ouvia ressoar os sons melancólicos do órgão, que ele tocava com grande maestria, mas apenas à noite, no meio da mais secreta escuridão, quando o Nautilus dormia nos desertos do oceano.

Durante essa parte da viagem navegamos dias inteiros na superfície das águas. O mar parecia abandonado. Poucos navios à vela, rumo às Índias e que se dirigiam para o cabo da Boa Esperança. Um dia fomos perseguidos pelos botes de um navio baleeiro que, sem dúvida, nos confundiu com uma baleia enorme e muito valiosa. Mas o capitão Nemo não queria fazer com que essas pessoas corajosas perdessem seu tempo e seu trabalho e, mergulhando nas águas, encerrou a caçada. Esse incidente acabou por despertar grande interesse em Ned Land. Não creio estar enganado ao dizer que o canadense deve ter lamentado que nosso cetáceo de metal não tenha sido golpeado até a morte pelo arpão desses pescadores.

Os peixes observados por Conseil e por mim nesse período difeririam pouco daqueles que já havíamos estudado em outras latitudes. Os principais foram alguns exemplares desse terrível gênero de animais cartilaginosos, dividido em três subgêneros, que contam nada menos que trinta e duas espécies: esqualos agaloados, com cinco metros de comprimento, cabeça achatada e mais larga que o corpo, barbatana caudal arredondada e dorso que exibe sete grandes faixas pretas paralelas e longitudinais; depois, esqualos perolados, de cor cinza, dotados de sete aberturas branquiais e de uma única barbatana dorsal colocada mais ou menos no meio do corpo.

Passavam também grandes cães-do-mar, peixes extremamente vorazes. Temos o direito de não acreditar nas histórias dos pescadores, mas aqui seguem algumas delas. Contam que encontraram, no corpo de um desses animais, a cabeça de um búfalo e um bezerro inteiro; em outro, teriam encontrado dois atuns e um marinheiro fardado; em outro, ainda, um soldado com seu sabre; em outro, finalmente, um cavalo com seu cavaleiro. Tudo isso, na verdade, não é um artigo de fé. Mesmo assim, nenhum desses animais se deixou apanhar nas redes do Nautilus, o que me impediu de verificar sua voracidade.

Cardumes elegantes e brincalhões de golfinhos nos acompanharam durante dias a fio. Eles iam em grupos de cinco ou seis, caçando em matilha como lobos nos campos, não menos vorazes do que cães-do-mar, se eu acreditar num professor de Copenhague, que teria retirado, do estômago de um golfinho, treze marsuínos e quinze focas. Era, na verdade, uma orca, pertencente à maior espécie conhecida e cujo comprimento por vezes ultrapassa os sete metros. Essa família de delfinídeos compreende dez gêneros, e os espécimes que vi eram do gênero dos delfinorrincos, notáveis pelo focinho excessivamente estreito e quatro vezes o tamanho do crânio. Seu corpo, medindo três metros, preto na parte superior, era de um branco rosado na parte inferior, pontilhado de pequenas manchas muito raras.

Citarei também, nesses mares, curiosos exemplares desses peixes da ordem dos acantopterígios e da família dos cienídeos. Alguns autores – mais poetas do que naturalistas – afirmam que esses peixes cantam melodiosamente, e que suas vozes, reunidas, formam um concerto que um coral de vozes humanas não poderia igualar. Não digo que não, mas os que conseguimos ver não nos deram nenhuma serenata enquanto passávamos, algo que só posso lamentar.

Finalmente, Conseil classificou uma grande quantidade de peixes voadores. Nada foi mais curioso do que ver como os golfinhos os caçavam com uma precisão maravilhosa. Qualquer que fosse o alcance de seu voo, qualquer que fosse a trajetória que descrevia, mesmo acima do Nautilus, o infeliz peixe encontrava sempre a boca do golfinho aberta para recebê-lo. Eram pirápedes ou triglídeos, de bocas luminosas que, durante a noite, depois de traçar riscas de fogo na atmosfera, mergulhavam nas águas escuras como estrelas cadentes.

Até o dia 13 de março, nossa navegação continuou nessas condições. Nesse dia, o Nautilus passou a fazer testes de sondagem, que me interessavam muito.

Tínhamos viajado quase treze mil léguas desde nossa partida nos altos mares do Pacífico. A medição nos posicionava a 450°37' de latitude sul e 370°53' de longitude oeste. Eram as mesmas áreas onde o capitão Denham, do navio Herald, desdobrou catorze mil metros de sonda sem encontrar o fundo. Ali também, o tenente Parcker da fragata americana Congress não conseguiu alcançar o fundo submarino a quinze mil cento e quarenta metros.

O capitão Nemo resolveu enviar seu Nautilus às profundezas extremas para controlar essas diversas sondagens. Eu me preparei para anotar todos os resultados do experimento. As escotilhas do salão foram abertas, e as manobras começaram a atingir essas camadas tão prodigiosamente remotas.

Acredito que não se tratava de mergulhar enchendo, para tanto, os reservatórios. Talvez não fossem capazes de aumentar suficientemente o peso específico do Nautilus. Além disso, para voltar a subir, teria sido necessário eliminar essa sobrecarga de água, e as bombas não eram suficientemente potentes para vencer a pressão externa.

O capitão Nemo decidiu vasculhar o fundo do oceano por uma diagonal suficientemente alongada, por meio de seus planos laterais que foram dispostos num ângulo de quarenta e cinco graus em relação às linhas de água do Nautilus. Depois, a hélice foi levada à velocidade máxima, e suas quatro pás batiam nas ondas com violência indescritível.

Sob esse poderoso impulso, o casco do Nautilus estremeceu como uma corda sonora e foi afundando regularmente nas águas. O capitão e eu, a postos no salão, seguíamos a agulha do manômetro, que se desviava rapidamente. Logo essa zona habitável, onde reside a maior parte dos peixes foi ultrapassada.

Se alguns desses animais só conseguem viver na superfície dos mares ou rios, outros, menos numerosos, vivem em profundezas bastante grandes. Entre esses últimos, observei o albafar ou *hexanchus*, espécie de cão-do-mar dotado de seis fendas respiratórias; o telescópio, peixe de olhos enormes; o bacamarte encouraçado, de tórax cinza, peitorais pretos, protegido por placas ósseas de cor vermelha-clara; finalmente, o granadeiro que, vivendo a uma profundidade de mil e duzentos metros, suportava uma pressão de cento e vinte atmosferas.

Perguntei ao capitão Nemo se já havia observado peixes em profundidades maiores.

– Peixes? – replicou ele. – Raramente. Mas, no estado atual da ciência, o que presumimos, o que sabemos?

– Pois, então, vejamos, capitão. Sabemos que seguindo em direção às camadas mais baixas do oceano, a vida vegetal desaparece mais rapidamente que a vida animal. Sabemos que, onde ainda se encontram seres com vida, não vegeta mais um único hidrófita sequer. Sabemos que ostras vivem a dois mil metros de profundidade, e que Mac Clintock[205], o herói dos mares polares, retirou uma estrela-do-mar viva de uma profundidade de dois mil e quinhentos metros. Sabemos que a tripulação do Bull-Dog, da Marinha Real, pescou uma estrela-do-mar a duas mil seiscentas e vinte braças, ou seja, a mais de uma légua de profundidade. Mas, capitão Nemo, talvez me diga que não sabemos nada?

– Não, professor – respondeu o capitão –, não serei tão indelicado. Mas pergunto como o senhor explica que criaturas possam viver em tamanhas profundidades?

– Explico-o por dois motivos – respondi. – Primeiro, porque as correntes verticais, determinadas pelas diferenças de salinidade e de densidade das águas, produzem um movimento suficiente para manter a vida rudimentar dos crinoides e astérias.

– Perfeito – disse o capitão.

– Em segundo lugar, porque, se o oxigénio é a base da vida, sabemos que a quantidade de oxigênio dissolvido na água do mar aumenta com a profundidade em vez de diminuir, e que a pressão das camadas inferiores contribui para comprimi-lo.

– Ah! Sabe-se isso também? – exclamou o capitão Nemo, num tom levemente surpreso. – Pois bem, professor, ninguém duvida disso, porque corresponde à verdade. Com efeito, acrescentaria que, pescados na superfície das águas, a bexiga natatória desses peixes contém mais nitrogênio do que oxigênio e, pelo contrário, mais oxigênio do que nitrogênio, se apanhados nas grandes profundidades. E isso dá razão a seu sistema. Mas vamos continuar nossas observações.

Meus olhos voltaram para o manômetro. O instrumento indicava uma profundidade de seis mil metros. Nossa imersão já durava uma hora. O Nautilus, deslizando por meio de seus planos inclinados, seguia descendo. As águas desertas eram admiravelmente transparentes e de uma diafaneidade que nada conseguiria descrever. Uma hora depois estávamos a treze mil metros – aproximadamente três léguas e um quarto – e o fundo do oceano não era ainda visível.

A catorze mil metros, porém, vi picos enegrecidos emergindo do meio das águas. Mas esses picos poderiam pertencer a montanhas altas como o Himalaia ou como o Monte Branco, ou até mais altas; e a profundidade desses abismos permaneceu incalculável.

O Nautilus desceu mais ainda, apesar das poderosas pressões que sofria. Sentia suas chapas metálicas tremer sob as juntas; suas barras se arqueavam; suas divisórias gemiam; as vidraças do salão pareciam estufar sob a pressão das águas. E o sólido aparelho teria, sem dúvida, cedido se, como dissera o capitão, não tivesse sido capaz de resistir como um bloco compacto.

Roçando as encostas dessas rochas perdidas sob as águas, percebia ainda algumas conchas, sérpulas, *spirorbis* vivas e alguns espécimes de astérias.

Mas logo esses últimos representantes da vida animal desapareceram e, abaixo de três léguas, o Nautilus ultrapassou os limites da existência submarina, assim como o balão que se eleva no ar acima das zonas respiráveis. Havíamos alcançado uma profundidade de dezesseis mil metros – quatro léguas – e os flancos do Nautilus suportavam então uma pressão de mil e seiscentas atmosferas, ou seja, mil e seiscentos quilogramas por cada centímetro quadrado de sua superfície!

– Que situação! – exclamei. – Percorrer essas regiões profundas onde o homem jamais chegou! Veja, capitão, veja essas rochas magníficas, essas cavernas desabitadas, esses últimos receptáculos do globo, onde a vida não é mais possível! Que locais desconhecidos e por que somos obrigados a conservar deles somente a lembrança?

– Gostaria – perguntou-me o capitão Nemo – de levar daqui algo melhor que a mera lembrança?

– O que quer dizer com essas palavras?

– Quero dizer que nada é mais fácil do que tirar um instantâneo fotográfico dessa região submarina!

Não tive tempo de expressar a surpresa que essa nova proposta me causava que, a um chamado do capitão Nemo, alguém trouxe uma câmera fotográfica para o salão. Através das escotilhas amplamente abertas, o meio líquido eletricamente iluminado se distribuía com perfeita claridade. Não havia nenhuma sombra ou degradação de nossa luz artificial. O sol não poderia estar mais favorável para uma operação dessa natureza. O Nautilus, sob o empuxo de sua hélice, controlado pela inclinação de seus planos, permanecia imóvel. O dispositivo foi apontado para esses locais do fundo oceânico e, em poucos segundos, obtivemos um negativo de ótima qualidade.

Essa é a prova positiva que dou desse local. Nele vemos rochas primordiais que nunca conheceram a luz dos céus, granitos inferiores que formam a poderosa base do globo, cavernas profundas escavadas na massa rochosa, perfis de incomparável nitidez e cujo traço final se destaca em preto, como se fosse obra do pincel de certos artistas flamengos. Mais adiante, um horizonte de montanhas, uma admirável linha ondulada que compõe o plano de fundo da paisagem. Não consigo descrever esse conjunto de rochas lisas, pretas, polidas, sem musgo, sem mancha, de formas estranhamente recortadas e solidamente estabelecidas nesse tapete de areia que cintilava sob os fachos de luz elétrica.

Depois de terminar sua operação, o capitão Nemo me disse:

– Vamos subir, professor. Não se deve abusar dessa situação nem expor o Nautilus a essas pressões por muito tempo.

– Vamos! – repliquei.

– Segure-se bem firme.

Não tive nem tempo de compreender por que o capitão me fazia essa recomendação quando fui jogado no tapete.

Com a hélice acionada a um sinal do capitão, com os planos erguidos verticalmente, o Nautilus, carregado como um balão nos ares, subia com uma rapidez estonteante. Cortava a massa das águas com um frêmito sonoro. Não se via praticamente mais nada. Em quatro minutos, havia atravessado as quatro léguas que o separavam da superfície do oceano e, depois de emergir como um peixe voador, caiu novamente, fazendo as ondas atingirem prodigiosa altura.

XII

CACHALOTES E BALEIAS

Durante a noite de 13 para 14 de março, o Nautilus retomou sua direção para o sul. Eu pensava que, na altura do cabo Horn, ele desviaria para oeste, para chegar aos mares do Pacífico e completar sua volta ao mundo. Não fez nada disso e continuou rumando para as regiões austrais. Para onde queria ir? Ao polo? Não fazia sentido. Comecei a acreditar que as temeridades do capitão justificavam suficientemente as apreensões de Ned Land.

    O canadense, há algum tempo, não me falava mais sobre seus planos de fuga. Ele havia se tornado menos comunicativo, quase silencioso. Via quanto esse prolongado aprisionamento pesava sobre ele. Sentia que a raiva ia crescendo dentro dele. Quando encontrava o capitão, seus olhos brilhavam com um fogo sombrio, e eu sempre temia que sua violência natural o levasse a algum extremo.

    Naquele dia, 14 de março, ele e Conseil vieram me procurar em meu quarto. Quis saber o motivo da visita.

    – Para lhe fazer uma simples pergunta, senhor – respondeu o canadense.

    – Fale, Ned.

    – Quantos homens acha que há a bordo do Nautilus?

– Não saberia dizer, meu amigo.

– Parece-me – continuou Ned Land – que não requer uma tripulação numerosa.

– De fato – respondi –, nas condições em que se encontra, dez homens, no máximo, deveriam ser suficientes para manobrá-lo.

– Pois bem – disse o canadense –, por que deveria haver mais?

– Por quê? – repeti.

Olhei fixamente para Ned Land, cujas intenções eram fáceis de adivinhar.

– Porque – disse eu –, se acredito em meus pressentimentos, se bem compreendi a existência do capitão, o Nautilus não é apenas um navio. Deve ser um local de refúgio para aqueles que, tal como seu comandante, cortaram toda a ligação com a terra.

– Talvez – interveio Conseil. – Mas, afinal, o Nautilus só pode conter certo número de homens, e o senhor não poderia estimar esse máximo?

– De que jeito, Conseil?

– Pelo cálculo, considerando a capacidade do navio, que o senhor conhece e, consequentemente, a quantidade de ar que ele encerra; sabendo, por outro lado, quanto cada homem consome no ato da respiração, e comparando esses resultados com a necessidade do Nautilus subir a cada vinte e quatro horas...

A frase de Conseil não terminava, mas eu podia ver claramente aonde ele queria chegar.

– Compreendo – disse eu –; mas esse cálculo, aliás, de fácil execução, só pode fornecer um número muito incerto.

– Não importa – disse Ned Land, insistindo.

– Pois, então, vamos ao cálculo – respondi. – Cada homem consome numa hora o oxigênio contido em cem litros de ar, ou em vinte e quatro horas o oxigênio contido em dois mil e quatrocentos litros. Devemos, portanto, descobrir quantas vezes o Nautilus contém dois mil e quatrocentos litros de ar.

– Precisamente – concordou Conseil.

– Ora – continuei –, uma vez que a capacidade do Nautilus é de mil e quinhentas toneladas, e a da tonelada é de mil litros, o Nautilus contém um milhão e quinhentos mil litros de ar que, dividido por dois mil e quatrocentos...

Calculei rapidamente a lápis:

– ...resultam num quociente de seiscentos e vinte e cinco. Isso significa que o ar contido no Nautilus poderia rigorosamente bastar para seiscentos e vinte e cinco homens durante vinte e quatro horas.

– Seiscentos e vinte e cinco! – repetiu Ned.

– Mas pode ter certeza – acrescentei – de que, sejam eles passageiros, marinheiros ou oficiais, não formamos todos juntos um décimo desse número.

– Ainda é demais para três homens! – murmurou Conseil.

– Então, meu pobre Ned, só posso aconselhá-lo a ser paciente.

– É melhor ainda que paciência, resignação – concluiu Conseil.

Conseil tinha utilizado a palavra certa.

– Afinal – continuou ele –, o capitão Nemo não pode ir sempre para o sul! Terá de parar, nem que seja diante de um campo de gelo, e retornar a mares mais civilizados! Então, será o momento de retomar os planos de Ned Land.

O canadense meneou a cabeça, passou a mão na testa, não respondeu e se retirou.

– Permita-me, senhor, fazer uma observação – disse-me Conseil. – O pobre Ned pensa em todas as coisas que não pode ter. Tudo o que é de sua vida passada retorna à sua mente. Tudo o que nos é proibido lhe parece lamentável. Suas antigas lembranças o oprimem, e ele fica com o coração pesado. É preciso compreendê-lo. O que ele tem para fazer aqui? Nada. Não é um cientista como o senhor e não seria capaz de ter e sentir o mesmo gosto que nós pelas admiráveis coisas do mar. Ele arriscaria tudo para poder entrar numa taberna do seu país!

É certo que a monotonia a bordo devia parecer insuportável ao canadense, habituado a uma vida livre e ativa. Eventos que poderiam deixá-lo animado eram raros. Mas, naquele dia, um incidente o lembrou de seus belos dias de arpoador.

Por volta das 11 horas da manhã, já na superfície do oceano, o Nautilus se viu rodeado por um belo grupo de baleias. Encontro que não me surpreendeu, pois sabia que esses animais, caçados à exaustão, haviam se refugiado nas bacias das altas latitudes.

O papel desempenhado pela baleia no mundo marinho e sua influência nas descobertas geográficas foi considerável. Foi ela que, arrastando atrás de si, primeiro os bascos, depois os asturianos, os ingleses e os holandeses, os incitou contra os perigos do oceano e os conduziu de uma ponta à outra da terra. As baleias gostam de frequentar os mares austrais e boreais. Lendas antigas afirmam até mesmo que esses cetáceos levaram os pescadores a apenas sete léguas do polo norte. Se o fato for falso, um dia será verdadeiro e será provavelmente assim, caçando baleias nas regiões do árticas ou da antárticas, que os homens chegarão a esse ponto desconhecido do globo.

Estávamos sentados na plataforma, diante de um mar tranquilo. Mas o mês de outubro nessas latitudes nos proporcionava belos dias de outono. Foi o canadense – e ele não podia estar enganado – que assinalou uma baleia no horizonte, a leste. Fixando o olhar com atenção, podíamos ver seu dorso enegrecido subindo e descendo alternadamente acima das ondas, a cinco milhas do Nautilus.

– Ah! – exclamou Ned Land. – Se eu estivesse a bordo de um navio baleeiro, esse seria um encontro que me daria prazer!

É um animal de tamanho considerável! Veja com que força suas ventas lançam colunas de ar e vapor! Com mil demônios! Por que tenho de ficar acorrentado a esse pedaço de chapas de ferro?

– O que, Ned? – perguntei. – Você ainda não renunciou a suas antigas ideias de pesca?

– Será que um pescador de baleias pode, senhor, esquecer sua antiga profissão? Será que alguma vez a gente se cansa das emoções de semelhante caçada?

– Você nunca pescou nesses mares, Ned?

– Nunca, senhor. Apenas nos mares boreais, tanto no estreito de Bering como no estreito de Davis.

– Então a baleia austral ainda lhe é desconhecida. Foi a baleia-franca que você andou caçando até agora e ela não se aventuraria a passar pelas águas quentes do equador.

– Ah! Professor, o que está me dizendo? – replicou o canadense em tom bastante incrédulo.

– É o que digo, é verdade.

– Mais essa agora! Eu que lhe falo agora, em 1865 (já se vão dois anos e meio), capturei perto da Groenlândia uma baleia que ainda carregava no flanco o arpão espetado de um baleeiro de Bering. Ora, pergunto-lhe, como depois de ter sido golpeado no oeste da América, o animal teria vindo a ser morto no leste, se não tivesse, depois de ter dobrado o cabo Horn ou o cabo da Boa Esperança, atravessado o equador?

– Penso como meu amigo Ned – disse Conseil – e estou esperando o que o senhor vai responder.

– O senhor vai responder, meus amigos, que as baleias estão localizadas, segundo as espécies, em certos mares dos quais não saem. E se um desses animais veio do estreito de Bering para o estreito de Davis, é simplesmente porque existe uma passagem de um mar para outro, seja nas costas da América, seja nas da Ásia.

– É para acreditar no senhor? – perguntou o canadense, fechando um olho.

– É preciso acreditar nele – respondeu Conseil.

– Então – concluiu o canadense –, como nunca pesquei nessas áreas, eu não conheço as baleias que as frequentam?

– É o que tentei lhe dizer, Ned.

– Mais uma razão para conhecê-las – complementou Conseil.

– Vejam! Vejam! – gritou o canadense, com voz emocionada. – Ela está se aproximando! Vem vindo em nossa direção! Está me provocando! Sabe que não posso fazer nada contra ela!

Ned batia os pés. Sua mão tremia, brandindo um arpão imaginário.

– Esses cetáceos – perguntou ele – são tão grandes quanto os dos mares boreais?

– Praticamente, Ned.

– É que eu já vi baleias grandes, senhor, baleias que mediam até trinta metros de comprimento! Disseram-me até que a Hullamock e a Umgallick das ilhas Aleutas às vezes ultrapassavam os quarenta e cinco metros.

– Isso me parece exagero – respondi. – Esses animais são apenas baleinópteros, dotados de nadadeiras dorsais e, assim como os cachalotes, são geralmente menores que a baleia-franca.

– Ah! – gritou o canadense, que não tirava os olhos do oceano. – Ela está se aproximando, está entrando nas águas do Nautilus!

Depois de uma pausa, retomando a conversa, disse:

– O senhor fala do cachalote como se fosse um pequeno animal! Mas fala-se de cachalotes gigantescos. São cetáceos inteligentes. Alguns, dizem, se cobrem de algas e de fucus, sendo confundidos com ilhotas. Daria até para acampar em cima deles, instalar-se, fazer uma fogueira...

— Construir até mesmo casas — zombou Conseil.

— Sim, engraçadinho — replicou Ned Land.

— Então, um belo dia o animal mergulha e arrasta todos os seus habitantes para o fundo do abismo.

— Como nas viagens de Simbad, o marujo[206] — repliquei, rindo. — Ah, mestre Land, parece que você gosta de histórias extraordinárias! Que cachalotes são os seus! Espero que não acredite nisso!

— Senhor naturalista — retrucou seriamente o canadense —, quando se trata de baleias, deve-se acreditar em tudo! Como avança, essa aqui! Como se esquiva! Dizem até que esses animais podem dar a volta ao mundo em quinze dias.

— Não digo que não.

— Mas o que provavelmente não sabe, sr. Aronnax, é que, no início do mundo, as baleias se moviam mais rapidamente ainda.

— Ah, sério, Ned! E por quê?

— Porque naquela época tinham a cauda transversal, como a dos peixes, ou seja, essa cauda, comprimida verticalmente, batia na água da esquerda para a direita e da direita para a esquerda. Mas o Criador, percebendo que andavam com velocidade excessiva, torceu-lhes a cauda e, desde então, elas batem nas águas de cima para baixo, perdendo a antiga velocidade.

— Bem, Ned — disse eu, usando uma expressão canadense —, devemos acreditar em você?

— Não muito — respondeu Ned Land —, e não mais do que se eu lhe dissesse que existem baleias com cem metros de comprimento e pesando quinhentas toneladas.

— É muito, de fato — disse eu. — Mas é preciso admitir que certos cetáceos adquirem um desenvolvimento considerável, pois, dizem por aí que chegam a fornecer até cento e vinte toneladas de óleo.

— Quanto a isso, confesso que eu mesmo vi — disse o canadense.

— Acredito sem pestanejar, Ned, assim como acredito que certas baleias têm tamanho igual a cem elefantes. Julgue os efeitos produzidos por tal massa lançada a toda velocidade!

— É verdade — perguntou Conseil —, que podem afundar navios?

— Navios, acredito que não — respondi. — Dizem, no entanto, que em 1820, precisamente nesses mares do sul, uma baleia avançou sobre o Essex e o empurrou para trás a uma velocidade de quatro metros por segundo. Com a água penetrando pela popa, o Essex afundou quase imediatamente.

Ned olhou para mim com ar incrédulo e malicioso.

— De minha parte — disse ele —, recebi um golpe da cauda de uma baleia, dentro de meu barco, evidentemente. Meus companheiros e eu fomos lançados a uma altura de seis metros. Mas, comparada com a baleia do professor, a minha não passava de um filhote.

— E esses animais vivem muito? — perguntou Conseil.

— Mil anos — respondeu o canadense, sem hesitar.

— E como sabe disso, Ned?

— Porque dizem.

— E por que o dizem?

— Porque sabem.

— Não, Ned, não se sabe, mas se supõe; e aqui está o raciocínio em que se apoia essa suposição. Há quatrocentos anos, quando os pescadores caçaram baleias pela primeira vez, esses animais eram maiores do que são hoje. Supõe-se, portanto, de forma bastante lógica, que a inferioridade das baleias atuais advém do fato de não terem tido tempo para atingir seu desenvolvimento completo. Foi isso que fez Buffon[207] dizer que esses cetáceos poderiam e até deveriam viver mil anos. Está escutando?

Ned Land não dava mais atenção. Não estava mais escutando. A baleia continuava se aproximando. Ele a devorava com os olhos.

– Ah! – gritou ele. – Não é mais uma baleia, são dez, são vinte, é um rebanho inteiro! E não poder fazer nada! Estar de mãos e pés atados!

– Mas, meu amigo Ned – disse Conseil; – Por que não pede permissão ao capitão Nemo para caçar?...

Conseil ainda não tinha terminado a frase que Ned Land já havia se enfiado alçapão abaixo à procura do capitão. Alguns instantes depois, ambos reapareciam na plataforma.

O capitão Nemo observou a cardume de cetáceos brincando nas águas a uma milha do Nautilus.

– São baleias austrais – disse ele. – Aí está a sorte grande de uma frota de navios baleeiros.

– Pois bem, senhor? – perguntou o canadense. – Será que eu não poderia tentar caçá-las, nem que fosse para não esquecer minha antiga profissão de arpoador?

– Para quê? – foi a resposta do capitão Nemo. – Caçar unicamente para destruir! Não saberíamos o que fazer com óleo de baleia a bordo.

– Mas – continuou o canadense –, no mar Vermelho, o senhor nos autorizou a perseguir um dugongo!

– Tratava-se então de fornecer carne fresca para minha tripulação. Aqui, seria matar por matar. Sei que é um privilégio reservado aos homens, mas não tolero esses passatempos assassinos. Ao destruir a baleia austral como a baleia-franca, seres inofensivos e bons, seus semelhantes, mestre Land, comete-se uma ação repreensível. Foi assim que já despovoaram toda a baía de Baffin e vão exterminar uma classe de animais úteis. Deixe em paz, portanto, esses infelizes cetáceos. Eles já têm problemas demais com seus inimigos naturais (cachalotes, peixes-espada e peixes-serra), sem que se proponha a interferir.

Que cada um imagine a reação fisionômica do canadense durante essa lição de moral. Dar tais razões a um caçador era perda de tempo. Ned Land olhou para o capitão Nemo e obviamente não compreendia o que ele queria lhe dizer. Mas o capitão estava certo. A bárbara e inconsequente obstinação dos pescadores fará com que um dia venha a desaparecer a última baleia dos oceanos.

Ned Land assobiou entre os dentes seu *Yankee doodle*[208], enfiou as mãos nos bolsos e nos deu as costas.

Mas o capitão Nemo estava observando o grupo de cetáceos e me falou:

— Eu estava certo ao afirmar que, além do homem, as baleias têm muitos outros inimigos naturais. Dentro em breve, essas vão ter de enfrentar um duro embate. Consegue ver, sr. Aronnax, a oito milhas a sotavento esses pontos escuros que estão se movendo?

— Sim, capitão — respondi.

— São cachalotes, animais terríveis que encontrei algumas vezes em grupos de duzentos ou trezentos! Essas, sim, feras cruéis e malignas, temos razões para exterminar.

A essas últimas palavras, o canadense se voltou, ansioso.

— Pois bem, capitão — disse eu —, ainda há tempo, para o bem das próprias baleias...

— Inútil se expor, professor. O Nautilus será suficiente para dispersar esses cachalotes. Ele está armado com um esporão de aço que deve ser tão bom quanto o arpão de mestre Land, imagino.

O canadense não hesitou em dar de ombros. Atacar cetáceos a golpes de esporão! Quem já ouvira falar alguma vez de semelhante coisa?

— Espere, sr. Aronnax — disse o capitão Nemo. — Vamos lhe mostrar uma caçada que o senhor ainda não conhece. Nenhuma compaixão para com esses ferozes cetáceos. Eles são inteiramente boca e dentes!

Boca e dentes! Não se poderia descrever melhor o cachalote macrocéfalo, cujo tamanho às vezes ultrapassa os vinte e cinco metros. A enorme cabeça desse cetáceo ocupa cerca de um terço de seu corpo. Mais bem equipado que a baleia, cuja mandíbula superior só é dotada de barbelas, o cachalote é munido de vinte e cinco grossos dentes, de vinte centímetros de altura, cilíndricos e cônicos no topo, pesando um quilo cada um. É na parte superior dessa enorme cabeça e em grandes cavidades separadas por cartilagem que se encontram trezentos a quatrocentos quilos dessa preciosa substância oleosa, denominada "espermacete de baleia". O cachalote é um animal feio, mais girino que peixe, segundo a observação de Frédol.[209] É mal construído, tendo, por assim dizer, "perdido" toda a parte esquerda de sua estrutura, e enxerga praticamente só com o olho direito.

Mas o monstruoso rebanho continuava se aproximando. Tinha avistado as baleias e estava se preparando para atacá-las. Podíamos presumir a vitória dos cachalotes, não só porque estão mais bem constituídos para o ataque do que seus inofensivos adversários, mas também porque podem permanecer mais tempo debaixo da água, sem precisar subir à superfície para respirar.

Era chegada a hora de ajudar as baleias. O Nautilus se posicionou logo abaixo das ondas. Conseil, Ned e eu tomamos lugar na frente da vidraça do salão. O capitão Nemo se colocou ao lado do timoneiro para manobrar seu aparelho como uma máquina de destruição. Logo senti a hélice acelerar suas batidas e nossa velocidade aumentar.

O combate entre os cachalotes e as baleias já havia começado quando o Nautilus chegou. Ele manobrou de forma a isolar o grupo dos macrocéfalos. Esses, de início, não deram muita importância ao avistar o novo monstro que se metia na batalha. Mas logo tiveram de se defender de seus golpes.

Que luta! O próprio Ned Land, repentinamente entusiasmado, acabou batendo palmas. O Nautilus nada mais era do que um formidável arpão, brandido pela mão de seu capitão. Ele se lançava contra essas massas carnudas e as atravessava de lado a lado, deixando para trás, após sua passagem, duas fervilhantes metades de animal. Não sentia os formidáveis golpes de cauda que atingiam seus flancos. Tampouco os choques que ele produzia. Exterminado um cachalote, o submarino corria para outro, girava em torno de si mesmo para não perder a presa, movendo-se para frente e para trás, dócil ao leme, mergulhando quando o cetáceo afundava nas camadas profundas, subindo novamente com ele quando voltava à superfície, atingindo-o de frente ou com um golpe, cortando-o ou rasgando-o, e em todas as direções e em todas as velocidades, perfurando-o com seu terrível esporão.

Que carnificina! Que barulho na superfície das águas! Que silvos agudos e roncos estridentes, típicos desses animais assustados! No meio dessas camadas geralmente tão tranquilas, suas caudas criavam verdadeiros vagalhões.

Esse homérico massacre, do qual os macrocéfalos não podiam fugir, durou uma hora inteira. Várias vezes, dez ou doze deles reunidos tentaram esmagar o Nautilus sob sua massa. Podíamos ver, pela vidraça do salão, suas bocarras cheias de dentes, seus formidáveis olhos. Ned Land, totalmente descontrolado, ameaçava-os e os insultava. Sentíamos que investiam contra nosso aparelho como uma matilha de cães cercando um javali sob uma moita. Mas o Nautilus, forçando sua hélice, ora os empurrava, ora os arrastava ou os trazia de volta para o nível superior das águas, sem se preocupar com seu enorme peso ou com seus poderosas presas.

Finalmente, a massa de cachalotes se dispersou. As ondas ficaram novamente calmas. Senti que estávamos voltando à superfície do oceano. O alçapão foi aberto e corremos para a plataforma.

O mar estava coberto de cadáveres mutilados. Uma formidável explosão não teria dividido, dilacerado, despedaçado com mais violência essas massas de carne. Flutuávamos entre corpos gigantescos, azulados nas costas, esbranquiçados no ventre, e todos com enormes protuberâncias formando corcovas. Alguns cachalotes aterrorizados fugiam no horizonte. As ondas ficaram tingidas de vermelho num espaço de várias milhas; e o Nautilus flutuava no meio de um mar de sangue.

O capitão Nemo juntou-se a nós.

– E, então, mestre Land? – disse ele.

– Muito bem, senhor – respondeu o canadense, cujo entusiasmo havia se acalmado. – É, de fato, um espetáculo terrível. Mas eu não sou um açougueiro, sou caçador; e isso aqui não passa de um matadouro.

– É um massacre de animais malvados – respondeu o capitão. – E o Nautilus não é uma faca de açougueiro.

– Ainda prefiro meu arpão – replicou o canadense.

– Cada um com sua arma – retrucou o capitão, olhando fixamente para Ned Land.

Eu temia que o arpoador se deixasse levar por alguma violência que teria consequências deploráveis. Mas sua raiva foi desviada pela visão de uma baleia que se aproximava do Nautilus naquele momento.

O animal não conseguira escapar dos dentes dos cachalotes. Reconheci a baleia austral, pela cabeça achatada, inteiramente preta. Anatomicamente, distingue-se da baleia branca e da baleia *nord-caper* pela solda das sete vértebras cervicais, além de possuir duas costelas a mais que seus congêneres. O infeliz cetáceo, deitado de lado, com a barriga cheia de marcas de mordidas, estava morto. Na ponta de sua barbatana mutilada ainda pendia um filhote que ela não conseguira salvar do massacre. Sua boca aberta deixava fluir a água, que murmurava como ressaca através de suas barbelas.

O capitão Nemo conduziu o Nautilus até o cadáver do animal. Dois de seus homens subiram no flanco da baleia e vi, não sem espanto, que retiravam de seus úberes todo o leite que continham, ou seja, o equivalente a dois ou três barris.

O capitão me ofereceu uma xícara desse leite ainda quente. Não pude deixar de expressar minha repugnância por esse líquido. Ele me garantiu que aquele leite era excelente e que não era diferente do leite de vaca.

Provei-o e tive de concordar com ele. Era, portanto, uma reserva útil para nós, porque esse leite, em forma de manteiga com sal ou de queijo, significava uma agradável iguaria acrescida a nosso cardápio de todos os dias.

Desse dia em diante, notei com inquietude que a disposição de Ned Land em relação ao capitão Nemo estava se deteriorando sempre mais, e resolvi vigiar de perto as ações do canadense.

XIII

A BANQUISA

O Nautilus tinha retomado seu imperturbável rumo em direção ao sul. Seguia o quinquagésimo meridiano com velocidade considerável. Pretendia então chegar ao polo? Achava que não, porque até agora todas as tentativas de chegar a esse ponto do globo tinham falhado. A estação do ano, aliás, já estava bastante adiantada, pois o dia 13 de março das terras antárticas corresponde ao dia 13 de setembro das regiões boreais, que dá início ao período equinocial.

No dia 14 de março, avistei blocos de gelo flutuando a 55° de latitude, simples detritos descorados de seis a sete metros de altura, formando recifes contra os quais as ondas do mar quebravam. O Nautilus se mantinha na superfície do oceano. Ned Land, que já tinha pescado nos mares do Ártico, conhecia esse espetáculo dos *icebergs*. Conseil e eu o admirávamos pela primeira vez.

Na atmosfera, em direção ao horizonte sul, estendia-se uma faixa branca de aspecto deslumbrante. Os baleeiros ingleses deram-lhe o nome de "*iceblink*". Por mais espessas que sejam as nuvens, elas não podem obscurecê-lo. Anuncia a presença de um *pack* ou banco de gelo.

Com efeito, logo apareceram blocos maiores cujo brilho mudava de acordo com os caprichos da neblina. Algumas dessas massas apresentavam veios verdes, como se o sulfato de cobre tivesse traçado as linhas onduladas. Outras, semelhantes a enormes ametistas, deixavam-se penetrar pela luz. Essas refletiam os raios do dia nas mil facetas de seus cristais. Aquelas, matizadas com os reflexos vívidos do calcário, teriam sido suficientes para a construção de uma cidade inteira de mármore.

Quanto mais descíamos para o sul, mais essas ilhas flutuantes aumentavam em número e imponência. Aves polares faziam ali seus milhares de ninhos. Havia petréis, pardelas, cagarras, que nos ensurdeciam com seus gritos. Algumas dessas aves, tomando o Nautilus como o cadáver de uma baleia, pousavam sobre ele e bicavam sua sonora cobertura metálica.

Durante essa navegação no meio do gelo, o capitão Nemo ficava frequentemente na plataforma. Observava com atenção esses lugares abandonados. Eu via seu olhar calmo ganhar vida, às vezes. Será que se dizia a si mesmo que nesses mares polares proibidos ao homem, se sentia em casa, senhor desses espaços intransitáveis? Talvez. Mas ele não falava. Permanecia imóvel, só se mexendo quando seus instintos de piloto o exigiam. Dirigindo seu Nautilus com destreza consumada, evitava habilmente o choque desses blocos, alguns dos quais mediam vários quilômetros de comprimento e uma altura que variava de setenta a oitenta metros. Muitas vezes, o horizonte parecia totalmente fechado. Na altura do sexagésimo grau de latitude, todas as passagens haviam desaparecido. Mas o capitão Nemo, procurando cuidadosamente, logo encontrava uma estreita abertura pela qual deslizava corajosamente, sabendo muito bem, contudo, que ela se fecharia atrás dele.

Foi assim que o Nautilus, guiado por essa mão hábil, passou por todos os blocos de gelo, classificados, segundo sua forma ou seu tamanho, com uma precisão que encantava Conseil: *icebergs* ou montanhas, campos de gelo ou campos uniformes e ilimitados, *driftice* ou blocos flutuantes, *packs* ou campos rachados, chamados *palchs* quando são circulares, e *streams* quando são feitos de pedaços alongados.

A temperatura era bastante baixa. O termômetro, exposto ao ar externo, marcava dois a três graus abaixo de zero. Mas estávamos bem agasalhados com peles, pelas quais as focas e os ursos-marinhos tinham pagado com a vida. O interior do Nautilus, regularmente aquecido por seus aparelhos elétricos, desafiava o frio mais intenso. Aliás, teria bastado que ele mergulhasse alguns metros abaixo das ondas para encontrar uma temperatura suportável.

Dois meses antes, teríamos desfrutado da luz do dia perpétua nessa latitude; mas a noite já se fazia presente por três ou quatro horas e, mais tarde, lançaria seis meses de sombra sobre essas regiões circumpolares.

No dia 15 de março, a latitude das ilhas New Shetland e South Orkney foi ultrapassada. O capitão me contou que antigamente numerosas tribos de focas habitavam essas terras; mas os baleeiros ingleses e americanos, em sua fúria de destruição, massacrando adultos e fêmeas prenhes, onde vibrava a animação da vida, haviam deixado o silêncio da morte.

No dia 16 de março, por volta das 8 horas da manhã, o Nautilus, seguindo o quinquagésimo quinto meridiano, cruzou o círculo polar antártico. O gelo nos cercava por todos os lados e fechava o horizonte. O capitão Nemo, porém, avançava de passagem em passagem e seguia em frente.

– Mas para onde está indo? – perguntei.

– Em frente – respondeu Conseil. – No fim, quando não puder ir mais longe, irá parar.

– Eu não apostaria nisso! – retruquei.

E, para ser franco, admito que essa aventureira excursão não me desagradava. Não consigo descrever até que ponto as belezas dessas novas regiões me maravilhavam. Os blocos de gelo assumiam aspectos soberbos. Aqui, seu conjunto formava uma cidade oriental com seus minaretes e inúmeras mesquitas; acolá, uma cidade em ruínas e como que desmoronada por uma convulsão do solo. Aspectos incessantemente variados pelos raios oblíquos do sol ou perdidos nas brumas cinzentas em meio aos furacões de neve. Depois, de todos os lados, detonações, deslizamentos, grandes colisões de *icebergs*, que mudavam a decoração como a paisagem de um diorama.

Quando o Nautilus estava submerso no momento em que esses equilíbrios se rompiam, o ruído se propagava sob as águas com intensidade assustadora, e a queda dessas massas criava redemoinhos formidáveis, mesmo nas camadas profundas do oceano. O Nautilus balançava e se inclinava como um navio abandonado à fúria dos elementos.

Muitas vezes, não vendo mais nenhuma saída, eu pensava que estávamos presos para sempre; mas, guiado pelo instinto, ao menor indício o capitão Nemo descobria novas passagens. Nunca se enganava ao observar os finos filetes de água azulada que cruzavam os campos de gelo. Por isso não tive dúvidas de que ele já havia se aventurado com o Nautilus no meio dos mares antárticos.

No dia 16 de março, porém, os campos de gelo bloquearam totalmente a rota. Ainda não era a banquisa, mas vastos campos de gelo cimentados pelo frio. Esse obstáculo não conseguiu deter o capitão Nemo, que se lançou contra o campo de gelo com uma furiosa violência. O Nautilus penetrou como uma cunha nessa massa quebradiça e a dividia com terríveis estalos. Era o antigo aríete impelido por uma força infinita. Os pedaços de gelo, lançados para o alto, recaíam como granizo a nosso redor. Somente pela força de impulsão, nosso aparelho cavava um canal. Às vezes, levado por seu impulso, subia no campo de gelo e o esmagava com seu peso; outras vezes, enterrado sob o campo de gelo, dividia-o com um simples movimento de arremesso que produzia largas fendas.

Durante esses dias, fomos atingidos por violentas tempestades e por névoas tão espessas que não conseguíamos nos ver de uma ponta a outra da plataforma. O vento soprava bruscamente, vindo de todos os lados. A neve se acumulava em camadas tão duras que era preciso quebrá-la a golpes de picareta. Sob uma temperatura de cinco graus abaixo de zero, todas as partes externas do Nautilus ficavam cobertas de gelo. Um cordame não podia ser manobrado, porque todas as boças se emperravam na ranhura das polias. Somente uma embarcação sem velas e movida por um motor elétrico que não necessitasse de carvão poderia enfrentar latitudes tão altas.

Nessas condições, o barômetro se manteve geralmente muito baixo. Chegou a cair até a 73°5'. As indicações da bússola já não ofereciam nenhuma garantia. Seus ponteiros descontrolados apontavam direções contraditórias, aproximando-se do polo magnético sul, que não corresponde ao sul do mundo. Com efeito, de acordo com Hansteen[210], esse polo está localizado aproximadamente a 70° de latitude e 130° de longitude, e de acordo com as observações de Duperrey[211], a 135° de longitude e 70°30' de latitude. Era necessário então fazer inúmeras observações nas bússolas instaladas nas diferentes partes do navio e tirar uma média. Mas muitas vezes confiávamos na estimativa para anotar a rota percorrida, método pouco satisfatório no meio dessas sinuosas passagens cujos pontos de referência mudam incessantemente.

Finalmente, no dia 18 de março, após vinte ataques inúteis, o Nautilus se viu definitivamente bloqueado. Já não eram os *streams* nem os *palchs* nem os campos de gelo, mas uma barreira interminável e imóvel formada por montanhas soldadas umas às outras.

– A banquisa! – disse o canadense.

Compreendi que, para Ned Land, como para todos os navegadores que nos haviam precedido, esse era um obstáculo intransponível. O pouco de sol que apareceu por um momento por volta do meio-dia permitiu ao capitão Nemo obter uma medição bastante precisa que mostrava nossa situação em 51°30' de longitude e 67°39' de latitude sul. Já era um ponto avançado das regiões antárticas.

De mar, de superfície líquida, já não havia nenhum sinal diante de nossos olhos. Sob o esporão do Nautilus estendia-se uma vasta planície atormentada, emaranhada de blocos superpostos, com toda aquela confusão caprichosa que caracteriza a superfície de um rio algum tempo antes do rompimento do gelo, mas em proporções gigantescas. Aqui e acolá, picos agudos, agulhas delgadas subindo a uma altura de sessenta metros; mais adiante, uma série de falésias recortadas abruptamente e cobertas de tonalidades acinzentadas, vastos espelhos que refletiam alguns raios de sol meio afogados nas brumas. Depois, sobre essa natureza desolada, um silêncio feroz, rompido apenas pelo bater das asas dos petréis ou das cagarras. Tudo estava congelado então, até o barulho.

O Nautilus teve de interromper, portanto, seu temerário curso no meio dos campos de gelo.

— Senhor, – disse-me Ned Land nesse dia – se seu capitão for mais longe?

— E se for o caso?

— Só se for um super-homem.

— Por que, Ned?

— Porque ninguém consegue ultrapassar a banquisa. Seu capitão é realmente poderoso; mas, com mil demônios! Não é mais poderoso que a natureza; e onde ela estabeleceu limites, somos obrigados a parar, por bem ou por mal.

— Sem dúvida alguma, Ned Land, mas eu gostaria de saber o que há por trás dessa banquisa! Um muro... é o que mais me irrita!

— O senhor tem razão – disse Conseil. – Os muros só foram inventados para exasperar os cientistas. Não deveria haver muros em lugar algum.

— Bem! – murmurou o canadense. – Atrás dessa banquisa, sabemos muito bem o que há.

— O quê? – perguntei.

— Gelo e mais gelo!

— Você tem certeza disso, Ned – repliquei –, mas eu não. Por isso é que eu gostaria de ir ver.

— Pois bem, professor – retrucou o canadense –, desista dessa ideia. Chegou à banquisa, o que já é o bastante, e não irá mais longe, nem seu capitão Nemo, nem seu Nautilus. E queira ele ou não, voltaremos para o norte, ou seja, para a terra das pessoas de bem.

Tenho de concordar que Ned Land tinha razão, e até que os navios não forem feitos para navegar sobre campos de gelo, terão de parar diante da banquisa.

Com efeito, apesar de seus esforços, apesar dos poderosos meios utilizados para fragmentar os blocos de gelo, o Nautilus foi reduzido à imobilidade. Normalmente, aqueles que não conseguem ir mais longe são obrigados a retroceder. Mas, nesse caso, retornar era tão impossível quanto avançar, porque as passagens haviam se fechado atrás de nós e, por pouco que nosso aparelho permanecesse parado, não demoraria muito para ficar totalmente bloqueado. Foi o que aconteceu por volta das 2 horas da tarde, quando um gelo novo começou a se formar em seus flancos com espantosa rapidez. Tive de admitir que a conduta do capitão Nemo era mais do que imprudente.

Naquele momento, eu estava na plataforma. O capitão, que já observava a situação havia algum tempo, disse-me:

– Pois bem, professor, o que acha?

– Acho que estamos presos, capitão.

– Presos! E o que pretende dizer com isso?

– Quero dizer que não podemos ir para frente nem para trás, nem para lado algum. É, creio eu, o que se costuma dizer "presos", pelo menos nos continentes habitados.

– Então, sr. Aronnax, acha que o Nautilus não vai conseguir se libertar?

– Dificilmente, capitão, porque a estação já está por demais avançada para que o senhor possa contar com o degelo.

– Ah, Professor, – replicou o capitão Nemo, em tom irônico –, o senhor será sempre o mesmo! Só vê empecilhos e obstáculos! Eu lhe garanto que o Nautilus não apenas se libertará, mas irá ainda mais longe!

– Mais longe para o sul? – perguntei, olhando para o capitão.

– Sim, senhor, irá para o polo.

– Para o polo! – exclamei, incapaz de conter um movimento de incredulidade.

— Sim — disse friamente o capitão. — No polo antártico, naquele ponto desconhecido onde todos os meridianos do globo se cruzam. O senhor sabe que faço com o Nautilus o que quero.

Sim! Eu sabia. Sabia que esse homem era ousado até a temeridade! Mas superar esses obstáculos que cercam o polo sul, mais inacessível que o polo norte ainda não alcançado pelos mais ousados navegadores, não seria uma empresa absolutamente insensata e que só a mente de um louco poderia conceber!?

Ocorreu-me, então, a ideia de perguntar ao capitão Nemo se ele já havia descoberto esse polo que nunca havia sido pisado pelo pé de uma criatura humana.

— Não, senhor — respondeu ele — e o descobriremos juntos. No ponto onde outros falharam, eu não falharei. Nunca levei meu Nautilus tão longe através dos mares austrais; mas, repito, ele irá ainda mais longe.

— Quero acreditar no senhor, capitão — disse eu, num tom um pouco irônico. — Acredito no senhor! Vamos em frente! Não há obstáculos para nós! Vamos arrebentar essa banquisa! Vamos fazê-lo saltar pelos ares e, se ela resistir, vamos dar asas ao Nautilus para que voe por cima!

— Por cima, Professor? — replicou tranquilamente o capitão Nemo. — Por cima não, mas por baixo.

— Por baixo! — exclamei.

Uma súbita revelação dos planos do capitão acabava de iluminar minha mente. Eu havia compreendido. As maravilhosas qualidades do Nautilus iriam servi-lo mais uma vez nesse empreendimento sobre-humano!

— Vejo que estamos começando a nos entender — disse-me o capitão, com um meio sorriso. — Já prevê a possibilidade, eu diria o sucesso, dessa tentativa. O que é impraticável para um navio comum, torna-se fácil para o Nautilus. Se um continente emergir no polo, ele irá parar na frente desse continente. Mas se, pelo contrário, é o mar aberto que o banha, irá até o próprio polo!

– Com efeito – disse eu, levado pelo raciocínio do capitão –, se a superfície do mar está solidificada pelos blocos de gelo, suas camadas inferiores devem permanecer livres deles, pela razão providencial que colocou num grau superior ao do congelamento a densidade máxima da água do mar. E, se não me engano, a parte submersa dessa banquisa está para a parte emergente na proporção de quatro para um...

– Mais ou menos isso, professor. Para cada metro que os *icebergs* têm acima do mar, eles têm três abaixo. Ora, como essas montanhas de gelo não ultrapassam a altura de cem metros, elas afundam apenas trezentos. Ora, o que são trezentos metros para o Nautilus?

– Nada, senhor.

– Ele poderia até ir a uma profundidade maior, para encontrar essa temperatura uniforme das águas marinhas, e lá desafiaremos impunemente os trinta ou quarenta graus de frio da superfície.

– Certo, senhor, perfeito! – respondi, ficando mais animado.

– A única dificuldade – continuou o capitão Nemo –, será permanecer submerso vários dias sem renovar o suprimento de ar.

– É só isso? – repliquei. – O Nautilus tem vastos reservatórios, basta enchê-los, e eles nos fornecerão todo o oxigênio de que precisamos.

— Bem pensado, sr. Aronnax — disse o capitão, sorrindo. — Mas para que depois não venha me acusar de temeridade, apresento-lhe antecipadamente todas as minhas objeções.

— E tem mais alguma a apresentar?

— Uma só. É possível, se existir mar no polo sul, que esse mar esteja totalmente bloqueado e, por conseguinte, não haveria como retornar à superfície!

— Bem, o senhor se esquece de que o Nautilus está armado com um temível esporão? Não poderemos lançá-lo diagonalmente contra esses campos de gelo que vão se abrir com o impacto?

— Eh, professor, o senhor está cheio de boas ideias hoje!

— Além disso, capitão — acrescentei, ficando ainda mais entusiasmado —, por que não encontraríamos mar aberto no polo sul, assim como no polo norte? Os polos do frio e os polos da terra não se confundem nem no hemisfério austral nem no hemisfério boreal e, até prova em contrário, devemos supor um continente ou um oceano livre do gelo nesses dois pontos do globo.

— Eu também acredito nisso, sr. Aronnax — disse o capitão Nemo. — Gostaria apenas de observar que, depois de emitir tantas objeções contra meu plano, o senhor agora me esmaga com argumentos a favor.

O capitão Nemo dizia a verdade. Eu consegui derrotá-lo em audácia! Era eu que o arrastava para o polo! Eu tomava a dianteira, ultrapassava-o... Mas não, pobre tolo! O capitão Nemo conhecia os prós e os contras da questão melhor do que você e se divertia ao vê-lo deixar-se levar por devaneios do impossível!

Mas ele não perdera um instante sequer. A um sinal, o imediato apareceu. Esses dois homens conversaram rapidamente em sua linguagem incompreensível, e quer o segundo tivesse sido previamente avisado, quer achasse o projeto viável, não deixou transparecer nenhuma surpresa.

Mas, por mais impassível que estivesse, não demonstrou uma impassibilidade mais completa do que Conseil, quando anunciei ao digno rapaz nossa intenção de avançar até o polo sul. Um "como for do agrado do senhor" saudou minha comunicação, e tive de me contentar com isso. Quanto a Ned Land, se alguém sabia como demonstrar incredulidade, essa era a imagem do canadense.

– Veja, senhor – disse-me ele –, o senhor e o capitão Nemo me dão pena!

– Mas iremos para o polo, mestre Ned.

– Possível, mas não vão conseguir regressar!

E Ned Land voltou para sua cabine "para não fazer alguma bobagem", disse ele ao me deixar.

Mas os preparativos para essa ousada tentativa estavam apenas começando. As poderosas bombas do Nautilus injetavam o ar para dentro dos reservatórios e o armazenavam sob alta pressão. Por volta das 4 horas, o capitão Nemo me anunciou que as escotilhas da plataforma seriam fechadas. Dei uma última olhada na espessa banquisa que estávamos prestes a ultrapassar. O tempo estava claro, a atmosfera bastante pura, o frio muito intenso, doze graus abaixo de zero; mas com o vento acalmado, essa temperatura não parecia tão insuportável.

Cerca de dez homens subiram nos flancos do Nautilus e, munidos de picaretas, quebraram o gelo em torno do casco, que logo se desvencilhou. A operação foi realizada rapidamente porque o gelo, bem recente, não era muito espesso. Todos nós entramos. Os reservatórios habituais foram enchidos com a água mantida livre na flutuação. O Nautilus não demorou a descer.

Tomei lugar no salão, perto de Conseil. Pela vidraça aberta, observávamos as camadas inferiores do oceano austral. O termômetro subia. O ponteiro do manômetro se desviava no mostrador.

A cerca de trezentos metros, como previra o capitão Nemo, estávamos flutuando sob a superfície ondulada da banquisa. Mas o Nautilus submergiu ainda mais. Atingiu uma profundidade de oitocentos metros. A temperatura da água, que era de doze graus na superfície, agora não passava de onze. Dois graus já haviam sido ganhos. Nem é preciso dizer que a temperatura do Nautilus, elevada por seus aparelhos de calefação, era mantida em grau bem mais elevado. Todas as manobras foram realizadas com extraordinária precisão.

– Passaremos, que o senhor não se inquiete – disse-me Conseil.

– Assim espero! – repliquei com um tom de profunda convicção.

Sob esse mar aberto, o Nautilus seguia o caminho direto do polo, sem se desviar do quinquagésimo segundo meridiano. De 67°30' a 90° faltavam percorrer vinte e dois graus e meio de latitude, ou seja, pouco mais de quinhentas léguas. O Nautilus se mantinha numa velocidade média de 26 milhas por hora, a velocidade de um trem expresso. Se a conservasse, quarenta horas seriam suficientes para chegar ao polo.

Durante parte da noite, a novidade da situação manteve Conseil e eu à vidraça do salão. O mar se iluminava sob a irradiação elétrica do farol. Mas estava deserto. Os peixes não habitavam nessas águas aprisionadas. Encontravam ali apenas uma passagem para ir do oceano antártico ao mar aberto do polo. Avançávamos com muita rapidez. Podia-se sentir a velocidade pelas trepidações do longo casco de aço.

Por volta das 2 da manhã, fui descansar algumas horas. Conseil me imitou. Passando pelos corredores, não encontrei o capitão Nemo. Presumi que estivesse na cabine do timoneiro.

No dia seguinte, 19 de março, às 5 da manhã, retomei meu posto no salão. A barquilha elétrica me disse que a velocidade do Nautilus tinha sido moderada. Ele então ia subindo para a superfície, mas com cautela, esvaziando lentamente seus reservatórios.

Meu coração batia de maneira acelerada. Iríamos emergir e retornar à atmosfera livre do polo?

Não. Um choque me disse que o Nautilus havia atingido a superfície inferior da banquisa, ainda espessa demais, a julgar pelo tipo de ruído. Com efeito, tínhamos "tocado", para usar a expressão marítima, mas o sentido inverso e a uma profundidade de trezentos metros. O que significava seiscentos metros de gelo acima de nós, dos quais duzentos emergiam. A banquisa tinha então uma altura maior do que aquela que havíamos registrado quando estávamos a céu aberto. Circunstância pouco tranquilizadora.

Durante aquele dia, o Nautilus repetiu várias vezes a mesma experiência e sempre esbarrava na muralha que estava acima dele. Em certos momentos, a encontrava a novecentos metros, o que lhe dava mil e duzentos metros de espessura, dos quais duzentos se elevavam acima da superfície do oceano. Tinha o dobro da altura do momento em que o Nautilus havia submergido.

Anotei cuidadosamente essas várias profundidades e obtive assim o perfil submarino dessa cordilheira que se desenvolvia sob as águas.

À noite, nenhuma mudança se verificou em nossa situação. Sempre o gelo entre quatrocentos e quinhentos metros de profundidade. Redução óbvia, mas que espessura ainda entre nós e a superfície do oceano!

Eram 8 horas, então. Já fazia quatro horas que o ar deveria ter sido renovado dentro do Nautilus, seguindo a rotina diária a bordo. Mas eu não estava muito aflito, embora o capitão Nemo ainda não tivesse pedido oxigênio extra a seus reservatórios.

Não dormi nada bem naquela noite. Esperança e medo me assaltavam alternadamente. Levantei-me várias vezes. As tentativas do Nautilus continuavam. Por volta das 3 horas da manhã, observei que a superfície inferior da banquisa se encontrava a apenas cinquenta metros de profundidade. Logo, a distância que nos separava da superfície das águas se reduzia sempre mais. A banquisa estava se tornando aos poucos um campo de gelo. A montanha estava se transformando em planície.

Meus olhos nunca deixavam o manômetro. Fomos subindo sempre seguindo, na diagonal, a superfície resplandecente que cintilava sob os raios elétricos. A banquisa se rebaixava por cima e por baixo em rampas alongadas. Ela se afinava a cada milha percorrida.

Finalmente, às 6 horas da manhã, naquele memorável dia 19 de março, a porta do salão se abriu. O capitão Nemo apareceu.

– Mar aberto! – exclamou ele.

XIV

O POLO SUL

Corri para a plataforma. Sim! Mar aberto. Apenas alguns blocos de gelo esparsos, *icebergs* em movimento; ao longe um vasto mar; um mundo de aves pelos ares e miríades de peixes sob essas águas que, dependendo da profundidade, variavam do azul intenso ao verde oliva. O termômetro marcava três graus centígrados acima de zero. Era como uma relativa primavera encerrada atrás dessa banquisa, cujas massas distantes se delineavam no horizonte do norte.

– Estamos no polo? – perguntei ao capitão, com o coração palpitante.

– Não sei – respondeu ele. – Ao meio-dia vamos levantar nossa posição.

– Mas será que o sol vai se mostrar através dessas brumas? – disse eu, olhando para o céu acinzentado.

– Por pouco que apareça, para mim será o suficiente – respondeu o capitão.

A dez milhas do Nautilus, em direção sul, uma ilhota solitária elevava-se a uma altura de duzentos metros. Avançávamos em direção a ela, mas com muita prudência, pois esse mar poderia estar semeado de escolhos.

Uma hora depois chegamos à ilhota. Duas horas depois, terminamos de contorná-la. Media quatro a cinco milhas de circunferência. Um estreito canal a separava de uma terra considerável, talvez um continente, cujos limites não conseguíamos perceber.

A existência dessa terra parecia dar razão às hipóteses de Maury. O engenheiro americano notou, de fato, que entre o polo sul e o paralelo sessenta, o mar está coberto de gelo flutuante, de enormes dimensões, que nunca se encontram no Atlântico norte. A partir disso, ele concluiu que o círculo antártico contém terras consideráveis, uma vez que os *icebergs* não podem se formar em mar aberto, mas apenas nas costas. Segundo seus cálculos, a massa dos blocos de gelo que envolve o polo sul forma uma vasta calota cuja largura deve atingir quatro mil quilômetros.

Mas o Nautilus, receando encalhar, tinha parado a seiscentos metros de uma praia dominada por um soberbo amontoado de pedras. O escaler foi lançado ao mar. O capitão, dois de seus homens que carregavam os instrumentos, Conseil e eu, embarcamos. Eram 10 horas da manhã. Eu não tinha visto Ned Land. O canadense, sem dúvida, não queria retratar-se diante do polo sul.

Algumas remadas levaram o escaler até a areia, onde encalhou. No momento em que Conseil estava prestes a pular em terra, eu o detive.

– Senhor – disse eu ao capitão Nemo –, o senhor a honra de pisar por primeiro nessa terra.

– Sim, senhor – respondeu o capitão –, e se não hesito em pisar nesse terreno do polo é porque, até agora, nenhum ser humano deixou aqui vestígios de seus passos.

Dito isso, ele pulou levemente na areia. Uma forte emoção fazia seu coração bater forte. Subiu num rochedo que pendia sobre um pequeno promontório, e ali, de braços cruzados, olhar ardente, imóvel, mudo, pareceu tomar posse dessas regiões austrais. Depois de cinco minutos nesse êxtase, ele se voltou para nós.

– Quando quiser, senhor – gritou ele, olhando para mim.

Desembarquei, seguido por Conseil, deixando os dois homens no escaler.

Num longo espaço, o solo se caracterizava por um terreno de cor avermelhada, como se fosse feito de tijolo triturado. Escória, fluxos de lava e pedra-pomes o recobriram. Sua origem vulcânica não podia ser ignorada. Em certos locais, algumas fumarolas leves, exalando um odor sulfuroso, atestavam que o fogo interno ainda mantinha seu poder expansivo. Mas depois de escalar uma alta escarpa, não vi nenhum vulcão num raio de várias milhas. Sabemos que nessas regiões antárticas, James Ross[212] encontrou as crateras do Erebo e do Terror em plena atividade, no meridiano 167 e a 77°32' de latitude.

A vegetação desse continente desolado me pareceu extremamente limitada. Alguns liquens da espécie *Usnea melanoxantha* se estendiam sobre as rochas negras. Certas plântulas microscópicas, diatomáceas rudimentares, espécies de células dispostas entre duas conchas de quartzo, longos fucus roxos e carmesim, sustentados por pequenas bexigas natatórias e que as ondas lançavam no litoral, compunham toda a escassa flora dessa região.

A costa era pontilhada de moluscos, pequenos mexilhões, lapas, mariscos lisos em forma de coração e, particularmente, clios com corpos oblongos e membranosos, cujas cabeças são constituídas por dois lóbulos arredondados. Também vi miríades desses clios boreais, de três centímetros de comprimento, dos quais a baleia engole um mundo a cada bocada. Esses encantadores pterópodes, verdadeiras borboletas do mar, animavam as águas abertas à beira-mar.

Entre outros zoófitos, surgiam nos baixios algumas arborescências coralígenas, daquelas que, segundo James Ross, vivem nos mares antárticos até mil metros de profundidade; depois, pequenos alcionários pertencentes à espécie *procellaria pelagica*, bem como um grande número de astérias específicas desses climas e estrelas do mar que pontilhavam o solo.

Mas onde a vida fervilhava era nos ares. Lá voavam e esvoaçavam milhares de aves de diversas espécies, ensurdecendo-nos com seus gritos. Outras se aglomeravam nas rochas, observando-nos passar sem medo e andando familiarmente atrás de nós. Eram pinguins tão ágeis e flexíveis na água, onde às vezes eram confundidos com velozes bonitos, quanto eram desajeitados e pesados em terra. Emitiam gritos bizarros e formavam numerosas assembleias, sóbrias nos gestos, mas pródigas nos clamores.

Entre as aves, notei pombas-antárticas, da família das pernaltas, do tamanho de pombos, de cor branca, bico curto e cônico, olhos emoldurados por um círculo vermelho. Conseil apanhou bom número delas, porque essas aves, bem preparadas, dão um saboroso prato. No ar, passavam albatrozes fuliginosos com envergadura de quatro metros, apropriadamente chamados de abutres do oceano; petréis gigantescos, entre outros quebra-ossos, de asas arqueadas, grandes comedores de focas; pombas-do-cabo, espécie de patinhos cuja parte superior do corpo é preta e branca; enfim, toda uma série de petréis, alguns esbranquiçados, de asas bordadas de marrom, outros azuis e específicos dos mares antárticos, pássaros "tão oleosos", disse eu a Conseil, "que os habitantes das ilhas Faroé se limitam a lhes adaptar uma mecha antes de atear fogo".

– Mais um pouco – interveio Conseil – e seriam lamparinas perfeitas! Depois disso, não seria o caso de exigir que a natureza já os tivesse criado munidos de uma mecha!

Depois de meia milha, o chão se mostrou crivado de ninhos de um tipo de pinguins, espécies de tocas preparadas para a postura de ovos, de onde muitas aves escapavam. Mais tarde, o capitão Nemo mandou caçar algumas centenas, porque sua carne escura é muito apreciada. Zurrando como asnos, esses animais, do tamanho de um ganso, corpo cor de ardósia, brancos por baixo e como que engravatados com fita limão, se deixavam matar com pedras sem procurar fugir.

Mas a névoa não se dissipava, e às 11 horas o sol ainda não havia aparecido. Sua ausência não deixava de me inquietar. Sem ele, nenhuma observação era possível. Como então poderíamos determinar se havíamos alcançado o polo?

Quando me juntei ao capitão Nemo, encontrei-o silenciosamente encostado num bloco de rocha e olhando para o céu. Parecia impaciente, contrariado. Mas o que fazer? Esse homem ousado e poderoso não comandava o sol como comandava o mar.

Meio-dia chegou sem que o astro do dia se tivesse mostrado um só instante. Nem conseguíamos saber o lugar que ele ocupava atrás da cortina de neblina. Essa névoa logo se transformou em neve.

— Até amanhã — disse-me o capitão simplesmente, e voltamos ao Nautilus em meio aos turbilhões da atmosfera.

Durante a nossa ausência, as redes haviam sido lançadas, e observei com interesse os peixes que acabavam de ser içados a bordo. Os mares da Antártida servem de refúgio a um grande número de migrantes, que fogem das tempestades das zonas mais baixas para cair, é verdade, nas garras dos marsuínos e das focas. Notei alguns cotídeos austrais, com um decímetro de comprimento, espécie de criaturas cartilaginosas esbranquiçadas, atravessadas por faixas lívidas e dotadas de ferrões; depois quimeras antárticas, com um metro de comprimento, o corpo muito alongado, a pele branca, prateada e lisa, a cabeça arredondada, o dorso munido de três nadadeiras, o focinho terminando numa tromba que se curva em direção à boca. Provei sua carne, mas achei-a sem gosto, apesar da opinião do Conseil que a apreciou sobremaneira. A tempestade de neve durou até o dia seguinte. Era impossível permanecer na plataforma. Do salão onde anotava os incidentes dessa excursão ao continente polar, ouvia os gritos dos petréis e dos albatrozes brincando no meio da tormenta. O Nautilus não ficou parado e, seguindo a costa, avançou mais dez milhas para o sul, no meio dessa meia-luz deixada pelo sol ao roçar as bordas do horizonte.

No dia seguinte, 20 de março, parou de nevar. O frio estava um pouco mais intenso. O termômetro marcava dois graus abaixo de zero. A neblina se dissipou, e fiquei torcendo para que, naquele dia, nossa observação pudesse ser efetuada.

Como o capitão Nemo não tinha aparecido ainda, Conseil e eu subimos no escaler que nos deixou em terra. A natureza do solo era a mesma, vulcânica. Por toda parte havia vestígios de lava, escória, basalto, sem que eu conseguisse ver a cratera que os havia vomitado. Aqui e ali, miríades de aves animavam essa parte do continente polar. Mas compartilhavam esse império com vastos rebanhos de mamíferos marinhos que nos observavam com seus olhos meigos. Eram focas de várias espécies, algumas deitadas no chão, outras no gelo à deriva, várias delas saindo do mar ou voltando para ele. Não fugiam quando nos aproximávamos, pois nunca tinham tido qualquer contato com homens, e eu pensava que havia carne ali para abastecer algumas centenas de navios.

– Na verdade – disse Conseil – foi uma sorte que Ned Land não nos tenha acompanhado!

– Por que, Conseil?

– Porque esse maluco caçador teria matado tudo.

– Tudo, é um exagero, mas creio, de fato, que não poderíamos ter impedido que nosso amigo canadense arpoasse alguns desses magníficos cetáceos. O que teria desagradado ao capitão Nemo, que ele não derrama inutilmente o sangue de animais inofensivos.
– E tem razão.
– Certamente, Conseil. Mas diga-me, você ainda não classificou esses soberbos espécimes de vida marinha?
– O senhor sabe muito bem – respondeu Conseil – que não sou muito versado nessa prática. Quando o senhor me tiver ensinado o nome desses animais...
– São focas e morsas.
– Dois gêneros, pertencentes à família dos pinípedes – apressou-se em dizer meu erudito Conseil –, ordem dos carnívoros, grupo dos unguiculados, subclasse dos monodelfos, classe dos mamíferos, ramo dos vertebrados.
– Muito bem, Conseil – concordei –, mas esses dois gêneros, focas e morsas, estão divididos em espécies; e, se não me engano, teremos a oportunidade de observá-los aqui. Vamos adiante.

Eram 8 horas da manhã. Restavam quatro horas para desfrutar até que o sol pudesse ser observado de maneira útil. Dirigi os passos para uma vasta baía que era contornada pela falésia granítica da costa.

Lá, posso dizer que, a perder de vista em torno de nós, a terra e o gelo estavam lotados de mamíferos marinhos, e involuntariamente eu procurava pelo velho Proteu, o mitológico pastor que guardava esses imensos rebanhos de Netuno. Em sua maioria, eram focas. Formavam grupos distintos, machos e fêmeas, o pai cuidando da família, a mãe amamentando os filhotes; alguns deles, mais desenvolvidos, se emancipavam a pouca distância. Quando esses mamíferos queriam se deslocar, davam pequenos saltos, originados pela contração do corpo, e usavam sua nadadeira imperfeita que, no peixe-boi, seu congênere, forma um verdadeiro antebraço. Devo dizer que, na água, seu elemento por excelência, esses animais de coluna vertebral móvel, bacia estreita, pelagem curta e cerrada, patas palmadas, nadam admiravelmente. Em repouso e em terra, assumem atitudes extremamente graciosas. Por isso os antigos, observando sua fisionomia dócil, seu olhar expressivo que não pode ser superado pelo olhar da mais bela mulher, seus olhos aveludados e límpidos, suas poses encantadoras, e poetizando-os à sua maneira, transformaram os machos em tritões e as fêmeas em sereias.

Chamei a atenção de Conseil para o considerável desenvolvimento dos lobos cerebrais dessas inteligentes criaturas. Nenhum mamífero, exceto o homem, possui matéria cerebral mais rica. Por isso poderiam até receber alguns rudimentos de educação, pois são facilmente domesticadas; e, assim como certos naturalistas, penso que, devidamente treinadas, poderiam ser de grande utilidade como cães de pesca.

A maioria dessas focas dormia nas rochas ou na areia. Entre essas focas propriamente ditas que não possuem orelhas externas – diferindo nisso dos leões marinhos cuja orelha é saliente – observei diversas variedades de pinípedes, com três metros de comprimento, pelos brancos, cabeças de buldogue, armadas com dez dentes em cada mandíbula, quatro incisivos superiores e quatro inferiores e dois caninos grandes recortados em forma de flor de lis. Entre eles deslizavam elefantes-marinhos, uma espécie de foca de tromba curta e móvel, os gigantes da espécie, que numa circunferência de seis metros media dez metros de comprimento. Não esboçavam nenhum movimento ao nos aproximarmos.

– Não são animais perigosos? – perguntou Conseil.

– Não – respondi –, a menos que sejam atacados. Quando uma foca defende o filhote, sua fúria é terrível, e não é incomum que despedace o barco dos pescadores.

– Está no direito dela – replicou Conseil.

– Não digo que não.

Duas milhas adiante, nos deparamos com o promontório que protegia a baía contra os ventos do sul. Caía a prumo sobre o mar e ficava coberto de espuma na ressaca. Do outro lado, irrompiam formidáveis rugidos, como os que uma manada de ruminantes poderia produzir.

– Será um concerto de touros? –exclamou Conseil.

– Não – respondi –, um concerto de morsas.

– Estão brigando?

– Estão brigando ou brincando.

– Se não se opuser, precisamos ver isso.

– É bom ver, sem dúvida, Conseil.

E lá fomos nós, atravessando as rochas enegrecidas, no meio de deslizamentos inesperados, e sobre pedras que o gelo tornava muito escorregadias. Mais de uma vez, rolei sentindo batidas por todo o corpo. Conseil, mais prudente ou mais firme, quase não tropeçava; e, ao me levantar, dizia:

– Se o senhor tivesse a bondade de abrir mais as pernas, manteria melhor o equilíbrio.

Chegando à parte superior do promontório, avistei uma vasta planície branca, coberta de morsas. Esses animais estavam brincando. Eram uivos de alegria, não de raiva.

As morsas se assemelham às focas no formato de seus corpos e na disposição de seus membros. Mas não têm caninos e incisivos na mandíbula inferior e, quanto aos caninos superiores, são duas presas de oitenta centímetros de comprimento e medem trinta e três na circunferência de seu alvéolo. Esses dentes, feitos de marfim compacto e sem estruas, mais duros que os dos elefantes e com menor probabilidade de amarelar, são muito procurados. Por isso as morsas são alvo também de caça indiscriminada, que, em breve, irá exterminá-las, porquanto os caçadores, massacrando sem nenhum controle fêmeas prenhes e crias, eliminam mais de quatro mil delas por ano.

Ao passar perto desses curiosos animais, pude examiná-los com calma, pois eles não se incomodavam. A pele deles era grossa e áspera, de um tom castanho-amarelado, beirando o vermelho, de pelagem curta e esparsa. Alguns tinham quatro metros de comprimento. Mais tranquilos e menos medrosos que seus congêneres do norte, não confiavam a sentinelas escolhidas a tarefa de vigiar os arredores de seu acampamento.

Depois de examinar essa cidade de morsas, pensei em voltar. Eram 11 horas, e se o capitão Nemo tivesse encontrado condições favoráveis para calcular nossa posição, queria estar presente nessa operação. Mas não esperava que o sol aparecesse nesse dia. Nuvens compactas no horizonte o escondiam de nossos olhos. Parecia que esse astro ciumento não queria revelar aos seres humanos essa parte inacessível do globo.

Achei por bem, contudo, regressar ao Nautilus. Seguimos por um caminho estreito que corria ao longo do topo da falésia. Às 11h30 chegamos ao ponto de desembarque. O escaler havia deixado o capitão em terra. Avistei-o parado sobre um bloco de basalto. Seus instrumentos estavam perto dele. Seu olhar estava fixo no horizonte norte, perto do qual o sol descrevia então sua curva alongada.

Sentei-me ao lado dele e esperei sem falar. Chegou o meio-dia e, como no dia anterior, o sol não apareceu.

Era uma fatalidade. Ainda não sabíamos nossa posição exata. Se a situação persistisse no dia seguinte, teríamos de desistir definitivamente de tentar calcular nossa posição.

Com efeito, estávamos precisamente no dia 20 de março. No dia seguinte, 21, dia do equinócio, sem contar a refração, o sol desapareceria no horizonte durante seis meses, e com seu desaparecimento começaria a longa noite polar. Desde o equinócio de setembro, ele tinha despontado no horizonte norte, elevando-se em espirais alongadas até 21 de dezembro. Nessa época, solstício de verão nas regiões boreais, ele havia começado a descer e, no dia seguinte, lhes lançaria seus últimos raios.

Comuniquei minhas observações e meus temores ao capitão Nemo.

– Tem razão, sr. Aronnax – disse-me ele. – Se amanhã não obtiver a altura do sol, não poderei retomar essa operação antes de seis meses. Mas ao mesmo tempo, precisamente porque os acasos de minha navegação me trouxeram, no dia 21 de março, a esses mares, levantarei facilmente minha posição se, ao meio-dia, o sol aparecer diante de nossos olhos.

– Por que, capitão?

– Porque, quando o astro do dia descreve espirais tão alongadas, é difícil medir com exatidão sua altura acima do horizonte, e os instrumentos ficam expostos a cometer graves erros.

– Como vai proceder, então?

– Usarei apenas meu cronômetro – respondeu o capitão Nemo. – Se amanhã, 21 de março, ao meio-dia, o disco solar, levando em conta a refração, for cortado exatamente pelo horizonte norte, é porque estou no polo sul.

– De fato – disse eu. – Essa afirmação, contudo, não é matematicamente rigorosa, porque o equinócio não cai necessariamente ao meio-dia.

– Sem dúvida, senhor, mas a margem de erro não chegará a cem metros, o que é quase nada. Até amanhã, portanto.

O capitão Nemo voltou a bordo. Conseil e eu ficamos, até às 5 horas, caminhando pela praia, observando e estudando. Não recolhi nenhum objeto curioso, exceto um ovo de pinguim, notável por seu tamanho, pelo qual um amador teria pago mais de mil francos. Sua cor amarelada, as listras e os caracteres que o ornavam como outros tantos hieróglifos, faziam dele um souvenir raro. Coloquei-o nas mãos de Conseil, e o prudente rapaz, pisando firme, segurando-o como se fosse uma preciosa porcelana chinesa, levou-o intacto ao Nautilus.

Depositei esse ovo raro sob uma das vitrines do museu. Jantei com apetite um excelente pedaço de fígado de foca, cujo sabor lembrava carne de porco. Depois fui para a cama, não sem ter invocado, como um hindu, os favores do astro radiante.

No dia seguinte, 21 de março, às 5 horas da manhã, subi à plataforma. O capitão Nemo já estava lá.

– O tempo está melhorando um pouco – disse-me ele. – Tenho esperanças. Depois do almoço, iremos à terra firme para escolher um posto de observação.

Esse ponto decidido, fui procurar Ned Land. Teria gostado de levá-lo comigo. O obstinado canadense recusou, e vi claramente que seu ar taciturno e seu humor raivoso aumentavam a cada dia. Em tal circunstância, nem me empenhei muito para vencer sua teimosia. Na verdade, havia muitas focas em terra, e não era conveniente submeter esse pescador desvairado a essa tentação.

Terminado o almoço, desembarquei em terra firme. O Nautilus havia avançado mais algumas milhas durante a noite. Estava parado ao largo, a uma boa légua da costa, que era dominada por um pico agudo de quatrocentos a quinhentos metros. O escaler transportava o capitão Nemo, dois homens da tripulação e os instrumentos, isto é, um cronômetro, uma luneta e um barômetro.

Durante a travessia, avistei numerosas baleias que pertenciam às três espécies próprias dos mares do sul, a baleia-franca ou a *"right-whale"* dos ingleses, que não tem barbatana dorsal; a corcunda ou a *"hump-back"*, *balaenoptera* de barriga enrugada, com vastas barbatanas esbranquiçadas, que apesar do nome, não formam asas; e a *"fin-back"*, castanho-amarelada, o mais esperto desses cetáceos. Esse poderoso animal se faz ouvir de longe, quando projeta a grande altura suas colunas de ar e vapor, que se assemelham a redemoinhos de fumaça. Esses diferentes mamíferos brincavam em bandos nas águas calmas, e vi claramente que essa bacia do polo antártico servia agora de refúgio para cetáceos perseguidos com demasiada avidez pelos caçadores.

Observei também longos cordões esbranquiçados de salpas, uma espécie de moluscos agregados, e águas-vivas de grande porte balançando no vaivém das ondas.

Às 9 horas desembarcamos. O céu ia clareando. As nuvens fugiam para o sul. As brumas deixavam a superfície fria das águas. O capitão Nemo dirigiu-se ao pico, que sem dúvida queria fazer dele seu observatório. Foi uma subida difícil sobre lava afiada e pedras-pomes, no meio de uma atmosfera muitas vezes saturada pelas emanações sulfurosas das fumarolas. O capitão, para um homem desacostumado a pisar em terra, subia as encostas mais íngremes com uma flexibilidade, uma agilidade, que eu não conseguia igualar e que um caçador de camurças teria invejado.

Demoramos duas horas para chegar ao cume desse pico, metade pórfiro, metade basalto. De lá, nosso olhar descortinava um vasto mar que, na direção norte, traçava claramente a sua linha de demarcação contra o fundo do céu. A nossos pés, campos deslumbrantes de brancura. Acima de nossas cabeças, um azul pálido, sem névoa. Ao norte, o disco do sol como uma bola de fogo já danificada pela borda afiada do horizonte. Do seio das águas subiam centenas de magníficos esguichos. Ao longe, o Nautilus, como um cetáceo adormecido. Atrás de nós, a sul e a leste, uma terra imensa, um amontoado caótico de rochedos e de gelo, cujos limites não conseguíamos ver.

O capitão Nemo, ao chegar ao alto do pico, anotou cuidadosamente sua altura com o barômetro, pois deveria levar isso em consideração em sua observação.

Faltando quinze minutos para o meio-dia, o sol, então visto apenas por refração, apareceu como um disco dourado e espalhou seus últimos raios sobre esse continente abandonado, sobre esses mares que o homem ainda não navegou. O capitão Nemo, munido de uma luneta com retículas que, por meio de um espelho, corrigia a refração, observou o astro que mergulhava aos poucos no horizonte, seguindo uma diagonal bem alongada. Eu segurava o cronômetro. Meu coração estava batendo forte. Se o desaparecimento do meio disco do sol coincidisse com o meio-dia do cronômetro, estaríamos no polo.

– Meio-dia! – exclamei.

– O polo sul! – respondeu o capitão Nemo, com voz profunda, entregando-me o telescópio que mostrava o astro do dia precisamente dividido em duas partes iguais pelo horizonte. Observei os últimos raios coroando o pico, e as sombras subindo aos poucos pelas encostas.

Nesse momento, o capitão Nemo, apoiando a mão em meu ombro, disse-me:

– Professor, em 1600, o holandês Ghéritk, levado por correntes e tempestades, atingiu 64° de latitude sul e descobriu Nova Shetland. Em 1773, no dia 17 de janeiro, o ilustre Cook, seguindo o trigésimo oitavo meridiano, chegou aos 67°30' de latitude, e em 1774, no dia 30 de janeiro, no centésimo nono meridiano, atingiu os 71°15' de latitude. Em 1819, o russo Bellinghausen encontrava-se no paralelo sessenta e nove e, em 1821, no sexagésimo sexto, a 111° de longitude oeste. Em 1820, o inglês Brunsfield foi preso no sexagésimo quinto grau. No mesmo ano, o americano Morrel, cujos relatos são duvidosos, remontando ao quadragésimo segundo meridiano, descobriu o mar aberto a 70°14' de latitude. Em 1825, o inglês Powell não conseguia ultrapassar o sexagésimo segundo grau. No mesmo ano, um simples pescador de focas, o inglês Weddel, atingiu a latitude 72°14' no trigésimo quinto meridiano, e até 74°15' no trigésimo sexto. Em 1829, o inglês Forster, comandando o Chanticleer, tomou posse do continente antártico a 63°26' de latitude e 66°26' de longitude. Em 1831, o inglês Biscoe, em 1º de fevereiro, descobriu a terra de Enderby a 68°50' de latitude; em 1832, em 5 de fevereiro, a terra de Adelaide a 67° de latitude; e em 21 de fevereiro, a Terra de Graham a 64° 45' de latitude. Em 1838, o francês Dumont d'Urville, parado em frente ao bloco de gelo a 62°57' de latitude, pesquisou as terras Louis-Philippe; dois anos depois, em novo ponto ao sul, nomeou a 66°30', em 21 de janeiro, terra Adélie, e oito dias depois, a 64°40', costa Clarie. Em 1838, o inglês Wilkes avançou até o paralelo sessenta e nove do centésimo meridiano. Em 1839, o inglês Balleny descobriu a terra de Sabrina, nos limites do círculo polar. Finalmente, em 1842, o inglês James Ross, subindo o Erebo e o Terror, em 12 de janeiro, a 76°56' de latitude e 171°7' de longitude leste, encontrou Victoria Land; no dia 23 do mesmo mês, anotou o paralelo septuagésimo quarto, o ponto mais alto alcançado até então; no dia 27, estava em 76°8', no dia 28, em 77°32', no dia 2 de fevereiro, em 78°4', e em 1842, voltou ao septuagésimo primeiro grau que não poderia ultrapassar. Pois bem, eu, Capitão Nemo, neste dia 21 de março de 1868, cheguei ao polo sul no nonagésimo grau, e tomo posse desta parte do globo igual a um sexto dos continentes reconhecidos.

— Em nome de quem, capitão?

— Em meu nome, senhor!

E, dizendo isso, o capitão Nemo desfraldou uma bandeira negra, com um N dourado estampado sobre o tecido. Depois, voltando-se para o astro do dia, cujos últimos raios lambiam o horizonte do mar, exclamou:

— Adeus, Sol! Desapareça, astro radiante! Deite-se sob esse mar aberto e deixe que uma noite de seis meses estenda suas sombras sobre meu novo domínio!

XV

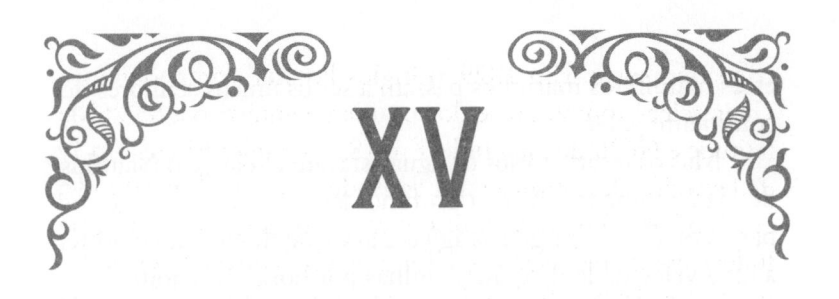

ACIDENTE OU INCIDENTE?

No dia seguinte, 22 de março, às 6 da manhã, começaram os preparativos para a partida. As últimas luzes do crepúsculo iam desaparecendo na noite. Faria um frio congelante. As constelações resplandeciam com uma intensidade surpreendente. No zênite brilhava esse admirável Cruzeiro do Sul, constelação polar das regiões antárticas.

O termômetro marcava doze graus abaixo de zero e, quando o vento soprava mais forte, causava pontadas agudas. Os blocos de gelo se multiplicavam em águas abertas. O mar tendia a congelar em todos os lugares. Numerosas manchas escuras, espalhadas por sua superfície, anunciavam a próxima formação de gelo novo. Evidentemente, a bacia austral, congelada durante os seis meses de inverno, era absolutamente inacessível. O que acontecia com as baleias durante esse período? Sem dúvida, iam para baixo da banquisa em busca de mares mais praticáveis. Já as focas e morsas, acostumadas a viver nos climas mais severos, permaneciam nesses locais gelados. Esses animais têm o instinto de cavar buracos nos campos de gelo e mantê-los sempre abertos. É por esses buracos que respiram; quando as aves, afastadas pelo frio, emigraram para o norte, esses mamíferos marinhos passam a ser os únicos senhores do continente polar.

Mas os reservatórios de água estavam cheios, e o Nautilus descia lentamente. A uma profundidade de trezentos metros parou. Sua hélice rasgou as águas e avançou direto para o norte, a uma velocidade de quinze milhas por hora. Ao anoitecer, já navegava sob a imensa concha congelada da banquisa.

As escotilhas do salão foram fechadas por precaução, pois o casco do Nautilus poderia colidir com algum bloco submerso. Por isso passei esse dia passando a limpo minhas anotações. Minha mente estava inteiramente focada nas recordações do polo. Havíamos chegado a esse ponto inacessível sem fadiga, sem perigo, como se nosso vagão flutuante deslizasse nos trilhos de uma ferrovia. E agora começava realmente o regresso. Será que me reservaria ainda surpresas? Era o que eu pensava, por ser inesgotável a série de maravilhas submarinas! Por outro lado, nos cinco meses e meio desde que o acaso nos havia lançado a bordo, havíamos percorrido catorze mil léguas, e nessa rota, mais extensa que o Equador terrestre, quantos incidentes curiosos ou terríveis encantaram nossa viagem: a caçada nas florestas de Crespo, o encalhe do estreito de Torres, o cemitério de corais, as pescas do Ceilão, o túnel da Arábia, os incêndios de Santorini, os milhões da baía de Vigo, a Atlântida, o Polo Sul! Durante a noite, todas essas lembranças, passando de sonho em sonho, não deixaram meu cérebro cochilar um só instante.

Às 3 da manhã, fui acordado por um choque violento. Eu estava sentado na cama e escutava no meio da escuridão, quando de repente fui jogado para o meio do quarto. Evidentemente, o Nautilus perdeu o prumo após a colisão.

Encostei-me nas paredes e fui me arrastando pelos corredores até o salão que o teto luminoso deixava claro. Os móveis foram caídos. Felizmente, as vitrines, solidamente fixadas nos pés, se mantiveram firmes. Os painéis de estibordo, sob o deslocamento vertical, colaram nas tapeçarias, enquanto os de bombordo se distanciavam trinta centímetros por sua moldura inferior. O Nautilus estava, portanto, deitado a estibordo e, além disso, completamente imóvel.

Lá dentro ouvi o som de passos, vozes confusas. Mas o capitão Nemo não apareceu. Quando estava prestes a sair do salão, Ned Land e Conseil entraram.

– O que aconteceu? – perguntei-lhes imediatamente.

– É o que eu vinha perguntar ao senhor – respondeu Conseil.

– Com mil demônios! – exclamou o canadense. – Eu sei o que houve! O Nautilus colidiu e, a julgar pela inclinação que tomou, não creio que possa escapar como da primeira vez no estreito de Torres.

– Mas, pelo menos – perguntei –, ele voltou à superfície do mar?

– Não sabemos – respondeu Conseil.

– É fácil saber – repliquei.

Consultei o manômetro. Para minha grande surpresa, indicava uma profundidade de trezentos e sessenta metros.

– O que significa isso? – exclamei.

– Devemos interrogar o capitão Nemo – disse Conseil.

– Mas onde encontrá-lo? – perguntou Ned Land.

– Sigam-me – disse a meus dois companheiros.

Deixamos o salão. Na biblioteca, ninguém. Na escadaria central, no posto da tripulação, ninguém. Presumi que o capitão Nemo devia estar na cabine do timoneiro. O melhor era esperar. Voltamos os três ao salão.

Vou passar sob silêncio as recriminações do canadense. Tinha mil razões para se exaltar. Deixei que desabafasse todo o seu mau humor à vontade, sem lhe responder.

Já estávamos assim fazia vinte minutos, tentando ouvir os menores ruídos que eram produzidos dentro do Nautilus, quando o capitão Nemo entrou. Pareceu não nos ver. Sua fisionomia, geralmente tão impassível, revelava certa inquietude. Observou silenciosamente a bússola, o manômetro, e colocou o dedo num ponto do planisfério, na parte que representava os mares austrais.

Não quis interrompê-lo. Só alguns momentos depois, quando ele se voltou para mim, eu lhe disse, valendo-me da mesma expressão de que ele se havia servido do estreito de Torres:

— Um incidente, capitão?
— Não, senhor — respondeu ele —, dessa vez, um acidente.
— Grave?
— Talvez.
— O perigo é iminente?
— Não.
— O Nautilus encalhou?
— Sim.
— E esse encalhe é resultante...?
— De um capricho da natureza, não de imperícia humana. Nem um único erro foi cometido em nossas manobras. Não podemos, contudo, impedir que o equilíbrio produza seus efeitos. Podemos desafiar as leis humanas, mas não resistir às leis naturais.

Um momento singular que o capitão Nemo escolhia para se entregar a essa reflexão filosófica. Em suma, sua resposta não me esclareceu nada.

— Posso saber, senhor — perguntei-lhe —, qual a causa desse acidente?

— Um enorme bloco de gelo, uma montanha inteira desmoronou — respondeu ele. — Quando os *icebergs* são minados em sua base por águas mais quentes ou por choques repetidos, seu centro de gravidade sobe. Então eles se viram e caem. Foi o que aconteceu. Um desses blocos, tombando, atingiu o

Nautilus que flutuava sob as águas. Então, deslizando sob seu casco e levantando-o com força irresistível, arrastou-o para camadas menos densas, onde se encontra deitado de lado.

– Mas não podemos libertar o Nautilus esvaziando seus reservatórios, para trazê-lo de volta ao equilíbrio?

– É o que está sendo feito neste momento, senhor. Você pode ouvir as bombas funcionando. Veja a agulha do manômetro. Indica que o Nautilus está subindo, mas o bloco de gelo está subindo com ele, e até que um obstáculo pare seu movimento ascendente, nossa posição não será alterada.

Com efeito, o Nautilus continuava deitado do mesmo lado, a estibordo. Sem dúvida, iria se endireitar quando o bloco parasse. Mas, nesse momento, quem sabe se não atingiria a parte inferior da banquisa, de modo a nos deixar terrivelmente entalados entre as duas superfícies geladas?

Eu refletia sobre todas as consequências dessa situação. O capitão Nemo não parava de observar o manômetro. O Nautilus, desde a queda do *iceberg*, havia subido cerca de cinquenta metros, mas fazia sempre o mesmo ângulo com a perpendicular.

Subitamente, um leve movimento se fez sentir no casco. Evidentemente, o Nautilus estava se endireitando um pouco. Os objetos pendurados no salão voltaram visivelmente à sua posição normal. As paredes se aproximavam da verticalidade. Nenhum de nós falava. Com o coração emocionado, observávamos, sentíamos que o Nautilus se endireitava. O chão voltou a ficar horizontal sob nossos pés. Dez minutos se passaram.

– Finalmente, endireitamos! – exclamei.

– Sim – disse o capitão Nemo, dirigindo-se para a porta do salão.

– Mas vamos flutuar? – perguntei-lhe.

— Certamente — respondeu ele — uma vez que os reservatórios ainda não foram esvaziados e, quando esvaziados, o Nautilus terá de retornar à superfície do mar.

O capitão saiu, e logo percebi que, por ordem dele, a marcha ascendente do Nautilus havia sido interrompida. Com efeito, caso contrário teria em pouco tempo colidido com a parte inferior da banquisa, sendo preferível, portanto, mantê-lo entre duas águas.

— Escapamos por um triz! — disse, então, Conseil.

— Sim. Poderíamos ser esmagados entre esses blocos de gelo ou pelo menos aprisionados. E sem chances de renovar o ar... Sim! Escapamos por um triz!

— Se é que acabou! — murmurou Ned Land.

Não quis iniciar uma discussão inútil com o canadense e não respondi. Aliás, as escotilhas se abriram nesse momento, e a luz externa irrompeu pela vidraça.

Estávamos flutuando na água, como já disse; mas, a uma distância de dez metros, de cada lado do Nautilus, erguia-se uma deslumbrante parede de gelo. Acima e abaixo, a mesma parede. Acima, porque a superfície inferior da banquisa se estendia como um imenso teto. Abaixo, porque o bloco tombado, deslizando aos poucos, havia encontrado dois pontos de apoio nas paredes laterais que o mantinham nessa posição. O Nautilus estava preso num verdadeiro túnel de gelo, com cerca de vinte metros de largura, repleto de águas tranquilas. Era-lhe fácil, portanto, sair andando para frente ou para trás e depois escapar, algumas centenas de metros mais abaixo, por uma passagem livre sob a banquisa.

A luz do teto estava apagada, mas o salão resplandecia de luz intensa. Isso porque a poderosa reverberação das paredes de gelo refletia violentamente o facho do farol. Não saberia descrever o efeito dos raios voltaicos sobre esses grandes blocos caprichosamente cortados, dos quais cada ângulo, cada borda, cada faceta irradiava um brilho diferente, dependendo da natureza dos veios que corriam no gelo. Deslumbrante mina de pedras preciosas e particularmente de safiras que cruzavam seus jatos azuis com o jato verde das esmeraldas. Aqui e acolá, tons opalinos de infinita suavidade corriam entre pontos ardentes como diamantes de fogo, cujo brilho o olhar não suportava. A potência do farol era centuplicada, como a de uma lanterna através das lâminas lenticulares de um farol de primeira linha.

– Como é belo! Como é lindo! – exclamou Conseil.

– Sim! – disse eu. – É um espetáculo admirável. Não é, Ned?

– Eh! Com mil demônios! Sim – respondeu Ned Land.

– É soberbo! Custa-me muito, mas sou obrigado a concordar. Nunca se viu nada parecido. Mas esse espetáculo pode nos custar caro. E, verdade seja dita, acho que aqui vemos coisas que Deus não queria que o homem visse!

Ned tinha razão. Era lindo demais. De repente, um grito de Conseil fez com que eu me voltasse.

– O que houve? – perguntei.

– Por favor, feche os olhos, senhor! Senhor, não olhe!

Dizendo isso, Conseil apertava com força as mãos sobre pálpebras.

– Mas o que há com você, meu rapaz?

– Estou deslumbrado, cego!

Meu olhar se voltou involuntariamente para a vidraça, mas não pude suportar o fogo que a devorava.

Compreendi o que havia acontecido. O Nautilus acabava de pôr-se em marcha a grande velocidade. Todos os tranquilos fragmentos das muralhas de gelo se haviam então transformado em raios ofuscantes. Os fogos dessas miríades de diamantes se confundiam. O Nautilus, impelido por sua hélice, viajava dentro de um invólucro de raios.

As escotilhas do salão se fecharam. Mantínhamos as mãos sobre os olhos, que estavam impregnados daqueles clarões concêntricos que flutuam diante da retina quando os raios do sol a atingem com excessiva intensidade. Demorou algum tempo para que a perturbação de nossas vistas se esvaísse.

Finalmente, baixamos as mãos.

– Na verdade, eu nunca teria acreditado – disse Conseil.

– E eu não acredito ainda! – comentou o canadense.

– Quando voltarmos à terra – acrescentou Conseil –, cansados de tantas maravilhas da natureza, o que pensaremos desses miseráveis continentes e das pequenas obras produzidas pelas mãos dos homens! Não, o mundo habitado não é mais digno de nós!

Tais palavras na boca de um impassível flamengo mostram a que grau de ebulição tinha chegado nosso entusiasmo. Mas o canadense não deixou de jogar sua gota de água fria.

– O mundo habitado! – disse ele, meneando a cabeça. – Fique tranquilo, amigo Conseil, não voltaremos a ele!

Eram então 5 horas da manhã. Nesse momento, ocorreu um choque na frente do Nautilus. Compreendi que seu esporão acabava de colidir com um bloco de gelo. Devia ter sido uma manobra equivocada, porque esse túnel submarino, obstruído por blocos de gelo, não oferecia uma navegação fácil. Pensei, portanto, que o capitão Nemo, mudando de rota, evitaria esses obstáculos ou seguiria as sinuosidades do túnel. Em todo caso, o avanço não podia mais ser totalmente interrompido. Contra minha expectativa, no entanto, o Nautilus fez um movimento retrógrado muito pronunciado.

– Estamos indo para trás? – perguntou Conseil.

– Sim – respondi. – O túnel não deve ter saída deste lado.

– E então?...

– Então – disse eu – a manobra é muito simples. Voltaremos pelo caminho por onde viemos e sairemos pela passagem ao sul. Isso é tudo.

Ao falar desse modo, queria parecer mais tranquilo do que realmente estava. Mas o movimento retrógrado do Nautilus se acelerava e, navegando a contra-hélice, nos arrastava com grande rapidez.

– Mais um bom atraso – disse Ned.

– Que importa algumas horas a mais ou a menos, desde que a gente saia.

– Sim – arremedou Ned Land – desde que saiamos!

Caminhei por alguns momentos entre o salão e a biblioteca. Meus companheiros, sentados, estavam em silêncio. Logo me joguei num sofá e tomei um livro que meus olhos percorreram mecanicamente.

Quinze minutos depois, Conseil, aproximando-se de mim, perguntou:

– É realmente interessante o que está lendo, senhor?

– Muito interessante – respondi.

– Acredito. É seu livro que o senhor está lendo!

– Meu livro?

Com efeito, eu tinha nas mãos a obra intitulada *As grandes profundezas submarinas*. Nem sequer me havia dado conta. Fechei o livro e retomei minha caminhada. Ned e Conseil se levantaram para sair.

– Fiquem, meus amigos – disse eu, retendo-os. – Vamos ficar juntos até sairmos desse impasse.

– Como o senhor julgar melhor – respondeu Conseil.

Algumas horas se passaram. Eu observava continuamente os instrumentos dependurados na parede do salão. O manômetro indicava que o Nautilus se mantinha a uma profundidade constante de trezentos metros; a bússola, indicava que ele continuava seguindo para o sul; a barquilha, que viajava a uma velocidade de vinte milhas por hora, uma velocidade excessiva num espaço tão apertado. Mas o capitão Nemo sabia que não podia ter demasiada pressa e que, naquele momento, minutos equivaliam a séculos.

Às 8h25, ocorreu um segundo choque. Dessa vez, na parte de trás. Empalideci. Meus companheiros se aproximaram de mim. Eu tinha agarrado a mão de Conseil. Nós nos interrogávamos com o olhar e de forma mais direta do que se as palavras tivessem interpretado nossos pensamentos.

Nesse momento, o capitão entrou na sala. Fui até ele.

– A rota está bloqueada ao sul? – perguntei-lhe.

– Sim, senhor. O *iceberg*, ao virar-se, fechou todas as saídas.

– Estamos bloqueados?

– Sim.

XVI

FALTA DE AR

Assim, em torno do Nautilus, acima e abaixo, um impenetrável muro de gelo. Éramos prisioneiros da banquisa! O canadense bateu na mesa com seu punho. Conseil estava calado. Eu olhava o capitão. Seu rosto havia retomado a impassibilidade habitual. Tinha cruzado os braços. Refletia. O Nautilus não se movia mais.

O capitão então falou.

– Senhores – disse ele com voz calma –, há duas maneiras de morrer nas condições em que nos encontramos.

Esse personagem inexplicável parecia um professor de matemática fazendo uma demonstração a seus alunos.

– A primeira – continuou ele – é morrer esmagado. A segunda é morrer asfixiado. Não estou falando da possibilidade de morrer de fome, porque os suprimentos do Nautilus, com certeza, durarão mais do que nós. Vamos nos preocupar, portanto, com as chances de esmagamento ou de asfixia.

– Quanto à asfixia, capitão – ponderei –, não há por que receá-la, pois nossos reservatórios estão cheios.

– Correto – replicou o capitão Nemo –, mas representam só dois dias de ar. Ora, estamos sepultados sob a água há trinta e seis horas, e a atmosfera pesada do Nautilus já exige ser renovada. Dentro de quarenta e oito horas, nosso estoque estará esgotado.

– Pois bem, capitão, temos de sair daqui antes de 48 horas!

– É o que vamos tentar, pelo menos, rompendo a muralha que nos cerca.

– De que lado? – perguntei.

– Isso é o que a sonda nos dirá. Vou encalhar o Nautilus na margem inferior, e meus homens, vestindo escafandros, atacarão o *iceberg* pela parede menos espessa.

– Podemos abrir as escotilhas do salão?

– Sem inconvenientes. Não estamos mais avançando.

O capitão Nemo saiu. Logo silvos me deixaram a par de que a água estava entrando nos reservatórios. O Nautilus desceu lentamente e pousou no fundo de gelo a uma profundidade de trezentos e cinquenta metros, profundidade em que estava submersa a banquisa inferior.

– Meus amigos – disse eu –, a situação é grave, mas conto com sua coragem e energia.

– Senhor – respondeu o canadense –, não é nesse momento que vou aborrecê-lo com minhas recriminações. Estou pronto a fazer de tudo pela salvação comum.

– Tudo bem, Ned – disse eu, estendendo a mão ao canadense.

– Acrescentarei – continuou ele – que, hábil no manejo da picareta como do arpão, se eu puder ser útil ao capitão, ele pode dispor de mim.

– Ele não recusará sua ajuda. Venha, Ned!

Levei o canadense até o quarto onde os homens do Nautilus vestiam seus escafandros. Contei ao capitão a proposta do Ned, que foi aceita. O canadense vestiu o escafandro e ficou a postos com seus colegas de trabalho. Cada um deles carregava nas costas o aparelho Rouquayrol, abastecido com grande contingente de ar puro. Empréstimo considerável, mas necessário, tomado da reserva do Nautilus. Quanto às lâmpadas Ruhmkorff, tornaram-se inúteis no meio dessas águas luminosas, saturadas de raios elétricos.

Quando Ned se vestiu, voltei para o salão, cujas escotilhas estavam abertas e, posicionado ao lado de Conseil, examinei as camadas ambientais que sustentavam o Nautilus. Alguns instantes depois, vimos uma dúzia de homens da tripulação pisar no banco de gelo e, entre eles, Ned Land, reconhecível pela alta estatura. O capitão Nemo estava com eles.

Antes de prosseguir com a escavação das muralhas, fez algumas sondagens que visavam a garantir a direção correta dos trabalhos. Longas sondas foram cravadas nas paredes laterais; mas, depois de quinze metros, elas ainda não tinham perfurado a espessa muralha. Era inútil atacar a superfície do teto, pois era a própria banquisa que media mais de quatrocentos metros de altura. O capitão Nemo mandou, então, sondar a superfície inferior. Ali, dez metros de parede nos separavam da água. Essa era a espessura desse campo de gelo. A partir daí, tratava-se de recortar um pedaço igual em superfície à linha de flutuação do Nautilus. Eram cerca de seis mil e quinhentos metros cúbicos para destacar, a fim de abrir um buraco por onde desceríamos abaixo do campo de gelo.

O trabalho foi imediatamente iniciado e executado com incansável obstinação. Em vez de cavar ao redor do Nautilus, o que teria acarretado maiores dificuldades, o capitão Nemo mandou desenhar o contorno de um imenso fosso, a oito metros de sua alheta de bombordo. Em seguida, os homens o perfuraram simultaneamente em vários pontos de sua circunferência. Logo a picareta atacou vigorosamente esse material compacto, e grandes blocos se soltavam do *iceberg*. Por um curioso efeito da gravidade específica, esses blocos, menos pesados que a água, voavam, por assim dizer, para o teto do túnel, que engrossava na parte superior e diminuía na parte inferior. Mas isso não importava, desde que a parede inferior se afinasse na mesma proporção.

Após duas horas de trabalho enérgico, Ned Land retornou, exausto. Ele e seus companheiros foram substituídos por novos trabalhadores, aos quais Conseil e eu nos juntamos. O imediato do Nautilus nos supervisionava.

A água me pareceu estranhamente fria, mas logo me aqueci, manejando a picareta. Meus movimentos eram bem desenvoltos, embora ocorressem sob uma pressão de trinta atmosferas.

Quando voltei, depois de duas horas de trabalho, para comer alguma coisa e descansar, encontrei uma diferença notável entre o fluido puro que me foi fornecido pelo aparelho Rouquayrol e a atmosfera do Nautilus, já carregada de gás carbônico. O ar não era renovado havia quarenta e oito horas, e suas qualidades revigorantes estavam consideravelmente enfraquecidas. Mas, num período de doze horas, removemos apenas uma fatia de gelo de um metro de espessura da área desenhada, ou aproximadamente seiscentos metros cúbicos. Admitindo que o ritmo de trabalho se mantivesse por doze horas, ainda seriam necessárias cinco noites e quatro dias para concluir essa empreitada.

– Cinco noites e quatro dias! – disse eu a meus companheiros. – E só temos dois dias de ar nos reservatórios.

– Sem contar – acrescentou Ned – que assim que sairmos dessa maldita prisão, ainda estaremos aprisionados sob a banquisa e sem comunicação possível com a atmosfera!

Reflexão correta. Quem, então, poderia prever o mínimo de tempo necessário para nossa libertação? A asfixia não teria nos sufocado antes que o Nautilus pudesse retornar à superfície das ondas? Estava destinado a morrer nesse túmulo gelado com todos aqueles que transportava? A situação parecia terrível. Mas todos enfrentaram isso com coragem, e todos estavam determinados a cumprir seu dever até o fim.

Seguindo minhas previsões, durante a noite, uma nova fatia de um metro foi retirada do imenso alvéolo. Mas, pela manhã, quando, vestindo meu escafandro, percorri a massa líquida a uma temperatura de seis a sete graus abaixo de zero, notei que as muralhas laterais se aproximavam gradativamente. As camadas de água afastadas do fosso, que não eram aquecidas pelo trabalho dos homens e pelo uso de ferramentas, apresentavam tendência a solidificar-se. Perante esse novo e iminente perigo, quais seriam as nossas possibilidades de salvação, e como poderíamos evitar a solidificação desse meio líquido, que teria feito com que as paredes do Nautilus se estilhaçassem como vidro?

Não revelei esse novo perigo a meus dois companheiros. Para que arriscar abater essa energia que eles empregavam no árduo trabalho de salvamento? Mas, quando voltei a bordo, chamei a atenção do capitão Nemo sobre essa séria complicação.

– Eu sei – disse-me ele, naquele tom calmo que as conjunturas mais terríveis não eram capazes de mudar. – É um perigo a mais, e não vejo nenhum meio para enfrentá-lo. A única chance de salvação é ir mais rápido que a solidificação. Trata-se de chegar primeiro. Nada mais que isso.

Chegar primeiro! Bem, eu deveria estar acostumado com essa maneira de falar!

Nesse dia, durante várias horas, manuseei a picareta com obstinação. Esse trabalho me animava. Além disso, trabalhar era sair do Nautilus, era respirar diretamente esse ar puro tirado dos reservatórios e fornecido pelos aparelhos, era abandonar uma atmosfera empobrecida e viciada.

Ao anoitecer, o poço havia se aprofundado mais um metro. Quando voltei a bordo, quase me asfixiei com o gás carbônico que saturava o ar. Ah! Por que não dispúnhamos dos meios químicos que teriam permitido expulsar esse gás nocivo? Não nos faltava oxigênio. Toda essa água continha uma quantidade considerável dele e, ao decompô-la por meio de nossas poderosas baterias, teríamos produzido o fluido da vida. Eu tinha pensado nisso, mas de que adiantava, visto que o gás carbônico, produto de nossa respiração, havia invadido todas as partes da embarcação? Para absorvê-lo seria necessário encher recipientes com potássio cáustico e agitá-los incessantemente. Ora, essa substância faltava a bordo, e nada poderia substituí-la.

Naquela noite, o capitão Nemo teve de abrir as torneiras dos reservatórios e lançar algumas colunas de ar puro dentro do Nautilus. Sem essa precaução não teríamos acordado.

No dia seguinte, 26 de março, retomei meu trabalho de mineiro e passei a cavar o quinto metro. As paredes laterais e a superfície inferior da banquisa estavam visivelmente mais espessas. Era óbvio que elas se juntariam antes que o Nautilus conseguisse se desvencilhar. Por um instante, o desespero tomou conta de mim. Minha picareta quase escorregou de minhas mãos. De que adiantava cavar, se eu haveria de morrer sufocado, esmagado por essa água que se transformava em pedra, suplício que nem a ferocidade dos selvagens conseguiu inventar. Parecia-me que estava entre as formidáveis mandíbulas de um monstro que se aproximava irresistivelmente.

Nesse momento, o capitão Nemo, ele mesmo trabalhando e supervisionando a operação, passou por mim. Toquei-o com a mão e mostrei-lhe as paredes de nossa prisão. A muralha de estibordo já tinha avançado e estava a menos de quatro metros do casco do Nautilus.

O capitão me compreendeu e fez sinal para que eu o seguisse. Voltamos a bordo. Retirado o escafandro, acompanhei-o até o salão.

– Sr. Aronnax – disse-me ele –, devemos tentar alguns meios heroicos, ou seremos emparedados nessa água solidificada como em cimento.
– Sim! – disse eu. – Mas o que fazer?
– Ah! – exclamou ele. – Se meu Nautilus fosse bastante forte para suportar essa pressão sem ser esmagado por ela!
– E então? – perguntei, sem entender a ideia do capitão.
– Não compreende – continuou ele – que esse congelamento da água nos ajudaria? Não vê que, ao se solidificar, romperia esses campos de gelo que nos aprisionam, assim como, ao congelar, romperia as pedras mais duras! Não acha que ela seria um agente de salvação em vez de um agente de destruição?
– Sim, capitão, talvez. Mas qualquer que seja a resistência ao esmagamento que o Nautilus possua, ele não haveria de suportar essa pressão terrível e se achataria como uma folha de metal.
– Sei disso, senhor. Não devemos, portanto, contar com a ajuda da natureza, mas apenas de nós mesmos. Devemos nos opor a essa solidificação. Deve ser sustada. Não apenas as paredes laterais estão ficando mais apertadas, mas também não restam três metros de água na frente ou atrás do Nautilus. O congelamento está nos apertando por todos os lados.
– Por quanto tempo – perguntei – o ar dos reservatórios nos permitirá respirar a bordo?
O capitão me olhou fixamente.
– Depois de amanhã – disse ele – os reservatórios estarão vazios!
Um suor frio me invadiu. E, no entanto, devia ficar surpreso com essa resposta? No dia 22 de março, o Nautilus havia mergulhado nas águas abertas do polo. Estávamos no dia 26. Fazia cinco dias que vivíamos com as reservas de bordo! E o que restava de ar respirável tinha de ser guardado para os trabalhadores. Enquanto escrevo essas coisas, minha impressão é

ainda tão vívida que um terror involuntário toma conta de todo o meu ser, e o ar parece fugir de meus pulmões!

Enquanto isso, o capitão Nemo refletia, silencioso, imóvel. Visivelmente, uma ideia passava por sua cabeça. Mas ele parecia rechaçá-la. Respondia negativamente a si mesmo. Por fim, essas palavras escaparam de seus lábios:

– Água fervente! – murmurou ele.

– Água fervente? – exclamei.

– Sim, senhor. Estamos confinados em um espaço relativamente pequeno. Jatos de água fervente, injetados constantemente pelas bombas do Nautilus, não elevariam a temperatura desse ambiente e não retardariam seu congelamento?

– É preciso tentar – disse eu, resolutamente.

– Vamos tentar, professor.

O termômetro marcava então sete graus negativos do lado de fora. O capitão Nemo levou-me até as cozinhas onde funcionavam grandes aparelhos de destilação que forneciam água potável por evaporação. Eles foram carregados com água, e todo o calor elétrico das baterias foi lançado através das serpentinas banhadas pelo líquido. Em poucos minutos, essa água tinha atingido cem graus. Foi dirigida para as bombas enquanto água nova a substituía concomitantemente. O calor produzido pelas baterias era tal que a água fria, retirada do mar, depois de apenas passar pelos aparelhos, chegava fervendo às bombas.

A injeção dessa água começou, e três horas depois o termômetro marcava, do lado de fora, seis graus abaixo de zero. Era um grau conquistado. Duas horas depois, o termômetro marcava apenas quatro.

– Vamos conseguir – disse eu ao capitão, depois de ter acompanhado e controlado o andamento da operação por meio de numerosas observações.

– Acho que sim – respondeu ele. – Não seremos esmagados. Só temos a asfixia a temer.

Durante a noite, a temperatura da água subiu até um grau abaixo de zero. As injeções não conseguiram elevá-la mais do que isso. Mas, como o congelamento da água do mar só ocorre a dois graus negativos, finalmente fiquei tranquilo com relação aos perigos da solidificação.

No dia seguinte, 27 de março, seis metros de gelo haviam sido arrancados do alvéolo. Restavam apenas quatro a serem removidos. Eram mais quarenta e oito horas de trabalho. O ar não podia mais ser renovado dentro do Nautilus. Por isso esse dia só fazia piorar a situação.

Um peso intolerável tomou conta de mim. Por volta das 3 horas da tarde, a sensação de angústia atingiu em mim um grau violento. Bocejos deslocavam meus maxilares. Meus pulmões ofegavam em busca desse fluido comburente, essencial para a respiração e que ficava cada vez mais rarefeito. Um torpor moral se apoderou de mim. Eu estava estendido sem forças, quase inconsciente. Meu corajoso Conseil, tomado pelos mesmos sintomas, padecendo dos mesmos sofrimentos, não me largava mais. Tomava minha mão, me encorajava, e ainda o ouvia murmurar:

– Ah! Se eu pudesse não respirar para deixar mais ar para o senhor!

Lágrimas brotavam de meus olhos, ao ouvi-lo falar assim.

Se nossa situação, de todos evidentemente, era intolerável no interior, com que pressa, com que felicidade, vestimos nossos escafandros para trabalhar em nossa vez! Os picaretas retiniam na camada gelada. Os braços se cansavam, as mãos se esfolavam, mas o que eram essas fadigas, o que importavam essas feridas! O ar vital estava chegando aos pulmões! Respirávamos! Respirávamos!

E, no entanto, ninguém prolongava seu trabalho debaixo de água além do tempo requerido. Cumprida a tarefa, cada um entregava aos companheiros ofegantes o reservatório que lhes daria vida. O capitão Nemo dava o exemplo e era o primeiro a submeter-se a essa severa disciplina. Chegada a hora, ele entregava seu aparelho a outro e reentrava na atmosfera viciada de bordo, sempre calmo, sem vacilo, sem um murmúrio.

Naquele dia, o trabalho habitual foi realizado com vigor redobrado. Restavam apenas dois metros a serem removidos em toda a área. Apenas dois metros nos separavam do mar aberto. Mas os reservatórios de ar estavam quase vazios. O pouco que restava seria guardado para os trabalhadores. Nem a mínima porção para o Nautilus!

Quando voltei a bordo, estava meio sufocado. Que noite! Não saberia como descrevê-la. É de todo impossível descrever tais sofrimentos. No dia seguinte, minha respiração estava difícil. As dores de cabeça se misturavam a vertigens atordoantes, que me deixavam como um indivíduo bêbado. Meus companheiros sentiam os mesmos sintomas. Alguns membros da tripulação gemiam.

Naquele dia, o sexto de nosso aprisionamento, o capitão Nemo, achando a pá e a picareta muito lentas, resolveu esmagar a camada de gelo que ainda nos separava do lençol líquido. Esse homem tinha conservado o sangue-frio e a energia. Domava as dores físicas com sua força moral. Ele pensava, arquitetava, agia.

A uma ordem sua, a embarcação foi aliviada, isto é, soerguida da camada congelada por uma mudança específica de gravidade. Quando flutuou, foi manobrada de modo a posicioná-la acima do imenso fosso traçado ao longo de sua linha de flutuação. Em seguida, com os reservatórios de água preenchidos, desceu e se encaixou na cavidade.

Nesse momento, toda a tripulação voltou a bordo, e as portas duplas de comunicação foram fechadas. O Nautilus pousava, então, sobre a camada de gelo que tinha menos de um metro de espessura e que as sondas haviam perfurado em mil lugares.

As torneiras dos reservatórios foram então abertas, e cem metros cúbicos de água entraram, aumentando o peso do Nautilus em cem toneladas.

Aguardávamos, ouvíamos, esquecendo nossos sofrimentos, sempre com esperança. Jogávamos nossa salvação com uma última tacada.

Apesar dos zumbidos que enchiam minha cabeça, logo passei a sentir estremecimentos sob o casco do Nautilus. Ocorreu um desnivelamento. O gelo quebrou com um estrondo singular, como o de papel sendo rasgado, e o Nautilus desceu.

– Estamos passando! – murmurou Conseil, a meu ouvido.

Não consegui lhe responder. Tomei sua mão. Apertei-a numa convulsão involuntária.

Subitamente, arrastado por sua incrível sobrecarga, o Nautilus afundou como um projétil sob as águas, isto é, caiu como se fosse no vazio!

Com força elétrica total foram acionadas as bombas que imediatamente começaram a escoar a água dos reservatórios. Depois de alguns minutos, nossa queda foi interrompida. Logo o manômetro chegou a indicar um movimento ascendente. A hélice, girando a toda velocidade, fez o casco de metal estremecer até os parafusos e nos impeliu para o norte.

Mas quanto tempo deveria durar essa navegação sob a banquisa até o mar aberto? Mais um dia? Eu estaria morto antes!

Estendido no sofá da biblioteca, eu estava sufocando. Meu rosto estava roxo, meus lábios, azuis, minhas faculdades, suspensas. Não enxergava mais, não ouvia. A noção de tempo havia desaparecido de minha mente. Meus músculos não conseguiam se contrair.

As horas que se passaram dessa forma, eu não saberia dizer. Mas eu tive consciência de que minha agonia começava. Percebi que ia morrer.

Subitamente, recuperei os sentidos. Algumas lufadas de ar penetravam em meus pulmões. Teríamos conseguido subir à superfície das águas? Teríamos ultrapassado a banquisa? Não! Eram Ned e Conseil, meus dois bravos amigos, que se sacrificavam para me salvar. Ainda restavam alguns resquícios de ar no fundo de um aparelho. Em vez de respirá-lo, eles o haviam reservado para mim e, enquanto sufocavam, vertiam vida em mim, gota a gota! Eu quis afastar o aparelho. Eles seguraram minhas mãos e, por alguns momentos, respirei com volúpia.

Meus olhos se dirigiram para o relógio. Eram 11 horas da manhã. Devíamos estar no dia 28 de março. O Nautilus se movia a uma velocidade assustadora de quarenta milhas por hora. Ele se contorcia nas águas. Onde estava o capitão Nemo? Tinha sucumbido? Seus companheiros teriam morrido com ele?

Nesse momento, o manômetro indicava que estávamos a apenas seis metros da superfície. Um simples campo de gelo nos separava da atmosfera. Não poderíamos rompê-lo?

Talvez! De qualquer forma, o Nautilus iria tentar. Senti, de fato, que assumiu uma posição oblíqua, abaixando a popa e erguendo o esporão. Uma introdução de água tinha sido suficiente para alterar seu equilíbrio. Então, empurrado por sua poderosa hélice, atacou o campo de gelo por baixo como um formidável aríete. Ele escavava aos poucos, recuava, avançava a toda velocidade contra o campo que se despedaçava e, finalmente, levado por um impulso supremo, jogou-se contra a superfície congelada, que acabou esmagando com seu peso.

O alçapão foi aberto, pode-se dizer arrancado, e o ar puro penetrou em ondas por todas as partes do Nautilus.

XVII

DO CABO HORN AO AMAZONAS

Não sei dizer como fui parar na plataforma. Talvez o canadense tenha me carregado até lá. Mas eu respirava, inalava o ar revigorante do mar. Meus dois companheiros a meu lado se inebriavam com essas moléculas refrescantes. Recomenda-se aos infelizes privados de comida por muito tempo que não se atirem vorazmente sobre os primeiros alimentos que lhes são apresentados. Nós, pelo contrário, não precisávamos nos moderar, podíamos inalar a plenos pulmões os átomos dessa atmosfera, e era a brisa, a própria brisa que nos propiciava essa voluptuosa embriaguez!

– Ah! – exclamava Conseil. – Como o oxigênio é bom! Não receie, senhor, em respirar. Há oxigênio para todos.

Quanto a Ned Land, não falava, mas abria os maxilares que seriam capazes de assustar um tubarão. E que possantes aspirações! O canadense "arfava ruidosamente" como um fogareiro em plena combustão.

Recuperamos prontamente nossas forças e, quando olhei a meu redor, vi que estávamos sozinhos na plataforma. Nenhum homem da tripulação. Nem mesmo o capitão Nemo. Os estranhos marujos do Nautilus se contentavam com o ar que circulava no interior. Nenhum deles tinha vindo deleitar-se em plena atmosfera.

As primeiras palavras que pronunciei foram de agradecimento e gratidão a meus dois companheiros. Ned e Conseil tinham prolongado minha existência durante as últimas horas dessa longa agonia. Toda a minha gratidão não poderia pagar por tamanha dedicação.

– Bom, professor – respondeu Ned Land –, não vale a pena falar sobre isso! Que mérito tivemos? Nenhum. Era apenas uma questão de aritmética. Sua existência valia mais que a nossa. Era necessário, portanto, preservá-la.

– Não, Ned – repliquei –, não valia mais. Ninguém é superior a um homem generoso e bom, e você é um deles!

– Está bem! Está bem! – repetia o canadense, embaraçado.

– E você, meu corajoso Conseil, você sofreu muito.

– Mas não foi demais, não, para ser franco com o senhor. Na realidade, senti falta de algumas tragadas de ar, mas acho que teria aguentado e sobrevivido. Além disso, eu olhava para o senhor desfalecido e isso não me dava a menor vontade de respirar. Isso me cortava, como se diz, o fôlego...

Conseil, confuso ao perceber que estava falando banalidades, não terminou.

– Meus amigos – falei, profundamente comovido –, estamos ligados uns aos outros para sempre, e vocês têm direitos sobre mim...

– Direitos que vou tentar exercer – replicou o canadense.

– Hein? – exclamou Conseil.

– Sim – continuou Ned Land –, o direito de levá-lo comigo quando eu deixar esse Nautilus infernal.

– A propósito – disse Conseil –, estamos indo na direção certa?

– Sim – respondi –, visto que vamos em direção do sol, e aqui o sol fica ao norte.

– Sem dúvida – continuou Ned Land –, mas resta saber se vamos para o Pacífico ou para o Atlântico, ou seja, para os mares frequentados ou para aqueles desertos.

A isso não podia responder, e temia que o capitão Nemo nos levasse de volta a esse vasto oceano que banha simultaneamente as costas da Ásia e da América. Ele completaria, assim, sua viagem pelo mundo submarino e retornaria aos mares onde o Nautilus gozava da mais completa independência. Mas, se voltássemos ao Pacífico, longe de qualquer terra habitada, o que seria dos planos de Ned Land?

Em breve deveríamos tomar conhecimento desse importante ponto. O Nautilus avançava velozmente. O círculo polar logo foi ultrapassado e rumamos para o promontório de Horn. Estávamos ao longo da ponta americana no dia 31 de março, às 7 horas da noite.

Então todos os nossos sofrimentos passados foram esquecidos. A lembrança da prisão no gelo ia se apagando de nossas mentes. Só pensávamos no futuro. O capitão Nemo não aparecia mais, nem no salão nem na plataforma. O posicionamento registrado a cada dia no planisfério e efetuado pelo imediato me permitia anotar a direção exata do Nautilus. Ora, naquela noite, ficou evidente, para minha grande satisfação, que iríamos regressar ao norte pela rota do Atlântico.

Informei ao canadense e a Conseil sobre o resultado de minhas observações.

– Boa notícia – comentou o canadense –, mas para onde vai o Nautilus?

– Não saberia lhe dizer, Ned.

– Será que seu capitão desejaria, depois do polo sul, enfrentar o polo norte e regressar ao Pacífico através da famosa passagem noroeste?
– Não seria conveniente desafiá-lo – ponderou Conseil.
– Pois bem – disse o canadense –, vamos deixar a companhia dele antes disso.
– Em todo caso – acrescentou Conseil –, esse capitão Nemo é um mestre, e não nos arrependeremos de tê-lo conhecido.
– Especialmente quando o tivermos deixado! – replicou Ned Land.

No dia seguinte, 1º de abril, quando o Nautilus chegou à superfície das águas, poucos minutos antes do meio-dia, avistamos uma costa a oeste. Era a Terra do Fogo, denominação recebida dos primeiros navegadores por terem visto numerosas fumaças subindo das cabanas indígenas. A Terra do Fogo forma uma vasta aglomeração de ilhas que se estende por trinta léguas de comprimento e oitenta léguas de largura, entre 53° e 56° de latitude sul e 67°50' e 77°15' de longitude oeste. A costa parecia baixa para mim, mas ao longe erguiam-se altas montanhas. Pensei até ter avistado o Monte Sarmiento, elevado a dois mil e setenta metros acima do nível do mar, um bloco piramidal de xisto, com um cume muito acentuado que, consoante esteja visível ou velado de vapores, "anuncia bom ou mau tempo", me dizia Ned Land.

– Um famoso barômetro, meu amigo.
– Sim, senhor, um barômetro natural, que nunca me enganou quando naveguei pelas passagens do estreito de Magalhães.

Nesse momento, vimos esse pico nitidamente recortado contra o fundo do céu. Era um presságio de bom tempo, como de fato ocorreu.

O Nautilus, submergindo novamente, aproximou-se da costa que a seguiu por apenas algumas milhas. Pelas vidraças do salão, vi longos cipós e gigantescos fucus, esses tipos de algas, das quais o mar aberto do polo continha alguns espécimes, com seus filamentos viscosos e polidos, mediam até trezentos metros de comprimento; verdadeiros cabos, mais grossos que o polegar do homem, muito resistentes, usados muitas vezes como cordames de navios. Outra planta, conhecida como *velp*, com folhas de mais de um metro de comprimento, incrustadas em concreções coralígenas, cobria o fundo. Servia de ninho e alimento para miríades de crustáceos e moluscos, caranguejos e lulas. Ali, focas e lontras se entregavam a esplêndidas refeições, misturando carne de peixe e vegetais marinhos, segundo o método inglês.

O Nautilus passava com extrema rapidez por esses fundos férteis e luxuriantes. Ao anoitecer, aproximou-se do arquipélago das Malvinas, cujos ásperos cumes consegui avistar no dia seguinte. A profundidade do mar era muito pequena. Pensei, portanto, não sem razão, que essas duas ilhas, rodeadas por um grande número de ilhotas, teriam feito parte outrora das terras de Magalhães. As Malvinas foram provavelmente descobertas pelo célebre John Davis[213], que lhes deu o nome de Davis-Southern Islands. Mais tarde, Richard Hawkins[214] as chamou de Maiden Islands, ilhas da Donzela. Foram então denominadas Malouines, no início do século XVIII, pelos pescadores de Saint-Malo[215], e finalmente Falkland[216] pelos ingleses, a quem hoje pertencem.

Nessas zonas, as redes de arrasto trouxeram belos espécimes de algas, especialmente certo fucus cujas raízes estavam carregadas dos melhores mariscos do mundo. Dezenas de gansos e patos se abateram às dúzias sobre a plataforma, e logo tomaram lugar no banquete que nos era servido a bordo. No tocante aos peixes, observei especialmente os ósseos, pertencentes ao gênero dos gobídeos, e principalmente os bicolores, com dois decímetros de comprimento, todos pontilhados de manchas esbranquiçadas e amarelas.

Admirei igualmente inúmeras medusas e as mais belas de sua espécie, as crisaores, peculiares dos mares das Malvinas. Ora representavam um guarda-chuva semiesférico muito liso, com listras marrom-avermelhadas e finalizado com doze festões regulares; ora se configuravam como uma cesta virada ao contrário, de onde escapavam graciosamente folhas grandes e longas ramagens vermelhas. Nadavam agitando seus quatro braços foliáceos e deixavam pender à deriva sua opulenta cabeleira de tentáculos. Eu teria gostado de guardar algumas amostras desses delicados zoófitos; mas são apenas nuvens, sombras, aparências, que se fundem e evaporam, uma vez fora de seu elemento natural.

Quando as últimas montanhas das Malvinas desapareceram abaixo do horizonte, o Nautilus submergiu entre vinte e vinte e cinco metros e seguiu a costa americana. O capitão Nemo não apareceu.

Até o dia 3 de abril não saímos dos arredores da Patagônia, ora sob o oceano, ora em sua superfície. O Nautilus passou pelo amplo estuário formado pela foz do rio da Prata e encontrou-se, no dia 4 de abril, ao lado do Uruguai, mas a cinquenta milhas da costa. Mantinha seu curso sempre na direção norte e seguia as longas sinuosidades da costa da América do Sul. Havíamos então viajado dezesseis mil léguas desde nosso embarque nos mares do Japão.

Por volta das 11 horas da manhã, o trópico de Capricórnio foi cortado no meridiano trinta e sete e passamos ao largo de Cabo Frio. O capitão Nemo, para grande desgosto de Ned Land, não gostou da proximidade dessas costas habitadas do

Brasil, pois avançava numa velocidade vertiginosa. Nem um peixe, nem um pássaro, por mais rápidos que fossem, conseguiriam nos seguir, e as curiosidades naturais desses mares escaparam de toda e qualquer observação.

Essa rapidez continuou durante vários dias e, na tarde do dia 9 de abril, avistamos a ponta mais oriental da América do Sul, o cabo de São Roque. Mas então o Nautilus se afastou novamente e foi procurar em profundezas maiores um vale submarino escavado entre esse cabo e a Serra Leoa, na costa africana. Esse vale se bifurca na altura das Antilhas e termina ao norte, com uma enorme depressão de nove mil metros. Nesse local, o corte geológico do oceano corre até às Pequenas Antilhas como um paredão de seis quilômetros, cortado a pique, e, na altura das ilhas de Cabo Verde, outro penhasco não menos considerável, os quais circunscrevem todo o continente submerso da Atlântida. O fundo desse imenso vale é recortado por algumas montanhas que conferem aspectos pitorescos a essas profundezas submarinas. Falo sobre isso baseando-me, sobretudo, nos mapas manuscritos que consultei na biblioteca do Nautilus, mapas obviamente produzidos pela mão do capitão Nemo, confeccionados a partir de suas observações pessoais.

Durante dois dias, essas águas desertas e profundas foram visitadas por meio de planos inclinados. O Nautilus recorria a longas tiradas diagonais que o transportavam a todos os níveis. Mas, no dia 11 de abril, voltou a subir repentinamente, e a terra reapareceu na foz do rio Amazonas, um vasto estuário cujo caudal é tão considerável que dessaliniza o mar num raio de várias léguas.

Havíamos atravessado o equador. Vinte milhas a oeste ficavam as Guianas, uma delas terra francesa, onde teríamos encontrado refúgio fácil. Mas o vento soprava muito forte, e as ondas furiosas não teriam permitido que um simples barco as enfrentasse. Ned Land provavelmente compreendeu isso, porque não falou comigo a respeito de nada. De minha parte, não fiz nenhuma alusão a seus planos de fuga, porque não queria forçá-lo a nenhuma tentativa que infalivelmente teria abortado.

Compensei facilmente esse atraso interessante com estudos. Durante esses dois dias, 11 e 12 de abril, o Nautilus não deixou a superfície do mar, e sua rede de arrasto trouxe toda uma pesa milagrosa de zoófitos, peixes e répteis.

Alguns zoófitos haviam ficado agarrados nas malhas da rede. Eram, em sua maioria, belas anômonas, pertencentes à família das actínias e, entre outras espécies, a *phyctalis protexta*, nativa dessa parte do oceano, um pequeno tronco cilíndrico, decorado com linhas verticais e manchado de pontos vermelhos por um maravilhoso penacho de tentáculos. Quanto aos moluscos, eram produtos que já tinha observado, turritella, olivas-porfírias com linhas que se cruzavam regularmente, cujas manchas vermelhas se destacavam vividamente contra um fundo cor de carne; pteróceras fantasiosas, semelhantes a escorpiões petrificados, hialas translúcidas, argonautas, lulas de excelente sabor e certas espécies de calamares, que os naturalistas da antiguidade classificavam entre as peixes-voadores e que são utilizados principalmente como isca para a pesca do bacalhau.

Dos peixes dessas zonas que ainda não tive oportunidade de estudar, notei várias espécies. Entre os cartilaginosos: lampreias marinhas, espécies de enguias com quinze centímetros de comprimento, cabeça esverdeada, nadadeiras roxas, dorso cinza azulado, ventre marrom prateado pontilhado de manchas brilhantes, íris dos olhos orladas de dourado, animais curiosos que a corrente do Amazonas arrasta para o mar, porque habitam águas doces; raias tuberculadas, com focinhos pontiagudos, caudas longas e delgadas, armadas com um longo ferrão serrilhado; pequenos tubarões de um metro, de pele cinzenta e esbranquiçada, cujos dentes, dispostos em várias fileiras, se curvam para trás, e que são comumente conhecidos pelo nome de "pantufas"; *lófios-vespertílios* (peixes-morcegos), espécie de triângulos isósceles avermelhados, com meio metro de comprimento, aos quais os peitorais estão presos por extensões carnudas que lhes dão a aparência de morcegos, mas cujo apêndice córneo, localizado próximo às narinas, deu o apelido de unicórnios do mar; finalmente, algumas espécies de balistas, o de Curaçao, cujos flancos pontilhados brilham com uma cor dourada deslumbrante, e o peixe-porco violeta claro, com tons cintilantes como o papo de um pombo.

Termino aqui essa relação um tanto seca, mas muito exata, com a série de peixes ósseos que observei: os ituís-cavalos, pertencentes ao gênero dos apteronotídeos, cujo focinho é muito obtuso e branco como a neve, o corpo pintado de um lindo preto, e que são dotados de uma tira carnuda muito longa e muito solta; odontágnatos pungentes, longas sardinhas de três decímetros, resplandecentes com um prateado brilhante; escombrídeos, com duas nadadeiras anais; *centronotos-negros*, de tonalidades pretas, que pescamos com tições, peixes longos de dois metros, de carne gordurosa, branca, firme, que, frescos, têm sabor da enguia, e secos, sabor a fumo de salmão; bodiões meio vermelhos, revestidos de escamas apenas na base das barbatanas dorsal e anal; crisópteros, nos quais o ouro e a prata misturam seu brilho com os do rubi e do topázio; esparídeos de cauda dourada, cuja carne é extremamente delicada, e que as suas propriedades fosforescentes revelam no meio das águas; *esparídeos-pobs*, de língua fina, cor de laranja; *sciènes-coro*, de caudais douradas, acanturos caudais negros, anablepídeos do Suriname etc.

Este "*et coetera*" não pode nos impedir de citar mais um peixe que Conseil recordará por muito tempo e por boas razões.

Uma de nossas redes trouxera uma espécie de raia muito achatada que, com a cauda cortada, formaria um disco perfeito e que pesava cerca de vinte quilos. Era branca embaixo, avermelhada em cima, com grandes manchas redondas de cor azul escura e orlada de pele preta, muito lisa, terminando numa barbatana de dois lóbulos. Deitada na plataforma, ela lutou, tentou virar-se com movimentos convulsivos, e fazia tanto esforço que um último sobressalto iria atirá-la ao mar. Mas Conseil, que estava interessado em seu peixe, correu para cima dele e, antes que eu pudesse impedi-lo, agarrou-o com as duas mãos.

Imediatamente caiu jogado de pernas para o ar, com a metade do corpo paralisado e gritando:

– Ah, meu mestre, meu mestre! Acuda-me!

Foi a primeira vez que o coitado não falou comigo "na terceira pessoa".

O canadense e eu o soerguemos, passamos a massageá-lo vigorosamente e, quando recobrou os sentidos, esse eterno classificador murmurou com a voz entrecortada:

– Classe dos cartilaginosos, ordem dos condropterígios, brânquias fixas, subordem dos seláquios, família das raias, gênero dos torpedos!

– Sim, meu amigo – repliquei – foi um torpedo que o deixou nesse estado deplorável.

– Ah! O senhor pode acreditar em mim – retrucou Conseil –, que vou me vingar desse animal.

– E como?

– Comendo-o.

O que ele fez na mesma noite, mas por pura desforra, pois, francamente era teimoso.

O infeliz Conseil fora atacado por um torpedo do tipo mais perigoso, o cumaná. Esse animal bizarro, num meio condutor como a água, fulmina os peixes a vários metros de distância, tão grande é a potência de seu órgão elétrico, cujas duas superfícies principais medem nada menos que setenta centímetros quadrados.

No dia seguinte, 12 de abril, durante o dia, o Nautilus aproximou-se da costa holandesa, perto da foz do rio Maroni. Lá viviam vários grupos de peixes-boi em famílias. Eram peixes-boi que, como o dugongo e o lamantim, pertencem à ordem dos sirênios. Esses lindos animais, pacíficos e inofensivos, de seis a sete metros de comprimento, deviam pesar pelo menos quatro mil quilos. Expliquei a Ned Land e a Conseil que a natureza previdente atribuiu a esses mamíferos um papel importante. Com efeito, são eles que, tal como as focas, pastam nas pradarias submarinas, destruindo assim as aglomerações de ervas que obstruem a foz dos rios tropicais.

– E vocês sabem – acrescentei – o que aconteceu desde que os homens eliminaram quase totalmente essas raças úteis? As ervas putrefatas envenenaram o ar, e o ar envenenado é a febre amarela que devasta essas admiráveis regiões. A vegetação venenosa multiplicou-se sob esses mares tórridos, e o mal cresceu irresistivelmente desde a foz do Rio da Prata até a Flórida!

E se acreditarmos em Toussenel[217], esse flagelo ainda não é nada comparado com aquele que atingirá nossos descendentes, quando os mares estiverem despovoados de baleias e focas. Então, apinhados de polvos, águas-vivas, lulas, tornar-se-ão vastos focos de infecção, pois suas águas já não possuirão "aqueles vastos estômagos, que Deus encarregou de limpar a superfície dos mares".

Sem desprezar essas teorias, porém, a tripulação do Nautilus capturou meia dúzia de peixes-boi. Tratava-se, de fato, de abastecer as despensas de carne de excelente qualidade, superior à carne de vaca e de vitela. Essa caçada não foi nada interessante. Os peixes-boi deixaram-se ferir sem se defender. Vários milhares de quilos de carne, destinada a se tornar carne-seca, foram armazenados a bordo.

Naquele dia, a pesca, praticada de modo singular, veio aumentar ainda mais as reservas do Nautilus, já que esses mares estavam tão cheios de caça. A rede de arrasto trouxe em suas malhas certo número de peixes cujas cabeças terminavam numa placa oval com bordas carnudas. Eram equeneidas, da terceira família dos malacopterígios sub-braquianos. Seu disco achatado é composto de lâminas cartilaginosas transversais móveis, entre as quais o animal pode operar um vácuo, o que lhe permite aderir a objetos como uma ventosa.

A rêmora, que observei no Mediterrâneo, pertence a essa espécie. Mas aquela de que estamos falando aqui era a rêmora pegadora, exclusiva desse mar: Nossos marinheiros, ao apanhá-los, os colocavam em baldes cheios de água.

Terminada a pesca, o Nautilus se aproximou da costa. Nesse local, certo número de tartarugas marinhas dormia na superfície das ondas. Teria sido difícil capturar esses preciosos répteis, porque o menor ruído os acorda, e sua sólida carapaça é à prova de arpão. Mas as rêmoras tiveram de realizar essa captura com extraordinária segurança e precisão. Esse animal, na verdade, é uma isca viva, que traria felicidade e fortuna ao ingênuo pescador de caniço e linha.

Os homens do Nautilus prenderam à cauda desses peixes um anel suficientemente grande para não dificultar seus movimentos, e a esse anel, uma longa corda amarrada a bordo na outra extremidade.

As rêmoras lançadas ao mar iniciaram imediatamente seu papel e fixaram-se no peitilho das tartarugas. A tenacidade delas era tal que teriam se despedaçado em vez de largar a presa. Quando içadas a bordo, traziam junto com elas as tartarugas às quais estavam presas.

Apanhamos assim vários cacuanos, de um metro de largura, que pesavam duzentos quilos. Sua carapaça, coberta por placas córneas grandes, finas, transparentes, marrons, com manchas brancas e amarelas, os tornava muito valiosos. Além disso, eram excelentes do ponto de vista comestível, assim como as tartarugas francas, de sabor requintado.

Essa pesca encerrou nossa estada nas margens do Amazonas e, ao cair da noite, o Nautilus se afastou para o alto mar.

XVIII

OS POLVOS

Durante vários dias, o Nautilus se afastou constantemente da costa americana. Evidentemente não queria frequentar as águas do golfo do México ou do mar das Antilhas. Mas não teria faltado água sob sua quilha, visto que a profundidade média desses mares é de mil e oitocentos metros; mas provavelmente esses lugares, repletos de ilhas e sulcados por navios a vapor, não agradavam ao capitão Nemo.

No dia 16 de abril, avistamos Martinica e Guadalupe, a uma distância de aproximadamente trinta milhas. Por um instante, consegui ver seus elevados picos.

O canadense, que pretendia executar seus planos no golfo, seja alcançando uma nesga de terra, seja tomando um dos numerosos barcos que fazem cabotagem de uma ilha a outra, ficou profundamente decepcionado. A fuga teria sido viável se Ned Land tivesse conseguido apoderar-se do escaler sem o conhecimento do capitão. Mas, em pleno oceano, era totalmente inútil pensar nisso.

O canadense, Conseil e eu tivemos uma conversa bastante longa sobre esse assunto. Fazia seis meses que éramos prisioneiros a bordo do Nautilus. Tínhamos viajado dezessete mil léguas e, como disse Ned Land, não havia nenhum sinal de que isso haveria de terminar. Então ele me fez uma proposta que eu não esperava. Era para fazer categoricamente essa pergunta ao capitão Nemo: o capitão pretendia nos manter a bordo indefinidamente? Semelhante abordagem me desagradava totalmente. A meu ver, estava fadada ao fracasso. Não se devia esperar nada do comandante do Nautilus, mas tudo dependia exclusivamente de nós. Além disso, nos últimos tempos, esse homem vinha se tornando mais sombrio, mais retraído, menos sociável. Parecia que me evitava. Só o encontrava em raros momentos. No passado, gostava de me explicar as maravilhas submarinas; agora, me abandonou aos estudos e não vinha mais ao salão.

Que mudança se havia operado nele? Por que motivo? Eu não tinha nada pelo que pudesse me recriminar. Talvez nossa presença a bordo tivesse passado a incomodá-lo? Não devia, contudo, esperar que ele fosse o homem que haveria de nos devolver a liberdade.

Pedi, então, a Ned que me deixasse pensar antes de agir. Se essa abordagem não obtivesse nenhum resultado, poderia reavivar suas suspeitas, tornar difícil nossa situação e prejudicar os planos do canadense. Acrescento que não poderia de forma alguma alegar problemas de saúde. Excetuando a dura provação da banquisa do polo sul, nunca estivemos em melhores condições de saúde, tanto Ned quanto Conseil e eu. A alimentação diversa, a atmosfera saudável, a regularidade de existência, a uniformidade de temperatura, não levavam a contrair doenças, e para um homem a quem as lembranças da terra não deixavam nenhum pesar, para o capitão Nemo, que está em casa, que vai aonde quer, que por vias misteriosas para os outros, não para si mesmo, caminha em direção a seu objetivo, eu compreendia semelhante existência. Mas, contudo, não tínhamos rompido com a humanidade. De minha parte, não queria enterrar comigo estudos tão curiosos e tão novos. Justamente agora que eu pretendia escrever o verdadeiro livro do mar e queria que fosse publicado o quanto antes possível. Lá ainda, nessas águas das Antilhas, dez metros abaixo da superfície das ondas, pelas escotilhas abertas, quantos espécimes interessantes eu tinha para relatar em minhas anotações diárias! Eram, entre outros, zoófitos, galeras conhecidas pelo nome de fisálias pelágicas, espécie de grandes bexigas oblongas, com reflexos perolados, esticando sua membrana ao vento e deixando flutuar seus tentáculos azuis como fios de seda; encantadoras águas-vivas aos olhos, verdadeiras urtigas ao toque que destilam um líquido corrosivo. Entre os articulados, anelídeos de um metro e meio de comprimento, armados com uma tromba rosada e dotados de mil e setecentos órgãos locomotores, que serpenteavam sob a água e emitiam, ao passar, todo o brilho do espectro solar. No ramo dos peixes, arraias-manta, enormes raias cartilaginosas com três metros de comprimento e pesando trezentos quilos, a nadadeira peitoral triangular, o meio do dorso um pouco abaulado, os olhos fixos nas extremidades da face anterior do cabeça, e que, flutuando como os destroços de um navio, às vezes colava como uma veneziana opaca em nossa vidraça. Viam-se, ainda, balistas americanos para os quais a natureza só reservou o branco e o preto; góbios alongados e carnudos, com barbatanas amarelas, mandíbula proeminente; escombrídeos de dezesseis decímetros, com dentes curtos e afiados, cobertos de pequenas escamas, pertencentes à espécie das albacoras. Depois, em nuvens, aparecem as sardas, espartilhadas com raios dourados da cabeça à cauda, agitando suas barbatanas resplandecentes; verdadeiras obras-primas da joalheria, outrora dedicadas à deusa Diana, particularmente procuradas pelos romanos ricos, e das quais dizia o provérbio: "Quem as apanha não as come!" Finalmente, peixes-anjo dourados, adornados com faixas de esmeralda, vestidos de veludo e seda, passaram diante de nossos olhos como grão-senhores feudais de Verona; salemas sobressalentes, com esporas escondidas sob sua veloz nadadeira torácica; clupanodontes de quinze polegadas envolviam-se em seu brilho fosforescente; tainhas batiam no mar com suas grandes caudas carnudas; *coregonus* pareciam ceifar as ondas com seus peitorais pontiagudos, e os selênios prateados, dignos desse nome, erguiam-se no horizonte das águas como tantas luas de reflexos esbranquiçados.

Quantos outros espécimes maravilhosos e novos ainda teria observado, se o Nautilus não tivesse baixado aos poucos em direção das camadas mais profundas! Seus planos inclinados levaram-no a profundidades de dois mil a três mil e quinhentos metros. Então a vida animal não era mais representada a não ser por tinteiros, estrelas-do-mar, encantadores pentacrinos com cabeça de água-viva, cuja haste reta sustentava um pequeno cálice; troquídeos, quítons sangrentos, *fissurelas*, moluscos litorâneos de grandes espécies.

No dia 20 de abril, subimos a um nível médio de mil e quinhentos metros. A terra mais próxima era, então, esse arquipélago das Lucaias, espalhadas como um monte de paralelepípedos na superfície das águas. Lá se elevavam altas falésias submarinas, muralhas retas feitas de blocos toscos dispostos em grandes camadas, entre os quais apareciam buracos negros que nossos raios elétricos não iluminavam até o fundo.

Essas rochas estavam cobertas de viçosas gramíneas, algas gigantes, fucus gigantescos, verdadeiro caramanchão de hidrófitos, digno de um mundo de Titãs.

Dessas plantas colossais de que falávamos, Conseil, Ned e eu fomos naturalmente levados a mencionar os gigantescos animais do mar. Alguns obviamente destinados à alimentação de outros. Mas, pelas vidraças do quase imóvel Nautilus, eu não percebia ainda entre esses longos filamentos os principais articulados da divisão dos braquiúros, âmbares de patas longas, caranguejos arroxeados, clios próprios dos mares das Antilhas.

Eram cerca de 11 horas quando Ned Land chamou minha atenção para um formidável formigamento que ocorria entre as grandes algas.

– Pois bem – disse eu –, essas são verdadeiras cavernas de polvos, e eu não ficaria surpreso se chegasse a ver alguns desses monstros lá dentro.

– O quê! – exclamou Conseil. – Calamares, simples calamares, da classe dos cefalópodes?

– Não – respondi –, polvos de grande porte. Mas o amigo Land sem dúvida se enganou, pois não vejo nada.

– Lamento – replicou Conseil. – Gostaria de contemplar de perto um desses polvos de que tanto ouvi falar e que podem arrastar navios para as profundezas dos abismos. Essas feras são chamadas de *krak*...

– Não passam de cracas – retrucou ironicamente o canadense.

– *Krakens*[218] – emendou Conseil, terminando a palavra sem se preocupar com a piada do companheiro.

– Nunca serei levado a acreditar – disse Ned Land – que esses animais existem.

– Por que não? – perguntou Conseil. – Nós chegamos a acreditar piamente no narval do professor.

– Estávamos errados, Conseil.

– Sem dúvida! Mas outros, certamente, ainda acreditam nisso.

– É provável, Conseil, mas de minha parte estou determinado a não admitir a existência desses monstros até que os tenha dissecado com minhas mãos.

– Então, – perguntou-me Conseil – o senhor não acredita em polvos gigantescos?

– Hein! Quem, diabos, acreditou nisso alguma vez? – exclamou o canadense.

– Muita gente, amigo Ned.

– Mas pescadores, não. Cientistas, talvez!
– Perdão, Ned. Pescadores e cientistas!
– Mas eu que lhes falo – disse Conseil com a expressão mais séria do mundo –, lembro-me perfeitamente de ter visto um grande barco arrastado sob as águas pelos tentáculos de um cefalópode.
– Você viu mesmo? – perguntou o canadense.
– Sim, Ned.
– Com os próprios olhos?
– Com os próprios olhos.
– Onde, por favor?
– Em Saint-Malo? – respondeu imperturbavelmente Conseil.
– No porto? – perguntou Ned Land, ironicamente.
– Não, numa igreja – respondeu Conseil.
– Numa igreja! – exclamou o canadense.
– Sim, amigo Ned. Era uma pintura que representava o polvo em questão!
– Bom! – disse Ned Land, desatando a rir. – O sr. Conseil que me faz de bobo!
– A propósito, ele tem razão – disse eu. – Já ouvi falar dessa pintura; mas o tema que representa foi tirado de uma lenda, e você sabe o que pensar das lendas em matéria de história natural! Além disso, quando se trata de monstros, a imaginação só quer divagar. Não só houve quem dissesse que esses polvos podiam arrastar navios, mas certo Olaus Magnus[219] fala de um cefalópode, com uma milha de comprimento, que mais parecia uma ilha do que um animal. Conta-se também que, um dia, o bispo de Nidros ergueu um altar sobre uma imensa rocha. Terminada a missa, a rocha partiu e voltou ao mar. A rocha era um polvo.
– E isso é tudo? – perguntou o canadense.

— Não — respondi. — Outro bispo, Pontoppidan[220], de Berghem, também fala de um polvo sobre o qual um regimento de cavalaria poderia manobrar!

— Bem informados, os bispos de outrora! — disse Ned Land.

— Finalmente, os naturalistas da antiguidade citam monstros cuja boca se assemelhava a um golfo e eram grandes demais para passar pelo estreito de Gibraltar.

— Era só o que faltava! — duvidou o canadense.

— Mas, em todas essas histórias, o que é que se pode considerar verdade? — perguntou Conseil.

— Nada, meus amigos, pelo menos nada daquilo que ultrapassa o limite da plausibilidade e passa a se configurar como fábula ou lenda. A imaginação dos contadores de histórias exige, contudo, se não uma causa, pelo menos um pretexto. Não se pode negar que existem polvos e lulas de espécies muito grandes, mas inferiores aos cetáceos. Aristóteles observou as dimensões de uma lula com cinco côvados, ou seja, três metros e dez. Nossos pescadores avistam algumas delas, com frequência, que medem mais de um metro e oitenta. Os museus de Trieste e de Montpellier conservam esqueletos de polvos medindo dois metros. Além disso, segundo os cálculos dos naturalistas, um desses animais, de apenas um metro e oitenta de comprimento, teria tentáculos de oito metros de comprimento. O que é suficiente para fazer dele um monstro formidável.

— E são pescados ainda hoje em dia? — perguntou o canadense.

— Se não os pescam, os marinheiros pelo menos os veem. Um amigo meu, o capitão Paul Bos, do Le Havre, sempre me contava que havia encontrado um desses monstros de tamanho colossal nos mares da Índia. Mas o fato mais surpreendente, que já não nos permite negar a existência desses gigantescos animais, aconteceu há alguns anos, em 1861.

– Que fato é esse? – perguntou Ned Land.
– Vou contá-lo. Em 1861, no nordeste de Tenerife, aproximadamente na latitude onde estamos agora, a tripulação do navio Alecton avistou um monstruoso calamar nadando em suas águas. O comandante Bouguer aproximou-se do animal e atacou-o com arpões e tiros de fuzil, sem muito sucesso, pois as balas e os arpões atravessavam a carne macia como geleia sem consistência. Após várias tentativas sem sucesso, a tripulação conseguiu colocar um laço em volta do corpo do molusco. Esse nó deslizou até as nadadeiras caudais e parou aí. Tentaram, então, içar o monstro para bordo, mas seu peso era tão grande que ele se separou da cauda sob o puxão da corda e, privado desse ornamento, desapareceu sob as águas.
– Enfim, eis um fato – disse Ned Land.
– Um fato indiscutível, meu corajoso Ned. Foi, portanto, proposto chamar esse polvo de "calamar de Bouguer".
– E qual era seu comprimento? – perguntou o canadense.
– Ele não media cerca de seis metros? – interveio Conseil, que estava encostado na vidraça, examinando de novo as fendas do penhasco.
– Precisamente – respondi.
– Sua cabeça não era – continuou Conseil – coroada com oito tentáculos, que se moviam na água como um ninho de serpentes?
– Precisamente.
– Seus olhos, colocados rentes à cabeça, não tinham um tamanho descomunal?
– Sim, Conseil.
– E sua boca, não era um verdadeiro bico de papagaio, mas um bico formidável?
– Verdade, Conseil.

– Pois bem! Com sua permissão, senhor – respondeu Conseil calmamente –, se não é o calamar de Bouguer, aqui pelo menos está um dos seus irmãos.

Olhei para Conseil. Ned Land correu para a vidraça.

– A assustadora fera! – gritou ele.

Olhei também, por minha vez, e não pude reprimir um gesto de repulsa. Diante de meus olhos movia-se um monstro horrível, digno de figurar nas lendas teratológicas.

Era um calamar de dimensões colossais, com oito metros de comprimento. Ele se locomovia de ré, com extrema velocidade, na direção do Nautilus. Olhava com seus olhos enormes, fixos e de cor glauca. Seus oito tentáculos, ou melhor, suas oito patas, implantadas na cabeça, que valeram a esses animais o nome de cefalópodes, tinham um volume que perfazia o dobro de seu corpo e eram retorcidos como os cabelos das Fúrias.[221] Viam-se distintamente as duzentas e cinquenta ventosas em forma de cápsulas semiesféricas, dispostas na face interna dos tentáculos. Às vezes, essas ventosas colavam na vidraça do salão, criando um vácuo. A boca desse monstro – um bico córneo como o bico de um papagaio – abria e fechava verticalmente. Sua língua, substância igualmente córnea, dotada por sua vez de diversas fileiras de espinhos pontiagudos, projetava-se vibrando para fora dessa verdadeira cisalha. Que extravagância da natureza! Um bico de ava para um molusco! Seu corpo, fusiforme e inchado na parte central, formava uma massa carnuda que devia pesar de vinte a vinte e cinco toneladas. Sua cor inconstante, mudando com extrema rapidez dependendo da irritação do animal, passava sucessivamente do cinza lívido ao marrom avermelhado.

Por que esse molusco se irritava? Sem dúvida pela presença desse Nautilus, mais formidável que ele, e que nem tentáculos sugadores nem suas mandíbulas conseguiam agarrar. E, no entanto, que monstros são esses polvos, que vitalidade o criador lhes deu, que vigor em seus movimentos, graças a seus três corações!

O acaso nos havia colocado diante desse calamar, e eu não queria perder a oportunidade de estudar cuidadosamente esse exemplar dos cefalópodes. Superei o horror que seu aspecto me inspirava e, tomando um lápis, comecei a desenhá-lo.

– Talvez seja o mesmo do Alecton – disse Conseil.

– Não – rebateu o canadense –, uma vez que esse está inteiro, e o outro perdeu a cauda!

– Essa não seria uma razão – comentei. – Os tentáculos e as caudas desses animais se recompõem por regeneração e, nos últimos sete anos, a cauda do calamar de Bouguer teve tempo, sem dúvida, para voltar a crescer.

– Além disso – concluiu Ned –, se não for esse, talvez seja um daqueles!

Com efeito, outros polvos apareciam na vidraça de estibordo. Contei sete. Escoltavam o Nautilus, e eu ouvi o ranger de seus bicos no casco metálico. Estávamos servidos a contento.

Continuei meu trabalho. Esses monstros mantinham sua posição em nossas águas com tanta precisão que pareciam imóveis, e eu poderia ter desenhado a silhueta deles sobre o vidro. Além do mais, nós avançávamos em ritmo moderado.

Subitamente, o Nautilus parou. Um choque fez estremecer toda a sua estrutura.

– Será que encalhamos? – perguntei.

– De qualquer forma – respondeu o canadense –, já nos teríamos desvencilhado, porque estamos flutuando.

O Nautilus, sem dúvida, estava flutuando, mas não avançava mais. As pás de sua hélice não batiam nas águas. Um minuto se passou. O capitão Nemo, seguido por seu imediato, entrou no salão.

Eu não o via há algum tempo. Pareceu-me sombrio. Sem falar conosco, talvez sem nos ver, dirigiu-se à escotilha, olhou para os polvos e disse algumas palavras a seu imediato. Este saiu. Logo as escotilhas se fecharam. O teto se iluminou.

Dirigi-me ao capitão.

– Uma curiosa coleção de polvos – disse-lhe eu, no tom casual que um amador adotaria diante do vidro de um aquário.

– De fato, senhor naturalista – respondeu ele –, e vamos combatê-los corpo a corpo.

Olhei para o capitão. Julgava não ter ouvido direito.

– Corpo a corpo? – repeti.

– Sim, senhor. A hélice está parada. Acho que as mandíbulas córneas de um desses calamares penetraram em suas pás, o que nos impede de avançar.

– E o que vai fazer?

– Voltar à superfície e massacrar todos esses parasitas.

– Tarefa difícil.

– De fato. As balas elétricas são impotentes contra essa carne macia onde não encontram resistência suficiente para explodir. Mas vamos atacá-los com machados.

– E com o arpão, senhor – disse o canadense –, se não recusar minha ajuda.

– Eu aceito, mestre Land.

– Vamos acompanhá-lo – disse eu – e, seguindo o capitão Nemo, nos dirigimos para a escada central.

Ali, uma dezena de homens, armados com machados de abordagem, estavam prontos para o ataque. Conseil e eu tomamos dois machados. Ned Land lançou mão de um arpão.

O Nautilus havia retornado então à superfície das águas. Um dos marinheiros, posicionado nos últimos degraus, desatarraxava os parafusos do alçapão. Mas assim que as porcas dos parafusos foram retiradas, o alçapão se ergueu com extrema violência, obviamente puxado pela ventosa de um tentáculo de polvo.

Imediatamente, um dos longos tentáculos deslizou como uma serpente pela abertura, e vinte outros se agitavam acima dele. Com um golpe de machado, o capitão Nemo cortou esse formidável tentáculo, que escorregou degraus abaixo, ainda se contorcendo.

No momento em que nos comprimíamos para chegar à plataforma, dois outros tentáculos, zunindo no ar, abateram-se sobre o marinheiro da frente, diante do capitão Nemo, e o arrebataram com uma violência irresistível.

O capitão Nemo deu um grito e se lançou para o lado de fora. Nós nos precipitamos atrás dele.

Que cena! O infeliz, agarrado pelo tentáculo e preso pelas ventosas, era balançado no ar ao capricho dessa enorme tromba. Ele gemia, se sufocava, gritava: "Socorro! Socorro!" Essas palavras, pronunciadas em francês, me causaram profundo espanto! Então eu tinha um compatriota a bordo, vários, talvez! Esse chamado lancinante, vou continuar a ouvi-lo por toda a minha vida!

O infeliz estava perdido. Quem poderia arrancá-lo desse potente abraço? Mas o capitão Nemo avançou sobre o polvo e, com um golpe de machado, cortou-lhe outro tentáculo. Seu imediato lutava furiosamente contra outros monstros que rastejavam nos flancos do Nautilus. A tripulação se batia a golpes de machado. O canadense, Conseil e eu enfiávamos nossas armas nessas massas carnudas. Um cheiro violento de almíscar impregnava o ar. Era horrível.

Por um momento pensei que o infeliz, enlaçado pelo polvo, seria arrancado de sua poderosa sucção. Sete dos oito tentáculos haviam sido cortados. Um só, o último, girava no ar, brandindo a vítima como uma pena. Mas, no momento em que o capitão

Nemo e seu imediato se precipitavam sobre ele, o animal expeliu uma coluna de um líquido enegrecido, secretado por uma bolsa localizada em seu abdômen. Ficamos cegos. Quando essa nuvem se dissipou, o calamar havia desaparecido, e com ele meu infeliz compatriota!

Que raiva incontrolável nos impeliu contra esses monstros! Já não nos contínhamos. Dez ou doze polvos invadiram a plataforma e as laterais do Nautilus. Rolamos desordenadamente no meio desses pedaços de serpentes que se contorciam na plataforma em ondas de sangue e de tinta preta. Parecia que esses tentáculos viscosos renasciam como as cabeças da Hidra[222]. O arpão de Ned Land, a cada golpe, mergulhava nos olhos glaucos dos calamares e os vazava. Mas meu audacioso companheiro foi subitamente derrubado pelos tentáculos de um monstro que ele não conseguiu evitar.

Ah, como meu coração não se partiu de emoção e de horror! O formidável bico do calamar abriu-se sobre Ned Land. O infeliz seria cortado em dois. Corri em seu auxílio. Mas o capitão Nemo chegou antes de mim. Seu machado desapareceu entre as duas enormes mandíbulas e, milagrosamente salvo, o canadense, levantando-se, mergulhou inteiramente o arpão no triplo coração do polvo.

– Eu estava lhe devendo uma! – disse o capitão Nemo ao canadense.

Ned fez uma reverência, sem responder.

Essa luta durou um quarto de hora. Os monstros, vencidos, mutilados, espancados até a morte, finalmente abandonaram o local e desapareceram sob as águas.

O capitão Nemo, vermelho de sangue, imóvel, perto do farol, olhava o mar que havia engolido um de seus companheiros e grossas lágrimas escorriam de seus olhos.

XIX

A CORRENTE DO GOLFO

Nenhum de nós jamais poderá esquecer a terrível cena do dia 20 de abril. Escrevi sob a impressão de uma emoção violenta. Depois, revisei o texto. E o li a Conseil e ao canadense. Eles o acharam exato como fato, mas insuficiente como efeito. Para pintar semelhantes quadros seria necessária a pena do mais ilustre de nossos poetas, o autor de *Os trabalhadores do mar*.[223]

Eu disse que o capitão Nemo chorava ao contemplar as águas. Sua dor era imensa. Era o segundo companheiro que ele perdia desde nossa chegada a bordo. E que morte! Esse amigo, esmagado, sufocado, destroçado pelo formidável tentáculo de um polvo, triturado por suas mandíbulas de ferro, não deveria descansar com seus companheiros nas águas pacíficas do cemitério de corais!

Para mim, no meio dessa luta, foi esse grito de desespero proferido pelo infeliz que partiu meu coração. Esse pobre francês, esquecendo sua língua convencional, voltou a falar a de seu país e de sua mãe, para lançar um apelo supremo! Entre a tripulação do Nautilus, associada de corpo e alma ao capitão Nemo, fugindo como ele do contato dos homens, eu tinha um compatriota! Era ele o único a representar a França nessa associação misteriosa, obviamente composta de indivíduos de várias nacionalidades? Era mais um daqueles problemas insolúveis que surgiam sem cessar em minha mente!

O capitão Nemo voltou para seu quarto e não o vi mais por algum tempo. Mas como devia estar triste, desesperado, indeciso, se eu julgasse pelo navio, do qual ele era a alma e que recebia todas as suas impressões! O Nautilus não mantinha mais um curso bem definido. Ia e vinha, flutuando como um cadáver ao sabor das ondas. Sua hélice havia sido liberada, mas ele mal a usava. Navegava ao acaso. Não conseguia afastar-se do teatro de sua última luta, desse mar que devorara um dos seus!

Dez dias se passaram assim. Foi somente no dia 1º de maio que o Nautilus retomou resolutamente seu curso para o norte, após ter passado pelas Lucaias, ao largo do canal das Bahamas. Seguíamos então a correnteza do maior rio do mar, que tem margens, peixes e temperatura próprios. Passei a chamá-lo de "Corrente do Golfo".

Com efeito, é um rio que corre livremente no meio do Atlântico, e cujas águas não se misturam com as águas oceânicas. É um rio salgado, mais salgado que o mar circundante. Sua profundidade média é de mil metros e sua largura média de cem quilômetros. Em certos lugares, sua corrente corre a uma velocidade de quatro quilômetros por hora. O volume invariável de suas águas é mais considerável que o de todos os rios do globo.

A verdadeira nascente da Corrente do Golfo, detectada pelo comandante Maury[224], tem como ponto de partida, se preferir, o golfo de Gasconha. Ali, suas águas, ainda fracas em temperatura e cor, começam a se formar. Ela desce para o sul, contorna a África equatorial, aquece suas ondas aos raios da zona tórrida, atravessa o Atlântico, chega ao cabo São Roque, na costa brasileira, e se bifurca em dois ramos, um dos quais ficará saturado de moléculas ainda quentes do mar das Antilhas. Então, a Corrente do Golfo, responsável por restabelecer o equilíbrio entre as temperaturas e misturar as águas dos trópicos com as águas boreais, passa a desempenhar seu papel de mediadora. Aquecida no golfo do México, sobe para o norte, em direção da costa americana, avança até a Terra Nova, desvia-se sob o impulso da corrente fria do estreito de Davis, retoma o caminho do oceano, seguindo num dos grandes círculos do globo a linha loxodrômica, e se divide em dois braços nas proximidades do quadragésimo terceiro grau. Um deles, auxiliado pelos ventos alísios do nordeste, regressa ao golfo da Gasconha e aos Açores, ao passo que o outro, depois de ter arrefecido as costas da Irlanda e da Noruega, vai até além de Spitsberg, onde sua temperatura cai para quatro graus, formando o mar aberto do polo.

Era nesse rio do oceano que o Nautilus navegava, então. Em sua saída do canal das Bahamas, com sessenta quilômetros de largura e trezentos e cinquenta metros de profundidade, a Corrente do Golfo se move a uma velocidade de oito quilômetros por hora. Essa velocidade diminui regularmente à medida que avança para o norte, e convém desejar que essa regularidade persista, porque, como se julgou observar, se sua velocidade e direção vierem a mudar, os climas europeus ficarão sujeitos a perturbações cujas consequências não podem ser calculadas.

Por volta do meio-dia, eu estava na plataforma com Conseil. Informei-o das particularidades relacionadas com a Corrente do Golfo. Quando terminei minha explicação, convidei-o a mergulhar as mãos na corrente.

Conseil obedeceu e ficou muito surpreso por não sentir nenhuma sensação de calor ou frio.

– Isso ocorre – disse-lhe eu – porque a temperatura das águas da Corrente do Golfo, que sai do golfo do México, difere muito pouco da temperatura do sangue. Essa corrente do Golfo é um vasto gerador de calor que permite que as costas da Europa se enfeitem de uma vegetação eterna. E, se acreditarmos em Maury, o calor dessa corrente, completamente utilizado, seria suficiente para manter em fusão um rio de ferro fundido tão grande quanto o Amazonas ou o Missouri. Naquele momento, a velocidade da Corrente do Golfo era de dois metros e vinte e cinco centímetros por segundo. Sua corrente é tão distinta do mar circundante que suas águas comprimidas se projetam sobre o oceano e ocorre uma diferença de nível entre elas e as águas frias. De fato, escuras e muito ricas em materiais salinos, seu índigo puro se destaca frente às ondas verdes que as circundam. Tal é a nitidez de sua linha de demarcação que o Nautilus, na altura dos estados americanos das Carolinas, cortava com seu esporão as águas da Corrente do Golfo, enquanto sua hélice ainda batia nas do oceano.

Essa corrente transportava todo um mundo de seres vivos. Os argonautas, tão comuns no Mediterrâneo, viajavam nela em imensos cardumes. Entre os cartilaginosos, os mais notáveis eram raias, cuja cauda muito delgada formava cerca de um terço do corpo e que se configuravam como vastos losangos de sete metros de comprimento; depois, pequenos tubarões de um metro, cabeça grande, focinho curto e arredondado, dentes pontiagudos dispostos em várias fileiras, e cujo corpo parecia coberto de escama.

Entre os peixes ósseos, notei bodiões pardos, próprios desses mares, bodiões cuja íris brilhava como fogo; cienas de um metro de comprimento, com grandes bocas eriçadas de pequenos dentes, que emitiam leves gritos; centronotos negros de que já falei; corifenídeos azuis, realçados de ouro e prata; peixes-papagaios, verdadeiros arco-íris do oceano, que podem competir em cores com as mais belas aves dos trópicos; *blêmios bosquianos* de cabeças triangulares; *rhombus* azulados desprovidos de escamas; batracoides cobertos por uma faixa transversal amarela que representa um *trta* grego; aglomerações de pequenos gohídeos pontilhados de manchas marrons; dipterodontes com cabeça prateada e cauda amarela; vários exemplares de salmão; *mugilomores*, de tamanho esbelto, brilhando de modo suave, que Lacépède dedicou à amável companheira de sua vida; finalmente um belo peixe, o cavaleiro-americano, que, decorado de todas as ordens e adornado com todas as fitas, frequenta as costas dessa grande nação onde as fitas e as ordens são tão mal estimadas.

Acrescentarei que, durante a noite, as águas fosforescentes da Corrente do Golfo rivalizavam com o brilho elétrico de nosso farol, especialmente nesses tempos tempestuosos que frequentemente nos ameaçavam.

No dia 8 de maio, ainda estávamos na altura do cabo Hatteras, perto da Carolina do Norte. A largura da Corrente do Golfo é de cento e vinte quilômetros, e sua profundidade é de duzentos e dez metros. O Nautilus continuava vagando ao acaso. Não havia mais vigilância a bordo. Concordo que nessas condições uma fuga poderia ser bem-sucedida. Com efeito, as costas habitadas ofereciam em todos os lugares refúgios seguros. O mar era incessantemente percorrido por numerosos navios a vapor que prestavam serviço entre Nova York ou Boston e o golfo do México, e sulcado noite e dia por essas pequenas escunas responsáveis pela cabotagem nos vários pontos da costa americana. Era de esperar que seríamos resgatados. Era, portanto, uma oportunidade favorável, apesar das trinta milhas que separavam o Nautilus do litoral dos Estados Unidos.

Mas uma circunstância adversa conspirava com força total contra os planos do canadense. O tempo estava péssimo. Nós nos aproximávamos desses lugares onde as tempestades são frequentes, a pátria das trombas d'água e dos ciclones, gerados precisamente pela Corrente do Golfo. Enfrentar mares frequentemente encapelados numa frágil canoa era ir ao encontro da morte certa. O próprio Ned Land concordava a respeito. Por isso mordia o freio, dominado por uma nostalgia furiosa que só a fuga poderia curar.

– Senhor – disse-me ele, naquele dia –, isso tem de acabar. Pretendo ser muito claro. Seu Nemo está se afastando da terra e seguindo para o norte. Mas eu lhe digo que estou farto do polo sul e não irei segui-lo até o polo norte.

– O que fazer, Ned, uma vez que a fuga é impraticável neste momento?

– Volto à minha ideia. É preciso falar com o capitão. O senhor não disse nada quando estávamos nos mares de seu país. Quero falar, agora que estamos nos mares de meu país. Quando penso que dentro de alguns dias o Nautilus se encontrará na altura da Nova Escócia, e que ali, em direção da Terra Nova, se abre uma grande baía, que o São Lourenço deságua nessa baía e que o São Lourenço é meu rio, o rio de Quebec, minha cidade natal; quando penso nisso, a fúria sobe à minha cabeça, meu cabelo se arrepia. Pois bem, senhor, prefiro me jogar no mar! Não vou ficar aqui! Estou me sufocando!

O canadense estava evidentemente perdendo a paciência. Sua vigorosa natureza não podia se acomodar a essa prolongada prisão. Sua fisionomia se alterava dia após dia. Seu caráter se tornava cada vez mais sombrio. Quase sete meses haviam se passado sem nenhuma notícia da terra. Mais ainda, o isolamento do capitão Nemo, sua mudança de humor, sobretudo depois do combate contra os polvos, sua taciturnidade, tudo contribuía para que as coisas me parecessem diferentes. Eu não sentia mais o entusiasmo dos primeiros dias. Era preciso ser flamengo como Conseil para aceitar essa situação, nesse ambiente reservado aos cetáceos e outros habitantes do mar. Na verdade, se esse bravo rapaz, em vez de pulmões tivesse guelras, creio que teria sido um peixe mais que distinto!

– E, então, senhor? – perguntou Ned Land, vendo que eu não dizia nada.

– Pois bem, Ned, quer que eu pergunte ao capitão Nemo quais são as intenções dele para conosco?
– Sim, senhor.
– E isso, embora ele já as tenha dado a conhecer?
– Sim. Desejo ser informado uma última vez. Fale somente por mim, somente em meu nome, se quiser.
– Mas raramente o encontro. Ele até me evita.
– Esse é mais um motivo para procurá-lo.
– Pode deixar, que vou interpelá-lo, Ned.
– Quando? – perguntou o canadense, insistindo.
– Quando o encontrar.
– Sr. Aronnax, quer que eu vá procurá-lo?
– Não, deixe comigo. Amanhã...
– Hoje – disse Ned Land.
– Feito. Hoje vou vê-lo – respondi ao canadense que, agindo por conta própria, certamente haveria de comprometer tudo.

Fiquei sozinho. Resolvida a questão, decidi pôr um fim nisso de imediato. Prefiro algo feito a algo a fazer.

Voltei para meu quarto. De lá, ouvi passos no quarto do capitão Nemo. Não devia deixar escapar essa oportunidade de encontrá-lo. Bati na porta. Não obtive resposta. Bati novamente e girei a maçaneta. A porta se abriu.

Entrei. O capitão estava lá. Debruçado sobre a mesa de trabalho, não me ouviu. Determinado a não sair sem interrogá-lo, aproximei-me dele. Levantando bruscamente a cabeça, franziu a testa e, num tom bastante rude, me disse:
– O senhor aqui! O que você quer de mim?
– Falar com o senhor, capitão.
– Mas estou ocupado, senhor, estou trabalhando. Essa liberdade que lhe deixo para se isolar, não posso tê-la para mim?

A recepção não foi nada encorajadora. Mas eu estava determinado a ouvir tudo para poder responder a tudo.

— Senhor – disse eu friamente –, preciso lhe falar sobre um assunto inadiável.

— E qual é, senhor? – perguntou ele, ironicamente. – Fez alguma descoberta que me tivesse escapado? O mar lhe revelou algum novo segredo?

Estávamos longe do assunto. Mas antes que eu respondesse, mostrando-me um manuscrito aberto sobre sua mesa, ele me disse num tom mais sério:

— Esse aqui, sr. Aronnax, é um manuscrito escrito em vários idiomas. Contém o resumo de meus estudos sobre o mar e, se for do agrado de Deus, não perecerá comigo. Esse manuscrito, assinado com meu nome, completado pela história de minha vida, será encerrado em um pequeno dispositivo insubmersível. O último sobrevivente de todos nós a bordo do Nautilus lançará esse dispositivo ao mar, que deverá ir para onde as ondas o levarem.

O nome desse homem! Sua história escrita por ele próprio! Então seu mistério um dia seria revelado? Mas, nesse momento, só vi nessa comunicação uma brecha para meu assunto.

— Capitão – respondi –, só posso aprovar o pensamento que o faz agir dessa forma. O fruto de seus estudos não pode ser perdido. Mas o meio de que o senhor se serve me parece primitivo. Quem sabe para onde os ventos vão empurrar esse dispositivo, em que mãos haverá de cair? Não conseguiu pensar em nada melhor? O senhor ou um dos seus não pode...?

— Jamais, senhor – disse o capitão rapidamente, interrompendo-me.

— Mas eu e meus companheiros estamos prontos para manter esse manuscrito em segredo e, se o senhor nos libertar...

— Liberdade! – disse o capitão Nemo, levantando-se.

— Sim, senhor, e é sobre isso que eu queria falar. Faz sete meses que estamos a bordo de seu navio, e hoje lhe pergunto, em nome de meus companheiros e também do meu, se é sua intenção manter-nos aqui para sempre.

– Sr. Aronnax – disse o capitão Nemo –, vou lhe responder hoje o que lhe respondi há sete meses: quem entra no Nautilus nunca mais deve deixá-lo.

– É a própria escravidão que o senhor nos impõe.

– Dê-lhe o nome que quiser.

– Mas em todos os lugares o escravo mantém o direito de recuperar sua liberdade! Quaisquer que sejam os meios que se oferecerem, ele pode julgá-los apropriados e bons!

– E quem lhes nega esse direito – perguntou o capitão Nemo? Alguma vez pensei em vinculá-los a um juramento?

O capitão olhava para mim, de braços cruzados.

– Senhor – disse-lhe eu –, voltar a esse assunto uma segunda vez não seria de seu agrado nem do meu. Mas visto que começamos, vamos até o fim. Repito, não se trata apenas de minha pessoa. Para mim, o estudo é uma ajuda, uma diversão poderosa, um entretenimento, uma paixão que pode me fazer esquecer tudo. Como o senhor, sou um homem acostumado a viver ignorado, obscuro, na frágil esperança de um dia legar ao futuro os resultados de meus trabalhos, por meio de um dispositivo hipotético confiado ao acaso das ondas e dos ventos. Numa palavra, posso admirá-lo, acompanhá-lo sem desagrado num papel que entendo em certos pontos: mas há ainda outros aspectos de sua vida que me permitem vislumbrá-la rodeada de complicações e mistérios dos quais só aqui, meus companheiros e eu, não tomamos parte nenhuma. E mesmo quando nosso coração pôde bater pelo senhor, movido por algumas de suas dores ou agitado por seus atos de genialidade ou de coragem, tivemos de reprimir dentro de nós mesmos o mais ínfimo testemunho dessa simpatia que a visão do que é belo e bom faz nascer, venha ele do amigo ou do inimigo. Pois bem, é essa sensação de que somos estranhos a tudo o que lhe diz respeito, que torna nossa posição inaceitável, impossível, até para mim, mas impossível especialmente para Ned Land. Todo homem, pelo simples fato de que é homem, merece consideração. O senhor já se perguntou o que o amor à liberdade, o ódio à escravidão poderiam suscitar em planos de vingança numa natureza como a do canadense, o que ele poderia pensar, tentar, arriscar?...

Calei. O capitão Nemo se levantou.

– Deixe Ned Land pensar, tentar, arriscar o que bem quiser. Que me importa? Não fui eu que o procurei! Não é por que me é simpático que o mantenho a bordo! Quanto ao senhor, professor Aronnax, o senhor é um daqueles que consegue compreender tudo, até o silêncio. Não tenho mais nada a lhe dizer. Que essa primeira vez que vem discutir esse assunto seja também a última, porque, numa eventual segunda vez, não irei nem escutá-lo.

Eu me retirei. Daquele dia em diante, nossa situação ficou muito tensa. Relatei minha conversa a meus dois companheiros.

– Sabemos agora – disse Ned – que nada temos a esperar desse homem. O Nautilus está se aproximando de Long Island. Vamos aproveitar e fugir, com qualquer tempo que fizer.

Mas o céu estava se tornando cada vez mais ameaçador, com sintomas de prenúncio de furacão. A atmosfera ia ficando esbranquiçada e leitosa. Os cirros com feixes soltos eram seguidos no horizonte por camadas de *cumulonimbus*. Outras nuvens baixas fugiam rapidamente. O mar crescia e encrespava as ondas. As aves desapareciam, com exceção dos petréis, amigos das tempestades. O barômetro estava caindo visivelmente e indicava extrema tensão dos vapores no ar. A mistura do *storm-glass*[225] se decompunha sob a influência da eletricidade que saturava a atmosfera. A luta dos elementos era iminente.

A tempestade desabou no dia 18 de maio, justamente quando o Nautilus flutuava perto de Long Island, a poucas milhas dos canais de Nova York. Posso descrever essa luta dos elementos, porque em vez de fugir para as profundezas do mar, o capitão Nemo, por um capricho inexplicável, quis enfrentá-la na superfície.

O vento soprava de sudoeste, a princípio muito fresco, isto é, com uma velocidade de quinze metros por segundo, que aumentou para vinte e cinco metros por volta das 3 horas da tarde. Esse é o código das tempestades.

O capitão Nemo, inabalável sob as rajadas, tomou seu lugar na plataforma. Ele havia se havia amarrado pela cintura para resistir às monstruosas vagas que rebentavam. Eu havia subido e me prendido da mesma maneira, dividindo minha admiração entre essa tempestade e esse homem incomparável que a enfrentava.

O mar agitado era varrido por grandes massas de nuvens que encharcavam as ondas. Já não via nenhuma dessas pequenas marolas intermediárias que se formam no fundo das grandes cavidades. Nada além de longas ondulações fuliginosas, cuja crista não rebenta, de tão compactas. Sua altura aumentava. Elas investiam umas contra as outras. O Nautilus, ora deitado de lado, ora erguido como um mastro, balançava e adernava perigosamente.

Por volta das 5 horas, caiu uma chuva torrencial, que não amainou o vento nem o mar. O furacão atingiu uma velocidade de quarenta e cinco metros por segundo, ou seja, cerca de cento e sessenta quilômetros por hora. É nessas condições que ele derruba casas, que enfia telhas nas portas, que rompe grades de ferro, que desloca canhões de vinte e quatro libras. E, ainda assim, o Nautilus, no meio da tormenta, justificava essas palavras de um exímio engenheiro: "Não há casco bem construído que não possa desafiar o mar!" Não era uma rocha resistente que essas ondas teriam de demolir, era um charuto de aço, obediente e móvel, sem cordame, sem mastros, que desafiava impunemente sua fúria.

Mas eu examinava atentamente essas ondas que se desencadeavam furiosas. Mediam até quinze metros de altura e tinham de cento e cinquenta a cento e setenta e cinco metros de comprimento, e sua velocidade de propagação, metade da do vento, era de quinze metros por segundo. Seu volume e potência aumentavam com a profundidade da água. Compreendi então o papel dessas ondas que prendem o ar em seu interior e o empurram de volta para o fundo dos mares, onde com o oxigênio carregam vida. Sua extrema força de pressão, conforme cálculos feitos, pode atingir até três mil quilogramas por metro quadrado da superfície que vergastam. Foram essas ondas que, nas Hébridas, moveram um rochedo pesando cento e setenta toneladas. Foram elas que, na tempestade de 23 de dezembro de 1854, depois de terem destruído parte da cidade de Yeddo[226], no Japão, viajando a setecentos quilômetros por hora, foram rebentar no mesmo dia nas costas da América.

A intensidade da tempestade aumentou à medida que a noite avançava. O barômetro, tal como em 1860, nas ilhas Reunião, durante um ciclone, despencou para 710 milímetros. Ao anoitecer, vi passar no horizonte um grande navio que lutava desesperadamente, tentando se equilibrar sobre as ondas. Deve ter sido um dos navios a vapor que faziam a linha de Nova York a Liverpool ou ao Le Havre. Logo depois desapareceu na escuridão.

Às 10 horas da noite, o céu estava em chamas. A atmosfera era bombardeada de violentos relâmpagos. Eu não consegui suportar o brilho deles, ao passo que o capitão Nemo, olhando-os de frente, parecia aspirar para dentro de si a alma da tempestade. Um barulho terrível enchia os ares, um estrépito complexo, feito do fragor das ondas, de uivos dos ventos e do estrondo dos trovões. O vento zunia em todos os pontos do horizonte, e o ciclone, partindo do leste, voltava para lá passando pelo norte, pelo oeste e pelo sul, em sentido inverso das tempestades rotativas do hemisfério austral.

Ah, essa Corrente do Golfo! Ela certamente justificava muito bem seu nome de rainha das tempestades! É ela que cria esses ciclones formidáveis pela diferença de temperatura das camadas de ar sobrepostas a suas correntes.

A chuva foi seguida por uma tempestade de fogo. As gotas de água se transformaram-se em faíscas fulminantes. Era como se o capitão Nemo, desejando uma morte digna de si, procurasse ser atingido por um raio. Num movimento assustador de arremesso, o Nautilus ergueu seu esporão de aço no ar, como a haste de um para-raios, e vi longas fagulhas saindo dele.

Alquebrado, no fim de minhas forças, rastejei de bruços até o alçapão. Abri-o e voltei para o salão. A tempestade atingiu então a sua intensidade máxima. Era impossível ficar de pé dentro do Nautilus.

O capitão Nemo retornou por volta da meia-noite. Ouvi os reservatórios se enchendo aos poucos e o Nautilus mergulhou suavemente abaixo da superfície das ondas.

Pelas vidraças abertas do salão, vi peixes grandes e assustados passando como fantasmas pelas águas escaldantes. Alguns foram fulminados diante de meus olhos!

O Nautilus continuava descendo. Achei que encontraria a calma a quinze metros de profundidade. Não. As camadas superiores estavam violentamente agitadas. Foi necessário buscar repouso descendo até cinquenta metros nas entranhas do mar.

Mas, ali, que tranquilidade, que silêncio, que ambiente tranquilo! Quem diria que um terrível furacão se desencadeava na superfície desse oceano?

XX

A 47°24' DE LATITUDE E 17°28' DE LONGITUDE

Após essa tempestade, fomos empurrados para o leste. Toda esperança de uma evasão nas proximidades de Nova York ou do rio São Lourenço desapareceu. O pobre Ned, desesperado, isolou-se como o capitão Nemo. Conseil e eu não nos separávamos mais.

Eu disse que o Nautilus foi empurrado para o leste. Deveria ter dito, mais exatamente, para o nordeste. Durante alguns dias, ele vagou ora na superfície das águas, ora abaixo delas, no meio daquelas brumas tão temidas pelos navegadores. Elas resultam principalmente do derretimento do gelo, que mantém altos níveis de umidade na atmosfera. Quantos navios se perderam nessas áreas, quando procuravam reconhecer as luzes incertas da costa! Quantos desastres por causa desses nevoeiros impenetráveis! Quantas colisões contra esses recifes, onde a rebentação é inaudível por causa do barulho do vento! Quantas colisões entre navios, apesar dos faróis de sinalização, apesar dos avisos, dos apitos e dos sinos de alarme!

Por isso o fundo desses mares oferecia o aspecto de um campo de batalha, onde ainda jaziam todos os vencidos do oceano; uns já velhos e já cobertos de mariscos; outros, jovens e refletindo o brilho de nosso farol em suas ferragens e cascos de cobre. Entre eles, quantos navios perderam tudo com suas tripulações, seu mundo de emigrantes, nesses pontos perigosos assinalados nas estatísticas: cabo Race, ilha de Saint-Paul, estreito de Belle-Ile, estuário de São Lourenço! E somente de uns anos para cá, quantas vítimas foram registradas, em fúnebres anais, pelas linhas do Royal Mail, de Inmann, de Montreal, o Solway, o Isis, o Paramatta, o Hungarian, o Canadian, o Anglo-Saxon, o Humboldt, o United States, todos encalhados, o Artic, o Lyonnais, afundados por abalroamento, o President, o Pacific, o City of Glasgow, desaparecidos por causas desconhecidas, sombrios destroços, no meio dos quais navegava o Nautilus, como se passasse os mortos em revista!

No dia 15 de maio, estávamos na extremidade meridional do banco da Terra Nova. Esse banco é produto dos aluviões marinhos, uma considerável aglomeração de detritos orgânicos, trazidos quer do equador pela Corrente do Golfo, quer do polo boreal por essa contracorrente de água fria que corre ao longo da costa americana. Ali também se acumulam blocos erráticos carregados pelo derretimento das geleiras. Formou-se ali um vasto ossuário de peixes, moluscos ou zoófitos que perecem aos bilhões no local.

A profundidade do mar não é significativa no banco da Terra Nova. Algumas centenas de braças no máximo. Mas para o sul abre-se subitamente uma depressão profunda, uma fossa de três mil metros. Ali a Corrente do Golfo se alarga. É uma expansão de suas águas. Perde velocidade e temperatura, mas vira um mar.

Entre os peixes que o Nautilus assustou em sua passagem, citarei o ciclóptero de um metro, de dorso enegrecido e barriga alaranjada, o que dá a seus congêneres um exemplo pouco seguido de fidelidade conjugal; um *unernack* de grande porte, espécie de moreia esmeralda, de excelente sabor; *karraks* com olhos grandes, cuja cabeça tem alguma semelhança com a de um cão; blênios, ovovivíparos como as serpentes; gobiões pretos medindo dois decímetros; macruros com caudas longas, refletindo um brilho prateado, peixes rápidos, aventurando-se longe dos mares hiperbóreos.

As redes também apanharam um peixe ousado, audacioso, vigoroso, musculoso, armado de espinhos na cabeça e ferrões nas barbatanas, um verdadeiro escorpião de dois a três metros, inimigo ferrenho dos blênios, dos gadus ou bacalhaus e dos salmões; era o cadoz dos mares do norte, de corpo tubercular, de cor marrom, vermelho nas nadadeiras. Os pescadores do Nautilus tiveram alguma dificuldade em capturar esse animal que, graças à conformação de seus opérculos, preserva seus órgãos respiratórios do contato ressecante da atmosfera e pode viver algum tempo fora da água.

Cito agora, só para constar, os bosquianos, pequenos peixes que acompanham os navios durante muito tempo nos mares boreais; peixes exclusivos do Atlântico setentrional; escorpena ou peixe-escorpião e, por fim, os gadídeos, principalmente a espécie de bacalhau, que me surpreendeu. Em suas águas preferidas, nesse banco inesgotável da Terra Nova.

Pode-se dizer que esses bacalhaus são peixes de montanha, porque a Terra Nova é apenas uma montanha submarina. À medida que o Nautilus abriu caminho através de suas falanges cerradas, Conseil não pôde evitar essa observação:

– Mais essa! Bacalhau! – disse ele. – Mas eu pensava que o bacalhau fosse achatado como linguados ou solhas?

– Ingênuo! – exclamei. – O bacalhau só fica achatado na mercearia, onde é mostrado aberto e estendido. Mas, na água, eles são peixes fusiformes, como tainhas, e perfeitamente moldados para a locomoção.

– Acredito, senhor – ponderou Conseil. – Que nuvem, que formigueiro!

— Ei, meu amigo, haveria muito mais deles, sem seus inimigos, o peixe-escorpião e os homens! Sabe quantos ovos foram contados numa única fêmea?

— Em torno de quinhentos mil — respondeu Conseil.

— Onze milhões, meu amigo.

— Onze milhões. Isso é o que nunca admitirei, a menos que eu mesmo os conte.

— Pois, então, conte-os, Conseil. Mas será bem mais fácil acreditar em mim. Além do mais, o bacalhau é pescado aos milhares pelos franceses, ingleses, americanos, dinamarqueses e noruegueses. São consumidos em quantidades prodigiosas e, sem a espantosa fertilidade desses peixes, os mares em breve ficariam despovoados. Assim, só na Inglaterra e na América, cinco mil navios tripulados por setenta e cinco mil marinheiros são empregados na pesca do bacalhau. Cada navio traz em média quarenta mil, o que perfaz vinte e cinco milhões. Nas costas da Noruega, o mesmo resultado.

— Muito bem — admitiu Conseil —, vou acreditar no senhor. Não vou contá-los.

— O quê?

— Os onze milhões de ovos. Mas vou fazer uma observação.

— Qual?

— Se todos os ovos eclodissem, quatro bacalhaus seriam suficientes para alimentar a Inglaterra, a América e a Noruega.

Ao percorrermos os fundos do banco da Terra Nova, eu via nitidamente aquelas longas linhas, armadas com duzentos anzóis, que cada barco pesqueiro lança às dúzias. Cada linha, conduzida numa das extremidades por meio de um pequeno gancho, era presa à superfície por uma corda fixada a uma boia de cortiça. O Nautilus teve de manobrar habilmente no meio dessa malha submarina de pesca.

Mas não permanecia muito tempo nesses locais frequentados. Subiu para cerca de quarenta e dois graus de latitude. Era na altura de São João da Terra Nova e de Heart's Content, onde termina a ponta do cabo transatlântico.

O Nautilus, em vez de continuar a avançar para o norte, dirigiu-se para o leste, como se quisesse seguir esse platô telegráfico sobre o qual repousa o cabo, e cujo relevo foi determinado com extrema precisão por numerosas sondagens.

Foi no dia 17 de maio, a cerca de quinhentas milhas de Heart's Content, a uma profundidade de dois mil e oitocentos metros, que vi o cabo estendido no chão. Conseil, que eu não o havia avisado, tomou-o de início por uma gigantesca serpente marinha e preparava-se para classificá-la segundo seu método habitual. Mas desiludi o digno rapaz e para consolá-lo de sua decepção, ensinei-lhe várias particularidades sobre a instalação desse cabo.

O primeiro cabo foi instalado durante os anos de 1857 e 1858; mas, depois de transmitir cerca de quatrocentos telegramas, parou de funcionar. Em 1863, os engenheiros construíram um novo cabo, medindo três mil e quatrocentos quilômetros e pesando quatro mil e quinhentas toneladas, que foi embarcado no navio Great Eastern. Essa tentativa fracassou novamente.

Ora, no dia 25 de maio, o Nautilus, submerso a três mil oitocentos e trinta e seis metros de profundidade, esteve precisamente nesse local onde ocorreu a ruptura que acabou com a iniciativa. Ficava a seiscentas e trinta e oito milhas da costa da Irlanda. Eram 2 horas da tarde quando perceberam que as comunicações com a Europa acabavam de ser interrompidas. Os eletricistas a bordo decidiram cortar o cabo antes de resgatá-lo e, por volta das 11 horas da noite, pescaram a parte danificada. Refizeram uma junta e uma emenda; e então o cabo foi submerso novamente. Poucos dias mais tarde, porém, ele se rompeu e não pôde mais ser recuperado nas profundezas do oceano.

Os americanos não desanimaram. O audacioso Cyrus Field[227] promotor do empreendimento, que arriscava toda a sua fortuna ali, lançou uma nova subscrição, que foi imediatamente coberta. Outro cabo foi instalado em melhores condições. O feixe de fios condutores isolados num envoltório de guta-percha era protegido por um colchão de materiais têxteis contido numa estrutura metálica. O Great-Eastern retornou ao mar em 13 de julho de 1866.

A operação funcionou bem. Mas houve um incidente. Diversas vezes, ao desenrolar o cabo, os eletricistas observaram que, pouco tempo antes, haviam sido cravados pregos nele com o objetivo de danificar seu núcleo. O capitão Anderson, seus oficiais e seus engenheiros se reuniram, deliberaram e fizeram saber que, se o culpado fosse apanhado a bordo, seria sumariamente jogado no mar. Desde então, a tentativa criminosa não se repetiu.

No dia 23 de julho, o Great-Eastern se encontrava a apenas oitocentos quilômetros da Terra Nova, quando lhe telegrafaram da Irlanda com a notícia do armistício firmado entre a Prússia e a Áustria, depois da batalha de Sadowa. No dia 27, entre as brumas, ele avistava o porto de Heart's Content. O empreendimento teve um final feliz e, em sua primeira mensagem, a jovem América dirigia à velha Europa essas sábias palavras tão raramente compreendidas: "Glória a Deus no céu e paz na terra aos homens de boa vontade"[228].

Eu não esperava encontrar o cabo elétrico em seu estado original, tal como era ao sair da fábrica. A longa serpente, coberta por restos de conchas, crispada de foraminíferos, estava incrustada numa camada pedregosa que a protegia contra moluscos perfurantes. Repousava tranquilamente, ao abrigo dos movimentos do mar e sob uma pressão favorável à transmissão da centelha elétrica que leva trinta e dois centésimos de segundo para ir da América à Europa. A durabilidade desse cabo será sem dúvida infinita, pois foi observado que o envoltório de guta-percha melhora com sua permanência na água do mar.

Além disso, nesse platô tão afortunadamente escolhido, o cabo nunca fica submerso em profundidade capaz de rompê-lo. O Nautilus seguiu-o até o ponto mais baixo, localizado a quatro mil quatrocentos e trinta e um metros, e mesmo ali se esticava sem nenhum esforço de tração. Aproximamo-nos então do local onde havia ocorrido o acidente de 1863.

O fundo oceânico formava um vale de cento e vinte quilômetros de largura, no qual o Monte Branco poderia ter sido colocado sem que o seu cume emergisse da superfície das águas. Esse vale é fechado a leste por um paredão íngreme de dois mil metros. Chegamos ali no dia 28 de maio, e o Nautilus estava a apenas cento e cinquenta quilômetros da Irlanda.

O capitão Nemo iria voltar para desembarcar nas ilhas Britânicas? Não. Para minha grande surpresa, foi novamente para o sul e retornou aos mares europeus. Ao contornar a ilha Esmeralda, percebe por um breve instante o cabo Clear e o farol de Fastenet, que ilumina os milhares de navios que partem de Glasgow ou de Liverpool.

Uma pergunta muito importante ficava rondando minha mente. O Nautilus se atreveria a entrar no Canal da Mancha? Ned Land, que havia reaparecido desde que nos aproximávamos da terra firme, não cessava de me interrogar. Como lhe responder? O capitão Nemo permanecia invisível. Depois de ter dado ao canadense um vislumbre das costas da América, ele iria me mostrar as costas da França?

O Nautilus, no entanto, continuava descendo rumo ao sul. No dia 30 de maio, avistávamos Land's End, entre a ponta extrema da Inglaterra e as ilhas Sorlingas, que ele deixou a estibordo.

Se quisesse entrar no Canal da Mancha, teria de seguir direto para leste. Mas não o fez.

Durante todo o dia 31 de maio, o Nautilus descreveu uma série de círculos no mar que me deixaram vivamente intrigado. Parecia estar procurando um lugar que tinha alguma dificuldade de encontrar. Ao meio-dia, o capitão Nemo veio pessoalmente calcular nossa posição. Não falou comigo. Pareceu-me mais sombrio do que nunca. O que ou quem poderia entristecê-lo assim? Era sua proximidade com o litoral europeu? Teria saudades de sua terra natal? O que estava sentindo, então? Remorso ou arrependimento? Esse pensamento ocupou minha mente por muito tempo, e tive o pressentimento de que o acaso logo haveria de trair os segredos do capitão.

No dia seguinte, 31 de junho, o Nautilus manteve o mesmo ritmo. Era óbvio que ele estava tentando reconhecer um ponto específico do oceano. O capitão Nemo veio medir a altura do sol, como havia feito no dia anterior. O mar estava lindo, o céu claro. Oito milhas a leste, um grande navio a vapor surgia no horizonte. Nenhuma bandeira tremulava em seu mastro, e eu não consegui identificar sua nacionalidade.

O capitão Nemo, poucos minutos antes que o sol passasse pelo meridiano, tomou seu sextante e observou com extrema precisão. A calma absoluta das ondas facilitava sua operação. Imóvel, o Nautilus não sentia nenhuma oscilação nem inclinação.

Eu estava na plataforma naquele momento, e quanto concluiu seu levantamento, o capitão pronunciou estas únicas palavras:

– É aqui!

Desceu novamente pela escotilha. Teria visto a embarcação que mudava de rumo e parecia estar se aproximando de nós? Eu não saberia dizer.

Voltei para o salão. A escotilha se fechou, e ouvi os silvos da água nos reservatórios. O Nautilus começou a mergulhar, seguindo uma linha vertical, pois sua hélice travada não lhe comunicava mais nenhum movimento.

Poucos minutos mais tarde, parou, a oitocentos e trinta e três metros de profundidade, e repousava no chão.

O teto luminoso do salão se apagou, então, as escotilhas se abriram e pelas vidraças vi o mar fortemente iluminado pelos raios do farol até uma distância de oitocentos metros.

Eu olhava a bombordo e não via nada além da imensidão das águas tranquilas.

A estibordo, no fundo, aparecia uma pronunciada excrescência que atraiu minha atenção. Pareciam ruínas enterradas sob uma camada de conchas esbranquiçadas, como se estivessem sob um manto de neve. Ao examinar cuidadosamente essa massa, pensei ter reconhecido as formas engrossadas de um navio, desprovido de seus mastros, que devia ter ido a pique pela proa. Esse desastre certamente datava de época remota. Esses destroços, para ficar assim incrustados no calcário das águas, já contavam muitos anos passados nesse fundo oceânico.

Que navio era esse? Por que o Nautilus vinha visitar seu túmulo? Não fora então um naufrágio que havia arrastado essa embarcação para o fundo da água?

Eu não sabia o que pensar quando, perto de mim, ouvi o capitão Nemo dizer em voz lenta:

– No passado, esse navio se chamava Marseillais. Carregava setenta e quatro canhões e foi lançado ao mar em 1762. Em 1778, no dia 13 de agosto, comandado por La Poype-Vertrieux, lutava corajosamente contra o Preston. Em 1779, no dia 4 de julho, ajudou a esquadra do almirante d'Estaing na tomada de Granada. Em 1781, no dia 5 de setembro, participou da batalha do Conde de Grasse, na baía de Chesapeake. Em 1794, a República francesa mudou de nome. No dia 16 de abril do mesmo ano, ingressou na esquadra de Villaret-Joyeuse, em Brest, responsável pela escolta de um comboio de trigo vindo da América sob o comando do almirante Van Stabel. Nos dias 11 e 12 de *Prairial* [229], ano II, essa esquadra se depara com os navios inglesas. Senhor, hoje é 13 de *Prairial*, 1º de junho de 1868. Há setenta e quatro anos, precisamente, neste mesmo local, a 47°24' de latitude e 17°28' de longitude, esse navio, depois de um combate heroico, foi privado de seus três mastros, fazendo água nos paióis, com um terço da tripulação fora de combate, preferiu afundar com seus 356 marinheiros a render-se e, pregando sua bandeira na popa, desapareceu sob as ondas com o grito de: "Viva a República!"

– O *Vingador*! – exclamei.

– Sim, senhor. O *Vingador*! Um ótimo nome! – murmurou o capitão Nemo, cruzando os braços.

XXI

UMA HECATOMBE

Essa maneira de falar, o inesperado dessa cena, esse histórico do navio patriota, narrado de início com frieza, depois a emoção com que o estranho personagem tinha pronunciado suas últimas palavras, o nome *Vingador*, cujo significado não podia me escapar, tudo se juntava para me impressionar profundamente. Eu não tirava mais meus olhos do capitão. Ele, com as mãos estendidas para o mar, olhava com olhos ardentes para o glorioso naufrágio. Talvez eu nunca viesse a saber quem era ele, de onde vinha, para onde ia, mas via cada vez mais o homem emergindo do cientista. Não fora uma misantropia comum que havia encerrado o capitão Nemo e seus companheiros no Nautilus, mas um ódio, monstruoso ou sublime, que o tempo não conseguia aplacar.

Esse ódio ainda estava em busca de vingança? O futuro logo me diria.

Mas o Nautilus subia lentamente em direção à superfície do mar, e vi as formas confusas do *Vingador* desaparecer aos poucos. Logo, um leve movimento me indicou que estávamos flutuando ao ar livre.

Nesse momento, ouvimos uma detonação seca. Olhei para o capitão, que não se mexeu.

– Capitão? – disse eu.

Ele não respondeu.

Deixei-o e subi à plataforma. Conseil e o canadense já estavam lá.

– De onde veio essa detonação? – perguntei.

– Um tiro de canhão – respondeu Ned Land.

Olhei na direção do navio que tinha visto. Ele vinha se aproximando, e pudemos ver que ganhava velocidade. Seis milhas o separavam do Nautilus.

– Que tipo de navio é esse, Ned?

– Pelo cordame e pela altura dos mastros – respondeu o canadense –, apostaria que se trata de um navio de guerra. Tomara que possa nos alcançar e, se conseguir, afunde este maldito Nautilus!

– Amigo Ned – falou Conseil –, que mal ele pode causar ao Nautilus? Será que vai atacá-lo sob as ondas? Vai atirar com seus canhões no fundo dos mares?

– Diga-me, Ned – perguntei –, você consegue identificar a nacionalidade desse navio?

O canadense, franzindo as sobrancelhas, baixando as pálpebras, estreitando os olhos nos cantos, fitou por alguns momentos o navio com toda a força do olhar.

– Não, senhor – respondeu ele. – Não consigo identificar a que nação pertence. Sua bandeira não está hasteada. Mas posso afirmar que é um navio de guerra, pois há uma longa flâmula desfraldada na ponta de seu mastro principal.

Durante um quarto de hora, continuamos a observar a embarcação que se aproximava de nós. Eu não podia admitir, entretanto, que tivesse detectado o Nautilus àquela distância, muito menos que soubesse que era um aparelho submarino.

Logo o canadense me confirmou que essa embarcação era um grande navio de guerra, com esporão, um navio couraçado de duas pontes. Uma espessa fumaça preta escapava de suas duas chaminés. Suas velas apertadas confundiam-se com a linha das vergas. O mastro principal não trazia pavilhão algum. A distância ainda impossibilitava distinguir as cores da flâmula, que esvoaçava como uma simples fita.

Ele avançava rapidamente. Se o capitão Nemo o deixasse se aproximar, teríamos uma chance de nos salvar.

– Senhor – disse-me Ned Land –, se esse navio nos ultrapassar a uma milha de distância, eu me atiro no mar e peço-lhe que faça o mesmo.

Não respondi à proposta do canadense e continuei olhando para o navio que aumentava de tamanho a olhos vistos. Quer fosse inglês, francês, americano ou russo, ele tinha certeza de que nos acolheria, se conseguíssemos subir a bordo dele.

– O senhor terá a gentileza de se lembrar – disse, então, Conseil – que temos alguma experiência em natação. Pode, portanto, contar comigo para rebocá-lo até esse navio, se lhe convier seguir seu amigo Ned.

Eu estava prestes a responder quando um vapor branco se elevou, envolvendo a proa do navio de guerra. Depois, alguns segundos mais tarde, as águas respingadas pela queda de um corpo pesado encobriram a popa do Nautilus. Pouco depois, uma detonação atingia meus ouvidos.

– Como? Estão atirando em nós! – exclamei.

– Boa gente! – murmurou o canadense.

– Eles não nos tomam, portanto, por náufragos agarrados aos destroços!

– Que o senhor não me leve a mal... Bem – disse Conseil, sacudindo a água que uma nova bala de canhão fizera saltar sobre ele –, não me leve a mal, senhor, mas reconheceram o narval e estão disparando tiros de canhão no narval.

– Mas devem ver muito bem – gritei – que estão lidando com homens.

– Talvez seja por isso! – respondeu Ned Land, olhando para mim.

Toda uma revelação invadiu minha mente. Sem dúvida, agora sabiam com o que estavam lidando quando se falava da existência do pretenso monstro. Na colisão com a Abraham-Lincoln, quando o canadense o atingiu com seu arpão, o comandante Farragut teria constatado que o narval era uma embarcação submarina, mais perigosa que um cetáceo sobrenatural?

Sim, deve ter sido assim, e em todos os mares, sem dúvida, essa terrível máquina de destruição estava agora sendo perseguida!

Terrível, com efeito, se, como se poderia supor, o capitão Nemo empregava o Nautilus numa operação de vingança! Naquela noite, quando nos aprisionou na cela, no meio do oceano Índico, não teria ele atacado algum navio? Esse homem agora enterrado no cemitério de corais, não teria sido vítima da colisão provocada pelo Nautilus? Sim, repito. Tinha de ser assim. Desvendava-se, assim, parte da misteriosa existência do capitão Nemo. E se sua identidade ainda era desconhecida, pelo menos as nações aliadas contra ele estavam agora caçando não mais uma criatura quimérica, mas um homem que lhes dedicava um ódio implacável!

Todo esse passado tenebroso apareceu diante de meus olhos. Em vez de encontrar amigos nesse navio que se aproximava, só poderíamos encontrar inimigos impiedosos.

Enquanto isso, as balas de canhão se multiplicavam a nosso redor. Algumas, encontrando a superfície líquida, ricocheteavam e se perdiam a distâncias consideráveis. Mas nenhuma chegou a atingir o Nautilus.

O couraçado estava então a apenas três milhas de distância. Apesar dos violentos disparos de canhão, o capitão Nemo não aparecia na plataforma. E, no entanto, se um desses projéteis cônicos atingisse o casco do Nautilus, lhe teria sido fatal.

O canadense me disse, então:

– Senhor, devemos tentar de tudo para sair dessa situação. Vamos sinalizar! Com mil demônios! Talvez compreendam que somos pessoas honestas!

Ned Land tomou seu lenço para agitá-lo no ar. Mal o havia desdobrado, porém, quando, apesar de sua prodigiosa força, caiu no convés, derrubado por uma mão de ferro.

– Seu miserável – exclamou o capitão. – Quer que eu o pregue no esporão do Nautilus antes que ele ataque esse navio?

O capitão Nemo, terrível de se ouvir, era ainda mais terrível de se ver. Seu rosto empalideceu sob os espasmos do coração, que devia ter parado de bater por um momento. Suas pupilas haviam contraído assustadoramente. Sua voz não falava mais, rugia. Com o corpo pendendo para frente, torcia com as mãos os ombros do canadense.

Depois, soltando-o e voltando-se para o navio de guerra cujas balas de canhão choviam em torno dele, gritou, com sua potente voz:

– Ah, você sabe quem eu sou, navio de uma nação amaldiçoada! Não precisei de suas cores para reconhecê-lo! Olhe! Vou lhe mostrar as minhas!

E o capitão Nemo desfraldou uma bandeira preta na frente da plataforma, semelhante à que já havia fincado no polo sul.

Nesse momento, uma bala que atingiu obliquamente o casco do Nautilus, sem danificá-lo, e ricocheteando perto do capitão, foi perder-se no mar.

O capitão Nemo deu de ombros. Depois, dirigindo-se a mim:

– Desçam – disse-me ele, laconicamente –, você e seus companheiros.

– Senhor – exclamei –, vai atacar, então, esse navio?

– Senhor, vou afundá-lo.
– O senhor não vai fazer isso!
– Eu o farei – respondeu o capitão Nemo, friamente. – Não se atreva a me julgar, senhor. A fatalidade lhe mostra o que não deveria ver. Eles atacaram. A resposta será terrível. Entre.
– Que navio é esse?
– Não sabe? Pois bem! Tanto melhor! A nacionalidade dele, pelo menos, permanecerá em segredo para o senhor. Desçam!

O canadense, Conseil e eu só podíamos obedecer. Cerca de quinze marinheiros do Nautilus cercaram o capitão e olharam com um sentimento de ódio implacável para o navio que avançava em sua direção. Sentíamos que o mesmo sopro de vingança animava todas essas almas. Desci no momento em que um novo projétil arranhava ainda o casco do Nautilus e ouvi o capitão exclamar:

– Atire, navio insensato! Desperdice suas balas inúteis! Não escapará do esporão do Nautilus. Mas não é aqui que deve perecer! Não quero que suas ruínas venham a se confundir com as ruínas do *Vingador*!

Voltei para meu quarto. O capitão e seu imediato tinham permanecido na plataforma. A hélice foi acionada, o Nautilus, afastando-se em alta velocidade, saiu do alcance das balas de canhão do navio. Mas a perseguição continuou, e o capitão Nemo contentou-se em manter distância.

Por volta das 4 horas da tarde, sem conseguir conter a impaciência e a preocupação que me consumiam, voltei à escada central. O alçapão estava aberto. Aventurei-me na plataforma. O capitão continuava andando de um lado para outro, com passo agitado. Olhou para o navio que permanecia a sotavento dele, a cinco ou seis milhas de distância. Girava em torno dele como um animal feroz. Atraindo-o para o leste, se deixava perseguir, mas não o atacava. Talvez estivesse hesitando ainda?

Quis intervir uma última vez. Mas eu mal havia chamado o capitão Nemo quando ele me impôs silêncio:
— Tenho direito, eu sou justiça! — disse-me ele. — Eu sou o oprimido, e ali está o opressor! Foi por causa dele que vi perecer tudo que amei, valorizei, reverenciei, pátria, esposa, filhos, meu pai, minha mãe! Tudo o que eu odeio está ali! Cale-se!
Dei uma última olhada no navio de guerra que avançava. Depois juntei-me a Ned e a Conseil.
— Vamos fugir! — exclamei.
— Muito bem — disse Ned. — Que navio é esse?
— Não sei. Mas seja qual for, será afundado antes do anoitecer. Em todo caso, é preferível perecer com ele a nos tornarmos cúmplices de represálias cuja justiça não podemos avaliar.
— Essa é minha opinião também — respondeu friamente Ned Land. — Vamos esperar a noite.
A noite chegou. Um profundo silêncio reinava a bordo. A bússola indicava que o Nautilus não havia mudado de direção. Ouvi a batida de sua hélice que golpeava as ondas com rápida regularidade. Ele se mantinha na superfície das águas e um leve movimento o levava, ora para um lado, ora para outro.
Meus companheiros e eu tínhamos resolvido fugir assim que o navio estivesse bastante próximo, fosse para sermos ouvidos, fosse para sermos vistos, porque a lua, que estaria cheia dali a três dias, brilhava intensamente. Uma vez a bordo daquele navio, se não conseguíssemos impedir o golpe que o ameaçava, pelo menos faríamos tudo o que as circunstâncias nos permitissem. Várias vezes pensei que o Nautilus se preparava para atacar. Mas se contentava em deixar o adversário se aproximar e, logo em seguida, retomava sua velocidade de fuga.
Parte da noite transcorreu sem incidentes. Espreitávamos a ocasião de agir. Profundamente emocionados, falávamos pouco. Ned Land teria corrido e se lançado no mar. Eu o forcei

a esperar. A meu ver, o Nautilus deveria atacar o couraçado na superfície das águas e então, mais que possível, seria fácil escapar.

Às 3 da manhã, inquieto, subi à plataforma. O capitão Nemo não tinha saído de lá. Estava de pé, na proa, perto de sua bandeira, que uma leve brisa fazia tremular acima de sua cabeça. Ele não tirava os olhos do navio. Seu olhar, de extraordinária intensidade, parecia atraí-lo, fasciná-lo, arrastá-lo com mais segurança do que se o rebocasse!

A lua passava, então, pelo meridiano. Júpiter se elevava a leste. No meio dessa natureza pacífica, o céu e o oceano rivalizavam em tranquilidade, e o mar oferecia ao astro da noite o mais belo espelho que alguma vez tivesse refletido sua imagem.

E quando eu pensava nessa calma profunda dos elementos, comparada com toda a ira que ardia nos flancos do imperceptível Nautilus, senti todo o meu ser estremecendo.

O navio se matinha a duas milhas de distância. Ele havia se aproximado, avançando em direção do brilho fosforescente que sinalizava a presença do Nautilus. Vi seus sinalizadores, verdes e vermelhos, e seu farol branco dependurado no grande suporte da vela de proa. Um vago reflexo iluminava seu cordame e indicava que o vapor estava com força máxima. Feixes de centelhas e escórias de carvão incandescente escapavam de suas chaminés e enchiam a atmosfera.

Fiquei assim até às 6 da manhã, sem que o capitão Nemo parecesse me notar. O navio permanecia a uma milha e meia de distância e, com a primeira luz do dia, os disparos de canhão recomeçaram. Não poderia estar distante o momento em que o Nautilus haveria de partir para o ataque, e então meus companheiros e eu deixaríamos para sempre esse homem que eu não ousava julgar.

Quando me dispunha a descer para preveni-los, o imediato subiu à plataforma. Vários marinheiros o acompanhavam.

O capitão Nemo não os viu ou não quis vê-los. Foram feitos alguns preparativos que poderiam ser chamados de "pré-aviso" do Nautilus. Eram muito simples. O corrimão que formava uma balaustrada ao redor da plataforma foi baixado. Da mesma forma, as cabines do farol e do timoneiro entraram no casco, de maneira a mal e mal aflorar. A superfície do longo charuto metálico não oferecia mais uma única projeção que pudesse dificultar suas manobras.

    Voltei para o salão. O Nautilus continuava na superfície. Alguma claridade da manhã se infiltrava na camada líquida. Sob certas oscilações das ondas, a vidraça ganhava vida com o vermelho do sol nascente. Esse terrível dia 2 de junho amanhecia.

    Às 5 horas, a barquilha me indiciou que a velocidade do Nautilus era moderada. Compreendi que ele estava se deixando aproximar. Além disso, as detonações eram ouvidas com mais violência. As balas de canhão atravessavam a água circundante e afundavam com um silvo singular.

    – Meus amigos – disse eu –, chegou a hora. Um aperto de mão e que Deus nos proteja!

    Ned Land estava decidido; Conseil, calmo, e eu, nervoso, mal me contendo.

    Entramos na biblioteca. Ao empurrar a porta que dava para a escada central, ouvi o alçapão se fechar bruscamente.

    O canadense se lançava degraus acima, mas eu o impedi. Um apito bem familiar me avisava que entrava água nos reservatórios de bordo. Com efeito, em poucos momentos, o Nautilus submergiu alguns metros abaixo da superfície.

    Compreendi sua manobra. Era tarde demais para agir.

    O Nautilus não pensava em atingir o couraçado em sua armadura impenetrável, mas abaixo de sua linha de flutuação, onde a carapaça metálica não protege tanto o costado.

Éramos novamente prisioneiros, testemunhas obrigatórias do sinistro drama que se preparava. Além disso, mal tivemos tempo para pensar. Refugiados em meu quarto, nos entreolhamos sem dizer palavra. Um profundo estupor tomou conta de minha mente. O movimento do pensamento se esvaía em mim... Via-me naquele estado angustiante que precede a expectativa de uma assustadora detonação. Aguardava, escutava, vivia apenas pelo sentido da audição!

Mas a velocidade do Nautilus aumentou sensivelmente. Era o impulso que tomava. Todo o seu casco trepidava.

Subitamente, gritei. Ocorreu uma colisão, mas relativamente leve. Senti a força penetrante do esporão de aço. Ouvi rangidos, dilacerações. Mas o Nautilus, levado por sua força de propulsão, atravessava a massa do navio como a agulha de um marinheiro atravessa a lona!

Não pude resistir. Louco, desvairado, saí correndo de meu quarto e me precipitei para dentro do salão.

Lá estava o capitão Nemo. Mudo, sombrio, implacável, olhando pela escotilha de bombordo.

Uma enorme massa afundava nas águas e, para não perder nada de sua agonia, o Nautilus descia ao abismo com ela. A dez metros de mim, vi esse casco entreaberto, por onde a água penetrava com um estrondo de trovão, depois inundava a linha dupla de canhões e dos paveses. O convés estava coberto de sombras negras em movimento.

A água subia. Os infelizes se lançavam nas velas, se agarravam aos mastros, se contorciam nas águas. Era um formigueiro humano surpreendido pela invasão do mar!

Paralisado, tenso de angústia, cabelos em pé, olhos esbugalhados, respiração arfante, sem fôlego, sem palavras, eu também olhava! Uma atração irresistível me colava à vidraça!

O enorme navio afundava lentamente. O Nautilus o seguia, espionando cada movimento seu. De repente, ocorreu uma explosão. O ar comprimido fez saltar pelos ares o convés do navio, como se tivessem ateado fogo nos paióis. A pressão nas águas foi tanta que o Nautilus ficou à deriva.

Então o desafortunado navio afundou mais rapidamente ainda. Apareceram suas gáveas, carregadas de vítimas, em seguida os cordames, vergando sob grupos de homens, e finalmente a ponta de seu mastro principal. Em seguida, a massa escura desapareceu e com ela uma tripulação de cadáveres arrastada por um formidável redemoinho...

Voltei-me para o capitão Nemo. Esse terrível justiceiro, verdadeiro arcanjo do ódio, ainda observava. Quando tudo acabou, o capitão Nemo, dirigindo-se a porta de seu quarto, abriu-a e entrou. Eu o segui com meus olhos.

Na escotilha do fundo, abaixo dos retratos de seus heróis, vi o retrato de uma mulher ainda jovem e de duas crianças bem pequenas. O capitão Nemo olhou para eles por alguns instantes, estendeu-lhes os braços e, ajoelhando-se, começou a soluçar.

XXII

AS ÚLTIMAS PALAVRAS DO CAPITÃO NEMO

As escotilhas se fecharam diante dessa visão assustadora, mas a luz não foi devolvida ao salão. Dentro do Nautilus, havia apenas trevas e silêncio. Ele deixava esse lugar de desolação, trinta metros abaixo da água, com uma velocidade prodigiosa. Para onde estava indo? Ao norte ou ao sul? Para onde esse homem estava fugindo após essa horrível represália?

Voltei para meu quarto, onde Ned e Conseil estavam em silêncio. Sentia um insuperável horror pelo capitão Nemo. O que quer que tivesse sofrido nas mãos dos homens, ele não tinha o direito de punir dessa forma. Ele me havia feito, se não cúmplice, pelo menos testemunha de sua vingança! Já era demais.

Às 11 horas, a claridade elétrica reapareceu. Passei pelo salão. Estava deserto. Consultei os diversos instrumentos. O Nautilus estava fugindo para o norte com uma rapidez de quarenta quilômetros por hora, ora na superfície do mar, ora a dez metros abaixo.

Determinada nossa posição no mapa, vi que estávamos passando ao largo do Canal da Mancha, e que nossa direção nos levava rumo aos mares boreais com uma velocidade incomparável.

Naquela corrida desenfreada, mal conseguia ver tubarões de focinho comprido, tubarões-martelo, patas-roxas que frequentam essas águas, grandes arraias-águias-do-mar, nuvens de cavalos-marinhos, semelhantes aos cavaleiros de um jogo de xadrez, enguias agitando-se como as serpentinas de fogos de artifício, exércitos de caranguejos que fugiam obliquamente cruzando as garras sobre a carapaça, finalmente grupos de golfinhos que apostavam corrida com o Nautilus. Mas agora não se tratava mais de observar, estudar, classificar.

À tarde, já havíamos percorrido duzentas léguas do Atlântico. Anoiteceu, e o mar foi invadido pelas trevas até que a lua despontasse.

Voltei para meu quarto. Não consegui dormir. Fui atormentado por pesadelos. A horrível cena de destruição se repetia em minha mente.

Desde aquele dia, quem pode dizer até onde o Nautilus nos arrastou para dentro dessa bacia do Atlântico norte? Sempre com uma velocidade incrível! Sempre no meio das brumas hiperbóreas! Tocou nas pontas de Spitzberg, nos penhascos de Nova Zemlia? Será que percorreu esses mares desconhecidos, o mar Branco, o mar de Kara, o golfo de Obi, o arquipélago de Liarrov e esse litoral desconhecido da costa asiática? Eu não saberia dizer. Não podia mais avaliar o tempo que transcorria. A hora havia sido suspensa nos relógios de bordo. Parecia que a noite e o dia, como nas regiões polares, já não seguiam o seu curso normal. Sentia-me arrastada para os domínios do estranho, onde se movia à vontade a fértil imaginação de Edgard Poe. A cada momento esperava ver, como o fabuloso Gordon Pym, "essa figura humana velada, de proporções muito maiores que as de qualquer habitante da terra, lançada sobre essa catarata que defende o acesso ao polo"![230]

Calculo – mas posso estar errado – calculo que essa tresloucada corrida do Nautilus se estendeu por quinze ou vinte dias, e não sei quanto tempo teria durado, sem a catástrofe que encerrou essa viagem. Já não se falava mais do capitão Nemo. Tampouco de seu imediato. Não se via nenhum homem da tripulação. O Nautilus navegava submerso praticamente o tempo todo. Quando voltava à superfície para renovar o ar, as escotilhas se abriam e se fechavam automaticamente. Nossa posição não era mais marcada no planisfério. Eu não sabia onde estávamos.

Devo dizer também que o canadense, no limite de suas forças e de sua paciência, não aparecia mais. Conseil não conseguiu arrancar uma única palavra dele e temia que, num acesso de delírio e sob a influência de uma nostalgia assustadora, ele se matasse. Por isso o vigiava constantemente com extremo devotamento.

Compreende-se que, nessas condições, a situação não era mais sustentável.

Certa manhã – em que data, não sei dizer – cochilei nas primeiras horas do dia, cochilo doloroso e doentio. Quando acordei, vi Ned Land debruçado sobre mim e ouvi-o dizer em voz baixa:

– Vamos fugir!

Eu me soergui.

– Quando vamos fugir? – perguntei.

– Na próxima noite. Toda a vigilância parece ter desaparecido do Nautilus. Dir-se-ia que a perplexidade reina a bordo. Estará pronto, senhor?

– Sim. Onde estamos?

– À vista de terras que acabo de observar esta manhã no meio das brumas, a vinte milhas a leste.

– Que terras são essas?

– Não sei, mas sejam que terras forem, é nelas que vamos nos refugiar.

— Sim! Ned. Sim, fugiremos esta noite, nem que seja para sermos engolidos pelo mar!

— O mar está péssimo, o vento é inclemente, mas vinte milhas a percorrer nesse veloz escaler do Nautilus não me assusta. Consegui levar para lá alguns víveres e algumas garrafas de água, sem que a tripulação notasse.

— Vou segui-lo.

— Por outro lado — acrescentou o canadense —, se eu for surpreendido, vou me defender até a morte.

— Morreremos juntos, amigo Ned.

Eu estava disposto a tudo. O canadense me deixou. Cheguei à plataforma, onde mal conseguia me segurar contra o impacto das ondas. O céu estava ameaçador, mas como a terra estava ali no meio daquelas névoas espessas, tínhamos de fugir. Não devíamos desperdiçar um dia ou uma hora.

Voltei ao salão, ao mesmo tempo temendo e querendo encontrar o capitão Nemo, querendo e não querendo mais vê-lo. O que lhe teria dito? Poderia eu esconder dele o involuntário horror que ele me inspirava? Não! Melhor não ficar frente a frente com ele! Melhor esquecer! E, no entanto...

Que dia interminável aquele! O último que haveria de passar a bordo do Nautilus! Fiquei sozinho. Ned Land e Conseil evitavam falar comigo por medo de se delatar.

Às 6 horas jantei, mas não estava com fome. Obriguei-me a comer, apesar da minha relutância, não querendo me enfraquecer.

Às 6h30, Ned Land entrou em meu quarto e me disse:

— Não nos veremos antes de nossa partida. Às 10 horas, a lua ainda não terá nascido. Aproveitaremos a escuridão. Vá para o escaler, onde Conseil e eu estaremos à sua espera.

O canadense saiu logo, sem ter me dado tempo de responder.

Quis verificar a direção do Nautilus. Fui para o salão. Corríamos na direção norte-nordeste com uma velocidade assustadora, a uma profundidade de cinquenta metros.

Lancei um último olhar para essas maravilhas da natureza, essas riquezas de arte acumuladas nesse museu, para esse acervo incomparável destinado a perecer um dia no fundo dos mares com o homem que o havia formado. Queria fixar em minha mente uma impressão suprema. Fiquei assim por uma hora, banhado pelos eflúvios do teto luminoso e revendo aqueles tesouros resplandecentes em suas vitrines. Depois, voltei a meu quarto.

Ali vesti trajes apropriados para o mar. Reuni minhas anotações e guardei-as cuidadosamente comigo. Meu coração batia com força. Não conseguia controlar suas pulsações. Certamente, minha ansiedade e minha agitação teriam me traído aos olhos do capitão Nemo.

O que ele estava fazendo nesse momento? Escutei à porta do quarto dele. Ouvi o rumor de passos. O capitão Nemo estava lá. Não tinha ido para a cama. A cada movimento, tinha a impressão de que ele ia aparecer e me perguntar o motivo de minha fuga! Tinha sobressaltos incessantes. E minha imaginação os ampliava. Essa impressão se tornou tão pungente que me perguntei se não seria melhor entrar na sala do capitão, vê-lo frente a frente, desafiá-lo com gestos e olhares!

Era uma inspiração de louco. Felizmente me contive e deitei na cama para diminuir as agitações de meu corpo. Meus nervos se acalmaram um pouco, mas, com o cérebro superexcitado, revivi em rápida recordação toda a minha existência a bordo do Nautilus, todos os incidentes felizes ou infelizes ocorridos desde meu desaparecimento da Abraham-Lincoln, as caçadas submarinas, o estreito de Torres, os selvagens de Papua, o encalhe, o cemitério de corais, a passagem de Suez, a ilha de Santorini, o mergulhador cretense, a baía de Vigo, a

Atlântida, a banquisa, o polo sul, o aprisionamento no gelo, a batalha dos polvos, a tempestade da Corrente do Golfo, o *Vingador* e aquela cena horrível do navio afundado com sua tripulação!... Todos esses acontecimentos passaram diante de meus olhos, como pano de fundo de uma representação teatral. Então o capitão Nemo crescia desmesuradamente nesse ambiente estranho. Seu tipo se acentuava e tomava proporções sobre-humanas. Ele não era mais meu semelhante, era o homem das águas, o gênio dos mares.

Eram, então, 9h30. Eu segurava minha cabeça com as duas mãos para evitar que ela explodisse. Fechava os olhos. Não queria mais pensar. Mais meia hora de espera! Meia hora de um pesadelo que poderia me deixar louco!

Nesse momento, ouvi os vagos acordes do órgão, uma triste harmonia sob um canto indefinível, verdadeiros lamentos de uma alma que quer romper seus laços terrenos. Escutei ao mesmo tempo com todos os sentidos, quase sem respirar, imerso como o capitão Nemo nesses êxtases musicais que o arrastavam para além dos limites deste mundo.

Então, um pensamento repentino me aterrorizou. O capitão Nemo havia saído do quarto. Estava nesse salão que eu devia atravessar para fugir. Lá eu o encontraria pela última vez. Ele me veria, talvez falasse comigo! Um gesto dele poderia me aniquilar, uma única palavra bastava para me acorrentar a bordo!

Mas faltava pouco para as 10 horas. Tinha chegado o momento de deixar meu quarto e me juntar a meus companheiros.

Não havia por que hesitar, mesmo que o capitão Nemo aparecesse diante de mim. Abri a porta com precaução e, no entanto, tive a impressão de que, ao girar nas dobradiças, ela fez um barulho assustador. Talvez esse barulho só existisse em minha imaginação!

Avancei rastejando pelos corredores escuros do Nautilus, parando a cada passo para desacelerar as batidas de meu coração.

Cheguei à porta do canto do salão. Abri-a lentamente. O salão estava mergulhado em profunda escuridão. Os acordes do órgão ressoavam debilmente. O capitão Nemo estava lá, mas não me via. Acredito até que em plena luz ele não teria me visto, de tal forma era absorvido por seu êxtase.

Arrastei-me sobre o tapete, evitando o menor esbarrão e o barulho pudesse denunciar minha presença. Levei cinco minutos para chegar à porta dos fundos que dava para a biblioteca.

Eu estava prestes a abri-la quando um suspiro do capitão Nemo me pregou no lugar. Compreendi que ele estava se levantando. Cheguei até a percebê-lo, porque alguns raios da biblioteca iluminada penetravam no salão. Ele veio em minha direção, de braços cruzados, silencioso, deslizando em vez de andar, como um espectro. Seu peito oprimido se inflava com os soluços. E eu o ouvi sussurrar essas palavras – as últimas que chegaram a meus ouvidos:

– Deus Todo-poderoso! Basta! Basta!

Seria a confissão do remorso que escapava assim da consciência desse homem?...

Apavorado, corri para a biblioteca. Subi a escada central e, seguindo pelo corredor superior, cheguei ao escaler. Entrei pela abertura que já havia dado passagem a meus dois companheiros.

– Vamos! Vamos! – gritei.

– Agora mesmo! – respondeu o canadense.

O vão aberto na chapa metálica do Nautilus foi previamente fechado e aparafusado com uma chave inglesa de que Ned Land havia se apropriado. A abertura do escaler também se fechou, e o canadense começou a desapertar os parafusos que ainda nos prendiam ao submarino.

De repente, ouvimos ruídos proveniente do interior. Vozes se levantavam com muita agitação. O que teria havido? Será que notaram nossa fuga? Senti Ned Land colocar rapidamente um punhal em minhas mãos.
— Sim! — murmurei. — Saberemos morrer!
O canadense tinha interrompido o que estava fazendo. Mas uma palavra, repetida vinte vezes, uma palavra terrível, revelou-me a causa dessa agitação que se espalhava a bordo do Nautilus. Não era contra nós que a tripulação vociferava!
— Maelstrom! Maelstrom! (Redemoinho! Redemoinho!)
— exclamavam.

O *Maelstrom* (redemoinho)! Poderia um nome mais assustador numa situação mais assustadora chegar a nossos ouvidos? Então estávamos nessas áreas perigosas da costa norueguesa? O Nautilus teria sido arrastado para esse abismo, no momento em que nosso escaler estava prestes a se soltar de seus flancos?

Sabemos que, na época do fluxo, as águas confinadas entre as ilhas Feroë e Loffoden são impelidas com uma violência irresistível. Elas formam um redemoinho do qual nenhum navio jamais conseguiu escapar. De todos os pontos do horizonte vêm ondas monstruosas. Elas formam esse abismo apropriadamente chamado de "Umbigo do Oceano", cuja força de atração se estende até uma distância de quinze quilômetros. Não só os navios são sugados, como baleias, mas também ursos brancos das regiões boreais.

Foi ali que, voluntária ou involuntariamente talvez, o capitão precipitou o Nautilus, que descreveu uma espiral cujo raio diminuía progressivamente. Assim como o submarino, o escaler, ainda agarrado a seu costado, foi levado a uma velocidade vertiginosa. Eu o sentia. Sentia esse rodopio doentio que se segue a um movimento giratório muito prolongado. Estávamos aterrorizados, no horror elevado ao auge, a circulação suspensa, a sistema nervoso aniquilado, dominados por suores frios como os suores da agonia! E que barulho em volta de nosso frágil escaler! Que rugidos repetidos em eco a uma distância de várias milhas! Que estrondo o dessas águas estateladas contra as rochas pontiagudas do fundo, onde se dilaceram os corpos mais resistentes, onde os troncos das árvores se desgastam e se transformam num "forro de pelos", segundo a expressão norueguesa!

Que situação! Éramos sacudidos espantosamente. O Nautilus se defendia como um ser humano. Seus músculos de aço estalavam. Às vezes empinava, e nós junto com ele!

– Temos de aguentar firmemente – disse Ned – e apertar os parafusos de volta! Presos ao Nautilus, ainda poderemos nos salvar...!

Ele não tinha terminado de falar quando ouvimos um tranco seco. Os parafusos se soltaram, e o escaler, arrancado de seu encaixe, foi atirado como uma pedra de estilingue no meio do redemoinho.

Minha cabeça bateu numa estrutura de ferro e, com esse choque violento, perdi os sentidos.

XXIII

CONCLUSÃO

Aqui segue a conclusão dessa viagem submarina. O que aconteceu naquela noite, como o escaler escapou do formidável redemoinho do *Maelstrom*, como Ned Land, Conseil e eu emergimos do abismo, não saberia dizer. Mas, quando recobrei os sentidos, estava deitado na cabana de um pescador nas ilhas Loffoden. Meus dois companheiros, sãos e salvos, estavam a meu lado e apertavam minhas mãos. Abraçamo-nos efusivamente.

Nesse momento, não podemos nem pensar em regressar à França. Os meios de comunicação entre o norte da Noruega e o sul são raros. Sou, portanto, obrigado a aguardar a passagem do navio a vapor que faz a linha bimensal até o cabo Norte.

É aqui, portanto, entre essas pessoas corajosas que nos recolheram, que revejo o relato dessas aventuras. Ele é verídico. Nenhum fato foi omitido, nenhum detalhe foi exagerado. É a narração fiel dessa incrível expedição sob um elemento inacessível ao homem, e cujas rotas o progresso tornará um dia acessíveis.

Acreditarão em mim? Não sei. Afinal, pouco importa. O que posso afirmar agora é meu direito de falar desses mares sob os quais, em menos de dez meses, percorri 20 mil léguas, dessa viagem pelo mundo submarino que me revelou tantas maravilhas através do Pacífico, do Índico, do mar Vermelho, do Mediterrâneo, do Atlântico e dos mares austrais e boreais!

Mas o que aconteceu com o Nautilus? Terá resistido ao estrangulamento do *Maelstrom*? O capitão Nemo ainda estaria vivo? Continua sob as águas do oceano com suas represálias assustadoras ou se deteve diante desse último massacre? Será que um dia as ondas trarão esse manuscrito que contém toda a história de sua vida? Será que finalmente saberei o nome desse homem? Será que o navio desaparecido nos dirá, por sua nacionalidade, a nacionalidade do capitão Nemo?

Espero que sim! Espero igualmente que seu poderoso aparelho tenha vencido o mar em seu abismo mais terrível e que o Nautilus tenha sobrevivido onde tantos navios pereceram! Se assim for, se o capitão Nemo continua habitando o oceano, seu lar adotivo, que o ódio seja apaziguado nesse coração feroz! Que a contemplação de tantas maravilhas extinga nele o espírito de vingança! Que o justiceiro se apague, que o cientista continue a exploração pacífica dos mares! Se seu destino é estranho, também é sublime. Não o compreendi eu mesmo? Não vivi dez meses dessa existência extranatural? Por isso, a essa pergunta feita, há seis mil anos, pelo Eclesiastes: "Quem alguma vez foi capaz de sondar as profundezas do abismo?"[231], dois homens entre todos os homens têm o direito de dizer que o fizeram: O capitão Nemo e eu.

NOTAS DO TRADUTOR

(1) Em inglês no original: donos e comandantes ou capitães de navios.

(2) Georges Cuvier (1769-1832), naturalista e zoólogo francês.

(3) Bernard-Germain-Etienne Laville-sur-Illon, conde de Lacépède, mais conhecido como Bernard de Lacépède (1756-1825), naturalista e político francês; autor de diversas obras, uma das quais se intitula *História natural dos cetáceos*.

(4) Auguste-Henri-André Duméril (1812-1870), zoólogo e ictiólogo francês, filho de André-Marie-Constant Duméril (1774-1860), renomado zoólogo.

(5) Jean-Louis-Armand de Quatrefages de Bréau (1810-1892), naturalista francês.

(6) A Inman Line era uma das maiores empresas britânicas de transporte marítimo de passageiros do século XIX, no Atlântico norte.

(7) Monstro marinho da mitologia escandinava; seria um imenso cefalópode (polvo ou lula), do tamanho de uma ilha, provido de cem tentáculos, monstro que ameaçava os navios que singravam os mares.

(8) Referência à obra *História dos animais* de Aristóteles (384-322 a.C.), na qual esse filósofo grego fala de animais marinhos gigantescos.

(9) Caius Plinius Secundus (23-79 d.C.), mais conhecido no mundo moderno como Plínio, o Velho, foi um naturalista romano que deixou uma imensa obra intitulada *História Natural*, na qual também fala de animais marinhos de dimensões descomunais.

(10) Erick Pontoppidan (1698-1764), teólogo e naturalista dinamarquês; em sua obra intitulada *A História natural da Noruega* fala do Kraken (ver nota 7) e de outros animais marinhos fantásticos.

(11) Paul Hansen (H)Egede (1708-1789), teólogo e missionário luterano dano-norueguês da Groenlândia deixou relatos de suas viagens e obras sobre a vida e a cultura dos povos da Groenlândia.

(12) Trata-se dos relatórios deixados pelo sr. Harrington, capitão do navio Castillan, na viagem de 1857, a que Júlio Verne faz alusão.

(13) Antigo jornal francês de linha editorial monarquista; Júlio Verne era republicano e, portanto, essa alusão ao periódico é claramente irônica.

(14) François-Napoléon-Marie Moigno (1804-1884), matemático, físico, linguista e padre francês, foi diretor e único editor de *Cosmos*, revista científica, desde sua fundação, em 1852 até 1874.

(15) August Heinrich Petermann (1822-1878), geógrafo e cartógrafo alemão, fundador da revista *Petermanns Geographische Mitteilungen* (Comunicações geográficas de Petermann).

(16) Trocadilho com a célebre frase "*la nature ne fait pas de sauts*" (a natureza não faz saltos) com "*la nature ne fait pas de sots*" (a natureza não faz tolos", trocadilho só possível em francês porque "*sauts*" e "*sots*" se pronunciam da mesma forma, ou seja, "*sô*"; aliás, a frase original latina "*natura non facit saltus*" (a natureza não faz saltos) não é da autoria de Carlos Lineu (1707-1778), botânico, zoólogo e médico sueco, mas de Gottfried Wilhelm Leibniz (1646-1716), filósofo alemão.

(17) Figura da mitologia grega, Hipólito, por não corresponder ao amor de Fedra (que se suicida por causa disso), foge do palácio, mas Poseidon manda um monstro marinho que o mata; mas há várias outras versões em que Hipólito enfrenta o monstro e sobrevive.

(18) Todos designativos de animais fósseis ou extintos.

(19) Babirussa ou porco-veado é uma espécie de javali endêmico da Indonésia.

(20) Em inglês no original. Significa "Vamos em frente" ou "Avante".

(21). Leviatã é um lendário monstro marinho da mitologia de povos antigos e que a Bíblia menciona no livro de Jó (capítulo 3, 8 e partes dos capítulos 40 e 41).

(22) Deodato de Gozon foi grão-mestre da Ordem dos Cavaleiros de Rodes entre 1346 e 1353, cognominado "Exterminador do Dragão", pois teria matado um monstro que dizimava as cabeças de gado dos habitantes da ilha.

(23) Na mitologia grega, Argos Panoptes era um gigante coberto de olhos (ou, segundo outra versão, provido de cem olhos); enquanto dormia, metade dos olhos se fechava e a outra metade vigiava.

(24) François Rabelais (1494-1553), padre, médico e escritor francês da época do Renascimento; Júlio Verne alude ao francês canadense que teria conservado formas antigas de se expressar, formas que não mais subsistiam no francês modificado da França.

(25) Referência ao poeta grego Homero (que teria falecido em torno do ano 900 a.C.) e a seu poema épico *Ilíada*, que narra a conquista e destruição da cidade de Troia pelos gregos.

(26) O autor alude a outro romance dele (*Da terra à lua*) em que ocorre a mesma frase posta na boca de François Arago (1786-1853), célebre físico e astrônomo francês.

(27). Ilhas Sandwich era o antigo nome das ilhas do Hawai.

(28). Toesa: antiga medida de comprimento francesa, equivalente a seis pés, ou seja, praticamente dois metros.

(29). Referência a George Gordon Byron (1788-1824), mais conhecido como Lord Byron, poeta britânico, e a Edgar Allan Poe (1809-1849), poeta e crítico literário americano; ambos reconhecidos como ótimos nadadores.

(30) Referência ao profeta Jonas que foi engolido por uma baleia; invocando a Deus, foi vomitado três dias depois, segundo narra o livro bíblico de Jonas.

(31). Alusão aos antigos habitantes da Nova Caledônia, arquipélago da Oceania, que seriam antropófagos, ou canibais.

(32) Fórmio (*phormium tenax*) é uma espécie de planta sempreverde perene, de folhas lanceoladas, nativa da Nova Zelândia, cultivada como ornamental, mas que a qualidade e a resistência de suas fibras difundiram sua utilização na confecção de esteiras, redes, cordames e similares.

(33) Denis Diderot (1713-1784), filósofo e escritor francês.

(34) Louis-Pierre Gratiolet (1815-1865), anatomista e zoólogo francês; é muito lembrado por seus estudos em neuroanatomia, fisionomia e antropologia física.

(35) Josef Engel (1816-1899), anatomista e fisiólogo austríaco.

(36) François-Jean-Dominique Arago (1786-1853), físico, astrônomo e político francês.

(37) Michael Faraday (1791-1867), físico e químico britânico, com estudos e descobertas especialmente em eletromagnética.

(38) Referência a Marcus Tullius Cicero (106-43 a.C.), filósofo, escritor e orador latino.

(39) A peça teatral intitulada *Édipo rei*, de autoria de Sófocles (496-406 a.C.), dramaturgo grego, narra a tragédia de Édipo que, sem saber, mata o próprio pai; depois disso, o jovem se depara com a Esfinge, que lhe apresenta o enigma: "Qual é a criatura que anda com quatro pernas de manhã, duas ao meio-dia e três à noite?" Édipo dá a solução (o homem, que engatinha quando criança, anda com as duas pernas quando adulto e usa bengala na velhice), a cidade de Tebas é libertada da peste que a assolava e Édipo se torna rei, recebendo a própria mãe (sem saber que era sua progenitora) por esposa... Ao descobrir a verdade, Édipo vaza seus olhos e passa a andar a esmo, ao passo que a mãe, Jocasta, se suicida.

(40) Trata-se de Proteu, divindade da mitologia grega, que guardava os rebanhos marinhos de Poseidon (que correspondia à divindade da mitologia latina Netuno), deus dos mares.

(41) Homero (séc. X-IX a.C.), poeta épico da Grécia antiga, autor dos célebres poemas *Ilíada* e *Odisseia*.

(42) Victor Hugo (1802-1885), romancista, poeta, dramaturgo e ensaísta francês.

(43) Xenofonte (431-254 a.C.), filósofo e historiador da Grécia antiga.

(44) Jules Michelet (1798-1874), filósofo e historiador francês.

(45) François Rabelais (1494-1553), padre escritor e médico francês.

(46) George Sand, pseudônimo de Amandine Aurore Lucile Dupin (1804-1876), romancista francesa.

(47) Friedrich Wilhelm Heinrich Alexander von Humboldt (1769-1859), geografo, naturalista e explorador prussiano.

(48) François Jean Dominique Arago (1786-1853), físico, astrônomo e político francês.

(49) Jean Bernard Léon Foucault (1819-1868), físico e astrônomo francês.

(50) Henri Etienne Sainte-Claire Deville (1818-1881), químico francês.

(51) Michel Chasles (1793-1880), matemático francês.

(52) Henri Milne-Edwards (1800-1995), zoólogo francês.

(53) Jean Louis Armand de Quatrefages de Bréau (1810-1892), naturalista francês.

(54) John Tyndall (1820-1893), físico britânico.

(55) Michael Faraday (1791-1867), físico e químico britânico.

(56) Marcellin Pierre Eugène Berthelot (1827-1907), químico e político francês.

(57) Angelo Secchi (1818-1878), padre e astrônomo italiano.

(58) August Petermann (1822-1878), cartógrafo alemão.

(59) Matthew Fontaine Maury (1806-1873), astrônomo, historiador, oceanógrafo, cartógrafo e geólogo americano.

(60) Jean Louis Rodolphe Agassiz (1807-1873), zoólogo e geólogo suíço.

(61) Joseph Louis François Bertrand (1822-1900), matemático e historiador de ciências francês.

(62). Charuto fabricado em Cuba para ser exportado para a Inglaterra.

(63) Rafael Sanzio (1483-1520), pintor e arquiteto italiano do Renascimento.

(64) Leonardo da Vinci (1452-1519), cientista, matemático, engenheiro, inventor, anatomista, pintor, escultor, arquiteto, botânico e poeta italiano do Renascimento.

(65) Antonio Allegri da Correggio (1489-1534), pintor italiano do Renascimento.

(66) Ticiano Vecellio (1490-1576), pintor da escola veneziana do Renascimento.

(67) Paolo Caliari Veronese (1528-1588), pintor maneirista da Renascença italiana.

(68) Bartolomé Esteban Perez Murillo (1617-1682), pintor barroco espanhol.

(69) Hans Holbein, o Jovem (1497-1543), pintor suíço da época do Renascimento, mestre do retrato, além de desenhista de xilogravuras.

(70) Diego Rodríguez de Silva y Velásquez (1599-1660), pintor espanhol do período barroco.

(71) José de Ribera (1591-1652), pintor tenebrista espanhol.

(72) Peter Paul Rubens (1577-1640), pintor belga nascido na Alemanha, de estilo barroco.

(73) David Téniers (1610-1690), pintor flamengo do período barroco.

(74) Gerrit Dou ou Gérard Dou (1613-1675), pintor e gravador holandês.

(75) Gabriel Metsu (1629-1667), pintor e retratista holandês.

(76) Paulus Pieterszoon Potter (1625-1654), pintor holandês.

(77) Jean-Louis André Théodore Géricault (1791-1824), pintor francês do Romantismo.

(78) Pierre Paul Prudhon (1758-1823), pintor e escultor francês.

(79) Ludolf Backhuysen (1630-1708), pintor barroco germano-neerlandês.

(80) Claude Joseph Vernet (1714-1789), pintor e gravurista francês.

(81) Ferdinand Victor Eugène Delacroix (1798-1863), pintor francês do período do Romantismo.

(82) Jean-Auguste Dominique Ingres (1780-1867), pintor e desenhista francês.

(83) Alexandre-Gabriel Decamps (1803-1860), pintor francês conhecido por suas obras orientalistas.

(84) Troyon ou Jean François de Troy (1679-1752), pintor francês do período rococó.

(85) Juste-Aurèle Meissonnier (1695-1750), ourives, escultor, pintor, arquiteto e desenhista francês.

(86) Charles-François Daubigny (1817-1878), pintor francês, considerado um dos precursores do impressionismo.

(87) Carl Maria Friedrich Ernst Freiherr von Weber (1786-1826), compositor e diretor de ópera alemão.

(88) Gioachino Antonio Rossini (1792-1868), compositor italiano.

(89) Wolfgang Amadeus Mozart (1756-1791), compositor austríaco do período clássico.

(90) Ludwig van Beethoven (1770-1827), compositor alemão entre o período clássico e o romantismo.

(91) Franz Joseph Haydn (1732-1809), compositor austríaco do período clássico.

(92) Giacomo ou Jakob Liebmann Meyerbeer (1791-1864), compositor alemão do período do romantismo.

(93) Louis Joseph Ferdinand Hérold (1791-1833), compositor francês.

(94) Wilhelm Richard Wagner (1813-1883), compositor, maestro e diretor de teatro alemão.

(95) Daniel-François-Esprit Auber (1782-1871), compositor francês.

(96) Charles Gounod (1818-1893), compositor francês, famoso por suas óperas e músicas religiosas.

(97) Lendário músico, poeta e áugure - ou "profeta" - da Grécia antiga.

(98) Francisco I (1494-1574), rei da França, ocupou o trono entre 1515 e 1574, ano de sua morte.

(99) *Storm-glass* ou vidro de tempestade era um recipiente de vidro, geralmente um tubo, devidamente lacrado, contendo uma mistura especial de substâncias dissolvidas em água e álcool, cuja alteração predizia mudanças do tempo e formação de tempestades; aparelho difundido na segunda metade do século XIX.

(100) Robert Wilhelm Eberhard von Bunsen (1811-1899), físico e químico alemão, inventou uma pilha utilizando uma bateria de numerosos elementos combinados, ao passo que Heinrich Daniel Ruhmkorff (1802-1877), engenheiro, eletricista e mecânico alemão, inventou a bobina de indução.

(101) Autor desconhecido. Talvez Verne se refira a Henri Jansen (1741-1812), holandês que traduziu obras diversas para o francês.

(102) Referência às perseguições desencadeadas contra Galileo di Vincenzo Boanulti de Galilei (1564-1642), mais conhecido como Galileu Galilei, astrônomo e físico italiano, em consequência de sua defesa do heliocentrismo contra a corrente do geocentrismo, defendida pelas Igrejas cristãs.

(103) Matthew Fontaine Maury (1806-1873), astrônomo, historiador, oceanógrafo, meteorologista, cartógrafo e geólogo americano.

(104) Hoje, Museu de Cluny, o nome mencionado por Júlio Verne se deve a Alexandre du Sommerard (1779-1842), arqueólogo e colecionador francês que reuniu nesse local coleções de obras de arte medievais e da Renascença.

(105) Christian-Gottfried Erhenberg (1795-1876), biólogo, zoólogo e médico alemão.

(106) Bernard-Germain-Etienne Laville-sur-Illon, conde de Lacépède, mais conhecido como Bernard de Lacépède (1756-1825), naturalista e político francês; autor de diversas obras, uma das quais se intitula *História natural dos cetáceos*.

(107). Juntos, Benoît Rouquayrol (1826-1875), engenheiro francês, e Louis Denayrouze (1848-1910), engenheiro e escritor francês, inventaram modelo de escafandro, trajes ou equipamentos de mergulho.

(108) Robert Fulton (1765-1815), engenheiro e inventor americano; em 1800 foi contratado pelo imperador francês Napoleão Bonaparte para projetar o Nautilus, o primeiro submarino da história.

(109) Cowper Phipps Coles (1819-1870), capitão da marinha britânica e inventor das torres de canhão giratórias acopladas aos navios.

(110) Burley, Furcy e Landi deviam ser nomes de certa relevância para o autor, mas as referências a eles são por demais imprecisas e obscuras.

(111) Inventor desconhecido.

(112) Garrafa de Leiden é uma espécie de pilha ou de capacitor capaz de armazenar energia elétrica; foi inventada em 1746 por Pieter van Musschenbroek (1692-1761), cientista e professor da Universidade de Leiden, Holanda.

(113) Arquimedes de Siracusa (287-212 a.C.), matemático, filósofo, físico, engenheiro, astrônomo e inventor grego.

(114). Frase de Alfred Fredol, pseudônimo de Christian Horace Bénédict Alfred Moquin-Tandon (1804-1863), médico, botânico e escritor francês.

(115). Atualmente, ilhas do arquipélago de Havaí. Em 1778, o capitão da Marinha Real Britânica, explorador e navegador James Huge Cook (1728-1779), visitou as ilhas e lhes deu o nome de Sandwich, em homenagem ao Conde de Sandwich, um dos patrocinadores de suas viagens e explorações marítimas. Esse nome perdurou até a década de 1840 quando foi sendo substituído pelo designativo da maior ilha do arquipélago, ou seja, Havaí.

(116) Provável referência a Ateneu de Náucratis (168-228), escritor grego que vivia em Roma, autor do livro *Banquete dos Eruditos*; mas esse autor não é anterior, mas contemporâneo de Cláudio Galeno (129-216), médico e filósofo romano de origem grega.

(117) Alcide Charles Victor Marie Dessalines d'Orbigny (1802-1857), naturalista e explorador francês; pode se referir também ao irmão desse naturalista, Charles Henry Dessalines d'Orbigny (1806-1876), botânico e geólogo que escreveu a obra intitulada *Dicionário universal de história natural*.

(118) Jean François Macé (1815-1894), jornalista, educador e político francês.

(119) Louis Antoine de Bougainville (1729-1811), navegador e escritor francês, autor do livro *Viagem ao redor do mundo*.

(120) Charles Robert Darwin (1809-1892), naturalista, geólogo e biólogo britânico, célebre especialmente por sua obra revolucionária intitulada *A origem das espécies*.

(121) Nome das ilhas Fiji no idioma local.

(122) Abel Janszoon Tasman (1603-1659), navegador, explorador e comerciante holandês, foi o primeiro europeu a chegar à Nova Zelândia e às ilhas Fiji.

(123) Evangelista Torricelli (1608-1647), físico, matemático e inventor italiano.

(124) Luís XIV (1638-1715), rei da França de 1643 até sua morte.

(125) James Huge Cook (1728-1779), navegador, explorador e cartógrafo inglês.

(126) Antoine Raymond Joseph de Bruni d'Entrecasteaux (1737-1793), navegador francês.

(127) Jules Sébastien César Dumont d'Urville (1790-1842), navegador e explorador francês.

(128) Peter Dillon (1788-1847), mercador, explorador e escritor inglês.

(129) Lucius Annaeus Seneca (4 a.C.-65 d.C.), filósofo estoico romano; essa recomendação consta no livro intitulado *Epistulae ad Lucilium* (Cartas a Lucílio).

(130) Pedro Fernández de Quirós ou Pedro Fernandes de Queirós (1563-1615), navegador e explorador português a serviço da coroa espanhola.

(131) Uma das ilhas do arquipélago das Ilhas Salomão.

(132) Arquipélago das Luisíadas situado perto de Papua-Nova Guiné; o grupo de dez ilhas vulcânicas e recifes foi avistado pela primeira vez pelo navegador português Luiz Vaz de Torres (1565-1613) em 1606; mas foi o navegador e explorador francês Louis Antoine de Bougainville (1729-1811) que, em 1768, lhes deu o nome de Luisíadas, em homenagem ao rei da França, Luís XV.

(133). Em latim, o vocábulo *nemo* significa ninguém.

(134) Série de exploradores dos mares, alguns deles mencionados pela primeira vez, outros já citados nesta obra em que o autor termina a nominata com o célebre Jules Sébastien César Dumont d'Urville (1790-1842), oficial francês que viajou especialmente pelo Pacífico, em torno da Austrália e da Antártida.

(135) Grégoire Louis Domeny de Rienzi (1789-1843), viajante e escritor francês.

(136) Designativo dos habitantes nativos das ilhas Andamã ou Andamão, situadas no golfo de Bengala e pertencentes à Índia.

(137) Na realidade, Luís Vaz de Torres ou Luís Váez de Torres (c.1565-1613), explorador marítimo português ou espanhol, mas a serviço da coroa espanhola, foi o primeiro a relatar a existência de um estreito entre a Austrália e Papua-Nova Guiné, que passou a ser chamado de "estreito de Torres".

(138) Clément Adrien Vincendon Dumoulin (1811-1858), engenheiro e cartógrafo francês.

(139) Aimé Auguste Elie Coupvent-Desbois (1814-1892), oficial da Marinha francesa.

(140) Jules Sébastien César Dumont d'Urville (1790-1842), explorador francês no oceano Pacífico, morreu, juntamente com sua família, no primeiro desastre ferroviário da França, perto de Versalhes, em maio de 1842.

(141). Em latim no original, esse título significa: *Os sonhos de um doente*. Trata-se de citação extraída do livro *De arte poetica* (Sobre a arte poética), de Quintus Horatius Flaccus (65-8 a.C.), poeta latino.

(142) Louis Pierre Gratiolet (1815-1865), médico anatomista e zoólogo francês,

(143) Horace Bénédict Alfred Moquin-Tandon (1804-1863), médico e botânico francês.

(144) Jean-André Peyssonnel (1694-1759), médico e naturalista francês; há um pequeno deslize de Júlio Verne quanto à data em que Peyssonnel incluiu esse coral no reino animal, ou seja, foi em 1750; a data de 1694 corresponde ao ano de nascimento desse naturalista.

(145) Referência a Jules Michelet (1798-1874), filósofo e historiador francês.

(146) O fuzil Chassepot foi invenção de Antoine Alphonse Chassepot (1833-1905), armeiro e inventor francês, ao passo que o Remington foi projetado e produzido na fábrica de armas fundada por Eliphalet Remington (1793-1861), ferreiro, armeiro e inventor americano.

(147) Bernard-Germain-Etienne Laville-sur-Illon, conde de Lacépède, mais conhecido como Bernard de Lacépède (1756-1825), naturalista e político francês.

(148) Robert Fitz-Roy (1805-1865), hidrógrafo e explorador inglês, foi o capitão do navio HMS Beagle, que levava a bordo Charles Robert Darwin (1809-1882), naturalista e zoólogo britânico, na longa viagem (mais de cinco anos) de caráter científico, pelos mares de todos os continentes.

(149) Personalidades da antiguidade que escreveram a respeito desse molusco: Aristóteles (384-322 a.C.), filósofo grego; Ateneu (séc. I-II d.C.), escritor grego da Roma antiga; Caius Plinius Secundus ou Plínio, o Velho (23-79), escritor e naturalista latino, autor da obra intitulada *Naturalis Historia* (História Natural); e Opiano de Apameia (séc. II-III d.C.), poeta greco-romano, autor de um poema sobre a pesca, intitulado *Haliêutica*.

(150) Georges Cuvier (1769-2832), naturalista e zoólogo francês.

(151) Essa data parece refletir um cochilo do autor, pois o relato segue uma ordem cronológica e, na parte final do capítulo anterior, é citada a data de 27 de janeiro; ora, o capítulo quatro, mais adiante, começa com a data de 29 de janeiro, estabelecendo, portanto, a ordem sequencial dos dias.

(152) Henry Charles Sirr (1807-1872), advogado, diplomata e escritor inglês; o título de sua obra citada por Verne aparece em inglês no texto original e significa: "Ceilão e os cingaleses". Cumpre salientar que Ceilão é o antigo nome da atual república do Sri Lanka.

(153) Robert Percival (1765-1826), viajante e explorador, autor da obra *An account of the island of Ceylon* (Uma descrição da ilha de Ceilão).

(154) Caius Julius Caesar (100-44 a.C.), patrício, militar e político, foi imperador romano.

(155) Cleópatra VII Filipátor (69-30 a.C.), rainha do Egito, da dinastia grega dos Ptolomeus.

(156). O autor supõe que o termo francês *requin* (tubarão) derive da palavra latina *requiem* (descanso, repouso); na verdade, parece simples trocadilho por causa da semelhança dos vocábulos, sobretudo na pronúncia francesa; não se trata, portanto, de etimologia, mas de paretimologia.

(157) Referência a uma obra de François Rabelais (1494?-1553), padre, médico e escritor francês, obra em que o personagem central chamado *Gargântua* é um inveterado e insaciável glutão.

(158) Vasco da Gama (1469-1524), navegador e explorador português, descobriu o caminho marítimo para as Índias, contornando o continente africano, em 1499.

(159) As obras de abertura ou construção do Canal de Suez iniciaram em 1859; Júlio Verne escreveu esse capítulo ou o livro antes da inauguração desse canal, que ocorreu dez anos depois, no final de 1869.

(160) Abu Abdalá Maomé Alidrissi (1100?-1165), também conhecido como Alidrissi, Al-Edrisi, Idrisi, foi um geógrafo, cartógrafo e botânico árabe.

(161) Nome com o qual os antigos gregos designavam o Mar Morto.

(162) A dinastia ptolemaica ou dos Ptolomeus foi uma dinastia greco-macedônia que conquistou o Egito no ano 303 a.C. e o governou até o ano 30 a.C., quando o Egito passou sob a dominação dos romanos.

(163) Alusão ao deus Pã da mitologia grega, divindade dos bosques, dos campos, dos rebanhos e dos pastores; amante da música, andava sempre com uma flauta.

(164) Henri Milne-Edwards (1800-1995), zoólogo francês.

(165) Alusão aos portos da Grécia e da Turquia, onde os navios europeus costumavam fazer escala em suas viagens de intercâmbio comercial.

(166) Alcide Charles Victor Marie Dessalines d'Orbigny (1802-1857), naturalista e explorador francês; pode se referir também ao irmão desse naturalista, Charles Henry Dessalines d'Orbigny (1806-1876), botânico e geólogo que escreveu a obra intitulada *Dicionário universal de história natural*.

(167) Estrabão (63 a.C.-c.24 d.C.), filósofo, historiador e geógrafo grego, autor da monumental obra *Geografia*, tratado dividido em 17 livros.

(168) Lúcio Flávio Arriano Xenofonte (92-c.175), historiador romano, mas que escrevia em grego, deixou o relato mais confiável das expedições bélicas de Alexandre, o Grande; Agatárquides de Cnido (208-132 a.C.), historiador e geógrafo grego; Artemidoro de Éfeso (séc. II-I a.C.), geógrafo grego; sua obra se perdeu, mas é citado e relembrado seguidamente na obra de Estrabão.

(169) Provavelmente o faraó Sesóstris III ou Senuseret III, falecido no ano 1839 a.C.

(170) O faraó Neco II (660-593 a.C.), também conhecido como Necao II.

(171) Dario I (550-486 a.C.), célebre rei da Pérsia, derrotado pelos gregos na memorável batalha de Maratona, no ano 490 a.C.

(172) Ptolomeu II Filadelfo (308-246 a.C.), faraó do Egito.

(173) Dinastia dos Antoninos que governou Roma entre os anos 92 e 192, representada pelos imperadores Nerva, Trajano, Adriano, Antonino Pio, Marco Aurélio e Cômodo; foi um período de relativa paz e estabilidade, sendo considerado mesmo como a idade de ouro do Império Romano.

(174) Califa Omar ibn al-Khattab (586-644), foi o segundo califa dos muçulmanos, que regeu os destinos do islamismo e sua expansão de 634 a 644.

(175) Califa Abu Jafar Abdullah al-Mansur (714-775), segundo califa abássida de 754 a 775.

(176) Referência a Napoleão Bonaparte (1769-1821) e a sua expedição bélica ao Egito, em 1799.

(177) Ferdinand Marie de Lesseps (1805-1894), diplomata e empresário francês, que promoveu a construção do Canal de Suez, inaugurado em 1869.

(178) Em latim no original: "Têm ouvidos e não ouvem". Frase bíblica extraída do evangelho de Marcos 8,18, que repete os mesmos dizeres do profeta Jeremias 5,21 e do profeta Ezequiel 12,2.

(179) Em latim no original, "Há no golfo de Cárpatos, reino de Netuno, um adivinho, o cerúleo Proteu...", versos extraídos do poema *Georgica* (Geórgicas), de Publius Vergílius Maro (71-19 a.C.) ou Virgílio, o maior poeta latino. Proteu era uma divindade da mitologia grega, que guardava os rebanhos marinhos de Poseidon (que correspondia a Netuno, da mitologia latina), deus dos mares.

(180) Aulo Vitélio Germânico (15-69), famoso por seu apetite e sua crueldade, foi imperador romano durante oito meses do ano 69, terminando seu curto reinado derrotado pelos exércitos de Vespasiano, capturado, torturado e jogado no rio Tibre.

(181) Referência à batalha de Áccio, na Grécia, travada no ano 31 a.C. por Caio Júlio César Otaviano Augusto (63 a.C.-14 d.C.) contra Marco Antônio (83-30 a.C.); com a vitória, Otaviano se tornou imperador e regeu os destinos do império romano de 27 a.C. a 14 d.C.

(**182**) Em italiano, *Pesce* significa *peixe*.

(**183**) Flávio Magno Aurélio Cassiodoro (490-585), escritor e estadista romano; Caius Plinius Secundus (23-79), naturalista romano, deixou vasta obra intitulada *Naturalis Historia* (História natural).

(**184**) Na mitologia romana, Netuno era o deus do mar e das fontes, ao passo que Plutão era a divindade dos infernos, dos mortos e também das riquezas.

(**185**) Lúcio Licínio Lúculo (118-56 a.C.), militar e político, depois de se retirar da vida pública, celebrizou-se por levar uma vida luxuosa e oferecer banquetes requintados com pratos finíssimos e extravagantes.

(**186**) Segundo a mitologia grega, Aracne era uma habilidosa bordadeira; a perfeição de seus trabalhos era admirada por todos; a moça, confiando em sua habilidade, desafia a deusa Atena para uma competição; a deusa, porém, vence, e Aracne, desiludida, se suicida. Atena se compadece e transforma a jovem Aracne em aranha.

(**187**). Caius Plinius Secundus ou Plínio, o Velho (23-79), naturalista latino, autor da obra *Naturalis Historia* (História natural); Postumius Rufius Festus Avienius (falecido no ano 375 d.C.), escritor e poeta latino, autor de obras que nos chegaram incompletas, como *Ora maritima* (Costas marítimas).

(**188**) Tadeusz Kosciuszko (1746-1817), líder da sublevação polonesa contra a Rússia em 1794; ferido, teria morrido gritando *Finis Poloniae* (fim da Polônia); Markos Botsaris (1790-1823), um dos líderes da guerra de independência grega contra a dominação turca, morreu em combate; Daniel O'Connell (1775-1847), irlandês, líder político dos católicos da Irlanda; George Washington (1732-1799), líder político e militar na guerra de independência americana e primeiro presidente dos Estados Unidos; Abraham Lincoln (1809-1865), presidente americano e grande batalhador pela abolição da escravatura; Daniele Manin (1804-1857), líder político na luta contra a ocupação austríaca do norte da Itália; John Brown (1800-1859), líder do movimento abolicionista americano, foi preso por ter incitado os escravos à revolta e condenado à morte na forca; Victor-Marie Hugo (1802-1885), romancista, dramaturgo, ensaísta e artista francês.

(**189**) Luís XIV (1638-1715), rei da França de 1643 a 1715, símbolo por excelência do absolutismo.

(**190**) Filipe V (1683-1746), rei da Espanha, ocupou o trono de 1700 a 1746.

(**191**) Hernán Cortés de Monroy y Pizarro Altamirano (1485-1547), conquistador espanhol, destruiu o império asteca do México.

(**192**) A floresta de Hartz se localiza no norte da Alemanha.

(**193**) Cidade e porto ao sopé do vulcão Vesúvio, nas proximidades de Nápoles, Itália.

(**194**) Referência à cidade romana de Pompeia destruída e soterrada pelas cinzas expelidas pelo vulcão Vesúvio, na erupção ocorrida no ano 79 de nossa era.

(**195**) Teopompo de Quios (c.378-323 a.C.), historiador e retórico da Grécia antiga.

(**196**) Orígenes (c.185-253), teólogo e filósofo dos inícios do cristianismo; Porfírio (234-c.309), filósofo neoplatônico latino: Jâmblico (245-325), filósofo neoplatônico assírio; Jean-Baptiste Bourguignon d'Anville (1697-1782), geógrafo e cartógrafo francês; Conrad Malte-Brun (1775-1826), geógrafo e jornalista francês; Friedrich

Wilhelm Heinrich Alexander von Humboldt (1769-1859), geógrafo, naturalista e explorador alemão.

(197) Possidônio (135-51 a.C.), astrônomo, geógrafo, historiador e filósofo grego; Caius Plinius Secundus ou Plínio, o Velho (23-79), naturalista latino; Amiano Marcelino (c.325-c.391), historiador latino; Quintus Septímius Florens Tertullianus (c.160-220), político e apologista cristão; Joseph Engel (1816-1874), anatomista austríaco; talvez Jean-Frédéric Schérer (séc. XVIII), historiador francês; Joseph Pitton de Tournefort (1656-1708), botânico francês; Georges-Louis Leclerc, conde de Buffon (1707-1788), naturalista e matemático francês; Marie-Armand Pascal de Castera-Macaya d'Avezac (1800-1875), geógrafo e etnólogo francês.

(198) Colunas de Hércules: assim era chamado o estreito de Gibraltar pelos antigos.

(199) Platão (c.428-c.348 a.C.), filósofo e matemático grego; em algumas de suas obras, especialmente as citadas nesse texto, ou seja, os diálogos de *Timeu* e os de *Crítias*, fala da Atlântida; e Júlio Verne relembra aqui a provável influência de Sólon (c.638-558 a.C.), estadista e legislador grego, sobre o próprio Platão a respeito do tema.

(200) Jean Sylvain Bailly (1736-1793), astrônomo, matemático e político francês, calculou a órbita do cometa Halley.

(201) Heliótropo ou heliotrópio significa "voltado para o sol", isto é, flor que se volta para o sol.

(202) Referência à obra *O antiquário* de Walter Scott (1771-1832), romancista, poeta, dramaturgo e historiador escocês; nessa obra, personagens também são surpreendidos pela maré e são salvos pela intervenção de terceiros.

(203) Matthew Fontaine Maury (1806-1873), astrônomo, historiador, oceanógrafo, cartógrafo e geólogo americano.

(204) Georges Cuvier (1769-1832), naturalista e zoólogo francês, chamado também de "pai da paleontologia".

(205) Francis Leopold Mac Clintock (1819-1907), explorador irlandês, notabilizou-se por suas descobertas nos mares árticos.

(206) Referência à coleção de histórias populares do Oriente Médio, compiladas em árabe a partir do século XI; nelas, constam as aventuras de Simbad, marinheiro que, com seus companheiros, desembarca numa ilha que, na realidade, era um enorme animal marinho que se põe em movimento...

(207) Georges-Louis Leclerc, conde de Buffon (1707-1788), naturalista e matemático francês.

(208) Canção folclórica americana que remonta ao século XVIII.

(209) Alfred Frédol, pseudônimo de Horace Bénédict Moquin-Tandon (1804-1863), médico, botânico e zoólogo francês.

(210) Christopher Hansteen (1784-1873), geofísico, astrônomo e físico norueguês.

(211) Louis Isidore Duperrey (1786-1865), explorador e cientista francês.

(212) James Clark Ross (1800-1862), navegador e explorador inglês; no comando da expedição, de 1839 a 1843, ao polo sul, com os navios Erebus e Terror, descobriu a Terra Victoria e os vulcões ativos Erebo e Terror, que os batizou, como se vê, com os nomes dos navios de sua expedição.

(213) John Davis (1550-1695), navegador e explorador inglês, descobriu o estreito de Davis, situado entre a Groenlândia e a ilha de Baffin, Canadá.

(214) Richard Hawkins (1562-1622), navegador, explorador e aventureiro inglês. (M.T.)

(215) Saint-Malo é uma cidade portuária do noroeste da França; de Malo deriva o designativo Malouines, nome que foi aportuguesado em Malvinas.

(216) Falkland deriva do grande canal de Falkland que divide as duas principais ilhas, nome dado pelo navegador e explorador inglês John Strong, em homenagem ao visconde de Falkland, tesoureiro da Marinha e patrocinador de sua viagem exploratória.

(217) Alphonse Toussenel (1803-1885), naturalista e jornalista francês.

(218) Segundo lendas escandinavas, *krakens* eram monstros marinhos parecidos com polvos e lulas.

(219) Olaus Magnus ou Magni, cujo nome original era Olof Mansson (1490-1557), cartógrafo e escritor sueco.

(220) Erick Pontoppidan (1698-1764), teólogo e naturalista dinamarquês; em sua obra intitulada *A História natural da Noruega* fala do Kraken (ver nota 1 deste capítulo) e de outros animais marinhos fantásticos.

(221) Na mitologia romana, as Fúrias eram deusas da vingança, do castigo, da punição; correspondiam às Erínias da mitologia grega.

(222) Na mitologia grega, a Hidra de Lerna era um monstro com corpo de dragão provido de várias cabeças de serpente; estas, se cortadas, se regeneravam; o monstro foi derrotado e morto por Héracles (Hércules, segundo a mitologia romana).

(223) Referência a Victor-Marie Hugo (1802-1885), romancista, poeta, dramaturgo e ensaísta francês.

(224) Matthew Fontaine Maury (1806-1873), astrônomo, historiador, cartógrafo, oceanógrafo e geólogo americano.

(225) *Storm-glass* ou vidro de tempestade era um recipiente de vidro, geralmente um tubo, devidamente lacrado, contendo uma mistura especial de substâncias dissolvidas em água e álcool, cuja alteração predizia mudanças do tempo e formação de tempestades; aparelho difundido na segunda metade do século XIX.

(226) Yeddo ou Edo era o antigo nome da cidade de Tóquio.

(227) Cyrus West Field (1819-1892), empresário americano.

(228) Palavras extraídas do Evangelho de Lucas (2, 14), cantadas pelos anjos por ocasião do nascimento de Jesus.

(229) Mês do calendário da Revolução Francesa de 1789; *prairial*, deriva de prairie, pradaria, prado (portanto, pradial, em português), iniciava em 20 de maio e terminava em 18 de junho.

(230) Citação tirada da obra "A narrativa de Arthur Gondon Pym" de Edgar Allan Poe (1809-1849), poeta e crítico literário americano.

(231) Livro do Eclesiastes, cap. 7, vers. 24.

Impressão e acabamento
Gráfica Oceano